W0309781

Querverlag

Nicht zu fassen!

Alles (aber wirklich alles!) von Baby Neumann

Da keiner weiß, wann die nächste „Reform" zuschlägt, wurde die Rechtschreibung entsprechend der Entstehungszeit der jeweiligen Geschichten einfach beibehalten.
BN

Erste Auflage März 2005

Umschlag und grafische Realisierung von Sergio Vitale unter Verwendung einer Fotografie von getty images.

Druck und Weiterverarbeitung: Druckhaus Köthen
ISBN 3-89656-117-0
Printed in Germany

Bitte fordern Sie unser Gesamtverzeichnis an:
Querverlag GmbH, Akazienstraße 25, D-10823 Berlin
http://www.querverlag.de

Der Gay Community!
Ich liebe euch alle. Bleibt, wie ihr seid.
(Nämlich komplett durchgeknallt.)

Inhalt

Unrühmlicher Anfang

Hach, meine gesammelten Werke! Ich bin ja so stolz. Darf man doch mal ganz offen sagen, oder?

Obwohl ich damals ein klitzekleines bisschen enttäuscht war von meinen Versuchen als Autor. Nach dem Erscheinen von *Das erste Mal* (1993) und *Ganz was anderes* (1996) saß ich zu Hause und wartete darauf, berühmt zu werden. Jeden Montag studierte ich die *Spiegel*-Bestsellerliste und fand immer nur die üblichen Verdächtigen: Eco, Walser, Pilcher, Rowling. Keine Spur von Baby Neumann. Und Steven Spielberg rief auch nicht an, um mir zwanzig Millionen für die Filmrechte zu bieten. Dabei wusste ich schon genau, wer mich spielen sollte: Brad Pitt natürlich. Es kam auch kein Telegramm aus Bayreuth mit der Bitte, meine Texte zum Opernlibretto umzuschreiben.

Immer wenn ich meinem besten Freund Karl von meinen Erfolgsfantasien erzählte, tippte er sich gelangweilt an die Stirn.

Aber dann geschah es: Der Ruhm klopfte bei mir an. Oder besser: Er rief an. Ein Assistent von einem Assistenten einer Talkshow-Gastgeberin fragte, ob ich in ihrer Sendung auftreten würde. Ich hielt die Hand über die Muschel und zischte Karl, der gerade auf meinem Sofa in der *Bravo-Girl* die Leser-Gedichte studierte, zu:

„Es ist das Fernsehen!"

„Welcher Sender? RTL? Will Dirk Bach vielleicht Baby Neumann spielen?"

„Frechheit!" sagte ich und zog unwillkürlich den Bauch ein. „Natürlich bin ich für eine Talkshow zu haben", säuselte ich in den Hörer.

„Und Sie würden ganz offen über Ihre Geschlechtsumwandlungsoperation sprechen?" wollte die Stimme am anderen Ende der Leitung wissen.

Ich griff prüfend zwischen meine Beine: „Äh … was für eine Operation?"

Karl wurde hellhörig: „Wollen sie dich live operieren? Im *Gesundheitsmagazin Praxis?*"

Ich schüttelte heftig den Kopf.

„Zuzutrauen wär's dem Fernsehen", brummte Karl. „Und dir auch. Du würdest doch alles tun, um berühmt zu werden."

„Ich glaube, Sie verwechseln mich", sagte ich ins Telefon.

Es raschelte. „Warten Sie – sind Sie nicht der Autor von *Mein Schnitt ins neue Leben?* Dann habe ich meine Unterlagen durcheinander gebracht."

Noch mehr Rascheln. Dann: „Jetzt hab ich's. Sie sind der FDP-Abgeordnete, der heimlich als S/M-Callboy arbeitet."

„N-n-nein …"

„Ja, das ist doch – *raschel, raschel* – nicht zu fassen. Ah, hier! Sie wollen sich also ein Embryo in die Bauchhöhle einpflanzen lassen, Herr …"

„Nein!" unterbrach ich. „Ich habe Geschichten über den schwulen Alltag geschrieben!"

Schweigen. Rascheln. „Natürlich! Herr Neumann! Das tut mir Leid, ich verstehe gar nicht, dass Sie noch auf meiner Liste stehen. Wir hatten mal angedacht, Sie einzuladen, aber das Thema „schwuler Humor" erschien uns dann doch als ein zu heißes Eisen. Lachen über eine Minderheit und so … Politisch nicht ganz korrekt, Sie verstehen. Kennen Sie vielleicht zufällig einen rechtsradikalen Terroristen mit Intimpiercing? Für unsere nächste Sendung?"

Ich knallte den Hörer auf die Gabel und fing an zu fluchen. Karl kicherte und verabschiedete sich. Meine *Bravo-Girl* nahm er einfach mit, der Schuft.

Also bin ich nicht berühmt geworden, was ich sehr bedauere, denn eigentlich wollte ich in diesem Buch ein wenig Glamour bieten. Berichte aus erster Hand, wie ich vor der Nobelpreis-Verleihung zitterte, Madonnas Heiratsantrag ablehnte, auf den Seychellen von Bruce Weber fotografiert wurde, bei Charles und Camilla Parker-Bowles Tee trank, mit Doris Schröder-Köpf zum Shopping ging und so weiter. Statt dessen gibt es Alltags-Histörchen von einem ganz gewöhnlichen Schwulen und seinen besten Freunden Karl und Lola.

Letztere, eine wasserstoffblonde Postfeministin mit Hang zu divenhaften Auftritten, kenne ich schon aus der Schule. Lola hat stets wunderbare Ideen. Jedenfalls findet sie das wunderbar, wenn sie mich zum Strip-Poker mit Mormonen-Missionaren überredet oder zum Dildo-Kauf im Sexshop.

Karl, der sich selbst als „Schwulette de luxe" bezeichnet, traf ich kurz nach meinem Umzug aus der westfälischen Provinz in die Großstadt.

Er ist mein engster Vertrauter, auch wenn er mehr als ein bisschen spinnt.

Das kann man auch von meiner Frau Mutter behaupten, die in meinem Leben und in diesem Buch eine nicht unerhebliche Rolle spielt (sie hat es sich nicht nehmen lassen, sogar selbst einige Texte beizusteuern). Von ihr kommt auch die Idee mit den Fußnoten: „Kind, der Zeitgeist rast, sage ich dir. Die Leute von heute wissen doch nicht mehr, was Mitte der Neunziger, als du die meisten deiner kleinen Histörchen verfasst hast, angesagt war. Frag das Volk mal nach dem damaligen Bundeskanzler, da kriegst du nur offene Münder zu sehen." Drastisch ausgedrückt, wie üblich, aber es steckt ein Körnchen Wahrheit in Muttis Zetern.

Die Zeiten haben sich verändert. Mark wurde zu Euro und Marky Mark zu Mark Wahlberg. Das Internet (GayRomeo etc.) hat die Kontaktanzeige gekillt wie einst Video den Radiostar. Die Lederszene hat keine strenge Tür mehr: Ich war kürzlich in einem rosa Rolli in *Tom's Keller*, ohne Probleme. Ich wurde sogar angemacht!

Schwule Politiker sind geoutet bis an die Schmerzgrenze – man will's schon gar nicht mehr wissen. Einer wälzte sich nackt und farbbeschmiert auf einer Leinwand, hängte sich das Ergebnis an die Wohnzimmerwand und bat *Focus* und *Bild* zum Fototermin. Das gab's früher nicht.

Dafür gab es Personen und Dinge, die die Gay Community geliebt hat und die vielleicht ein ganz klein wenig dem Vergessen anheim gefallen sind: Wer war Amanda Woodward? Jason Donovan? Sofia Petrillo? Steven Carrington? Mike Henson? Was war eine Jerk-Off-Party? Warum war Doph Lundgren ein Filmstar? Wo lag St. Olav? Damit solche Fragen nicht unnötige Kopfschmerzen bereiten, habe ich Fußnoten verfasst, die sie beantworten. (Wäre das Buch eine DVD, würde man das wahrscheinlich „Audio-Kommentar" nennen.)

Moment mal eben, das Telefon klingelt. Ich hebe ab.

„Hallo? Wer? Bernd Eichinger? Der Filmproduzent? Aber natürlich stimme ich einer Verfilmung meines Buches zu. Mit Til Schweiger in der Hauptrolle? Wunderbar! Öh … Kann ich Til dann auch mal privat kennenlernen? Was gibt's denn da zu lachen? Hallo, hallo? WAS? Also ehrlich, Karl, das ist gar nicht komisch!"

Unordnung und frühe Tunterei

Mein Name ist Baby Neumann, und ich bin kein Schriftsteller.

Aber ich schreibe trotzdem, weil das schwule Leben so seltsam ist, daß ich es zu Papier bringen muß, um überhaupt daran glauben zu können. Man weiß ja: Was gedruckt ist, stimmt auch.

Das behauptete jedenfalls immer mein Großvater mütterlicherseits, seines Zeichens überzeugter Bibel-Leser und Kirchenchor-Vorsteher. Dieser Ausbund an Katholizität heiratete eine biedere Tochter aus gutbürgerlichem Hause, deren zwei Hauptsorgen im Leben waren: „Was mögen die Nachbarn denken?" und „Was hält der Herr Pastor davon?" Im Krieg wurden meine Großeltern wiederholt ausgebombt, was ihren gemeinsamen Sinn für das, „was sich gehört", nicht im Geringsten trübte: Blütenweiße Gardinen zierten die übrig gebliebenen Fenster, und der nicht verbrannte Rest der Stiegen wurde einmal wöchentlich gebohnert.

Kaum war der Frieden ausgebrochen, machte sich das Paar an die Fortpflanzung und produzierte meine Mutter. Es muß eine scheußliche Erfahrung für die beiden christlichen Menschen gewesen sein, denn Mutti blieb ein Einzelkind.

Zweimal wöchentlich zwang mein Großvater sie in die Kirche, sperrte sie in den Kohlenkeller, als sie im Alter von neun Jahren die Unbefleckte Empfängnis anzweifelte und zerbrach einen Handfeger auf ihrem Rücken, als er sie dabei ertappte, wie sie unter der Bettdecke *Lady Chatterley* las. Diese vortreffliche Erziehung trieb Mutti direkt in die Arme der „Existenzialisten", die behaupteten, Gott sei tot – was ihr einleuchtete. Die Existenzialisten trugen schwarz, trafen sich in düsteren Kellerlokalen, rauchten Gauloises und diskutierten über Sartre und das Ende der bürgerlichen Gesellschaft.

Als Teenager sah meine Mutter aus wie Juliette Greco, die fahle Muse der existenzialistischen Szene: rabenschwarzes Haar, bleiche Haut, Turtleneck und Faltenrock. Ihre Augen umrandete sie täglich mit einem Kohlestift, die Lippen puderte sie weiß. Seit jenen Tagen hat sie sich sehr verändert – heute ist Mutti eine Mischung aus Bette Midler minus Zellulitis und Krystle Carrington* minus Haarspray.

Mit siebzehn lernte sie einen semi-pornographischen Schriftsteller aus New Orleans kennen, der ihr eine Haschischpflanze schenkte und sie überredete, mit ihm nach San Francisco zu ziehen, um dort in einer Kommune zu leben. Sie flocht sich – wie der Song es vorschrieb – Blumen ins Haar und verkündete ihren Eltern nicht nur den Entschluß auszuwandern, sondern auch die Tatsache, daß sie das Kind des Schriftstellers unter ihrem Herzen trug. Meine Großmutter starb in derselben Stunde an einem Gehirnschlag, woraufhin ihr Mann melodramatisch äußerte: „Ich habe keine Tochter mehr!"

Nach zwei Jahren in Frisco, einer Abtreibung, einer wüsten Affäre mit einem schwarzen Blues-Sänger und mehreren Monaten in einem Kibbuz in der Nähe von Tel Aviv kehrte meine Mutter nach Deutschland zurück, versöhnte sich mit ihrem gestrengen Erzeuger, schlug eine kurze Karriere als Fotomodell ein und heiratete bald darauf einen jungen Anwalt – meinen Vater –, der heute noch genauso nett und langweilig ist wie damals. Die wilden Jahre waren vorbei – bis ich das Licht der Welt erblickte!

Es war das Zeitalter des Wassermanns. Die Flower-Power-Bewegung hatte sogar die spießige westfälische Stadt erreicht, in der ich aufwuchs. Mutti war eine echte Hippie-Mama. Sie trug hüftlanges Haar, Maxi-Röcke und Sandalen – und mich in einem indianisch bedruckten Tuch aus Baumwolle vor den Bauch geschnallt. Meinem Vater stellte sie Räucherstäbchen und Gebetsmühlen aus Tibet ins Büro. Ich wurde an öffentlichen Orten gesäugt und auf linke Demos mitgeschleppt. In ihrem rosa 2CV nahm meine Mutter mich zu PSI-Kursen an der Volkshochschule, Günter-Grass-Lesungen und Konzerten von Janis Joplin und Jimi Hendrix mit. Im antiautoritären Kinderladen lernte ich alles über Buddha

---

* *Denver-Clan*-Ikone, deren platinfarbener Föhnfrisurturm neben der Louvre-Pyramide als größte architektonische Sensation der achtziger Jahre gilt.

und Marx. Meine Eltern experimentierten mit der freien Liebe, ich mit Fingerfarben. Mein Großvater enterbte uns alle mit den Worten: „Ich habe keine Familie mehr."

Als ich fünf war, merkte ich zum ersten Mal, daß etwas mit mir nicht stimmte. Die kleine Joni (benannt nach Mitchell) ließ sich von all den kleinen Jungs aus dem Kinderladen unter den Rock sehen – für einen Gummi-Schlumpf. Sie hatte bald die größte Schlumpf-Sammlung Nordrhein-Westfalens. Mich interessierte das Zeug unter Jonis Rock nicht, ich behielt meine Schlümpfe. Bis ich sie eines Tages alle (einschließlich Schlumpfinchen!) meinem Spielkameraden Jim (benannt nach Morrison) anbot. Als Gegenleistung wollte ich sein „Gießkännchen" anfassen. Jim warf mich erbost in den Sandkasten. Meine Schlümpfe habe ich noch heute, Jim ist inzwischen verheiratet und Automechaniker.

Mit sieben begann ich, ins Kino zu gehen. Jeden Sonntag morgen gab es im Filmpalast eine „Jugendvorstellung". Man zeigte entweder japanische Monsterfilme oder Gladiatorenschinken. Ich kann bis heute nicht sagen, welche Alternative aufregender war – die Gummi-Ungeheuer, die Papp-Tokio niedertrampelten, oder die halbnackten, griechisch-römischen Heroen in ihren kurzen Röckchen, die jeden Augenblick hochzurutschen versprachen.

Auch das Fernsehen faszinierte mich. Ich verpaßte keine *Tarzan*-Film und noch heute bekomme ich sofort eine Erektion, wenn ich Lex Barker sehe (außer, er spielt Old Shatterhand). Einige Monate lang erwog ich, von Zuhause wegzulaufen und mit dem phallischen *Flipper* und dessen frauenloser Familie (sexy Vater mit zwei Söhnen) in Florida zu wohnen. Aber das war mir dann doch zu weit.

Irgendwann verlor ich meinen Vornamen. Weil ich mit zehn Jahren noch so pausbäckig und unschuldig aussah wie ein Säugling, rief mich meine ganze Familie „Baby". Bei dem Spitznamen ist es bis heute geblieben. Ich bin jetzt über zwanzig und längst nicht mehr unschuldig, aber immer noch jedermanns „Baby" – das muß an meinen blauen Kulleraugen liegen.

Kurz nach meinem elften Geburtstag sah ich zum ersten Mal *Hello Dolly* mit Barbra Streisand. Von da an wußte ich, daß auch in mir eine Dolly steckte: eine Frau von Welt, die alles kennt, schneller als ein Maschinengewehr und witziger als Noël Coward spricht und vor allem: Federboas und riesige Hüte trägt. Barbra wurde mein Rollenmodell. Ich begann, affektiert zu gestikulieren und trug – als Boa-Ersatz – mit Vorliebe lange Schals. Außerdem ließ ich meine Fingernägel wachsen.

Das Ganze beunruhigte meine Mutter kaum („eine Phase …"). Mein Vater jedoch wurde aus seinem üblichen Desinteresse gerissen, als ich beim Essen versehentlich eine Kartoffel mit dem lackierten Nagel meines Ringfingers aufspießte. „Das Kind wird doch nicht etwa *homosexuell?*" hörte ich ihn meiner Mutter zuflüstern.

Den nächsten Nachmittag verbrachte ich in der Stadtbibliothek* und las alles, was mit diesem faszinierenden neuen Wort zusammenhing. Endlich wußte ich genau, was mit mir los war! Am Abend klaute ich eine Flasche Wein aus dem Keller, zündete eine Kerze an und feierte mich als „Homosexuellen"! Ganz was Besonderes, nur jeder Zehnte war das! Toll! Ich war dreizehneinhalb.

Boy George** ersetzte Barbra Streisand als Rollenmodell. Ich schockierte meine Lehrer mit Lidstrich und Lipgloss, bis das Fernsehen einen erneuten Imagewechsel auslöste. Steven Carrington, der schwule Sohn aus dem *Denver Clan*, wurde meine große Liebe und mein Vorbild. Ich schmiß mein Make-up auf den Müll, schnitt meine Nägel und trug Jeans, Turnschuhe und gestreifte Hemden wie ein ganz normaler Junge. Meine Eltern atmeten auf. Mein Großvater fragte mich, ob ich Lust hätte, mit ihm die Messe zu besuchen. Er setzte mich sogar wieder in sein Testament ein.

Zu früh gefreut! Auf einer Klassenfahrt nach Rom geschah es: In der U-Bahn bot mir ein großer, schlanker Unbekannter Kirschen an. Ich hatte schon minutenlang gebannt zugesehen, wie er die Früchte mit schönen Fingern aus einer Papiertüte angelte und sie sich zwischen die sinnlichen Lippen steckte. Zwanzig Minuten später verlor ich meine Jungfräulichkeit in den Borghese-Gärten. „Das wurde auch Zeit", dachte ich mir und fühlte mich in meiner sexuellen Identität als Schwuler endgültig bestätigt.

Wieder daheim, beschloß ich, mich meinen Eltern mitzuteilen. Mutti nahm die Sache gelassen („doch keine Phase …") und erzählte mir von ihrer Zeit in San Francisco und ihren Freunden in der Castro-Street, während mein Vater meinte, ich solle vielleicht einen Analytiker besuchen. Mutti zischte „Blödsinn!", worauf er resigniert mit den Schultern

---

* Heutzutage hätte ich nicht viel recherchieren müssen. Schwule sind ja überall im Rampenlicht: in den Daily-Soaps, in den Charts, auf Kino-(T)raumschiffen, im TV-Dschungelcamp – und sogar in der Politik, wo er nur so wowereit und westerwellt. Oscar Wilde würde sagen: „*The love that dares not speak its name just won't shut up now!"*

** Leadsänger des *Culture Club*

zuckte und fragte: „Heißt das, daß du Friseur wirst, Baby?" Meine Mutter trat ihm gegen das Schienbein.

Vor meinem greisen Großvater wurde mein „Lebensstil", wie Mutti sich ausdrückte, verheimlicht. Man fürchtete um seine Gesundheit. Nach dem Abitur zog ich in eine Großstadt und schrieb mich an der Universität ein. Geprägt von japanischem Horror-Trash, Barbra Streisand und Sandalen-Epen hatte ich beschlossen, Film zu studieren. Seit meinem Erlebnis in den römischen Gärten war ich sexuell enthaltsam gewesen – aus Mangel an Gelegenheit. Die Großstadt bot da natürlich ganz andere Möglichkeiten. Wenige Tage nachdem ich in mein Einzimmer-Apartment am Rande der Innenstadt eingezogen war, traf ich beim Einkaufen im Supermarkt den – nach jenem italienischen Kirschenfreund – zweiten Schwulen meines Lebens: Karl, sieben Monate jünger, aber entschieden erfahrener als ich. Seine hervorstechendsten Merkmale: sehr viel Charme, bissige Ironie, wässrig-blaue Augen und tiefschwarzes Haar (mein Verdacht: gefärbt!). Er besitzt noch mehr Barbra-Streisand-Platten als ich und behauptet von sich, er habe den Drehbuchautoren von *Golden Girls* als Vorbild für Blanche Deveraux* gedient. Karlchen studiert Kommunikationswissenschaft, was ich für völlig überflüssig halte, da er ein Meister der Kommunikation ist -- auf verbaler und körperlicher Ebene. Nachdem wir erfolglos versucht hatten, miteinander ins Bett zu gehen (jeder Anlauf endete mit hysterischem Gekicher und einer Kissenschlacht), wurden wir innerhalb weniger Monate zu Busenfreunden.

Obwohl mir Karl immer einen Schritt voraus zu sein scheint, finde ich nichts aufregender und witziger, als mit ihm zusammen (naja, zugegeben, manchmal ziehe ich lieber alleine los) die schwule Subkultur in all ihren Ausprägungen zu erforschen. Davon erzählen die folgenden Geschichten.

Wenn mein Großvater dieses Buch liest, wird ihn umgehend der Schlag treffen**.

---

* Männermordende Geriatrie-Femme-Fatale aus *Golden Girls*. Die Sitcom befasste sich vorgeblich mit vier schrägen älteren Damen in einer WG in Miami, handelte aber – genau wie *Sex and the City* – in Wirklichkeit natürlich von Schwulen. Die wurden nur eben von Frauen dargestellt, wahrscheinlich um die Zuschauer-Zielgruppe zu vergrößern … (Den Trick hat Tennessee Williams schon in *Endstation Sehnsucht* bei der Figur der Blanche DuBois angewendet – und das Golden Girl Miss Deveraux trägt nicht zufällig den gleichen Vornamen!)

** Das geschah pünktlich im Jahr der Erstausgabe 1993. Ich trug bei der Beerdigung schwarz und knielang, mit Zuchtperlen.

Mit Mutti auf der CSD-Demo

Jedes Jahr finden in Berlin eine große Demo zur Feier des Christopher-Street-Tages und eine Art schwules Unabhängigkeitsfest statt. Ich wollte da schon immer mal hin, doch fehlte mir die Energie, in die Hauptstadt zu reisen und mich in das Defilee der stolzen Schwulen einzureihen. Der entscheidende Anstoß, an diesem Spektakel doch teilzunehmen, kam aus einer gänzlich unerwarteten Richtung.

Morgens um halb acht reißt mich Telefongeklingel aus einem Traum, in dem Christian Slater und Tom Cruise zwei nicht unbedeutende Rollen spielten. Sofort bin ich hellwach, denn wenn zu solch unchristlicher Stunde bei mir das Telefon klingelt, ist es entweder mein Freund Karl, der mich im tiefsten Liebesleid aus irgendeiner Kaschemme anruft, wo er sich die ganze Nacht mit Wodka und Erdnüssen zu trösten versuchte, oder – meine Mutter.

„Baby, Kind, ich bin's. Hab ich dich geweckt?"

„Aber nein, Mutti, ich bin schon seit Stunden auf. Amerikanische Wissenschaftler haben herausgefunden, daß Menschen, die regelmäßig um vier Uhr morgens aufstehen, durchschnittlich dreißig Minuten länger leben."

„Ach Kind, immer einen netten Spruch auf den Lippen, das liebe ich so an dir. Aber jetzt hör mal zu. Weswegen ich anrufe: Ich hab da in der Zeitung gelesen, daß sich die Überfälle auf euch … äh … Homosexuelle (Gott, wie ich das Wort hasse! Könnt ihr euch nicht mal einen netteren Namen zulegen?), daß sich also diese gewalttätigen Übergriffe, wie die hier schreiben, häufen. Was soll das heißen? Sind die braunen Zeiten wieder ausgebrochen, und das deutsche Volk hat's mal wieder nicht gemerkt? Baby, es ist an der Zeit, etwas dagegen zu tun. Wir fahren nach Berlin und laufen auf der CSD-Demo mit. Dieses Nazipack muß sehen, wie viele wir sind."

„Wie viele *wir* sind? Du verläßt Vati für eine Frau?"

„Dreh mir nicht das Wort im Munde rum, Kind, du weißt schon, was ich meine. Macht euch öffentlich oder so, das hat doch die … äh … Homosexuellenbewegung schon vor zwanzig Jahren gepredigt. Also los, machen wir uns öffentlich."

„Du meinst, du machst mich öffentlich?"

„Meine Güte, ja, dich als … äh … Homosexuellen und mich als Mutter eines … äh … Homosexuellen. Karl kann auch mitkommen, je mehr, desto besser!"

Meine Mutter hat natürlich recht. Mit den verschiedenen *clauses* in England (von denen ich immer hoffe, daß sie auch die englische Gerichtsbarkeit nicht auseinanderhalten kann), der drohenden Anti-Schwulen-Gesetzgebung in Frankreich und dem neuen Volkssport (vielleicht sollte ich VOLK in Großbuchstaben schreiben) Schwulenticken hier ist es wirklich nötig, auf die Straße zu gehen.

Mutti organisiert also die Fahrkarten und eine Pension für uns drei: Mein bester Freund Karl (bloß Freund, nicht Freund) fährt auch mit. Seine Begründung ist allerdings weniger politisch: „Baby, Schätzchen, stell dir vor, zehntausend Kerle auf einem Haufen – da muß doch auch für mich was dabei sein. Endlich hat man mal Auswahl!"

Am Abend vor der Demo machen wir uns in der Pension Gedanken, was der modische Homosexuelle zum CSD trägt. Mutti hat sich schon für ein beiges Kostümchen und „vernünftige" Schuhe entschieden: „Ich kann diese … äh … Homosexuellen nicht verstehen, die in Stöckeln demonstrieren – das ist doch Selbstmord." Karl schlägt mir vor, eine Runde Canasta zu spielen. Wer gewinnt, darf entscheiden, was der andere auf der Demo trägt. Ohne Widerrede! Vor meinem geistigen Auge sehe ich Karl schon mit Bananen auf den Hüften, doch ist mir das Schicksal nicht hold: ich verliere.

Samstag morgen um elf auf dem Berliner Savignyplatz sammelt man sich. Es ist wechselhaft bewölkt, aber trotz drohendem Regen ist der Teufel los. Ein riesiges Polizeiaufgebot und Tausende von Demonstranten. Lesbische Samba-Gruppen und ein Disco-Wagen, von dem die Hits der Siebziger Jahre tönen, sorgen für Stimmung. Meine Mutter, die zuvor noch ein wenig *shopping* war, wartet schon auf uns. „Wie siehst du denn aus, Kind? Mußte das sein?" erschrickt sie. Karl hat mich als Macho-Sexobjekt ausstaffiert, ausgerechnet. Eine Jeansjacke mit fransig abgeschnittenen Ärmeln auf dem nackten Oberkörper, *instant tatoos* auf jedem Bizeps, knall-enge, schwarze Radfahrerhosen und klobige Doc Martens entstellen mich. Ich fühle mich wie Evelyn Hamann in einem von Madonnas Gaultier-Outfits. Karl trägt Jeans und ein *Silence = Death* T-Shirt*.

Auf dem Platz herrscht ein reges Getümmel. Etwa acht Lesben mit kurzgeschorenem Haar, ganz in lila gekleidet, halten ein spontanes Kiss-In ab; eine Handvoll halbnackter Tunten mit Federn und künstlichem Obst auf dem Kopf tanzt hysterisch kreischend Samba mit einer Gruppe bärtiger Männer in schwarzem Leder. Meine Mutter schüttelt den Kopf: „Mal wieder kein Klischee ausgelassen."

„Aber Frau Neumann", sagt Karl, „das sind eben die Paradiesvögel. Es gibt ja auch genügend graue Mäuse. Von denen bleiben nur leider die meisten zu Hause."

In diesem Moment springen laut grunzend drei fast nackte Männer, verkleidet als eine Art Neandertaler, auf meine Mutter zu. Mutti wird von ihnen umringt; sie schnuppern an ihr und betasten sie vorsichtig wie zahme Affen. Meine Mutter nimmt ihre Zigaretten aus der Handtasche, zündet sich eine an, inhaliert tief, seufzt und sagt zu Karl: „Graue Mäuse, jaja." Dann hält sie den Neandertalern ihr brennendes Feuerzeug entgegen und ruft drohend: „Die weiße Frau hat die Macht des Blitzes!" Schreiend vor Lachen läßt der Urzeitclan von ihr ab. Mutti bläst zischend eine Rauchwolke aus und fragt mich, warum um Himmels Willen sich … äh … Homosexuelle als Neandertaler verkleiden?

„Ich weiß auch nicht, was das bedeuten soll, außer vielleicht: die animalisch-urige Kraft der Männerliebe?" rätsele ich.

„Halt die Klappe, Rose**", sagt Karl.

Inzwischen hat sich der Zug in Bewegung gesetzt. Man sieht Demonstranten in barocken Kostümen, Frauen in schwarzem Leder mit freiem Oberkörper und jede Menge Männer im Fummel. Eine süd-amerikanische Tunte trägt ein riesiges Pfauenrad am Hintern. Eine Frau im blauen Trenchcoat hält ein Pappschild, auf dem steht: „Hoffentlich erkennt mich keiner". Eine Berliner Disco präsentiert sich mit einem Lieferwagen, auf dem muskelbepackte Lederkerle zu Jimmy Somervil-

---

* Slogan der Aids-Aktivisten Anfang der Neunziger. Ich trage heute übrigens ein T-Shirt mit dem Slogan „*Barebacking = Death*".

** Rose Nyland war die sprichwörtlich blöde Midwestlerin aus der TV-Serie *Golden Girls*. Rose raubte mit völlig sinnfreien Geschichten aus ihrem Inzucht-geplagten Heimatdorf St. Olav ihren Mitbewohnerinnen den letzen Nerv und konnte nur mit der Zauberformel „Halt die Klappe, Rose!" gestoppt werden.

le tanzen und Bonbons in die Menge werfen. Alle möglichen Gruppen – von „Schwulen Vätern“ bis zu „Lesben und Kirche“ – laufen hinter Transparenten. Aber es gibt auch viele, die wie wir ohne eine bestimmte Gruppenzugehörigkeit mitmarschieren.

Meine Mutter überlegt, wo wir uns am Günstigsten in den Zug einreihen: „Auf keinen Fall zu nah bei irgendeiner kirchlichen Organisation. Ich kann nicht begreifen, daß es noch Lesben und Schwule gibt, die nicht ausgetreten sind. Wie wär‘s bei den Lederkerlen, da haben wir Musik und Bonbons.“

So scheinen viele zu denken, denn hinter dem Disco-Wagen tanzt schon eine riesige Menge den *Time Warp* aus der *Rocky Horror Show.* Karl stürzt sich ins Gedränge, während Mutti und ich uns einhaken und mit etwa zehn Metern Abstand den Tanzenden folgen. Der Zug biegt von der Kantstraße ab und wird durch obskure Straßen zwischen S-Bahngleisen und den Rückfronten großer Kaufhäuser geführt, was meiner Mutter gar nicht gefällt: „Sieh dir das an, Kind: Außer Mülltonnen steht in dieser gottverlassenen Gegend niemand am Straßenrand. Ich demonstriere doch nicht für die Mülltonnen! Unerhört! Wer ist für diese dämliche Route verantwortlich?“

Bald windet sich der Zug aus den Gäßlein heraus auf die Wilmersdorfer Straße, wo jede Menge Publikum in den Fenstern liegt und an der Straße steht. Viele winken, einige sind befremdet. Als wir gerade unter der S-Bahnbrücke stehen, platzt ein Gewitter los. Von vorne und hinten stürmen um ihre Frisur fürchtende Demonstranten kreischend und schimpfend unter die Unterführung. Auch die lesbische Samba-Gruppe ist unter der Brücke gefangen. *„Let‘s party!“* schreit ein riesiger Transvestit auf Rollschuhen, und die Samba-Band legt los. Unter ohrenbetäubendem Gejohle fangen die etwa 250 Leute unter der Brücke an zu tanzen. Die Rollschuh-Transe reißt mich mit eisernem Griff an ihre üppig gepolsterte Brust, und wir improvisieren lateinamerikanische Tanzformen. Mutti klatscht im Takt.

Fast sind wir traurig, als der Regen nach einer halben Stunde aufhört. Der Zug hat sich geteilt, eine kilometerlange Lücke klafft zwischen Vorder- und Hinterteil. Mit beschleunigtem Tempo geht es weiter auf den Ku‘damm, wo wir wieder auf den Disco-Wagen und Karl stoßen, der naß aber glücklich etwas junges Blondes im Arm hält. Typisch. Und ich hab meine Mutter am Hut.

Am Straßenrand stehen Touristenbusse mit hektisch fotografierenden Japanern und säuerlichen Amerikanerinnen, die leicht angewidert die dauergewellten Köpfe abwenden. „Ziegen", sagt meine Mutter und klopft an die Fensterscheiben: *„Yes, we are gay, you know!"* Ihre Solidarität geht wieder mal mit ihr durch.

Endlich gelangen wir zum Breitscheidplatz, wo vor der Gedächtniskirche die Schlußkundgebungen stattfinden. Wie alle derartigen Veranstaltungen ist es unbeschreiblich langweilig. Also hört man nicht zu, sondern sieht sich in der Menge nach bekannten Gesichtern und (wie überall) dem Traumprinzen um. Ich entdecke einen Bekannten, der mir zuruft: „He Baby! Hab mich lange nicht gemeldet, weil ich jetzt in festen Händen bin! Ich ruf dich an, wenn er mich verlassen hat!"

Mutti schüttelt den Kopf und tritt ihre Kippe aus: „So sind sie wohl, die … äh … Homosexuellen." Dann entschuldigt sie sich und geht in ein Café, „um die Eindrücke dieses außergewöhnlichen Tages noch einmal zu rekapitulieren". Karl ist schon längst mit dem blonden Traum verschwunden. Ich fühle mich trotzdem nicht einsam. Hier stehe ich mit fast zehntausend Lesben und Schwulen.

Ich gehöre dazu.

Nackt bis auf die Schuhe

Ich hatte schon viel von diesen Jerk-Off-Parties* gehört, aber ich war mir nie sicher, ob mir das wohl gefallen würde. Natürlich war ich neugierig! Mein Freund Karl, der von einer heute stattfindenden J.O.-Party wußte, überredete mich, dieselbe zu besuchen. Nicht, daß ich mich allzusehr gesträubt hätte.

Auf dem Weg in den Teil der Stadt, wo das Ganze stattfinden soll, schauen wir uns jeden Mann genau an, der mit der U-Bahn in die gleiche Richtung fährt.

„Meinst du, der …?“

„Glaub ich nicht, der hat doch marmorierte Jeans an. Aber vielleicht der kleine Blonde. Sieht'n bißchen aus wie einer von *Take That***, findste nicht?“

„Hoffentlich nicht der mit dem Schnurrbart.“

„Ich denke, du stehst auf Machos? Och Mensch, jetzt ist der kleine Blonde ausgestiegen …“

Auf dem Weg von der U-Bahn zur J.O.-Party packt mich dann plötzlich und erwartet die große Feigheit. Es ist noch ganz hell, schreiende Kinder spielen auf den Straßen, Familienväter kommen heim vom Tagewerk.

„Glaubst du, der …?“

„Quatsch, der geht heim zu seiner Alten und der Sportschau. Hör mal, ich glaub, ich geh auch heim. Heute ist doch auch *Golden Girls* und …“

„Schwanz einziehen gilt nicht. Wo bleibt deine Neugier?“

---

* Sex-Parties für alle Geschmacksrichtungen, von schlichtem J.O. bis „Transgender-Fisting Party mit Natursekt und Schnittchen“, stehen heutzutage in den Veranstaltungsspalten der Stadtmagazine. Zur Entstehungszeit dieser Geschichte war es noch ein komplett neues – und etwas beängstigendes – Konzept, sich zum eindeutigen Zwecke der geschlechtlichen Vereinigung auf eine Party zu begeben.

** Die beste Boyband aller Zeiten ist inzwischen Makulatur, hinterließ der Welt aber ihr genialstes Mitglied (Betonung auf „-glied“), Robbie Williams.

„Neugierig bin ich schon, aber ich sterbe vor Aufregung. Ich kriege Blähungen, wenn ich mich aufrege."

„Macht nichts, es wird ja nur gewichst."

„Also, du schockierst mich immer wieder, Karl!"

„Hier sind wir. Dritter Stock."

Ein dezentes Schild an der Tür: *J.O.P. hier hoch.* Ich bezweifele stark, ob bei mir auch was hoch gehen wird und beschwöre Karl, noch mal um den Block zu gehen, oder wenigstens ein paar Minuten auf der Haustreppe zu sitzen und zu beobachten, wer so alles reingeht. Käme nicht in Frage, es sei kurz vor neun, und um neun würde die Tür abgeschlossen und dann käme keiner mehr rein. Jetzt oder nie. Ich entscheide mich für nie, aber da hat mich Karl schon durch die Tür gestoßen, und ein nackter Mann grinst mich an. Seine Aufgabe ist, uns zu begrüßen, die „Regeln" zu erläutern („Also, Jungs, kein Blasen, kein Bumsen, auch nicht mit Gummi, nur Handarbeit.") und den Eintritt zu kassieren. Um zur Garderobe zu kommen, müssen wir an einem Tresen vorbei. Auf dem Weg stoßen wir mit etwa einem Dutzend nackter Männer zusammen. Dann bekommen wir Kleiderbügel mit der Aufforderung, alles auszuziehen bis auf Schuhe und Strümpfe, man verletze sich sonst so leicht, wenn mal ein Glas umfällt.

„Kein Paradies für Fußfetischisten", sagt Karl.

Ich presche wie mit Scheuklappen an die Bar, bestelle ein Bier, und stürze mich kopfüber in das Glas. Als ich wieder auftauche, hat der Alkohol die Scheuklappen durchsichtig gemacht, und ich sehe mich erstmal um.

Ein großer Raum, die Fenster mit Packpapier zugeklebt, vereinzelte Plastikstühle, zwei Bistrotische und drei große Sofas. Discobeleuchtung von der Art, die weiße Socken und Staubflocken strahlen läßt. Das Licht ist hell genug, um zu erkennen, wie die Leute ungefähr aussehen, dunkel genug, um Raum für die Phantasie zu lassen. Ein Fernseher, in dem ein Pornovideo läuft: Ein muskeliger Ami liegt am Strand und holt sich in der Gischt mit großer Hingabe einen runter. Und verstreut über den Raum etwa fünfzig nackte Männer. Ich dränge mich dicht an Karl. Wir beraten, was zu tun ist und beschließen, uns auf zwei Plastikstühle, die sich unter unseren nackten Hintern irgendwie unangenehm anfühlen, zu setzen und das Video anzuschauen. Auf dem Weg hole ich mir noch ein Bier.

Ich bemerke, welche Musik da im Hintergrund spielt; es ist Amanda Lear mit ihren größten Erfolgen, was mich an meine pubertäre

Schwärmerei für die Dame zurückdenken läßt. Ich kann ihre Texte immer noch mitsingen:

„*She loves blood and honey, she's got the devil in her eyes ...*"

„Kannst du bitte mit dem Singen aufhören; das ist eine Orgie und nicht der *Grand Prix de la Chanson*", sagt Karl.

Langsam trauen wir uns, die Männer, die da rumstehen oder -sitzen, anzuschauen. Mir direkt gegenüber hockt ein freundlich lächelnder Greis mit Stützstrümpfen. Ansonsten ist der Raum gefüllt mit Durchschnittstypen, Leuten, nach denen ich mich in der U-Bahn nicht umdrehen würde und mit denen ich jetzt in dieser intimen Situation zusammenstecke. Die Atmosphäre ist eher drückend, es wird wenig gesprochen, nicht gelacht, die meisten schauen auf den Fernseher, wo *Unbeschnittene Latinos* den Ami in der Gischt abgelöst haben und lustige Dinge mit ihrer Vorhaut anstellen.

Karl bemerkt zwei junge Männer, die aus der Masse herausragen, nicht nur wegen ihres attraktiven Äußeren, sondern weil sie beide fast zwei Meter lang sind.

„Schau mal, der Blonde für mich, der Dunkle für dich."

„Und wie sollen wir an die rankommen? Was sagt man da, ‚Entschuldigung, darf ich's wagen, möchten Sie mir nicht einen runterholen?' "

Tatsächlich ist die Situation alles andere als erotisch. Hier und da blitzt mal eine Erektion auf, aber die meisten Herren wirken, als würde hier ein Cocktailempfang ohne Kleider gegeben. Karl wundert sich, wann endlich etwas geschieht: „Ob es wohl einen Startschuß gibt und dann greift sich alles an die Schwänze? Oder wie?"

Amanda Lear ist inzwischen vom Soundtrack zu *Bilitis** abgelöst worden, und ich fange an zu meckern:

„Die haben wohl seit '78 keine neuen Platten mehr gekauft. Und überhaupt, bei der Musik von *Bilitis* muß ich dauernd an nackte Frauen denken, das bringt mich bestimmt nicht auf Touren. *Bilitis*, wie sich das schon anhört, wie Klitoris. Ich hol mir jetzt noch 'n Bier."

---

* Francis Lais von säuselnden Frauenstimmen gehauchte Musik zu David Hamiltons pseudo-lesbischem Softcore-Drämchen von 1977 überlebte den wegen exzessivem Weichzeichner-Einsatz kaum erkennbaren Film als beliebter Hintergrund für kuschelige Situationen aller Art. Im heterosexuellen Umfeld, habe ich mir sagen lassen, gibt es immer noch Jungs, die mit *Bilitis*-Musik, gedämpftem Licht und stetiger Alkopops-Zufuhr operieren, um – wie es in der entsprechenden Szene heißt – „Stich zu machen". Tja, viel Erfolg, aber ich bezweifle es.

Als ich aufstehe, löst sich mein Hintern mit einem schmatzenden Geräusch vom Plastikstuhl, und ich will gerade eine Haßtirade über Plastikstühle ablassen, als die Musik verstummt und ein streng aussehender Herr in Springerstiefeln, an dessen nacktem Körper außer seinem Spitzbart keine Spur von Behaarung zu finden ist, vor die Anwesenden tritt und dieselben als Mitorganisator der Party herzlich begrüßt. Er schaltet die *Unbeschnittenen Latinos* ab und schlägt vor, man solle sich jetzt einander zuwenden und sich nicht mehr vom Video ablenken lassen, denn:

„Ja, ... äh ... wir fangen jetzt an."

Karl kichert jungfräulich, die Musik kommt wieder, und die Anwesenden schauen zu Boden. Hier und da wird vorsichtig herübergefaßt, ein Arm gestreichelt, eine Pobacke. Die beiden hochgewachsenen Jungs, die wir schon im Visier hatten, sind plötzlich von einer Reihe knubbeliger Herren mittleren Alters umringt und flüchten sich in hektische gesellschaftliche Konversation, um den väterlichen Bewunderern zu bedeuten, daß sie sich ja eigentlich nur unterhalten wollen. Unter wie zufällig auf ihren Schultern und Schenkeln landenden Händen winden sie sich sofort weg. Ich belausche das Gespräch und erfahre, daß die beiden auch zum ersten Mal hier sind. Sie sind ein Liebespaar, das schon seit Jahren zusammen ist und seinen erotischen Horizont erweitern will.

Ich frage die beiden, ob „wir Anfänger" uns nicht zusammensetzen sollten. Sie sind mehr als einverstanden, und so machen wir es uns, so gut es geht, zu viert auf dem Boden bequem. Parkett, kein Teppich.

„Ich hoffe, die haben vorher mal durchgewischt", sagt der Blonde. Er heißt Jens, der Dunkle Martin. Wir sitzen im Kreis und machen Konversation. Karl erklärt Jens, wie toll er „offene Beziehungen" findet. Jens grinst und wird rot. Unsere vier Rücken bilden ein Bollwerk gegen die immer stärker aufwallende Sexualität um uns herum. Es ist sehr heiß. Der Raum beginnt nach Turnhalle zu riechen. Wenn ich an den Köpfen meiner drei Verbündeten vorbeisehe, erkenne ich schemenhaft ineinander verschlungene Körper, Gruppen, die sich bilden und auflösen. Jens hat schon drei Bier getrunken und muß aufs Klo. Wir müssen eigentlich alle; aber keiner will allein durch den Raum bis zur Toilette gehen. Also gehen wir im Konvoi.

Als ich vom Klo komme, stehen Karl und Jens an der Bar und schauen dem Treiben zu, das sich inzwischen auf den ganzen Raum ausgeweitet hat. Wir sind die einzigen, die sich noch zurückhalten.

Irgendwie bricht das Eis aber doch, und wir sind plötzlich umringt von Körpern. Ich klammere mich an Martin, Jens und Karl, schließe die Augen und fühle mich – diese Idee kommt mir wirklich – wie ein Auto in der Waschanlage, in der sich um jedes einzelne seiner Teile eine Bürste kümmert. Martin bekommt Platzangst und entwindet sich der Körperflut. Karl ist damit beschäftigt, Jens zu küssen. Ich lasse mich von Martins Klaustrophobie anstecken und fliehe wieder in Richtung Klo.

Auf dem Weg dorthin stellt sich mir ein angenehm nach Zahnpasta riechender Mann in den Weg, der den Altersdurchschnitt dieser Veranstaltung um ungefähr zehn Jahre unterschreitet. Er ist etwas kleiner als ich und im Gegensatz zu vielen anderen im Raum, die mit todernsten Zügen ihrer Befriedigung nachkommen, lächelt er. Ich küsse seinen Zahnpastamund und lasse mich in eine halbwegs abgelegene Ecke entführen. Er ist auch zum ersten Mal hier (sagt das vielleicht jeder?), und genau wie ich fühlt er sich beobachtet und hat Schwierigkeiten mit seiner Erektion. Plötzlich wünsche ich mir einen offenen Kamin und ein Eisbärenfell oder einen Südseestrand, an dem die Brandung über unsere Körper hinwegzischt. Statt dessen versuchen wir auf dem Fußboden in Stimmung zu kommen, und für einige lustvolle Minuten vergessen wir die Umgebung.

Hinterher ist er sehr anhänglich, erzählt mir von seinem Freund, der niemals erfahren darf, daß er hier war und will meine Telefonnummer. Dann geht er nach Hause, um *Golden Girls* nicht zu verpassen.

Ich suche nach Karl und Jens, aber die sind unter einem Leiberberg begraben. Martin hat sich mit einem Dickerchen auf ein Sofa zurückgezogen. Hinter dem Sofa hocken zwei Männer im reifen Alter und haben jeweils eine Zunge in jeweils einem von Martins Ohren stecken.

Jemand hat den Videorecorder wieder angestellt, also nehme ich ein Bier und einen Plastikstuhl und sehe mir einen weiteren *Unbeschnittenen Latino* an, der vor dem Spiegel Vorhautkunststückchen macht und sich dann selbst oral stimuliert, was allerdings eher akrobatisch ist als erotisch. Ich bin ein bißchen bierselig, deshalb finde ich es nicht weiter irritierend, als ein magerer, blonder Mann mit einem Penis, der, würde man ihn als Mordwaffe benutzen, von der Polizei als „stumpfer, harter Gegenstand" beschrieben würde, auf meinem Schoß Platz nimmt und nach mehrminütigen Manipulationen an seinem stumpfen Gegenstand sich seufzend über meinen Bauch ergießt.

Inzwischen haben Karl und Jens hinter sich gebracht, was das Gesetz des Abends vorschrieb und sitzen an der Bar, wo sie sich schwärmerisch in die Augen sehen. Ich will nicht stören und nehme Platz auf einem Sofa, nicht ohne beim Aufstehen vom Plastikstuhl wieder mit der Gesäßhaut zu schmatzen.Von hier habe ich einen schönen Blick über den Raum. Zu dieser fortgeschrittenen Stunde hat er sich schon sehr geleert, etwa zwanzig Männer sind noch da. Hier und da spritzt es; eine Rolle Kleenex macht die Runde.

An der Bar treffe ich Martin wieder. Ein paar Minuten sitzen wir schweigend da, Jens in Karls Armen, Martin in meinen, streichelnd, lächelnd. Ich sage still zu mir: „Am Ende läuft es doch immer auf zwei heraus. Du bist auf die Zahl Zwei geeicht, mach dir bloß nichts vor. In dieser Umarmung fühlst du dich doch wohler als bei allen vorherigen Aktivitäten.“ Dann gehen langsam die Lichter an.

An der Garderobe ziehen wir vier uns an, während im Hintergrund noch die letzten erotischen Feuerwerke abgebrannt werden. An der Tür bekommen wir die Termine für die nächsten J.O.-Parties in die Hand gedrückt und werden mit dem freundlichen Ruf „Kommt mal wieder!“ verabschiedet.

Bedenken Sie Ihre Herkunft, guter Mann!

Im Leben 13-jähriger Gymnasiasten finden sich schmerzhaft wenig Eleganz und Weltgewandtheit, besonders wenn dieses in einer mittelgroßen Ruhrgebietsstadt gefristet (und gefrustet) wird – und wenn die 13-jährigen Gymnasiasten die hysterischsten Tunten sind, die der Pott seit Arndt von Bohlen und Halbach hervorgebracht hat.

Mein Schulfreund Theo, genannt Theodosia, und ich, beide kurz vorm Erblühen zur farbenfrohesten Homosexualität (wenn auch unsere Eltern noch an eine „Phase" glaubten), hatten nicht genug Glamour im Leben. Unsere Versuche, schwules Raffinement in den grauen(vollen) Schulalltag einzubringen, scheiterten kläglich: Als wir, inspiriert von St. Oscar Wilde, in samtenen Kniebundhosen zum Unterricht erschienen, wurden wir genauso grausam verlacht wie in unserer *Cabaret*-Periode, in der wir dic Fingernägel à la Liza Minelli lang und grünlackiert trugen („*Divinely decadent, Darling!*").

Der durchschnittliche pubertierende Prolet aus dem Pott hat einfach keinen Sinn für die Feinsinnigkeiten seiner Homo-Mitschüler – was mein Freund Theo und ich immer wieder spüren mussten. Was uns fehlte, war ein Vorbild an lässiger Eleganz und überlegenem Stil, jemand, der mit einem gezielten, gezierten Blick die heterosexuelle Masse der Klasse zum Schweigen bringen konnte.

Auftritt Lord und Lady Bellamy! Als das ZDF mit der Ausstrahlung der britischen Familienserie *Das Haus am Eaton Place* begann, öffneten sich jeden Samstag zwischen 19.30 und 20.15 Uhr via Bildschirm die Tore zu einer Welt, die so gänzlich anders war als unser Schul-Einerlei zwischen Teenager-Terror und Algebra-Aufgaben. Samstags abends fanden sich Theo und ich im feinsten Salon der Londoner Gesellschaft wieder, bei den Bellamys, bei Sir Richard und Lady Marjorie. Von der ersten Folge an wurde das *Haus am Eaton Place* unsere wahre Heimat – diese schneeweiße, säulenbewehrte Stadtvilla in Belgravia, wo edle Engländer zu Tee und Ingwer-Gebäck (serviert vom besten Butler aller Zeiten, dem legendären Mr. Hudson) die Lage der Nation ebenso reserviert besprachen wie die der Familie. Ob Krieg gegen Deutschland oder schwangere Dienstboten – man behielt immer, immer die berühmte englische *stiff upper lip*.

Theo und mir eröffnete die Serie, deren Handlung gegen Ende der Belle Epoque (1903) begann und sich bis 1930 fortsetzte, eine neue Perspektive: Den *Eaton Place*-Stil zu leben, bedeutete, jede Schwierigkeit zu meistern. Fortan wurden die lästigen „Tunte"- und „Homo"-Beschimpfungen unserer Klassenkameraden ignoriert – und zwar mit dem gleichen Gesichtsausdruck, den Sir Richards alte Freundin Lady Prudence Fairfax zeigte, als die Deutschen in Belgien einmarschierten: indigniert über eine empörende Impertinenz! Die bissige Frage des Lateinlehrers, ob er sich nach seinem dritten „Mangelhaft" nicht schäme, beantwortete Theo mit einem genäselten „Bedenken Sie lieber Ihre Herkunft, guter Mann", welches selbst Eduard VII. (in Folge 18 zu Gast am *Eaton Place*) nicht aristokratischer hätte zischen können.

Uns als Schwule kurz vor dem Ausschlüpfen begeisterte besonders die unterschwellige Tuntigkeit der britischen Gesellschaft. Die männlichen Residenten am *Eaton Place* wirkten mit Monokel, Pomade, taillierten Anzügen und messerscharfem Esprit ziemlich schwuchtelig – vor allem im Vergleich zu unserem sozialen Umfeld in Kohlenpott, wo man Männer eigentlich nur in bierbefleckten Unterhemden, sich gegenseitig Fußballparolen zubrüllend, erlebte. Und die Damen erst, die durchs vornehme London schwebten! Aufgetakelt wie exaltierte Transvestiten lieferten diese Matronen-Schlachtschiffe histrionische Salonauftritte, über die Theo und ich noch tagelang diskutierten:

„Lady Prue hat definitiv das letzte Wort behalten, der ist einfach keine gewachsen!"

„Aber Lady Marjories gehobene Augenbraue hat sie zum Schweigen gebracht, die alte Vettel!"

„Hat sie nicht!"

„Hat sie doch!"

Wir waren der Kindheit noch nicht ganz entwachsen zu dieser Zeit … Wir spielten einzelne Folgen mit verteilten Rollen nach. Wir kochten Tee, schmierten Gurken-Sandwiches und beleidigten uns Nachmittage lang aufs Vornehmste: Ladies der Londoner Society im eleganten Schlagabtausch. Unsere Eltern waren ratlos und wollten wissen, warum wir denn nicht wie die anderen Kinder *Starsky und Hutch* spielten. Aber der Konsum unserer TV-Droge wurde uns nie untersagt. *Das Haus am Eaton Place* hatte einen hervorragenden, auch pädagogischen Ruf. Hier wurde nicht nur Weltgeschichte am Schicksal einer Familie vermittelt, sondern auch (man schrieb immerhin die siebziger Jahre) soziale Ungerechtigkeit angeprangert. Parallel zu den Histörchen der Herrschaft wurden auch die Erlebnisse der Dienerschaft geschildert (nicht umsonst hieß die Serie im Original *Upstairs, Downstairs*). Das interessierte Theo und mich allerdings nicht die Bohne. Für die verklemmte Liebschaft zwischen Butler Hudson und der fetten Köchin Mrs Bridges, die Eheprobleme von Chauffeur Edward und Dienstmädchen Daisy oder die Leiden der dämlichen Küchenhilfe Ruby hatten wir nichts übrig. Spannend wurde es nur, wenn sich Upstairs und Downstairs vermischte: als das renitente Zimmermädchen Sarah sich an den Bellamy-Sohn James heranmachte und Lady Marjorie fünf Folgen später ohne ein Wimpernzucken dafür sorgte, dass die schwangere Sarah auf Nimmerwiedersehen verschwand. Oder als der – übrigens hervorragend aussehende – Butler-Azubi Frederick sich als Filmstar ausgab und Sir Richards Nichte Miss Georgina küsste.

Hoch amüsant fanden wir auch, wie Lady Prudence Fairfax im Ersten Weltkrieg versuchte, mit den Dienstboten ein Agitprop-Stück einzustudieren, in dem Ruby sehr überzeugend das geschändete Belgien darstellte; wie Lady Marjorie (in einer aufwändigen Fuchspelz-Stola) ein Baby, das die von den Wechseljahren verwirrte Mrs Bridges aus einem Kinderwagen gestohlen hatte, den rechtmäßigen Eltern zurückbrachte; und wie die stets korrekte Zofe Rose von Elizabeth, der leicht linksintellektuellen Bellamy-Tochter, auf eine Demonstration für das Frauenwahlrecht mitgenommen wurde und im Gefängnis landete.

Aber eines haben wir den Dienstboten vom *Eaton Place* nie vergeben: Als Lady Marjorie mit der *Titanic* aufbrach*, ihre entfremdete Tochter Elizabeth in Kanada zu besuchen, kam sie nicht zurück. Ihre Zofe, die hässliche, langweilige alte Jungfer Miss Roberts, überlebte den Schiffsuntergang jedoch – also wirklich, *das* war „soziale Ungerechtigkeit"! Wir waren untröstlich, zumal die nächste Dame des Hauses, Hauptmann James Bellamys blasse Gattin Hazel, nie die Klasse der von uns heiß geliebten Lady Marjorie erreichte (Hazel war vor der Hochzeit Sir Richards Sekretärin gewesen!). Wir waren fast erleichtert, als sie nach dem Ende des Ersten Weltkrieges der Spanischen Influenza erlag und mit Sir Richards zweiter Frau Virginia eine gelungene Mischung aus altmodischer Ele-

* *Titanic*-Opfer und schwule Teenager – besteht da ein unheimlicher Zusammenhang? Wir hatten unsere Lady Marjorie, und die nächste Generation klebte sich DiCaprio-Poster an die Jugendzimmer-Wände, als der arme Leo mit der *Titanic* unterging.

ganz (keine konnte die Beine beim Sitzen so vornehm arrangieren wie Virginia) und moderner Pragmatik (sie flog sogar in James' Sportflugzeug mit) das Matriarchen-Zepter am *Eaton Place* übernahm.

Und dann gab es natürlich noch den reizenden Backfisch Georgina Worsley, Sir Richards Nichte, die immer wieder für Ärger sorgte. Georgina versuchte sich beim Stummfilm, erlegte mit ihrem Automobil einen Radfahrer, versuchte ihren Cousin James zu verführen und angelte sich schließlich – gegen den rabiaten Widerstand der Schabracken seiner hoch vornehmen, alteingesessenen Familie – den jungen Marquis Stockbridge. Mit der triumphalen Hochzeit endete die Handlung von *Das Haus am Eaton Place* im Jahre 1930.

Natürlich feierten Theo und ich dieses bewegende Ereignis gebührend mit. Von unserem Taschengeld kauften wir eine Flasche Champagner bei Hertie und waren zum ersten Mal im Leben betrunken. Nüchtern hätten wir es auch nicht aushalten können, dass die Bellamys, um Georginas Hochzeit würdig auszurichten, ihre ohnehin vom „Schwarzen Freitag" geschwächten Bestände opferten, das *Haus am Eaton Place* verkauften, die Dienstboten entließen und die Serie damit unwiderruflich ihrem Ende zuführten.

Den Hauch Luxus, die typisch englische Zurückhaltung und auch die aristokratisch-tuntige Zickigkeit, die uns das *Haus am Eaton Place* gelehrt hat, haben wir nie vergessen. Noch heute, wenn ich von einem dramatischen Problem stehe (meine Lieblingsjeans spannt an den Hüften, der Mann meiner Träume ist hetero, der Sherry ist aus, und es ist Sonntag oder Ähnliches), frage ich mich: „Was hätten die Bellamys getan?" Und Theo fragt sich: „Was hätte Lady Prudence Fairfax getan?"*

So finden wir immer eine Lösung. Hätten Sir Richard, Lady Marjorie, Hauptmann James, die Marquise von Stockbridge, Miss Worsley und all die anderen tatsächlich existiert, sie wären stolz auf uns – trotz unserer niederen Herkunft.

---

* Theo musste später die Schule verlassen, nachdem er mit dem Physiklehrer beim Experimentieren entdeckt wurde. Jahrelang verloren wir uns aus den Augen, bis ich ihn zufällig hinter dem Tresen einer Fetisch-Bar auf Gran Cararia wiederfand – gepierct, wo die Sonne nicht hinscheint, und mit einem Tatoo auf dem Bizeps: ein Herz mit dem schnörkeligen Namen „Prudence" in der Mitte! Wir fielen uns in die Arme und hoben etwa 15 Wiedervereinigungs-Wodkas mit der Trinklosung „Auf Marjorie und Richard!" (Das hörte sich aber schon nach Wodka Nr. 8 so an: „Am Arsch uischschschdd." Nicht sehr aristokratisch …)

Boulevard der Dämmerung

Meine graue Geburtsstadt im scheußlichsten Teil Westfalens konnte – das war mir schon in frühester Jugend klar – nicht meine Heimat sein. Ich war bei der Geburt vertauscht worden. Eine amerikanische Filmschauspielerin – vielleicht auch eine römische Contessa – hatte mich auf der Durchreise geboren, und dann wurde ich von einer senilen Krankenhaus-Hebamme mit dem Kind verwechselt, das meine langweiligen „Eltern" gezeugt hatten. Dieses Balg lebte jetzt unverdientermaßen zwischen Yachten und Palazzi in den Metropolen der Welt, während ich im Ruhrpott dahindümpelte.

So und nicht anders muß es gewesen sein.

Als ich im Alter von fünf Jahren meiner Mutter diese Theorie auseinandersetzte, erlitt die Arme einen mittelschweren Weinkrampf, den ich dadurch zu lindern versuchte, daß ich ihr vorschlug, mich zur Adoption freizugeben – vielleicht würde sich ein mediterranes Fürstenhaus oder eine kosmopolitische Künstlerfamilie für mich interessieren. Kein guter Vorschlag – Mutti heulte einige Dezibel lauter.

Ich sprach das Thema nie wieder an.

Ein paar Jahre später entdeckte ich endlich meine wahre Heimat. Ich fand sie im Fernsehen – nein, nicht in tristen deutschen TV-Produktionen, sondern in alten amerikanischen Spielfilmen, die ich mir mit Begeisterung ansah.

Da gehörte ich hin: nach Hollywood, diesem mystischen Ort, wo alle Menschen schön und gut frisiert sind (bis auf die Bösen, die man praktischerweise immer gleich erkennt), wo die Sonne scheint, wenn man liebt, und es regnet, wenn man traurig ist, wo die Farben (Eastmancolor, Technicolor, Truecolor) bunter und die Gefühle größer sind, wo an jeder Ecke das Abenteuer lauert, wo keiner Pickel hat, nie jemand aufs Klo geht und wo immer alles gut endet.

Je intensiver ich mich mit meiner Wahlheimat Hollywood beschäftigte, desto mehr lernte ich über diesen magischen Vorort der Stadt der Engel. Hinter all den Filmen verbarg sich eine zweite Realität, nicht weniger spannend und glamourös: der geographische Ort Hollywood in Kalifornien. Dort lebten, liebten und litten sie tatsächlich, die Stars, und oft war ihr Leben spannender als ihre Filme. Oh, wie wurde Bette Davis in der Liebe enttäuscht, wie tragisch waren Montgomery Clifts Autounfall, Marilyn Monroes Tablettensucht, Joan Crawfords Putzwahn und Ramon Novarros bizarrer Tod. Wie aufregend die Schlachten und Versöhnungen zwischen Filmpaaren wie Richard Burton und Elizabeth Taylor, die Drogenskandale, die grandiosen Oscar-Zeremonien!

Ich las alles über Hollywood, was ich in die Finger bekam. Beverly Hills, Hollywood Bowl, Grauman's Chinese Theatre, Schwab's Drugstore wurden die Koordinaten meiner geistigen Heimat, die jetzt nicht mehr nur auf Zelluloid bestand. Ich könnte hinfahren, die gleichen Straßen beschreiten wie Lana Turner und Burt Lancaster und die Studios besichtigen, in denen man die Filme gedreht hatte, die mein Zuhause waren.

Jahrelang sparte ich für die Reise nach Los Angeles, unternahm sie aber nie, denn inzwischen hatte mein Leben endlich begonnen, interessant zu werden. Ich studierte in einer Großstadt, entdeckte die schwule Subkultur, hatte Freunde und Liebhaber. In meinem mythischen Hollywood, das ich nostalgisch als die alte Heimat empfand, war ich nur noch selten. Es gab jetzt mehr als Filme. Nur manchmal, wenn ich deprimiert war, sah ich mir nächtelang alte Melodramen an oder verwandelte mich in Barbra Streisand und gab ein emotional aufgeladenes Konzert in meinem Badezimmer (das für kurze Zeit zum L.A.-Forum wurde) oder spielte in der Küche (Tara) dramatische Szenen aus *Vom Winde verweht* nach. Ach ja, und das Putzen fiel mir auch leichter, wenn ich mir dabei vorstellte, ich sei Joan Crawford, die ihre Villa schrubbt …

Und dann machte ich einen großen Fehler. Ich erzählte meinem alten Freund Karl, der mit beiden Beinen fest im Leben steht und für Hirngespinste nicht das Geringste übrig hat, von meiner alten Heimat. Karl sah mich mit großen Augen an, zog nachdenklich an seiner Menthol-Zigarette und sagte: „Baby, ist dir eigentlich klar, wie haarscharf du an einem Leben in der Anstalt vorbeigeschlittert bist? Diese Flucht in eine Traumwelt ist doch neurotisch! Wir müssen dich kurieren, und ich weiß auch schon, wie."

Karls Plan war es, tatsächlich nach Hollywood zu fliegen und dort all die Illusionen, die ich über diesen Ort hatte, abzuschütteln. Ich erklärte mich einverstanden, nicht etwa, weil ich „geheilt" werden wollte, sondern um endlich meine Heimat zu sehen, in der ich mich in letzter Zeit so selten aufgehalten hatte.

Wir kratzten unser Erspartes zusammen und stiegen ins Flugzeug. „Ich unternehme diese Reise nicht völlig uneigennützig, mein Lieber", erklärte mir Karl, „auch ich habe eine gewisse Fixierung auf Hollywood. Allerdings bin ich von anderen Filmen geprägt als du – Meisterwerken wie *The Young and the Hung*, *Malibu Surfers* oder *Hollywood Hunks*. Und ich hoffe doch sehr, in Los Angeles einige der Darsteller kennenzulernen, deren großes ... äh ... Talent ich in diesen Filmen bewundert habe."*

Am Flughafen von L.A. mieteten wir einen Wagen und fuhren los. Aber wohin? Wir hatten keine Ahnung. Achtspurige Straßen, vollgestopft mit Autos, in der Ferne die riesigen Buchstaben HOLLYWOOD in den Hügeln. Wir hielten einfach darauf zu. „Schließlich steht dort ‚Hollywood', also muß es auch da sein", argumentierte ich streng logisch.

Unterwegs kamen wir an den Universal-Studios vorbei und entschlossen uns zu einer spontanen Besichtigung. Mit Touristenhorden wurden wir an den Kulissen von *Psycho*, dem *Weißen Hai* und *King Kong* vorbeigeführt. Ein langweiliger Vergnügungspark. Wo war der Glanz, die Magie? Wo waren die Komparsen, die in historischen Kostümen vor Häusern ohne Rückenfront Kaffee tranken? Wo die Regisseure in Reithosen? Die Blondinen im Paillettenkleid, die auf klappernden Stöckeln zu Probeaufnahmen eilten? Hier jedenfalls nicht.

„Wenn es einen Eingang zur alten Heimat gibt, dann ist es das Prunk-Tor zu den Paramount-Studios, durch das schon Valentino in seiner Limousine zur Arbeit gefahren wurde", erklärte ich.

Wir kurvten in unserem Mietauto durch heruntergekommene Viertel und landeten schließlich vor den Paramount-Studios, aber das alte Tor war nicht mehr da. Ich stieg aus und erklärte dem schwarzen

---

* Ah, Ami-Pornos! Anfang der Neunziger war der universale schwule Eros von US-Videos geprägt. All-American Boys wie Mike Henson, Ryan Idol und Kevin Williams beherrschten die feuchten Träume einer ganzen Homo-Generation, die ernsthaft glaubte, richtig geile Männer gäbe es nur in den USA. Porno-Produzent Kristen Björn mit seiner weltumspannenden Wichsvision hat diesen Irrtum aus der Welt geschafft und verdient dafür den platinen Homoverdienstdildo!

Pförtner, was ich suchte. Er sah mich mitleidig an und meinte: „Das berühmte Paramount-Tor? Das ist jetzt der Hintereingang. Wird aber kaum mehr benutzt."

Wir fuhren um das Gelände herum und tatsächlich, da stand das ausrangierte Prunk-Tor, mit einer Kette verschlossen und viel kleiner, als ich es mir vorgestellt hatte. Rechts und links davon profane Drahtgitterzäune, dahinter häßliche Hallen und Büro-Baracken.

„Egal", sagte ich. „Mach ein Foto, Karl." Ich postierte mich unter dem Paramount-Schriftzug und lächelte ein Hollywood-Lächeln.

„Verdammt", schimpfte Karl, „wir haben keinen Film in der Kamera."

Inzwischen begann es zu dämmern. Wir fuhren den Sunset Boulevard entlang, vorbei an Huren und Obdachlosen, die über die im Trottoir eingelassenen Sterne schlurften. Ich begann, depressiv zu werden. Ich sehnte mich nach Hollywood, nicht nach diesem tristen, realen Ort, sondern nach der fiktiven Stadt, die so oft meine Zuflucht gewesen war.

Wir mieteten ein Zimmer in einem billigen Motel. Der Rezeptionist saß hinter Panzerglas. Wir mußten ihm das Geld für die Nacht durch einen Schlitz schieben, dann gab er den Schlüssel heraus. Das Zimmer war inklusive Fernsehen und Kakerlaken.

Karl ließen alle Scheußlichkeiten kalt: „Ich nehme jetzt ein Taxi nach West Hollywood. Da sind die ganzen schwulen Läden, in denen sich die kalifornischen Surfboys tummeln. Drück mir die Daumen, Baby, vielleicht lerne ich den einen oder anderen Pornostar kennen. Im Gegensatz zu deinen Katharine Hepburns und Richard Widmarks haben die einen großen Vorteil: *What you see is what you get*, wie man hier sagt. Die spielen keine Rollen, sondern halten einfach nur ihren Körper hin zum Abfilmen. Die Pornojungs sind in echt genauso geil wie im Film. Und Greta Garbo ist eben nicht die Kameliendame."

Mit einem vorfreudigen Glitzern in den Augen schwang sich Karl in ein Taxi.

Ich zählte desillusioniert die Kakerlaken an der Wand und erwog, einer alten Tradition zu folgen und mich vom HOLLYWOOD-Schild zu stürzen.

Statt dessen schaltete ich den Fernseher an. Es lief *Red River* mit John Wayne und Montgomery Clift. Das war zuviel für mich. Ich verließ das Motel, um im nächstbesten Supermarkt eine Flasche Wodka zu kaufen und einer anderen alten Hollywoodtradition, dem Alkoholismus, zu huldigen. Ich wollte besoffen auf dem Motelbett stehen, Evergreens singen und wie Judy Garland meine Schuhe ins (aus Kakerlaken bestehende) Publikum werfen.

In einer Seitenstraße des Hollywood Boulevard fand ich einen Supermarkt. Als ich versonnen vor dem Regal stand und überlegte, welche Sorte Wodka ich nehmen sollte, schob mir jemand ziemlich wuchtig seinen Einkaufswagen in den Rücken: „*Excuse me.*" Ich drehte mich um, lächelte verzeihend und erkannte die Frau mit dem Einkaufswagen als Barbra Streisand.

„Habe ich Ihnen weh getan?" fragte sie. „Das ist mir so peinlich. Sie sehen irgendwie traurig aus. Warum kommen Sie nicht mit zum Abendessen? Ich habe Montgomery Clift und John Wayne eingeladen. Es gibt *gefilte fish.*"

Ich erwachte auf meinem Motelbett, scheuchte eine Kakerlake von meinem Bauch, den Barbra-Traum aus dem Kopf und beschloß, mich jetzt tatsächlich betrinken zu gehen. Ich spazierte durch schlecht beleuchtete Straßen voller ramponierter Telefonzellen, graffitibedeckter Häuserfronten und auf Pappe schnarchender Obdachloser in Richtung Grauman's Chinese Theatre. Zweimal sprachen mich Nutten an, die ganz anders aussahen als Julia Roberts in *Pretty Woman*. Ein Rastafari versuchte mir zuerst Gras zu verkaufen und dann Heroin.

Ich setzte mich in eine Billardkneipe, trank ein paar Bier und ging wieder ins Motel. Im Fernsehen lief *Blonde Venus*. Marlene Dietrich strich durch häßliche Straßen, eine Ausgestoßene, aber tapfer und stolz. All der Schmutz konnte ihr nichts anhaben.

Ach, Hollywood. Die Kakerlaken sangen mich in den Schlaf.

Karl kam erst mittags zurück. Er sah aus wie ein kleiner Junge, der gerade drei Tafeln Schokolade gegessen hat.

„Baby, ich kann dir sagen, hier werden Träume wahr. Du glaubst nicht, wie die Typen hier aussehen! Und wo die überall Muskeln haben! Ein deutscher Akzent macht sie übrigens ganz scharf. Meine Güte, was für eine Nacht! Laß uns hierher ziehen. Oder wenigstens heute nacht wieder in West Hollywood ausgehen."

Ich war genervt: „Du verstehst mich nicht, Karlchen. Für mich ist Hollywood kein Porno-Paradies, sondern ein Zuhause, eine Welt, in die ich mich immer zurückziehen konnte, wenn in der Wirklichkeit nicht alles so klappte, wie ich es wollte. Und diese Welt bricht mir hier in Stücke."

Karl triumphierte: „Siehst du, ich wußte ja, daß ich dich von deinen nostalgisch-romantischen Hirngespinsten kurieren würde."

„Aber ich will nicht kuriert werden!"

„Was willst du denn?"

„Ich will mein gutes altes Hollywood!"

„Das gibt es nicht! Das existiert nur im Kino!" schrie Karl.

Natürlich, das war die Lösung!

Den Rest unseres Aufenthaltes in Los Angeles verbrachte ich damit, Programmkinos aufzuspüren, die alte Filme zeigten. Und während Karl Abend für Abend in West Hollywood nachspielte, was er seit Jahren in Pornofilmen bewundert hatte, saß ich in heruntergekommenen Filmpalästen auf zerschlissenen Plüschsitzen und traf all die vertrauten Gesichter aus meiner alten Heimat.

Sie freuten sich über meinen Besuch, auch wenn sie mich nicht sehen konnten. Trotzdem wußten Sie, daß ich da war, einer der „wundervollen Menschen da draußen im Dunkeln".

„Willkommen zu Hause", flüsterten sie.

Freizeit in Rattanmöbeln

Über schwule Freizeitgruppen gibt es die schrecklichsten Gruselgeschichten. Mein Freund Karl, den, wie er sagt, nicht einmal ein Live-Auftritt von Barbra Streisand mit Stripeinlage von Jeff Stryker am Besuch einer solchen Gruppe interessieren könnte, hat mir genau erklärt, was da abläuft: Die Spezies des unästhetischen Homosexuellen rottet sich zusammen, knüpft linksradikales Makramee in alternativen Kellergeschossen voller Rattanmöbel und brennt dabei Räucherkerzen (aus biologischer Herstellung) ab, um den Geruch nach nassen Pudeln, der von den Gruppenmitgliedern ausströmt (die alle Psychologie studiert haben), zu überdecken.

Letzte Woche aber lernte ich Nick kennen. Er hätte mich fast mit seinem Motorrad überrollt, als ich wieder mal bei Rot über die Kreuzung lief. Natürlich machte er sich schreckliche Vorwürfe, er hätte mich ja umbringen können, und weil ich ihn ziemlich attraktiv fand (so eine Art deutsche Ausgabe von Eros Ramazzotti* in Motorradkluft – etwas größer natürlich) ließ ich mich von ihm auf einen Kaffee einladen, damit er sein Gewissen beruhigen konnte. Beim Kaffee stellte sich heraus, daß Nick nicht nur schwul, sondern auch Mitglied der Gruppe „Schwule Freizeit" war, die er in den höchsten Tönen schilderte. Da treffe man unkomplizierte, ungelackte Männer, die nicht von der Discoszene korrumpiert seien und im Gegensatz zu den anderen Schwulen miteinander nicht nur im Bett etwas anfangen könnten.

„In der Gruppe kannst du Theater spielen, gemeinsam musizieren, diskutieren, Schach, Stricken oder Italienisch lernen, und jeden Freitag abend trifft sich der *Golden Girls*-Fanclub", schwärmte Nick funkelnden Auges.

„Ja, aber sind die Leute denn nicht alle *häßlich*!?" fragte ich, obwohl mich Nicks gutes Aussehen eigentlich schon vom Gegenteil überzeugt hatte.

---

* Er hatte noch Haare und eine Taille, als dies verfasst wurde! (Seine unsägliche Zeitweise-Gattin Michelle Hunziger gab's auch noch nicht. Die Welt war ein besserer Ort.)

„Häßlich? Das ist doch etwas ganz Oberflächliches. In der Gruppe sind sie nicht aufgemotzt wie in *Beverly Hills 90210**, das hat man doch auch nicht nötig, wenn man Persönlichkeit hat. Also paß auf, am Freitag ist Offener Abend, danach eine Plenumsdiskussion und um elf der *Golden Girls*-Fanclub. Wir treffen uns um acht, ja? Du wirst dich bestimmt wohl fühlen."

Ich war schon überredet, Nick hatte wirklich sehr schöne Augen.

Es ist das Kellergeschoß eines großbürgerlichen Hauses aus dem letzten Jahrhundert. Die Tür (der ehemalige Dienstboteneingang) ist grellrosa gestrichen. Stolz verkündet ein Metallschild „Schwule Freizeit". Ich trete in den überheizten Raum ein, der – natürlich – auch rosa gestrichen ist. In den Fensternischen stehen Rattansessel, auf niedrigen Tischchen liegen Zeitschriften aus. Durch die geöffneten Türen sieht man in die zwei anliegenden Räume, der eine steht voller Stühle, der andere ist die Küche. An den Wänden Safer-Sex-Plakate, ein Beardsley-Kunstdruck und ein altes Abba-Poster. Und überall Blumen: Die Fensterbänke quillen über von bunt gefüllten Töpfen und Vasen, in einer Zimmerecke ragt ein riesiger Bananenbaum, in einer anderen verschiedene Farne. Nick ist nirgendwo zu sehen.

Etwa zehn Männer sitzen oder stehen herum, lesen oder unterhalten sich. Keiner scheint mich zu bemerken, es gibt keinen „Gastgeber", der mich begrüßt. Also setze ich mich auf ein knarrendes Rattanmöbel und blättere durch den *Spiegel.* Ich lese den *Spiegel* nie, eigentlich finde ich schon dieses glatte Papier irgendwie eklig. Während des Blätterns schicke ich kleine Stoßgebete zum Himmel, daß Nick endlich kommen möge, und blicke strahlend auf, als ich höre, wie sich die Eingangstür öffnet. Es ist natürlich nicht Nick, sondern ein Mann mit John-Lennon-Brille, Igelhaarschnitt und Jeansjacke. Der erwidert mein Strahlen jedoch trotzdem mit einem Strahlen seinerseits, kommt auf mich zu und sagt:

---

* Postleitzahl und Titel einer in der dazugehörigen Gegend spielenden Teenie-Soap, in der die appetitlichen männlichen Darsteller stets Schwierigkeiten damit hatten, ihre Hemden anzubehalten. Das erweiterte den Zuschauerkreis um die *gay community* – wie später bei *Melrose Place, Central Park West, Dawson's Creek, Smallville* und *The O.C.* (Schwule würden auch *Der Bulle von Tölz* und *Die volkstümliche Musik-Parade* gucken, wenn da irgendwo ein gutgebauter Mittzwanziger ohne Hemd im Bild wäre ...)

„Dich habe ich hier ja noch nie gesehen bist du zum ersten Mal hier ich bin Stephan mit PH und wer bist du gehst du ins Solarium du bist irgendwie so braun oder warst du im Urlaub ich war ja in Südfrankreich ach die Camargue die wilden Pferde Flamingos Sonne und die *Franzosen* ich kann dir sagen natürlich unglücklich verliebt ah *l'amour* bla bla bla bla bla …"

Ich wünsche mir, Nick hätte mich totgefahren mit seinem Motorrad. Während Stephan mit PH mir dann in allen Einzelheiten seine tragische Affaire mit einem südfranzösischen Bauernjungen (Filmstoff für James Ivory*) erzählt, liegt seine Hand wie selbstverständlich auf meinem Bein. Während der Geschichte vom Selbstmord seiner Mutter als Reaktion auf sein Coming-out (Filmstoff für Bertolucci) fängt die Hand an, sich zu bewegen und zu der Saga von Stephans Liebesgeschichte mit seinem Psychiater (Filmstoff für Ingmar Bergman) knetet sie heftig meinen Oberschenkel. Ich fliehe aufs Klo (Filmstoff für Frank Ripploh**).

Als ich wiederkomme, hat sich der Raum gefüllt; die Plenumsdiskussion steht bevor. Stephan mit PH erzählt jetzt einem Mittvierziger im Anzug die Geschichte vom verlorenen französischen Bauernsohn.

„Tut mir leid, daß ich so spät komme", höre ich hinter mir Nicks Stimme, „Ich hatte Probleme mit der Maschine. Gefällt's dir? Hast du schon ein paar nette Leute kennengelernt?"

„Nur Stephan. Mit PH. Aber den gründlich."

„Wie schön. Du, entschuldige, ich muß die Plenumsdiskussion ansagen."

Nick steigt auf einen Rattanstuhl, der bedenklich knarrt:

„Liebe Männer, liebe Männer! Bitte hört mal zu. Die heutige Plenumsdiskussion fängt jetzt an. Es geht um die Frage, ob sich unsere Gruppe von „Schwule Freizeit" in „Schwuler Freiraum" umbenennen soll. Bitte nehmt alle im Nebenzimmer Platz."

Nick hatte mir nicht gesagt, daß er die Diskussion leitet. Ich setze mich also wie alle anderen (vielleicht 30 Leute) ins Nebenzimmer und warte ab. Strahlend nimmt Stephan mit PH den Stuhl neben mir: „Haha, das ist ein Zufall, was?!"

---

* Regisseur des edwardianischen Homo-Dramas *Maurice* (1987), einer gebremst erotischen Fantasie für Innendekorateure, Hugh-Grant-Fans und Verklemmte (wobei die letzten beiden Gruppen wahrscheinlich dasselbe sind)

** Auteur des emanzipatorischen Homo-Dramas *Taxi zum Klo* (1980)

Nick, der vor der Versammlung steht, bittet um Ruhe und trägt die anwesenden Mitglieder in eine Liste ein. Offensichtlich muß alles seine Ordnung haben. Ich darf mir unterdessen die dramatische Geschichte von Stephans unerfüllter Liebe zu einem Heterosexuellen (Filmstoff für Ralf König, sollte er mal Regie führen wollen) anhören, dann wird Stephan von Nick unterbrochen:

„Also, liebe Männer, ich wollte irgendwie noch mal so die Idee zusammenfassen, die also hinter dieser Diskussion steht. Kann eine Gruppe sich „Schwule Freizeit" nennen, wenn doch der Schwule in unserer Gesellschaft nicht „frei" ist? Ist unser Name nicht irgendwie zu unpolitisch? Es ist doch alles Politik, wir können das doch auch in der sogenannten „Frei-zeit" nicht leugnen. Deshalb haben ein paar Mitglieder sich überlegt, „Schwuler Freiraum" wäre irgendwie passender, weil es nicht Freizeit im Sinne von Unterhaltung ist, sondern ein Freiraum in der Gesellschaft, den wir Schwule brauchen. Versteht ihr mich, liebe Männer?"

Sie verstehen. Und sie diskutieren, wie man das gelernt hat: Jeder sagt irgend etwas, um etwas gesagt zu haben, und dann widerspricht man sich, und niemand verläßt seine Position, und dann ist die Diskussion aus und alles ist genau wie vorher. Kann man in jeder Fernsehtalkshow verfolgen. Die Gruppe heißt noch immer „Schwule Freizeit", ist ja klar.

Als ich „Schwule Freiheit" als Alternative vorschlage, wird mir vorgeworfen, das höre sich an wie eine bayerische Popgruppe. Dann schlage ich mich auf die Seite der „Schwule Freizeit"-Fundamentalisten, denn in der Gruppe geht es ja in erster Linie um Freizeitgestaltung, auch wenn diese manchmal politischen Charakter hat. Gerade, als ich mich richtig zu engagieren beginne, bemerke ich, daß es gar nicht klimpert, wenn Stephan mit PH meinen Schenkel knetet: Ich habe meinen Schlüsselbund verloren! Natürlich muß ich ihn sofort suchen und krieche zwischen den Stühlen auf dem Boden herum. Nick ist davon irritiert und fragt mich, was denn geschehen sei?

„Mein Schlüsselbund ist weg", schluchze ich.

„Liebe Männer!" ruft Nick, „Es ist doch selbstverständlich, daß wir alle beim Suchen helfen!"

Und tatsächlich kriechen die dreißig Männer auf der Suche nach meinem Schlüssel über den Boden, nicht ohne Kichern und absichtliche Zusammenstöße. Es wird eine richtige Party. Ausgerechnet Stephan mit PH findet ihn auf dem Klo, wo er mir wohl aus der Tasche gefallen sein mußte. Ich bekomme den Schlüssel feierlich überreicht, und alles applaudiert. Stephan ist sehr stolz auf seinen Erfolg und nutzt die Gelegenheit, mir zu erzählen, wie er einmal nicht seinen Schlüsselbund, sondern sein Herz an eine Lesbierin mit Schnurrbart verloren hat, was ihn in eine tiefe sexuelle Identitätskrise stürzte (Filmstoff für Woody Allen). Die Gruppenmitglieder haben die Diskussion aufgegeben, unterhalten sich und albern herum.

„Liebe Männer", ruft Nick in den Aufruhr hinein, „als Vorsitzender des *Golden Girls*-Fanclubs muß ich darauf hinweisen, daß es fünf vor elf ist! Bitte alle vor den Fernseher!"

Ein großer alter Fernsehapparat wird hereingetragen und, während die „Schwule Freizeit" gebannt die Damen aus Miami betrachtet, kann ich endlich neben Nick sitzen. Und seine Hand halten.

Die Lämmer schweigen, der schwule Chor nicht

Ehrlich gesagt ist die Institution Männerchor für mich stark vorbelastet. Mein seliger Großvater sang zeitlebens Baß im katholischen Sankt-Augustus-Chor einer westfälischen Industriestadt. Nach der kirchlichen Probe kegelte man, und das Pils floß in Strömen: Männer unter sich. Das Repertoire beschränkte sich auf Hymnen und inbrünstige Volkslieder, mit denen mein Großvater uns auch gerne bei Wanderausflügen in die Eifel quälte.

Kurz und gut: ich hasse Männerchöre, schwul oder nicht. „Vereine sind mir suspekt, und die Soldaten singen auch immer beim Marschieren!" schrie ich Karl an, als er versuchte, mich zu überreden, das Konzert des Männerchores „Rosa Stimmbänder" zu besuchen. Auch die Freikarten, die Karl über irgendeinen seiner obskuren Bekannten (Karl kennt Gott und die Welt) erhalten hatte, konnten mich nicht reizen.

„Baby", sprach Karl, „es kostet dich doch nichts außer deiner Zeit. Gib den ‚Stimmbändern' eine Chance, sie sollen wirklich gut sein. Wenn du nicht mit zum Chor kommst, komme ich nicht mit in *Das Schweigen der Lämmer*, ich kann sowieso kein Blut sehen."

Nach dieser unverschämten Erpressung – Karl weiß genau, daß ich Gruselfilme nicht alleine ansehen kann, aber trotzdem süchtig nach ihnen bin – willigte ich augenrollend ein und fuhr mit Karl in das kleine Vorstadttheater, in dem das Konzert der „Rosa Stimmbänder" stattfinden sollte. Der Saal war ausverkauft bis zum letzten Platz, aber unsere Freikarten sicherten uns Sitze in der zweiten Reihe. Ich sah mich im Zuschauerraum um: Gestandene schnauzbärtige Mannsbilder mittleren Alters dominierten im insgesamt bürgerlich bis intellektuell wirkenden Publikum. Die Art von Schwulen, die man in der Oper sieht. Direkt hinter uns saß ein rühriges Rentnerehepaar, das offensichtlich jede Darbietung dieses Vorstadttheaters besucht. Ob die überhaupt wissen, was ihnen blüht?

Das Licht geht aus: gespannte Erwartung, Tuscheln von hinter der Bühne, und dann paradieren die etwa fünfzig „Stimmbänder“ mit ihrem Auftrittslied *New York, New York* hinaus ins Rampenlicht. Sie sind ungeheuer sangesfreudig, wenn auch nicht besonders sangeskundig. Die Kostüme sind, verglichen mit den Sangesbrüdern meines Großvaters, farbenprächtig: Die Chormitglieder tragen bunte T-Shirts und arrangieren sich in der Farbfolge des Regenbogens auf der Bühne. Nach den ersten Nummern haben sie das Publikum fest in der Hand. Die Begeisterung, mit der sie Opernparodien (*Hänsel und Hänsel*) und pikant verfremdete Volkslieder vortragen, springt auf die Zuhörer über: Stimmung! Karl klatscht im Takt.

In der Pause drängt man sich sektschlürfend im Foyer und äußert sich begeistert. Ich höre kaum negative Kommentare, außer der wiederholten Feststellung, die könnten ja wohl nicht wirklich singen, aber das wäre auch nicht nötig bei dem Elan. Auch einige „Stimmbänder“ mischen sich unter die Menge und lassen sich bewundern. Karl vertieft sich in ein Gespräch mit einem sehr attraktiven Chormitglied, und ich sehe aus dem Augenwinkel, wie Telefonnummern getauscht werden.

„Karl, du Groupie!“ rufe ich.

„Ach was, Groupie“, antwortet Karl. „Ich hab mir die Adresse aufschreiben lassen, wo der Chor probt. Weißt du, ich finde, wir sollten mal vorsingen. Das sieht doch alles nach einer Menge Spaß aus. “

Bevor ich mich von meinem Schock erholen kann, beginnt die zweite Hälfte des Konzerts, in der leisere Töne angeschlagen werden: Lieder zur Erinnerung an AIDS-Opfer mit lyrischen Texten, leider alles auf Englisch. Und dann noch eine politische Hymne der US-Schwulenbewegung, bei der man mitsingen kann, während einige Dutzend Luftballons von der Decke schweben: Finale mit *special effects*.

Karl und der Rest des Publikums – einschließlich der Rentner hinter uns – trampeln und schreien nach einer Zugabe. Mit solchen Ovationen hat der Chor offensichtlich nicht gerechnet, also gibt er als Zugabe nochmals *New York, New York*.

„Gut“, sage ich zu Karl, „ich fand das Konzert wirklich peppig und witzig und ich habe mich, wie Marcel Reich-Ranicki sagen würde, nicht gelangweilt. Aber müssen wir denn gleich selbst zu ‚Rosa Stimmbändern‘ werden? Ich kann nicht besser singen als Hilde Knef. Ich meine, ich wäre keine Bereicherung für den Chor, ich würde doch nur Platz auf der Bühne wegnehmen. Karl, sollen wir nicht lieber in den schwulen Tischtennisverein eintreten? Oder die schwule Esoterikgruppe?"

„Nächsten Samstag ist die Probe, und wir gehen hin", bestimmt Karl. „Du willst doch *Das Schweigen der Lämmer* sehen, oder?"

Erpresser. Womit habe ich das verdient?

Am Samstag nachmittag stehen wir pünktlich in dem Saal des diakonischen Werkes, in dem die Chorproben stattfinden. Die christliche Atmosphäre erinnert mich an meines Großvaters Gesangsverein: Porträts gestrenger Kirchenväter vergangener Jahrhunderte an den Wänden und ein riesiges Kruzifix an der Stirnseite des Saales, direkt über der Plattform, auf der der Flügel steht. Es ist noch kein Mensch da.

„Der gewöhnliche Homosexuelle", sagt Karl mit wissenschaftlichem Gesichtsausdruck und erhobenen Zeigefinger, „ist unpünktlich."

Doch da tritt ein fröhlich plauderndes Grüppchen ein, stutzt und sieht uns fragend an.

„Gehört ihr zu den ‚Rosa Stimmbändern?'" frage ich.

„Schätzchen, wir *sind* die ‚Rosa Stimmbänder!'" antwortet ein kleiner Rothaariger mit *basso profundo*.

Karl erklärt, daß wir gerne mal an der Chorprobe teilnehmen würden, uns habe das Konzert dazu motiviert, vielleicht mitzusingen. Da müßten wir uns an den Boß wenden, den Chorleiter Brian aus San Francisco, der gerade durch die Tür kommt, erklärt uns der rothaarige Baß.

Der „Boß" ist ein großer stiller Typ Anfang Vierzig, sehr sympathisch und freundlich und mit einem sexy amerikanischen Akzent. Er schätzt Karl als Baß und mich als Tenor ein – einfach so anhand unserer Sprechstimmen, was uns sehr imponiert – und weist uns unsere Plätze im Chor an, dessen Sitzordnung nach den Stimmlagen geordnet ist. Brian tritt vor die inzwischen zum Großteil eingetroffenen „Stimmbänder" und beginnt mit Atmungs- und Lockerungsübungen, die etwas von Aerobic für Schwerbeschädigte haben.

Dann singen wir ihm Töne nach. Ich treffe natürlich keinen einzigen richtig, was mir zweifelnde und mitleidige Blicke der Chormitglieder einträgt. Ich fange an zu schwitzen. Karl fühlt sich sichtlich wohl in der Baßgruppe und singt nicht einen falschen Ton. Ich könnte ihn umbringen. Nach diesen Tonübungen wird ein neues Lied einstudiert, indem der Pianist die Melodie vorspielt und wir sie nachsingen. Ich bin überrascht, wie leicht mir das fällt, bis mein Nachbar mich anstößt und mir erklärt, daß ich als Tenor besser nicht die Baritonstimme schmettern sollte. Ich fühle mich ganz fürchterlich unmusikalisch und singe nur noch ganz leise mit, mehr ein Flüstern als ein Singen, so eine Art Playback. So komme ich ganz gut über die Runden bis zur Pause.

„Ich bin völlig geschafft, mir ist das alles peinlich; ich treffe keinen einzigen Ton, genau wie Madonna bei Live-Auftritten. Ich kann nicht mehr", jammere ich Karl vor. „Und ich brauche dringend was zum Essen! War da nicht ein Döner-Kebab-Stand um die Ecke? Willst du auch was, Karl?"

Aber Karl plaudert fröhlich mit seinen Bässen und winkt mir ab. Also gehe ich allein meinen Döner essen.

Nach der Pause singen wir *In der Bar zum Krokodil*, ein Lied, das ich glücklicherweise kenne, so fällt mir mein Playback viel leichter. Aber ich bekomme trotzdem wieder jede Menge seltsame Blicke von den Sängern in meiner Nähe. Außerdem fällt mir auf, wie nasal die plötzlich alle singen. Mein Nachbar, ein gemütlicher Untersetzter, wendet sich ziemlich deutlich von mir ab. Schließlich dämmert es mir: In meinem Döner waren jede Menge Zwiebeln und Knoblauch! Wie unangenehm. Verzweifelt suche ich in meinen Taschen nach einem Kaugummi. Natürlich finde ich keinen und wage jetzt nicht mehr, den Mund zu öffnen. Also summe ich ein bißchen mit, was mir irritierte Blicke von Brian einträgt, zumal ich auch beim Summen nicht unbedingt die Töne treffe.

Mein vollschlanker Nachbar hat schließlich Erbarmen und bietet mir ein Pfefferminzdragee an, das ich so begeistert annehme, als wäre ich körperlich abhängig von Pfefferminzdragees und seit Stunden auf *turkey*. Allerdings ist das Singen mit einem Pfefferminzdragee im Mund auch nicht so einfach. Aber das fällt schon gar nicht mehr besonders auf. Die Chorprobe geht nämlich in ihre dritte Stunde, und die Disziplin der Sänger läßt sehr zu wünschen übrig. Es wird gekichert und geredet, und außer mir singen inzwischen auch viele andere aus Konzentrationsmangel verkehrt. Brian findet das gar nicht lustig und droht:

„Wenn jetzt nicht Disziplin einkehrt, hole ich die Peitsche raus!" Auf diesen Ausbruch erfolgen allgemeines albernes Gejohle und Rufe wie „Ich zuerst, Brian!" und „Diszipliniere mich, diszipliniere mich!" Brian sieht sich lachend gezwungen, die Probe für heute abzubrechen. Ich bin zutiefst erleichtert.

Auf dem Heimweg erklärt mir Karl, er wolle Mitglied der „Rosa Stimmbänder" werden: „Endlich ein Hobby, das nichts mit Sex zu tun hat!"

Ich dagegen weiß jetzt, daß ich musikalisch mindestens so unbegabt bin wie David Hasselhoff.

„Stimmt", sagt Karl, „wenn du in diesem Chor bleiben würdest, könnte man das nur noch als ‚Gewalt gegen Schwule' bezeichnen."

Und dann gehen wir in *Das Schweigen der Lämmer*. Das habe ich mir schließlich schwer genug verdient.

Der Girosachbearbeiter in der Lederbar

Den Anstoß für meine Exkursion ins Leder-Milieu gab ein Videoabend im Freundeskreis: Zu trockenen Martinis und Kartoffelchips sahen Jens, Martin, Karl und ich uns *Cruising* von William Friedkin an, einen fürchterlichen Film über bestialische Morde in der New Yorker Lederszene. Al Pacino muß sich als Polizist in die Bars und Discos einschleusen und dabei so tun, als sei er schwul.

„Selten blöde Story", meinte Karl, „wer nimmt denn Pacino ab, daß er auf Männer steht?"

„Och, in der Lederszene sehen sie doch alle so mackerhaft aus", sagte Jens.

„Macker, ha-ha-ha! Da quetschen irgendwelche Postbeamten und Opernsänger ihre überschüssigen Pfunde in Lederkluft und machen auf harter Kerl", meckerte Karl.

In mir regte sich der archaische Sinn für Gerechtigkeit: „Karl, wie willst du das beurteilen? Du warst doch nie in einer Lederbar!"

„Na Gottseidank nicht!!"

„Ob's da wirklich so brutal zugeht wie in *Cruising*?" fragte Jens leise und umklammerte Martins Hand.

„Es gibt nur einen Weg, das herauszufinden", entschied ich. „Also, wer geht mit?"

Natürlich wollte sich keiner auf den Besuch einer Lederbar einlassen. Jens und Martin behaupteten, Angst zu haben (kein Wunder nach *Cruising*), und Karl tat die Idee als eine meiner absurden Aktionen (wie den Besuch einer schwulen Freizeitgruppe oder einer Autogrammstunde mit Conny Francis) ab.

„In den entscheidenden Momenten seines Lebens ist man immer allein", resignierte ich.

„Ist das von Blanche du Bois oder Bette Davis?" fragte Karl.

Aber mein Entschluß stand fest. Ich hatte mir eine Bar mit dem vielversprechenden Namen „Zur Hölle" ausgesucht. Aber was trägt man in der Hölle? Aus *Cruising* wußte ich zwar, was Ende der Siebziger Jahre modemäßig in der New Yorker Lederszene angesagt war, aber wer weiß, ob sich der Dresscode nicht geändert hat? Sollte ich mir einen Schnauzbart ankleben? Ich besaß nicht einmal eine Lederjacke, also entschloß ich mich für Jeans und ein enges, weißes T-Shirt, damit war ich noch in jede schwule Bar hereingekommen. Und dazu mein hübsches, schwarzes Halstuch.

Als ich dann an der Tür zur „Hölle“ klingele, bin ich doch ziemlich aufgeregt. Es ist ein Uhr nachts, aber der Mann, der mir die Tür öffnet, trägt eine Sonnenbrille. Mit Spiegelglas. Ich zwinge mich, nicht etwa unsicher zu lächeln, sondern eiskalt und maskulin auszusehen: Gary Cooper betritt den Saloon von Santa Fe. Die Masche zieht, ich komme anstandslos rein. In der „Hölle“ ist es ziemlich düster. Es riecht nach Bier, Leder und Poppers. Eine lange Theke dominiert das Lokal, dahinter hängt eine Harley Davidson an der unverputzten Wand. Von der Decke baumeln schwarze Lederstiefel, Handschellen und Ketten. Ein bißchen wie die *Folterkammer des Hexenjägers* im gleichnamigen Hollywoodgrusical. Nur die eiserne Jungfrau und die Streckbank fehlen. Außerdem gab's in der Folterkammer keine Videos zu sehen. In der „Hölle“ aber schon: In dem gerade laufenden Video werden unsägliche Dinge mit einem Stuhlbein angestellt.

Ich bestelle an der Theke ein Bier, immer darauf bedacht, weiterhin Gary Cooper zu sein. Gary Cooper in seinem ersten Horrorfilm. Neben mir sitzen zwei sehr dicke Männer auf Barhockern. Der eine ist völlig kahl und trägt Schnauzbart, Jeans und eine Art Zaumzeug aus schwarzen Lederriemen, das sich tief in seinen fleischigen Rücken eingräbt. Der andere Mann versteckt sein Gesicht hinter einer Lederkappe, verspiegelter Sonnenbrille und Vollbart. Er trägt lederne Hosen, aus denen sein riesiger behaarter Oberkörper herausquillt. Während er redet, spielt er mit den Ringen in seinen Brustwarzen. Ich belausche das Gespräch: Es dreht sich um die beste Art und Weise, Pfirsichkompott zu kochen.

Ich mache eine Runde durch das Lokal. Es ist ziemlich voll. Nicht alle Männer sehen mit ihren Schnauzern und bizarren Uniformen so sehr nach Fellini-Filmen aus wie die beiden fetten Pfirsichkocher. In einem Nebenraum wird Billard gespielt, und wenn sich die Kerle über den Tisch beugen, spannen die Jeans über dem Hintern, die Muskeln straffen sich vor dem Stoß. Zigarette im Mundwinkel, bläst sich einer die Haare aus der schweißnassen Stirn. Bin ich in einer Jeansreklame gelandet? Jedenfalls macht das Zusehen Spaß. Leider habe ich nie Billard gelernt; dieses Spiel scheint für echte Männer so essentiell zu sein wie Motorrad und Lederjacke.

Während ich mich weiter in der Bar umsehe, mache ich einen Schnellkurs in Coolness mit: Die Typen hier stehen cool (Beine breit, Hände in den Gesäßtaschen), trinken cool (aus der Flasche, den Kopf weit zurückgelehnt), rauchen cool (die Zigarette zwischen Daumen und Zeigefinger und die Augen beim Inhalieren halb geschlossen), reden cool (ohne Gestikulation) und starren sich gegenseitig cool an (nicht lächeln, um Gottes Willen). Wenn sie sich dann eine Zeitlang nicht angelächelt haben, gehen sie zusammen aufs Klo. Oder? Es sieht jedenfalls so aus. Also gehe ich auch einmal aufs Klo. Da ist jedoch kein Mensch. Neben der Toilette führt eine Treppe in den Keller. Aber da ist es ganz dunkel, scheint also nicht zum Lokal zu gehören. Oder? Während ich unentschlossen vor der Kellertreppe stehe, spricht mich ein großer Blonder an, so eine Art Dolph Lundgren* im Taschenformat, ganz in Jeans und mit Cowboyhut.

„Na, endlich mal einer, der die richtigen Spielchen mag", flüstert er und hakt seinen Zeigefinger in mein schwarzes Halstuch. „So einen wie dich findet man selten. Kommst du mit runter?" fragt er und führt mich an meinem Halstuch in den Keller.

Ich bin völlig verwirrt. Was meint er denn für „Spielchen"? Und was geht in diesem Keller vor? Er scheint voller Leute zu sein, aber keiner spricht, man hört nur das Knarren von Leder und ein gelegentliches Stöhnen. In meiner Verwirrung nimmt die gute Kinderstube überhand (so geht mir das immer: Wenn ich durcheinander bin, werde ich höflich), und ich grüße freundlich in die Dunkelheit hinein: „Guten Abend!" Für einige Sekunden erstirbt jegliches Geräusch. Genervt murmelt ein Baß: „Was'n das für einer?" Dann beginnt das Knarren und Stöhnen von neuem.

Noch ehe meine Augen auch nur im Geringsten die Dunkelheit durchdrungen haben, faßt mir der blonde Cowboy (oder vielleicht auch jemand anders, wer weiß das schon bei der sparsamen Beleuchtung) in die Hose, und mir wird der Zweck dieses Raumes schlagartig klar. „Los, gib's mir", höre ich die Stimme des Cowboys. „Nimm deinen Gürtel! Worauf wartest du?"

Tja, das weiß ich selbst auch nicht. Ich weiß überhaupt nicht, was hier gespielt wird. Was soll ich ihm geben? Und meinen Gürtel werde

---

* Blonder Schwedenhappen mit einem Körper, als hätte man beide Klitschkos zusammengepanscht. Und noch ein paar Muckis draufgepackt. Dolph war Model, „Schauspieler" (*Rocky 4*) und das Boy-Toy von Grace Jones.

ich hier ganz bestimmt nicht abnehmen. Ich beschließe, mich dezent zu verdrücken; das sollte ja in der Dunkelheit kein Problem sein. Nicht ohne unterwegs verschiedene Körper in unterschiedlichen Stadien der Entkleidung zu streifen, taste ich mich zur Treppe vor. Oben an der Bar brauche ich einen Wodka.

„Kennen wir uns nicht?“ fragt mich ein Mann mit Schnurrbart und Lederkappe.

„Kann ich mir nicht vorstellen“, sage ich und ärgere mich sofort über meine Antwort. Viel zu viele Worte. Gary Cooper hätte gesagt: „Nein, Mann.“

„Aber ich bin es doch“, sagt der Ledermann und nimmt seine Kappe ab. Ich erkenne den Girosachbearbeiter meiner Bank, mit dem ich schon über so manchem Scheck geflirtet habe. Ein vertrautes Gesicht, das ist natürlich schön nach meinem befremdlichen Erlebnis in der Dunkelkammer.

„Wer hätte das gedacht, du bist ja ein ganz Schlimmer“, sagt der Sachbearbeiter und zupft an meinem Halstuch. Was meint der bloß? Ich ringe mich dazu durch, ihn zu fragen, wieso er mich für so besonders schlimm halte, und er erklärt mir, daß Halstücher in der Lederszene eine Art Geheimcode darstellen: „Je nachdem, welche Farbe man trägt, signalisiert das Tuch eine bestimmte sexuelle Praktik, verstehst du? Schwarz bedeutet Auspeitschen. Du solltest dein Tuch aber nicht um den Hals tragen, sondern in der linken oder rechten Gesäßtasche. Damit zeigst du nämlich, ob du Peitschender oder Gepeitschter sein möchtest. Alles klar?“ Mein Giroberater lächelt mich an. Er erklärt die dunklen Geheimnisse der schwulen Subkultur mit der gleichen Klarheit und Effizienz wie die Vorteile einer Staatsanleihe oder die Zinssteigerung bei Festgeldverträgen. Jetzt ist mir jedenfalls klar, was der Kellercowboy von mir und meinem Gürtel erwartet hat.

Mein Girosachbearbeiter bestellt mir noch einen Wodka: „Das erscheint alles ein wenig extrem beim ersten Mal, aber man gewöhnt sich daran. Die Leute sind alle sehr nett und gar nicht so gefährlich wie sie aussehen. Hast du Lust, mit zu mir nach Hause zu kommen?“

Ich bin etwas überrascht über die wenig verhoffte und noch weniger erwünschte Einladung und zögere mit der Antwort.

„Wir können auch zu dir gehen“, meint der freundliche Bankangestellte, „ich habe alles dabei, was wir brauchen.“ Und dann zaubert er aus den vielen Taschen seiner Lederjacke Dutzende von Gegenständen hervor: Handschellen, Seile, ein Fläschchen Poppers, einen Dildo,

Wäscheklammern (schwarz lackiert), Kerzenstummel in verschiedenen Farben, Cockringe in verschiedenen Größen und vielerlei mehr, dessen tieferer Sinn und Funktion mir verborgen bleibt. Zeugt es von finanzieller Weitsicht, seinem Anlagenberater einen Korb zu geben?

Was bleibt mir übrig, ich möchte wirklich keine nähere Bekanntschaft mit seinen Wäscheklammern oder Handschellen machen. „Ich fühle mich sehr geschmeichelt“, stottere ich beim Aufbruch, „aber ich muß morgen ganz schrecklich früh raus und … äh … tja. Also jetzt muß ich leider ganz schnell nach Hause. War nett, dich hier zu sehen.“

War mein Auftritt in der Bar noch coolstes Gary Cooper, so ist mein Abgang jetzt zappeligstes Barbra Streisand. Ist wohl doch nicht meine Welt, diese Welt in Leder. Schade eigentlich.

Fee, Traumprinz und Safer Sex

Vor ein paar Monaten war ich mit meinem Freund Karl auf einer Jerk-Off-Party. Wir beide fragten uns seitdem, was eigentlich der Unterschied zwischen einer Safer-Sex-Party und einer Jerk-Off-Party ist.

Letzte Woche rief Karl mich an, um mir mitzuteilen, daß dieses Rätsel kurz vor seiner Lösung stand. Für den Abend war von einer schwulen Organisation eine Podiumsdiskussion über „Gruppensex im Zeitalter von Aids: Jerk-Off- und Safer-Sex-Parties“ anberaumt worden. Da mußten wir natürlich hin.

Die Diskussion fand in einem alten Kino statt. Auf der Bühne saßen die Organisatoren beider Arten von Parties, die sich gar nicht leiden konnten und sich gegenseitig vorwarfen, ihre Parties seien „unethisch“, „spießig“, „schmuddelig“, „sexualfeindlich“ (!) oder gar „sinnlos“. Es wurde allerdings deutlich, daß man auf den Jerk-Off-Parties die Schuhe anbehalten muß, um sich nicht die Füße an eventuell zu Bruch gegangenen Gläsern zu verletzen, während man sie auf den Safer-Sex-Parties ausziehen darf, da alle Räume mit Teppichresten ausgelegt und Getränke nur in Pappbechern serviert werden. Ich fand es einigermaßen verwunderlich, daß die Fußbekleidungsfrage einen so hohen Stellenwert in der Diskussion einnahm: Sollte all das wirklich nur eine Frage von Schuh oder Nicht-Schuh sein?

Auf der Bühne erregten sich mittlerweile die Jerk-Off-(Pro-Schuh)-Anhänger über die angeblich unhygienische Qualität der auf den Safer-Sex-(Contra-Schuh)-Parties ausgelegten Teppiche: Diese seien noch nach keiner Safer-Sex-Party gereinigt, aber schon sechsmal wiederverwendet worden! Naja, dachte ich mir, der Linoleumboden, auf dem man sich bei den Jerk-Off-Parties tummelt, ist natürlich pflegeleichter, aber, wie ich aus leidvoller Erfahrung wußte, ziemlich unbequem und auch nicht gerade sauber, weil die Gäste ja schließlich ihre Straßenschuhe anbehalten. Die ganze Sache schien immer wieder auf die Schuhfrage hinauszulaufen.

„Baby“, entschloß Karl, „wir gehen auf die nächste Safer-Sex-Party! Nur so können wir wirklich sicher sein, ob Gruppensex mit oder ohne Schuhe geiler ist!“

Ein paar Tage später ist es schon soweit. Karl und ich müssen uns ziemlich viel Mut antrinken, bevor wir uns endlich auf den Weg machen. Eine halbe Flasche Wodka, Neugier und Lust im Blut steigen wir in die U-Bahn. In dem sehr heiteren Zustand, in dem wir uns befinden, verpassen wir einige Anschlüsse, was dramatische Folgen hat: Der Einlaß bei der Safer-Sex-Party endet um Mitternacht, und wir sitzen wenige Minuten vor zwölf noch immer in der U-Bahn!

„Wenn wir nach Mitternacht kommen, bleibt uns nicht mal ein gläserner Schuh! Aber es ist ja sowieso eine Party ohne Schuhe“, murmelt Karl mit alkoholisierter Resignation.

„Ich hab die Nase voll von Schuhen, Karlchen. Mußt du mich auch noch damit nerven? Lauf lieber!“

Wir springen aus der U-Bahn, rennen die nächtlichen Straßen entlang und hechten die Treppen hoch zu der im fünften Stock gelegenen Disco, in der die Party stattfindet. Zu spät! Eine Minute nach zwölf: Die Türen sind schon geschlossen. Aber wir sind nicht allein. Fünf Männer stehen schon auf dem Treppenabsatz, und hinter uns höre ich noch zwei die Treppen hochhasten. Wir solidarisieren uns natürlich sofort und fordern vehement Einlaß. Wir klingeln, rufen, klopfen. Alles umsonst, die Discomusik hinter der Tür bleibt die einzige Antwort. Zwei gehen enttäuscht nach Hause, wir Restlichen setzen uns auf die Treppe und mustern uns skeptisch.

„Das sind also die Leute, die auf Safer-Sex-Parties gehen“, raunt mir Karl zu. Ein Zorniger in Leder („Gleich tritt er die Tür ein, wenn er so gefährlich ist, wie er aussieht“, flüstere ich in Karls Ohr); zwei Jungs in Windjacken, die ungläubig die Augen rollen; ein genervt rauchender Späthippie mit Pferdeschwanz und ein Jüngling vom Lande, der schuldbewußte Blicke um sich wirft und mich panisch fragt: „Ja, was machen wir denn jetzt? Die können uns doch nicht so stehen lassen hier? Oder? Oder?“

Die Frage beantwortet sich von selbst. Die Tür wird geöffnet, und ein blondgefärbter Kopf schiebt sich heraus. Er gehört zu einer riesigen, knochigen Tunte, die nichts als ein um die Hüften drapiertes Handtuch trägt. Mit großer Stummfilmgeste faßt sie sich an die Stirn:

„Ach Gottchen, ihr armen verlorenen Seelen da draußen in der Kälte! Kommt rein, Kinder, auf ein paar mehr oder weniger kommt's nicht an, wir sind schon fast Zweihundert! Hopp hopp, raus aus den Klamotten!"

„Na bitte", sagt Karl, „kein gläserner Schuh, aber eine gute Fee!"

Die Fee kassiert die zehn Mark Eintritt und erklärt uns auch endlich, wodurch sich diese Veranstaltung von einer Jerk-Off-Party unterscheidet: Man darf alles machen, was *safe* ist; zu diesem Zweck stehen überall Gummis und Gleitcreme in großen Glaskübeln herum. Die Räumlichkeiten sind dezent verdunkelt und durch Vorhänge in verschiedene Bereiche eingeteilt: Eine Garderobe, an der wir unsere gesamte Kleidung gegen ein Handtuch („Beige! Steht mir überhaupt nicht!" meckert Karl) eintauschen, eine Art Bistro-Bereich mit kleinen Tischen, Stühlen und Sofas, die Tanzfläche, auf der ein paar Dutzend Tänzer versuchen, beim Hüftschwung ihre Handtücher nicht zu verlieren, und die Bühne, die mit reichlich Kissen, Matratzen und kreativ gerafften Vorhängen in eine Art Serail verwandelt wurde. Es herrscht ungezwungene Partystimmung. Karl trifft natürlich sofort einen Bekannten und kreischt:

„Du hier? Das hätte ich ja nicht von dir gedacht! Ferkelchen!" Die beiden holen sich was von der Bar und lassen sich an einem Bistrotischchen nieder, um die körperlichen Qualitäten der etwa zweihundert Anwesenden aufs Genaueste zu besprechen. Karl ist so locker, als würde er ständig auf Sex-Parties gehen, ich jedoch fühle mich etwas mulmig. Mein Wodkarausch hat nachgelassen und mir fällt auf, daß hier überhaupt kein Sex stattfindet. Allerdings gibt es da eine Tür, durch die immer wieder Leute verschwinden. Das muß ich auskundschaften.

Ich trete in den Nebenraum ein und traue meinen Augen nicht: Bei der starken Verdunkelung wirken die ineinander verschlungenen Paare und Gruppen, die den gesamten Boden bedecken, wie ein einziges riesiges Wesen, dessen ausschließlicher Lebenszweck Lust ist. Völlig hysterisch renne ich aus dem Zimmer und stoße in der Tür mit der blondierten „Fee" zusammen, die einen Korb voller Kondome am Arm hängen hat, aus dem sie wie eine Kölner Karnevalsprinzessin ganze Hände voll in die Masse wirft und dabei ruft: „Fickt, Leute, fickt!"

Ich brauche eine Atempause an der Bar. Das habe ich mir in meinen kühnsten Träumen nicht vorgestellt, das stellt ja die Orgien der römischen Kaiser in den Schatten! Darauf einen Wodka! Da sitze ich auf meinem Barhocker und kann das alles nicht fassen: lauter reizende Leute, die sich unterhalten, tanzen oder miteinander schlafen, als wäre das das Natürlichste auf der Welt. Aber ist es das nicht auch? So scheinen viele zu empfinden, denn die Sexualität erobert vom Nebenzimmer aus bald die gesamten Räumlichkeiten. Den Schutz der Dunkelheit hat sie nicht mehr nötig. Die Ersten tanzen nackt, bald bleibt es nicht nur beim Tanzen, überall wird geknutscht und gestreichelt, Paare und Gruppen bilden sich und lösen sich auf. Es wird so ungezwungen gebumst, wie auf anderen Parties geflirtet wird. Männer gehen an mir vorbei, lächeln und küssen mich: einfach so. Karl und sein Bekannter liegen unter einem Bistrotisch, aber nicht etwa betrunken und bewußtlos, sondern höchst aktiv. Die „Fee“ scheint tatsächlich magische Kräfte zu haben. Hat sie diese Nacht in ein erotisches Märchen verwandelt? Kann Sex so unverkrampft, leicht und ziellos sein? Mir gegenüber schläft ein hübscher Dunkelhaariger auf einem Sofa. Getragen von meiner Euphorie beginne ich, am Märchen dieser Nacht teilzunehmen: Ich küsse ihn wach. Er schlägt die hellen Augen auf und lächelt. Den Rest kann man sich ja denken.

Es ist schon hell draußen, als Karl und ich gehen.

„Kannst du dir vorstellten, daß das die gleichen Leute waren, die sich in genau den gleichen Räumen jedes Wochenende eiskalt anstarren, blasiert eine nach der anderen rauchen und dann frustriert nach Hause gehen?“ frage ich Karl.

„Wach auf, mein Junge“, sagt Karl, „das waren die gleichen Typen. Wir waren auch da.“

„Aber war es nicht wie ein Märchen? Sogar mit Traumprinz …“, seufze ich.

„Ich bin mindestens fünfmal auf benutzten Kondomen ausgerutscht. Und außerdem hatte ich fürchterlichen Hunger, und es gab nur diese schrecklich ekeligen Leberwurstbrote. Der Teppich hat mir den ganzen Rücken wund gescheuert, und ich frage mich, ob ich mir nicht Fußpilz geholt haben könnte, bei all den nackten Füßen …“

„Ach Karl, du bist wirklich unmöglich realistisch!“

Kontakte

Ich hatte schon oft die Kontaktanzeigen in unserem Stadtmagazin studiert und dabei auch viel Spaß gehabt, aber natürlich wagte ich bisher nie, selbst eine Anzeige zu lancieren. Meine Neugier aber regte sich immer wieder, wenn ich über diese Welt der *kuschligen Teddys, keine Szenetypen bitte*, der *immergeilen Boys, 40*, der *Natursektfreunde mit gigantischen Wasserspritzen*, der *zärtlichen Jungs, unbehaart* und der *echten Kerle, Tunten und andere Irre zwecklos* nachdachte. Wer weiß denn, ob mir da nicht gerade der *Muskelmann mit Hirn, Mischung aus Rob Lowe* und Detlev Meyer* entgeht? Oder der *Blumenfreund*, der *mit dir in meinem Schrebergarten nicht nur die Beete pflegen will?*

Aber auf Anzeigen zu antworten, schien mir unerfreulich. Woher sollte ich wissen, ob mein Erwählter auch auf meinen Brief antwortet, mit dem ich mir so viel Mühe gegeben habe? Und ob er mit meinem Foto „selbstverständlich diskret“ umgeht, anstatt es solange im Freundeskreis herumzuzeigen, bis die ganze Stadt weiß, daß Baby Neumann auf Kontaktanzeigen antwortet: „Hat der das schon nötig?“ Denn, auch das darf nicht vergessen werden, Anzeigen sind die Zuflucht der Verzweifelten und Unattraktiven, der Verklemmten und Neurotischen. Soweit das gängige Vorurteil, das auch Karl entsetzt vorbrachte, als ich ihm von meiner Idee erzählte, eine Anzeige aufzugeben.

„Aber wenn man selbst der Initiator ist, verpflichtet man sich zu nichts. Die Briefchen flattern einem ins Haus, und man kann in Ruhe aussuchen, ob man einen der Herren treffen will und welchen. Faszinierend, nicht wahr, Captain?“ frage ich.

Karl ist skeptisch: „Und wenn Sie an einen Psychopathen geraten, Mr. Spock? Jemand, der eine Bombe schickt?“

„Eine Bombe an eine Zeitungschiffre?“

* Seufz. Er war sooo schön. Bitte im Internet nachgucken. Und alle sein Filme von ’85 bis ’95 anschauen. Seufz!

„Weiß man's, wozu diese Homophoben fähig sind? Und Baby, vielleicht sitzt in der Anzeigenredaktion ein CDU-Spitzel und setzt dich auf die rosa Liste!"

„Na, wenn ich da nicht sowieso schon draufstehe, wird's höchste Zeit."

„Also bitte, wenn Ihnen der Rat Ihres Captains so wenig bedeutet, geben Sie Ihre Anzeige auf, Spock. Ich lehne jede Verantwortung dafür ab. Bei dieser Exkursion fliegen Sie das Schiff alleine*."

Ich bleibe bei meinem Vorhaben. Jetzt kommt der schwierigste Teil: das Formulieren des Anzeigentextes. All diese Kodierungen! Bedeutet *Mann, 29, 60, 178, NS, passiv*, daß es sich hier um einen sechzigjährigen Nazi (NS) mit einem 29 cm langen Ding und einer Größe von 178 cm handelt? Oder um einen passiven, untergewichtigen (60 kg) Endzwanziger (29)? Hört sich an wie ein TBC-Opfer auf dem Zauberberg.

Ich entscheide mich, eine völlig klare, deutliche Anzeige zu schreiben: *Wer will mich? Der soll mir schreiben. Ich bin die Mühe wert.* Das hat die richtige Kürze, kostet nur ein paar Mark und macht neugierig. Mit pochendem Herzen verweile ich noch einen Moment vor dem Briefkasten, bevor ich die Anzeige einwerfe. Was werden mir diese drei Sätze bescheren?

Zwei Wochen später bekomme ich einen dicken braunen Umschlag, aus dem, als ich ihn ausschütte, genau vierzehn Zuschriften an meine Chiffre regnen. Ich koche Tee, lege die neueste Streisand-CD auf und vertiefe mich in meine Post.

Liebe Unbekannte! beginnt der erste Brief. *Ihre Zeilen haben mein Innerstes berührt. Gerne würde ich Sie zu einem Theater- oder Opernbesuch einladen. Ich bin ein rüstiger Rentner ...* Ich stutze und sehe mir den Briefumschlag genauer an: Aha, die falsche Chiffre! Das fängt ja gut an. Ich klebe den Brief sorgfältig wieder zu, um ihn zurückzuschicken. Baby Neumann als Cupido des Rentnerglücks.

Der zweite Umschlag enthält die Fotokopie eines getippten Briefes: *Du geile Ficksau!* lautet die Anrede. Danach malt der Schreiber in ähnlich unerfreulichem Jargon aus, was er gerne alles mit mir machen würde. „Einhändig geschrieben", denke ich und lasse den Brief in den Papierkorb flattern.

---

* Lange vor Bully Herbig alias Mr. Spuck habe ich den Zusammenhang zwischen Tunten und Star Trek entdeckt!

Der nächste ist mit Moschus parfümiert und auf Umweltpapier geschrieben: *Sei Du die Blüte am stachligen Stengel der Rose meines Lebens! Ich bin ein 35jähriger Kindergärtner. In meiner Freizeit dichte ich und male Aquarelle …*

Ich öffne den nächsten Umschlag: ein „aussagekräftiges Foto". Auf der Rückseite nur die Frage *Gefällt dir, was du siehst?* Leider nicht.

Der nächste: *Ich bin ein zu Unrecht verurteilter Knacki und komme in zwei Jahren raus. Schicke mir bitte …*

Seriöser Akademiker mit Eigentumswohnung … gelegentliche Treffs, wenn meine Frau verreist ist …, … mit meinem Porsche nach Florenz düsen … Penthouse in Düsseldorf …, … was du brauchst, ist ein gestrenger Meister, der dir zeigt, wo's langgeht! …, … wünsche mir einen guten Freund und Partner für meine Alpenwanderungen und meine Guppy-Zucht …, … wenn du Damenwäsche und hohe Lacklederstiefel genauso gern hast wie ich …, … habe mich schon immer nur in Schwule verliebt und glaube, daß ich die Fähigkeit habe, jeden Schwulen zu heilen. Auch dir fehlt nur die richtige Frau. Melde dich bei Uschi. Küßchen.

Vielleicht war diese Anzeige doch keine so gute Idee! Ich bin kurz vor dem Verzweifeln, aber der nächste Brief ist richtig nett. Ein Foto eines hübschen Jungen in modischem Sixties-Outfit liegt dabei, und seine Telefonnummer hat der Briefschreiber – er heißt Jan – auch gleich angegeben. Ich rufe an: eine sehr sympathische Stimme. Wir verabreden uns für den nächsten Tag in einem Café.

Ich sitze pünktlich über einer Tasse Tee. Das Café ist fast leer, nur ein paar alte Damen und ein etwa fünfzigjähriger, sehr distinguiert aussehender Herr am Nebentisch, der ein Buch von Martin Walser liest. Nach einer Viertelstunde ist Jan noch immer nicht aufgetaucht. Ich werde unruhig und schaue immerzu auf die Uhr. Er wirkte am Telefon so nett, der versetzt mich doch nicht! Da höre ich plötzlich seine Stimme: „Entschuldigung, bist du Baby?" Ich drehe mich um und strahle den grauhaarigen Walser-Leser an. „Ich bin Jan", sagt er. „Das Foto ist ein paar Jahre alt."

„Allerdings", nicke ich und denke bei mir: „Das erklärt auch die Sixties-Aufmachung."

„Weißt du, ich will mein Alter nicht zwischen mich und einen Menschen stellen, der vielleicht mit mir glücklich werden könnte. Ich bin zwar 51, aber ich fühle mich wie der Junge auf dem Foto, das ich dir geschickt habe. Ich wollte dich nicht mit der Oberfläche, den Falten und dem grauen Haar, abschrecken. Als ich zwanzig war, hatte ich einen dreißig Jahre älteren Freund. Er erschien mir nie älter als ich – nur ein bißchen klüger."

„Setz dich doch, Jan", sage ich.

Wir unterhalten uns den ganzen Nachmittag und lange in den Abend hinein. Nach zwei Stunden sehe ich keine einzige Falte mehr in seinem Gesicht, nur noch das Leuchten in seinen Augen. Aber so nett ich ihn finde, überlege ich mir auf dem Heimweg, er ist nicht, was ich suche.

Inzwischen habe ich alle Briefe geöffnet. Außer dem von Jan sind noch zwei in die engere Wahl gekommen. *Ich bin's auch wert. Überzeuge dich davon,* hatte der eine geschrieben, darunter nur sein Name, Mark, und die Telefonnummer. Ich wähle mit zitternden Fingern. Mark meldet sich sonor.

„Ich rufe wegen der … äh … Anzeige an", stottere ich.

„Komm morgen um sieben zu mir", antwortet Mark, nennt mir seine Adresse und legt auf. Na, der weiß, wie man sich interessant macht!

Am nächsten Abend um sieben stehe ich vor seiner Wohnung, die im fünfzehnten Stock eines Wolkenkratzers liegt. Kaum habe ich geläutet, als mir auch schon ein blonder Hüne öffnet.

„Ich bin Mark", sagt er. Er trägt nur ein Handtuch um die Hüften, und als Gott die Brustmuskulatur ausgeteilt hat, hat er es bei Mark verdammt gut gemeint. Mark faßt mich am Hinterkopf, zieht mich mit einer Bewegung in die Wohnung, ins Schlafzimmer, ins Bett. Bevor ich noch denken kann: „Das ist ja das reinste Pornoklischee! Das kann gar nicht wirklich passieren!", hat er mich schon ausgezogen. Im Schlafzimmer brennt kein Licht, nur ein Aquarium beleuchtet die Szenerie in einem unwirklichen Grün, durch das fischige Schatten gleiten. Ich lasse mich gehen.

Hinterher liegen wir eine Weile völlig erschöpft in diesem grünlichen Glühen und sagen kein Wort. Dann geht alles sehr schnell. Mark macht deutlich, daß die Sache damit für ihn erledigt ist und bringt mich zur Tür.

„Ruf nicht wieder an", sagt er zum Abschied.

Tja, manche können eben mit jedem nur einmal. (Aber wie! Ich habe noch ganz weiche Knie.)

Zu Hause lese ich noch einmal den letzten Brief: *Lieber Einsamer, auch ich will gewollt werden. Wenn du mich willst, will ich dich. Wol-*

len wir? Leider keine Telefonnummer, nur eine Chiffre. Also muß ich schreiben, um diesen originellen Geist zu kontakten.

Ein paar Tage später bekomme ich einen Brief von ihm, in dem er als Treffpunkt das gleiche Café vorschlägt, in dem ich schon Jan getroffen hatte. Als Kennzeichen schlägt der Unbekannte vor, eine rote Nelke zu tragen

Ich sitze etwas früher als verabredet in dem Café, wieder umgeben von reizenden alten Damen. Die Nelke liegt gut sichtbar vor mir auf dem Tisch. Ich bin der Einzige hier mit Nelke. Die weißhaarigen Matronen tuscheln über mich und werfen sich wissende Blicke zu: Blinde Verabredungen waren zu ihrer Zeit groß in Mode, da steigen schöne Erinnerungen auf.

Da – ein junger Mann mit einer Nelke im Knopfloch seines Jacketts tritt ein und sieht sich um. Unsere Blicke treffen sich: Es ist Karl! Sobald er mich erkennt, dreht er sich um und versucht zu fliehen, aber ich springe auf und halte ihn am Ärmel fest. „Ertappt! ‚Kontaktanzeigen sind nur was für Neurotiker', was? Na, willkommen im Club, Karlchen."

Karl windet sich aus meinem Griff, stöhnt und rollt mit den Augen. „Womit habe ich das verdient?"

„Was heißt hier verdient", frage ich, „das ist doch ein wunderbarer Zufall. Und es beweist, daß Kontaktanzeigen wirklich die Leute zusammenführen können, die zusammenpassen."

Karl verbeugt sich theatralisch und überreicht mir die Nelke aus seinem Knopfloch. „Ich kapituliere. Darf ich dich zum Essen ausführen?"

Über einer indonesischen Reistafel rätselt Karl: „Wenn wir uns noch nicht gekannt hätten, meinst du, wir wären ein Liebespaar geworden?"

„Schon möglich, Karlchen."

Er seufzt. „Nächste Woche gebe ich auch eine Kontaktanzeige auf."

Völkerverständigung in der Sauna

„Ich hab so lange keinen Sex mehr gehabt wie Mutter Teresa", jammerte ich.

„Wenn das eure einzige Gemeinsamkeit ist, kannst du den Nobelpreis vergessen", sagte Karl.

Wir saßen vor seinem Fernseher und schalteten auf der Suche nach nacktem Männerfleisch durch die Kanäle, stießen aber immer wieder auf Antje Schäffer-Kühnemann oder Horst Tappert. Gottseidank angezogen.

„Das deutsche Fernsehen eignet sich nicht besonders als Homoporno", resignierte ich. „Könnten wir beide nicht ...?"

„Du weißt genau, daß das nicht klappt, Baby. Wir kennen uns einfach zu gut. Ich kann nicht mit jemanden ins Bett gehen, von dem ich weiß, daß er heimlich Oil of Olaz benutzt. Aber ... wir könnten in die Sauna gehen."

„Was soll ich denn da? Sperma schwitzen?"

„Ich meine die schwule Sauna, Baby."

„Aber Karl!" Ich griff mir entsetzt ans Dekolleté. „Das ist unmoralisch! Sex ohne Gefühle! Männer, die nur deinen Körper wollen, die deine Persönlichkeit nicht die Bohne interessiert. Die dich nehmen und ihre Animalität an dir ausleben ... Laß uns hingehen!"

Am Eingang ein Klingelknopf und ein dezentes Messingschild: *Privater Herren-Club*. Karl klingelt und lächelt in die Videokamera. Auf Sicherheit scheint man hier großen Wert zu legen. Keine Schwulenticker, bitte. Ein leises Summen, Karl stößt die Tür lässig mit der Schulter auf, und wir stehen vor einer Rezeption wie von einem kleinen Hotel. Für ziemlich viel Geld bekommen wir zwei Spindschlüssel und zwei Badetücher. „Wir hätten auch eine Kabine mieten können", erklärt mir Karl beim Ausziehen, „aber das kostet fast das Doppelte. Als Kleiderordnung gilt hier: Nur das Handtuch und nichts drunter. Basisdemokratisch. Wir sind alle ein in Baumwolle gewickeltes Stück Fleisch."

„Also, was mich angeht, schlichte Kleidung unterstreicht meine Persönlichkeit.“ Mit Schwung wickle ich mein Handtuch um die Hüfte. „Wo sind die Kerle?“ frage ich mutig.

Karl führt mich in ein Labyrinth dunkler, enger Gänge, in denen uns mehrere Herren begegnen, die entweder auf den Boden sehen und sich an der Wand an uns vorbeipressen oder uns mit Schlafzimmerblick fixieren und beim Passieren jede Menge „zufälligen“ Körperkontakt herstellen. An diesen düsteren Korridoren liegen die Kabinen, von denen zahlreiche offen stehen und einen Blick ins Innere zulassen: In jeder liegt ein nackter Mann auf einem engen Bett und versucht sexy auszusehen. Manchen gelingt es, andere wirken, als wollten sie den Nutten in den Fenstern der Hamburger Herbertstraße Konkurrenz machen, lecken sich die Lippen und räkeln sich wie die Monroe auf dem berüchtigten Kalender-Foto. Manche sind alt, manche jung, manche hübsch, manche weniger.

„Manche sind eine Beleidigung fürs Auge“, sagt jemand und knallt im Vorbeigehen angewidert eine Kabinentür zu.

„Der wird auch mal alt“, gebe ich zu bedenken.

„Ich glaube, im reiferen Alter werde ich dem Sex abschwören und nur noch Shopping gehen“, sagt Karl. „Laß uns an der Bar ein Bier trinken.“

Die Bar ist ein von Kunstblumen und Mahagoni-Imitat beherrschter Raum mit bürgerlichem Wohnzimmercharme. Die halbnackten Männer wirken in dieser Umgebung irgendwie unpassend, zumal die Barkeeper angezogen sind. Es ist ziemlich voll und geht hoch her.

„Das ist hier *off limits*“, raunt mir Karl zu, „kein Sex an der Bar. Alle tun so, als seien sie ganz zufällig hier reingeschneit.“

„Aber wo findet denn der Sex statt, Karlchen? Ich bin doch nicht hier, um so zu tun, als hätte ich es nicht nötig. Dann wäre ich in eine Disco gegangen! Wir haben keine Kabine, Karl, bedeutet das, daß wir auch keinen Sex haben können?“

„Keine Panik, Baby, ich habe hier noch jedes Mal jemanden gefunden, der eine Kabine hatte oder mit zu mir nach Hause kommen wollte.“ Karl schenkt einem Blonden, der aussieht, als habe er sein bisheriges Leben auf dem Surfbrett zugebracht, ein zartschmelzendes Lächeln. Zwischen den Zähnen zischt er mir zu: „Der mag mich. Paß auf, gleich kommt er rüber.“ Wie auf Befehl setzt sich der Blonde in Bewegung.

„Wie machst du das, Karl? Pakt mit dem Teufel? Paß bloß auf, daß dein Kopf nicht eines Tages zu rotieren beginnt und du klebriges, grünes Zeug spuckst.“

Ich weiß genau, daß ich Karl in dieser vielversprechenden Situation im Wege bin, also kippe ich den Rest meines Bieres und mache mich auf eine Entdeckungsreise durch die mir noch unbekannten Teile der Sauna.

Ich finde zur Dampfsauna, vor der etwa zwanzig Männer auf einer Holzbank sitzen und genau beobachten, wer ein und aus geht. Im Dampfbad selbst scheint es kein Licht zu geben. Ich setze mich auch auf die Bank und sehe zu. Rot im Gesicht, keuchend und mit dem Schwanz auf Halbmast kommen Männer aus dem Dampfbad, steigen unter die kalte Dusche und gehen erfrischt und mit zusammengeschrumpelten Schwänzchen wieder hinein. Ab und an steht einer von der Bank auf, hängt sein Badetuch an einen Haken, atmet tief ein und verschwindet in Dampf und Dunkelheit. Als ein verblüffend an Chris Isaak erinnernder Jüngling mit Apfelpopo reingeht, folgt ihm gleich eine ganze Gruppe. Ich auch.

Es ist stockdunkel. Ich taste mich mit beiden Händen voran, berühre jedoch keine Wände, nur Körper: flache, harte Bäuche, behaarte Brüste, teigige Oberkörper, in denen meine Hand versinkt, Oberarme mit straffem oder hängendem Bizeps. Ich fühle mich, als würde sich mein Geburtstrauma wiederholen. Baby kämpft sich durch einen dunklen, warmen, feuchten Tunnel aus Fleisch. Beim ersten Mal erwartete mich ein Arzt, der mich an den Beinen hochhob und mir auf den Hintern schlug. Was erwartet mich diesmal am Ende des Tunnels?

Ich biege um eine Ecke. Es wird noch dunkler und heißer und enger. Ich spüre die anderen Männer jetzt nicht nur mit den Händen. Ein Bauch preßt sich gegen meinen Rücken, ein Arm an meine Brust; auf Hüfthöhe stoße ich an mehrere Schwänze, die sich wie zufällig in meine Hände schieben. Die unterschiedliche Beschaffenheit des männlichen Geschlechtsteils hat mich schon immer fasziniert: Links halte ich ein stumpfes, dickes, freudig gen Himmel gerecktes, rechts ein langes, spitz zulaufendes Exemplar, das schon ganz glitschig ist vor Vorfreude. Mein eigener kleiner Freund hat inzwischen auch eine fremde Hand gefunden, die ihn verwöhnt. Und nicht nur er, alle meine Körperteile werden anonym liebkost.

Mein Herz schlägt unnatürlich schnell, es wird mir zu heiß. Ich entwinde mich der oktopusartigen Umarmung und taste mich auf den Ausgang zu. Dabei rutsche ich auf etwas aus, von dem ich genau weiß, was es ist, es aber doch lieber nicht so genau wissen möchte. Kreischend verliere ich die Balance. Meine in der Luft rudernden Hände klammern sich an eine schmale Schulter, rutschen wieder ab und schlittern an einem harten Oberkörper herunter, bis sie endlich einen Halt finden.

„Autsch!“ ruft es aus dem Dunkel.

Starke Arme helfen mir auf die Beine, und ich lasse meinen Halt widerstrebend los. Das war wirklich ein Prachtexemplar. Sein Besitzer flüstert mir zu: „Du brauchst wohl mal ’ne Pause, komm, ich bring dich zur kalten Dusche.“

„Meine Güte“, flüstere ich zurück, „das ist ja lebensgefährlich hier.“

„Ja, ich habe ab und zu diese furchtbare Vision, daß ich hier an einem Hitzschlag sterbe, niemand es merkt und meine Leiche für einen besonders passiven Sexualpartner gehalten wird.“

„Das beantwortet die Frage, ob es Sex nach dem Tode gibt, zumindest zum Teil.“ Ich trete ins Licht und stürze mich sofort unter die kalte Dusche. Welche Erlösung. Mein Retter gesellt sich zu mir, und ich kann ihn zum ersten Mal deutlich sehen. Es ist ein Japaner mit lustigen Augen, strahlendem Lächeln und einem flachen, harten, aber nicht mageren Körper. Sein hervorstechendstes Merkmal hatte ich im Dampfbad ja schon in beiden Händen.

Nachdem wir uns abgekühlt haben, lädt er mich in seine Kabine ein. Natürlich gehe ich mit, und über das, was dort geschieht, senke ich den Schleier der Diskretion. Nur soviel: da die Kabinen nicht schalldicht sind, können wir hören, was nebenan vor sich geht. Aus den inbrünstigen Schreien und Seufzern ist zu schließen, daß die Leute neben uns mindestens genauso viel Spaß haben wie wir.

Mein Japaner und ich tauschen schließlich Telefonnummern und noch einige lange Küsse aus, bevor ich seine Kabine verlasse. Im gleichen Moment öffnet sich auch die Tür der Kabine nebenan, und heraus tritt Karl mit seinem blonden Surfer.

„Du warst das neben uns, Baby?“ kichert er. „Wir haben uns die ganze Zeit gefragt, wie die Typen wohl aussehen, die solche Lustschreie von sich geben! Wen hast du da drin? Jeff Stryker?“

Mit geheimnisvollen Augenaufschlag antworte ich: „Viel besser, Karlchen, viel besser.“

Mit Blondie, der sich als Australier herausstellt – Sex ist völkerverbindend – trinken wir noch ein Bier, bevor wir gehen.

Die Getränke zahlt man beim Verlassen der Sauna an der Rezeption. „Spind-Nummer 73. Ich hatte zwei Bier.“

Karl ist nach mir dran: „Spind-Nummer 69. Ich hatte auch zwei Bier, einen Martini und drei Orgasmen.“

Von Vampiren und Parasiten

Ich liege nackt und gemütlich im Bett und sehe fern. Christopher Lee und jede Menge Vampirinnen in Sechziger-Jahre-Nachthemden im Kampf gegen die Mönche eines karpatischen Klosters. Als Graf Dracula die Fangzähne bleckt und eine weitere Jungfrau entweiht, beißt mich auch etwas. Aber nicht am Hals. Weiter unten. Ich ignoriere das mit dem Gedanken an zwei Tüten Chips, die ich bei diesem Film schon gefuttert habe – kein Wunder, daß es mich juckt, das ganze Bett ist voller Krümel; wieder einer dieser Fernsehabende, nach denen man erst im Bett staubsaugen muß, bevor man einschlafen kann.

Da beißt und juckt es wieder. Ich durchsuche meine Leistengegend nach Chipsresten, kann aber nichts finden. Irritiert wende ich mich wieder den Vampiren zu. Bei einer wilden Verfolgungsjagd stürzt Draculas Sarg von der Kutsche und rutscht in den zugefrorenen Burggraben. Autsch! Es juckt schon wieder! „Die Sonne geht unter!" ruft der Abt in Panik. Ich knipse das Licht an. Der jugendliche Held läßt Abt und Geliebte am Ufer stehen und wagt sich aufs Eis, nur mit einem Holzpflock bewaffnet. Ich teile meine Aufmerksamkeit zwischen Showdown und Schamhaar. Da bewegt sich doch was? Fauchend schlägt Dracula den Sargdeckel auf und springt den Helden an. Kreischend springe ich vom Bett auf, in einer Wolke von Chipskrümeln: Ich habe etwas Kleines, Schwarzes entdeckt da unten, und es bewegt sich! „Töten Sie ihn!" fleht die Heldin den Abt an. Ich zerquetsche die Kreatur zwischen zwei Fingern. „Er ist schon tot", erklärt der Abt, aber die Heldin entreißt ihm dennoch sein Gewehr und schießt auf den Grafen, der zähnefletschend ihren Geliebten würgt. Ich suche unterdessen nach einer Lupe. Dracula schwankt auf einer Eisscholle, zischend und mit den Armen rudernd. Der Held springt an Land. Dracula verliert die Balance und stürzt schreiend ins brodelnde Wasser. Ich entdecke reges Leben durch meine Lupe. Dutzende kleiner, krabbenähnlicher Tierchen kriechen durch den Urwald meiner Haare. Dracula ertrinkt. Ich springe unter die Dusche, und, während sich für immer (?) das Eis über dem Vampir schließt, schrubbe ich mit sehr viel Seife meine Leistengegend. Auch diese kleinen Blutsauger sollen den Wassertod sterben!

Nach dem Abtrocknen stelle ich den Fernseher aus, setze mich aufs Bett, durchforste meine Schamhaare durch die Lupe und stelle fest, daß die kleinen Untiere immer noch da sind. Ich atme einmal tief ein und fasse mich. „Baby“, flüstere ich heiser, „offensichtlich gehen Safer-Sex-Parties und schwule Saunen nicht spurlos an einem vorüber. Du bist von Filzläusen befallen. Das ist zwar eklig, aber für die moderne Medizin überhaupt kein Problem. Jetzt gehst du schlafen und morgen zum Arzt, und damit ist alles überstanden. Nur ganz ruhig.“

Dann stehe ich auf und schreie.

Am nächsten Morgen sitze ich um acht Uhr vor dem Eingang der Praxis eines schwulen Hautarztes, der erst ab neun Uhr Sprechstunde hat, und versuche krampfhaft das Jucken zu ignorieren, das sich über Nacht ins Gigantische gesteigert hat. Kurz vor neun kommt eine verschlafene Sprechstundenhilfe und läßt mich ein. Ich erkläre ihr, daß es sich um einen Notfall handele, und sie erklärt mir, daß ich im Notfall gerne warten könne, bis sich eine Lücke im Terminplan ergäbe, sie könne mir aber nicht voraussagen, wie lange das dauere. „Was haben Sie überhaupt?“

Ich erröte. „Das bespreche ich mit dem Doktor.“

„Wie Sie meinen.“

Ich setze mich ins Wartezimmer und frage mich, warum selbst bei schwulen Ärzten die gleichen dämlichen Zeitschriften ausliegen wie in jeder Praxis. Ich lese gerade entnervt einen Artikel über Cockerspanielzucht in *Du und Dein Tier*, als mich eine bekannte Stimme begrüßt.

„Na, was treibt Dich denn hierher? Feigwarzen? Tripper? Filzläuse?“

Ich zucke zusammen und blicke in das bebrillte Gesicht von Stephan mit PH, den ich in der schwulen Freizeitgruppe kennengelernt habe.

„Also ich war ja wieder in Paris, der Liebe wegen. Ah, *la belle France*! Aber alles hat seinen Preis – meine *amour* hat mir *les läuse du filz* angehängt, wenn du weißt, was ich meine.“ Er kichert verschwörerisch, und ich lächele gequält. „Hier kommen ja fast nur Homos hin, der Doktor ist ein nicht besonders geheimer Geheimtip. Bevor man in die Szene geht, sollte man sich eigentlich immer ein paar Stunden hier ins Wartezimmer setzen, dann weiß man genau, wen man abends besser nicht aufreißt, haha. Was liest du? Oh, Cockerspaniel. Habe ich dir mal von dem Italiener erzählt, der mich wegen eines Cockers verlassen hat? Ein Perverser, sage ich dir, bla bla bla ..."

Womit habe ich das verdient?

Stunden später – oder waren es Jahre? – werde ich endlich aufgerufen und fliehe ins Sprechzimmer, während Stephan mir noch seine Telefonnummer nachruft. Der Doktor ist ein unpersönlich freundlicher Mittfünziger, der nach Desinfektionsmittel und teurem After-Shave riecht. „Herr ... äh ... Neumann, wo tut's denn weh?" fragt er mich über den Brillenrand.

„Also, es tut nicht gerade weh, es ist mehr ein ... Jucken. Da unten. Ähem."

Der Doktor zieht Gummihandschuhe und eine Lupe aus der Schublade und meint, er wolle sich das mal ansehen. Er pflückt ein paar Läuse und legt sie unter das Mikroskop. „Wollen Sie sich Ihre Quälgeister mal ansehen?"

Zögernd riskiere ich einen Blick. Sie sehen aus wie Aliens in drittklassigen Science-fiction-Filmen. Ich fühle mich nicht gerade besser. Der Doktor verschreibt mir eine Spülung, versichert mir, so ein Lausbefall sei eine Lappalie und winkt mich lächelnd aus seinem Sprechzimmer.

Ich verlasse die Praxis, wobei ich einen großen Bogen um das Wartezimmer mache. Noch eine Geschichte von Stephan könnte ich nicht ertragen, und außerdem fiebere ich dem Moment entgegen, in dem ich die widerlichen Aliens vergiften kann.

Als ich das Rezept in der Apotheke vorlege, grinst der Apotheker plump-vertraulich und fragt mich, ob ich auch Kondome brauche.

„Gibt es in dieser Welt keine Scham und Diskretion mehr?" frage ich zurück und durchbohre ihn mit meinem besten, verächtlichen Joan-Collins-Blick.

Zu Hause springe ich aus meinen Kleidern, die ich zusammen mit der Bettwäsche und sämtlichen Handtüchern in die Waschmaschine stecke und koche. Zum Teufel mit Waschanweisungen! Ich schamponiere mich mit dem Läusegift und beträufele gleichzeitig eine Laus auf einer Untertasse damit. Ja, ich habe einige Läuse gefangen und auf Untertassen isoliert – zu Rache- und Versuchszwecken.

Während das Shampoo einwirkt, probiere ich aus, wie die Biester auf Feuer reagieren, auf Abflußreiniger, Essigessenz, Wodka, auf meine schärfsten Küchenmesser und auf meine alten Marlene-Dietrich-Platten. „Ich glaube, ich entwickle einen Hang zum Sadismus. Vielleicht habe ich in letzter Zeit zu viele Vampirfilme gesehen", denke ich mir, während ich versuche, eine Laus mit einem Zahnstocher zu pfählen.

Nach einer Stunde ist das mit Läusegift bespritzte Racheopfer mausetot. Oder sollte ich sagen lausetot? Es ist an der Zeit, das Shampoo abzuwaschen.

Welche Erleichterung, wie sauber, wie rein, wie unbefleckt fühle ich mich jetzt. Ich lege Madonnas *Like a Virgin* auf und tanze durch die Wohnung – ein primitives Ritual, das den Sieg des Menschen über die Kreatur feiert.

Da juckt es plötzlich wieder. Sofort stelle ich Madonna ab, als könne ich bei Stille besser sehen, greife zur Lupe und suche. Nichts. Ich lege mich unter die Stehlampe mit der Halogen-Birne. Nichts zu sehen. Das müssen psychosomatische Nachwirkungen sein. Oder das Shampoo hat meine Haut gereizt. Jedenfalls hört es nicht auf zu jucken. Ich spüre die Panik langsam in mir hochsteigen. Sie müssen mutiert sein. Es sind gegen jedes Mittel resistente Filzläuse aus Tschernobyl, die ein Aeroflot-Flugbegleiter eingeschleppt hat! Sie können sich sogar bei Gefahr unsichtbar machen, sonst würde ich doch irgend etwas sehen. Oder sind es vielleicht doch nur meine Nerven?

Besser kein Risiko eingehen. Ich greife zum Rasiermesser: die einzig endgültige Lösung. Minuten später sehe ich unter der Gürtellinie aus wie ein Zehnjähriger, dessen Penis zu schnell gewachsen ist. Und es juckt noch immer. Ich bin gerade dabei, meine haarlose Leistengegend erneut mit Lupe und Halogenlicht zu durchforschen, als das Telefon klingelt. Es ist mein alter Freund Karl: „Baby, stell dir vor, Stephan mit PH hat mich angerufen und erzählt, ihr hättet euch heute morgen beim Arzt getroffen. Was hast du denn, du Schlimmer? Doch nicht etwa Filzläuse?"

„Ach Karl", heule ich los, „es ist so schrecklich. Sie sind mutiert. Sie werden mich fressen! Oder schlimmer. Sie werden mich zu einem der ihren machen."

„Dann nenne ich dich Gregor Samsa, Baby. Beruhige dich, dies ist das wahre Leben und kein schlechter Horrorfilm von 1955. Das Shampoo hat diese Nachwirkung. Das ist schließlich so eine Art Chemiebombe, die du auf deine empfindlichsten Stellen losläßt! Als ich zum ersten Mal Läuse hatte, war ich, als es nach der Behandlung noch immer juckte, so panisch, daß ich mir alle Schamhaare abrasiert habe. Das war der größte Fehler, den ich machen konnte. Es juckte wochenlang teuflisch, während die Haare nachwuchsen! Ich bin fast wahnsinnig geworden. Baby? Hallo? Bist du noch dran? Baby?"

Ich lege sachte den Hörer auf und kratze gedankenverloren zwischen meinen Beinen. Wochenlanges Jucken …

Mit einem doppelten Wodka setze ich mich vor den Fernseher. Es gibt die Fortsetzung des Vampirfilms von gestern: Ein abtrünniger Priester befreit Dracula aus seinem feuchten Grab im Burggraben. Ich schalte um. Von Vampiren habe ich für immer die Nase voll.

Stille Nacht, schwule Nacht

Viele meiner Freunde feiern Weihnachten im schwulen Bekanntenkreis, anstatt sich mit ihrer Familie zu treffen. Ich war mir nie sicher, ob mir das wohl gefallen würde, denn ich habe das große Glück, völlig offen zu meinen Eltern und Geschwistern sein zu können. Niemand erwartet, daß ich zu den Feierlichkeiten eine Freundin anschleppe, im Gegenteil, wenn ich gerade einen Lover habe, ist er gern gesehener Gast im Hause meiner Eltern.

„Die Familie ist eine reaktionäre Kernzelle, die wir als gesellschaftliche Außenseiter nicht unterstützen dürfen!" erklärte mir Karl, der schon mit sechzehn des familiären Heimes verwiesen und enterbt wurde, als sein Vater ihn dabei ertappte, wie er sich die Fußnägel lackierte – perlmutt. „Wir müssen uns von archaischen Strukturen lösen, die uns unterdrücken, indem sie uns glauben machen, wir bräuchten sie. Niemand braucht eine Familie. Verwandtschaft ist genetischer Zufall", deklarierte Karl mit erhobener Faust.

Wir aßen gerade Christstollen in seiner Küche. Es war der zweite Advent. Ich kaute genervt weiter und rollte die Augen gen Himmel.

„Baby, du mußt dich endlich innerlich befreien. Auch wenn du es nicht merkst, deine absurde Familienliebe bedroht deine schwule Identität!"

„Jetzt reichts!" stieß ich zwischen Stollenkrümeln hervor. „Weihnachten ist das Fest der Familie, und ich habe es immer zu Hause gefeiert. Daran wirst du mit aktivistischen Parolen nichts ändern. Du kannst von mir aus am Heiligen Abend Tinte in die Weihwasserbecken schütten und Stinkbomben in die Sakristeien werfen, ich werde unter einem Tannenbaum *Stille Nacht* singen."

„Baby, du verstehst mich völlig miß. Ich habe nicht vor, Kirchen zu entweihen, und wenn, dann würde ich die Meßdiener schänden, anstatt mich mit Tinte und Stinkbomben abzugeben. Nein, nein, ich will ja Weihnachten feiern, ganz traditionell, aber unter uns Schwulen, ohne Familie. Wir laden ein paar Leute zum Essen ein und sitzen hinterher besinnlich zusammen und wenn's sein muß, laß ich dich auch *Stille Nacht* singen."

Stirnrunzelnd kaute ich auf meinem Stollen herum. „Na gut, Karlchen, einverstanden."

Am Heiligen Abend bin ich der erste Gast bei Karl. Er empfängt mich mit einer roten Zipfelmütze auf dem Kopf und einem weißen Wattebart vor dem Gesicht.

„Wie willst du damit essen?" fragte ich kopfschüttelnd.

Die Wohnung wird nur von Kerzen beleuchtet. Sein Wohnzimmer hat Karl bis auf einen großen Tisch und sechs Stühle ausgeräumt. Der Tisch ist mit Tannengestecken dekoriert, in die Karl einige nackte Barbie- und *Masters of the Universe*-Puppen integriert hat. Karl reißt ein paar Tannennadeln ab und hält sie in eine Kerzenflamme: „Nichts riecht weihnachtlicher, Baby. Und jetzt sieh dir den Baum an."

In der Zimmerecke steht eine riesige Blautanne. Karl knipst die meterlange elektrische Lichterkette an, die sich um den Baum schlingt. Sie glitzert und funkelt. Die Tanne ist mit getrockneten Fischen, lackierten Seesternen und Muscheln, vergoldeten Fischernetzen und riesigen Kunstperlen dekoriert. In den Schuppen der Fische spiegeln sich die Kerzenlichter. Auf der Baumspitze steckt eine große Miesmuschel, aus der ein fettes Jesuskind aus rosa glasiertem Ton herablächelt.

„Wie findest du's?" fragt Karl.

„Ich wußte ja, daß du *Arielle – die kleine Meerjungfrau* fünfmal gesehen hast, aber daß das zu solchen Auswüchsen führen würde, hatte ich nicht erwartet. Scheußlich."

Unter dem Baum hat Karl eine Krippenfamilie aufgebaut. Statt über das Christkind beugen sich die tönernen Maria und Josef über Bart Simpson aus Plastik. „Na, die Jesusfigur ist doch in der Muschel auf dem Baum", erklärt Karl. „Und der Ochse und der Esel sind mir zerbrochen, deshalb die beiden Gummidinosaurier."

Es klingelt. Karl öffnet die Tür für Jens und Martin, ein Pärchen, das wir auf einer Jerk-Off-Party kennengelernt haben. Sie haben den Nachtisch mitgebracht: ungefähr einen Quadratmeter Tiramisu. Jens schlägt die Hände über dem Kopf zusammen, als er den Baum und die Krippe erblickt. Ich weiß nicht, ob er damit Begeisterung oder Entsetzen signalisieren will.

Da kommt schon der nächste Gast: John, einer von Karls amerikanischen Freunden. John ist für die Musik dieses stimmungsvollen

Abends zuständig. Er hat Weihnachtsplatten von Barbra Streisand, Bing Crosby, Diana Ross, NKOTB*, Doris Day, Elvis Presley, Mahalia Jackson und Patti La Belle mitgebracht.

„Bloß gut, daß ihr die Musik einem Ami überlassen habt", flüstert mir Martin zu, „sonst hätten wir noch Karls unsägliche Weihnachtsplatten mit den Fischer-Chören, Peter Alexander und den Regensburger Domspatzen ertragen müssen."

Karl öffnet dem letzten Gast, seinem momentanen Schwarm Sören, einem kleinen, blonden Dänen. Mit seinem unwiderstehlichen Vivi-Bach-Akzent wünscht er uns allen „eine ssöne gute Aben'", und auf Karls Gesicht erscheint ein wahrhaft weihnachtliches Lächeln. „Heute Abend, Baby, werde ich dieses Christkind in die Krippe legen!" flüstert er mir zu.

„Fleischliches Begehr an einem solchen Tag! Ich bin schockiert", kichere ich zurück.

Dann setzen wir uns zum Essen. Ich weiß ja schon lange, daß Karl nicht kochen kann, aber die anderen sind ein wenig enttäuscht, als er weihnachtlich in Sternform gestanzte Sandwiches serviert und dabei erklärt, das habe er von Cher gelernt, in *Meerjungfrauen küßt man nicht*. Dazu gibt es Glühwein und Salzstangen. „Laßt es euch schmecken!" ruft Karl und nimmt sich den Wattebart ab.

Ich denke wehmütig an den Festtagsschmaus, der jetzt bei meinen Eltern die Tischplatte biegt. Glücklicherweise haben sich Jens und Martin mit der Nachspeise selbst übertroffen.

Nach dem Essen sitzen wir schweigend um den Tisch. Im Hintergrund liefern sich die Andrew Sisters mit Bing Crosby ein weihnachtliches Stimmduell.

„Was machen wir jetzt?" fragt Jens.

„Ist im Fernsehen nicht dieser Weihnachtsfilm mit Inge Meysel?" schlägt Martin vor.

---

* *New Kids on the Block* waren die erste gecastete Boygroup und Begründer einer großen Tradition: hirnamputierte Pop-Musik von hemdenlosen Pretty Boys. Ein Trend, der bis heute anhält – mit *BRAVO*-Poster-tauglichen Formationen wie *Bed and Breakfast, Boyzone, Blue, 3rd Wish, B3, Overground* usw. Steven Gately von *Boyzone* ist übrigens verpartnert mit Eloy de Jong von *Bed and Breakfast*. Eine Nachricht, die Millionen von verzweifelten Teenie-Mädchen in den Alkoholismus und die Selbstverstümmelung trieb.

„Oh nein, nicht die Glotze und schon gar nicht die Meysel!" bestimmt unser Gastgeber. „Wir setzen uns jetzt alle unter den Baum und erzählen uns unser traurigstes Weihnachtserlebnis."

„Warum denn das traurigste?" fragt Wayne.

„Weil man am Heiligen Abend immer ein bißchen weinen muß. Das gehört einfach dazu", erklärt Karl. Dann erzählt er uns, wie sein Vater ihn zu Weihnachten nicht ins Haus ließ, weil er „die Schönheit und Unschuld dieses Festes" durch seinen „unnatürlichen Lebenswandel" beflecke.

Und Sören erzählt, wie sein Großvater am Heiligen Abend starb. Die Familie stand um sein Totenbett und drehte hilflos die Geschenke, die der Großvater nie mehr annehmen konnte, in den Händen.

Jens erzählt, wie er über Weihnachten zu seinen Eltern fuhr, während Martin in der Stadt blieb, in die Disco ging und sich einen Typen aufriß, mit dem er Weihnachten im Bett verbrachte, bis Jens unerwartet schon am ersten Feiertag zurück kam. Unnötig zu sagen, das war auch Martins schrecklichstes Weihnachten, obwohl die beiden eine sogenannte „offene Beziehung" führen.

Johns traurigstes Christfest fand statt, als er fünf Jahre alt war. Er hatte sich Ken und Barbie gewünscht und bekam einen Baseballhandschuh.

Karl weist gönnerhaft auf die Barbies in der Tischdekoration. „Du kannst gerne nachher ein paar mitnehmen, John, wenn dir das über das Trauma hinweghilft. Baby, was ist dein traurigstes Weihnachtserlebnis?"

„Die Schnittchen, die du uns heute serviert hast."

Der von Karl geschleuderte Schuh verfehlt mich nur um Millimeter. Damit ist die sentimentale Stimmung gebrochen, und wir beschließen, zu der Weihnachtsplatte der New Kids das Tanzbein zu schwingen. „Oh, wie in Amerika! Da tanzen wir auch immer zu Weihnachten!" freut sich John und beginnt zu hüpfen.

„Ja, und ihr setzt auch alberne Hütchen auf", lästert Karl.

John blickt stumm und stirnrunzelnd auf Karls rote Zipfelmütze.

„In Ami-Land darf man zu Weihnachten jeden küssen, wenn er unter einem Mistelzweig steht. Haben wir keine Misteln?" fragt Jens.

„Du kannst mich auch ohne Misteln küssen", sagt Martin, und Jens läßt sich nicht lange bitten.

„Das Fest der Liebe!" säuselt Karl und schenkt Sören ein zuckersüßes Lächeln, was aber völlig verschwendet ist, da Sören schon den ganzen Abend nur noch Augen für John hat.

„Irgendwas habe ich falsch gemacht mit der Gästeliste", stöhnt Karl und fordert mich zum Tanzen auf. Zu „Jingle Bells" von Barbra Streisand ist das gar nicht so einfach. Als nächstes legt unser X-mas D.J. John die schmusige Elvis-Platte auf. Jens tanzt mit Martin, Karl mit mir, und John und Sören finden so selbstverständlich zusammen, als hätten sie sich nicht erst heute, sondern schon vor ewigen Zeiten kennengelernt. Vielleicht in einem früheren Leben? Vielleicht als Jesus und Johannes?

Karl erstarrt in meinen Armen und haucht: „Oh Gott, da geht all meine Hoffnung! Sören, warum verschenkst du dich an den falschen?"

„Sei nicht melodramatisch und überlaß Sören die Entscheidung, an wen er sich verschenkt", flüstere ich zurück.

„Aber Sören sollte mein Weihnachtsgeschenk werden", wimmert Karl.

„Geben ist seliger denn Nehmen, Karlchen. Das ist der Geist der Weihnacht."

„Halt die Klappe und tanz, Baby."

Rund um den fischigen Baum drehen sich drei Paare, zwei in innigem Herzensglück, eines in alter Freundschaft. „Ach, Baby, wann werden wir mit unserem Liebsten um den Christbaum tanzen?" fragt Karl und weint meine Schulter ein bißchen naß.

„Wenn ich dich mal zitieren darf: ‚Mit Zweierbeziehungen ist es wie mit der Familie, beides sind archaische Strukturen, die uns nur in unserer persönlichen Freiheit einschränken'", flüstere ich hämisch.

„Das war jetzt nicht unbedingt, was ich hören wollte", zischt Karl.

John und Sören tanzen an uns vorbei, und all die Kerzen im Raum sind nichts im Vergleich zu dem Licht, das aus ihren verliebten Augen strahlt. Karl stöhnt auf, löst sich von mir und läuft ins Schlafzimmer.

„Was machst du denn?" rufe ich ihm nach.

„Meine Mutter anrufen!" schluchzt es zurück.

Ich schüttele grinsend den Kopf. Schwule Weihnachten – das soll uns erst mal einer nachmachen!

Sex oder Literatur

Letzte Woche lernte ich den Mann meiner Träume kennen (noch einen). In der Buchabteilung eines Kaufhauses stolperte er in mich hinein, beladen mit einem Stapel Bücher, von denen einige schmerzhaft auf meinen Zehen landeten. Er trug ein Tweedjacket und eine Hornbrille, über der ihm seine schwarzglänzenden Haare ins Gesicht fielen.

Der kleine Unfall war ihm sehr unangenehm. Mir weniger, denn seine ungeschickte, schüchterne Art weckte meinen Mutter- (und einige niedere) Instinkte. Als Wiedergutmachung lud er mich auf einen Kaffee ein, leider in das nach Frittieröl riechende Restaurant des Kaufhauses, einen Ort, der an Ungemütlichkeit nur vom Futon eines Aerobic-Trainers übertroffen wird, bei dem ich mal übernachtet habe. (Aber das ist eine andere Geschichte.)

Nach einigen tiefen Blicken in die bebrillten, grünen Augen meines neuen Bekannten vergaß ich die schäbigen Plastiktische und die faltige Kellnerin in Polyesterschürze und Kneipp-Sandaletten.

Er heiße Wayne, erzählte er mir, komme aus den USA und studiere in Berlin vergleichende Literaturwissenschaften. (Himmlisch, dieser amerikanische Akzent!) Er habe gerade seine deutschen Großeltern besucht und sei auf dem Weg zurück in die Hauptstadt. Nach zwei Tassen grauenvollem Kaffee starrte Wayne verlegen auf den gelben Plastikaschenbecher und lud mich stammelnd nach Berlin ein. Ich sagte natürlich sofort zu. Erfreut versuchte er meine Hand zu ergreifen und warf dabei die Tischdekoration aus verblichenen künstlichen Nelken um. Als er sie mit wild rudernden Bewegungen aufzufangen versuchte, fegte er seine Tasse vom Tisch, die der runzligen Bedienung direkt vor die Schluffen rollte.

„Vier Kaffee – acht Mark achtzig", forderte sie ungerührt und kickte die Tasse unter einen freien Nebentisch. Wayne gab ihr schweigend und mit roten Ohren einen Zehnmarkschein. Sie schlurfte davon, ohne auch nur daran zu denken, Wechselgeld herauszugeben. Ich brachte Wayne zum Bahnhof, küßte ihn auf die Wange (er wurde wieder rot) und schlief nächtelang unruhig, geplagt von wildromantischen Träumen, in denen Wayne der Erbe eines märchenhaft reichen texanischen Rinderbarons war oder der Sohn einer eleganten Kunstmäzenin aus der New Yorker Society.

Wayne wohnt in einem möblierten Zimmer in Neukölln. Fünfter Stock, Hinterhaus. Im Vordergebäude sind ein Sexshop und eine türkische Bar: Jeden Mittwoch Bauchtanz. Durch Waynes verrußtes Fenster sieht man auf den kahlen Hinterhof: Mülltonnen und sterbende Bäume. Ich stelle seufzend meinen kleinen Koffer ab. Waynes Begrüßung ist zurückhaltend, so als habe er nicht wirklich mit meinem Besuch gerechnet. Dabei habe ich mich rechtzeitig angekündigt – gestern abend.

Er müsse noch dringend vier Böll-Romane lesen, erklärt Wayne, für eine Seminararbeit über die Verwendung indirekter Rede als Symbol für postmoderne Ziellosigkeit in der deutschen Nachkriegsliteratur.

„Was, an diesem Wochenende?“ will ich wissen.

„Ich fürchte, ja“, sagt Wayne mit Hundebabyblick und wird rot.

Ich schmelze dahin: „Wir können ja … einfach zusammen sein. Du liest, und ich sehe fern.“

„Ich habe keinen Fernseher.“ Wayne wirft sich aufs Bett und liest *Gruppenbild mit Dame*. Ich lege mich zu ihm und streichle ihn ein wenig.

Keine Reaktion.

Ich streichle heftiger.

„Bitte nicht“, sagt Wayne, „das lenkt mich ab.“

Ich fühle mich ein klitzekleines bißchen unwillkommen und überflüssig, stehe auf und gehe im Zimmer auf und ab. Überall Bücher: im Regal, auf dem Tisch, dem Boden. Sogar auf der Toilette liegt ein Stapel: französische Gedichte des 19. Jahrhunderts und drei Jane-Austen-Romane. Ob Wayne an Verstopfung leidet?

„Wozu bin ich überhaupt hergekommen?“ frage ich den in seinen Böll vertieften Wayne beleidigt.

Er versteht mich nicht: „Liest du etwa nicht gerne? Für mich ist es das Schönste, mit einem Freund zusammen stundenlang zu lesen.“

„Und für mich ist es das Schönste, mit einem Freund stundenlang zusammen zu …“

„Oh bitte“, unterbricht mich Wayne, „diese Sex-Fixierung der Schwulen. Schrecklich. Ich finde, es geht auch ohne das. Man muß sich intellektuell vereinigen, nicht körperlich. Wir können beim Lesen Händchen halten, das mag ich sehr.“

Es reicht! Baby Neumann, der Welt begehrenswertester Junggeselle nach Keanu Reeves und Brad Pitt (mein Selbstbewußtsein ist heute eher hoch, um nicht zu sagen: *high*) hat das nicht nötig! Ich ziehe meinen Mantel an und nehme meinen Koffer.

Wayne zeigt endlich eine Reaktion: „Was machst du denn?“

„Mir ist eingefallen, daß ich einem Freund versprochen habe, seine Hand zu halten, während er Prousts gesammelte Werke liest. Erwarte mich also nicht so bald zurück.“

Wütend stürme ich aus dem Zimmer. Dabei finde ich Wayne wirklich niedlich. Aber Literatur statt Sex – daran würden sich meine Hormone nie gewöhnen.

Frustriert streife ich durch Berlin. Der nächste Zug zurück geht erst am Abend. In der Nähe des Savignyplatzes fällt mir ein junger Mann mit Grübchen im Kinn und einer abgeschabten Lederjacke auf, der sich grinsend nach mir umsieht. Ich folge ihm diskret. Vielleicht hat sich die Reise nach Berlin ja doch gelohnt. Er betritt ein Geschäft. Einen Buchladen – nicht zu fassen! Noch so ein verklemmter Intellektueller. Aber der kleine Laden ist irgendwie anders: Im Schaufenster liegen Bildbände über männliche Aktfotografie und Kitschästhetik, Opernführer sowie Bücher über Marky Mark, Diana Ross und Barbie.

Ganz klar: ein schwules Buchgeschäft.*

Neugierig trete ich ein. Das Sortiment ist faszinierend: Einschlägige Romane in verschiedenen Sprachen, Sachbücher zu Themen wie Vorhaut-Fetischismus oder homosexuelle Piraten des 16. Jahrhunderts, Bildbände von Jeff Koons, Gilbert und George oder Tom of Finland, Biographien über Bette Davis, Rudolph Nurejew oder Edward den Zweiten. Krimis, Science-fiction, Comics, Poster, Postkarten, schwule Zeitschriften aus aller Welt und Pornohefte.

Der Lederjackenträger mit dem Grübchen blättert gerade durch „Hot and Hung“ und leckt sich die Lippen.

Es geht lebhaft zu in diesem Laden.

Ein Spät-Teenager von Mitte Dreißig mit Bauchansatz und Baseballmütze kommt herein. „Ich hätte gerne ein Buch“, erklärt er dem schnauzbärtigen Verkäufer, der ein genervtes Schaudern höflich un-

---

* Inzwischen nicht mehr in der Bleibtreustraße zu finden, sondern in der Lietzenburger Straße 9a.

terdrückt. „Was Spannendes und Geiles. Am besten mit Raumschiffen. Aber nicht so schwer zu lesen."

Dann kommt eine Matrone, die wohl nicht genau weiß, welche Art Geschäft sie betritt: „Führen Sie auch Kochbücher? Ich möchte nämlich ein Soufflé bereiten ..."

„Leider nicht", bedauert der charmante Mann an der Kasse, ein Jeanstyp mit Kopftuch. Aber er schreibt ihr eigenhändig ein Rezept auf: „Das gelingt immer!"

Inzwischen habe ich mich an das Grübchen herangeschlichen und blättere wie zufällig direkt neben ihm durch ein Hochglanz-Magazin namens *Orale Orgien*. Eine Frau in Latzhose mit hennarot gefärbtem Zopf und Lederkappe betritt den Laden, sieht sich kurz um und beschwert sich, daß das Sortiment an lesbischer Literatur „lächerlich klein, typisch patriarchalisch" sei.

Der geduldige Buchhändler bedauert und bietet ihr einen Kaffee an. Sie trinkt ihn mißgelaunt, während sie im neuen Werk von Camille Paglia liest und dabei halblaut die Autorin beschimpft, als stünde sie neben ihr. Der Kassierer und der Verkäufer werfen sich einen langen, verzweifelten Märtyrer-Blick zu.

Der dickliche Möchtegern-Teenie kauft einen Ralf-König-Comic: „Is' zwar ohne Raumschiffe, aber dafür mit vielen Bildern."

Ein älterer Herr erkundigt sich, ob die neuesten Bände der Thomas-Mann-Tagebücher schon eingetroffen seien. Dann stellt er sich vor das Regal zum Thema Pädophilie und blättert sehr ausführlich fünf Ausgaben der Zeitschrift *Kleine (B)Engel* durch.

Zwei schrill kichernde pubertierende Mädchen fragen, ob sie die Marky-Mark-Biographie aus dem Schaufenster mal ansehen können. Ein Langhaariger mit roter Hose kauft nach langem Suchen einen reduzierten Gedichtband von Ginsberg für drei Mark und möchte ihn als Geschenk verpackt haben. Wenn ich hier Buchhändler wäre, würde ich nach spätestens zwei Tagen in der Nervenheilanstalt landen.

Grübchen dreht inzwischen am Postkartenständer. Ich folge ihm und drehe in die andere Richtung. Wir greifen gleichzeitig nach einer Judy-Garland-Karte. Unsere Finger berühren sich. Wir lächeln.

„Ich hasse es, wenn die Leute den Laden zum Aufreißen benutzen", beschwert sich der Kassierer beim Verkäufer.

„Ach was, du hast doch auch schon Kunden abgeschleppt."

„Hab ich nicht!"

„Hast du wohl!"

Ein etwa zehnjähriger Junge unterbricht die Diskussion, indem er den Verkäufer am Ärmel zupft und fragt, ob er auch Dinosaurier-Bücher habe.

„Wir haben nur Bücher für Erwachsene."

„Macht nichts, Hauptsache, sie sind über Dinosaurier", meint der Junge.

Der Buchhändler führt ihn sanft hinaus, was der ältere Thomas-Mann-Freund höchst interessiert beobachtet. Eine elegante Dame im schwarzen Kostüm erklärt indes dem Kassierer, daß es für sie nichts Erotischeres gebe als Sex zwischen Männern und kauft einen Stapel Pornos. Die Latzhosen-Lesbe trinkt ihren Kaffee aus, stellt Camille Paglia verächtlich wieder ins Regal und ersteht einen Katzenkrimi von Rita Mae Brown. Der Mann mit dem Grübchen blättert inzwischen in einem Detlev-Meyer-Roman. Ich interessiere mich für ein Hubert-Fichte-Buch, das direkt daneben liegt. Meine Hüfte streift die seine.

„Liest du gern?" fragt Grübchen mit rauher Stimme und blickt mir tief in die Augen.

„Na endlich!" rufen der Kassierer und der Verkäufer im Chor und fangen an zu klatschen.

Grübchen ignoriert sie: „Wenn nicht, könnte ich dir was vorlesen."

„Muß ich dabei deine Hand halten?"

„Nicht unbedingt meine Hand."

„Einverstanden."

Bevor wir gehen, kaufe ich *The Joy of Gay Sex*. Mir gefällt dieser Laden. Wo sonst bekommt man zum Buch den Mann seiner Träume (noch einen)?

Doktor Faust singt

Ich stehe zwischen Spiegel und Videorecorder und schwitze. Seit Stunden versuche ich die neuesten Hiphop-Schritte von *Take That* zu kopieren (Dazu habe ich mir extra den Videorecorder von Karl ausgeliehen – man muß ja mit der Zeit gehen!). Aber was die fünf Traumjungs in den Video-Clips zu *Could This Be Magic* und *Do What U Like* anstellen, geht weit über meine tänzerischen Fähigkeiten hinaus. Selbst wenn ich den Recorder auf Zeitlupe stelle, kann ich ihnen nicht folgen. Frustriert lege ich *Dolly Parton's Greatest Hits* auf und tanze einen guten alten Squaredance mit mir selbst. Mitten in *Islands in the Stream* klingelt das Telefon. Ich melde mich: „Hallo, hier ist Kenny Rogers."

„Sorry, da habe ich mich verwählt", antwortet eine Stimme mit leichtem amerikanischen Akzent und fährt dann auf englisch fort: „Was machen Sie in Deutschland, Mr. Rogers?" Inzwischen habe ich den Anrufer erkannt: „Wayne, du Dummerchen, ich bin's, Baby."

„Ach so", sagt Wayne. Er kann die Enttäuschung in seiner Stimme kaum verbergen. Wer hätte vermutet, daß er ein Country-Fan ist? Und überhaupt: Wer hätte gedacht, daß ich von Wayne, dem putzigen amerikanischen Literaturstudenten aus Berlin, noch einmal hören würde? Schließlich habe ich ihn vor ein paar Wochen einfach sitzen lassen, weil er sich für seine Bücher mehr interessierte als für mich. Böll statt Baby! Ich war zutiefst beleidigt und schrieb Wayne – trotz seines fast unwiderstehlichen Hundebabyblicks – endgültig ab. Jetzt erklärt er mir stotternd, es täte ihm leid, wie damals alles gelaufen sei, und er würde mich gerne wiedersehen.

„Und was soll ich in Berlin?" zicke ich. „Deine Hand halten, während du *Ansichten eines Clowns* liest und mich ignorierst?"

„Ich verspreche, nicht zu lesen. Und ich habe eine große Überraschung für dich."

Vor meinem inneren Auge sehe ich Wayne nackt, mit einem hellblauen Schleifchen um den Schwanz. „Laß mich raten: Ich darf dich anfassen? Überall?"

Wayne seufzt: „Wenn ich es verrate, ist es keine Überraschung mehr.“ Ich sage trotzdem zu. Und während Dolly Parton *Old Flames* singt, tagträume ich von Waynes grünen Augen.

Am späten Samstag nachmittag komme ich am Bahnhof Zoo an. Wayne holt mich ab. Mit rotem Kopf überreicht er mir einen Strauß leicht welker Nelken.

„Auf'm Friedhof geklaut?“ frage ich und gebe ihm einen Begrüßungskuß. Wayne wird noch röter. Wir bringen meinen Koffer in seine kleine Neuköllner Wohnung. Über einem Glas Sekt eröffnet mir Wayne seine Überraschung: „Ich habe Opernkarten!“

Ich verschlucke mich und huste: „Oper – das ist doch, wenn fette, schlecht geschminkte äthiopische Prinzessinnen in Verliese eingemauert werden und dabei mit genauso fetten, aber noch schlechter geschminkten Männern in Sandalen und Röckchen endlose Sterbe-Arien singen?“

„Wir gehen nicht in *Aida*, sondern in *Faust* von Gounod. Eine ganz moderne Inszenierung. Das ist hohe Kultur, Baby, es wird dir gefallen.“

„Ich war noch nie in der Oper“, gestehe ich. „Klassik ist nicht mein Fall. Obwohl ich *Classical Barbra* von der Streisand besitze – da singt sie Händel und Schubert (oder Schumann, ich kann das nie auseinanderhalten) und ehrlich gesagt, das Cover-Foto ist das Beste an der Platte.“

Enttäuscht sieht mich Wayne über den Rand seiner Brille an.

„Naja, trotzdem freue ich mich natürlich sehr“, zwinge ich mich zu sagen, “Gounod muß ein toller Komponist sein. Schließlich hat Zarah Leander sein *Ave Maria* aufgenommen.“

Die Deutsche Oper Berlin ist ein schlichter, grauer Nachkriegsbau ohne viel Glanz und Glamour. Wayne und ich stehen im Foyer und beobachten das Publikum. Ich, der Opernhäuser hauptsächlich aus alten Greta-Garbo-Filmen kennt, bin ein wenig enttäuscht: keine großen Roben, kein Juwelenglanz, keine Abendanzüge. Eine Busladung älterer amerikanischer Touristen im kalifornischen Freizeitdress ist gerade angekommen – Frauen mit violetten Haaren, Männer mit Nylonhemden in allen Farben des Regenbogens. Eine Gruppe schnauzbärtiger Lederkerle in Karohemden und schwarzen Lederwesten fällt mir auf. „Die sogenannten Opernschwulen“, erklärt Wayne. „Davon sind immer welche da. Ich weiß auch nicht warum, aber die S/M-Szene scheint auf Opern zu fliegen.“

„Was die Masochisten hier wollen, ist mir schon klar", sage ich. Wayne wirft mir einen bösen Blick zu. Es klingelt dreimal, und wir nehmen unsere Plätze ein. Neben mir sitzt ein Herr mittleren Alters, der einen schlecht geschnittenen Anzug und einen Lagerfeld-Zopf trägt. Während er seiner Begleiterin, einer Rothaarigen mit mittelschwerem Akne-Problem, weitschweifig die Handlung von *Faust* erzählt, muß ich zu meinem Entsetzen feststellen, daß er sich offensichtlich seit Tagen von Zwiebeln und Knoblauch ernährt hat. Das Aroma mischt sich mit der Wolke von 4711, die über einer pummeligen Endsechzigerin neben Wayne schwebt.

Endlich geht das Licht aus und der Vorhang hebt sich: Eine düstere Straßenschlucht zwischen Wolkenkratzern. Aus dem Hintergrund hinkt singend ein gebrechlicher Greis heran, dessen Stimme allerdings überraschend kräftig ist. Trotzdem verstehe ich kein Wort. Flüsternd beschwere ich mich bei Wayne. Er flüstert zurück: „Die Oper ist auf französisch!"

Ach so. „Und wer ist der alte Knacker?"

Bevor Wayne antworten kann, zischt es von hinten: „Pst!"

Ich drehe mich um und starre in das erboste Gesicht eines pergamenthäutigen Methusalem im schwarzen Anzug, gegen den der Tattergreis auf der Bühne wie ein junger Hüpfer wirkt. „Ich glaube, hinter uns sitzt der Komponist", kichere ich Wayne ins Ohr.

„Pst!" machen Wayne und der Alte im Chor.

Schulterzuckend konzentriere ich mich auf das Bühnengeschehen, das gerade einen action-reichen Höhepunkt zu bieten hat. Flammen züngeln aus dem Boden, und im Trockeneisnebel erscheint Mephisto, unverkennbar mit seinen roten Hörnchen und dem quastigen Schwanz. Ich begreife, daß der Greis Faust ist, dem Mephisto eine zweite Jugend im Austausch gegen seine Seele anbietet. Ich habe Freunde, die würden schon für eine wirklich wirksame Anti-Falten-Creme die Seele ihrer Mutter noch drauflegen. Kein Wunder, daß Faust akzeptiert.

Kaum ist er verjüngt, verliebt er sich in eine schwarze Serviererin. Das muß Gretchen sein, kombiniere ich, und tatsächlich: Faust schmettert eine Arie, in der ich mehrmals den Namen „Margarete" ausmachen kann. Das Stück kommt gut an (heutzutage würde es wahrscheinlich als Single ausgekoppelt), und das Publikum klatscht hemmungslos.

Der Zopfträger neben mir schreit lauthals „Bravo" und stößt dabei Knoblauchdünste aus. Ich bin froh, daß er nicht „Buh" ruft. Auf der

Bühne ziert sich die gute Margarete gegenüber Fausts Avancen, doch am Ende des ersten Teils gibt sie sich dem Doktor hin.

Ich fliehe ins Foyer, bevor mein Nachbar wieder seiner Begeisterung Luft machen kann. Das Publikum drängelt sich am Sektstand. Wayne hat feuchte Augen wie Julia Roberts in der Opernszene aus *Pretty Woman*. Tief bewegt summt er die Melodie irgendeiner Arie nach, an die ich mich schon gar nicht mehr erinnern kann. Er lächelt mich romantisch verklärt an und greift nach meiner Hand. Da klingelt es schon zur zweiten Runde.

Margarete ist schwanger und frustriert, weil Faust sie während der Pause verlassen hat. Der böse Doktor vergnügt sich lieber mit seinem Kumpel Mephisto, der zur Walpurgisnacht eine Riesenparty schmeißt: Im Halbdunkel tummeln sich auf der Bühne leichtgeschürzte Teufelinnen im Punk-Look und eine Gruppe von knackigen, halbnackten Breakdancern. Ihre Verrenkungen passen verblüffend gut zu Gounods Musik. Plötzlich taucht Margarete auf. In der Hand hält sie ihr Kind (eine Plastikpuppe), auf das sie völlig hysterisch mindestens dreißigmal mit einem Brotmesser einsticht. Ich muß spontan (und ziemlich laut) lachen, was mir böses Zischen vom Greis und dem Knoblauchesser einbringt.

Langsam glaube ich, daß manche Leute hauptsächlich in die Oper gehen, um hämisch „Pst!" zu machen, sobald irgendwer auch nur zu laut atmet.

Auf der Bühne wird es jetzt ziemlich langweilig. Trauerarie reiht sich an Trauerarie. Ich schlafe ein und träume von den Breakdancern.

Als es in meinem Traum gerade richtig gemütlich wird, weckt mich fürchterliches Husten. Der Alte hinter mir hat einen Asthma-Anfall oder etwas ähnliches – mitten in Margaretes großer Sterbenummer. Seinem Husten nach zu urteilen, wird er noch vor ihr den Löffel abgeben. Von allen Seiten zischt es „Pst!", bis sich im Rachen des endlich erleichterten Greises etwas löst, haarscharf an meinem Ohr vorbei fliegt und schleimig am Sitz vor mir heruntertropft. Ich unterdrücke einen Ekel-Schrei und klammere mich schockiert an Waynes Knie fest.

Wayne, völlig vom tragischen Geschehen auf der Bühne gefesselt, hat gar nichts bemerkt. Ohne den Blick von Margarete zu wenden, greift er nach meiner Hand und klammert zurück. Tränen der Ergriffenheit laufen über sein Gesicht. Margarete stirbt, Faust fährt zur Hölle, die Oper ist aus.

Der Applaus ist gewaltig. So wie die Leute klatschen, muß es richtig gut gewesen sein. Also rufe ich „Bravo", trampele mit den Füßen und pfeife auf den Fingern.

„Übertreib's nicht", sagt Wayne. „Das war Gounod, nicht Guns 'n' Roses."

Ich schlage vor, am Bühnenausgang auf die Breakdancer zu warten. Wayne ist dagegen.

In der U-Bahn hält er meine Hand, streichelt meinen Oberschenkel und seufzt mehrfach lüstern. Eine Gounod-Oper scheint auf ihn zu wirken wie ein Porno mit Ryan Idol* auf mich.

Kaum in seiner Wohnung, reißt Wayne mir die Kleider vom Leib, wirft mich aufs Bett und eine Aufnahme von *Faust* in den CD-Player. Von Arie zu Arie wird er leidenschaftlicher; beim Liebesduett zwischen Faust und Margarete spritzt er meterweit ab. Danach gehe ich zum Plattenspieler, stelle Gounod ab und lege *Take That* auf.

Ich will schließlich auch noch auf meine Kosten kommen.

---

* Ja, der mit den tätowierten zwei Kirschen in der Leiste.

Frau sein ist alles

Viele meiner Freunde ziehen ab und zu Frauenkleider an, als ob das ganz selbstverständlich zum schwulen Leben gehören würde: Im Kleiderschrank der Smoking für die Oper, Jeans und Lederjacke für den Aufriß und das kleine Schwarze für weiß Gott was.

„Für mich kommt das nicht in Frage. Meine sportgestählte, maskuline Gestalt wird nicht in irgendein Fähnchen gezwängt", erklärte ich Karl, als er mich bei einem gemeinsamen Frühstück zu seiner jährlichen „Fummelparty" einladen wollte.

„Sportgestählt? Du gehst einmal im Monat joggen und dann bist du zwei Tage krank", giftete Karl. „Sieh es endlich ein, du hast genau die leicht schwammige Figur, die in einem Modell von Yves Saint-Laurent so gut zur Geltung kommt, Schätzchen."

„Ich bin nicht schwammig! Und du kriegst mich in kein Kleid!"

„Baby, ich fürchte, du hast da ein klitzekleines psychologisches Problem. Glaubst wohl, du könntest unerwartet Gefallen am Fummel finden und zur Vollzeit-Tunte mutieren, dieser niederen Klasse von Homosexuellen? Dann wäre es allerdings hin, dein gepflegtes Image als der saubere Schwule von nebenan." Karl blies mir triumphierend Zigarettenrauch ins Gesicht.

„Ich habe nichts gegen Tunten, es ist nur einfach nicht mein Stil, im Kleid zu gehen. Schau dir meine Beine an, diese Waden! Und meine Füße – Schuhgröße 45. Ich würde mich blamieren."

„Also jetzt reicht's mir", rief Karl und warf entnervt seinen Zigarettenstummel in die Kaffeetasse. „Wenn du zu feige bist und zu spießig, dann bleib doch zu Hause. Langweiler kann ich auf meiner Party sowieso nicht gebrauchen."

Das war vor einer Woche. Morgen steigt die Party. Und natürlich gehe ich hin! In voller Takelage! Karl wird schon sehen, was für ein langweiliger Spießer ich bin! Nur – wo kriege ich all den Kram her, den man als Frau so braucht? Und womit fange ich an?

Ich entscheide mich, zuerst die Schuhe zu kaufen. Pumps, schwarz und meterhoch, was anderes kommt gar nicht in Frage. Ich kenne ein Geschäft, das auf skurrile Dessous und Lederwäsche spezialisiert ist. (Woher ich das kenne, erzähle ich vielleicht einmal an anderer Stelle.) Dort gibt es angeblich auch Pumps bis Größe 48. Als ich den Laden betrete, kommt gerade eine fünfzigjährige, falsche Blondine in nietenbesetztem Leder-BH aus einer Umkleidekabine und fragt einen dicken Mann mit rotem Gesicht: „Kann ich das wohl tragen, Darling?"

Händereibend tänzelt ein Verkäufer auf mich zu und will wissen, was es denn sein dürfe. Als ich meinen Wunsch äußere, zucken die Köpfe der Blonden und ihres fetten Freundes mit aufgerissenen Augen und Mündern in meine Richtung, der Verkäufer aber lächelt nur schleimig und führt mich zu einer Kabine. „Warten Sie hier, ich bringe Ihnen was Schönes zum Anprobieren."

Sekunden später schiebt er einen Karton unter dem Kabinenvorhang durch. Inhalt: schwarze Pumps mit Stilett-Absätzen. Ich ziehe sie an; es ist eher ein Hinaufklettern als ein Hineinsteigen. Plötzlich bin ich 15 Zentimeter größer. Ich mache zwei zögerliche Schritte in der festen Überzeugung, daß die filigranen Absätze unter meinem Gewicht brechen werden, doch – oh Wunder! – sie halten. Ich schwanke auch kaum. Mutig laufe ich von einer Kabinenecke in die andere und erzeuge dabei das klassische Pumps-Klappern. Der Verkäufer steckt seinen Kopf in die Kabine. „Na, wir scheinen ja für *high heels* geboren zu sein, Liebes." Ich verscheuche ihn mit einer wedelnden Handbewegung, die mir im nachhinein sehr weiblich vorkommt. Ist das schon der Effekt?

Als ich die Schuhe ausziehe, bin ich wieder kleiner, wieder sehr normal, alltäglich.

An der Kasse wispert der Verkäufer: „Weil Sie zum ersten Mal bei uns sind, junger Mann, darf ich mir erlauben, Ihnen zu den bezaubernden *high heels* eine hochwertige Seidenstrumpfhose zu schenken."

Die blondgefärbte Kundin trägt inzwischen einen Slip aus schwarzem Gummi, der tief in ihre Zellulitis einschneidet. Sie taxiert mich mit angewidertem Blick. Der Verkäufer hält mir die Tür auf. „Bis bald, der Herr."

Jetzt brauche ich eine Perücke. Die hoffe ich in einem großen Kaufhaus zu finden. Dort sehe ich mich gerade in der entsprechenden Abteilung um, als es mir ins Ohr schrillt: „Kann ich dem Herrn helfen?" Eine Zweitfrisur-Fachverkäuferin steht vor mir. Jahre unter der Höhensonne haben ihrer Haut die Konsistenz einer schimmelnden Mandarine verliehen. Blutrote *Press-On-Nails* zieren ihre mit Modeschmuck und Leberflecken übersäten Hände. Sie riecht nach Zigaretten und einem halben Liter „Opium". Wie eine Krone balanciert sie auf ihrem ausgetrockneten Schädel eine unförmige Bienenkorb-Perücke.

Ich erkläre, was ich suche, und ohne zu zögern drückt mich die überraschend kräftige Mumie in einen Stuhl und beginnt, mir Perücken aufzustülpen. „Das ist unsere ‚Tina Turner', wird sehr gerne genommen, besonders von Herren – Sie wissen schon, was für welchen", plappert sie augenzwinkernd. „Und hier was ganz Modisches, wie es die Frau Cher trägt. Kostet natürlich seinen Preis. Das ist das Modell ‚Joan Collins', kurz und elegant. Die Frau Collins trägt ja nur Zweithaar, wissen Sie."

Nur mit Mühe kann ich mich der eisernen Verkaufsstrategie der Dame entwinden. Die Preise, die sie nennt, überschreiten bei weitem mein Budget, das schon durch die Schuhe stark strapaziert ist. Auf die Perücke muß ich wohl oder übel verzichten. Ich kaufe statt dessen ein großes, schwarzes Tuch aus Kunstseide, das ich als Turban tragen werde. Dazu Ohrclips und ein Perlenarmband aus Kunststoff – das ist alles schnell am Stand für Modeschmuck erstanden. „Wenn's Ihrer Freundin nicht gefällt, können Sie mit dem Kassenzettel alles wieder umtauschen", lächelt die beflissene Verkäuferin. Ich erspare es mir und ihr, zu erklären, wen der Schmuck zieren soll.

Auf der Rolltreppe fahre ich zwei Stockwerke hinauf in die Damenoberbekleidungsabteilung. Es gilt, das passende Kleid zu finden.

Ich stelle mir ein schwarzes Schlauchkleid vor, mini, mit langem Arm und hochgeschlossen, wegen der Brusthaare. Vielleicht mit einem raffinierten Rückenausschnitt. Natürlich habe ich keine Ahnung, welche Damengröße mir paßt. Und ich kann auch schwerlich mit mehreren Kleidern in einer Kabine verschwinden und eines nach dem anderen aus den Nähten sprengen.

Vertrauensvoll wende ich mich an die Bedienung – eine kleine Frau im violetten Strickkostüm mit Plastikperlen-Applikationen. Sie verzieht keine Miene, als ich ihr gestehe, ich wolle für mich Damengarderobe einkaufen. Von einem Ständer mit schwarzen Minikleidern rafft sie einen Arm voll und führt mich zu den Kabinen. „Nehmen Sie die ganz hinten, damit die Damen, die hier anprobieren, sich nicht gestört fühlen", weist sie mich an. „Ich sehe inzwischen nach, ob ich noch etwas Passendes für Sie finde."

Ich versuche, in eins der Kleider zu schlüpfen, aber als ich es über meine Schultern ziehen will, spannt es sehr bedenklich. Also das nächste. Das kriege ich zwar über die Schultern, aber der Reißverschluß läßt sich nur bis zum dritten Lendenwirbel schließen. Als es mir endlich gelungen ist, ein Kleid richtig anzuziehen, ist es so eng, daß ich nicht wieder herauskomme. Die Verkäuferin reicht mir ein weiteres kleines Schwarzes durch den Vorhang.

„Moment bitte", flehe ich. „Sie müssen mir helfen, ich stecke fest!"

Der Reißverschluß verklemmt sich im Stoff, als die Verkäuferin ihn öffnen will. Ich fange an zu schwitzen. Eine vollschlanke Dame rauscht im Unterrock aus der Kabine nebenan und will wissen, was denn hier los sei. Mit in die Hüften gestemmten Händen konstatiert sie: „Perverser!", dreht sich auf dem Absatz um und verschwindet wieder in ihrer Kabine.

Die Verkäuferin zieht und zerrt diskret fluchend an meinem Reißverschluß, bis es ihr endlich gelingt, mich aus dem Fähnchen zu befreien.

Ich muß mich erstmal setzen und nach Luft schnappen, bevor ich den letzten Versuch wage: Ein paillettenbesetztes Modell aus Stretch-Material mit tiefem Rückenausschnitt. Es paßt wie eine zweite Haut. „Meinen Schwanz muß ich irgendwie wegbinden, wenn ich so was tragen will", denke ich mir und klemme ihn zwischen die Beine, damit er keine Ausbuchtung mehr formen kann. Ich drehe mich vor dem Spiegel und gefalle mir. Mal sehen, wie die Pumps dazu aussehen. Die machen wirklich ein unglaublich langes Bein. Und die Ohrclips. Ah – elegant! Ich wiege mich ein wenig in den Hüften.

Da zieht jemand den Vorhang zurück – die rundliche Dame von nebenan. „Verzeihung, ich habe mich in der Kabine geirrt." Wie angewurzelt bleibt sie stehen und läßt ihren Blick an mir herunter wandern. Als er bei den Pumps ankommt, zuckt sie zurück und flüstert: „Das ist ja viel schlimmer, als ich dachte. Sie armer, armer Mensch."

Die Verkäuferin drängt sich neben die schock-gelähmte Kundin und meint zu mir: „Zauberhaft. Steht Ihnen ganz hervorragend. Nehmen wir das?"

Wir nehmen es.

In einem Dekorationsgroßhandel besorge ich mir noch zwei Meter rote Federboa, um das Komplet zu vervollständigen.

Einen Tag später öffnet Karl die Tür zu seiner Wohnung, wo die Fummel-Party stattfinden soll. Ans Treppengeländer gelehnt steht eine glamouröse Vision: endlos lange Beine, ein hinreißender Po in einem engen, schwarzen Mini. Der Busen ist ein wenig flach, zugegeben. Aber der Adamsapfel fällt kaum auf, da sich eine feuerrote Boa aus Marabu-Federn um den Hals der überirdischen Erscheinung schmiegt. Perlen blitzen an Ohren und Handgelenk, als sie sich in Bewegung setzt und mit rauchiger Stimme „Guten Abend“ haucht.

„Hallo, Baby“, sagt Karl, der Jeans und T-Shirt trägt, völlig ungerührt. „Du bist zwei Stunden zu früh. Kannst mir noch beim Spülen und Aufräumen helfen.“

Manchmal hasse ich ihn.

Handarbeit

Natürlich hatte ich in Bars schon Pornofilme gesehen, aber da ich keinen Videorecorder* mein eigen nenne, kam mir so etwas bisher nicht ins Haus.

Bisher.

Es fing alles auf Karls alljährlicher Fummelparty an. Ich war als eine Mischung aus Krystle Carrington und Joan Crawford erschienen, auf Pumps mit meterhohen Absätzen. Um meine schmerzenden Füße zu betäuben, kippte ich non-stop Wodka-Martinis, bis ich wie auf Wolken lief. Dann blieb ich mit dem Absatz an der Küchenschwelle hängen und fiel kopfüber in das kalte Büfett. Die Flecken von fünf verschiedenen Salatsoßen werde ich wohl niemals aus meinem Cocktailkleid herausbekommen. Ich versuchte mich aufzusetzen und spürte, wie ein stechender Schmerz durch den Alkoholnebel drang. Meine netzbestrumpften Beine lagen in einem sehr, sehr seltsamen Winkel. Karl klopfte mir auf die Schulter und sagte, „Dein Bein scheint gebrochen zu sein. Wir werden dich erschießen müssen." Bevor es dazu kommen konnte, packte mich eine resolute Stoppelhaar-Lesbe im Smoking – ich erfuhr später, daß sie Ärztin ist – in ein Taxi und fuhr mit mir ins Krankenhaus. Ich war wieder stocknüchtern. Nachdem die Herren Doktoren ausgiebig über mein Kostüm gescherzt hatten (eines Tages werde ich im Ärztezimmer der Notaufnahme eine Bombe legen), verpaßten sie meinem rechten Bein einen Gips vom Fuß bis ans Schamhaar. „Wie praktisch, daß sie ein Kleid tragen", sagte der Pfleger, „da brauchen wir kein Hosenbein aufzuschlitzen."

Wie gesagt, sobald ich wieder laufen kann, sprenge ich den Laden in die Luft.

---

* Durch das Internet, Porno-TV-Kanäle und die DVD haben wir heute ja praktisch unbegrenzten Zugriff auf erotische Stimulationen. Als diese Geschichte entstand, musste man sich noch in der Videothek Pornokassetten ausleihen, um mal ein paar pfiffige Penetrationen zu sehen. Da konnte man an der Kasse Sätze hören wie: „Ich hätte gerne *Zimmer mit Aussicht, Die kleine Meerjungfrau* und … und … ahem … und (diverse Dezibel leiser:) *The Young and the Hung.*"

Aber vorerst bin ich ans Bett gefesselt. Acht Wochen muß der Gips dranbleiben, und erst fünf davon sind vergangen. „Das Zweitschlimmste an der ganzen Sache ist, sich mit dem gestreckten, unbeweglichen Bein auf die Toilette zu setzen. Jedesmal bröckelt der obere Gipsrand und Krümel fallen in den Verband. Das juckt wie die Hölle", jammere ich und versuche, mich mit einer Stricknadel unter dem Gips zu kratzen. Karl ist vorbeigekommen, um mir etwas zu kochen: heiße Würstchen (das ist wahre Freundschaft).

„Und was ist das Schlimmste?" will er wissen, während er die siebte der zehn Bockwürste, die er mitgebracht hat, verspeist.

„Das Schlimmste? Ich habe keinen Sex, Karl! Ich bin auf *turkey,* verstehst du?"

Karl steckt sich das nächste Würstchen zwischen die Lippen. „Wenn du willst, verschaffe ich dir Erleichterung." Lasziv lutscht er an der Wurst.

„Du weißt, daß ich genausowenig mit dir Sex haben könnte wie mit Hannelore Kohl."

„Aber Baby, denkst du etwa, ich würde mich dazu erniedrigen, mit dir unnatürliche Akte zu vollziehen? Ich dachte an Pornos. Ich besorg dir einen Videorecorder und einen Stapel geiler Filme."

Am nächsten Tag macht Karl sein Versprechen wahr. Er schließt den Recorder an und erklärt mir die Fernbedienung. Lächelnd streichelt er über den Stapel Kassetten und haucht in seiner Jessica-Rabbit*-Stimme: „Viel Spaß, Kleinerrr". Dann läßt er mich allein.

Ich sehe mir die bunten Videohüllen an. Alles auf englisch oder französisch. Deutsche Pornoproduzenten scheinen nicht an den schwulen Markt zu glauben**. Die Models auf den US-Videos glotzen aggressiv-blöde und spannen ölglänzende Muskeln an. Die Typen auf den französischen Videocovers haben keine Muckis, schneiden dafür aber lustvolle Grimassen wie Fünfziger-Jahre-Busenstars: Augen halb geschlossen und die Zunge zwischen den Lippen oder Kußmund und Kulleraugen.

---

* Jessica Rabbit ist die Dolly Buster des familientauglichen Zeichentrickfilms. In *Falsches Spiel mit Roger Rabbit* kann man sogar einen Sekundenbruchteil unter ihr Paillettenkleid sehen. Sie trägt keine Unterwäsche!

** Es gibt inzwischen jede Menge hausgemachte Homo-Pornos. Mit ganz tollen deutschen Titeln! Mein Homofilmtitel-Favorit: *Wurstfilm präsentiert: Schwanzsport.* (Im Hetero-Bereich sind meine Lieblingstitel: *Zwei Gurken im Schritt* und *Lebendmöbel.*).

Ich seufze leise und entscheide mich für *The Pizzaboy*, in der Hoffnung, daß der Titel nichts mit dem Teint des Hauptdarstellers zu tun hat.

Der Film handelt von einem Jungen, der Pizzas ausliefert, die nie gegessen werden, weil die Kunden lieber den Lieferanten vernaschen. Interessanterweise sind zwei der Kunden in der Dusche, als der Pizzaboy klingelt. Ein Dritter spielt gerade mit seinem Vibrator. Ein Pärchen treibt es auf dem Küchentisch, als die Pizza kommt. Entweder sind diese Leute alle sehr vergeßlich und erinnern sich nicht daran, daß sie Pizza bestellt haben, oder der Lieferjunge ist so bescheuert, daß er ständig an falsche Adressen liefert. Wenn ich Lieferanten erwarte, achte ich jedenfalls darauf, wenigstens angezogen zu sein. Aber der Typ von meinem Pizza-Service ist auch ein fünfzigjähriger Türke mit Haarausfall und Kartoffelnase, kein knackiger Teenager vom kalifornischen Strand.

Ich probiere einen anderen Film aus. Die Geschichte einer reichen Familie in Denver, die auch noch „Harrington" heißt. Der blonde Sohn ist schwul und treibt es mit dem Stallknecht. Leider kann ich mich nicht so richtig auf die Action konzentrieren, weil ich jeden Moment damit rechne, daß Alexis Carrington* den Stall betritt, die Hände in die Hüften stemmt und schnappt: „Steven, muß das sein – mit dem Personal!"

Auch der nächste Film ist einem großen Vorbild nachempfunden. Er heißt *Big Guns* und handelt von amerikanischen Navy-Piloten, die mindestens so gut aussehen wie Tom Cruise und Val Kilmer**. Alle sind so richtig kernig, lassen Sprüche los wie: „Meine Alte hat wieder keinen Bock gehabt heute Nacht" und fallen dann übereinander her. Am nächsten Morgen behaupten sie: „Mann, war ich besoffen, ich kann mich an nichts erinnern" und gehen nach Hause zu ihrer Tussi.

---

* Legendäre Matriarchin des Denver-Clans, Mutter von Steven Carrington, dem ersten Serien-Schwulen im Hauptabendprogramm. Joan Collins stieg die Rolle zu Kopf: Sie kleidet, frisiert und benimmt sich heute noch wie Alexis, und wenn man sie mit „Mrs. Morell-Carrington-Colby-Dexter" (sie hat oft geheiratet in der Serie) anspräche, würde sie wahrscheinlich antworten, ohne mit der Wimper zu zucken.

** Hauptdarsteller aus *Top Gun*. Der Kampfpiloten-Film ist zwar reaktionär und langweilig, aber ein Strand-Volleyballspiel mit Tom und Val in halbnacktem Zustand kann es fast mit *Big Guns* aufnehmen.

Ich schalte genervt den Videorecorder aus. Der Fernseher springt automatisch ins normale Programm. Gerade läuft *21 Jump Street**. Johnny Depp tröstet einen blonden Jungen, dessen Freundin wegen Drogenschmuggels verknackt wurde. Ich stecke mit meinen Gedanken noch so tief in den Pornos, daß es mich wundert, warum die beiden sich nicht an die Hosen gehen. Johnny könnte dem Kleinen zeigen, wieviel Spaß er auch ohne sein Mädchen haben kann.

Ich schalte um auf die Lindenstraße. Benny Beimer versöhnt sich nach einem Streit mit dem Mann seiner Schwester, einem blendend aussehenden Griechen. Sie umarmen sich. Jetzt müßte der Grieche eigentlich Bennys Schwanz rausholen und irgendwas sagen wie *„I like your big, big dick.“*

Ich schalte noch mal um: Nachrichten. Kohl legt Genscher freundschaftlich den Arm um die Schulter. *„Yeah, come on, baby!“*

Mein Telefon klingelt. „Na, schon abgespritzt?“ Karl, direkt wie immer.

„Ich kann den Filmen einfach nichts abgewinnen, Karlchen. Die wirken so gekünstelt. Alle sehen aus wie Barbies Ken und haben ständig Lust. Alles ist so routiniert, nie geht mal was schief, keiner kommt zu früh, keiner rutscht im falschen Moment raus. Kondome erscheinen wie durch Magie auf den Schwänzen. Das Sperma fliegt meterweit, und der Orgasmus dauert Minuten. Das hat nichts mit meinem schmierigen, kleinen Sexualleben zu tun. Verstehst du, ich kann mich einfach nicht identifizieren.“

Karl weiß Rat. „Du darfst dir die Videos nicht so distanziert ansehen. Zieh dich aus, faß dich an, mach mit, Baby! Und versuch's mal mit den französischen, die sind nicht so gelackt.“

Also gut. Ich mache mich frei und lege einen Film über Pfadfinder ein, denen die Schwänze aus den Hosenbeinen ihrer Khakishorts hängen. Tragen französische Jugendliche keine Unterwäsche? Jedenfalls fallen die Shorts bald, und es geht in freier Natur zur Sache, bis die Jungs von einem Pastor im langen, schwarzen Priesterrock erwischt werden. Der Geistliche zeigt den Knaben, daß auch französische Priester keine Schlüpfer tragen, was die Kids so begeistert, daß sie dem heiligen Mann unter die Kutte kriechen – drei auf einmal. Der rollt lächelnd die Augen gen Himmel. Ich spule im Schnelldurchlauf vor, was die Aktivitäten

* Auf diese unsägliche Krimi-Serie für Pubertierende darf man Herrn Depp heute nicht mehr ansprechen! (Und auch nicht darauf, dass er in *A Nightmare on Elm Street, Teil Eins* von Freddy Krueger gemeuchelt wurde.)

auf dem Bildschirm derart hektisch und albern aussehen läßt, daß ich meine mühsam raufmassierte Erektion sofort wieder verliere. Die Pfadfinder feiern eine kleine Orgie in einer Scheune, dann werden sie vom Tankwart einer abgelegenen Tankstelle belästigt – zu ihrem großen Vergnügen. Wäre ich doch zu den Pfadfindern gegangen! Bei mir regt sich wieder was. An der Tankstelle kommt zufällig eine Limousine mit Ölscheichs vorbei, die sich freudig am Geschehen beteiligen. Die Handlung verlagert sich in und auf die lustig wippende Luxuskarosse. Ich wippe auf meiner Matratze. Mein Gips fängt an zu jucken. Nur nicht dran denken. Die Scheichs nehmen den Tankwart mit auf ein Schloß, wo orientalische Lustknaben sich um ihn kümmern. Ich bin ganz, ganz kurz davor. Es klingelt an meiner Wohnungstür.

Fluchend schalte ich den Fernseher aus, ziehe einen Bademantel über und humple zur Tür. Nicht nur mein Gipsbein ist steif.

„Liebling, du brauchst unbedingt Vitamine in deinem Zustand!“ Es ist meine Mutter mit einem Obstkorb. „Ich war gerade in der Gegend und dachte, ich schau mal, was mein armes Kind macht. Muß doch schrecklich sein mit dem Gips. Juckt das nicht? Also, ich kann mir vorstellen, daß das Jucken unerträglich ist!“

Tatsächlich beginnt mein Gips auf ihr Kommando wieder höllisch zu jucken.

„Ich bleibe nicht lange“, flötet Mama, zündet sich eine Zigarette an und steuert auf den Sessel neben meinem Bett zu, auf dem die Fernbedienung für den Videorecorder liegt.

„Nicht dahinsetzen, Mutti!“

Zu spät, sie sitzt schon. Während sie mich noch fragend ansieht, springt der Fernseher an: Einer der orientalischen Boys tut unaussprechliche Dinge mit dem Tankwart. *„Oui, oui, oh oui!“*

Meine Mutter stellt den Obstkorb neben den Sessel, zieht die Fernbedienung unter sich hervor, fixiert den Bildschirm, dann mich, dann wieder den Fernseher, wo der Tankwartschwanz gerade in einer Großaufnahme die ganze Bildfläche einnimmt. „Ich glaube, in über zwanzig Ehejahren habe ich das männliche primäre Geschlechtsorgan noch nicht aus derartiger Nähe gesehen“, sinniert sie und inhaliert tief. Sie steht auf, streicht sich den beigen Wildlederrock glatt und stellt grinsend fest: „Ich glaube, du möchtest lieber allein sein.“ Dann nimmt sie eine Banane aus dem Obstkorb, wirft sie auf mein Bett und geht.

Ich liebe meine Mutter, aber manchmal träume ich von einem Leben als Waise.

Frau Neumann weiß Bescheid: Wenn Männer zuviel zeigen

Alle paar Wochen treffe ich meine Mutter zum Mittagessen. Sie nennt das „Lunch". Ich bestelle alles, was auf der Karte steht (weil sie bezahlt), und sie ordert einen Salat, den sie nicht anrührt und in den sie geistesabwesend ihre Zigarettenasche fallen lässt. Unsere Gespräche laufen stets gleich ab: Sie fragt mich, wie es mir geht, und beginnt dann, ohne eine Antwort abzuwarten, einen Monolog über ihre Befindlichkeiten. Mein Vater ist langweilig, die Herbstmode ist lächerlich jugendlich („Wer soll das anziehen? Embryos?"), mein Vater ist so wahnsinnig langweilig, die Kultur geht den Bach runter („Schulkinder halten Nelson Mandela und Thomas Mann für Kandidaten bei *Deutschland sucht den Superstar*!"), mein Vater ist wirklich, WIRKLICH, langweilig, die Glyx-Diät ist Gottes Gabe an die Menschheit („Wer Zucker und Weißbrot isst, Kind, kann sich doch auch gleich Heroin spritzen.") und, nicht zu vergessen, mein Vater ist langweilig.

Heute überrascht sie mich allerdings mit einer Frage, auf die sie tatsächlich eine Antwort erwartet:

„Baby, Darling, du schreibst doch diese netten kleinen Feldstudien über das … äh … homosexuelle Leben. Meinst du, das Talent dazu hast du von mir?"

„Na ja, kann schon …"

„Ich spüre nämlich in mir eine kreative Energie, wie ich sie seit meiner Zeit in San Francisco – Gott, was ließ ich den Sonnenschein rein damals! – nicht mehr gefühlt habe!"

In ihrer wilden Zeit in Frisco probierte meine Mutter alle verfügbaren halluzinogenen Pilze durch, schrieb dementspechend schreckliche Haikus und Protest-Folksongs, und wenn sie nicht gerade damit oder mit der freien Liebe beschäftigt war, handarbeitete sie mit Hingabe alles Vorstellbare – von Kopfbedeckungen bis zu Autositzbezügen – aus Makramee.

Nach ihrer Hochzeit und meiner Geburt war sie immer noch ein wenig anders als die anderen Mamis, aber das gutbürgerliche Leben als Anwalts-Gattin hat sie mit der Zeit eingeholt. Ist ja auch bequem. Könnte mir auch passieren, wenn ich mal den richtigen Anwalt treffe.

Komplett irre ist Mutti natürlich trotzdem noch. Mein Freund Karl brachte es mal auf den Punkt: „Deine Mutter ist klasse, Baby, aber eindeutig von einem anderen Planeten."

Ich löffle die zweite Portion Nudeln, die ich mir nach Suppe und Antipasti bestellt habe, und frage: „Kreative Energie, Mutti? Mich kriegst du nie wieder unter eine Makramee-Mütze!"

Meine Mutter inhaliert tief und lehnt sich dramatisch zurück: „Ach was, Makramee. Ich werde schreiben, Liebes, genau wie du – was mir halt so durch den Kopf geht, verpackt in nette kleine Kolumnen. Kann ja nicht so schwer sein "

Ich verschlucke mich heftig an meinen Tortellini Alfredo. Mutti haut mir auf den Rücken und flüstert: „Entweder verbrauche ich meine überschüssige Energie auf kreative Weise, oder ich kann für nichts garantieren. Dein Vater ist so entsetzlich langweilig – und Frauen am Beginn der Menopause haben den stärksten sexuellen Drang ihres Lebens. Das kompensiere ich doch lieber mit Schreiben, bevor ein Unglück passiert. Ich habe mich schon dabei ertappt, dass ich deinen Vater in der Kanzlei besuche, nur um mal wieder aus der Nähe den Sitz der Anzughosen seines Referendars zu überprüfen!"

Ich huste noch immer, kann aber zwischendurch hecheln: „Genug, genug! So was will man als Sohn gar nicht wissen! Fang bloß an zu schreiben, Mutti, je früher, desto besser!"

Was meine Mutter sich in den Kopf setzt, das bekommt sie auch. Ein paar Monate später wurde ihre erste Kolumne gedruckt. Unter der Rubrik „Frau Neumann weiß Bescheid" erklärte sie nun den Leserinnen der Frauenzeitschrift *Patricia* die Welt. Besser gesagt, ihre Welt. Dass mein Vater den Verleger der *Patricia* rechtlich beriet, versicherte mir meine Mutter wiederholt, hatte gar nichts mit ihrem neuen Job als Kolumnistin zu tun.

Und dass ihre Kolumnen auch in diesem Buch zu finden sind, hat *gar nichts* damit zu tun, dass sie meine Mutter ist. Oder mich irgendwie unter Druck gesetzt hätte. Wirklich nicht. „Keine selbstgebackenen Kekse mehr zum Advent! Und deine peinlichsten Kinderfotos, auch das, auf dem du mit sieben Jahren meine Pumps anprobierst, e-maile ich an alle deine Freunde!" hatte sie nur im Scherz gesagt, behauptet Mutti.*

Hier ist also ihre erste Kolumne, die sich – ach, Mutti – ausgerechnet mit Pimmeln beschäftigt. (Und ich bin nicht im mindesten ihrer Meinung, was das Herumzeigen derselben angeht!)

Frau Neumann weiß Bescheid: Wenn Männer zu viel zeigen

Sie waren von *Zombie* schockiert? Glauben Sie mir, das ist gar nichts! Ich war mit meiner Freundin Camilla Sandrock-Werner im Kino, in *Intimacy* von Patrice Chéreau, einer auf der Berlinale ausgezeichneten Verfilmung britischer Literatur. Ist sicher bezaubernd, dachte ich – so wie *Zimmer mit Aussicht* oder *Emma*. Irrtum: In *Intimacy* tun unattraktive Menschen Unaussprechliches bei sehr unvorteilhafter Beleuchtung. Der unschuldige Kinobesucher wird wiederholt dem unverschleierten Anblick des englischen Frühstücks (*sausage and eggs*) von Hauptdarsteller Mark Rylance ausgesetzt, und zwar in sämtlichen Aggregatszuständen zwischen stramm und schrumpelig. Diese Szenen veranlassten Camilla zu der Bemerkung, sie habe den Purpurzwerg von Mr. Rylance in den letzten 90 Minuten häufiger und deutlicher gesehen als den ihres Gatten in den vergangenen zehn Jahren, und mich zu einer Meditation über die Präsenz primärer männlicher Fortpflanzungsorgane auf der Kinoleinwand, die ich an dieser Stelle gerne mit Ihnen, verehrte Leserschaft, teile: Ich will „ihn" nicht im Kino sehen! Nennen Sie mich altmodisch, aber was in Originalgröße schon aussieht wie ein einäugiger Grottenolm ohne Füße, ist auf mehrere Quadratmeter Leinwand aufgeblasen nicht schöner. Tom Cruise oben ohne jederzeit, aber seinen Olm soll er mir bitte ersparen. Der ist doch ohnehin nicht anders als der von Otto Normalbeischläfer – da hilft keine Diät, kein Fitnessprogramm, kein Hollywood-Chirurg: Olm bleibt Olm. Ich mochte Ken (Sie wissen schon, Barbies Freund) als kleines Mädchen so gerne, weil er da unten keinen Schnickschnack hatte, sondern eine glatte, ästhetische Leere. Verstehen Sie mich nicht falsch, ich habe nichts gegen einen gepflegten Penis zur rechten Zeit am rechten Ort, vorzugsweise in privatem Ambiente. Aber

* Ehrlich gesagt: Ich habe Mutti gern mit in diesem Buch, da fühlt man sich doch gleich ganz familiär. Wenn die Leser jetzt auch noch ihre Mütter mitlesen lassen, wird das hier ein richtiges Family-Happening!

zum Mythos eines Film-Stars gehört, dass die letzten Zentimeter tabu sind. Ganz nackt will ich Tom, Keanu, Russel und die anderen nur in meinen Träumen sehen. Da kann ich auch die Proportionen selbst bestimmen und muss keine Enttäuschungen erleben wie bei Richard Gere oder Bruce Willis, die sich auf Zelluloid komplett enthüllten: Hollywoods Wahlspruch „Bigger Is Better" traf leider gar nicht zu. Selbst schuld, meine Herren, Humphrey Bogart und Clark Gable haben ihre kleinen Freunde niemals ausgepackt und waren damit sehr gut beraten. Im Gegensatz zu einer Hand voll chronisch zeigefreudiger Stars, die Mutter Natur leider mit eher weniger optischem Liebreiz ausgestattet hat. Unerklärlicherweise steigen Harvey Keitel, Donald Sutherland und Gérard Depardieu, sobald sie eine Kamera surren hören, aus dem Schlüpfer. Und das seit fast 20 Jahren! Für meine Freundin Camilla und mich ein guter Grund, keine Filme zu besuchen, in denen diese Herren mitspielen: Das ästhetische Risiko ist uns einfach zu hoch. Das sollten auch die modernen dänischen und französischen Filmemacher, die mit *Idioten*, *Intimacy* oder *Romance* erektilem Gewebe zu Filmruhm verhelfen, dringend bedenken: Wenn der Trend einschlägt, lassen vielleicht auch noch Klaus Jürgen Wussow, Danny de Vito oder gar Ottfried Fischer die Hosen runter. Freddie Krueger meuchelt mit freischwingendem Gemächt, in *Star Wars* ist das Jedi-Schwert keine Laserwaffe mehr, Sylvester vermöbelt Terroristen mit seinem blanken Stallone, in Teenager-Romanzen zeigen die Großaufnahmen von Freddie Prinze Jr. nicht sein Gesicht, und im Western ziehen die Helden statt Revolver raus die Reißverschlüsse runter. Purpurzwerge beherrschen die Leinwand! Liebe Schauspieler, hört mein Flehen: Bitte, bitte, haltet euch bedeckt!

Brief aus dem Paradies

Lieber Karl, viele Grüße aus dem Urlaub! Ja, den hab ich mir wirklich verdient nach all den Erlebnissen des letzten Jahres: Jerk-Off-Party, Freizeitgruppe, Lederbar, Demo und das ganze schwule Zeug. Ich wollte mal weit weg von all dem, raffte mein Gespartes zusammen und nahm einen *last-minute*-Flug in den Süden. Die Chartermaschine war voller Rentner und nicht mehr ganz so junger Paare aus der Vorstadt. Du weißt schon, die Frauen in Jeansanzug („diamond-washed") und weißen Cowboystiefeln, die Männer mit Schnurrbart und dieser Vorne-kurz-hinten-lang-Frisur, die man auch zum Lagerfeld-Zöpfchen binden kann. Ein paar schreiende Babies, über denen die Eltern mit Heterostolz („Hurra, wir haben uns fortgepflanzt!") Grimassen schnitten und seltsame Geräusche machten: „Kutschikutschiku".

Unschwuler geht's nicht mehr. Ich saß am Gang, neben mir eine ältere Dame aus Australien, die mir *en detail* die Geschichte eines langwierigen Prostataleidens erzählte, dem ihr seliger Gatte zum Opfer gefallen war. Am Fenster ein etwa achtjähriges Mädchen, das mit tiefer Konzentration einen Artikel in einer Jugendzeitschrift las: „Findet Ihr es gut, wenn Marky Mark beim Konzert seinen Penis anfaßt?" Der Kleinen schien es zu gefallen, immerhin träumte sie mit glasigem Blick 28 Minuten (ich hab auf die Uhr gesehen) über einem Foto von Mark Wahlberg in Unterhosen vor sich hin. Die Jugend von heute ...

Wir landen auf der Insel. Die Rentner raffen ihre Rheumadecken zusammen, die Babies brüllen lauter, Pärchen fotografieren sich gegenseitig auf der Gangway. Frühlingshafte Temperaturen, ich atme auf – weit weg bin ich von der schwulen Subkultur. Hier kann ich so richtig ausspannen, ohne ständig das Gefühl zu haben, die tollste Party oder den geilsten Mann zu verpassen. Ja, hier ist wirklich nichts los. Nur Hotelbunker, Souvenirgeschäfte und – das Meer, die Palmen, die Dünen! Mit einem Bus voller deutscher Touristen fahre ich ins Zentrum der aus dem Boden gestampften Betonstadt, wo ich vor einem ziemlich häßlichen Hotel abgeladen werde. Mein Zimmer ist klein, die Möbel sind abgenutzt, braun und orange (frühe siebziger Jahre) und das Fenster weist nach Norden. Ausblick auf ein Neonschild: „Deutsche Bierstube. Kundentoilette, Bowlingbahn". Ich habe nicht vor, viel Zeit in diesem Loch zu verbringen. Es ist erst Nachmittag, Zeit genug für einen ersten Sprung in den Atlantik. Ich wühle in meiner Reisetasche und finde den schwarzen Badeanzug, neudeutsch: „Body", der so geschnitten ist, daß er immer mindestens eine Brustwarze freiläßt*. Außerdem macht das Teil einen verdammt knackigen Hintern! Hoppla, ich wollte doch in diesem Urlaub nicht an Sex denken. Nur ausspannen, kein Freizeit- und Erotikstreß.

Zum Strand sind es nur fünf Minuten. Studienratwitwen promenieren mit ihren Schoßhündchen. Obenrum tragen sie meist weitgeschnittene Blusen mit gewagten Farbkombinationen, untenrum braungebrannte Zellulitis. Aufgeregte Mütter versuchen ihre Kinder daran zu hindern, Sand zu essen. Arthritische Greise in Turnhosen joggen durch die Gischt. Junge, bierbäuchige Männer in tigergemusterten Tangas bespritzen ihre kreischenden Freundinnen mit Wasser. Ein Idyll der seligen Kleinbürgerlichkeit. Vielleicht hätte ich doch lieber nach Mykonos fliegen sollen. Ich verscheuche den Gedanken und stürze mich in die klaren, blauen Fluten.

Wenn man im Wasser steht, mit dem Rücken zum Ufer, ist man ganz allein mit der Weite des Ozeans und dem Horizont. Jedenfalls, wenn man sich die Ohren zuhält. Ich plansche den ganzen Nachmittag im lauen Meer und falle abends todmüde und sehr entspannt in mein orangefarbenes Hotelbett. Sanft schlummere ich in einen Traum hinein, den man als Bacardi-Werbung vermarkten könnte: endloser Strand, Korallen, tropische Vögel, Kokospalmen, ein muskulöser Eingeborener, der mir verführerisch zuwinkt. Ich erwache erschrocken. Mein Unterbewußtsein scheint noch nicht mitbekommen zu haben, daß ich mich in diesem Urlaub vom Sex erholen will!

Am nächsten Morgen jogge ich den Strand entlang, auf dem Walkman die Supremes. Je weiter ich laufe, desto weniger werden die Touristen. Nach einer halben Stunde verschwindet die Betonstadt hinter den Dünen. Über mir die Sonne, links die Dünen, rechts die Brandung und weit und breit keine Seele in Sicht. Oder doch?

Hinter einer Düne taucht ein Mann auf. Er ist groß und schlaksig, raucht ein Zigarillo. Blondes Haar im Krystle-Carrington-Look, eine

---

* Badeanzüge für Männer, inspiriert von den zwanziger Jahren, waren ca. 1990 kurzfristig mal modisch aktuell – leider!

riesige Sonnenbrille, ein schwarzes, knielanges Netzhemd und darunter nur ein Cockring um seinen monumentalen Schwanz, der beim Gehen wie eine überreife Schlangengurke gegen seine Oberschenkel klatscht. Als ich an ihm vorbeilaufe, bleibt er stehen, nimmt eine klassische Mae-West-Pose ein und bläst mir augenklimpernd Rauch nach. Das muß eine Fata Morgana sein. Ich drehe mich nach der Erscheinung um. Sie lächelt mit aufgeworfenen Lippen und winkt mir zu – ein elegantes Windsor-Winken.

Ich hätte lieber nach vorne sehen sollen. Mit voller Geschwindigkeit renne ich in jemanden hinein. Wir purzeln übereinander, ich verliere meinen Walkman.

„Tut mir so leid", entschuldige ich mich, aber mein Opfer lächelt mich nur an. Es ist ein dunkelhaariger Junge mit babyblauen Augen und strahlenden Zähnen. Noch eine Fata Morgana? Er reicht mir den Walkman und grinst immer noch. Ich bemerke, daß er nackt ist und mir fällt ein, daß hier, auf der weniger belebten Seite der Insel, irgendwo ein FKK-Strand ist. Dort scheine ich gelandet zu sein. Der Junge – er ist vielleicht siebzehn – nimmt meine Hand und führt mich um eine Düne herum. Es eröffnet sich ein überraschendes Panorama: nackte Männer jeder Altersgruppe bevölkern diesen Abschnitt des Strandes. Ein Kofferradio spielt Amanda Lear, ein anderes Jimmy Somerville. Die Nackten spielen Federball und Backgammon, lesen oder schmoren einfach mit weit abgestreckten Gliedmaßen in der Sonne. Von manchen Gruppen schallt kreischendes Lachen herüber. Ein Typ mit schwarzer Baseballkappe und Ringen in den Brustwarzen schmiert einem anderen mit viel Hingabe den Hintern mit Sonnencreme ein. „Den Rücken, hab ich gesagt", beschwert sich der. Zwei küssen sich unter einem Sonnenschirm. Jemand fotografiert die Schwänze der Schlafenden mit Teleobjektiv. Ein Herr mit grauen Schläfen und einer tätowierten Rose auf dem Bizeps raucht eine Zigarre und spielt mit einer Perserkatze. Neben ihm sitzt ein stark behaarter Jüngling mit Ray-Ban-Sonnenbrille und meckert: „Das Tier kriegt noch 'nen Sonnenstich. Ist doch keine Eidechse!" Ein Jean-Claude-van-Damme-Doppelgänger macht Liegestützen und zählt laut mit: „Hundertzwölf, hundertdreizehn."

All das kann nur eins bedeuten.

„Ist das hier etwa ein schwuler Strand?" frage ich den Jungen, den ich über den Haufen gerannt habe. Er zuckt die Schultern und zeigt auf seine Ohren. Schwerhörig. Also versuche ich's noch mal lauter: „IST DAS EIN SCHWULER STRAND?"

„Nein, ein CDU-Parteitag", säuselt es in mein Ohr. Hinter mir steht der Cockringträger im Netzhemd. „Natürlich ist das hier ein schwuler Strand, Dummerchen. Fühl dich wie zu Hause. Und versuch nicht mit dem Kleinen hier zu reden. Er heißt Armand, ist 17, aus Paris und taubstumm. Wenn seine Eltern wüßten, wo er sich rumtreibt, würden sie sofort nach Hause fahren und vom Eiffelturm springen."

Armand lächelt und nickt. Cockring bläst noch eine Wolke Zigarillorauch in unsere Richtung und schreitet weiter. Klatsch, klatsch macht sein Schwanz gegen die Beine. Armand greift wieder nach meiner Hand und führt mich zu einem großen Bugs-Bunny-Badetuch. Er setzt sich und macht eine einladende Geste in meine Richtung. Dann schreibt er mit einem Finger *bonjour* in den Sand.

Gott, wie romantisch. Ich fange an, mich zu fühlen wie Olivia Newton-John in *Grease*, als sie gerade John Travolta kennenlernt. Armand zeigt auf meine verschwitzten Joggingshorts und mein T-Shirt.

„Gute Idee", denke ich und ziehe mich aus. Wir rennen gemeinsam ins Wasser und albern ein bißchen herum. Als wir wieder an Land gehen, haben wir beide eine Erektion und werfen uns kichernd bäuchlings auf Armands Strandtuch.

Jetzt, lieber Karl, könnte ich Dir noch ein paar Klischees auftischen über den Himmel, der sich in Armands Augen spiegelt, den Wassertropfen, der langsam über seine braune Schulter rollt, wie nah ich mich ihm plötzlich fühle und so weiter, aber solche sentimentalen Details langweilen Dich ja meistens. Dich interessieren die harten Fakten. Was noch vor sich geht an diesem schwulen Strand, willst Du sicher wissen. Wenig. Man ist einfach unter sich, weit weg von den Touristenmassen und Betonsiedlungen. In der lockeren Atmosphäre kommt man schnell ins Gespräch und lernt Leute aus aller Welt kennen. Natürlich liegt ein gewisses erotisches Flimmern über allem, und manchmal gehen zwei oder drei Männer in die Büsche hinter den Dünen und kommen dann erhitzt zurück. Ich mache eine Forschungsreise in diese Büsche – Du kennst ja meine Neugier. Das niedrige Gestrüpp dort ist dornig, der Boden voller abgebrochener Äste, es ist furchtbar heiß und wimmelt von Eidechsen und Insekten. An manchen Ästen hängen Papiertücher und Kondome. Ich erlebe keine sexuellen Schlüsselreize, auch nicht, als ich im Gebüsch den Van-Damme-Verschnitt treffe, der mir begehrliche Blicke zuwirft und seine Pektoralmuskeln springen läßt.

Im Herzen des kleinen Wäldchens stoße ich auf eine Lichtung. Hier sitzt ein unglaublich dicker, lächelnder Mann im Lotussitz, eine lebendig gewordene Buddha-Statue. Er winkt mich heran, und ich sehe, daß er den Bericht über Marky Mark, den ich schon aus dem Flugzeug kenne, vor sich liegen hat und langsam masturbiert. Marky Mark scheint eine bunt gemischte Fangemeinde zu haben.

Dabei sieht er lange nicht so gut aus wie mein kleiner Armand, mit dem ich mich täglich treffe. Wir schreiben Liebesbriefe in den Sand wie weiland Pat Boone, und er verbringt jede Nacht in meinem orange-braunen Seventies-Zimmerchen – jedenfalls bis vier Uhr morgens. Dann schleicht er sich ins Hotel seiner Eltern zurück. Der Plan mit dem Urlaub ohne Sex und schwules Leben konnte nicht schöner fehlschlagen. Ich habe meinen Flug umgebucht und bleibe noch eine Woche länger. Warum kommst Du nicht auch her?

Viele Grüße vom schwulen Strand,

Dein Baby

Mit Heinz Rühmann auf Wohnungssuche

„Baby, du bist mein bester Freund. Wir sehen uns täglich und teilen Leid und Freud. Warum nicht auch eine Wohnung?“ Karl sieht mich mit seinen wässrig-blauen Augen an. Wir feiern gerade bei Käsekuchen und Schokoladeneis den zweiten Jahrestag unserer ersten Begegnung. Wir haben uns im Supermarkt kennengelernt. In seinem Einkaufswagen lag die *Bravo-Girl*, in meinem die *Cosmopolitan.* Ein Blick und wir wußten: Dies ist der Beginn einer wunderbaren Freundschaft.

Anfangs versuchten wir, miteinander ins Bett zu gehen, aber die rechte erotische Begeisterung blieb aus. Jeder Anflug von Leidenschaft ging in Gekicher unter. Dann glaubte Karl, er sei in mich verliebt. Jetzt kenne ich ihn besser und weiß, daß er sich jeden Monat in einen neuen, großen Blonden verknallt. Das hat gar nichts zu bedeuten und vergeht wie ein Heuschnupfen.

Was also blieb, war Kameradschaft. *„Liebe vergeht, Liebe verweht, Freundschaft alleine besteht!“* singt Karl, der gerade unter einer Heinz-Rühmann-Überdosis leidet. Zum 90. Geburtstag der Gallionsfigur deutscher Rechtschaffenheit* zeigt das Fernsehen täglich mindestens fünf Rühmann-Filme, und Karl verpaßt nie einen. *Die drei von der Tankstelle* hat er auf verschiedenen Sendern mindestens viermal gesehen. Kein Wunder, daß er die Lieder auswendig kann. *„Ein Freund, ein guter Freund, das ist das Schönste,was es gibt auf der Welt“*, singt er weiter. „Aber mal ganz im Ernst, Baby, wie wär's mit einer WG? Dann könntest du endlich aus deiner Prada-Schuhschachtel ausziehen.“ Ich bewohne eines dieser winzigen Apartments, die der Volksmund „Wohnklos“ nennt. Karls Altbauwohnung ohne Bad, mit der Wanne in der Küche, ist auch nicht gerade für eine Titelgeschichte in *Schöner Wohnen* geeignet.

---

* Zweieinhalb Jahre später, am 3. Oktober 1994, starb Heinz Rühmann. Er bleibt unersetzlich. Jeder andere bekäme von mir eine gescheuert, wenn er Dinge sagen würde wie „Lächeln ist das Kleingeld des Glücks“. Aber mit Rühmanns Stimme treibt mir so was die Rührungstränen in die Augen …

„Wir hätten so viel Spaß", meint Karl. „Und wenn ich jemanden abschleppe, frühstücken wir am nächsten Morgen zu dritt, und danach kannst du ihn haben!"

Dieses Argument überzeugt mich, und wir beginnen mit der Wohnungssuche.

Erste Woche: Ich blättere hysterisch rauchend die Wohnungsanzeigen in der Tageszeitung durch. Neben mir das Telefon. Die Preise lesen sich, als wolle man nur an Mafiabosse und Flick-Erben vermieten. Drei von vierzig Drei-Zimmer-Wohnungen kommen in Frage. Ich rufe an. Alle drei sind schon vergeben.

Ich nehme ein heißes Bad und trinke eine halbe Flasche Sherry.

Zweite Woche: Sechs Uhr abends – Karl kämpft mit einer energischen Frau im schwarzen Mini um das letzte Exemplar der morgigen Zeitung mit Immobilienmarkt. Ich halte indessen eine Telefonzelle frei. Keuchend rettet sich Karl mit der zerfetzten Postille in die Kabine. Mit rasender Geschwindigkeit streichen wir die wenigen Angebote an, die für uns in Frage kommen. Überall, wo wir anrufen, ist besetzt*. Die Frau im Mini steht vor dem Telefonhäuschen und brüllt: „Laßt mich sofort rein, oder ich schlag die Tür ein! Ich will endlich bei meinen Eltern ausziehen!" Karl wirft ihr die Zeitung vor die Füße und knurrt: „Viel Glück, Miststück."

„Schätzchen, du bist frauenfeindlich", säusele ich.

„Und die" schreit Karl, „ist die etwa nicht männerfeindlich?" Doch plötzlich reißt er sich zusammen und entschuldigt sich mit Rühmann'schem Dackelblick. „Tut mir leid, meine Dame, ich wollte Sie nicht beleidigen." Faszinierend, welchen Effekt der Rühmann-Overkill der deutschen TV-Anstalten auf Karl hat.

Die Minirockträgerin zeigt sich unbeeindruckt. „Fickt euch selbst", grollt sie und spuckt uns vor die Füße.

Zu Hause brauche ich auf den Schreck erst mal ein Bad und einen Sherry.

Dritte Woche: Wir kratzen unsere Ersparnisse zusammen und geben Anzeigen auf, in jeder erdenklichen Zeitung. Wir kleben Hilferufe an Bäume und Straßenlaternen, an schwarze Bretter in der Uni und

* Wohnungssuche ohne E-Mail und Internet – wie haben wir das nur alle ausgehalten?

im Schwulenzentrum. Wir mieten eine Plakatwand in der City und besprühen sie: „Wer vermietet uns – bitte, bitte – eine 3-Zimmer-Wohnung?“ Wir suchen uns sämtliche Maklerbüros aus dem Telefonbuch heraus und rufen jedes einzelne an. Wenn wir unsere Preisvorstellungen nennen, bricht der Makler am anderen Ende der Leitung unweigerlich in brüllendes Gelächter aus und legt nach Luft ringend auf. Karl läuft nur noch mit Rühmann'schem Trauerblick à la *Wenn der Vater mit dem Sohne* herum.

Ich bade viel, und mein Sherryverbrauch steigt.

Vierte Woche: Eine Maklerin meldet sich telefonisch auf eine unserer Anzeigen. „Ich hätte da einen bezaubernden renovierten Altbau für Sie“, schwärmt sie mir vor. „Parkettboden, Balkon, Einbauküche. Wann möchten Sie das Objekt mit Ihrer Partnerin besichtigen?“

„Meine Partnerin ist ein Mann.“

„Oh, da haben Sie aber sehr irreführend inseriert. Das sollten Sie schon angeben, daß Sie zwei Herren sind. Ich hab da nur schlechte Erfahrungen gemacht. Wissen Sie, die ziehen ja immer sofort wieder aus. Die Beziehungen zwischen Herren, die halten ja nie, versteh'n Sie? Also, tut mir schrecklich leid, aber an zwei Herren kann ich mein Objekt nicht vermieten.“ Sie legt auf.

Ich gehe in die Wanne und trinke eine Flasche Sherry.

Fünfte Woche: Karl und ich sind zu einem Besichtigungstermin eingeladen. Etwa sechzig Leute werden von zwei Maklern mit gestreiften Hemden und gelben Wall-Street-Krawatten – ganz offensichtlich Profilneurotiker – durch eine Wohnung geschleust, in der gerade eine türkische Großfamilie beim Abendessen sitzt. Das Radio spielt mit voller Lautstärke Popmusik aus Istanbul. Eine schwarzverschleierte Greisin, die auf einem Holzstuhl in der Küche sitzt, singt manchmal krächzend ein paar Takte mit. Wir haben fünf Minuten Zeit, die drei Zimmer zu begutachten, dann drückt uns einer der Profilneurotiker einen Fragebogen in die Hand. „Und schummeln Sie ja nicht mit ihrem Einkommen. Wir beschäftigen eine Auskunftei!“

Ein hochgewachsener Wohnungsanwärter im dunkelblauen Anzug steckt dem Makler einen diskret gerollten Fünfhundertmarkschein in die Brusttasche und flüstert: „Ich bin sicher, wir kommen ins Geschäft.“

Karl hat einen mittelschweren Weinkrampf. Ich sehne mich nach einem Schaumbad und einer guten Flasche Sherry.

Ein paar Tage später ein weiterer Besichtigungstermin: Wieder werden wir mit einer demütigen Herde von etwa hundert anderen Wohnungssuchenden durch ein schmuddeliges Apartment getrieben. In der Küche thront der Eigentümer, um seine potentiellen Mieter in Augenschein zu nehmen – ein dicker Mann ohne Hals, der aussieht wie Gert Fröbe in *Es geschah am hellichten Tag.*

Die Bewerber verbeugen sich einzeln vor ihm wie bei einer königlichen Audienz. „Guten Tag", wünschen sie schüchtern. „Auf Wiedersehen" knurrt der Besitzer knapp und bestimmt.

Als wir an die Reihe kommen, sieht Karl die fette Qualle entnervt an.

„Auf Wiedersehen", schreit er den Dicken an und geht.

„Auf Wiedersehen sage ich!" ruft uns der Vermieter noch auf die Straße hinterher.

Ich bleibe grübelnd stehen. „Das kommt mir alles so bekannt vor."

„Klar", sagt Karl, „das ist aus *Briefträger Müller* mit Heinz Rühmann."

Sechste Woche: Die Wohnung, die wir diesmal besichtigen, ist eine Baustelle. Die Maklerin, eine faltenlose Sechzigerin, die entfernt an Ursula Andress erinnert, erklärt, wie es hier dereinst aussehen soll. Sie spricht mit starkem hessischen Akzent. „Da kommt na-tüllisch übe-all Pa-kettbodde nei. Vossischt, stolpern Se net über de Fapp-eimeh!"

Außer uns ist nur ein Pärchen anwesend. Beide sind etwa dreißig Jahre alt. Sie im Trenchcoat, mit langem, blondem Haar im Kim-Basinger-Look, er im Dreiteiler, langweilig und korrekt. Diskret lassen sie ins Gespräch einfließen, daß sie beide Ärzte sind. Er schaut auf seine Uhr: Rolex, massiv gold. Sie kramt in ihrer Handtasche: Louis Vuitton, Eidechsenleder.

„Da haben wir keine Chance", flüstere ich Karl zu, der sich gerade damit amüsiert, seinen Arm durch ein Loch in der Wand zu stecken.

„Guck mal, Baby, wie Heinz Rühmann in *Ein Mann geht durch die Wand.*"

„Des Loch is wegge der Stromleitungge, des kommt na-tüllisch wesch", erklärt die Maklerin.

Die Ärztin steigt mit ihren dezenten, beigen Pumps über einen Schutthaufen und betastet ein Fensterbrett. „Das wird doch noch gestrichen?"

„Abeh na-tüllisch, Frau Doktor!"

Ihr Lebensgefährte beklopft die Wände: „Hellhörig, was? Na egal, ich denke, wir nehmen die Wohnung. Was meinst du, Cherie?"

Die Blonde wirft ihre Haare über die Schulter und lächelt strahlend: „Wenn es dir nur gefällt, mein Bär."

Karl macht eine Geste, die Erbrechen symbolisieren soll, in meine Richtung.

Die promovierte Kim Basinger der C-Klasse kuschelt sich an ihren „Bären" und haucht: „Wie glücklich wir hier sein werden, wir und das Kleine."

Die Maklerin läßt ihren vergoldeten Kugelschreiber in den Dreck fallen. Mit Entsetzen in den gelifteten Zügen fragt sie: „Sie wolle sisch FOTT-FLANSEH?"

„Nein, natürlich nicht, ich bin steril!" ruft der Bär.

„Ich hatte eine Totaloperation!" beschwört seine Bärin.

„Wir hassen Kinder!" flehen sie im Chor.

Doch zu spät. Die makellos glatte Stirn der Maklerin umwölkt sich. „Nachwuchs könne mir hier LEIDEH, LEIDEH net tolerieren. Dann geht die Wohnung an die zwei Herren."

Die Ärzte sind kreideweiß. Es knackt leise, als die Blonde sich einen perfekt lackierten Nagel in ihrer krampfig geballten Faust abbricht. „Autsch! Komm, mein Bär, wir gehen. Sollen doch die verdammten Homos hier glücklich werden."

Die Maklerin würdigt die beiden nicht eines Blickes und wendet sich lächelnd uns zu. „Dann könne mer ja den Mietvertrag mache."

Karl blickt sie verächtlich an. Ich sehe Heinz Rühmann in seinen Augen blitzen. „Wir wollen keine Wohnung von jemandem, der ein junges Glück verhindert. Oh nein, bevor ich mit Ihnen gemeinsame Sache mache, schlafe ich lieber unter einer Brücke", erklärt er mit sich leicht überschlagender Stimme, ganz der *Hauptmann von Köpenick*.

Ich ziehe verzweifelt an seinem Ärmel, aber er bemerkt es kaum. Karl hat einfach zu viele Rühmann-Filme gesehen in den letzten Wochen. Er ist mit Fünfziger-Jahre-Rechtschaffenheit vollgepumpt.

Als er der Maklerin würdevoll, doch voller Verachtung für ihre Methoden „Noch einen schönen Tag" wünscht, ist er der *Eiserne Gustav*, voller schmerzlichem Verzicht, aber sich seiner gerechten Sache bewußt. Er stürmt aus der Wohnung. Ich trotte mit hängendem Kopf hinterher. Heinz Rühmann hat uns alles vermasselt. Nach sechs Wochen Wohnungssuche geben wir auf.

Vielleicht ist es besser so. Ich weiß wirklich nicht, ob ich es mit Karl in einer gemeinsamen Wohnung aushalten könnte, wenn Heinz Rühmann in ein paar Jahren fünfundneunzig wird.

Öffentliche Bedürfnisse

Gegenüber von dem Haus, in dem ich wohne, befinden sich ein Friedhof, eine türkische Bauchtanz-Bar und eine öffentliche Bedürfnisanstalt. In der Bar kaufe ich manchmal Zigaretten, der Friedhof gehört zu meiner Jogging-Route, aber in dem schmierigen, kleinen Häuschen für „Herren“ und „Damen“ war ich noch nie. Warum auch. Ich wohne, wie gesagt, direkt auf der anderen Straßenseite.

Ein lauer Frühlingsabend. Ich komme mit Karl aus dem Kino. Wir haben uns zum ich-weiß-nicht-wievielten Mal *Vom Winde verweht* angesehen. Karl läuft in leicht gekrümmter Haltung und beißt sich auf die Lippen. „Ich hätte nach dem Film aufs Klo gehen sollen“, jammert er. „Seit der Belagerung von Atlanta drückt meine Blase.“

„Und das ist immerhin 120 Jahre her.“

„Ohmeingott, Baby, ich schaff's nicht mehr!“

„Karl, wir müssen nur noch über die Straße!“

„Und in den sechsten Stock! Im vierten wird meine Blase platzen. Oh, das gibt bestimmt ein widerliches Geräusch. Baby, ich geh hier auf die öffentliche Toilette.“ Und Karl verschwindet in dem grauen Häuschen.

Ich gehe niemals auf Pissoirs oder ähnliches. Erstens bin ich das, was die Amis *pee shy* nennen – es geht einfach nicht, wenn mir jemand zusieht. Und zweitens kann ich nicht im Stehen. Das ist auf ein frühkindliches Trauma zurückzuführen. Ich ging noch zur Grundschule und schlug wie jeder ordentliche Junge mein Wasser im Stehen ab. Eines Tages besuchte ich einen Schulfreund zum, wie unsere Eltern glaubten, Briefmarkentauschen. In Wirklichkeit spielten wir stundenlang gegenseitig mit unseren Pimmelchen. Irgendwann kitzelte das so doll, daß ich aufs Klo mußte. Die Lampe in der kleinen, fensterlosen Toilette war kaputt, und so versuchte ich, im Dunkeln die Kloschüssel zu treffen. Was mir nicht gelang, wie ich mit Entsetzen feststellte, als ich hinterher die Tür öffnete und eine Pfütze auf dem Boden schimmern sah. Ich schloß mich wieder ein und versuchte, mit Unmengen von Toilettenpapier die Lache aufzuwischen. Das nasse Papier warf ich ins Klo – beim Spülen merkte ich, daß es das Abflußrohr verstopfte. Hektisch spülte ich noch mal – die Toilette lief über. Beim dritten Abziehen zerbrach ich in meiner Panik irgendeinen Mechanismus. Die Spülung lief jetzt ununterbrochen und setzte den Raum unter Wasser. Inzwischen hämmerte die Mutter meines Schulfreundes schon an die Tür und wollte wissen, was da los sei. Ich erwog kurz die Alternativen: mich in der Kloschüssel zu ertränken oder zu öffnen und der unbeschreiblichen Schande ins Gesicht zu sehen. Da fing das Abflußrohr an zu gurgeln und spülte das zermatschte Klopapier (sowie weitere schauerliche Dinge) wieder hoch. Ich riß schreiend die Tür auf …

Seit jenem verhängnisvollen Tag habe ich nur noch im Sitzen gepinkelt.

Karl kommt aus dem Toilettenhäuschen und unterbricht die Reminiszenzen an eines der düstersten Erlebnisse meiner neurotischen Kindheit. „Ah, jetzt geht's mir besser. Hmm, kennst du dieses Gefühl, wenn man stundenlang aufs Klo muß und nicht kann, und dann darf man endlich, und die Nackenhaare stellen sich auf vor lauter Erleichterung, und man bekommt Gänsehaut am ganzen Körper und schaudert wohlig?"

„Ja, das Gefühl kenne ich, allerdings nicht vom Pinkeln."

„Ach, Sex kannst du hier auch haben, Baby. Stell dir vor, dieses Klo ist eine Klappe! Du wohnst seit zwei Jahren direkt gegenüber, und wir haben es bis heute nicht gewußt."

„Du meinst, das ist einer dieser abscheulichen Orte, wo sich pergamenthäutige Greise treffen und widernatürliche Unzucht treiben?"

„Das mit den Greisen trifft nicht unbedingt zu, aber die Unzucht … hmm, Baby!" Karl blinzelt einem leicht erhitzten Mittdreißiger im hellen Trenchcoat zu, der gerade aus der Toilette kommt. Der Mann grinst schuldbewußt und blinzelt zurück.

„Karl, du hast doch nicht etwa?"

„Wer weiß, Baby, wer weiß …"

Nächtelang leide ich unter Schlafstörungen. Der Gedanke, daß auf der anderen Straßenseite wilde Sexphantasien wahr werden, während ich schlafe, läßt mich nicht zur Ruhe kommen. Schließlich siegt meine Neugier. Ich entschließe mich, die Klappe zu erforschen.

Es ist sehr still in dem Häuschen. Zwei Räume, in dem einen eine Pissoir-Rinne entlang der Wand, in dem anderen drei Münzkabinen. Niemand ist da. Ich lese ein paar der Kritzeleien an den Wänden: *bär-*

tige Hengste werden gesucht, *Sklaven, die alles mitmachen* bieten sich an, *immergeile Teenager* wollen Spielkameraden. Dazwischen krude erotische Zeichnungen – erinnert ein wenig an Höhlenmalereien. Überhaupt fühle ich mich wie in einer Grotte: das Halbdunkel, das Dröhnen meiner Schritte, das leise Tropfen irgendeines Wasserhahns, der schlüpfrig-feuchte Boden. Penetranter Uringeruch reißt mich allerdings immer wieder aus diesen wagnerianischen Betrachtungen.

Ein Schatten erscheint in der Tür. Gutgeschnittener Anzug, Aktentasche. Als der Typ sich neben mich an die Rinne stellt, kann ich einen Brillantring an seinem kleinen Finger und ein pockennarbiges, etwa dreißigjähriges Gesicht erkennen. Er stellt seine Tasche neben sich auf den Boden und öffnet den Hosenschlitz, um seinen Schwanz heraushängen zu lassen. Aber anstatt zu urinieren, sieht er kurz zu mir herüber und holt dann ein Päckchen Zigaretten aus der Jackentasche. Mit der linken Hand beginnt er zu rauchen, mit der rechten streichelt er seinen Penis, der bald eine beträchtliche Größe erreicht.

Ich bin fassungslos über so viel unverschämte Coolness. Wie kann der Mann wissen, ob ich nicht nur ein Passant bin, der einem dringenden Bedürfnis nachgibt? Oder gar ein Zivilpolizist?

Verwirrt und aufgewühlt verlasse ich die Klappe und gehe ein bißchen auf dem Friedhof spazieren, um mich zu beruhigen. Nach zehn Minuten traue ich mich wieder hinein. Der Pockennarbige liest mit der einen Hand eine Zeitung, mit der anderen – wie gehabt. Er wirft mir einen Blick zu, der deutlich sagt: „Na, wieder da? Du brauchst es wohl?“

Um ihm zu beweisen, daß ich genauso cool sein kann wie er, stelle ich mich – mit eineinhalb Metern Sicherheitsabstand – auch an die Rinne und packe meinen vor lauter Aufregung mikroskopisch geschrumpften Schwanz aus. Ich starre geradeaus an die Wand und versuche, möglichst wenig verkrampft auszusehen.

Ein weißhaariger, älterer Herr in einer Lodenjacke kommt herein, stellt sich neben mich und öffnet seinen Reißverschluß. Ein violettes, pochendes Organ und ein Büschel weißes Schamhaar kommen ans Licht. Nachlassende Potenz im Alter? Nicht bei dem!

Ganz lässig greift er herüber und faßt mir ans verschrumpelte Allerheiligste. Ich springe kreischend zurück, ziehe meinen Reißverschluß hoch, klemme dabei meinen Schwanz ein und kreische noch lauter. Ich renne aus der Klappe, über die Straße, die sechs Stockwerke hoch in meine Wohnung und schenke mir keuchend einen doppelten Wodka-Martini ein. Na, das ist ja wohl schief gegangen. Ich trinke noch einen.

„Baby, du bist ein erbärmlicher Hasenfuß. Du willst doch, oder? Also trau dich", flüstert es in mir.

Manche Menschen hören gerne auf ihre innere Stimme, mir gibt sie immer nur das unangenehme Gefühl, an Schizophrenie zu leiden. Ich nehme den dritten Doppelten. Wollen wir doch mal sehen, wer sich nicht traut!

Entschlossen schwanke ich die Treppen wieder herunter. Diesmal öffne ich die Tür zur Klappe, als beträte ich einen Westernsaloon. Der Pockennarbige kniet inzwischen vor dem Weißhaarigen – nicht aus Respekt vor dem Alter. Ich stelle mich in sicherer Entfernung am Pissoir auf und sehe ein wenig zu. Dabei stelle ich fest, daß es mich nicht sonderlich erregt, vollständig bekleidete Männer beim Oralverkehr zu beobachten. Mich interessiert mehr am männlichen Körper als nur der Schwanz. Apropos: Vielleicht sollte ich meinen rausnehmen, das ist ja hier so üblich. Ich muß ein bißchen kichern, was die Herren irritiert. Aber nicht sehr.

Ein blonder Jeansträger kommt herein. Auch das stört die Herren nicht. Ich glaube, inzwischen sind sie so involviert, daß es sie auch nicht ablenken würde, wenn die Supremes in dieser Toilette ihr Wiedervereinigungskonzert gäben. Der Jeanstyp stellt sich sehr nah neben mich und zeigt, was er hat. Er grinst und macht mit einer Hand an sich rum, mit der anderen an mir. „Gehen wir in eine Kabine?" flüstert er.

„Aber ich hab kein Kleingeld dabei." Die blödeste Antwort, die mir einfallen konnte.

Der Blonde deutet sie als Einverständnis und führt mich (ohne loszulassen) in den anderen Raum. Er wirft dreißig Pfennig ein und schiebt mich in die Kabine.*

Das Angenehme an dieser neuen Situation ist, daß sie einem Gelegenheit gibt, bis zu einem gewissen Grade die Kleidung abzulegen, was wir auch tun. Außerdem herrscht hier eine privatere Atmosphäre als draußen an der Rinne. Ich fange an, mich zu entspannen und das Drumherum zu vergessen. Der Blonde ist wirklich niedlich. Und so hemmungslos!

Hinterher sitzen wir zu zweit auf dem Toilettendeckel. Blondie steht auf und will die Tür öffnen. Er rüttelt an der verklemmten Klinke – nichts tut sich.

---

* Huch, das waren noch Preise!! Ja ja, früher war alles besser, billiger und aus Holz, wie meine Oma immer sagte.

„Ohmeingott! Sind wir etwa eingeschlossen?“ schreie ich.

„Scht! Bloß nicht um Hilfe rufen! Wie sollen wir denn erklären, daß wir zu zweit hier drin sind?“

„Was tun?“ flüstere ich.

„Wir müssen rausklettern“, schlägt Blondie vor.

Es gibt Momente, da hasse ich es, schwul zu sein. Welcher Hetero gerät jemals in die Verlegenheit, mit einem völlig Fremden über die Kabinentrennwand einer öffentlichen Bedürfnisanstalt steigen zu müssen? (Ja, ich weiß, die haben auch ihre Probleme.) Wir klettern nacheinander auf die Kloschüssel, ziehen uns an der bedenklich wackelnden Wand hoch und quetschen uns durch den Spalt zwischen der Kabinenabtrennung und der Zementdecke. Beim Sprung auf den glitschigen Boden rutsche ich aus. Der Blonde, der als erster geklettert war, fängt mich auf. „Ah, der Kavalier der Klappe“, bedanke ich mich.

Als wir die Toilette verlassen, sind die beiden Herren immer noch beschäftigt – mit vertauschten Rollen allerdings. Der rüstige Greis, der jetzt vor dem Pockennarbigen kniet, hat sich dessen Zeitung untergelegt, um die Hose zu schonen. Diese Generation hält eben noch auf Etikette.

Der Blonde und ich erholen uns bei einem langen Spaziergang auf dem Friedhof von unserem Schrecken. Dann lade ich ihn in meine Wohnung ein, und wir machen das, war wir auf der Klappe getan haben, noch mal – diesmal in der Horizontalen.

Frau Neumann weiß Bescheid: Töchterdämmerung

Mein liebes Baby,
wenn ich mir deine kleinen Geschichten so ansehe – *muss* das denn sein, dass du dich in Saunas, auf Sex-Partys und öffentlichen Bedürfnisanstalten herumtreibst? –, bin ich immer ganz erleichtert, dass ich in meiner Kolumne in der *Patricia* ein gewisses Niveau zu halten imstande bin. Ja, Kind, manchmal habe ich den Einruck, du verbringst große Teile deines jungen Lebens in der Gosse. Und jetzt denkst du wahrscheinlich gerade, wie sehr du von mir, deiner Mutter, und ihrem Genörgel genervt bist. Ich bin für dich eine Mischung aus Witzfigur und Despot (Sind das nicht alle Eltern?), mit der du dich auseinandersetzen musst, obwohl du eigentlich gar nicht willst. Mein Sohn, so ist das nun mal zwischen den Generationen. Ich habe eine Kolumne darüber geschrieben, die ich diesem Brief beilege – natürlich aus Sicht einer Tochter. Aber wenn du sie liest, wirst du bemerken, dass ich dich besser verstehe, als du vielleicht glaubst.

Denk dran: Schwulenbewegung sollte nicht nur unter der Gürtellinie stattfinden. Und schlaf ab und zu in deinem eigenen Bett, rät

deine Mutter

Frau Neumann weiß Bescheid: Töchterdämmerung

Als überzeugte Royalistin (solange es Königreiche gibt, hat schließlich jede Frau die Chance, Prinzessin zu werden) nahm ich selbstverständlich an den Feierlichkeiten zum hundertsten Geburtstag der britischen Königin-Mutter teil. In ein fliederfarbenes Kostüm mit passendem breitkrempigem Hut gewandet, prostete ich Queen Mum mit einem Gläschen Gin zu – von meinem Sofa. Sie winkte liebenswürdig zurück – aus meinem Fernseher. Dann öffnete sie vor laufender Kamera ihre

Geburtstagspost, darunter Glückwünsche von ihrer Tochter, der Königin von England. Zu meinem größten Erstaunen war die Karte nicht etwa mit „Elisabeth II Regina“ unterzeichnet. Nein, die in Ehren ergraute Monarchin gratulierte ihrer Mutter als „Lilibeth“.

„Lilibeth“, das ist der lispelige Kinderspitzname Elisabeths; das ist die verklemmte vierzehnjährige Thronfolgerin im Blümchenkleid, die knallrot wird, wenn ein fescher Garde-Offizier an ihr vorbei reitet. „Lilibeth“ gibt es eigentlich seit sechzig Jahren nicht mehr – es sei denn, ihre Frau Mutter ist in der Nähe. Dann wird die Queen zum Teen. Sie ist nicht die einzige Power-Frau, die nie aufgehört hat, „Muttis kleines Mädchen“ zu sein. Nehmen wir meine Freundin Jacki Mueller-Pankow. Sie ist Börsenmaklerin, sammelt Vorzugsaktien, Designer-Möbel und Männer mit null Prozent Körperfett. Jackis Finanz- und Karriere-Planung ist so straff wie ihre Dreimal-die-Woche-Tae-Bo-Oberschenkel. Aber wenn ihre Mutter auftaucht, mutiert sie zum hilflosen Backfisch. Mutti guckt sparsam und sagt: „Kind, bist du sicher, du solltest deine Bluse so eng tragen?“ Die geknödelte Antwort der hart gesottenen Karrierefrau: „Och, Mensch, Mama, du bist voll gemein! Ich bin überhaupt nicht dick!“ Und dann: rausrennen, sich auf dem Klo einschließen, heulen.

Jacki, Elisabeth II., wir alle: selbstbewusste, erwachsene Frauen – aber eben auch TÖCHTER. In Gegenwart der Person, die uns aus den nassen Windeln schälte und fürs Töpfchen trainierte, ist es schwer, cool zu sein. Ihr können wir nichts vormachen: Da hilft kein Kostüm von Jil Sander, für Mutti bleiben wir die Kleine mit Zöpfen und Zahnspange. Mutti weiß alles von uns. Und schlimmer: Wir wissen, dass sie es weiß. Mütter sind eine Art Album unserer peinlichsten Kindheitserinnerungen. Deshalb kann mich ein simples Kaffeeklätschchen mit meiner verehrten Frau Mama an den Rand der Hysterie treiben. Ich sehe in ihr liebes Gesicht unter dem ondulierten Weißhaar und frage mich: Denkt sie gerade daran, dass ich als Fünfjährige vor lauter Angst dem Zahnarzt meinen Ellbogen ins Gemächt gerammt habe? Oder daran, wie ich mit sieben Jahren nach einer Party meiner Eltern nachts aufstand, um die hochprozentigen Reste aus den Gläsern zu schlürfen? Wie ich danach volltrunken auf dem Perser kollabierte? Oder erinnert sie sich, wie ich einst beim Versuch, einen Rollbraten zu schmoren, ihren Miele de Luxe in Brand steckte? Fünfzehn war ich da, und ich hätte mich wirklich still schämen sollen, anstatt diesen netten Feuerwehrmann nach seiner Telefonnummer zu fragen.

Unsere Mütter haben unsere Knutschversuche mit dem Pickelgesicht aus der Nachbarstraße und unseren Kotzanfall nach der Klassenfête hautnah miterlebt. Als wir raffiniert den Mann unserer Träume erobert oder den Posten in der Geschäftsleitung ergattert haben, waren sie leider nicht mehr live dabei. Vor Muttis innerem Auge bleibt jede Frau das ungeschickte, unerfahrene Mädchen, das sie war, bevor sie von Zuhause auszog. Wir wissen das. Kein Wunder, wenn wir uns vor Mama pubertär benehmen.

Einziger Trost ist die Gewissheit, dass es keine Ausnahmen gibt. Die ewige „Lilibeth" steckt nicht nur in mir, in Ihnen und der Queen. Ich wette, auch Angela Merkel muss sich mütterliche Kommentare anhören wie „Parteispitze schön und gut, aber wie sehen deine Haare wieder aus?" Courtney Love putzt bestimmt persönlich die Fenster, bevor ihre Mutter zu Besuch kommt. Und Calista Flockhart* trägt bei Mutti knöchellange Röcke und isst immer den Teller leer.

Es gibt kein Entkommen und nur ein einziges Gegenmittel: selbst Mutti werden und sich gut merken, was das Töchterchen so alles Blamables anstellt. Das wird später für jede Menge Spaß sorgen – wenn auch nicht für Ihre Tochter!

Liebe Mutti,

sehr unlustig! Da kann ich ja nur froh sein, dass ich kein Mädchen geworden bin. Und außerdem erfindest du das doch alles – deine Mutter ist schließlich an einem Hirnschlag verstorben, als du ihr mit siebzehn Jahren eröffnet hast, dass du schwanger bist. Meine Leser fänden das gar nicht nett, wenn ich ihnen was vorflunkern würde. Pfui, Mutti.

Kannst du mir das fliederfarbene Kostüm und den Hut nächstes Wochenende leihen? Karl gibt eine „Queens"-Party, und jeder Gast muss sich als Mitglied eines europäischen Königshauses verkleiden. Ich dachte, ich gehe als Lilibeth.

Küsschen,
Baby

---

* Chronisch untergewichtige Ex-Ally-McBeal-Darstellerin, an deren Hüften ihr Freund, Ex-Indiana-Jones-Darsteller Harrison Ford, sich blaue Flecken holt.

Nachbarschaftspflege

„Immer wenn ich dich besuche, frage ich mich, welche ungeahnten Schicksale sich hinter den verschlossenen Türen deiner Nachbarn abspielen", sinnierte Karl melodramatisch. Wir saßen bei einem Gläschen Sherry und Marzipanpralinen vor dem Fernseher. Es regnete, und im Nachmittagsprogramm kämpfte Godzilla mit einer riesigen Motte.

„Unter diesem Dach wohnen jede Menge alte Damen mit fetten Schoßhündchen, die ins Treppenhaus pissen – die Hunde, nicht die Damen, obwohl ich mir da bei einer auch nicht so sicher bin – und alleinstehende Schichtarbeiter, die nachts Klavier oder E-Gitarre spielen. Der Typ direkt nebenan kommt immer gegen sieben Uhr morgens nach Hause und zieht sich dann erstmal eine Pornokassette rein, in voller Lautstärke. Kannst du dir vorstellen, wie das ist, jeden Morgen von einer weiblichen Piepstimme geweckt zu werden, die ‚Mach mich fertig, du Hengst' stöhnt?" beschwerte ich mich.

Godzilla schrie im Würgegriff eines Riesenkraken.

„Gibt es denn in diesem Hause gar keine zivilisierten Menschen? Homosexuelle zum Beispiel?" fragte Karl.

Godzilla zertrampelte Tokio.

„Ich denke da an Männer, die einen durchs Treppenhaus jagen und im Keller hingebungsvoll vergewaltigen. Entschuldige, Baby, aber diese japanischen Monsterfilme machen mich immer ganz geil. Godzilla als Phallussymbol oder so …"

Nein, soviel ich wußte, wohnten in dem häßlichen Fünfziger-Jahre-Bau, in dem ich meine Einzimmer-Residenz unterhalte, keine Schwulen außer mir. Aber das sollte sich ändern.

Ein paar Tage später: Ich komme vom Joggen nach Hause, torkelnd und völlig durchgeschwitzt – es waren wieder ein paar Kilometer zuviel, aber wenn man erstmal zu weit gelaufen ist, bleibt einem ja nichts anderes übrig, als auch wieder zurück zu joggen. Oder ein Taxi nach Hause zu nehmen, aber das wäre peinlich unsportlich.

Ich taumle triefend in den Hausflur. Vor den Briefkästen stehen zwei Männer, ganz offensichtlich Heavy-Metal-Freaks. Der eine hat lange, dunkle Haare, spitz in Richtung Oberlippe zulaufende Koteletten und eine Tätowierung auf dem Oberarm: einen feuerspeienden Drachen. Er trägt eine zerfranste Jeansweste mit nichts darunter, weiße Bikershorts à la Axl Rose und Cowboystiefel. Auf seiner haarigen Brust baumeln diverse silberglänzende Kreuze und andere Amulette an Lederbändern. An seinen Fingern jede Menge Ringe: Totenköpfe, Schlangen und Tiger. Er saugt gerade den letzten Zug aus einer filterlosen Zigarette. Neben ihm steht ein bis an den Rand beladener Einkaufswagen, an dem der andere Typ lehnt.

„Scheiße, das kriegen wir nie in den fünften Stock, Rinaldo", schimpft er. Er ist völlig kahlrasiert, trägt eine abgewetzte schwarze Lederjacke, ein T-Shirt mit einem Schädel, aus dessen Augenhöhlen allerlei Gewürm kriecht, und schwarze Jeans.

„Ey, Kleiner, du siehst ja ganz sportlich aus. Kannste hier mal mit anfassen?" fragt der Glatzköpfige.

„Was, ich?" Ich bin so geschafft vom Laufen, daß ich nur noch unter die Dusche will und hinterher mit einer großen Tüte Kartoffelchips und der *Vogue* aufs Sofa.

„Komm schon", grunzt Rinaldo und zündet sich eine neue Zigarette an.

Ich wage keinen Widerspruch. Zu dritt wuchten wir den Einkaufswagen in den ersten Stock, wobei Rinaldo seine Camel nicht aus dem Mund nimmt.

„Cool", denke ich.

„Cool", sagt er und weist lässig auf mein T-Shirt. Es zeigt Fred und Wilma Feuerstein. Ich fühle mich plötzlich wie ein Zehnjähriger.

Wir schleppen den Wagen ein paar Stockwerke höher.

„Warum habt ihr eigentlich keine Einkaufstüten genommen? Die sind viel leichter zu befördern als ganze Wägen. Und ich glaube, das Mitnehmen eines Einkaufswagens ist auch ein wenig illegal, oder?" frage ich.

„Tüten sind total uncool", grunzt der Kahle.

„Illegal ist cool", erklärt Rinaldo. Seine Halsketten klirren beim Gehen.

„Natürlich", sage ich. Wir sind im fünften Stock angekommen.

„Wir geben heute abend 'ne Einweihungsparty. Sind hier neu eingezogen. Kannst ja auch kommen, Mann", lädt mich Rinaldo ein.

Ich erkläre, daß ich abends Besuch erwarte und nicht genau weiß, ob ich kann und überhaupt …

„Kannst deinen Gast mitbringen." Dann schieben sie den Wagen in die Wohnung und machen die Tür zu. Ich stehe etwas verloren da und steige nachdenklich die Treppen herunter in den vierten Stock, bis mir einfällt, daß ich ja im sechsten wohne.

Gegen neun Uhr kommt mich Karl besuchen. Ich erzähle ihm von den neuen Nachbarn.

„Eigentlich habe ich keine Lust, auf diese Party zu gehen und mich mit Heavy Metal volldröhnen zu lassen."

„Du hast doch bloß Angst, mal aus deinem schwulen Ghetto auszubrechen, Baby. Dabei sind das unbezahlbare neue Erfahrungen. Eine andere Welt, die es zu erforschen gilt. Außerdem haben sie vielleicht Haschisch."

„Die sahen gefährlich aus."

„Um so spannender."

„Ich weiß nicht, was ich anziehen soll."

„Jeans und irgendwas Schwarzes. Ich schwing mich schnell aufs Rad und fahr zu meiner Schwester. Die ist Metal-Fan und kann uns bestimmt was leihen."

Eine halbe Stunde später ist Karl wieder da, mit einem Motörhead-Sweatshirt für mich. Er trägt eine mit Ansteckern (AC/DC, Devil's Daughters, Hellraiser usw.) übersäte, schwarze Lederweste auf nackter Brust.

„Kannst du dir das leisten, Liebes?" frage ich. Karl versucht, möglichst maskulin auszusehen und erinnert mich dabei an Emma Peel kurz vor dem Karate-Kick.

„Okay, Baby, *let's go*!"

Als wir die Treppe heruntersteigen, suchen mich finstere Visionen heim. Vision 1: Die Typen erinnern sich nicht an mich und lassen uns erst gar nicht rein. (Wär ja nicht sooo schlimm.) Vision 2: Karl macht irgendwelche Biker an und wird von ihren Bräuten aus dem Fenster geworfen. Vision 3: Überall brennen schwarze Kerzen, Black-Sabbath-LPs werden rückwärts gespielt und satanische Beschwörungen gemurmelt, während meine beiden Nachbarn einem schwarzen Hahn den Kopf abbeißen und mit seinem Blut nackte Jungfrauen bespritzen.

„Baby, was ist denn?" fragt Karl. Ich bin wie versteinert auf dem Treppenabsatz stehengeblieben.

„Ich will da nicht hin", flüstere ich. „Ich bin zwar aus der Kirche ausgetreten, aber ich will meine Seele nicht an Alice Cooper verkaufen."

„Kann es sein, daß du gewisse Vorurteile gegenüber der Heavy-Metal-Szene hast?" grinst Karl.

„Sie werden mich kopfüber an ein Kreuz binden, Karl!"

„Oje, und ich habe kein Weihwasser dabei! Jetzt reiß dich zusammen und komm."

Wir stehen vor der Tür. Ich wage nicht zu klingeln.

„Hörst du das?" fragt Karl. Ich lausche. Aus der Wohnung schallen Gläsergeklirr, fröhliches Quietschen und – ich traue meinen Ohren kaum – Abba: *Super trouper beams are gonna blind me …*

Karl drückt auf die Klingel. Augenblicklich fliegt die Tür auf. Eine Frau mit rotem Haar, von Kopf bis Fuß in schwarzes Gummi gekleidet, eine Dose Bier in der Hand, ruft lachend: „Nur herein!" Ihr rosa Lippenstift beißt sich fürchterlich mit den karottenfarbenen Haaren.

„Die Oberhexe!" flüstere ich Karl zu. Er rollt die Augen, schüttelt den Kopf und tritt ein. Ich folge, seine Hand fest in der meinen. Der glatzköpfige Gastgeber kommt auf uns zu, in Chinos und einem Bugs-Bunny-T-Shirt.

„Hallo, Kleiner! He, ihr habt euch aber schick gemacht. Ich wußte gar nicht, daß wir Metal-Freaks im Hause haben!" Karl wirft mir einen vernichtenden Blick zu. „Ich heiße übrigens Piet", stellt sich mein neuer Nachbar vor. „Wir haben uns heute morgen im Treppenhaus gar nicht bekanntgemacht."

„Ich bin Karl und das ist Baby." Karl schüttelt Piets Hand. Rinaldo kommt auf uns zu, die Mähne zum Zopf gebunden, in der gleichen Aufmachung wie am Morgen, rauchend.

„Cool, daß du gekommen bist, Mann. Wir haben 'ne total coole Erdbeerbowle. Bedient euch."

Piet führt Karl und mich durch die Wohnung. Drei kleine Zimmer, kaum eingerichtet. Etwa dreißig Gäste – hauptsächlich Männer – stehen in Grüppchen herum. In der Küche hängt ein riesiges Poster von Diana Ross. Karl sieht mich fragend an und flüstert: „Die Ross? Ich hatte Guns 'n' Roses erwartet nach deinen Beschreibungen."

Ich fühle mich sehr unsicher. Da stürzt einer der Gäste auf mich zu und begrüßt mich stürmisch. Es ist die unsägliche Quasselstrippe Stephan mit PH, eine Geißel Gottes, die ich letztes Jahr in der Gruppe „Schwule Freizeit" kennengelernt habe. Er hat seine John-Lennon-Nickelbrille gegen ein rotes Modell à la Wenders eingetauscht, was ihn – wenn überhaupt möglich – noch unattraktiver macht.

„Baby, ich hab dich ja nicht mehr gesehen seit unserem Treffen beim Hautarzt", kreischt er. „Was hattest du noch? Milben? Herpes? Weichen Schanker?"

Ich möchte sofort sterben.

„Piet und Rinaldo hab ich auch beim Hautarzt kennengelernt, stell dir vor", vertraut mir Stephan mit einem Bühnenflüstern an. „Sie hatten beide das Gleiche, was ja einige Rückschlüsse zuläßt, wenn du verstehst." Er kneift bedeutungsvoll ein Auge zu, so dramatisch, daß seine Brille verrutscht. „Ich weiß nicht mehr genau, was es war", murmelt er und schreit dann durch den ganzen Raum. „He Piet, weshalb wart ihr noch mal beim Hautarzt?"

Rinaldo schlendert auf uns zu, die unvermeidliche Filterlose schräg im Mund, die Augen gegen den Qualm halb geschlossen, in jeder Hand ein Glas Bowle. „Trinkt, Leute, es kommt ja nicht alle Tage vor, daß man so coole Nachbarn bekommt. Und so geschmackvoll gekleidet." Rinaldo grinst Karls Lederweste an. „Devil's Daughters, was? Ich stehe eher auf Kylie Minogue. Habt ihr morgen schon was vor? Piet und ich wollten mal die Szene auschecken."

„Das bedeutet: Männerjagd!" flötet Stephan mit PH dazwischen. „Ich persönlich habe dem Sex ja abgeschworen, wißt ihr. Ich habe da nämlich dieses tolle, neue Computerspiel, das füllt mich so aus …"

„Halt die Klappe, Rose!" schreit Karl.

„Oh, findet ihr *Golden Girls* auch so cool?" fragt Rinaldo.

„Und wie." Karl hakt sich bei Rinaldo ein und meint: „Jetzt gehen wir zwei Hübschen uns mal noch ein Glas Bowle holen, und wenn du nett bist, darfst du mich Blanche nennen, Rinaldo-Schätzchen." Über die Schulter zischt er mir zu: „Heavy-Metal-Freaks, wie? Baby, du lernst es nie!"

Der strippende Metzger

„Ich muß unbedingt in so eine Männerstripshow!" Karl ist fest entschlossen. Wir sitzen beim Frühstück, und er bewundert mit großen Augen eine Anzeige der „California Dream Men" in der Tageszeitung.

„Oh Baby, als ich das Plakat dieser Truppe gestern an einer Litfaßsäule sah, war ich wie hypnotisiert. Ich kam vom Radweg ab, rammte einen Dackel, einen Kinderwagen und zwei alte Frauen und landete in einem Obststand. Und das alles mit Erektion. Ich hätte mir den Penis brechen können! Ich muß diese Kerle sehen! Ich will Ihnen Geldscheine in die Tangas stecken und sterben."

„Die lassen eigentlich nur Frauen in ihre Show", gebe ich zu bedenken.

„Kein Problem. Fummel und Perücken habe ich genug", winkt Karl ab.

„Vergiß es. Als Frauen wirken wir ungefähr so überzeugend wie Dolly Parton als Mann. Ich möchte nicht, daß meine Mutter morgens die Zeitung aufschlägt und in mein Gesicht blickt – mit der Schlagzeile darunter: *Perverse enttarnt: Homos im Kleid schlichen sich in Männerstripshow ein!*"

„Also gut, dann eben nicht", brummelt Karl und studiert weiter die Veranstaltungshinweise.

„Sieh dir das mal an." Er zeigt auf eine Annonce der schwulen Bar Mrs. Simpson. Das ist eines dieser Lokale, die nie „in" sind und trotzdem seit Jahrzehnten irgendwie überleben. Früher hieß der Laden Dorian Gray, und davor Cockpit, Ali Baba, Chez Helmut, La Callas, Frisco und Kumpelstube – ohne je das plüschige Glitzerdekor zu verändern. Zwischen vergilbten Aktfotos aus den siebziger Jahren lächeln Zarah Leander, Mireille Matthieu und Caterina Valente in Woolworth-Barockrahmen von den rot tapezierten Wänden. Hinter der Bar wechseln sich kleine Philippinos mit gerade mal achtzehnjährigen Allgäuern ab, je nach dem momentanen Geschmack des Besitzers, eines gemütlichen Mittfünfzigers mit Toupet und einer Vorliebe für Wildlederjacken mit bodenlangen Fransen. Neben dem Waschbecken auf der Herrentoilette hängt ein braunes Frotteehandtuch, das schon mindestens vier Bundeskanzler und drei Päpste erlebt hat. Kurz und gut: Das Mrs. Simpson ist ein Juwel der Gaststättenkultur.

Ich lese die Anzeige: *Die deutsche Antwort auf die „California Dream Men"! Mrs. Simpson proudly presents: „Braunschweiger Beauty Boys" mit Super-Gaststar Zizi de Versailles, der internationalen Travestie-Sensation aus Berlin-Spandau. Exklusiv in Ihrem Mrs. Simpson!*

„Laß uns wenigstens da hingehen", bettelt Karl mit Bambi-Blick.

„Kommt nicht in Frage! Nie!"

Am nächsten Abend sitzen wir im Mrs. Simpson. Karl hat einen Tisch direkt vor der kleinen Tanzfläche, die als Bühne benutzt wird, reserviert. Aus scheppernden Lautsprechern tönen Sandra und Dieter Bohlen.

„Jede Pore will ich sehen!" zischt Karl vorfreudig erregt.

„Und jeden Pickel", sage ich.

Er läßt sich nicht beirren: „An muskulösen Flanken herabperlende Schweißtropfen will ich mit den Augen aufsaugen!"

„Karl, du redest wirr."

Ein Kellner im Frack, mit Fliege, aber ohne Hemd, tritt an unseren Tisch: „Was darf es sein?"

Ich versuche, Bier zu bestellen.

„Als erstes Getränk Longdrink oder Champagner", erklärt der brustfreie Ober. Er trägt Augen-Make-Up wie Dusty Springfield in ihren besseren Zeiten. Karl ordert Wodka-Martinis. Ich schlage in der Getränkekarte den Preis nach, der, wie ich gefürchtet hatte, völlig unangemessen ist.

„Nepper, Schlepper, Bauernfänger!" empöre ich mich. „Nicht nur, daß hier Poster von Peter Alexander hängen und Plastiknelken auf den Tischen stehen, hier wird auch Wucher getrieben!"

„Hör auf mit der Dagobert-Duck-Nummer, Baby", befiehlt Karl und schnippt mit den Fingern im Takt zu *You're My Heart, You're My Soul.* Ich rolle die Augen gen Himmel und entdecke eine Dekoration aus Papierblumen, Pappsternchen und farbiger Frischhaltefolie an der Decke.

Gegen halb elf füllt sich das Mrs. Simpson. Jedenfalls zur Hälfte. Das Publikum ist bunt gemischt: Herren im Anzug, Lederkerle, Jünglinge mit wallendem Haupthaar, eine Handvoll Transen und – mein Herz setzt einen Schlag aus – der Mann meiner Träume.

„Karl", keuche ich atemlos, „ER ist hier! Der unbeschreiblich geile Wurstfachverkäufer vom Tengelmann um die Ecke! Der mit den schönsten Unterarmen, die je in einem Fleischerkittel steckten!" Und heute abend zeigt er nicht nur die Unterarme: Mister Tengelmann trägt ein aufgeknöpftes Hemd über seinen Jeans. Dieser Waschbrettbauch bricht mir das Herz. Jetzt und hier möchte ich eine „Ode an des Metzgers Fleisch" verfassen.

Da geht das Licht aus, Sandra wird von einem Trommelwirbel unterbrochen und aus dem Dunkel ruft eine Stimme: „Ladies und Gentlemen! Mrs. Simpson präsentiert: Die Braunschweiger Beauty Boys und Zizi de Versailles!"

Ein Spot erhellt die Bühne. Drei Männer in Lederjacken, Bikershorts, Cowboystiefeln und sonst nichts lächeln verkrampft ins Publikum und beginnen zu *Too Funky* zu tanzen. Rechts außen ist blond, verpickelt und sehr dünn. Links außen trägt eine Sonnenbrille und ähnelt ein wenig George Michael, was er dadurch unterstreicht, daß er mitsingt – immer haarscharf einen halben Ton daneben. In der Mitte hüpft ein kleiner, dunkelhaariger Typ mit zu großen Füßen an zu kurzen Beinen. Keiner von ihnen zieht sich aus. Nach drei Minuten erlischt das Licht. Vereinzelter Applaus. Vereinzeltes Gähnen. Auftritt Zizi de Versailles: ein weißblonder, riesenhafter Transvestit mit Brigitte-Nielsen-Brüsten. Sie postiert sich im eleganten, weißen Abendkleid auf der Bühne und singt *Don't Cry For Me, Argentina*. Playback.

Ich bestelle schnell noch einen Wodka-Martini. Der Preis ist mir inzwischen egal. Die internationale Travestie-Sensation ist nur benebelt auszuhalten. Mister Tengelmann lehnt lässig an einer Spiegelsäule, trinkt ein Bier und spielt gedankenverloren mit seinen Nippeln. Ich spüre, wie tief in meiner Brust etwas weich und weiter unten etwas hart wird. Zizi wischt sich die Tränen ab (die Rolle der Evita Peron erfordert die ganze Hingabe einer Künstlerin) und nimmt einen ordentlichen Schluck aus einer Whiskyflasche, die ihr das George-Michael-Double reicht. Stolz ist sie, erzählt Zizi, daß sie heute mit solch schönen Männern auf der Bühne stehen darf, und deshalb stellt sie die Braunschweiger Beauty Boys einen nach dem anderen persönlich vor. Der Star der Truppe, klärt sie uns dann mit ausladender Gestik und wabbelnden weißen Armen auf, ist der kurzbeinige Dunkle, Ramon aus Chile: ein Profi mit Feuer im Blut, der schon im Moulin Rouge die Beine warf („Als Kellner", flüstere ich Karl zu), am Broadway arbeitete („Als Kulissenschieber") und am Berliner Theater des Westens Triumphe feierte – im Musical *La Cage aux Folles* („Wo sonst?") in der Rolle des … Zizi zögert und greift wieder nach dem Whisky. „Was haste da noch mal gespielt, Ramon? Na, is' ja auch egal. Heute abend isser jedenfalls bei uns im Mrs. Simpson und bringt uns live den Superhit *Ich bin, was ich bin!*"

Ramon sitzt auf einem Barhocker und singt mit viel Sinn für Dramatik und wenig Sinn für Harmonie. Ich bestelle schnell noch einen Drink.

Karl wird unruhig. „Ich dachte, das ist 'ne Stripshow?"

„Ich bin sehr froh, daß der sich nicht auszieht. Und wenn er das Singen zu Hause in der Badewanne besorgen würde, wäre ich noch froher", sage ich und versuche, Blickkontakt mit Mister Tengelmann zu finden.

Wie schwer ist es mir immer gefallen, die Schnitzel, die seine kräftigen Hände geschnitten hatten, in die Pfanne zu werfen, anstatt sie wie Reliquien in einem Schrein aufzubewahren. Wer hätte geahnt, daß ich ihn hier treffe?

Karl stößt mir seinen Ellenbogen in die Rippen und weist mit dem Kinn auf die Bühne. Die drei Jungs sind inzwischen tatsächlich dabei, sich zu *I'm Too Sexy* zu entkleiden. Ein trauriger Anblick. Einzig Ramon bewegt sich im Takt. Karl muß lachen, als der Chilene sich die mit seitlichen Klettverschlüssen zusammengehaltenen Hosen vom Leib reißt und wild durch die Luft wirbelt.

Schließlich stehen die drei schwer atmend in goldenen Tangas da. Verbeugung. Applaus. Licht an. Pause. Modern Talking.

Ich suche mit den Augen nach meinem Wurstverkäufer. Die Musik wechselt zu Gloria Gaynors *I Will Survive*. Mister Tengelmann betritt die leere Tanzfläche und läßt die Hüften kreisen. Das Hemd rutscht ihm von den Schultern. Anfeuernde Pfiffe aus dem Publikum. Ich halte den Atem an. Der Metzger tanzt weiter und wirft sein Hemd in die Menge. Es landet auf meinem Schoß. Ich erstarre. Die Zuschauer johlen.

„Gehört das zur Show?" fragt Karl. Als der Fleischer beginnt, seine Jeans aufzuknöpfen, rauscht Zizi de Versailles auf die Bühne, rammt ihm ihre Brüste ins Gesicht (sie ist zwei Köpfe größer als er) und schreit etwas, was wegen der lauten Musik nicht zu verstehen ist. Mister Tengelmann lacht. Zizi versucht – immer noch keifend – ihm die Hose wieder zu schließen und ihn gleichzeitig von der Tanzfläche zu schieben. Doch mein Metzger umklammert die weiße Riesin und zwingt sie in einen Foxtrott. Beim Tanzen rutschen seine Jeans; er zieht sie wieder hoch und läßt Zizi dabei los. Die nutzt die Gelegenheit, um ihn zu ohrfeigen. Dabei bricht sie sich einen Fingernagel ab und eilt aufjaulend davon. Zwei Kellner und der philippinische Barmann führen Mister Tengelmann von der Bühne. Das Licht erlischt, und die Show geht weiter. Ramon singt *My Way* – in einem Leder-Jockstrap. Wäre Frank Sinatra tot, er würde im Grabe rotieren wie ein Schlagbohrer*. Da legt sich eine Hand auf meine Schulter, und eine Stimme flüstert mir ins Ohr: „Kann ich mein Hemd zurück haben?"

Mister Tengelmann setzt sich neben mich.

Ich bin wie gelähmt, bis Karl zischt: „Sag was, Trottel, sonst geht er wieder! Mach deine Fleisch- und Wurstphantasien wahr!"

Ich räuspere mich und frage: „Warum hast du das eigentlich gemacht? Ich meine, einfach so loszustrippen und den Jungs die Show zu stehlen, das ist doch irgendwie ..."

„Sorry, aber ich fand die Typen so entsetzlich, daß ich einfach vorführen mußte, wie man's richtig macht."

„Aber du bist doch nicht Tänzer, sondern Wurstfachverkäufer."

„Ich habe viele Talente", haucht Mister Tengelmann und schaut mir so tief in die Augen, daß ich anfange zu schielen und keine Luft mehr bekomme.

Fünf innige Minuten später beschließen wir, auf den Rest der Show zu verzichten und zu ihm zu gehen. (Für meine heterosexuellen Leser: Ja, so fix sind die Schwulen! Toll, was?)

„Er wird bestimmt seinen Strip zu Ende bringen – nur für mich allein", flüstere ich Karl beim Verabschieden zu.

„Ich verkneife mir einen Witz über Salami", flüstert Karl zurück.

Der Metzger legt seinen Arm um mich. Als wir das Lokal verlassen, singt Zizi de Versailles gerade *Wunderbar.*

Ich muß wirklich öfter ins Mrs. Simpson gehen. Oder wie auch immer der Laden nächste Woche heißen mag.

---

* Inzwischen ist Old Blue Eyes ja leider tatsächlich unter der Erde – und rotiert wegen der unsäglichen Cover-Versionen seiner Songs, verbrochen von Rod Stewart (Nach zwei Takten seines *Great American Songbook* möchte man sich schon die Ohren abreißen. Und ihm den Kopf.) und Robbie Williams (Ja, Robbie, ich liebe dich, aber was du auf *Swing When You're Winning* machst, ist wirklich nicht besser als KARAOKE!!).

Die Feministin im Sexshop

„In dieser Gesellschaft ist es für eine starke, emanzipierte Frau nicht gerade einfach, einen Mann zu finden. Die einzigen Typen, die auf uns Powerfrauen fliegen, sind muttergeschädigte Neurotiker mit Titten-Fixierung und verheiratete, verwelkende Machos, die sich noch mal beweisen wollen, daß sie ihn hochkriegen. Danach kriechen sie wieder in Frauchens Bett, wo sie heimlich unter der Decke wichsen, während die Nachtcreme auf Frauchens Gesicht leise vor sich hin bröckelt."

Meine beste und älteste Freundin Lola ließ Dampf ab. Als wir zusammen zur Schule gingen, hieß sie noch Uschi, aber nach dem Abitur zog sie in eine Großstadt, studierte Soziologie, schnitt ihre Zöpfe ab, färbte die übriggebliebenen Stoppeln Doris-Day-blond und kaufte sich einen schwarzen Ledermini und pfundweise Modeschmuck. Mit dem Dirndl schmiß sie auch den alten Namen auf den Müll.

Wir saßen in Lolas kleiner Wohnung unter Postern von Madonna und Annie Lennox (ihren Idolen) und diskutierten bei Kaffee und filterlosen Gauloises (sie) bzw. Menthol-Zigaretten (ich) über die Männer. Insbesondere über den Mangel an solchen in Lolas Leben.

„Warum gibt es keine Klappen und Saunas für Heterofrauen? Die schnelle Nummer im Vorübergehen, das wär's doch. Anonym. Ich müßte das ganze Gockel-Gehabe nicht über mich ergehen lassen, nur der Schwanz würde mich interessieren", schimpfte Lola, die seit Monaten keinen Mann mehr hatte. „Ich hab es satt, jedesmal, wenn ich geil bin, auf die Waschmaschine zu steigen – im Schleudergang –, oder im Bus um einen Platz direkt über den Hinterrädern zu kämpfen."

„Was für umständliche Praktiken, liebe Lola!"

„Weißt du was besseres?"

„Na ja, wenn du in deinen erotisch aufgeladenen Momenten nur an einem Schwanz interessiert bist, dann kauf dir doch einen."

„Einen Callboy?"

„Nein, Dummerchen, einen Schwanz. Aus Gummi. Garantiert ohne Neurosen und Mackergehabe. Stets zu Diensten, schlafft nie ab."

„Baby, versuchst du mich zum Kauf eines Dildos zu überreden?"

„Genau. Besorg dir einen Vibrator. Ist doch viel praktischer als Waschmaschine oder Bus."

Einen Tag später: Lola und ich stehen vor dem Schaufenster eines großen Sex-Shops mitten in der Fußgängerzone. „Unglaublich frauenfeindlich, diese Bilder", bemerkt Lola nachdenklich und zertritt ihre Kippe mit dem Absatz eines schwarzen Schnürstiefels. Schweinchenrosa Frauen spritzen sich Champagner zwischen die Brüste und lutschen an Bananen.

„Seit den fünfziger Jahren die gleiche abgenudelte Phallussymbolik. Ich kann's nicht mehr sehen." Lola seufzt und schüttelt mitleidig den Kopf. Eine Ecke des Fensters ist mit schwulen Magazinen und allerlei Leder-Schnickschnack dekoriert.

„Warum sehen die Typen in schwulen Pornos immer viel besser aus als in heterosexuellen?" grübelt Lola. Ich nehme sie beim Ellenbogen und wir treten ein.

Ehrlich gesagt, ich hatte ein schummeriges Halbdunkel erwartet, in dem Männer mit Trenchcoats und Schlapphüten sich schuldbewußt an schmuddeligen Regalen vorbeidrücken. Tatsächlich sieht der Laden eher aus wie ein Supermarkt: hell, freundlich und unglaublich bunt. Von den Titelbildern der Hochglanz-Magazine leuchten uns erotische Szenen in poppigen Farben entgegen. Auf den Hüllen der Videokassetten lächeln männliche und weibliche Barbie-Puppen mit leeren Gesichtern und riesigen Geschlechtsmerkmalen: „Kauf mich!"

Im Hintergrund läuft dezente Musik, die sich anhört, als würden die Les Humphries Singers „Somewhere over the Rainbow" zum besten geben. Lola entdeckt in einer Ecke Super-8-Filme. „Ich dachte, die wären ausgestorben!"

„Aber nein, es gibt immer noch Männer über 40, die nur zum Schnurren eines Projektors den Höhepunkt erreichen können. Das ist der Pawlow-Effekt der Pornographie", erkläre ich.

Lola begutachtet aufblasbare Puppen – „fünf Öffnungen, Echthaar" – die mit staunenden, runden Mündern und auf ewig gespreizten Beinen an der Wand hängen.

„Wie in einem surrealistischen Schlachthaus für Kannibalen", findet Lola und wendet sich den Regalen mit Reizwäsche zu: „Baby, guck mal – ein Kunstlederslip mit Stacheln innen und außen!"

Während sie in Jockstraps und BHs ohne Körbchen wühlt, sehe ich mir die Kunden an: Ein Pärchen um die 30 – er ziemlich erregt, sie leicht angeekelt – flüstert hektisch miteinander. Ich verstehe nur Wortfetzen: „Das mache ich nicht mit … unnatürlich …“ – „… total viel Spaß, Marion hat auch immer …“ – „Komm mir nicht mit der!“

In einer Ecke mit schwulen Sexheften und Videos blättern drei kichernde Jünglinge in engen, gerippten Unterhemden durch Hardcoremagazine: „Mensch, guck mal, das geht doch gar nicht!“ – „Klar geht das!“ – „Wieso, hast du schon mal?“ – „Nöö!“

Ein großer Blonder im Karohemd lächelt mich an: „Kann ich Ihnen helfen?“

Im ersten Moment weiß ich ihn nicht einzuordnen, dann wird mir klar, daß er ein Verkäufer sein muß. „Äh … ja, meine Freundin sucht ein … äh …“

Lola eilt mir zu Hilfe. „Ich suche einen Dildo“, erklärt sie mutig und wird nur ein ganz klein wenig rot.

„Ah ja, da haben wir eine schöne Auswahl. Wenn Sie einmal schauen möchten?“

Wir folgen dem Blonden, dessen wohlgeformter Hintern Lola und mir ein anerkennendes Nicken entlockt, zu einem Regal voller künstlicher Schwänze.

„Was hatten Sie sich denn vorgestellt? Wir hätten hier den Penis von Jeff Stryker, mit viel Sorgfalt dem Original nachgebildet. Dazu gibt es einen Hodensack mit beweglichen Eiern. Wenn Sie mal hinfassen möchten?“ Lächelnd hält er Lola den riesigen, rosigen Dildo hin.

„Mein Gott, der sieht aus wie gerade abgeschnitten! Wo ist das Blut? Ich kann das unmöglich anfassen!“ Lola ist entsetzt.

Der Blonde grinst und fragt mich: „Möchten Sie mal?“

Ich wage den Griff an Jeff Strykers Eier. Sie bewegen sich wirklich in ihrem kühlen Gummisäckchen! „Ich glaube, meine Freundin möchte lieber etwas Abstrakteres“, erkläre ich dem geduldigen Penisfachverkäufer.

Er zeigt Lola Vibratoren, die aussehen wie kleine High-Tech-Raketen in chrom, gold, rosa, gelb oder mint. Während er ihr erklärt, wie man die Batterien lädt, wird er von einer Dame im Chanelkostüm unterbrochen: „Verzeihen Sie, ich hab’s eilig. Junger Mann, könnten Sie das schnell abkassieren?“ fragt sie und greift entschlossen nach einem Chromvibrator.

Der Blonde entschuldigt sich bei Lola und geleitet die Dame, die sich mit einem Klimpern ihrer Armbänder die Paloma-Picasso-Brille zurechtrückt, zur Kasse. „Machen Sie den Preis ab und geben Sie mir bitte Batterien dazu. Ich brauche keine Tüte, ich nehme ihn gleich in meine Handtasche. Kann ich mit Kreditkarte zahlen?"

„Selbstverständlich, gnädige Frau." Bilde ich mir das ein, oder zwinkert mir der Verkäufer zu? „Viel Spaß damit!" wünscht er der Kundin, als sie den Laden verläßt.

Sie dreht sich in der Tür um und grinst: „Den werd ich haben, Kleiner, ganz bestimmt."

Der Verkäufer kommt wieder zu uns. Seine Hüfte streift kurz die meine, als er Lola fragt: „Haben Sie sich entschieden?"

„Am liebsten hätte ich einen in lila, der Symbolfarbe der Feministinnen. Denn mit diesem Instrument mache ich mich sexuell von den Männern unabhängig, verstehen Sie?"

Ich trete Lola auf den Fuß und zische: „Blamier uns nicht mit deinem Hobby-Feminismus!"

Sie wirft mir einen giftigen Blick zu und strahlt dann den Verkäufer an: „Wenn Sie lila nicht haben, nehme ich mint. Das paßt zu den Kacheln in meinem Badezimmer."

„Willst du nur im Bad masturbieren?" zische ich.

„Halt die Klappe!" zischt Lola zurück.

„Eine gute Wahl. Mit mint liegen Sie immer richtig", gratuliert der Verkäufer.

„Es ist auch so eine unverfängliche Farbe. Wenn deine Mutter mal zu Besuch kommt und den Dildo entdeckt, hält sie ihn bestimmt für ein Zubehörteil deiner Moulinette", grinse ich.

An der Kasse fragt mich der Verkäufer, ob ich nicht auch etwas kaufen wolle: „Gerade ein Vibrator ist so nützlich, wenn man sich einsam fühlt." Hat er wieder gezwinkert?

„Wie ist das mit der Garantie?" fragt Lola. „Gibt es einen Kundendienst, den ich in Anspruch nehmen kann, wenn das Gerät kaputtgeht?"

„Selbstverständlich haben wir einen Kundenservice. Tag und Nacht." Jetzt hat er ganz bestimmt geblinzelt. „Ich gebe Ihnen meine Karte." Mit einem tiefen Blick aus seinen babyblauen Augen drückt er mir eine Visitenkarte in die Hand. Lola bekommt auch eine.

Vor dem Laden vergleichen wir die Karten. Auf Lolas stehen Adresse und Telefonnummer des Sexshops, auf meiner Name und Nummer des Verkäufers. Lola beklagt sich: „Warum passiert mir so was nicht! Ich will auch von fremden Männern Telefonnummern zugesteckt bekommen! Weißt du, was meine Tragödie ist, Baby? Ich glaube, ich bin ein Homosexueller, der im Körper einer Frau geboren wurde!"

Am nächsten Tag rufe ich bei Lola an, um zu hören, wie ihr das erste Mal mit dem Dildo gefallen hat.

„Es war phantastisch, Baby. Allerdings machte ich den Fehler, dabei in den Spiegel zu sehen. Dieses mintfarbene Ding in mir drin – es sah so komisch aus, daß ich laut lachen mußte. Das verstärkte irgendwie die Vibrationen, ich erschreckte mich, mußte husten und bekam Schluckauf. Dann, von Zwerchfell und Vibrator durchgeschüttelt, stolperte ich in einen ungeheuren Orgasmus. Die Erde hat gebebt, Baby. Und was hast du gestern abend gemacht?"

Ich sagte, ich hätte im Fernsehen *Die Hexen von Eastwick* angesehen. Lola muß nicht alles wissen. Wenn ich ihr erzählt hätte, daß ich den blonden Verkäufer angerufen und eingeladen habe, hätte ich bestimmt ihre euphorische Stimmung zerstört. Er hat übrigens noch jemanden mitgebracht. Teilweise jedenfalls. Wen? Na, Jeff Stryker natürlich.

Die verwunschene Baseballkappe

Es gibt Menschen, die Baseballkappen tragen können: Baseballprofis, Tankwarte in Idaho und Kinder. Alle anderen sehen mit der lustigen Schirmmütze aus, als sei ihr Gehirn darunter nicht größer als das eines Wellensittichs mit Alzheimer. Hat man je Einstein mit Basecap auf der weißen Mähne gesehen? Thomas Mann? Gräfin Dönhoff? Reich-Ranicki? Dieter Bohlen? Grips und Basecap schließen sich aus.

Trotzdem kommt mein alter Freund Karl zu unserem samstagsnachmittäglichen Sherry-und-Käsekuchen-Date mit einem roten Schirmmützchen. Ich erstarre an der Tür: „Mein Gott, wer hat dir das angetan?"

Karl reagiert unschuldig, als sei er mit Basecap geboren und hätte nicht jahrelang auf die Bemützten geschimpft, die stolz Kappen tragen mit Aufdrucken wie *Calvin Klein* (*„How very eighties!"*), *Boy* („Wenn das schon drauf geschrieben werden muss ..."), *Hansi Hinterseer in Concert* („Ist er das selbst? Das trägt doch außer Hansi persönlich keiner ernsthaft, oder?"), *Zwickau glückauf!* („Na, ich drück die Daumen!").

„Karl", sage ich nachdrücklich in dem Tonfall, in dem Joséphine Napoleon erklärte, dass er unter dem Dreispitz aussieht wie Grumpy von den Sieben Zwergen, „nimm das Ding ab."

Ich rolle mit den Augen und lasse ihn in die Wohnung. Er zieht Jacke und Schuhe aus und lässt sich zwischen die *Vogue* und die *Bravo Girl* auf mein Sofa plumpsen. Die rote Kappe bleibt wie festgewachsen auf seinem Kopf. „Darling, wo bleiben deine Manieren?" moniere ich. „Keine Kopfbedeckungen in geschlossenen Räumen steht im Einmaleins des guten Tons. Gilt immer, außer für Damen in Gotteshäusern. Du bist zwar ersteres, aber sieht das hier aus wie in der Kirche?"

Karl blickt auf mein sehr ausdrucksstarkes Lukas-Ridgestone-Poster und die Ken-Puppe, die ich auf dem Sideboard in einer sodomitischen Situation mit meiner Billy-Doll arrangiert habe: „Höchstens wie im Tempel der Lüste." Langsam nimmt er errötend das Basecap ab und dreht es in den Händen. Dabei schaut er mich an wie Marie-Antoinette den Scharfrichter: „Siehst du es?"

„Was soll ich sehen?"
„Mein Haar!"
„Ja, das sehe ich. Nachdem du die Idiotenkappe abgenommen hast."
„Und?"
Ich schenke mir stöhnend ein Glas Sherry ein und setze mich neben Karl. Dann inspiziere ich seine Frisur. „Mir fällt nichts auf."
„Bist du blind? Ich habe eine kahle Stelle! Ich könnte in *Der Name der Rose* mitspielen."
„Aber Karl, das ist doch nur ein winziges Fleckchen."
Karl nimmt mein Sherry-Glas, leert es in einem Zug, knallt es auf den Tisch, zündet sich eine Menthol-Zigarette an, fixiert mit mich mit verengten Augen und skandiert: „Das! Ist! Der! Anfang! Vom! Ende!" Er sinkt langsam nach hinten in die Couch, Mentholrauch hauchend wie ein sterbender Drache.
Mir wird alles klar: Seine Baseball-Mütze ist Camouflage, wie bei so vielen Männern ab einem gewissen Alter. Auch ein Grund, warum ich die Dinger verabscheue: all die Berufsjugendlichen Mitte 40, die Baseballbehütet durch die Homodiscos springen und sich beim Aufstehen vom Barhocker den Ischias halten müssen. Ein erbärmliches Bild – besonders, wenn die Kappe mit dem Schirm nach hinten getragen wird. Das Basecap dient als eine Art Push-Up-BH obenrum, mit dem gleichen Enttäuschungs-Effekt: Beim Ausziehen steckt nichts drunter. Ich persönlich finde es völlig okay, wenn ein Mann wenig oder kein Haar hat – und dazu steht. Captain Eierkopf Picard von der *Enterprise* ist eine meiner anspruchsvolleren Masturbationsfantasien.
Doch Karl ist nicht zu trösten. Seine paar Quadratzentimeter sichtbare Kopfhaut haben ihn in die finsterste Midlifekrisen-Hölle gestürzt.
„Aber muss es denn unbedingt eine Baseballmütze sein?" frage ich. „Das sieht so doof und behelfsverjüngt aus."
„Soll ich mir vielleicht die Haare drüber kämmen, wie Herr Schmidt von der Versicherung?"
„Du könntest eine andere Art Kopfbedeckung nehmen, eine Yarmulke fände ich schick ..."
„Nur weil dein Streisand-Fetischismus dich in den Wahnsinn getrieben hat!"
„... oder so ein Häkelmützchen wie Ben ..."
„Oh Gott, damit sieht selbst so ein leckeres Pop-Bürschchen wie der beknackt aus! Was hast du bloß gegen Baseball-Kappen? Gut, man sieht

blöd aus, aber irgendwie doch auch geil, oder? Ben Affleck mit Basecap? Vin Diesel? Hm? Travis Fimmel*?"

„Naja, das Element des Sportlichen, das kann schon etwas Erotisches haben. Traditionell ist das Basecap ein Kleidungsstück für Männer, Frauen spielen kaum Baseball. Also transportiert es einen maskulinen Fetisch-Aspekt. Und wie das T-Shirt, ist das Basecap ein basisdemokratisches Kleidungsstück, eine Art Gleichmacher. Der Träger wird anonymisiert, auch durch den Schatten des Schirms im Gesicht. Er wird zum Objekt, er wird quasi erhältlich ..."

„Baby, aufhören, aufhören! Du hast einen schweren Anfall von Willemsenismus!" schreit Karl und schleudert mir die *Bravo Girl* entgegen. „Schnell, lies den Fotoroman, das ist das beste Gegenmittel!"

„Wir können ja einen Feldversuch machen zum Thema *Basecaps: geil oder gaga*", schlage ich vor. „Ich setze dein Käppi auf, und wir gehen auf die Piste. Wenn mich mehr fremde Herren als sonst ansprechen, ist die erotische Attraktivität der Mütze bewiesen."

„Mehr als sonst? Das geht doch gar nicht, du Schlampe."

„Schmeichler. Also gut: Ich gehe mit Mütze, du ohne, und wir werden sehen, wer von uns beiden den Flirt-Pokal abräumt."

Karl wedelt abgenervt mit beiden Händen neben seinem Kopf und lamentiert: „Eine deiner Schwachsinns-Ideen, aber *bitte* sehr. Und natürlich komplett unfair, weil das eigentlich *mein* Basecap ist, und ich hab da schließlich diese *Tonsur*, und mit der soll ich jetzt unter Menschen, während du ..."

Ich setze Karls Basecap auf, ziehe es ins Gesicht und drücke den Schirm eng zusammen. Mein Spiegelbild im Rahmen meiner *Diana-Ross-by-Andy-Warhol*-Siebdruck-Kopie wirkt irgendwie jünger und attraktiver, stelle ich überrascht fest. Karl starrt mich mit großen Augen an: „Baby, du bist ja ganz verändert! Du siehst so richtig – blöd aus. Das wird ein kurzer Abend, mit dem Look kommst du nirgendwo rein!"

Natürlich sind wir doch in die *Tender Bar* gekommen und sitzen jetzt am Tresen. Das heißt, ich sitze, Karl bleibt mit hochgerecktem Kopf stehen, damit ihm keiner auf die Kopfhaut gucken kann. Ich mustere mich im

---

* Das Model, das nackt für Calvin Kleins Duft *Crave* posierte, heißt wirklich Fimmel. In meinem Freundeskreis hat sein Nachname aber – Überraschung! – einen anderen Anfangsbuchstaben.

Spiegel hinter der Bar: „Dieses rote Cap hat ja auch etwas Phallisches. Als wäre ich ein Pimmel und die Mütze …"

„Oh, bitte!" unterbricht Karl stöhnend. „Und der momentane Kapuzenshirt-Trend stammt von einem Rudel Vorhaut-fetischistischer Modezaren."

„Ach, etwa nicht?" zirpe ich und beginne, mein Sarah-Jessica-Parker-Gedeck zu konsumieren (*Cosmopolitan* und Zigarette).

Mein Blick bleibt am Barkeeper hängen, genauer gesagt an dessen Bauchmuskeln, die sich durch sein dünnes T-Shirt abzeichnen. „Noch einen?" raunen mir seine vollen Lippen zu, als er unaufgefordert einen zweiten Cosmo über die Theke schiebt. „Nette Kappe hast du auf. Interessierst du dich für Baseball?"

Ich falle fast vom Barhocker. Nie im Leben wäre ich darauf gekommen, dass jemand die Baseballkappe tatsächlich mit dem Baseball-Sport in Verbindung bringt. Ich weiß nichts über Baseball, außer dass das Spiel Regeln hat, die niemand ohne US-Gene je verstehen wird. Panisch werfe ich Karl hilfesuchende Blicke zu. Er lächelt hämisch und spaziert in Richtung Toiletten.

Ich hole tief Luft: „Na … natürlich … ähem … interessiere ich mich dafür. All die, äh… Basen? Und die, äh … äh … Mannschaften …"

„Auf welche Mannschaft stehst du?"

„Welche Mannschaft?" Das hat keinen Sinn, ich gebe auf: „Ehrlich gesagt, ich hab keine Ahnung von Baseball. Aber du kannst mir ja alles darüber beibringen." Während ich weiter auf deine Lippen und dein Waschbrett und deine wirklich, wirklich enorm breiten Schultern starre und mich nicht jugendfreien Tagträumen hingebe.

„Baseball gab es bereits im alten Ägypten. Circa 3000 vor Christus spielten sie dort schon mit Bällen und keulenförmigen Schlägern", erzählt der Barkeeper.

„Keulen und Bälle. Ist ja sehr interessant." Ich muss schlucken. „Und Basecaps haben sie sich aus Papyrus gefaltet, hihihihi, oder?" Das ist das Niveau meiner geistreichen Repliken nach zwei schnell gekippten Cosmopolitans*. Den Barkeeper scheint's nicht zu stören.

„Aber erst 1842 wurde der erste Baseballverein gegründet, die *New York Knickerbockers*. Ab 1869 gab es auch Profimannschaften. Die erste waren die *Cincinatti Red Stockings*."

---

* Ich hätte bei Sherry bleiben sollen.

„Ein modisches Häufchen, Knickerbocker und rote Strümpfe! Dann kamen bestimmt bald die *New Orleans Federboas*, oder?"

Der Barkeeper sieht mich todernst an. Ich fürchte, Baseball ist für ihn, was für mich Barbra Streisand ist: Religion.

„Die erste Profiliga der Welt, die *National League*, entstand 1876, und Baseball entwickelte sich zum Nationalsport der USA."

„Natürlich neben den ebenfalls nationalen Disziplinen Burger-Braten, Brüste-Vergrößern und Zigaretteninquisition. Kann ich noch einen Cosmo haben, bitte?"

Sobald er sich umdreht, um den Drink zu mixen, sause ich von dannen. Meine Güte, er war erst bei 1876, und mir sind schon mindestens eine halbe Million Gehirnzellen vor Langeweile abgestorben. Bis er bei Joe Di Maggio ankäme, dem einzigen Baseballspieler, dessen Namen ich kenne (er war mit Marilyn Monroe verheiratet), läge meine verwesende Leiche auf dem Tresen.

Auf dem Weg zur Tanzfläche treffe ich Karl wieder, der auf Zehenspitzen balancierend an der Wand lehnt. „Na, das Cap scheint ja zu funktionieren, sogar beim Personal. Wie ich gesagt habe", meint er schwankend.

„Das ist ein Baseballfan, Karlchen."

„Oje, vergiss ihn. Wer die Regeln versteht, hat 100 Prozent seiner Gehirnkapazität blockiert. Da gibt's nur noch das eine Thema. Sogar beim Sex rufen solche Typen *Base* und *Strike*! Aua, meine Zehen! Ich komm mir vor wie Margot Fonteyn in *Schwanensee*."

„Karl, hör doch auf mit dem Spitzentanz, bei dem Licht hier sieht kein Mensch dein kleines Handicap! Du, ich hab übrigens gerade was gelernt: Die Baseballkappe muss eines der ältesten Accessoires der Welt sein. Seit Mitte des vorletzten Jahrhunderts gibt's die schon!"

Karl bläst einen Schwall Mentholrauch in Richtung Decke und lächelt mich süßlich an: „Von wegen, Basecaps passen nicht zu dir, Schätzchen."

Ich trete ihm auf die Zehen (beide Füße) und ziehe weiter in Richtung Tanzfläche. Beim Hopsen zu dem üblichen Technobrei, der in Herren-Discotheken so unverzichtbar ist wie die chemische Kriegsführung der Anwesenden durch großzügig verwendete Duftsubstanzen, konzentriere ich mich darauf, das Cap nicht durch übertriebene Tanzbewegungen vom Kopf zu schleudern und wirke dabei wie ein Teilnehmer der Geriatrie-Bewegungstherapie. Ein recht niedlicher junger Mann, optisch eine Art Eminem mit Kinderstube, lächelt versonnen in meine Richtung.

Entweder amüsiert er sich über meinen Balanceakt, oder ... Aber da kommt er schon auf mich zugetanzt und fällt in den Takt meines Greisen-Grooves ein, immer noch grinsend.

„Ich mag dein Cap!“ schreit er mir über die Bässe hinweg zu. „Willst du was trinken?“

Langsam glaube ich, dass Karls Basecap verwunschen ist und seinem Träger magische Attraktivität verleiht!

Wir setzen uns an die Bar. Der Baseball-Fan ignoriert mich natürlich, aber einer seiner Barkeeper-Kollegen erbarmt sich und bringt Cosmos. Mein neuer Bekannter, offenbar schon leicht angetrunken oder unter Einfluss anderer Substanzen, streichelt mir enthemmt über den bemützten Kopf: „Warum nimmst du die Kappe nicht mal ab?“

Nichts lieber als das, denke ich, schließlich möchte ich um meiner selbst und nicht wegen eines der ältesten Accessoires der Welt begehrt werden. Doch als ich mich entblöße, spiegelt sich in den Augen meines Gegenübers dramatische Enttäuschung.

„Du hast ja Haare!“ stöhnt er.

Wäre das Leben ein Zeichentrickfilm, erschienen in meinen Pupillen jetzt Fragezeichen.

„Ich stehe total auf kahle Typen“, erklärt er. „Das Gefühl straff über die Schädeldecke gespannter, nackter Kopfhaut, das ist mit nichts zu vergleichen. Ich dachte, du hast diese Kappe auf, um eine Halbglatze zu kaschieren, aber bei dir lichtet sich ja gar nichts. Nimm's nicht persönlich, aber darauf kann ich nicht.“

Die Fragezeichen in meinen Augen pulsieren in wechselnden Farben, während der Kopfhaut-Conoisseur mich sitzen lässt und zwischen den Tänzern verschwindet.

Aus der anderen Richtung humpelt Karl auf mich zu und fällt schwer auf den gerade frei gewordenen Barhocker. „Unser kleiner Feldversuch gibt mir Recht, Baby. Du hast schon zwei Verehrer, und bei mir tut sich gar nichts. Ergo: Baseballcaps erhöhen die Attraktivität. Tse, tse, da spricht ausgerechnet dich ein Kerl an, der aussieht wie Eminem. Wo du von Rap doch Migräne bekommst. Ich dagegen kann alles von sexy Em mitrappen: *I'm sorry Mama, yo, yo, I'm cleaning out my closet ...*“

Ich halte ihm mit beiden Händen den Mund zu. Karls Rap ist etwa so gut wie Helmut Kohls Breakdance.

„Mhmmmmnicht gleich so brutal, Baby“, beschwert sich Karl. „Erst stampfst du meine zierlichen Füßchen zu Brei und jetzt dieser Erstickungsversuch! Mäßige dich, und sag mir lieber, wo der niedliche Em-Clone abgeblieben ist."

„Och, den hab ich abblitzen lassen. Nicht mein Typ", lüge ich, während ich aus dem Augenwinkel beobachte, wie er aufhört zu tanzen und wieder auf die Bar zusteuert. Einer plötzlichen Eingebung folgend, befördere ich das Basecap von meinem Schoß auf Karls Kopf: „Jetzt bist du dran! Sei begehrenswert mit deiner magischen Mütze!"

Karlchen zieht die Kappe straff, die Schultern hoch und macht einen Marilyn-Kussmund mit Wimpernklimpern.

Während Eminem Zwei sich einen Drink bestellt, kann er kaum den Blick von Karl lösen – besser gesagt: von dem roten Basecap, das jetzt das Haupt meines alten Freundes krönt. Mein Plan scheint zu funktionieren.

„Baby", flüstert Karl, „der starrt mich an! Das ist ja geradezu unheimlich mit dieser Kappe! Meinst du, ich habe Chancen bei dem Kleinen?"

Ich streichle ihm freundschaftlich über den Kopf. Durch die Baumwolle des Basecaps spüre ich seine kahle Stelle unter meinen Fingern.

„Da bin ich mir ganz, ganz sicher", flöte ich in Karls Ohr. „Wir haben doch gerade empirisch bewiesen: Basecaps machen unwiderstehlich!"

Vorerst für immer

Erstes Telefonat

- Guten Nachmittag. Joan-Collins-Center für Kunsthaar-Pflege, wie können wir Ihnen helfen?
- Baby, kannst du dich nicht melden wie normale Menschen? Ich bin's, Wayne.
- Interessieren Sie sich für eine Zweitfrisur? Oder unten rum was zum Einflechten?
- Schluß mit dem Unsinn! Hör zu, Baby: Ich hab mich verliebt!
- Kopf hoch, das geht vorbei.
- Diesmal ist es ernst, das fühle ich tief drinnen.
- Ihr hattet also schon Verkehr?
- Was?
- Na, weil du es noch spürst, tief drinnen. (HYSTERISCHES PRUSTEN)
- Ordinär steht Ihnen nicht, Herr Neumann. Ich will hier meinem alten Freund das Herz ausschütten und der …
- Okayokayokay, erzähl, ich höre. (FEUERZEUGKLICKEN, INHALIEREN, EXHALIEREN)
- Also, gestern war ich schwimmen, und da passierte es: Er saß am Beckenrand und sah mich an, als ich gerade zum Kopfsprung ansetzte – grüngraues Augenleuchten unter nassem, schwarzem Haar. Ich verlor die Balance und fiel mehr ins Wasser, als ich sprang. Dann tauchte ich japsend wieder auf und – das ist jetzt ein wenig peinlich: er lächelte mich immer noch an, es ging mir durch Mark und Bein.
- Und durch die Schwellkörper, nehme ich an.
- Das war das Problem. Als ich mich aus dem Becken stemmen wollte, blieb ich mit meiner Erektion in der Überlaufrinne am Rand hängen. Und statt eines coolen Spruches grüßte ich die gottgleiche Gestalt mit den wenig eleganten Worten: „Aaaargh, ich glaub, mein Schwanz reißt ab!“

- Viel origineller als „Hast du mal Feuer?“ oder „Bist du öfter hier?“ Das muß dir der Neid lassen.
- Na ja, er meinte jedenfalls, das wäre doch schade, den könne man sicher noch für das eine oder andere verwenden, und hat sich mit mir auf'n Kaffee verabredet.
- Bloß auf'n Kaffee? Ich denke, er will dein Ding verwenden? Zum Umrühren oder was?
- Baby, das Date ist in einer halben Stunde, und der Mann ist das Tollste, was ich je erlebt habe. Ich will mit ihm eine Farm in Neuseeland bewirtschaften, seine Kinder gebären und nie im Leben wieder einen anderen Menschen sehen. Wenn ich nur an seine kleine feste Taille denke, wird mir ganz multipel. Ich will an seinen Nackenhaaren kauen, seine Lider küssen, seinen Atem riechen, seine Kniekehlen lekken, ich will …
- Mach so weiter, und ich muß dir 1 Euro 24 pro Minute berechnen und meiner Telefonnummer 0190 voranstellen.
- Soll ich wirklich zu ihm gehen, Baby? Mein Leben wird sich komplett verändern, wenn das hier so ernst ist, wie es sich anfühlt.
- Dann wird er eine anständige Frau aus dir machen, und du wirst samstags nicht mehr in Tand und Flitter durch die Homoszene ziehen, sondern händchenhaltend mit ihm vor dem Fernseher liegen. Ich weiß, was du meinst: nur der Tod ist beängstigender. Und genauso unvermeidlich. Also geh hin.
- Gut, ich trau mich.
- Mit der Trauung würde ich noch ein wenig warten. Trink jetzt erst mal mit ihm Kaffee und paß auf, daß dein Anhängsel nirgendwo hängen bleibt.
- Wahrscheinlich bleibt mehr von mir bei ihm hängen als nur das. Ich ruf dich wieder an.

Zweites Telefonat

- Guten Abend. St.-Stryker-Heim für Pornostars über vierzig. Jahre, nicht Zentimeter. Was kann ich für Sie tun?
- Petit cherie, ich bin's, Jean.
- Jean? Kenn ich nicht.

– Ach, hab ich dir ja noch gar nicht erzählt, Baby: Ich heiß jetzt Jean, Hans war mir trop langweilig, und weißt du, was Hans auf französisch heißt?
– (LANGER, GEDULDIGER SEUFZER) Jean.
– Genau! Toll, was?
– (NOCH LÄNGERER, NOCH GEDULDIGERER SEUFZER) Ganz, gaaanz toll, Hänschen.
– Böses Baby, du sollst mich nicht Hänschen nennen! Ich bin très aufgekratzt, mon bijoux, weil ich gerade Super-Sex hatte.
– Französisch, nehme ich an.
– Alles! Französisch, griechisch, österreichisch …
– Das ist bestimmt besonders versaut.
– Hat was mit Schlagobers zu tun, aber Spaß beiseite, der Typ war eine Kanone. Spießiger Literaturstudent, aber sehr appetitlich gebaut, mit leckerem Derrière und großzügiger Portion da, wo es besonders schmeckt. Zuerst dachte ich, das wird nie was, als er mich im Schwimmbad stundenlang anstarrte wie hypnotisiert. Aber dann verhakte er, frag mich bitte nicht wie, seinen Ständer in der Beckenrandrinne. Zum Schreien! Er schrie jedenfalls ziemlich heftig. Ich interpretierte das einfach mal sehr frei als Begrüßung und lud ihn auf'n Blowjob in die Toilette ein. Er wollte aber lieber später Kaffee mit mir trinken – ich sag ja, leicht verklemmt. Egal, heute kam der kleine Spießer zu mir zum Kaffee, und ich kann dir sagen, die Tassen wurden nicht mal halb ausgetrunken, obwohl ich auf Frau Sommer gehört und die Krönung gekauft hatte. Das Verwöhnaroma waberte durch die Küche, aber verwöhnt wurde im Schlafzimmer, und das Aroma steigt noch immer von meinen Lenden auf!
– Danke, das reicht.
– Warte mal, es klingelt an der Tür. Un moment. (NICHT VERSTÄNDLICHES GENUSCHEL) Für mich! Fleurs von *Fleurop*! Rosen, langstielig! Und auf der Karte steht: Schönster Nachmittag aller Zeiten … blabla … deine grüngrauen Augen … blabla … bald wiedersehen … In Liebe, Wayne. Mon Dieu!! Er hat sich in mich verknallt. Aber ich bin zu jung für feste Bindungen. Und zu attraktiv! Ich ruf dich wieder an, Baby, à bientôt. (VERBINDUNG WIRD UNTERBROCHEN)
– (STÖHNEN) Au weia, Wayne und Hänschen, wenn das mal gut geht!

Drittes Telefonat

– Privatsekretariat von Barbra Streisand, Schalom!
– Ach, Baby, ich sterbe, er betrügt mich!
– Wer spricht da? Yvonne Wussow? Hillary Clinton?
– Laß den Quatsch. Ich bin's: Wayne. John betrügt mich.
– Wer ist John? Ich dachte, du bist mit Hans bzw. Jean zusammen?
– Ja, aber er nennt sich jetzt John, weil er Hans langweilig findet, und auf englisch ...
– (SEUFZER) ... heißt Hans John.
– Gestern wollte er die Wohnungstür aufschließen, und als er den Schlüssel aus seiner Hosentasche angelte, fielen vier Kondome mit raus. Und eine Gleitcremetube. Eine Poppers-Flasche. Und ein Cockring Marke *Hunnengurt*. Frag nicht! Cargo Pants! Ich stellte ihn zur Rede, und er gestand alles: Er treibt es mit einem kanadischen Dressman unter zwanzig, der offenbar als Doppelgänger von Josh Hartnett durchgehen würde, aber dazu Thomas Ruppraths Körper aufweist. Ich bin schockiert. Treue ist doch das Schönste, was sich zwei Liebende schenken können.
– Iiijaha. (UNTERDRÜCKTE WÜRG-GERÄUSCHE)
– Baby, was soll ich bloß tun?
– Schätzchen, ich kenne Hansjeanjohn schon ein paar Jahre länger als du, und er war immer ein sehr sexuelles Wesen. Als ich ihn kennen lernte, führte er Buch über seine Eroberungen – für diese Liste mußten ganze Regenwälder sterben.
– Sehr tröstlich! (WIMMERN)
– Hansjeanjohn sagt immer, er versteht das Prinzip sexueller Phantasien nicht. Er hat einfach keine. Weil er alles in der Wirklichkeit auslebt.
– (WIMMERN WIRD LAUTER)
– Schluß mit dem Geheule. Hier ist Dr. Neumanns Patentlösung: Du mußt ihn sexuell derart fordern, daß er gar nicht auf die Idee kommt, die kleine Geilheit zwischendurch aushäusig zu befriedigen.
– (VERRÄTERISCHE STILLE)
– Aha! Wann habt ihr zuletzt? Vor drei Wochen? Vier?
– (SEHR LEISE) Sieben. Oder so. Ich kann mich nicht genau erinnern. Ich hab doch so viel zu tun an der Uni, und dann bin ich abends völlig fertig, und John hat diesen kleinen Speckring um die Taille angesetzt, und seinen kahlrasierten Schädel mit Brauenpiercing find ich

auch nicht so doll. Er hatte so hübsches, langes, schwarzes Haar! Wie Schneewittchen!

- Schneewittchen, die geile Schlampe, das hat dich natürlich angemacht! (PRUSTEN) Dein Problem, Wayne, ist: Du schläfst nicht mit John, und mit einer geradezu perversen Selbstverständlichkeit erwartest du von ihm automatisch das Zölibat. Der Mann steht voll im Saft, Wayne, der braucht es, und wenn du es ihm nicht gibst, tut es eben ein anderer, und wenn's ein kanadisches Model ist, kann ich nur sagen: Gut für John!
- (HÖRER WIRD AUFGEKNALLT)
- So schätzt man also meinen sensiblen Rat. Ts ts ts …

Viertes Telefonat

- Arbeitsgruppe für mehr Toleranz gegenüber Heterosexuellen, guten Tag.
- Hi, Baby, it's Johnny. Ich bin depressed. Wayne liebt mich nicht mehr.
- Wie praktisch. Wenn ich mich recht erinnere, war er für dich doch nur eine geile Nummer aus dem Schwimmbad. Hast du nicht seine *Fleurop*-Rosen postwendend an deine Mutter weitergeschickt?
- Ja schon, aber jetzt ist alles anders. Er ist so süß mit seiner Brille und seiner Thomas-Mann-Gesamtausgabe und seinen Ivo-Pogorelich-CDs. Mein Herz schlägt seit Monaten only for him.
- Iiijaha. (UNTERDRÜCKTE WÜRG-GERÄUSCHE)
- Wayne ist jedenfalls the love of my life, mein Rhett Butler. And frankly, my dear, he doesn't give a damn. Kein Sex in Sicht.
- Tja, Scarlett, gibt es da vielleicht einen Ashley Wilkes?
- Well, yes, was soll ein Mädchen denn tun, wenn die Hormone Amok laufen? Blöderweise hat Wayne es rausbekommen, und jetzt ist alles noch schlimmer – er will erst recht nicht mehr. Was soll ich bloß tun?
- Schätzchen, ich kenne Wayne schon ein paar Jahre länger als du, und er war nie ein sehr sexuelles Wesen. Als ich ihn kennen lernte, arbeitete ich mich durch die Turner-Mannschaft der Sportfakultät und er sich durch sämtliche Bände von Proust. Aber wenn er verknallt ist …

– … geht er ab wie ein Flitzebogen, ich weiß, ich weiß. Darum vermisse ich es ja so.
– Muß man deshalb gleich Models aufreißen?
– (PRUSTEN) Ich sehe, du telefonierst auch mit Wayne. Kanadisches Model – nonsense! Das habe ich Wayne zwar erzählt, aber nur, um mich nicht zu blamieren. Meine schmutzige kleine Affäre ist ein übergewichtiger Postbote mit Akne-Narben, den ich eines Morgens an meinem Briefkasten traf und gleich mit raufnahm, weil er bei meinem Anblick anfing zu schielen und zu sabbern und ich endlich mal wieder richtig begehrt werden wollte. Der Mann ist so dankbar. It's heaven! Wayne dagegen mäkelt immer nur rum, ich hätte zugenommen, und mein Piercing würde ihm beim Küssen das Gesicht verschrammen. Der Briefträger betet meinen Körper an. Der kommt schon, wenn er meinen Ellenbogen lecken darf.
– Ellenbogenlecken? Ist das ein Erotiktrend, den ich verpaßt habe?
– Baby, das kribbelt!! (SCHWERES ATMEN) Aber Postbote hin, Ellenbogen her, ich will Wayne nicht verlieren.
– Dr. Neumanns Patentrezept: Mach dich nackig und stürz dich auf Wayne. Jeden Abend. Schick ihm einen Strauß *Fleurop*, schenk ihm einen Rilke-Band, du weißt doch, was er mag. Mach ihn so verliebt in dich, daß er wieder auf dich abfährt. Dann brauchst du auch keinen Briefträger.
– Aber der ist so geil …
– Hänschen, reiß dich zusammen. Wenn du Wayne für ein paar von einem fetten Postboten angesabberte Ellenbogen sausen läßt, gehörst du entmannt! Mindestens!
– (HÖRER WIRD AUFGEKNALLT)
– Ts ts ts, undankbares Pack. (FEUERZEUGKLICKEN, INHALIEREN, EXHALIEREN)

Fünftes Telefonat

– Grüß Gott. Kloster zur Heiligen Vorhaut Jesu Christi, Reliquienverwahrung.
– Baby, ich bin's, Wayne. Großartige Neuigkeiten: Hans und ich heiraten!

- Okay, ich fasse zusammen: Er will dich nur fürs Bett, du schläfst nicht mit ihm, er bumst anderweitig, du bist am Boden zerstört, er ist frustriert. Fazit: Ihr heiratet. Natürlich. Logisch. Überrascht mich nicht. Und er heißt jetzt wieder HANS? Das ist allerdings wirklich überraschend. Ich hatte die kantonesische oder hebräische Variation erwartet, oder wenigstens Juan.
- Meine Mutter ist Trauzeugin, wir werden beide weiß tragen.
- Deine Mutter und du?
- Blödmann, mein Bräutigam und ich. Wir haben uns wieder vertragen. Ein wenig Einfühlungsvermögen, ein bißchen Diplomatie und gaaanz viel Liebe, dann klappt das schon.
- Iijaha. (UNTERDRÜCKTE WÜRG-GERÄUSCHE)
- Abends gibt es einen Empfang im *Ritz*, festlich geschmückte Tafel mit Blumengirlanden, Sechs-Gänge-Menü, dann fliegen wir zum Honeymoon nach Venedig …
- Warum muß ich bloß die ganze Zeit an Ruth Leuwerick und Karlheinz Böhm denken? Warte mal eben, ich hab ein anderes Gespräch in der Leitung. Diese neumodische Anklopf-Funktion oder wie das heißt. Hallo. Hallo? Verdammte Technik! Hallohallo? Früher haben die Leute auch überlebt, mit Depeschen und Postkutschen, ach, was sag ich, mit Buschtrommeln! Wofür zum Teufel braucht man ein Handy? Hallo, wer ist da? Alles überflüssiger Schnickschnack! Hilfe, meine Zigarette! Huch! Huch! Aaah, mein Schritt brennt! Die gute *D&G*-Jeans! (GERÄUSCH EINER ZIGARETTE, DIE MIT EINEM GLAS SHERRY GELÖSCHT WIRD) Aaaahhhh. Besser. Aber ziemlich klebrig …
- Baby, halt die Klappe und hör zu! Hans hier, und ich hab ein größeres Problem als deine angekokelte Hose: Wayne will mich heiraten! So richtig kitschig und spießig, fehlt nur noch der Segen des Papstes. Das halt ich nicht aus.
- Aber du hast doch Ja gesagt?
- Er hat „Willst du mich heiraten“ gefragt, als wir gerade Sex hatten. Im Sinnestaumel verstand ich: „Willst du ihn rein haben?“
- Ah ja. (GERÄUSCH VON GENERVT GEN HIMMEL ROLLENDEN AUGEN)
- Hab natürlich Ja gesagt.
- Natürlich.
- Und zwei Tage später, ich denk an nichts Böses, legt er mir Entwürfe für die Einladungen zum Hochzeitsempfang vor und die Farbpa-

lette für den Blumenschmuck. Ich liebe Wayne, aber diesen nachgemachten Heteroscheiß will ich mir nicht antun. Homo-Ehe – bei dem Wort wird mir schon schlecht. Vom Staat sanktionierte „gute“ Schwule im Reihenhaus mit Einbauküche. Selbstgerecht, bieder und mit verächtlichem Blick auf die „bösen“ hedonistischen Schwulen ohne Trauschein. So will ich nie werden.

– Wart mal eben, Hans, ich hab noch ein anderes Gespräch in der Leitung. Welche verdammte Taste ... hallo ... Mist ... Wayne, bist du wieder da? Wayne?
– Ja, ich bin's, Wayne, wer denn sonst? Also paß auf, Baby: Zum ersten Hochzeitstag wünsche ich mir einen Hund, es sei denn, das Adoptionsgesetz kommt durch.
– Einen Hund? Auf keinen Fall, Wayne. Zwei Katzen vielleicht.
– Aber die pissen doch alles voll! Huch, Hans, bist du das? Hans?
– Wayne?
– Baby?
– Brad? Janet? Rocky? Dr. Scott? Ach je, ihr seid beide zugeschaltet. Ich hab irgendwelche Tasten auf dieser Höllenmaschine von Handy falsch gedrückt, und jetzt haben wir einen fernmündlichen Dreier.
– Ach, wie lustig. Hans, Schätzchen, du hast Baby bestimmt gerade erzählt, wie du dich auf unsere Hochzeit freust, oder? Oh, oh, Baby, da fällt mir ein: Du mußt unbedingt unsere Brautjungfer werden.
– Wayne, Schätzchen, ich habe Baby eben erzählt, daß ich Heiraten komplett scheiße finde.
– Das sagst du mir jetzt? Aber ich habe die Eis-Skulpturen für den Brautempfang schon bestellt! Und was soll ich meiner Mutter sagen ... (WIMMERN)
– Deine Mutter ist mir ganz egal und Eis-Skulpturen und Brautjungfern erst recht. Darum geht es doch gar nicht, sondern um uns beide. Wozu brauchen wir das ganze Getue drumherum?
– Aber Hans, die Welt soll sehen, daß wir uns lieben!
– Okay, dann laß uns bei *Karstadt* auf der Rolltreppe knutschen.
– Du liebst mich eben nicht. (WIMMERN)
– Ich liebe dich ... wenn du nicht gerade wimmerst.
– Ich liebe dich auch.
– Dann wäre das ja geklärt, ihr Turteltäubchen. Können wir diese absurde Konferenzschaltung jetzt beenden? Ich habe auch noch ein eigenes Leben, wißt ihr? *Ally McBeal* fängt gleich an.
– (WAYNE UND HANS GLEICHZEITIG) Halt die Klappe, Baby!

– Okay, okay, aber heiratet ihr jetzt oder nicht?
– Natürlich!
– Natürlich nicht!
– Aber du hast gesagt, du liebst mich, Hans!
– Deswegen muß man sich doch nicht unters Ehejoch begeben, Wayne!
– So siehst du das also: ein Johohohoch! (WIMMERN)
– (GERÄUSCH EINES AUS DEM FENSTER SEGELNDEN HANDYS. FEUERZEUGKLICKEN, INHALIEREN, SEHR BEFRIEDIGTES EXHALIEREN. SHERRY GLUCKERT INS GLAS. VONDA SHEPARD SINGT DEN ALLY MCBEAL-TITELSONG. FADE OUT UND ENDE.)

Mein Krankenhaustagebuch

Liebes Tagebuch, zum ersten Mal seit meiner Geburt liege ich wieder stationär im Krankenhaus. Und dann auch noch aus einem ziemlich peinlichen Grund: Ich muß meine Hämorrhoiden entfernen lassen. In der Blüte meiner Jugend leide ich an Dingen, mit denen ich erst in frühestens zwanzig Jahren gerechnet hatte. Doch mein Proktologe, ein freundlicher Herr, der nicht nur so aussieht wie Marcel Reich-Ranicki, sondern auch noch so spricht (der Arme), versicherte mir: „Wenn wirr jetzt keine Schrritte unterrnehmen, Herr ... äh ... Neumann, geht es Ihnen bald wie dem Alten Frritz: rrektale Krrampfaderrn, die bis zurr Kniekehle hängen." Marcel schüttete sich aus vor Lachen, nahm seinen Zeigefinger aus mir heraus, schlug scherzhaft auf meinen entblößten Hintern und empfahl mir, mich in den nächsten zwei Wochen unter sein Skalpell zu begeben.

Schon zwei Tage vor der OP durfte ich nichts mehr essen. Als ich mit meinem Hermès-Nightbag am Empfang der kleinen, am Rande eines Parks gelegenen Klinik ankam, knurrte mein Magen so laut, daß die Rezeptionistin mich ohne Schwierigkeiten als Darmpatienten erkannte. Mir wurde Zimmer 13 (oh nein!) auf Station I zugewiesen. Ein kleiner, dunkelhäutiger Pfleger mit Zahnspange, etwa Mitte Zwanzig, zeigte mir den Weg. „Wir bauen gerade um", sagte er, „daher kommt der Schlagbohrerlärm. Das kann einem ganz schön auf die Nerven gehen, besonders, wenn man Schmerzen hat. Oh Pardon! Aber keine Angst, Station I ist schon fertig. Ist wunderhübsch geworden nach der Renovierung."

Tatsächlich. Die Wände erstrahlten in altrosa, die Türen waren zartviolett gehalten. „Zauberhaft, oder?" meinte der Pfleger, dessen Namensschild ihn als „Eric" auswies. „Nur schade, daß wir keine farblich passenden Kittel bekommen. Immer nur dieses öde Weiß", sagte er und strich seine Hose über den Schenkeln glatt. Womit habe ich das verdient? Die Station ein Alptraum in pink, und der Pfleger benimmt sich wie Diana Ross in Schwesterntracht!

In Zimmer 13 durfte ich mir ein Bett und einen Schrank aussuchen. An der rosa Wand hing ein Kunstdruck: van Goghs „Sonnenblumen". Vor dem pinkfarbenen Hintergrund sahen sie derart scheußlich aus, daß ich mir fast aus ästhetischer Verzweiflung ein Ohr abgeschnitten hätte.

Auf meinem Nachttisch lag eine Lesezirkel-Ausgabe des *Goldenen Blatts*. Ich blätterte ein wenig und erfuhr, daß Herzogin Sarah von York ein Liebesversteck mit Sylvester Stallone unterhält. Sie lernte ihn kennen, als ihm beim Abendessen sein Siegelring in ihr Weinglas fiel. Schicksal!

Ich begann mich zu fragen, was für ein Mensch wohl mein Leidens- und Zimmergenosse sein würde. Pfleger Eric hatte mir gesagt, er werde jeden Moment eintreffen. „Liebe Göttin!", betete ich, „laß es keinen fetten, alten Sack mit schlechten Zähnen sein, der die Erfindung des Deodorants verschlafen hat und von morgens bis abends Fußballübertragungen im Radio hört!"

Da öffnete sich die Tür: Ein braungebrannter Jüngling in weißen Jeans und einem Gaultier-Junior-T-Shirt trat ein, der sich als mein Mitpatient vorstellte. Er – Thomas – schlug gleich vor, sich zu duzen, man würde ja gemeinsam noch einiges erleiden müssen. Er werde auch morgen früh operiert, habe die gleichen Probleme „da hinten" wie ich, eine Erbsache wie seine schiefe Nase.

„Aber Thomas, die ist doch nicht schief", protestierte ich.

Im Gegenteil, sie ist sehr niedlich. Aber das dachte ich nur. Ich mußte eine Woche mit diesem Jungen verbringen – auf 12 Quadratmetern und mit gemeinsamem Bad. Da wollte ich's mir nicht gleich am Anfang mit plumpen Komplimenten verscherzen.

Liebes Tagebuch,

du mußt jetzt stark sein. Die Operation ist vorbei, und was ich darüber zu berichten habe, ist nicht schön. Aber ich will ganz offen und ehrlich sein dir gegenüber. Heute morgen weckte uns Eric mit einem Klistier, das zu verabreichen ihm eindeutig mehr Spaß machte als uns. Eine Stunde später war er wieder da, mit einem Einwegrasierer, wie ihn meine Mutter für ihre Beine benutzt.

„Meine Herren", flötete Eric und setzte sein schönstes Diana-Ross-Lächeln auf, „ich muß Sie untenrum ein wenig rasieren."

Zuerst durfte Thomas sich auf den Bauch legen und seinen – ich schielte verstohlen hinüber – kompakten, knackigen Hintern hinhalten. Dann war ich dran. Eigentlich eine peinliche Situation, aber – ich habe dir Aufrichtigkeit gelobt, liebes Tagebuch – nicht ohne erotisches Kitzeln. Leider konnte ich nicht sehen, ob Thomas meinem in unzähligen Aerobic-Stunden geformten Po die gleiche Aufmerksamkeit entgegenbrachte wie ich dem seinen. Eric ließ sich jedenfalls viel Zeit beim Rasieren und genoß es sichtlich. Bald darauf wurde ich in einem dieser lächerlichen Nachthemden, die hinten offen sind, in den Operationssaal gerollt. Eine Spritze, und ich versank in ein schmerz- und traumloses Dunkel.

Am späten Nachmittag wachte ich leicht benommen auf, sah die gelben Sonnenblumen auf der rosa Wand und schloß wieder die Augen. In meinem Hintern fühlte ich den Verband, eine Art Dildo aus Mull, den man in mich hineingestopft hatte. Barbaren! Eine ganze Nacht blieb dieser Stöpsel stecken.

Thomas wachte einige Stunden nach mir auf, mit Blähungen, die wegen der Tamponage, die auch ihm nicht erspart geblieben war, keinen Ausweg fanden. „Jetzt weiß ich, wie sich Champagnerflaschen fühlen, wenn man sie schüttelt", flüsterte er matt, läutete nach der Schwester (Erics Schicht war endlich vorbei) und verlangte ein Schlafmittel.

„Ich halte das hier nur gedopt aus. Geben Sie mir gleich 'nen Doppelten."

„Wir sind ein Krankenhaus und keine Bar", zischte die Schwester.

„Schade eigentlich", murmelte Thomas.

Liebes Tagebuch,

heute geht es uns schon viel besser. Man servierte uns Flüssignahrung, die wie verdünnter Babybrei schmeckte. Ich las in *Frau mit Herz*, daß Sarah und Koo Stark sich in einem Londoner Nightclub gemeinsam besoffen haben und Sarah hinterher nicht nach Hause fand. Schicksal! Meine Freundin Lola kam zu Besuch und brachte mir Kekse, Schokolade und Zigaretten mit.

„Das dürfen Sie alles nicht zu sich nehmen", klärte mich Eric Ross beim Fiebermessen streng auf. Ich seufzte und verbannte Lolas Gaben in die unterste Schublade meines Nachttischs.

Als Thomas kurz im Bad war, verengte Lola ihre großen Augen verschwörerisch zu Schlitzen und flüsterte: „Du Glückspilz! Als ich meine Titties vergrößern ließ, lag ich neben einer Greisin mit Infusion, die täglich einmal hinausgefahren wurde, weil die Schwestern dachten, sie nippelt ab. Und du! Teilst das Zimmer mit einem *Playgirl*-Titelbild! Wie ich dich kenne, Baby, hast du ihn gleich in der Nacht vor der OP vernascht. Stimmt's, du Schlingel?" Da kam Thomas wieder aus dem Bad, und Lola wechselte flink das Thema.

Sollte er etwa schwul sein?

„Natürlich! Und wie!" meinte ein paar Stunden später mein nächster Besucher, Karl. „Den hab ich doch schon im Park gesehen. Oder in der Oper? Jedenfalls kenne ich das Gesicht. Und wie der mich gerade mit Blicken verschlungen hat, das spricht doch Bände."

Thomas kam von einem Spaziergang auf dem Korridor zurück. Karl schenkte ihm sein strahlendstes Lächeln (bei Olivia Newton-John abgeguckt) und fragte: „Sag mal, Kleiner, kennen wir uns nicht?"

Thomas grinste schüchtern und schüttelte den Kopf. Karl rollte die Augen, zuckte mit den Mundwinkeln, tätschelte meine Hand und flüsterte deutlich hörbar: „Natürlich kenne ich den."

Liebes Tagebuch,

wußtest du, daß Elvis mit einer Nonne einen Sohn gezeugt hat, der jetzt das Erbe von Lisa-Marie Presley bedroht? Daß Michael Jacksons Gesicht langsam zerbröselt? Oder daß Sarah ein Verhältnis mit Stephanie von Monaco hat? Schicksal! All das und mehr habe ich heute aus den diversen Zeitschriften des Lesezirkels erfahren, den diese Klinik abonniert hat.

Ich habe nur noch selten Schmerzen. Doktor Reich-Ranicki, den Pfleger Eric scherzhaft den „Höhlenforscher" nennt, war bei der gestrigen Untersuchung sehr zufrieden mit mir. Auch Thomas geht es gut. Er hatte heute Besuch von einem jungen Ägypter, den ich aus einer Männerstrip-Show kannte, bei der er mich zutiefst beeindruckt hatte. Er brachte Thomas nicht nur einen Riesenstrauß Lilien, sondern auch die neueste *Bravo-Girl* mit.

Thomas grinste verlegen; ich grinste wissend. Lola und Karl hatten also recht gehabt! „Ja, ja – ich gebe es zu", sagte Thomas. „Aber ich war mir nicht ganz sicher, ob du auch …"

Ungeheuerlich! Er hatte mich für heterosexuell gehalten! „Das kannst du nur wiedergutmachen", beschwerte ich mich, „wenn du deinen Bekannten überredest, für uns zu strippen."

Leider kam der Ägypter nur bis zur Gürtellinie, denn der „Höhlenforscher" tauchte zur Visite auf. „Ihnen scheint es schon wiederr sehrr gut zu gehen, meine Herren!" Der Entkleidungskünstler zog schnell sein Hemd wieder an und verabschiedete sich. Dr. Reich-Ranicki untersuchte unsere Schließmuskeln (nacheinander, nicht gleichzeitig) und zeigte sich zufrieden mit dem Heilungsprozeß.

Thomas hatte Schmerzen und beklagte sich: „Wenn das schon mit dem Finger so weh tut …“

„Geduld, nur Geduld“, tröstete ich mit milder Stimme, ganz wie Prinzessin Di, wenn sie Sarah Mut zuspricht.

Nach unserem Coming-out hatten Thomas, den ich jetzt Tom nennen darf, und ich natürlich viel mehr Spaß als vorher. Wir lasen uns gegenseitig aus der Klatschpresse vor („Engelbert eröffnet ein FKK-Hotel in Mexiko!“, „Steffi heimlich verlobt mit Boris!“) und erzählten uns unsere schönsten und peinlichsten Sex-Erlebnisse. Bei Schmerzen hielten wir uns die Hand. Wir alberten mit Pfleger Eric herum, der das „Liebesposter“ aus der *Bravo-Girl* – einen jungen Jeanstyp ohne Hemd – zu meiner und der Freude aller Schwestern über van Goghs „Sonnenblumen“ hängte. Auf Thomas' Kassettenrecorder lauschten wir Conny Francis und Joy Fleming, bis die Patienten aus Zimmer 12 an die Wand klopften. Thomas' Freund, der Stripper, kam wieder und wurde diesmal nicht unterbrochen. Ich war wieder tief beeindruckt.

Die Zeit verging wie im Fluge.

Am Tag vor unserer Entlassung wurde Sarah nackt mit ihrem Finanzberater erwischt, der gerade an ihren Zehen lutschte. Was kann man schon von einer Frau erwarten, die wahllos mit Stallone und Stephanie rumzieht und mit Koo Stark um die Wette säuft?

Wahrscheinlich hat sie auch noch Hämorrhoiden.

Schicksal!

Reise zum Planeten Porno

Es war eine Zufallsentdeckung. Ich bummelte Donnerstag abends durch die Innenstadt, bester Laune, weil ich Boney M.'s *Nightflight to Venus* für fünf Mark auf dem Wühltisch bei Bilka gefunden hatte, als ich an einem Hinterhof vorbei kam, der mir bisher nie besonders aufgefallen war. Aber hingen da nicht Poster von kaum bekleideten Männern in den Schaufenstern? Das mußte ich mir natürlich genauer ansehen.

Tatsächlich – hinten auf dem Hof, neben zwei Müllcontainern, befand sich der Eingang zu einem „Gay Nonstop Kino", so stand es in Neon über der Tür. Karl hatte mir schon viel von schwulen Pornokinos und den Dingen, die da im Halbdunkel passieren, erzählt.

(Es wird mir auf ewig ein Rätsel bleiben, wieso Karl, der sieben Monate jünger ist als ich, jeden noch so obskuren Winkel der schwulen Subkultur kennt, während ich immer noch Dinge entdecke, die mir so neu und fremd erscheinen wie Science-fiction ...)

Ich sehe mir die Bilder im Schaufenster an: amerikanische Boys von der Sorte, die Karl immer als „Steak" bezeichnet, in futuristischen Outfits. Schwarzweiß natürlich, à la Herb Ritts, alles sehr dezent. Der Typ mit der silbernen Lacklederjacke und nichts drunter ist wirklich süß. Und der mit den Weltraumstiefeln und dem metallisch glänzenden Jockstrap eigentlich auch. Vielleicht spielen die ja in dem Film mit, der hier gezeigt wird. Hmm.

Kurzentschlossen trete ich durch die Tür mit der Aufschrift *Kein Zutritt unter 18 Jahren* in einen sehr hell erleuchteten Vorraum, von dem zwei Türen abgehen. Er wirkt überbelichtet, wie aus einer anderen Welt. (Hat David Lynch hier die Lampen aufgehängt?) An der weißen Wand stehen ein Zigaretten- und ein Getränkeautomat, in der Mitte des Foyers ein verglastes Kassenhäuschen. Darin sitzt ein blasser junger Typ mit strähnigem Blondhaar und Freddie-Mercury-Gebiß, der von seinem Buch (*Planet der Verdammten*) aufblickt, als ich hereinkomme.

„Ja?" lispelt er, soweit man dieses Wort lispeln kann.

„Ich weiß auch nicht", sage ich verwirrt. „Ich war hier noch nie. Wie … äh … funktioniert denn das?"

„Du setzt dich entweder in eine der Solokabinen nebenan, oder du kaufst 'ne Kinokarte. Drei Filme gleichzeitig, freie Auswahl."

„Vielleicht probier ich mal eine Kabine aus?"

„Durch die Tür rechts", erklärt der Kassierer und lächelt, was ihm – genau wie unserem seligen Freddie – nicht steht.

Im Nebenraum ist es düster und leer. Die acht Kabinen sehen aus wie Fotoautomaten, in die man einen Fernseher eingebaut hat. Alle sind leer, bis auf die ganz hinten an der Wand, aus der die typischen Pornodialoge zu hören sind: *„You like it, don't you, yeah …"* Ich setze mich in die davon am weitesten entfernte Kabine, verriegele die Tür und studiere die Gebrauchsanweisung. Durch Münzeinwurf schaltet man den Fernseher ein, dann hat man 16 Programme zur Auswahl. Ich werfe zwei Mark ein und beginne durchzuschalten: muskelgeblähte Amis, pickelige Franzosen, auf Kanal 14 eine Frau (huch!) mit einem Vibrator. (Hängen Schamlippen eigentlich immer so weit raus?) Das letzte Programm gefällt mir am besten. Zwei Jungs in einer Scheune bumsen einen Kürbis. Das hat was.

Plötzlich Fliegeralarm! So hört es sich jedenfalls an. Ich erschrecke furchtbar, bevor ich begreife, daß das Signal nur bedeutet, daß die Zeit abgelaufen ist und ich mehr Geld einwerfen muß. Ich verzichte auf den Rest der Gemüseschändung und verlasse die Kabine. Gleichzeitig kommt ein Mann mit Bart aus der Kabine ganz hinten. Er greift nach meinem Arm und sagt verschwörerisch:

„Ich trage eine Gummihose unter meinen Jeans."

„Ach was?"

„Ich kann aufs Klo gehen, ohne daß es irgend jemand merkt."

Ich stutze.

Der Bärtige kneift die Augen zusammen und stöhnt: „Jetzt zum Beispiel. Ah – jetzt wird es schön warm."

Ich renne zurück ins Foyer. Der Kassierer unterhält sich mit einem bebrillten Lockenkopf, der österreichischen Dialekt spricht. Ich scheine zu stören, kaufe aber trotzdem eine Kinokarte. „Durch die Tür links", lächelt der Kassierer, bevor er sich wieder dem Österreicher zuwendet.

Nach der Helligkeit des Vorraums wirkt das Kino völlig schwarz. Nur langsam gewöhne ich mich an die Dunkelheit, durch die Schatten zu huschen scheinen. Es gibt zwei kleine „Kinos" – Zimmer mit einem

Fernseher und ein paar Stühlen darin – und ein größeres mit einer Videoleinwand und sechs Sitzreihen.

In einem der kleinen Räume läuft ein Pädofilm, in dem ein magerer, schwarzer Teenager einen noch dünneren, weißen Teenager beglückt – in einem scheußlichen Hotelzimmer mit geblümter Tapete und orangefarbenen Vorhängen. Im flimmernden Licht der Mattscheibe sitzen zwei alte Männer. Der eine sieht aus wie ein pensionierter englischer Landarzt, mit Tweedjacket und Weste. Auf seinem Schoß liegt ein Trenchcoat, unter dem sich langsam und rhythmisch etwas bewegt. Mit der anderen Hand raucht er genüßlich eine Pfeife, deren aromatischer Qualm in der Luft hängt. Der andere alte Herr ist ein knorriger, südländischer Großvater, der mit gefalteten Händen zufrieden dasitzt, als beobachte er die Ziegen beim Weiden im sanften Lichte des sizilianischen Sonnenunterganges. Ab und zu murmelt er anfeuernd italienische Obszönitäten in Richtung des Fernsehers.

Im Nebenraum läuft ein amerikanischer Film mit einer muskelbepackten Besetzung, die wirkt, als hätten sich alle Superhelden aus den Marvel- und DC-Comics zu einer Orgie in einer Holzhütte versammelt – ohne ihre albernen Kostümchen natürlich. Gerade besorgt Superman es Thor von hinten, während der Silver Surfer an Robins Schwanz lutscht und Spiderman mit Captain Americas Brustwarzen spielt. Der Film zieht mehr Zuschauer an als die knochigen Teens nebenan. Ich sehe einen modischen Szene-Typen mit Ziegenbärtchen und Baseballmütze, einen großen Schwarzen und verschiedene Herren im Anzug, die aussehen, als seien sie direkt von einer Vorstandssitzung ins Pornokino geeilt. Einer dieser grauen Männer greift nach dem großen orthodoxen Kruzifix, das ich – als Mode-Accessoire – an einem Lederband um den Hals trage.

„Bist du religiös?“ flüstert er kaum hörbar und legt eine Hand auf meinen Hintern. Blasphemie scheint ihn anzutörnen.

In normaler Lautstärke antworte ich: „Laß mich Madonna zitieren, die dereinst sprach: ‚Ich trage Kreuze, weil sie geil sind, schließlich hängt da einer nackter Mann dran.‘“

Entsetzt weicht der Anzugträger zurück, alle im Raum starren mich an. Ich habe ein Tabu gebrochen. Hier wird nicht laut gesprochen. Ich flüchte vor den vorwurfsvollen Blicken in das große Kino.

Hier stehen mehr Leute an den Wänden entlang als in den Reihen sitzen. Ihre Hände stecken ungewöhnlich tief in den Hosentaschen. Die Leinwand ist die einzige Lichtquelle, flackernd und unwirklich

– Spielberg-Licht. Alle verhalten sich so, als seien sie eigentlich gar nicht hier, sondern in Trance, in einer anderen Dimension. Die Stimmung ist fast unheimlich. „Carol-Ann, geh nicht in das Licht“, möchte ich unwillkürlich rufen. Statt dessen setze ich mich und sehe mir den Film an.

Er spielt auf der Kommandobrücke eines Raumschiffes, das der Enterprise nachempfunden ist. Die Kulissen sind aus Pappe und wackeln. Die Darsteller tragen gelbe T-Shirts und rote Damenstrumpfhosen. (So stellt sich wohl ein Pornoproduzent mit wenig Geld Weltraumuniformen vor.)

Gerade bringt der erste Offizier einem neuen Mannschaftsmitglied Disziplin bei, als sich der Captain dazubeamt. Er trägt nichts außer einer stattlichen Erektion, mit der er sich umgehend an der Disziplinierung beteiligt.

Ein Mann setzt sich neben mich. Ich schiele unauffällig (glaube ich) zu ihm rüber. Er sieht aus wie ein typischer Sparkassenangestellter aus einer Allgäuer Kleinstadt. Seine Finger krabbeln an meinem Bein hoch.

„Ich wohne ganz in der Nähe“, zischt er mir ins Ohr. Gleichzeitig findet seine Hand meinen Schwanz.

„Ich glaube, das lassen wir lieber“, zische ich zurück und stehe auf.

Eine Reihe vor mir hat jemand die Hosen runtergelassen und holt sich seelenruhig einen runter. Der Sparkäßler bemerkt das auch und setzt sich neben den Exhibitionisten. Bald liegt sein Kopf in dessen Schoß, mit dem Gesicht nach unten. Ich brauche eine Erfrischung und gehe hinaus in die Halle, um mir ein Bier aus dem Automaten zu ziehen.

Eine Überraschung erwartet mich: Im Kassenhäuschen steht der Österreicher, nackt und – wie ich erfreut bemerke – hübsch durchtrainiert. Vor ihm kniet der Kassierer. Mit rotem Kopf lutscht er am alpenländischen Penis. Hoffentlich tut das nicht weh mit diesen Hasenzähnen. Naja, sieht nicht so aus.

„Entschuldigung“, sage ich, „bin ich versehentlich in die Peep-Show geraten und muß jetzt nachzahlen?“

Der Kassierer erklärt verlegen: „Das mache ich sonst nicht, aber der Franz muß heute abend noch den Zug nach Wien kriegen. Wir haben uns gerade hier kennengelernt, und wenn wir's jetzt nicht tun, gibt es keine Gelegenheit mehr; meine Schicht geht bis eins.“

„Heißt das, du treibst es mit den Kunden? Ist das nicht geschäftsschädigend?“

„Glaub ich nicht“, meint der Kassierer. „Willst du mitmachen?“ Auffordernd reißt er sein Jeanshemd auf. Alle Knöpfe springen ab. „Oh Scheiße, ich dachte, ich hätte heute das mit den Druckknöpfen an!“ schimpft er.

Franz rollt mit den Augen und murmelt: „Gott der Gerechte.“ Ich ziehe mein Bier und gehe wieder ins Kino.

Die Situation erscheint mir immer unwirklicher. Die Leute benehmen sich so enthemmt, daß es ans Absurde grenzt. In einer dunklen Ecke steht ein Rothaariger in einer Windjacke, der seinen großen, gekrümmten Schwanz reibt und mir auffordernde Blicke zuwirft. Dann saugt er suggestiv an seiner Zigarette und leckt sich die Lippen. Der Bärtige aus der Kabine streicht an mir vorbei und flüstert: „Jetzt wird's wieder warm!“ Auf der Enterprise feiern die bestrumpfhosten Besatzungsmitglieder inzwischen eine Verbrüderungsparty mit den Klingonen. Die Klingonen sind Schwarze mit blau gefärbten Haaren. (So stellt sich also ein Pornoproduzent mit Null-Budget Außerirdische vor.) Der Film erinnert mich an „Schweine im Weltall“ von der *Muppet Show.*

Im Publikum findet sich mittlerweile kaum ein Schwanz, der sich nicht aus der Hose geschmuggelt hätte. Aber Kontakte gibt es kaum. Die Leute wichsen einsam vor sich hin, schielen mal den Nachbarn an, finden aber nicht zueinander. In der verrauchten Luft liegt verzweifelte Hoffnung, aber die wenigsten wagen, die Grenzen zu überschreiten. Jeder ist auf seinem eigenen Planeten. Was geschähe, wenn all die Träume und Sehnsüchte dieser Männer sich materialisieren würden? Stiegen die Pornodarsteller von der Leinwand und küßten die Zuschauer aus ihrer einsamen Trance wach? Aber so was passiert nur in Woody-Allen-Filmen und nimmt selbst da ein schlechtes Ende.

Meine sentimentalen Gedanken treiben mich aus dem Kino. Im Kassenhäuschen, im gleißenden Licht, hinter Glas, küßt der Kassierer seinen Franz.

„Willst du nicht doch mitmachen?“ fragt er luftschnappend.

Ich zögere, nicke und gehe in das Licht.

Gewalt gegen mich

Gewalt gegen Schwule ist wie Haarausfall. Man hört davon und liest darüber, aber man glaubt einfach nicht, daß es einen selbst treffen könnte. Gut, wir sind alle schon angepöbelt worden, das gehört zum schwulen Leben wie Lucia di Lammermoor, Tea-Dance und Barbra Streisand. Leider.

„Ich finde das toll, wenn mich einer blöd anlabert in der Öffentlichkeit", erzählt mir Karl. „Ich mache dann immer ein Riesendrama – wie Zsa Zsa Gabor bei ihrer Verhaftung wegen Trunkenheit am Steuer. Das schlägt den abgebrühtesten Homo-Anpöbler in die Flucht. Nach solchen Szenen fühle ich mich in meiner schwulen Identität bestätigt. Und der Adrenalinstoß kommt fast so gut wie Poppers, Baby."

„Aber was tust du, wenn dich jemand tätlich angreift?" frage ich.

Karl nimmt einen Schluck Sherry und rollt die Augen: „Ich schreie ‚Vergewaltigung!'"

Wir unterhalten uns in einer netten, kleinen schwulen Bar in der Innenstadt und warten auf Lola, die – nach monatelanger, unfreiwilliger Enthaltsamkeit – einen Liebhaber gefunden hat, den sie uns heute präsentieren will. Das Thema „Gewalt gegen Schwule" kam auf, als der kombinierte Barkeeper und Disc-Jockey eine Platte von Peter Maffay auflegte, was Karl als sinnlose Grausamkeit und persönlichen Angriff auffaßte.

Die Türe fliegt auf und Lola rauscht herein: eine Versuchung in beige, von den Pumps über den Trench bis zum Turban.

„Wie sieht die denn aus!" zischt Karl in mein Ohr. „Als ob sie eine Bleyle-Boutique ausgeraubt hätte!"

„Darlings, es ist unfaßbar!" stöhnt Lola statt einer Begrüßung, plumpst sehr undamenhaft in einen Stuhl und wedelt die Bedienung herbei: „Einen dreifachen Minzlikör, aber schnell!"

„Minzlikör? Bist du schwanger?" fragt Karl.

„Halt die Klappe, Karl!" befehle ich, greife nach Lolas Hand und frage sie, was geschehen sei und vor allem: „Wo ist dein Freund?"

„Zusammengeschlagen! Liegt seit heute abend im Krankenhaus. Gebrochene Nase, blaue Augen, Gehirnerschütterung, Rippenbrüche. Gewalt gegen Schwule! Seine Mutter hat mich gerade angerufen. Ich bin verzweifelt. Extra für ihn habe ich mich neu eingekleidet. Wollte ihn heute abend mit etwas Damenhaftem überraschen. Helmut mag seine Frauen elegant, sagt er immer."

„Halt mal an", unterbricht Karl. „Hast du gerade gesagt, Gewalt gegen Schwule? Dein Freund heißt Helmut und ist schwul?"

„Ja, er heißt Helmut (sieht aber nicht so aus) und nein, er ist natürlich nicht schwul!" Genervt zündet sich Lola eine filterlose Gauloise an. „Er hat seinen Bruder zum Zug gebracht, ihn auf dem Bahnsteig umarmt und ihm zum Abschied einen Kuß gegeben. Das haben irgendwelche Schläger beobachtet, sind Helmut ins Parkhaus gefolgt und haben ihn aufgemöbelt, als er gerade ins Auto steigen wollte. Danach haben sie ‚schwule Sau' auf die Windschutzscheibe gesprüht – in rosa! – und die Scheinwerfer eingetreten."

Karl und ich sind sprachlos. Lola kippt ihren Minzlikör und schweigt, was bei ihr sehr selten vorkommt.

„Wir haben gerade über Gewalt gegen Schwule gesprochen", sage ich. „Aber daß jetzt schon Heteros vom Schwulenklatschen betroffen sind, ist wirklich absurd."

„Demnächst werden sie noch Omis niederschlagen, die ihre Enkelinnen küssen – als Pädo-Lesben", murmelt Karl.

„Mir ist nicht zum Witzeln zumute", sagt Lola leise und steht auf. „Ich gehe nach Hause und lese Foucault. Das beruhigt."

„Hast du's mal mit einer Folge *Derrick* auf Video versucht? Besser als Valium", rät Karl.

Lola lächelt müde und küßt uns beide zum Abschied. „Wenn ihr mich morgen erreichen wollt, ich bin bei Helmut im Krankenhaus." Im Hinausgehen zieht sie sich den beigen Turban vom Kopf und kratzt geistesabwesend an ihren blondgefärbten Stoppeln.

„Viel besser!" ruft ihr Karl nach. „Der Ayatollah-Look ist nichts für dich!"

Eine Stunde und zwei Bier später brechen wir auch auf. Die Bar schließt, wir waren die letzten Gäste. Karl steigt in ein Taxi („Meine Omi hat mir nämlich mal wieder einen Scheck geschickt, Baby"), und ich gehe zu meinem Fahrrad, das ich hundert Meter weiter in einer dunklen Hofeinfahrt geparkt habe.

Als ich mich bücke, um das Schloß zu öffnen, spüre ich, wie mir jemand auf die Schulter klopft. Ich drehe mich um. Im gleichen Moment kracht etwas Metallenes gegen meinen Kiefer. Ich fühle, wie meine Schneidezähne brechen und die Splitter sich im ganzen Mund verteilen.

„Schwule Sau!" zischt es aus dem Dunkel.

Wie in Zeitlupe sehe ich einen Stiefel auf mich zufliegen, in Schulterhöhe. Ich weiche aus. Zwei Paar Arme greifen mich von hinten, während von vorne Tritte und Schläge hageln. Ich suche mit der Zunge meine Schneidezähne und kann einfach nicht fassen, daß sie nicht da sind. Eine Faust mit Schlagring trifft mein Schlüsselbein. Der Schmerz macht mich wach, ich begreife, was eigentlich los ist.

Schemenhaft erkenne ich zwei Gestalten, jung, in Baseballjacken. Der eine drischt auf mich ein wie Rocky, der andere trainiert Van-Damme-Tritte gegen meinen Oberkörper – er versucht, mein Gesicht zu treffen. Sind das große Kinder, die Brutalo-Videos nachspielen, wie ich früher *Bezaubernde Jeannie* und *Enterprise* gespielt habe? Was habe ich denen getan? Was wollen sie?

Nichts. Sie hassen mich, weil ich aus einem Schwulenlokal gekommen bin. Ich denke kurz an Lolas Freund im Krankenhaus. Mir dämmert, daß ich mich wehren muß, sonst wird mich morgen meine eigene Mutter nicht wiedererkennen. Angst und Wut mischen sich zu ungeahnter Kraft. Ich reiße mich los, stoße die beiden hinter mir gegen mein Fahrrad und werfe mich mit meinem ganzen Körpergewicht gegen die beiden Schläger vor mir. Der Kickboxer verliert die Balance, der andere packt mich am Jackenkragen. Ich winde mich aus der Jacke, stoße blind mit den Ellenbogen nach hinten und renne. Endlich gelingt mir ein Schrei, unartikuliert, viel zu leise. Ich hechte um die Ecke, höre Flüche und Laufschritte hinter mir. Vor mir eine Gruppe Touristen auf der ansonsten menschenleeren Straße – Rettung! Ich laufe auf sie zu. Meine Verfolger drehen ab. Eine Touristin fängt an zu kreischen. Kein Wunder, ich muß fürchterlich aussehen.

„Jo wos isn mit eana gschen?" fragt ein fetter Mann.

Aha, Bayern. Hoffentlich keine REP-Wähler, sonst kriege ich vielleicht gleich noch eins auf die Fresse. Ich erkläre lispelnd und zischend – reden ohne Schneidezähne will gelernt sein – was passiert ist.

„Mir hom nix gsen", sagt der Dicke bedauernd und bietet an, die Polizei zu rufen. Ich stelle mir vor, wie in ihrer Nachtruhe gestörte

Ordnungshüter mich ungeduldig fragen, *weshalb* ich überhaupt zusammengeschlagen wurde. Im Geiste sehe ich einen Uniformierten mit dem Zeigefinger wackeln und sagen: „Warum gehen Sie auch in solche Lokale? Ts, ts."

Nein, ich will keine Polizei. Ich will nur nach Hause, Abba auflegen und alles vergessen. Bei *I Have a Dream* einschlafen, morgen früh aufwachen und feststellen, daß die Schlägerei nur ein böser Traum war.

Die Bayern bringen mich zu meinem Fahrrad. Die Reifen sind aufgeschlitzt. Ich denke: „Gut, daß sie das Messer nicht an mir ausprobiert haben". Meine Jacke ist weg. Ich denke: „Gut, daß ich nicht den teuren Lederblouson anhatte." Positives Denken um jeden Preis.

Der fette Mann ruft mir ein Taxi.

Zu Hause vor dem Spiegel: Mein Gesicht ist weiß von Stirn bis Nase, darunter bläulich. Ich versuche ein Lächeln mit geschwollenen Lippen. Oh Gott, wie Ingrid Steeger als Tochter der „Klimbim"-Familie. Zahnlücken sind in dieser Saison definitiv nicht *en vogue*, fürchte ich. Mein Adrenalinspiegel liegt immer noch weit über dem gesetzlich vorgeschriebenen Grenzwert. Ich tigere stundenlang in der Wohnung auf und ab, bis ich endlich aufs Bett falle und einschlafe.

Im Traum erlebe ich alles noch einmal, aber etwas anders: Wie Popeye strecke ich meine vier Angreifer nieder, bündele sie mit einem Strick und schleife sie zur Polizei. Olivia Oil applaudiert. Ein Richter, der aussieht wie Kater Karlo, haut den Schlägern mit seinem Hammer auf den Nasen herum und verdonnert sie zu zwanzig Jahren Zwangsarbeit – in einem türkischen Zuchthaus. Schreiend werden sie von Tick, Trick und Track in einen vergitterten Polizeiwagen geschleppt. Die Türen knallen zu. Jemand hat Blechbüchsen an die Stoßstange gebunden und ein blumenumkränztes Schild: „Just verurteilt!"

Grinsend wache ich auf. Meine Zunge tastet vergebens nach den Schneidezähnen, und sofort ist meine gute Laune verflogen. Wenigstens kann ich klar denken und zittere fast nicht. Ich rufe das schwule Überfalltelefon an und melde, was mir passiert ist.

„Wenn du die Typen nicht beschreiben kannst, können wir nichts machen", sagt eine geduldige, beruhigende Stimme.

Wenn ich ihnen morgen im Supermarkt begegnete, würde ich sie nicht wiedererkennen. Es ging alles viel zu schnell. Man rät mir trotzdem zu einer Anzeige, „damit die Dunkelziffer der Gewaltdelikte gegen Schwule nicht noch mehr steigt." Vielleicht gehe ich zur Polizei – irgendwann einmal. Aber das bringt mir meine Zähne auch nicht wieder. Der Zahnarzt sagt, sie sind nicht ausgeschlagen, sondern nur abgebrochen. Man kann Kunststoffplomben oder Kronen auf die Stümpfe setzen. Ich muß also nicht lebenslang als Gaby Klimbim herumlaufen. Glück gehabt.

Als nächstes zum Hausarzt, nachsehen, ob etwas gebrochen ist.

„Nur Prellungen", sagt er. „Letzte Woche hatte ich einen Patienten, der wurde mit Eisenstangen verprügelt. Dagegen sind sie das blühende Leben." Glück gehabt.

Glück? Ich muß mit dieser verkrampft optimistischen Haltung aufhören. Pech habe ich gehabt, und was für welches!

Karl kommt vorbei, tröstet mich und macht mir ein spätes Frühstück. Grießbrei, wegen meines geschwollenen Mundes.

„Steht dir gut, dieser extreme Bardot-Look, Baby. Du hattest schon immer zu schmale Lippen. Vielleicht solltest du ein Lippenimplantat aus Silikon in Erwägung ziehen."

Zum ersten Mal, seit ich ihn kenne, kann Karl über einen seiner Witze nicht lachen.

Turnen mit Tarzan

Bobby Brown war der Auslöser. Was für ein knackiges, schlankes Kerlchen war Whitney Houstons Gatte doch noch vor zwei Jahren. Und jetzt das: Schwammig und aufgedunsen hopst Bobby durch seinen neuesten Video-Clip. So schnell kann es gehen!

Karl ist entsetzt. „Baby, der sieht ja aus wie Mahalia Jackson!"

„Vielleicht kocht Whitney so gut", rätsele ich und angele die letzte Gelee-Banane aus der Packung, die zwischen mir und Karl auf dem Sofa steht. Es ist einer dieser verregneten Samstage, an denen wir uns sinn- und ziellos durch die TV-Kanäle zappen, bis wir schließlich bei MTV hängenbleiben und auf Clips von Jason Donovan oder Marky Mark* warten.

Auf dem Bildschirm steht Bobby Brown mit einer gertenschlanken, schwarzen Schönen unter einem tropischen Wasserfall. Ihre Hände streicheln über seinen fleischigen Rücken. Karl springt schreiend auf und rennt ins Badezimmer. Ich laufe ihm nach und finde ihn vor dem Spiegel. Er hat seinen Pullover hochgezogen und fixiert seinen flachen Bauch wie die sprichwörtliche Schlange das Kaninchen.

„Bin ich fett?" Karl stellt sich ins Profil. „Oh Gott, mein Bauch steht regelrecht vor! Ich sehe noch schlimmer aus als Herr Brown!"

Karl steigt aus seinen Jeans und zupft an seinen schlanken Schenkeln. „Orangenhaut! Fettpolster!" Er zieht seine Donald-Duck-Boxershorts aus und schlägt sich mit der flachen Hand auf den Hintern. „Siehst du das, Baby? Es wabbelt! Wie Götterspeise!" Karl knöpft mein Hemd auf und kneift mir in die linke Brustwarze. „Ha! Weich! Kei-

* Marky Mark ist inzwischen nicht mehr als CK-Unterhosen-Vorführer und Möchtegern-Rapper beschäftigt, sondern hat als Mark Wahlberg eine erstaunliche Film-Karriere hingelegt (*Boogie Nights, Der Sturm*). Seine Biografie heißt *Don't Call Him Marky Mark!* Aber was bitte ist mit Jason Donovan geschehen? Einst wurden ganze Innenstädte zu Krisengebieten voll kreischender Fans, wenn er zu einem Konzert anreiste, und heute? Vom Angesicht der Erde verschwunden. Wahrscheinlich hat er einen Steh-Imbiss in Melbourne …

nerlei Muskelstruktur! Dein Körper ist mindestens genauso mies wie meiner. Wir müssen was tun.“

„Bloß wegen Bobby Brown?“

„Du solltest ihm dankbar sein. Er hat mir die Augen geöffnet. Morgen kaufe ich alle seine Platten. Und melde uns in einem Fitness-Studio an.“

„Aber wir brauchen das nicht, Karl! Du bist schlanker als Karen Carpenter. Ich jogge einmal pro Woche und mache jeden Morgen 15 Minuten Aerobic mit meinem Jane-Fonda-Video!“

„Das ist nicht genug. Wir haben keine Muskeln. Und Muskeln sind für die Neunziger, was Schlaghosen für die Siebziger waren: unverzichtbar!“

Ich habe Sport schon in der Schule gehaßt. Glühend beneidete ich meine Mitschülerinnen, die jederzeit ihre Periode vorschieben konnten. Sie machten es sich mit einem Enid-Blyton-Buch am Rande des Sportplatzes gemütlich, während ich jahrein, jahraus von sadistischen Sportlehrern gequält wurde. Und jetzt will Karl mich zum Turnen zwingen. Dabei bin ich eigentlich ganz zufrieden mit meinem Körper. Naja, vielleicht könnten die Hüften ein wenig geschmeidiger sein. Und die Arme etwas kräftiger. Der Bauch definierter, die Schenkel schlanker, der Brustkasten muskulöser. Schon gut, schon gut – also auf ins Fitness-Studio!

Karl hat ein Etablissement ausgesucht, das nur zwei Straßen von meiner Wohnung entfernt liegt. Es ist nicht gerade elegant, aber auch nicht so absurd teuer wie die in pink und türkis eingerichteten Studios im Stadtzentrum.

Ich bin vor dem Eingang mit Karl verabredet. Wie immer läßt er auf sich warten. Ich gehe schon mal vor in den Umkleideraum, in dem es nach alten Turnschuhen und verschwitzter Sportkleidung riecht. Ich bin ziemlich verkrampft. Der Geruch erinnert mich an den Schulsport, an Klassenraudis, die mit feuchten Handtüchern nach mir schlugen, meine Turnhose runterzogen oder meine Strümpfe ins Klo stopften.

Eine ganze Seite des rechteckigen Raumes ist verspiegelt, gegenüber führt eine Tür zur Dusche, aus der gedämpftes Singen erklingt. An den Wänden entlang stehen orange gestrichene Metallspinde. Außer mir gibt es hier nur einen älteren Herrn in rosa Radlershorts und engem, blauen Trägerhemdchen, der gerade unter Schnaufen und Stöhnen seine neongrünen Turnschuhe zuknotet. Er hat einen monströsen

Bierbauch, einen Stiernacken und Arme, die die Dicke meiner Schenkel aufweisen. Ich seufze und hänge meine Jacke in einen Spind. Der Bierbauch schiebt sich wortlos hinaus.

Ich ziehe mich um: graue Shorts und ein altes T-Shirt mit einem Bild von Christine Kaufmann und der Aufschrift „Schönheit kommt von innen“. Plötzlich schwingt die Tür zur Dusche auf, Dampfschwaden füllen den Raum und aus dem Nebel tritt eine Vision mit nichts als einem winzigen Handtuch um die schmalen Hüften: Tarzan! Der aus dem Film mit Bo Derek. Wallendes Blondhaar fällt auf seine breiten Schultern, Wassertropfen perlen über seine Heldenbrust, glitzern im Bauchnabel. Er lächelt strahlend in den Spiegel, spannt den einen oder anderen Muskel an, dreht und wendet sich, schüttelt seine Mähne, streicht sich über die Flanken und zuckt mit den Brustmuskeln. Zufrieden mit sich flirtet er sein Spiegelbild an. Mich nimmt er nicht wahr. Ich starre und fühle mich wie einer der sieben Zwerge. Der häßlichste und kleinste von ihnen.

Als ich gerade angesichts dieses Wunders von Männlichkeit und Schönheit den Beschluß fasse, nur noch verschleiert und im Kaftan herumzulaufen, tritt Karl ein, sieht Tarzan, läßt mit lautem Knall seine Sporttasche auf die Bodenkacheln fallen und ruft: „Hier sind wir richtig!“

Wenig später macht der etwa fünfzigjährige, unattraktive Besitzer des Studios mit uns einen Rundgang. Er heißt Willi, aber: „Meine Freunde nennen mich Rambo“, erklärt er und boxt Karl freundschaftlich in die Seite.

„Autsch!“ quietscht Karl.

Rambo hat offensichtlich irgend etwas falsch gemacht beim Bodybuilding, denn er wirkt wie verwachsen. Auf seinen Schultern häufen sich die Muskeln fast zum Buckel, seine gigantischen Arme enden in bratpfannengroßen Händen, der Bauch hängt ihm über die blaue Turnhose. Er balanciert seinen massigen Oberkörper auf streichholzdünnen, weißen Beinchen. Jeden Moment erwartet man, daß er sich wie ein Gorilla mit den Händen am Boden aufstützt.

Rambo hat sein Studio schon in den siebziger Jahren eröffnet, was man unschwer am Dekor erkennt. Beige, braun und orange sind die vorherrschenden Farben. An den Wänden hängen Bodybuilderfotos in Rahmen aus Mahagoni-Imitat. In jedem der drei Trainingsräume ist eine Wand verspiegelt. Es gibt die verschiedensten Hanteln und diverse Maschinen, die uns Rambo geduldig demonstriert. Danach stellt er uns seine Frau vor, die an der Bar bedient: braungebrannt, blondgesträhnt, sehnig vom Hals zu den Fesseln. Ihr Spitzname sei Cynthia, sagt sie, nach Cynthia Rothrock, der Kickboxerin, deren Foto (mit Autogramm) über der Bar hängt.

„Eigentlich heißt sie Erna", verrät uns Rambo/Willi, zündet sich eine HB an und läßt sich von seiner Frau ein Bier geben. „Wir nehmen das hier nicht so genau, von wegen gesund leben und so. Man muß sich auch was gönnen können. So Studios, wo es an der Bar bloß Gemüsesäfte und Eiweißdrinks gibt, das ist doch schrecklich", meint er.

Vor der Theke sitzen junge, dauergewellte Hausfrauen in bunten Bodystockings, die Karl und mich anlächeln. Wir fliehen und beginnen mit dem Training.

Während ich Streckübungen mache und mich aufwärme, beobachte ich die Leute im Studio. Sie scheinen alle eine Vorliebe für unvorteilhaft enge Sportkleidung mit bunten Neonmustern zu haben. Auch Tatoos sind äußerst angesagt. Ein schnauzbärtiger Typ, der in einer gewagten zitronengelben Kombination neben mir hantelt, hat auf den rechten Oberschenkel Obelix samt Hinkelstein tätowiert. Karl flüstert rollenden Auges: „Der tut mir sehr leid."

Einzig der Tarzan aus der Dusche, der inzwischen mit Bizepsübungen angefangen hat, trägt gedeckte Farben. Seine Muskeln drohen bei jeder Bewegung sein weißes T-Shirt zu sprengen. Karls Augen saugen sich an Tarzans schwarzer, sehr kurzer, sehr enger Trainingshose fest. „Baby, dieser Hintern! Damit könnte er Nüsse knacken."

Ich überlasse ihn seiner Schwärmerei und gehe in den Raum nebenan. Dort liegt ein rothaariger, sommersprossiger Teenager auf einer Bank und stemmt eine riesige Hantel, wobei er inbrünstig stöhnt. Überhaupt grunzen, schreien und stöhnen die Trainierenden hemmungsloser als Ryan Idol beim Abspritzen. Als der Rotschopf mit seinen Brustübungen fertig ist, lege ich mich auf die Bank und wuchte die Hantel in die Höhe. Nach dem zweiten Mal fangen meine Arme an zu wackeln, als seien sie aus Gummi. Ich bekomme die Hantel nicht mehr hoch genug, um sie in dem dafür vorgesehenen Gestell abzusetzen. Mir bleibt nichts übrig, als sie auf meine Brust zu legen und zu hoffen, daß meine Kräfte irgendwann wiederkehren.

Festgeklemmt und hilflos liege ich da und schäme mich, bis eine Klimakteriums-Amazone sich mit gespreizten Beinen hinter die Bank stellt, die Hantelstange packt und sie mit einem Urschrei von meinem Brustkasten wuchtet.

„He Partner, hast dich wohl übernommen", meint sie und streckt mir ihre Hand hin: violett lackierte lange Nägel, fingerlose zartlila Gewichtheberhandschuhe. Dazu trägt sie Stirnband, Leggings und Bodystocking in neonpink sowie hellblaue Schuhe. Bei ihrem Händedruck schreie ich unwillkürlich auf. Sie haut mir auf die Schulter: „Ich bin Else. Du mußt noch viel lernen."

Dann zeigt mir Else ein von ihr selbst ausgearbeitetes Brusttrainingsprogramm mit Maschinen und Hanteln. Sie ist eine strenge, aber gerechte Lehrerin und liebt es, mich im Kasernenhofton anzufeuern: „Und hoch mit dem Gewicht! Noch mal! Noch mal!"

Nach einer halben Stunde Drill muß Else gehen, sie hat noch einen Seidenmalerei-Kurs an der Volkshochschule. Ich bin beeindruckt, hier so freundliche, hilfsbereite Menschen wie sie vorzufinden. Ob die alle so gerne Neulingen den Weg weisen? Meine Augen wandern zu Tarzan, der gerade breitbeinig in der Oberschenkelmaschine sitzt. Das T-Shirt klebt ihm inzwischen feucht am Oberkörper. Ob ich den mal bitte, mir bei meinem Gesäßtraining zu helfen?

Karl, der neben mir mit zittrigen Armen eine Hantel über seinen Kopf stemmt, zischt zwischen röchelnden Atemzügen: „Laß die Finger davon! Das ist ein Sportstudio, keine schwule Disco!"

Rambo kommt vorbei und fragt: „Alles okay soweit?"

„Noch", keucht Karl, die Hantel hoch über seinem Kopf balancierend. Ich kann nicht widerstehen und kitzele ihn unter den Armen. Kreischend läßt er mir die Hantel vor die Füße krachen. „Baby, du bist in einer gefährlichen Stimmung! Das Training scheint bei dir einen Hormonüberschuß auszulösen."

Tatsächlich, seit dem Drill mit Else fühle ich mich voller Energie, stark, vital, unbesiegbar. Ich fühle Muskeln an Stellen meines Körpers, an denen ich nie welche vermutete. Mit erhobenem Kinn und gesenkten Augenlidern gehe ich auf Tarzan zu. Ich will diese steinharten Brüste anfassen, diesen Granitarsch liebkosen. Mit einem heißen, zweideutigen Blick, der Sharon Stone wie eine Nonne aussehen läßt, frage ich ihn, ob er mir beim Training meines Hinterns behilflich sein könne. Der Hüne ist keineswegs schockiert. Er bleibt sachlich und freundlich und macht mir einige Po-Übungen vor. Dabei ermutigt er mich, meine Hand auf seinen Hintern zu legen, um zu fühlen, welche Muskelgruppe von der jeweiligen Übung beansprucht wird. Zitternd und mit unregelmäßigem Herzschlag berühre ich die zwei perfekten Halbkugeln. Karl, der ein paar Schritte entfernt seine Schultern trainiert, starrt mit offenem Mund zu uns herüber und läßt zum zweitenmal seine Hantel fallen. Diesmal landet sie auf seinem linken Fuß. Gestützt von Rambo schleppt sich Karl jammernd in den Umkleideraum.

Mich läßt sein Mißgeschick angesichts von Tarzans Hintern ziemlich kalt. Ich konzentriere mich ganz auf diese fleischgewordene Porno-Phantasie. Tarzan demonstriert mir als nächstes sein Oberschenkelprogramm. Während er keuchend in der Maschine sitzt und seine Schenkel auseinanderpreßt, darf ich fühlen, wie sich die Muskeln anspannen. Meine feuchten Hände zittern auf Tarzans Schenkeln. Sein Schweiß vermählt sich mit meinem. Ich sehe ihn an: die klassische Nase, die eleganten Wangenknochen, die blauen Augen, die Wölbung in seiner Sporthose. Das muß Liebe sein!

Karl klopft mir auf die Schulter: „Baby, ich gehe nach Hause. Ich glaube, ich habe mir diverse Zehen geprellt."

„Ja, ja, ist gut. Stör mich jetzt nicht, ich lerne gerade, wie man solche Beine bekommt."

Das war vor einem Monat. Seither habe ich fleißig trainiert. Tarzan, dessen richtiger Name (leider) Eugen ist, treffe ich täglich im Studio. Ich könnte den Rest meines Lebens damit verbringen, Eugens Muskeln zu befühlen – Stahl unter Samt. Ich fiebere den Stunden im Fitness-Studio entgegen und male mir aus, wie Eugen und ich Ringe tauschen und bis an unser seliges Ende gemeinsam trainieren. Die Wirklichkeit, wie Zarah Leander singen würde, sieht leider anders aus.

Letzte Woche gingen Eugen und ich vegetarisch essen. Ich mußte feststellen, daß Eugen, der zur Zeit die Polizeischule besucht, außer an Martial-Arts-Filmen, Wrestling, der Musik und den Brüsten von Cher nur an seinem Körper interessiert ist. Nicht etwa an Männerkörpern überhaupt, sondern wirklich nur und ausschließlich an seinem eigenen. Leute wie mich, deren Brustumfang eher dem von Theo Lingen als dem von Sylvester Stallone entspricht, nimmt Eugen gar nicht als Männer wahr, sondern als geschlechtsunspezifische Wesen, die nur dazu da sind, ihn zu bewundern und zu beneiden. Seit diesem Abendessen trainiere ich um so härter, um Eugens Ansprüchen zu genügen und von ihm als gleichwertig anerkannt zu werden. Ich will ihn nicht nur haben, ich will so sein wie er. Es macht mich fast wahnsinnig, daß ich noch immer keinen Muskelzuwachs an meinem Körper feststellen kann.

Karl findet, ich übertreibe. Seine Zehen sind geheilt, und er kommt wieder zum Training, allerdings nur zweimal in der Woche. Ich dagegen würde im Studio übernachten, wenn Rambo mich ließe.

Eines Abends – Karl ist gerade bei mir zu Gast – kommt es zwischen uns zum Eklat. Ich stehe in Calvin-Klein-Unterhosen direkt unter der Deckenleuchte meines Badezimmers (harte Schatten betonen die Muskeldefinition), halte die Luft an und starre in den Spiegel.

„Karlchen, habe ich schon einen Waschbrettbauch?" frage ich. „Sag schon, wie sehe ich aus?"

Karl, der nebenan in der *Vanity Fair* blättert, wirft einen prüfenden Blick ins Bad: „Wie immer. Nur verkrampfter. Und du hast einen Pickel auf der rechten Schulter."

Ich atme aus und verschränke die Arme hinter meinem Kopf. „Wie ist mein Bizeps?"

Karl bewirft mich mit der *Vanity Fair* und faucht: „Du gehst mir auf die Nerven! Seit Wochen hast du nichts anderes im Kopf als Muskeln und Training. Bist du Baby Neumann oder Schwarzenegger?"

„Karl, du bist nervös. Mach ein paar Liegestütze, das beruhigt. Und denk dran: *Du* hast mich zum Bodybuilding überredet."

„Leider! Ich will wieder mal einen netten Abend mit dir verbringen: Videos ansehen, Pizza und Pralinen fressen! Aber du bist entweder im Studio oder stehst vor dem Spiegel und bewunderst jede einzelne Muskelfaser. Warum trittst du nicht im Zirkus auf und zerreißt Telefonbücher?" Wutentbrannt fetzt Karl mein Marky-Mark-Poster aus der *Bravo* von der Wand und stürzt aus meiner Wohnung. Bevor er die Tür hinter sich zuschmettert, schreit er in der Patti-La-Belle-Tonlage, in die seine Stimme in Momenten höchster Erregung hinaufrutscht: „Ich will mehr vom Leben als Muskeln!"

Wie ich es erwartet habe, kommt Karl am nächsten Tag nicht ins Studio. Er wird sich schon wieder beruhigen, denke ich mir und beginne mit meinen Aufwärmübungen.

„He Baby!", begrüßt mich Eugen mit einem schmerzhaften Schlag auf die Schulter.

Wir arbeiten heute an unseren Bauchmuskeln. Ich sitze auf seinen Beinen, während er schnaufend ungefähr eine Million Sit-ups macht. Dann bin ich dran. Das geht schneller, denn nach 30 Sit-ups komme ich trotz der anfeuernden Rufe Eugens nicht mehr vom Boden hoch.

Während des restlichen Trainings erzählt er mir in allen blutigen Einzelheiten die Handlung des italienischen Films *Ninja-Killer auf Jungfrauen-Jagd*, den er gestern abend aus der Videothek geliehen hat. Am besten gefiel ihm die Szene, in der die bösen gelben Mädchenhändler ihre nackte Beute – eine amerikanische Industriellentochter – auf dem Sklavenmarkt im vietnamesischen Dschungel versteigern. Der Held, der gerade aus einem Folterlager der Viet-Cong entflohen ist, macht, wie Eugen das ausdrückt, „alle Schlitzaugen platt, schnappt sich die Braut und besorgt es ihr gründlich." Offensichtlich ein Meilenstein der Filmgeschichte. Ich höre geduldig weg, ergötze mich am Anblick von Eugens feuchtem Muscle-Shirt, durch das sich seine Brustwarzen abzeichnen und freue mich auf die gemeinsame Dusche nach dem Training.

Noch eine letzte Runde in der Bauchmaschine (einer Erfindung des Großinquisitors Torquemada), dann schälen wir im Umkleideraum die Textilien von unseren Körpern. Ich erledige das diskret und halb verborgen hinter meiner Spindtür, während Eugen sich mitten im Raum auszieht und jeden entkleideten Muskel prüfend im Spiegel mustert. „Ist mein Trizeps nicht zu massig im Vergleich zu meinen Lateralmuskeln? Soll ich ihn runtertrainieren oder die Lateralen hoch?"

In der Dusche betrachtet er seinen Schwanz. „Schon blöd, daß der durch Training nicht größer wird."

Es ist das erste Mal, das zwischen uns etwas Sexuelles erwähnt wird. Mit hochrotem Kopf versuche ich ein Zucken in meinem Penis zu verbergen und stammele: „Aber Eugen, der ist doch perfekt."

„Deiner sieht größer aus."

„Ja, … äh … weißt du, vielleicht, weil er nicht ganz … hmm … schlaff ist." Ich muß husten und werde noch röter. Unaufhaltsam richtet sich mein Schwanz auf. Ich denke an faulende Fische, Nonnen mit Mundgeruch, meinen ehemaligen Lateinlehrer, Linda de Mol – nichts hilft.

„Wieso kriegst du jetzt einen hoch?" wundert sich Eugen.

Ich fasse mir ein Herz und Eugen an die Schulter: „Weil ich dich begehre!" (Oh je, das hört sich an wie aus einem Film von David Hamilton*.)

Eugen starrt mir abwechselnd ins Gesicht und in den Schritt. Er nimmt meine Hände von seinen Schultern: „Soll das heißen, du bist …"

---

* Der Meister des durch die Vaseline-beschmierte Linse gefilmten Softcores.

Das böse S-Wort bringt er nicht über die Lippen. Ich nicke, mein Ding zuckt.

Eugen läßt die Seife fallen und hält sich die Hände vor die Genitalien. Wortlos verläßt er die Dusche und kommt wenige Augenblicke später zurück – in seiner Unterhose.

„Aber das ist doch unhygienisch", sage ich.

„Besser unhygienisch als unmoralisch", kontert Eugen und dreht mir den Rücken zu. „Und jetzt laß mich in Ruhe. Perverser."

Mit einem letzten Blick auf seinen Hintern im nassen Slip lasse ich ihn allein. Er bleibt in der Dusche, während ich mich abtrockne, anziehe und gehe. Mein Herz blutet. Meine leere Wohnung kann ich jetzt nicht ertragen.

Ich gehe zu Karl. Er öffnet erst nach dem zwanzigsten Klingeln. Sein Haar ist wirr. Er trägt den alten, mit Szenen aus Walt Disneys *Robin Hood* bedruckten Bademantel, den ich ihm zum Geburtstag geschenkt habe, und nichts darunter. „Baby, du störst."

„Aber ich bin verzweifelt."

„Was ist passiert, ist dein Bizeps geschrumpft? Hat Kohl eine Hantelsteuer eingeführt?" Karl ist wirklich wütend auf mich.

Ich setze meinen flehendsten Greta-Garbo-Blick auf: „Mein Herz ist gebrochen."

„Schon wieder? Das muß inzwischen aussehen wie die Laokoon-Gruppe vor der Restaurierung. Also komm schon rein."

Über ein paar gut gefüllten Gläsern Wodka versöhnen wir uns. Ich schwöre, nur noch zweimal wöchentlich zu trainieren und morgen abend mit Karl die *Dame Edna Show* anzusehen, dabei eine Flasche Sherry und vier Tüten Chips zu vertilgen und eine halbe Schachtel Zigaretten zu rauchen. Dann erzähle ich Karl vom traurigen Ende meiner großen Leidenschaft für den perfekten Mann.

Als ich gerade ausführe, daß der Anblick von Eugens überirdischen Brustmuskeln mich verfolgen wird, bis man mich dereinst zur letzten Ruhe bettet, kommt ein nackter, schmalschultriger Junge aus dem Schlafzimmer.

„Oh, das ist Frank", erklärt Karl, „der Grund, warum ich es in letzter Zeit so oft nicht ins Studio geschafft habe. Komm doch mal her, Frank." Karl zieht ihn sanft am Schwanz zu uns herüber. „Sieh mal, Baby: Franks Arme – zu dünn. Der Bauch, die Brust – untrainiert." Er dreht den verdutzten Nackten herum. „Und hier am Po schon die ersten Anzeichen für den Sieg der Schwerkraft über alles Fleischliche."

Ich sehe Karl fragend an.

Er küßt den neben ihm stehenden Mann auf den Bauchnabel. „Schönheit ist, wo du sie findest", erklärt er mit erhobenem Zeigefinger.

„Karl, komm mir nicht pädagogisch. Und den Spruch hast du von Madonna geklaut. Aus *Express Yourself.*"

„Nein, aus *Vogue*", sagt Frank. „Und kannst du mich jetzt wieder loslassen, Karl? Ich muß mal."

Frau Neumann weiß Bescheid: Putzblitz

Es liegt nicht in der Natur des Menschen zu putzen. Schon kleine Kinder neigen dazu, Dreck zu produzieren. Nicht, ihn wegzuräumen.

Bei Männern ändert sich das bis ins Greisenalter nicht.* Frauen lernen zwar mit der Zeit, sauber zu machen, Spaß bringt es aber nur wenigen. Hollywood-Diva Joan Crawford war eine begeisterte Putzerin, aber sie schlug auch ihre Kinder und soff sich tot. Marlene Dietrich pflegte persönlich ihren Fußboden zu schrubben – mit einem Nerz unter den Knien, um ihre hochversicherten Beine zu schonen. Putzen auf Pelz ist zwar Marlene-typisch glamourös bekloppt, aber auch die einzig akzeptable Art, aufzuwischen. Gar nicht putzen ist noch besser. Diese Tätigkeit ist einfach nichts für gesunde Frauen, die ein Glas Prosecco mit Freundinnen dem Domestos-Schnüffeln über keimfreien Kloschüsseln vorziehen und die andere Liebhaber als Meister Proper haben. Können Sie sich Jennifer Lopez beim Putzen vorstellen? Leder-Mini von Gucci und Staubsauger? Niemals. Carolin Reiber mit Dirndl und Fensterleder? Jederzeit. Sehen Sie, das ist der Unterschied. Und da wir alle lieber Jennifer Lopez als Carolin Reiber sein wollen, brauchen wir was? Genau, eine Putzfrau.

Lassen Sie mich kurz erklären, was das ist: Dieser sexistische und politisch unkorrekte Begriff für „Reinigungsfachkraft" bezeichnet eine Person, die bezahlte Hausbesuche zum Zwecke der Wohnungssäuberung vornimmt. Die Putzfrau ist das Genialste seit Erfindung des Orgasmus. Und genau wie letzteren sollte jede(r) mindestens einmal pro Woche eine haben.

---

* Ohoo, da kennt Mutti aber die schwulen Männer schlecht. Bei mir kann man jedenfalls von der Toilettenbrille essen.

Sie muss natürlich sorgfältig ausgesucht sein. Als sich bei mir eine Dame von zweieinhalb Zentnern Leibesfülle (Sie passte nicht mal in meinen begehbaren Schuhschrank!) bewarb, wusste ich, dass sie ebenso wenig in Frage kam wie die falsche Blondine mit Strass-Applikationen auf ihren fünf Zentimeter langen Fingernägeln. Den jungen Mann, der sich als „Nacktputzer“ (neumodischer Schnickschnack, wenn Sie mich fragen) vorstellte, ließ ich spaßeshalber seine Künste demonstrieren, um zwei Dinge festzustellen: Männer haben kein Talent zum Aufwischen auf allen Vieren. Und sie sehen dabei, besonders von hinten, sehr komisch aus – jedenfalls wenn sie außer türkisfarbenen Gummihandschuhen nichts tragen. Sehr geeignet schien hingegen eine resolute Mittvierzigerin mit Dutt und vernünftigen Schuhen. Birgit, die aussah wie Derricks jüngere Schwester, traute ich nicht nur zu, meine Wohnung in Schuss zu halten, sie hätte genauso gut eine Jugendstrafanstalt leiten oder die Goldmedaille im Kugelstoßen gewinnen können.

Fast hätte ich Birgit eingestellt, als sie ungefragt begann, mir mehr über ihre anderen Klienten zu erzählen, als mich je zu erfahren dürstete. Da gäbe es zum Beispiel einen homosexuellen Junggesellen, empörte sie sich, bei dem Polaroid-Selbstporträts herumlägen, die in Kontaktanzeigen als „ausdrucksstark“ bezeichnet würden. Eine Kundin habe schlechte, selbstgepinselte Blümchenaquarelle an den Wänden, eine weitere schlafe mit 30 noch in *Backstreet Boys*-Bettwäsche. Auch arbeite sie, beschwerte sich Birgit, bei indiskreten Herrschaften, die sexuelle Hilfsmittel nach Gebrauch neben dem Bett liegen ließen. „Erwarten die, dass ich ihre Vibratoren abstaube?“

Eine dunkle Wolke begann sich über meine blitzblanke Vision der Putzfrau als Gottes schönste Gabe zu schieben. Oder war es ein Heißluftballon, auf dem in leuchtenden Lettern das Wort „Privatsphäre“ stand? Ich lasse zwar kein Sex-Spielzeug rumliegen, aber Birgit braucht ja nur mein Bad zu putzen, um zu erfahren, welches Arsenal an Lotionen und Pudern notwendig ist, um meinen jugendlichen Schmelz zu erhalten. Ein Blick in meinen Kühlschrank (Fertiggerichte, Joghurt, Wodka) – und sie weiß, dass ich nicht kochen kann und gern mal einen zwitschere.

Entsetzt musste ich feststellen: Der Preis bequemer Sauberkeit, das Ende der Privatsphäre, ist mir zu hoch. Selbst wenn Birgit all meine sorgfältig gehüteten Geheimnisse nicht weiter plaudert – zu wissen, dass sie weiß, ist mir schon zuviel. Nennen Sie mich grenzneurotisch, aber ich konnte nicht anders. Ich schickte Birgit nach Hause und ergab mich seufzend dem schrecklichen Schicksal, selbst zu putzen. Wo kriege ich jetzt bloß einen Nerzmantel her?*

---

*Mutti hat jede Menge Pelze (aus Kunstfaser, alles andere nennt sie „Mord an Kuscheltieren") – und jede Menge Putzfrauen. Das Problem mit der Privatsphäre hat sich gelegt, als der Ostblock kollabierte. Seither beschäftigt sie für das 5-Zimmer-2-Bäder-Vorstadt-Eigenheim, das sie mit meinem Vater bewohnt, eine Flotte von Putzfrauen aus Russland, die Muttis hochbrisante Geheimnisse jedenfalls nicht auf deutsch ausplaudern können. Und offenbar hat sie keine Angst vor einer Schmierkampagne in kyrillisch …

Nachts im Stadtpark

Homosexuelle lieben die Natur. Warum sonst gehen sie so gerne in öffentliche Parks? Sogar mitten in der Nacht haben sie Sehnsucht nach duftendem Gras und dem zarten Gesang der Vögelein.

Auch mein Freund Karl. Kaum läßt der Frühling sein blaues Band flattern, zieht er hinaus in die Natur und durchstreift den kleinen Park neben dem Bahnhof – zur Geisterstunde.

„Meine Hormone zwingen mich dazu, verstehst du, Baby?" erklärt er mir über Pizza Banana (Karls Rezept) und Weißwein in seiner Küche.

„Ich begreife nicht, was dieser Parksex soll", wende ich ein. „Hoffnungslos altmodisch. Wir haben doch nicht 1950. Warum soll ich im Gebüsch suchen, was ich in jeder Schwulenbar finden kann?"

Karl beißt nervös auf einer zähen Scheibe Salami herum. „Das müssen archaische Jagdinstinkte sein. Jäger und Sammler. In der freien Wildbahn lauere ich der Krone der Schöpfung auf: dem Manne."

Ich picke angebrannte Bananenscheiben aus der Tomatensauce auf meiner Pizza. „Und nach dem Abspritzen stopfst du ihn aus und stellst ihn ins Kaminzimmer."

„Baby", seufzt Karl und spuckt einen Olivenkern aus, „du willst mich einfach nicht ernst nehmen. Komm endlich mal mit. Das ist so romantisch. Gestern nacht lernte ich jemanden kennen, mit dem ich durchs Unterholz rollte, als wären wir zwei junge Wölfe beim Spielen. Vor Leidenschaft vergaßen wir alles um uns herum – den lauen Wind, die Nachtigallen, die Kaninchen auf der Wiese und eine Gruppe Studenten, die ein nächtliches Picknick veranstalteten. Eng umschlungen kullerten wir ihnen direkt in den Kartoffelsalat. Du hättest die Gesichter sehen sollen! Ist doch auch eine bescheuerte Idee, in der Nacht zu picknicken."

„Ich glaube dir kein Wort. Und außerdem redest du wie eine Mischung aus Heinz Sielmann und Barbara Cartland. Aber wenn dir so viel daran liegt …"

„Du wirst es nicht bereuen, Baby. Der Park ist eines der letzten großen Abenteuer des ausgehenden 20. Jahrhunderts“, versichert mir Karl mit triumphierendem Grinsen.

„Genau wie deine Pizza“, entgegne ich.

Eine entfernte Kirchturmuhr schlägt zwölf Mal. Schatten huschen um das düstere WC-Häuschen, das malerisch mitten im Park liegt. Es ist neblig und stockfinster.

„Die Beleuchtung der Toiletten wurde schon vor Generationen zerschlagen. Die Stadtverwaltung hat das Reparieren aufgegeben. Jede neue Lampe überlebt nur bis zur Dämmerung. Die Männer der Nacht lieben den Schutz der Dunkelheit“, flüstert mir Karl zu.

Er kennt den Weg genau, während ich bei fast jeder Biegung gegen einen Baum laufe. Äste scheinen nach mir zu greifen, im Gebüsch vermute ich ungeahnte Gefahren. Ich hätte mir gestern abend nicht den „Dracula“-Film von Coppola ansehen sollen. Heulte da nicht eben ein Wolf?

Karl stößt mich an. „Hast du den Orgasmus gehört? Tierisch! Schade, daß man nichts sehen kann.“

Ich zünde mir eine Zigarette an und lasse das Feuerzeug besonders lange brennen. Schemenhaft erkenne ich Gestalten zwischen den Bäumen, einzeln und in Gruppen.

Karl drückt meine Hand. „Ich stürze mich jetzt ins Getümmel. Amüsier dich gut.“

„Laß mich nicht allein!“ flehe ich, aber er ist schon verschwunden.

Ich bin geliefert. Ein Rehkitz in einem Rudel Wölfe. Eine Hand erscheint aus dem Dunkel und greift nach meinem Oberarm. „Hast du mal Feuer?“ knurrt eine tiefe Stimme.

Mit zitternder Hand halte ich die schwache Flamme meines Feuerzeugs hoch. Zu hoch. Vor mir stehen 150 Zentimeter schwarzes Leder mit Vollbart. Der Machozwerg greift nach meiner Hand und zieht sie zu seiner Zigarette herunter. Im Lichte des Feuerzeugs blinzelt er mir zu. In dem Augenblick, in dem die Flamme erlischt, fühle ich seine Hand zwischen meinen Beinen. Ich will mich wehren, aber dieser Typ trägt den Weltmeistertitel im Hosenöffnen. Plötzlich fühle ich den Nachtwind am Hintern – und den Vollbart an meinem Schwanz. Nicht unangenehm, aber bin ich damit einverstanden? Habe ich ja gesagt?

Na ja, das ist der Park und nicht Linda de Mols *Traumhochzeit*. Das scheint auch mein Schwanz einzusehen, der sich behaglich streckt.

Ich beginne mich zu entspannen, da durchbricht der Lichtstrahl einer Taschenlampe die Dunkelheit. Um uns herum ein gewaltiges Rascheln, Laufgeräusche in alle Richtungen. Die Männer der Nacht verschwinden wie Silberfische, wenn man im Bad Licht anknipst. Nur ich bleibe wie angewurzelt stehen. Die Taschenlampe gehört einem Glatzkopf im Lodenmantel, der einen riesigen Schäferhund Gassi führt.

Angewidert sieht er mich an – und die anderthalb Meter Leder, die noch immer vor mir knien. „Töte!" faucht er seinem Hund zu, läßt ihn von der Leine und richtet einen anklagenden Zeigefinger auf mich. „Töte, Adolf!"

Der Lederkerl richtet sich auf. Adolf springt zähnefletschend auf uns zu. Der Köter wird mir den Penis abbeißen. Ich werde als schwuler Märtyrer verbluten: St. Baby vom Heiligen Gebüsch. Oder doch nicht? Der bärtige Zwerg stellt sich der Bestie in den Weg, holt mit seinem genagelten Stiefel aus und tritt ihr direkt gegen die Nase. Adolf jault auf und rennt mit eingeklemmtem Schwanz zurück zu seinem Besitzer, der ihn schnell anleint und mit hastigen Schritten weitergeht. „Gott wird euch strafen", höre ich ihn schimpfen.

„Scheißköter", sagt mein Retter, holt eine Zigarette heraus und fragt: „Hast du noch mal Feuer?" Rauchend verschwindet er in der Dunkelheit. Ich ziehe nachdenklich meine Hose hoch. Ja, es gibt noch echte Kerle.

Ich gehe ein paar Schritte in Richtung Klappe. Es wird immer belebter. An den Bäumen lehnen rauchende Männer, deren Gesichter bei jedem Zug kurz aus dem Dunkel aufleuchten. Andere laufen unruhig auf dem Kiesweg hin und her. Ein Typ im Trenchcoat rempelt mich an. Wie zufällig berührt er dabei meinen Hintern. Seine Hand rutscht unter meine Jacke. Mit sanftem Druck schiebt er mich ins Gebüsch.

„Isch muß in 'ner Viertelstund den Zoch nach Kölle kriegen", flüstert er mir ins Ohr.

„Ach", sage ich.

Stimmt, der Bahnhof ist ja gleich um die Ecke. Und hier ist das Warten wahrscheinlich spannender als in der Schalterhalle. Der Kölner ist Weltranglistenzweiter im Hosenöffnen. Während er an mir herumlutscht, sieht er immer wieder auf seine Armbanduhr mit phosphoreszierendem Zifferblatt. Nach genau siebeneinhalb Minuten kommt er. Ich höre, wie es auf meine Schuhe spritzt.

„Isch muß misch beeilen", verabschiedet er sich.

Bevor ich meine Hose wieder hochziehen kann, nimmt jemand anders seinen Platz zwischen meinen Beinen ein. Stehen die hier Schlange? Ich bin ein wenig schockiert und auch neugierig. Mit meinem Feuerzeug leuchte ich der vor mir knienden Ablösung ins Gesicht. Es ist Karl.

„Spinnst du?" schreie ich ihn an.

„Ich wollte nur einen Witz machen", kichert Karl.

„Sehr komisch", schimpfe ich und ziehe meine Hose hoch. „Mein Schwanz gehört mir."

„Quatsch, den kann jeder haben, der will. Wie mein kleines Experiment eindeutig bewiesen hat." Karl legt mir immer noch lachend einen Arm um die Schulter. „Jetzt gehen wir mal nachsehen, was auf der Klappe los ist."

Wir werfen einen Blick in das nach Urin und Poppers riechende Herrenklo. Leer – bis auf den bärtigen Ledermann, der mich vor Adolf gerettet hat. Er kommt auf uns zu.

„Haut ab", rät er uns, „eine Razzia ist im Gange. Die Büsche wimmeln schon von Bullen. Ich mach auch gerade die Fliege." Dann verschwindet er in der Dunkelheit.

Ich will sofort nach Hause, aber Karl meint: „Diese Razziagerüchte gibt es jede Nacht. Blödsinn." Er besteht darauf, nachzusehen, ob auf der Damentoilette etwas los ist. Doch nur ein einsames Kondom schwimmt in einer Pfütze.

Als wir das Klo verlassen, stehen wir plötzlich in blendendem Licht. Wir blinzeln in die Scheinwerfer von zwei auf dem Kiesweg geparkten Polizeiautos. Langsam kommen drei Uniformierte auf uns zu.

„Na, meine Herren, was ist denn hier los?" fragt einer von ihnen, der entfernte Ähnlichkeit mit Luke Perry* hat.

„Mein Gott, das ist der schönste Polizist, den ich je gesehen habe!" flüstert Karl.

„Untersteh dich, mit ihm zu flirten!" flüstere ich zurück.

„Darf ich mal ihre Papiere sehen?" fragt Luke.

Ich strecke ihm, peinlich berührt, meinen Ausweis hin; Karl reicht seinen mit einem sehnsüchtigen Seufzer hinüber und haucht: „Hoffentlich gibt es eine Leibesvisitation."

Aber der Beamte verschwindet in einem der Autos und beginnt zu telefonieren.

---

* Der schweigsame Rebell in *Beverly Hills 90210*, eine Art James Dean der Neunziger.

Einer seiner Kollegen – fett und mit ungewaschenem Haar – klärt uns auf: „Wir müssen Ihre Personalien überprüfen." Der andere – ein Schnauzbart mit zwei Pickeln auf der Nase, die aussehen, als ob sie weh tun – fragt Karl: „Was haben Sie hier eigentlich zu suchen?"

Karl antwortet: „Ich mußte mal, was denn sonst?"

„Auf dem Damenklo?" fragt der Polizist.

Karl schenkt ihm einen unschuldsvollen Audrey-Hepburn-Blick: „Auf die Herrentoilette traue ich mich nachts nicht. Ich habe gehört, daß sich da Homosexuelle herumtreiben, Herr Schutzmann."

„Genau", bestätige ich. „Selbst auf dem Damenklo fühlte er sich nicht sicher, deswegen habe ich ihn begleitet."

Luke Perry hat aufgehört zu telefonieren, steigt aus dem Wagen und gibt uns unsere Ausweise zurück. „Alles in Ordnung", sagt er. „Aber Sie sollten wissen, daß es hier nicht ungefährlich ist. Jede Woche erleben wir mehr brutale Überfälle auf Männer, die – sagen wir mal – gerne nachts spazierengehen." Jetzt grinst er.

Karl fragt: „Vielleicht könnte ich ja persönlichen Polizeischutz bekommen? Möchten Sie nicht vielleicht …?"

Ich stoße ihm meinen Ellbogen in die Rippen.

„Sie gehen jetzt besser nach Hause", rät Luke Perry.

„Und Sie?" fragt Karl.

„Halt die Klappe", zische ich, greife seinen Arm und ziehe ihn in Richtung Parkausgang.

„Aber Baby", beschwert er sich, „ich habe seit Monaten keinen besser aussehenden Mann getroffen. Und auch noch in Uniform!"

„Du hast ihn nicht getroffen; er hat dich fast verhaftet! Das war ein Polizist!"

„Na und, was meinst du, mit wie vielen Polizisten ich schon geschlafen habe?"

„Karl, du bist ein hoffnungsloser Fall von sexueller Überbesetzung."

„Ich weiß. Gehen wir morgen wieder in den Park?"

„Ich habe heute zwei Grundsatzentscheidungen getroffen, Karl. Nie wieder Park. Und nie wieder Pizza Banana."

Bei Anruf Sex

Das Telefon als Sex-Objekt? Die Idee fand ich noch nie besonders einleuchtend, man macht doch Sex nicht mit den Ohren. Natürlich, Stimmen können sehr erotisch sein, wie jeder weiß, der schon einmal zu einer Michael-Bolton-CD masturbiert hat*. Und mein Freund Karl erzählt immer wieder begeistert von seiner Nummer mit einem schwarzen Football-Profi, der ihm in höchster Erregung einen Telefonhörer rektal einführte. Aber das ist es wohl nicht, was gemeinhin unter Telefonsex verstanden wird. Ich kann mir jedenfalls Angenehmeres vorstellen.

Zum Beispiel einen faulen Samstagnachmittag vor dem Fernseher. Ich liege entspannt auf dem Sofa, rauche Menthol-Zigaretten und erfreue mich an der hohen Frequenz, mit der die männlichen Darsteller in *Melrose Place*** ihr Hemd ausziehen.

Telefonklingeln unterbricht meine sanften Tagträume über Grant Shows Brustwarzen. Das wird entweder meine aktivistische Mutter sein, die mich über den neuesten Stand von Bill Clintons „Schwule ins Militär"-Kampagne informieren will, oder Karl, der das beliebte Spiel „Rat mal, wer gestern nacht bei mir geschlafen hat" spielen will.

Seufzend nehme ich den Hörer ab: „Jaaah?"

Keine Antwort.

„Wer ist da? Hallo?"

Stille.

Falsch gewählt und zu feige, sich zu entschuldigen, denke ich und knalle den Hörer auf die Gabel. Zehn Sekunden später klingelt es wieder.

---

* Der Rockballaden-Sänger quetschte seine Töne derart, dass man glaubte, er wäre dauernd kurz vorm Abspritzen. Früher fand ich Bolton peinlich, aber geil. Heute fühle ich genau so für Josh Groban.

** *Melrose Place* war DIE schwule Kult-Soap: die schönsten Jungs und die hysterischsten Diven. Nirgendwo sonst gab es Dialoge wie: „Ich bin Model – ich hungere, damit anderen das Wasser im Mund zusammenläuft." oder „Dein Kleid gefällt mir, aber auf dem Fußboden würde es besser aussehen."

„Miss Amanda Woodwards Privatsekretärin“, melde ich mich.

Ein Rauschen. Nein, eher ein Schnaufen.

Ich höre genauer hin. „Haben Sie Probleme? Ist Ihnen nicht gut?“

Ein Asthmakranker, der meine Nummer mit der seines Arztes verwechselt? Am anderen Ende der Leitung ein Hecheln. Ein Cockerspaniel, der in Herrchens Abwesenheit mit dem Telefon spielt?

„Wuff-wuff“, versuche ich eine Konversation zu beginnen. „Aus! Pfui! Ab ins Körbchen!“

Endlich eine Antwort: ein langgezogenes, gepreßtes „Hallo“.

„Ja“, rufe ich erfreut, „sind Sie doch kein Hund?“

„Ich bin eine Sau“, sagt eine dunkle Stimme.

Ich bin sprachlos.

Mein Anrufer stöhnt und erklärt: „Ich wichse jetzt schon seit Stunden, und ich bitte dich um Erlaubnis, abzuspritzen, Meister.“

„Sind Sie sicher, daß Sie sich nicht verwählt haben?“

Grunzen.

„Kennen wir uns? Warum rufen Sie ausgerechnet mich an?“

Keine Antwort, nur dringender werdendes Stöhnen.

Ich lege auf. Wer kann das sein? Karl behauptet immer, wenn ich angetrunken bin, stecke ich gutaussehenden, fremden Männern in Bars und Discos meine Telefonnummer zu. Oje. Das kommt davon.

Das Telefon klingelt wieder.

„Hören Sie“, stammele ich, „ich war betrunken, als ich Ihnen meine Nummer gab. Und ich bin wirklich nicht Ihr Meister. Aber wenn Sie abspritzen wollen, nur zu!“

„Baby, ich habe den Eindruck, daß dein Lebensstil von Tag zu Tag bizarrer wird“, antwortet meine Mutter. „Ich will gar nicht wissen, wessen Anruf du erwartet hast! Wenn du nur glücklich dabei bist, mein Kind. Weswegen ich anrufe: Ich möchte eine spontane Solidaritätsdemo für Clinton organisieren, bei der ich den gleichen Hut tragen werde wie Hillary bei der Amtsantrittsfeier. Was hältst du davon?“

„Wunderbar, Mutti“, seufze ich, „aber ich sehe gerade *Melrose Place*, kannst du später noch mal anrufen?“

„Ich weiß nicht, was du an diesem spätkapitalistischen Yuppie-Kitsch findest, Kind, aber bitte.“

Klick. Keine Mutter ist so schnell beleidigt wie meine. Ich zünde mir noch eine Zigarette an und konzentriere mich wieder auf den Bildschirm. Wessen Bauchmuskeln sind das jetzt? Ich komme immer durcheinander. Vielleicht sollte ich den Schauspielern mal ins Gesicht sehen.

Das Telefon klingelt wieder. Halb genervt, halb gespannt hebe ich ab.

„Ja bitte?"

Aha, das bekannte Stöhnen. Irgendwie ganz aufregend. Wenn ich dem Anrufer meine Nummer gegeben habe, muß er ziemlich gut aussehen. Karl sagt, ich mache im Suff nur die schärfsten Typen an. (Nüchtern stehe ich eher auf die Schüchternen mit Hundeblick.)

„Was hast du an?" frage ich. Das wollen sie bei Telefonsex-Szenen im Kino immer wissen.

„Nichts", stöhnt der Fremde. Natürlich. Dann eine freiwillige Selbstauskunft: „Mein Schwanz ist 35 Zentimeter lang."

Klar, und ich kann mir meinen um die Hüfte wickeln, denke ich.

„Gib mir die Erlaubnis, Meister, ich bin schon ganz wund", stöhnt er.

Ich bin streng: „Erst will ich mehr über dich wissen. Wie siehst du aus?"

„Ich bin 21, habe einen Körper wie Andrew Shue und ein Gesicht wie Grant Show."

Aha, noch ein *Melrose Place*-Fan. Ich glaube ihm kein Wort, begreife aber langsam, was das Interessante am Telefonsex ist: Man kann sich selbst neu erfinden. „Also gut, ich erlaube dir, zu kommen", sage ich.

„Spritzt du auch ab, Meister?"

Immer, wenn er mich „Meister" nennt, erinnere ich mich unwillkürlich an *Bezaubernde Jeannie*. Mit acht Jahren war ich in Larry Hagman verknallt. Er war so sexy in seiner NASA-Uniform. Für einen Orgasmus reicht diese prickelnde Jugenderinnerung allerdings nicht aus. Trotzdem, ich mache dem Anrufer die Freude. „Ja, ich bin soweit!" stöhne ich und beginne meinen ersten vorgetäuschten Höhepunkt. Der am anderen Ende der Leitung wirkt dagegen sehr echt. Ein Geschrei wie von einer Herde Paviane. Danach keucht mein Anrufer noch „Danke, Meister" und legt auf.

Meine gute Tat für den Tag. Manchmal kann man so einfach ein wenig Glück und Sonnenschein in das Leben fremder Menschen zaubern. Leider bin ich jetzt selbst ziemlich stark erregt. Ich hätte ihn länger hinhalten sollen. Aber der Arme war ja schon wund. Ob er noch mal anruft? Wohl kaum. Aber es gibt doch diesen Telefonsex-Service. Ich habe farbige Hochglanz-Anzeigen dafür gesehen: Ein nackter muskulöser Typ hält sich ein Telefon vor den Schwanz und den Hörer ans Ohr: „Super Gay Erotik! 24 Std. bereit! Keine Kosten außer den Telefongebühren! Ruf an!" Ob ich das mal ausprobiere? Vielleicht ist es ja aufregender, als ich es mir vorstellen kann.

Also gut. Ich schalte den Fernseher ab, ziehe mich aus, lege mich auf mein Bett und wähle.

„Hallo, hier spricht Bill“, meldet sich eine maskuline Stimme. „Schön, daß du mich anrufst, mein geiler Freund.“

Ich bin wie erstarrt. Was soll ich nur sagen?

Aber Bill scheint gar keine Antwort zu erwarten. Er erklärt: „Dieser Telefonservice ist nur für Männer über achtzehn Jahre. Anrufer, deren moralische Gefühle vom sexuell eindeutigen Inhalt dieses Gesprächs verletzt werden könnten, haben jetzt noch Gelegenheit, aufzulegen.“

„Kein Problem, Bill“, sage ich.

„So, mein geiler Schatz, jetzt geht es richtig los. Ich bin schon wahnsinnig geil. Wir werden uns jetzt gemeinsam entsaften.“

Ich muß laut lachen: „Entsaften? Wo hast du denn das her?“

Bill reagiert nicht. „Mein Schwanz ist schon ganz hart“, stöhnt er. „Ich sitze auf einem bequemen Sofa und trage nichts außer einem knappen Nylonslip.“

„Wie scheußlich!“ rufe ich. „Mit Leopardenmuster?“

Bill stöhnt nur und fordert: „Forme deine rechte Hand zu einer halbrunden Schaufel und massiere dir die Eier. Spürst du, wie herrlich das ist?“

Mir wird klar: Das ist ein Tonband. Ich lege auf und wähle noch mal: „Hallo, hier spricht Bill. Schön, daß du mich anrufst, mein geiler Freund.“

Natürlich, ein Band. Schnell noch ein Test: „Bill, deine Stimme hört sich an wie die von Caroline Reiber. Sing mir ein volkstümliches Lied, das macht mich so richtig scharf.“

Keine Reaktion, nur wieder die Warnung vor verletzten moralischen Gefühlen. Auf meinem Gebührenzähler rasseln die Ziffern nur so durch. Drei Mark pro Minute. Jede erotische Regung hat sich verflüchtigt. Trotzdem, jetzt bin ich neugierig, was Bill mir noch zu erzählen hat. Er spielt so offensichtlich alles nur vor, daß ich dauernd kichern muß.

Und wie seltsam er sich ausdrückt: „Ich habe jetzt das Bedürfnis, meinen Schwanz aus meinem Nylonslip zu holen. Nun nehme ich die Eichel zwischen Daumen und Zeigefinger und führe im oberen Bereich Wichsbewegungen durch.“

Gibt es jemanden auf der großen, weiten Welt, der diesen Blödsinn sexy findet?

Bills falsches Stöhnen wird wilder. „Umfaß deinen Kolben! Auf und ab! Auf und ab!“ befiehlt er. Ich liege prustend auf dem Bett und ringe nach Luft. „Schneller!“ keucht Bill. „Ja! Ja! Ich halt's nicht mehr aus!“

„Ich auch nicht!“ schreie ich lachend.

„Oh! Ich hab abgespritzt! Die ganze Ladung auf meinem Oberkörper!“ Er hört sich lange nicht so echt an wie Meg Ryan in *Harry und Sally*. Ich frage mich, wie er an den Job gekommen ist. „Mein Freund“, flüstert er jetzt, „immer, wenn du geil bist, werde ich dir helfen. Egal ob Tag oder Nacht, Bill ist für dich da.“

Mein Gebührenzähler zeigt schon über 100 Einheiten an. „Du bist nicht nur schlecht, Kleiner“, gifte ich in meiner Alexis-Colby-Stimme, „sondern auch zu teuer“, und lege kichernd auf.

Kopfschüttelnd schenke ich mir einen Sherry ein und schalte den Fernseher wieder an. Es läuft *Bei Anruf Mord*, ein Film, den ich immer wieder gerne sehe. Grace Kelly sticht gerade mit einer Schere auf den heimtückischen Würger ein, als mein Telefon wieder klingelt.

„Mister Alfred Hitchcocks Privatsekretärin“, melde ich mich.

„Hallo, Meister, ich bin schon wieder scharf“, stöhnt es mir ins Ohr.

Ich stutze – und beginne zu überlegen, ob ich meine Rufnummer ändern soll oder ob ich ein neues Hobby habe.

Sex ist Politik

Als ich vor ein paar Wochen beim Joggen im Stadtpark anfing zu röcheln und einen Klumpen grauen Schleims ausspuckte, beschloß ich, mir das Rauchen abzugewöhnen. Ich wartete tatsächlich bis nach dem Duschen, bevor ich mir wieder eine anzündete. Natürlich war ich nicht süchtig – andere Leute rauchen beim Joggen. Ich könnte jederzeit auf der Stelle aufhören, aber bitte Schritt für Schritt. Also vergrößerte ich die Intervalle zwischen meinen Zigaretten innerhalb einer Woche von viereinhalb Minuten auf fünfdreiviertel. (Na gut, zugegeben, manchmal wartete ich auch nur fünf Minuten und vierzig Sekunden.) Ich trat resigniert einer Selbsthilfegruppe bei: „Rosa gegen blauen Dunst – Gesprächstherapie für homosexuelle Nikotinabhängige".

Bei meiner ersten Sitzung mußte ich mich vor die etwa zwölf Gruppenmitglieder und die fette Therapeutin, die Laufsteg-Model war, bevor sie das Rauchen aufgab und Psychologie studierte, hinstellen und sagen: „Hallo, mein Name ist Baby, und ich bin nikotinsüchtig."

Die anderen antworteten im Chor: „Herzlich willkommen, Baby. Du bist krank, aber wir akzeptieren dich."

Dann verbrachten wir eine Stunde damit, Kaugummi zu kauen und uns gegenseitig zu erzählen, wie tief wir durch die Zigaretten gesunken waren: Ich erwähnte meinen Schleimklumpen, ein großer Blonder erinnerte sich, wie seine Beziehung in die Brüche ging, weil er nicht nach, sondern während des Orgasmus rauchte, ein Lederkerl gab beschämt zu, der Rauch von Mentholzigaretten mache ihn schärfer als Poppers, und weinend erzählte ein Dickerchen mit onduliertem roten Haar, wenn er länger als eine Viertelstunde nicht rauche, müsse er – egal, wo er gerade sei – dringend onanieren und habe deswegen schon sehr unschöne Szenen in Nichtrauchertaxen erlebt. Es war alles sehr bewegend und bestärkte mich in meinem Entschluß, nie wieder zu rauchen.

Nach der Sitzung zündete ich mir mit einem meiner Mitpatienten im Aufzug eine Zigarette an. Auf der Straße blies er mir Rauch ins Gesicht, sagte, er heiße Peter, und fragte, ob ich die Therapie nicht in privaterem Ambiente fortsetzen wolle. Da er aussah wie Robert Redford Anfang der siebziger Jahre, überlegte ich nicht lange und stieg in seinen offenen Porsche.*

„Beeindruckendes Auto", sagte ich.

„Glaub bloß nicht, ich sei reich. Den hat mir ein Parteifreund geliehen", winkte er ab. „Ich bin nämlich politisch sehr aktiv, in der Freien Demokratischen Union. Zufällig habe ich hier im Handschuhfach ein Flugblatt über die politischen Ziele der FDU. Du wählst uns doch hoffentlich?"

Ich war perplex. Soweit mir bekannt war, interessierten sich nur höchst unattraktive Schwule für Politik (aus Kompensationsgründen), und die waren eigentlich nie Mitglieder in einer der großen Parteien, sondern in irgendwelchen obskuren Vereinen, die sich ständig zerstritten und spalteten und keinen weiteren Nutzen hatten, als sexuell unausgefüllten Homos die Zeit zu vertreiben**.

Als ich das Peter erläuterte, nahm er eine Kurve besonders scharf und grinste: „Diese Typen betreiben keine Politik, sondern kleinkarierte Hirnwichserei. Politik hat nichts mit intellektuellen Diskussionen in Kellerräumen zu tun, sondern mit Macht." Er öffnete mit einer Fernbedienung das Tor seiner Garage, die im Souterrain eines Stadtpalastes lag, dessen obere Hälfte Peter bewohnte. „Fast umsonst, verstehst du, unten wohnt ein Parteifreund, dem das Haus gehört, und der unterstützt mich ein wenig."

In der Küche nahm Peter einen Cocktail-Shaker aus dem Designer-Kühlschrank und füllte zwei Gläser: „Kai Pirinha – total angesagt!***" Nach zwei Drinks war ich sehr fröhlich, und Peter zeigte mir den Pool im Keller („Drehn wir 'ne Runde?"), den Kandinsky in der Diele (ich stand staunend und tropfend davor), das Schlafzimmer und schließlich sein beträchtliches Geschlechtsteil, das er ebenso rasant handhabte wie seinen Porsche …

Bei der vierten Zigarette danach wurde ich langsam wieder nüchtern und bemerkte, daß ich mich hier in einer Jungfrauenfalle wie aus einem schlechten Doris-DayRock-Hudson-Film befand. Neben dem Bett lagen die Fernbedienungen für den Deckenlicht-Dimmer und den

* Inzwischen sieht Robert Redfords Gesicht leider aus wie eine Luftaufnahme vom Grand Canyon.

** Das soll nicht heißen, dass die heterosexuellen Politiker hübscher wären. Wer gut aussieht, geht anscheinend grundsätzlich nicht in die Politik.

*** Der Cosmopolitan der Mittneunziger.

CD-Player, der ganz leise Madonnas *Erotica*-Album spielte. Ich fühlte mich ziemlich blöd.

„Du, ich muß dich jetzt rausschmeißen", sagte Peter und tätschelte meinen Kopf. „Morgen muß ich sehr früh raus und viel vorbereiten – ich gebe ein kleines Abendessen für meine Parteifreunde. Wenn du willst, kannst du mir deine Nummer dalassen, Schätzchen. Ich ruf dich an, wenn ich mal Zeit habe." Ich starrte auf die schwarze Seidenbettwäsche und kam mir noch blöder vor. „Also hopphopp! Ich brauche meinen Schönheitsschlaf", kommandierte Peter und warf mir meine Kleider zu. Auf dem Heimweg rauchte ich zwei Schachteln Zigaretten in einer halben Stunde. Zu Hause duschte ich, bis kein warmes Wasser mehr da war. Dann griff ich wieder zu meinen Zigaretten, erinnerte mich aber daran, daß ich aufhören wollte, und rauchte deswegen nur noch siebzehn.

Am nächsten Tag traf ich mich mit meinem Freund Karl in einem Café, um mich auszuheulen.

„Ich habe mich nicht mehr so gedemütigt gefühlt, seit ich in meiner Penisvergrößerungspumpe steckenblieb und den Notarzt holen mußte", jammerte ich.

„Dieser Polit-Typ, sieht der vielleicht aus wie Robert Redford in *Barfuß im Park?* fragte Karl.

„Kennst du den etwa?"

„Die ganze Stadt kennt doch seine Tour." Karl äffte Peters Stimme nach: „‚Kai Pirinha – total angesagt! Hast du Lust auf 'ne Runde im Pool? Also hopphopp, raus mit dir, ich brauche meinen Schönheitsschlaf!'"

„Entschuldigung", fragte ein kleiner Brünetter vom Nebentisch, „sprecht ihr gerade über Peter von der DSU? Das arrogante Miststück hat mich 'ne Psychotherapie gekostet."

Sein Begleiter zischte: „Garagenfernbedienung! Daß ich mich davon habe beeindrucken lassen!"

Der Kellner trat an unseren Tisch: „Polit-Peter? Der sammelt gebrochene Herzen wie Imelda Marcos Schuhe. In diesem Laden sitzen mindestens ein Dutzend Typen, die er abgeschleppt und dann wie benutzte Kondome weggeworfen hat." Er putzte sich die Nase und schniefte: „Immer wenn ich *Erotica* höre, muß ich daran denken, wie

---

* Ehemalige philippinische Diktatorengattin mit mehr Pumps als Carrie Bradshaw.

mies er mich behandelt hat. Und Kai Pirinhas habe ich von der Karte gestrichen."

Ein pakistanischer Rosenverkäufer mit starkem Bartschatten mischte sich ein: „Peter mit Porsche? Gut in Bett, aber schlecht Mensch. Er nur wollen mein Körper, nicht meine Blumen."

Karl schlürfte einen Schluck Tee und überlegte: „Vielleicht ist das eine Art Propaganda? Politiker müssen schließlich dem Volk nah sein."

„Pakistanis dürfen nicht wählen", gab ich zu bedenken.

„Die Zeit ist reif für einen Akt homosexueller Befreiungspolitik!" deklamierte Karl. „Ich beantrage die Gründung einer Anti-Peter-Partei!"

„Antrag angenommen!" rief der Brünette vom Nebentisch.

Johlende Stimmung füllte das Lokal. Auf einer Serviette trugen sich die Gründungsmitglieder der neuen Partei ein. Bald waren wir über zwanzig.

„Kommen wir zum ersten – und übrigens einzigen – Punkt des Parteiprogramms", sagte Karl und schlug mit einem Löffel gegen sein Teeglas, „Maßnahmen gegen Promisk-Peter."

Nachdem unser Schriftführer (der Rosen-Pakistani) die Beschlußfähigkeit festgestellt hatte, wurden Anträge zum Peter-Problem eingereicht und zur Abstimmung freigegeben. Natürlich gewann Karls Idee. Karl hat immer die besten Ideen. Und die gemeinsten.

Abends – Peters Essen mit Parteifreunden mußte in vollem Gange sein – traf sich die APP vor seiner Villa, direkt unter dem Balkon. Wir hatten den ganzen Nachmittag an Transparenten gearbeitet: *Anti-Peter-Partei – nie wieder sexuelle Demütigung!; Wählt APP – gegen Porsche und Parteifilz!; APP – Sexualpolitik ohne Madonna und Kai Pirinha!"* Während wir stumm anklagend im Kreis demonstrierten und Flugblätter („Sind auch SIE ein Opfer sexbesessener Politiker?") an Passanten verteilten, wuchs um uns eine beträchtliche Menschenmenge. Der Aufruhr lockte Peter schließlich auf den Balkon. Er wirkte hysterisch und trug nichts außer einem Handtuch um die Hüften und einem Hundehalsband, an dem eine Leine schlenkerte. „Seltsames Partei-Diner", flüsterte mir Karl zu.

Mit zornrotem Kopf brüllte Peter, wir sollten uns verziehen: „Ich habe ein demokratisches Recht auf die sexuelle Nutzung der Bevölkerung! Mir kann keiner was vorwerfen!"

Hinter ihm reckte sich ein nackter, fetter, haariger Arm aus der Balkontür, griff nach der Hundeleine und zerrte Peter zurück. Wir hörten eine gedämpfte Stimme mit bajuwarischem Akzent zischen: „Spinnst jetzt, Peda? Do kennt die Presse dabeisein! Kimm eini, moch di net lächerlich und sei a braves Hündchen. Schließli wuist amol Abgeoardneter wern!“

Bevor die Balkontür zuknallte, hörten wir Peter noch flehen: „Verzeihung, Herr Minister.“ Die boulevardeske Szene löste große Heiterkeit und Befriedigung bei der APP aus, die kichernd ihre Spontan-Demo auflöste und sich in die nächstgelegene Disco vertagte, um den ersten von ihr angezettelten Polit-Skandal zu feiern.

„Dieser Peter ist wirklich genug gestraft“, grinste Karl und bot mir eine Mentholzigarette an, die ich natürlich nicht ablehnte.

Beim nächsten Treffen der Anti-Nikotin-Gruppe war Peter – ich spekulierte, daß sein Minister ihm einen Aufenthalt in der Betty-Ford-Klinik finanziert hatte – nicht mehr dabei. Aber dafür ein Zigarillo-Abhängiger, der aussah wie Clint Eastwood vor 30 Jahren*. Leider saß er so ungünstig, daß ich ihn um unsere voluminöse Therapeutin herum anflirten mußte, die meine Aufmerksamkeit geschmeichelt auf sich selbst bezog und lüstern lächelnd meinte: „Baby, es scheint, als begünstige der Nikotinentzug bei dir heterosexuelle Tendenzen. Das erfordert Einzeltherapie.“

Nach der Sitzung gab ich allerdings eher homosexuellen Tendenzen nach und paßte den Aufzug so ab, daß ich ihn mit Clint Eastwood teilte. Als ich – konsequent wie eh und je – nach meinen Zigaretten griff, nahm er sie mir aus der Hand, küßte mich auf den Mund und sagte: „Versuch's doch mal mit einer anderen Art von oraler Befriedigung.“ Ich hoffte nur, daß Clint nichts mit Politik zu tun hatte.

---

* Inzwischen sieht Clint Eastwoods Gesicht leider aus wie das meiner Oma im Morgengrauen. Betonung auf „Grauen“.

Baby geht baden

Ich hasse Hallenbäder – den Chlorgestank, die feuchtglitschigen Bodenkacheln, die Kinder, die ins Becken pissen, und die fetten Rentnerinnen mit Badehauben wie Gummi-Blumensträuße. Seit meiner Kindheit habe ich keine öffentliche Badeanstalt mehr besucht. Bis heute.

Meine Freundin Lola hat mich überredet, sie ins Stadtbad zu begleiten. Lola macht aus Frust darüber, daß ihr Lover sie für eine überschlanke Stripperin aus den Neuen Bundesländern verlassen hat, eine Meeresfrüchte-Diät.

„Es ist unheimlich, Baby", erklärt sie, während wir an der Kasse Schlange stehen, „aber ich habe dieses dringende Bedürfnis, täglich zu schwimmen. Wahrscheinlich, weil ich so viele Fische gegessen habe. Ihre transzendentale Meeres-Energie ist auf mich übergegangen. Frau ist, was frau ißt."

„Hast du wieder einen dieser esoterischen Lebensberater gelesen? *Sei eins mit dem Universum* oder so was?"

Lola winkt ab und bezahlt ihre Eintrittskarte: „Davon verstehst du nichts. Wir Frauen sind dem Meer verbunden. Das Wasser, aus dem alles Leben entstand, ist unser Element."

„Ich muß also damit rechnen, daß du Kiemen entwickelst, in den Urschoß des Meeres zurückkehrst, mit den Walen tauchst und unter Wasser singst: *Flipper, Flipper, jeder kennt ihn, den klugen Delphin …*"

„Du nimmst mich nicht ernst. Typisch Mann. Und hör endlich auf zu jaulen. Die Leute sehen schon her."

„Und wie die ersten starren werden, wenn sie meine weiße Badehose sehen, die bei Wasserkontakt transparent wird!"

Kopfschüttelnd verschwindet Lola in der Damengarderobe: „Bis gleich, Baby, und tu nichts, was ich nicht tun würde – frau kennt ja die schlimmen Geschichten über homoerotische Orgien in Umkleideräumen öffentlicher Bäder!"

Ich nicht. Und woher Lola sie kennt, ist mir schleierhaft.

Ich betrete die Herrengarderobe und suche mir einen Spind aus. Es gibt hier ein paar Wechselkabinen, die aber alle leerstehen. Man scheint es vorzuziehen, sich öffentlich umzukleiden. Neben mir ölt sich ein nackter, solariumgebräunter Mann im besten Alter sehr ausgiebig ein und starrt dabei einen blonden Teenager an, der sich ein paar Spinde weiter auszieht. Sehr trockene Haut scheint mein Nachbar in seiner glattrasierten Leistengegend zu haben, denn dort ölt er besonders heftig. Der blonde Jüngling und ich bemerken gleichzeitig, wie sich das Geschlechtsteil des Ölenden ruckartig enorm vergrößert. Dem Teenager klappt der Unterkiefer herunter. Mein Nachbar gönnt uns noch einen satten Blick auf sein Prachtstück, bevor er in einer Wechselkabine verschwindet.

Ich bemerke, daß er die Tür nicht abschließt. Blondie auch. Er beißt sich ein paar Sekunden lang auf der Unterlippe herum, dann folgt er meinem Nachbarn in die Kabine.

Das meinte Lola also! Nachdenklich ziehe ich mich um und hänge meine Sachen in den Metallschrank. Zwei durchtrainierte, türkische Jugendliche in riesigen Boxershorts-Badehosen kommen herein. Sie atmen keuchend und sind noch erhitzt vom Schwimmen. Wasser rinnt ihre haarigen Beine herunter. Ich folge den Tropfen fasziniert mit den Augen.

„Ey“, ruft der größere der beiden mir zu, „was glotzt’n so?“

Ich werfe ihm eine Kußhand zu und gehe duschen.

Ein magerer Mann mit einem Schmetterling-Tatoo auf dem Hintern hat sich die Badehose um den Hals gehängt. Er seift sich ein, duscht sich ab und beginnt wieder mit dem Einseifen. Seine Haut ist schon ganz verschrumpelt. Ich wasche mich kurz und betrete dann die Schwimmhalle.

Ohrenbetäubendes Kindergeschrei echot von den Wänden. Lola wartet schon auf mich. Sie trägt einen altmodischen, rosafarbenen Betty-Grable-Einteiler und eine Art Mini-Müllsack auf dem Kopf.

„Ich Idiotin habe meine Badehaube vergessen, deshalb mußte ich an der Kasse dieses Modell kaufen“, schreit sie gegen den Lärm an. „Kostet zwar nur zwei Mark, macht aber aus jeder noch so attraktiven Frau einen Schlumpf.“

„Auf ins weibliche Element, Schlumpfinchen!“ schreie ich zurück und springe ins Wasser. Ich lande mit ungeheurem Spritzen neben einer fetten Matrone mit einem Osternest aus Gummi auf dem Kopf.

„Sie Flegel!“ schimpft sie gereizt.

Das hätte sie nicht tun sollen. Die zwei Worte bringen ihren Atemrythmus völlig durcheinander. Sie prustet, strampelt und geht unter.

Lola ruft vom Beckenrand: „Jetzt komme ich", hält sich die Nase zu und springt mit zugekniffenen Augen direkt auf die gerade wieder auftauchende Matrone. Panisch ineinander verkrallt sinken beide bis fast auf den Grund. Wie aus dem Nichts erscheint ein Bademeister und hechtet ihnen nach. Sekunden später taucht er mit Lola unter dem linken, der Matrone unter dem rechten Arm und Lolas Mini-Müllbeutel auf dem Kopf wieder auf. Schimpfend schwimmt die Matrone zum Beckenrand, während Lola sich am Bademeister festklammert – nicht etwa, weil sie des Schwimmens nicht mächtig ist, sondern weil dieser aussieht wie Matt Dillon*. Lola blinzelt mir zu und läßt ihren Kopf an die breite Bademeister-Brust sinken. Er schwimmt mit ihr in den flachen Teil des Beckens herüber.

Die Matrone klettert aus dem Wasser, rückt ihr Osternest – oder ist es ein Tulpenbeet? – gerade und keift mich an: „Ich wäre fast ertrunken wegen Ihrem Gespritze, Sie Rüpel! Und was haben Sie überhaupt für eine schamlose Badehose an!"

Ich strecke ihr die Zunge heraus. Eine Gruppe Kinder am Beckenrand applaudiert. Die Alte watschelt verbittert in Richtung Duschraum.

Lola sitzt inzwischen mit dem Traum von einem Bademeister in dessen verglastem Büro. Dekorativ auf einen Plastikstuhl hingegossen und mit den Wimpern klimpernd läßt sie sich irgend etwas Belebendes einflößen. Du Tarzan, ich Jane. Lola spielt das vom starken Mann gerettete, hilflose Mädchen verblüffend perfekt für eine Frau, die sich selbst als Hardcore-Feministin der „Wenn-er-frech-wird-schneid-ihn-ab"-Fraktion bezeichnet.

Vor mich hin grinsend schwimme ich ein paar Längen, wobei ich höllisch aufpassen muß, um nicht von rasanten Kraulern mit Schwimmbrille angerempelt und versenkt zu werden. Die zischen nur so durch das Becken. Aber auch schnaufende Rentner-Riegen und pubertierende Pärchen, die sich während des Schwimmens unter Wasser anfassen (tsk, tsk), überholen mich. Ich schätze, ich bin nicht gerade ein Thomas Rupprath.

Ein rothaariger, etwa zehnjähriger Junge krault lässig an mir vorbei und ruft: „Du schwimmst wie meine Tante Augusta!"

Mir reicht's. Genug der Demütigung! Ich gehe.

Auf dem Weg zur Dusche passiere ich die verglaste Bademeister-Kabine. Lola und Matt Dillon sind in ein Gespräch vertieft. Ihre

---

* Der Schauspieler, nicht der Sheriff aus *Rauchende Colts*.

Hand liegt wie zufällig auf seinem Schenkel. Als Lola mich bemerkt, signalisiert sie mit einem dringlichen Blick: „Bitte nicht stören!“ Ich verschwinde im Duschraum.

Inzwischen um einiges verschrumpelter seift sich der Tätowierte noch immer ein. Der rothaarige Junge, der mich vorhin überholt hat, duscht neben mir. Er bemerkt meinen Blick auf den ewigen Einseifer und sagt wissend:

„Das ist ein Exhibitionist.“

„Das weißt du bestimmt von deiner Tante Augusta“, zische ich.

„Nö, aus'm Fernsehen. Schreinemakers, Gottschalk, Biolek – die reden dauernd über so was*. Guck mal, der da, das ist ein Voyeur“, sagt der Kleine und zeigt auf den blonden Teenager, der vorhin mit dem rasierten Öl-Fetischisten in einer Kabine verschwunden war und jetzt gegenüber von uns unter der Dusche steht.

„Woher weißt du denn das?“ frage ich.

„Den hab ich schon oft hier gesehen. Wenn andere Männer ihre Badehose ausziehen, wird sein Pimmel groß“, erklärt das kluge Kind.

„Ist deine Mutter vielleicht Erika Berger**?“ wundere ich mich und steige aus meiner Badehose. Der Blonde gegenüber bekommt eine Instant-Erektion.

„Siehst du!“ freut sich der Junge und macht sich auf in Richtung Umkleideraum.

Über die Schulter ruft er mir noch zu: „Natürlich sind die alle auch noch homosexuell!“

Der Teenager dreht sich schamhaft zur Wand. Der Exhibitionist seift nervös seinen Schmetterling. Ich dusche mir schnell das Chlor ab.

In einer Wechselkabine ziehe ich mich um. Nebenan links singt der rothaarige Junge sehr laut und sehr falsch Madonnas *Deeper and Deeper*. Von rechts höre ich leise schmatzende Geräusche, die mich neu-

---

* Und diese Talkshows waren noch halbwegs zivilisiert. Was heute in den *daily talks* am Nachmittag von asozialen Proleten an Geschmacklosigkeiten verzapft wird, hätte in den frühen Neunzigern wahrscheinlich bundesweite Protestbewegungen hervorgebracht mit Transparenten wie: „Wir sind das Volk – wir wollen den Quatsch nicht hören!“ und „Klappe!“

** Die erste Sex-Beraterin im deutschsprachigen Fernsehen bestach durch ihren österreichisch-damenhaften Auftritt. Endlos geduldig gab sie unbefriedigten Hausfrauen, lüsternen Teenagern und genital übersteuerten Paaren Ratschläge wie „Reden's halt amol wirklig ofn miteinand – und rufen's mi dann wieder an, gell.“ Niemand hat seither ihre oft kopierte Art, die Beine zu kreuzen, übertroffen – nicht mal Sharon Stone.

gierig machen. Ich klettere auf die kleine Bank und schaue vorsichtig über die Trennwand. Da sitzt der schamhaarrasierte Öler und masturbiert vor sich hin. Er sieht zu mir hoch, grinst und schließt seine Kabinentür auf. Einen Moment lang fasziniert mich der Gedanke, einfach rüberzugehen, aber dann taucht auf der anderen Seite meiner Kabine der Rotschopf über der Trennwand auf und sagt: „Hier kann man die interessantesten Dinge beobachten."

„Wirst du wohl da runter steigen!" schimpfe ich. „Benimm dich, oder ich erzähle alles deiner Tante Augusta!"

Als ich die Herrengarderobe verlasse, bin ich überrascht, im Foyer Lola zu finden, die auf mich wartet.

„Nanu", frage ich, „was ist denn mit deinem Badeherrn und -meister?"

„Der kann doch nicht die ganze Zeit mit mir plaudern. Er muß sich auf seine Arbeit konzentrieren, sonst ertrinken die Leute zu Dutzenden."

„Deinem zufriedenen Grinsen entnehme ich, daß du ihn außerhalb seiner Dienstzeit wiedersehen wirst?"

Lola strahlt: „Heut abend, bei mir. Da werde ich mit ihm baden gehen – zu zweit in meiner Wanne."

Der rothaarige Junge und die von Lola und mir versenkte Dame kommen gleichzeitig aus den Umkleideräumen. Der Rotschopf läuft auf die Matrone zu: „Gehen wir noch ein Eis essen, Tante Augusta?"

„*Das* ist Tante Augusta?" denke ich laut.

„*Wer* ist Tante Augusta?" fragt Lola.

„*Ich* bin Tante Augusta!" sagt die Matrone.

Lola ergreift ihre Hand. „Freut mich sehr. Sie dürfen mich Lola nennen. Ohne Sie hätte ich mir niemals den Bademeister geangelt. Darf ich Sie auf irgend etwas in die Schwimmbad-Cafeteria einladen?"

„Nur wenn dieses Subjekt nicht mitkommt", antwortet Tante Augusta und richtet einen anklagenden Zeigefinger auf mich.

„Der ist aber ganz okay", meint ihr rothaariger Neffe. „Obwohl er wahrscheinlich ein Exhibitionist ist. Seine Badehose wird im Wasser durchsichtig." Dann zupft er Lola am Ärmel: „Bist du auch eine Exhibitionistin? Oder vielleicht eine Nymphomanin?"

Lola grinst und seufzt: „Sollte ich je ein Kind kriegen, Baby, dann erinnere mich daran, es zur Adoption freizugeben."

Die große Liebe

Irgendwer sieht irgendwann
dich mit einem Lächeln an,
macht dich so unendlich froh
irgendwann und -wo.
Irgendwann und irgendwie
wirst du glücklich wie noch nie.
Irgendwie und irgendwann
fängt die große Liebe an.
(Zarah Leander)

Dies ist die größte Liebesgeschichte aller Zeiten – jedenfalls für mich. Ich selbst bin nämlich der Romeo in dieser Romanze, in der es, um das vorwegzunehmen, natürlich keine Julia gibt.

Sie beginnt an einem ganz normalen, langweiligen Abend in einer Disco namens Big Boy. Ich lehne neben Karl an der Bar und starre auf die Tanzfläche. Männer in Feinripp-Unterhemden zappeln im Tekkno-Rythmus.

„Immer die gleichen Gesichter", seufzt Karl und nippt an seinem Wodka-Martini.

„Immer die gleichen Feinripp-Unterhemden", seufze ich und ziehe an meiner Menthol-Zigarette.

„Was tun wir eigentlich hier?" fragt Karl.

„Die Hoffnung auf den Traumprinzen treibt uns immer wieder her", erinnere ich ihn. „Wir warten auf einen Mann mit Mel Gibsons Körper*, Jeff Strykers Penis und Oscar Wildes Intellekt."

„Aber was hier herumspringt, hat Jeff Strykers Gehirn, Oscar Wildes Figur und Mel Gibsons Pimmel."

Ich stutze: „Was hast du gegen Mel Gibsons Ding einzuwenden?"

---

* Seitdem ich *Die Passion Christi* gesehen habe, glaube ich übrigens, Mel ist mindestens so mad wie Max.

„Ich habe gelesen, daß er sich zusammengerollte Socken in die Hose steckt."

„Und wieder geht eine Illusion zugrunde."

„Apropos Illusion: Was da gerade hereinkommt, muß eine Fata Morgana sein."

Ich blicke in Richtung Eingang. Ein Typ mit einer roten Baseballkappe streicht sich die langen blonden Strähnen aus dem Gesicht. Smaragdgrüne Augen blitzen mich an. Ich bin wie hypnotisiert. Karl greift nach meinem Kiefer und klappt mir den Mund zu:

„Schon gut, Baby, hör auf zu sabbern."

„Den will ich", hauche ich atemlos.

„Ein klassischer Fall von Lust auf den ersten Blick", sagt Karl und winkt den Barkeeper, einen Muskelprotz in Bikershorts und Feinripp-Unterhemd (was sonst?), heran. Er hakt jeweils einen Zeigefinger unter jeweils einen Unterhemd-Träger des Barmanns.

„Noch einen Wodka-Martini, Schätzchen, staubtrocken und geschüttelt, nicht gerührt. Und kannst du uns etwas erzählen über diese Vision mit der roten Baseballmütze, die gerade hereingekommen ist?"

Ohne zu zögern kommt die Antwort: „Richard Schneider, genannt Rick, 22 Jahre, Student (Germanistik und Geographie), trainiert zweimal pro Woche im Adonis-Studio, hat sich vor drei Monaten von seinem Ex, einem Tänzer, getrennt und seitdem mit mindestens acht Typen gepennt, dabei aber noch nichts neues Festes gefunden. Ist im Bett eher durchschnittlich, Penislänge ..."

„Danke, das reicht", unterbricht Karl. Der Barmann grinst breit und beginnt, den Martini zu mixen.

„Ich *liebe* die schwule Szene", flüstert Karl mir zu. „Der KGB ist nichts dagegen. Ob der Gorilla hinter der Bar wohl auch meine Penislänge kennt?"

„Knapp 14 Zentimeter", sagt der Gorilla und reicht Karl seinen Drink. Karl erbleicht und kippt ihn in einem Zug runter. Hustend nimmt er mich an der Hand und zieht mich auf die Tanzfläche. Wir drängeln uns durch die Tanzenden, bis wir direkt vor Richard Schneider stehen, der ganz versunken im Hiphop-Takt auf und nieder hüpft. Die Musik ist ohrenbetäubend laut.

„Na los, Baby", schreit mir Karl ins Ohr. „Angel ihn dir! Er scheint doch reif für eine neue Liebe zu sein! Oder wenigstens für den neunten Quickie!"

Ich stehe nur da und schaue dem tanzenden Blonden in seine grünen Augen. Karl stößt mir seinen Ellenbogen in die Rippen: „Mach ihn an, Baby!"

Ich kann nicht. Dieser Mann ist etwas besonderes, das spüre ich. Dem schreit man nicht in einer verrauchten Disco bei einer Million Dezibel lauter Stampfmusik irgendwelche Banalitäten ins Ohr. Wir sollten uns an einem Strand begegnen, bei Vollmond, während die Nachtigall singt und die Wellen rauschen …

Ein Brünetter mit Feinripp-Unterhemd und Dreitagebart tanzt zielsicher auf Richard zu, Erotik im Blick.

„Oh mein Gott, Baby, der kommt dir zuvor!" schreit Karl. Ich werfe mich zwischen den Dreitagebart und den Mann meiner feuchten Träume. Unter seiner roten Baseballkappe schaut mich Richard erschrocken an.

„Ha … ha … hallo, Rotkäppchen", stottere ich, „darf ich dein böser Wolf sein?"

Richard grinst und antwortet: „Wenn du große Zähne hast."

Der Dreitagebart dreht ab, Karl strahlt und macht mit beiden Händen das Daumen-hoch-Zeichen. Ich gehe mit Richard an die Bar. Mein Verstand ist ausgeschaltet, ich werde von Gefühlen im Aufruhr regiert. Wie unter Hypnose nehme ich Richards Hände in die meinen, ziehe ihn zu mir heran und küsse ihn auf den Mund. Er schmeckt nach Kaugummi. Und er küßt zurück. Meine Knie zittern, ich verliere die Balance und klammere mich mit beiden Armen an Richard fest.

„Meine Güte, bist du stürmisch!" staunt er. Ich lächle dämlich.

„Vielleicht sollten wir uns an einen etwas privateren Ort zurückziehen?" schlägt Richard vor. Mein dämliches Lächeln wird breiter. „Ist das ein Ja? Gehen wir zu mir?" will Richard wissen. Ich erwache aus meiner liebestrunkenen Trance.

„Mein ganzes Leben habe ich darauf gewartet, daß du mich das fragst."

In Richards Wohnung steuern wir direkt ins Schlafzimmer. Über dem Bett hängt ein Poster von Humphrey Bogart als Rick in *Casablanca*.

„Meine Freunde nennen mich Rick", sagt Richard.

„Aber Gottseidank hast du mit Bogey keinerlei Ähnlichkeit", freue ich mich.

Rick murmelt: „Ich seh dir in die Augen, Kleines" und küßt mich. Ich spiele mit, schlage die Augen nieder wie Ingrid Bergman und hauche:

„War das Kanonenfeuer oder nur das Schlagen meines Herzens?" Lachend fallen wir auf das Bett. Rick knöpft mein Hemd auf. Ich werde plötzlich panisch. Ich habe doch diesen riesigen Pickel auf der Schulter! Wenn Rick den sieht, wird er mich gleich wieder rauswerfen. Er ist so perfekt. Auf einmal finde ich mich erbärmlich häßlich. Rick krault meine spärliche Brustbehaarung. Ob er sie wohl scheußlich findet? Welche Unterhose habe ich eigentlich an? Calvin Klein? Oder Kaufhof? Und war da nicht ein Loch in meiner linken Socke? Hoffentlich hat mein Deodorant nicht versagt. Mir wird schlecht. Ich löse mich aus Ricks Umarmung:

„Kann ich mal duschen?"

„Klar", sagt Rick, „ich komme mit."

Beim Ausziehen drehe ich ihm den Rücken zu und lasse die Socke mit dem Loch schnell in meinem Schuh verschwinden. Die Kaufhof-Unterhose hat er aber sicherlich bemerkt. Und den Pickel auch. Unter der Dusche seifen wir uns gegenseitig ein. Ich fühle mich neben Ricks sehnigem, festen Körper fett und schwammig. Sein Schwanz steht in Hab-Acht-Stellung und zuckt bei jeder Berührung dynamisch auf. Meiner schrumpelt vor sich hin und tut so, als würde er mich nicht kennen. In den entscheidenden Situationen des Lebens ist man immer impotent. In meinem Magen rumort es, ich zittere und muß aufstoßen.

„Was ist denn los?" fragt Rick.

„Ich weiß auch nicht", stammele ich, „ich bin so aufgeregt. Ich will dir unbedingt gefallen, aber das schaffe ich einfach nicht."

„Unsinn, du gefällst mir schon seit Wochen. Ich habe dich beim Tanzen, in Cafés, sogar in der Sauna beobachtet. Ich fand dich wundervoll, aber ich dachte, du seiest mit Karl zusammen, und deshalb habe ich dich nie angesprochen."

„Wie hast du erfahren, daß ich nicht Karls Freund bin?"

„Vom Barkeeper aus dem Big Boy."

„Natürlich."

Rick trocknet mich ab: „Komm jetzt ins Bett, Baby, und mach mich glücklich."

„Ich würde ja gerne, aber erstens bin ich heute impotent und zweitens ist mir schlecht vor Aufregung … Ich glaube, ich liebe dich", gestehe ich. Dann übergebe ich mich in die Kloschüssel.

Ich liege zitternd auf Ricks Bett. Er hält meine Hand und sieht mich fragend an. „Die Aufregung", versuche ich zu erklären. „Du bist alles, wovon ich immer geträumt habe."

„Du kennst mich doch gar nicht."
„Eine Frau hat das im Gefühl. Mein Herz ist auf immer dein."
„Du hast zu viele Hollywoodfilme gesehen, Baby."
„Mir wird wieder schlecht. Ich möchte nach Hause."
Rick ruft ein Taxi und läßt sich nicht davon abbringen, mit zu mir zu fahren. In meiner Wohnung steckt er mich ins Bett, legt eine meiner Streisand-Platten auf und kocht Kamillentee.
„Trink, Baby, das beruhigt."
„Danke, Mutter Teresa."
Rick zieht sich aus, löscht das Licht, steigt zu mir ins Bett und legt seinen Arm um mich. Innerhalb von Sekunden bin ich eingeschlafen – lächelnd.
Mitten in der Nacht wache ich auf. Es war kein Traum – Rick, dieser wundervolle Mann, liegt tatsächlich neben mir. Die Decke ist ihm vom Körper gerutscht. Im fernen, sanften Licht der Straßenlaternen, das durch die Jalousien schimmert, betrachte ich den Schwung seiner Lippen, die Linie seines Halses, die kleinen, rosafarbenen Brustwarzen, die feinen blonden Haare um seinen Bauchnabel. Er schläft wie ein Baby, bewegt sich kaum und schmatzt manchmal leise im Traum. Erst als die Sonne aufgeht, fallen mir die Augen zu.

Morgens möchte ich vor Scham sterben. Ich habe völlig versagt, mich aufgeführt wie ein hysterischer Teenager. Schweigend koche ich Rick einen Tee. Er muß sich beeilen, um pünktlich in die Uni zu kommen. Wir tauschen Telefonnummern aus. Zwar küßt er mich zum Abschied und sagt, er rufe bald an, aber ich weiß, daß ich ihn nie wiedersehen werde. Warum sollte er seine Zeit an einen impotenten Neurotiker verschwenden? So wie er aussieht, kann er doch jeden haben.
Das Telefon klingelt. Ich springe quer durchs Zimmer und reiße den Hörer von der Gabel:
„Rick? Rick? Ichliebedichbittegibmirnocheinechance!"
„Ich liebe dich auch, Baby, aber ich heiße nicht Rick", antwortet Karl am anderen Ende der Leitung. „Ich erwarte einen haargenauen Bericht über die letzte Nacht, Minute für Minute, und laß kein einziges, saftiges Detail aus!"
„Oh Karl, es ist alles so schrecklich, ich habe mich fürchterlich blamiert", schluchze ich.
„Hast du ihm etwa deine Schlümpfe-Sammlung gezeigt? Das macht man frühestens bei der zweiten Verabredung!"

Ich schildere Karl den hysterischen Verlauf der Nacht.

„So etwas ist mir noch nie passiert. Ich bin verrückt nach dem Mann, aber die Angst, daß er mich nicht genau so toll findet wie ich ihn, macht mich so krank, daß ich kotzen muß."

„Bitte nicht auf den Telefonhörer, ich warte gerne, während du ins Bad gehst."

„Karl, du nimmst mich nicht ernst", heule ich. „Ich habe die große Liebe meines Lebens getroffen – und sie verspielt!"

„*In Monte Caharlo*", singt Karl. Ich knalle den Hörer auf.

Den ganzen Tag verlasse ich die Wohnung nicht. Vielleicht ruft Rick ja doch an. Am späten Nachmittag liege ich in einem Schaumbad, weine ein wenig, trinke das dritte Glas Sherry und höre eine alte Alexandra-Platte:

„*Das Glück kam zu mir wie ein Traum, Musik aus dem endlosen Raum ...*"

Das Telefon steht in Reichweite auf dem Klodeckel. Schweigend. Ich beschließe, meinem Leiden ein Ende zu machen und mich mit dem Telefon zu elektrokutieren. Als ich es gerade in die Wanne werfen will, klingelt es.

„JA? HALLO?"

„Schrei nicht so, Kind", schimpft meine Mutter. „Karl hat mich angerufen, um mir zu sagen, daß du dich verliebt hast. Ich hoffe nur, du willst jetzt nicht heiraten. So eine große Homohochzeit mit irgendeinem nicht ganz koscheren Pater in einer überfüllten Discothek – das ist wirklich das letzte, was ich mir für mein Kind wünsche. Gleichgültig, was die Damen Scheel und von Sinnen dazu sagen*, ich finde es schlimm genug, daß eine patriarchalisch-faschistoide Institution wie die Ehe in diesem Jahrhundert überhaupt noch existiert. Ich weiß nicht, wieso jetzt auch noch die ... äh ... Homosexuellen (wie ich dieses Wort hasse) solchen reaktionären Mist unterstützen müssen."

„Aber Mutti, du bist doch selbst seit 25 Jahren verheiratet."

„Das ist etwas anderes, ich bin ja auch nicht ... äh ... schwul (das Wort ist auch nicht besser). Außerdem wußte ich damals gar nicht, was ich tat. Ich war eine blutjunge dumme Gans und hatte noch keine Seite Millet, Foucault oder Ranke-Heinemann gelesen. Nur Lore-Romane und ein bißchen Sartre. Pah – ich war bürgerlich infiltriert!"

---

* Cornelia und Hella forever, dachte man in den Neunzigern. Die beiden waren Vorzeige-Lesben und Homoehe-Aktivistinnen.

„Mutti, können wir das zu einem anderen Zeitpunkt diskutieren? Ich erwarte einen wichtigen Anruf."

„Vielleicht sollte ich mich wirklich scheiden lassen, nur um ein politisches Statement abzugeben … Was wohl dein Vater dazu sagen würde?"

„Ich bin frisch verliebt und nicht in der Stimmung, mich über eine Polit-Scheidung zu unterhalten."

„Schon gut, Baby, aber versprich mir, ihn nicht zu heiraten!"

„Ja, ja."

„Auch nicht in Dänemark?"

„Auch nicht in Dänemark, Mutti! Tschüß."

Stöhnend hänge ich auf. Meine Hand liegt noch auf dem Hörer, als es wieder klingelt. Rick!

„Bei dir kommt man aber schwer durch, Baby. Dauernd besetzt. Mit wem sprichst du denn so lange?" fragt er.

„Mit meiner Mutter." Huch, das hört sich wieder so neurotisch an! Reiß dich zusammen, Baby, zeig ihm, daß du ein ganz normaler, erwachsener, völlig ruhiger Mann bist.

„Rick, willst du mich heiraten? Laß uns morgen nach Dänemark fahren! Bittebittebitte!"

„Dafür ist es vielleicht noch etwas zu früh, Baby, aber was hältst du davon, heute abend mit mir *Casablanca* auf Video anzusehen?"

„Willst du mich wirklich wiedersehen nach letzter Nacht?"

„Baby, ich fand dich ganz bezaubernd letzte Nacht. Ich liebe schüchterne Männer."

„Ich liebe dich auch."

„Also sagen wir neun Uhr."

Um zehn nach acht stehe ich mit einem Strauß roter Rosen vor Ricks Tür. Um viertel nach acht klingele ich. Rick öffnet mit einem Handtuch um den Hüften und Rasierschaum im Gesicht. Wenn ich einen Fetisch habe, dann ist es Rasierschaum. Der Anblick eines Mannes beim Rasieren macht mich rasend. Meine Hormone geraten vollkommen außer Kontrolle. Ich knurre, werfe die Rosen auf den Boden und reiße Rick das Handtuch herunter. Wild küssend und eng umschlungen torkeln wir in Richtung Schlafzimmer. Unterwegs verliere ich meine sämtlichen Kleidungsstücke. Nackt und rasierschaumbeschmiert rollen wir über Ricks Bett. Humphrey Bogart sieht diskret in die andere Richtung.

„Ich freue mich, daß dir nicht mehr übel wird bei meinem Anblick", sagt Rick zwischen zwei Küssen.

„Das hatte nichts mit dir zu tun, glaub mir. Um es etwas zu vereinfachen: ich mußte gestern kotzen vor Glück."

„Dann bist du jetzt hoffentlich nicht glücklich!"

„Doch, sehr, aber mein Körper hatte inzwischen Zeit, sich daran zu gewöhnen."

Sieben Stunden später liegen wir völlig erschöpft und verschwitzt übereinander, mit vom Küssen geschwollenen Lippen und von Bartstoppeln zerkratzter Haut. Zuerst haben wir das Schlafzimmer und den Flur geschändet, es unter der Dusche getrieben, und uns dann – mit Zwischenstation auf dem Küchentisch – wieder ins Bett vorgearbeitet. Ein halbes Dutzend Kondome ist über Ricks Wohnung verstreut, jedes Zimmer durfte mindestens einen Orgasmus miterleben. Zärtlich greift Rick nach meinem wunden Schwanz.

„Wenn ich noch einmal komme, fällt er mir ab", stöhne ich. Rick küßt meinen Bauchnabel.

„Glaub ich nicht", sagt er grinsend, und mein Schwanz wird größer. Er scheint es auch nicht zu glauben. Bett frei zur nächsten Runde! Danach sehen wir uns *Casablanca* an, mit zwei Tüten Kartoffelchips, einem Sechserpack Bier und ununterbrochenen Streicheleinheiten. „Ich glaube, dies ist der Beginn einer wundervollen Freundschaft", sagt Claude Rains zu Humphrey Bogart.

In der nächsten Zeit treffen wir uns täglich. Wir besuchen die Tierbabies im Zoo und halten Händchen vorm Löwenkäfig. Im Kino sehen wir *Sommersby* und weinen mit Jody Foster um ihre verlorene Liebe. Bei Burger King küssen wir uns über einer großen Portion Pommes Frites, bei Karstadt auf der Rolltreppe. Wir joggen gemeinsam durch den Stadtpark und schaukeln auf Kinderspielplätzen. Wir leihen uns *Love Story*, *Pretty Woman* und *So wie wir waren* auf Video aus. In der U-Bahn singen wir zweistimmig Liebeslieder von Zarah Leander und Jimmy Somerville, bis der Schaffner uns rauswirft. Jede Nacht ist schöner und wilder als die letzte. Wir kochen gemeinsam, erzählen uns in allen Einzelheiten unsere Biographien und treffen uns mit meiner Mutter in einem Café. Sie ist von Rick völlig begeistert.

„Heirate ihn!" zischt sie mir zu, bevor sie geht. „Vergiß, was ich am Telefon gesagt habe!"

Karl ruft mehrmals täglich an und läßt sich mein Glück schildern.

„Ewig kann das nicht dauern, Baby", orakelt er. „Du lebst in einem billigen Klischee, merkst du das nicht?"

„Ach Karl, du Kassandra, du bist doch nur neidisch!"

„Ich und neidisch? Unsinn, wozu brauche ich einen Liebhaber? Ich habe gestern abend mit dem Bar-Gorilla aus dem Big Boy, einem Air France-Steward, zwei Dildos und einem guten Joint den Himmel auf Erden erlebt."

„Das ist nicht dasselbe, Karlchen", sage ich sanft.

„Ich weiß, ich weiß", seufzt mein alter Freund. „Aber eines Tages kommt auch mein Prinz auf seinem Schimmel angaloppiert – und bis dahin tröste ich mich eben mit Gorillas."

Rick und ich kennen uns jetzt schon eine ganze Woche. Es kommt mir vor wie ein Leben. Jeder Song im Radio erzählt unsere Liebesgeschichte; jedes Buch, jedes Gedicht, jeder Film echot unsere Gefühle. Scarlett und Rhett, Jean Marais und Jean Cocteau, Bacall und Bogart, Alice B. Toklas und Gertrude Stein, Hadrian und Antinous, Laurel und Hardy – das ist alles nichts gegen Baby und Rick! Nie schlugen zwei Herzen so im Takt, nie waren zwei Menschen so füreinander geschaffen.

Wir sitzen in der Wanne und massieren uns gegenseitig die Füße. Der Sherry steht in Reichweite (Baden ohne Sherry ist einfach nicht das Wahre). Rick wirkt nachdenklich.

„Worüber grübelst du?" frage ich.

„Ich muß am Wochenende verreisen. Zu meinen Eltern. Mein Vater hat Geburtstag."

Mein Herz steht still. Zwei lange Tage ohne Rick? Wie soll ich das aushalten?

„Du siehst mich an, als führe ich ein halbes Jahr in den Himalaja. Ich bin am Sonntagabend wieder da, Baby", sagt Rick und beginnt an meinem großen Zeh zu lutschen.

Ich weiß genau: Das ist das Ende. Er kommt nie zurück. Wenn er mich wirklich liebt, würde er seinem Vater einfach ein Telegramm schicken. Wahrscheinlich fährt er gar nicht zu seinen Eltern, sondern zu einem Liebhaber. Einem ohne Pickel auf der Schulter und mit steinhartem Waschbrettbauch. Ich stehe auf und hülle mich schluchzend in ein Badetuch. Rick umarmt mich und flüstert:„Nur zwei kurze Tage, Baby!"

Ich bringe ihn zum Bahnhof. Zum Abschied schenkt er mir eine Packung Kaugummi – die Marke, nach der er bei unserem ersten Kuß schmeckte. Als der Zug sich in Bewegung setzt, fühle ich mich wie Anna Karenina. Ich wanke durch strömenden Regen nach Hause, trage den Fernseher ins Bad, lege mich in die Wanne, trinke Sherry aus der Flasche und sehe mir *Liebe ist nur ein Wort* an. (Mein Leben spielt sich in letzter Zeit immer mehr in der Wanne ab ...)

Das Wochenende dauert Jahre. Ich sitze katatonisch in meiner Wohnung und kaue mit Tränen in den Augen Kaugummi. Rick ruft kein einziges Mal an. Abends schleppe ich mich einsam und allein in mein leeres Bett. Auf dem Kopfkissen finde ich ein paar von Ricks goldenen Haaren. Die Entdeckung löst einen Weinkrampf aus.

Am Sonntag beschließe ich, Rick zu überraschen und ihn vom Bahnhof abzuholen. Eine gute halbe Stunde zu früh stehe ich frisch rasiert, in meiner besten Jeans und meinem Lieblingshemd auf dem Bahnsteig. Ich kaue das letzte Gummi aus der Packung, die Rick mir geschenkt hat, schon seit sechs Stunden. Endlich: Der Zug fährt ein! Angst, Hoffnung, Selbstzweifel – findet er es wohl aufdringlich, daß ich hier auf ihn warte, oder freut er sich so auf mich, wie ich mich auf ihn? Rick öffnet die Waggontür. Er hilft einer jungen, blonden Frau im eleganten Baumwollkostüm beim Aussteigen, nimmt ihren Koffer und legt ihr den Arm um die Schulter. Rick bemerkt mich nicht. Ins Gespräch vertieft gehen die beiden an mir vorbei. Ich stehe wie angewurzelt da und sehe ihnen hinterher. Ein schönes Paar. Ich spucke den Kaugummi auf die Gleise.

Zu Hause rufe ich sofort Karl an.

„Alle meine Befürchtungen waren richtig! Ich war nur ein Spielzeug für ihn! Er ist heterosexuell und wollte mal ausprobieren, wie es mit einem Mann ist! Deshalb hat er mich nicht angerufen. Nachdem er mich benutzt und beschmutzt hat, wirft er mich einfach weg und kehrt zurück zu dieser blonden Schlampe!"

„Immer mit der Ruhe, Baby, sieh nicht alles so schwarz. Wer sagt denn, daß er mit der Blonden was hat? In *Bravo*-Fotoromanen stellt sich in solchen Situationen grundsätzlich heraus, daß die vermeintliche Konkurrentin die Schwester des Boys ist. Wenn das Girl die Wahrheit herausfindet – und das dauert nie lange – fällt es dem Boy glückselig in die Arme. Der Himmel hängt voller Geigen. Ende."

„Die Schwester! Pah! Was weiß denn die *Bravo* schon!"

„Ruf ihn doch einfach an, Baby, anstatt dich verrückt zu machen. Ich muß jetzt auflegen", kichert Karl, „im Schlafzimmer wartet ein Gorilla auf mich."

Langsam hänge ich ein. Als ich – ein Glas Sherry in der Hand – gerade in die Wanne steigen will, klingelt es an der Wohnungstür. Verwirrt öffne ich. Draußen steht Rick – seine rote Baseballmütze auf dem Kopf – mit der Blonden aus dem Zug, die sich kichernd abwendet.

„Baby, du … du hast nichts an", bemerkt Rick. Ich schnappe ihm die Baseballkappe vom Kopf und halte sie mir vor.

„Willst du nicht reinkommen?" lade ich mit zitternder Stimme ein. Kaum ist Rick drinnen, schlage ich vor der Blondine die Tür zu.

„Wer ist diese … Perrson?" schreie ich und verfalle unwillkürlich in einen Zarah-Leander-Akzent (der macht sich so gut in dramatischen Konfrontations-Szenen). „Ich dachte, du liebst mich, aberr ich warr nurr ein Zeitverrtrreib fürr dich! Und jetzt wagst du es, hierr aufzutauchen … mit dieserr Kokotte!"

„Halt die Luft an, Zarah", sagt Rick und hält mich fest. „Die ‚Person' ist meine kleine Schwester Cosima!"

„NEIN!" rufe ich und lasse Ricks Mütze fallen. „Also ist das Leben ein *Bravo*-Fotoroman!"

Rick macht seiner Schwester die Tür auf. Sie lächelt mich sehr gefaßt von oben bis unten an und meint:

„Nicht übel. Mein Bruderherz hat tatsächlich nicht übertrieben. Was für ein Wochenende! Ununterbrochen mußte ich mir Ricks Schwärmereien über dich anhören und sein Gejammer, weil das Telefon kaputt war und er dir nicht im Stundentakt fernmündlich ewige Liebe schwören konnte. Na, dachte ich mir, Cosima, den Jungen mußt du dir ansehen, der deinen Bruder so aus dem Gleichgewicht bringt, und fuhr kurzentschlossen mit hierher. Trotz allem finde ich, du solltest dir endlich etwas anziehen. Ich für meinen Teil brauche jetzt einen Kaffee. Wo ist die Küche?"

Cosima rauscht an mir vorbei in die Wohnung. Ich falle Rick um den Hals und küsse ihn mit Erleichterung und Hingabe. Er tätschelt meinen nackten Hintern.

Cosima steht kopfschüttelnd in der Kochnische und sagt zu meiner Kaffeemaschine: „Versteh einer die Schwulen."

Homo-Haustiere

Sie gingen Gassi mit mir. Zwei Hunde zerrten mich an ihren Leinen hinter sich her, rücksichtslos. Ich stolperte vor Laternenpfähle, rempelte gegen Rentner, trampelte kleine Kinder nieder – den Bestien war das alles egal. Wenn sie nicht hektisch rannten, pißten sie Bäume, Autoreifen oder – wie gerade eben – den weißen Stock des Blinden an, der neben uns am Zebrastreifen stand.

Ich hätte einfach nein sagen sollen, als mich Michael fragte, ob ich auf seine Höllen-Hunde aufpassen könnte, während er Urlaub in Marokko machte. Er hatte behauptet, sie seien „wohlerzogen". Ich hoffte, er würde mitten in der Wüste von zehn Arabern vergewaltigt und gevierteilt. Oder besser nur gevierteilt. Das Vergewaltigen würde ihm womöglich gefallen.

Ich hatte Michael in einem Lokal namens „Prügelknabe" kennengelernt. Im Hinterzimmer. Er trug nichts außer Halsband und Hundeleine. Wahrscheinlich eine von denen, die ich jetzt in der Hand hielt.

„Sitz! Und piß dem Herrn nicht an den Stock! Das gehört sich nicht!" schrie ich den Hund rechts von mir an, während sein Kumpan zur Linken hechelnd an einem Kinderwagen hochsprang. Die dazugehörige junge Mutter keifte mich an: „Vorsicht! Haben Sie nicht *Ein Schrei in der Dunkelheit* gesehen? Den Film, in dem Meryl Streeps Baby von einem Hund gefressen wird?"

Ich antwortete: „Meine mögen Mütter lieber" und floh über die Kreuzung, wobei ich ausnahmsweise einmal die Köter hinter mir herzog und nicht umgekehrt.

Es handelte sich übrigens um einen Rauhaardackel namens Cazzo, benannt nach dem Geschlechtsteil *(cazzo: ital.: Schwanz)* von Michaels italienischem Ex-Lover, dessen Durchmesser angeblich der Taille des Dackels entsprach, und Quickie, einen Beagle, der seinen Namen Michaels bevorzugter Sexualtechnik verdankte. Bei Schwulen muß ja immer alles etwas mit Sex zu tun haben, sogar die Haustiernamen. Ich kenne einen Geschichts-Studenten, dessen zwei Wasserschildkröten vor seinem Coming-out Napoleon und Lafayette hießen, und danach in Johan und Paulik umbenannt wurden.

Unsanft wurde ich aus meinen Gedanken gerissen. Cazzo war vor einer Hecke stehengeblieben, schnüffelte und rührte sich nicht vom Fleck, während Quickie dynamisch in die Ferne galoppierte. Beide Leinen spannten sich, und ich fühlte mich wie auf einer Streckbank.

„Quickie!" rief ich. „Komm her! Quickie! Sofort!"

Eine Dame im Kunstpelz, die vor uns promenierte, drehte sich um und zischte: „Wie können Sie es wagen! Wofür halten Sie mich? Sie Strolch!"

Was mich an Susi und Strolch erinnerte. Ach, waren das süße Hundileins. Aber die waren ja auch gezeichnet. Und heterosexuell. Quickie und Cazzo dagegen – beides Rüden – waren stockschwul. Offenbar hatte Herrchen zu oft die Schlafzimmertür offen gelassen. Was die Tiere da sahen, müssen sie gemocht haben, denn sie fielen in regelmäßigen Abständen übereinander her. Ein Gelecke, Gejapse und Gesabbere – schlimmer als in jedem Sauna-Darkroom. Wahrscheinlich irritierte es mich nur, weil ich neidisch war. Tief in meinem Unbewußten verzehrte ich mich nach öffentlichem Verkehr im Einkaufszentrum. Ich sah ihnen ein paar Minuten gedankenversunken zu. Hundepenisse haben eine beunruhigende Ähnlichkeit mit Peperoni – was mich daran erinnerte, daß ich Gemüse einkaufen mußte, bevor die Geschäfte zumachten.

„Beeilt euch. Los, los! Abspritzen!" befahl ich. Das hätte ich nicht tun sollen. Auf das Kommando besprangen die Hunde meine Schienbeine und rieben sich an meiner Hose. Ich wagte kaum zu überlegen, ob Michael ihnen das beigebracht hatte. Und was für Tricks sie sonst noch drauf hatten. Als letzte Rettung für meine Jeans (oder wäscht *Persil Megaperls* auch Hundesperma raus?) zückte ich zwei Stück Hundekuchen, deren bloßer Anblick die beiden erotisierten Zerberusse in brave Lämmchen verwandelte. Sie zogen ihre Peperoni ein und wedelten mit dem anderen Schwanz. Ich fütterte sie und fragte mich, was an Hundekuchen so toll war. Ob ich mal probieren sollte? Naja, schmeckte wie Sand mit *Maggi*.

Vor dem Supermarkt band ich die Hunde unter einem Schild an, auf dem *Wir müssen leider draußen bleiben* stand und das mit einem niedlichen Pudel illustriert war. So ein Pudelchen, elegant frisiert, vielleicht noch rosa eingefärbt, war das klassische Homo-Haustier – wenn man dem Klischee glauben will.

In Wirklichkeit ist das anders. Der Homosexuelle von heute neigt zum Exotischen. In meinem Bekanntenkreis gibt es einen Tekkno-Freak mit Boa Konstriktor (die sich nach einer Viertelpille Ecstasy im Sven Väth-Rhythmus ringelt), einen Deutschlehrer, dessen Tarantel ihm, wenn er liest, so aufmerksam auf der Schulter sitzt, als würde sie mitlesen („Aber nur bei schwarzafrikanischen Autoren", behauptet er) und ein Pärchen, das sich zwei Wüstenspringmäuse (Heloise und Abelard) hielt. Diese Tierchen sind sich nicht nur – wie Schwäne – ein Leben lang treu, sondern brauchen auch viel Aufmerksamkeit. Man sollte täglich mit ihnen spielen. Dabei ist Vorsicht geboten, sonst kann es, wie bei meinen Freunden, zu häuslichen Tragödien kommen. Einer von ihnen setzte sich beim Spiel mit den Mäusen versehentlich auf Heloise, was diese nicht überlebte und was Abelard derart deprimierte, daß er die Nahrungsaufnahme verweigerte und an gebrochenem Herzen dahinsiechte. Auch eine neue Gefährtin (ein scharfes Mäuschen namens Carmen) konnte ihn nicht aufheitern. Abelard starb, woraufhin Carmen melancholisch wurde und selbst die delikatesten Trockenheuschrecken nicht mehr essen wollte .... Ein endloser Kreislauf des Leides. Man sollte eine Oper darüber schreiben.

Als ich an der Kasse meine Einkäufe aufs Band legte (Peperoni waren nicht dabei), hörte ich Quickie und Cazzo jämmerlich jaulen. Sie zogen eine Show ab, als würde ich sie regelmäßig schlagen und nie füttern.

„Ich bin ja gleich da!" flötete ich.

Die Kassiererin sah mich vorwurfsvoll an: „Ihre Hunde?"

Bevor ich antworten konnte: ein herzzerreißendes Kläffen von draußen.

„Tiere brauchen Liebe", sagte sie streng. „Dreiundzwanzig achtzig. Wenn sie so heulen, läßt das auf tiefe seelische Grausamkeit des Herrchens schließen. Ich habe selbst drei Spaniel. Die heulen nie. Weil sie wissen, daß sie geliebt werden. Sie sollten die Hunde zur Adoption freigeben. Überall hätten sie es besser als bei Ihnen. Eins zwanzig zurück."

Hochrot und mit gesenktem Kopf verließ ich den Laden. Als ich Quickie und Cazzo losband, streichelte ich sie und lächelte um Bestätigung heischend zu der Kassiererin herüber. Aber da die Biester nicht aufhörten zu winseln, runzelte sie nur die Stirn. Also wieder Hundekuchen. Sofort ging das Jammern in freundliches Wedeln und Hecheln über. Stolz führte ich meine glücklichen Hunde aus dem Einkaufszentrum. Von wegen seelisch grausam – Baby, das Musterherrchen!

„Es dämmert schon, ihr kleinen Racker. Jetzt gehen wir brav nach Hause", säuselte ich. Quickie und Cazzo ignorierten mich und drängten heftig in Richtung Park. Ich resignierte.

Im Park ließ ich sie von der Leine. Doch anstatt im sanften Lichte des Sonnenuntergangs über die grünen Wiesen zu tollen, stürzten sie sich sofort ins Gebüsch. Ich hatte vergessen, daß es sich hier nicht um Lassie und Rin Tin Tin handelte, sondern um ein Köterpaar, das dem umtriebigsten Lederschwulen gehörte, den ich kannte. Cazzo apportierte begeistert benutzte Kondome und Papiertücher, während Quickie aus dem Unterholz heraus Alarm bellte. Die beiden Gründe für das Gekläffe sprangen, hysterisch ihre Hosen zuknöpfend, aus dem Gebüsch.

„Wieder diese Monstertölen!" hörte ich den einen schimpfen. „Michael muß hier irgendwo in der Nähe sein."

„Det Vieh hat mein Schlüpper!" beschwerte sich der andere. „Dolce&Gabbana! Weeßte, wat det kostet?" Quickie legte mir freudig wedelnd eine scheußliche Unterhose (metallic-grau und völlig überdesignt) vor die Füße, die ich mit einem raschen und dezenten Fußtritt hinter einem Strauch verschwinden ließ. Was Michael seinen Hunden so alles beigebracht hatte …

Ich nahm Quickie an die Leine und suchte Cazzo, der im Gebüsch verschwunden war. Es wurde dunkler, die Zweige dichter.

„Cazzo?" rief ich leise und wedelte mit einem Stück Hundekuchen, „Cazzo?" Aus dem Schatten löste sich ein unrasierter Mann im Karohemd.

„*Sì*", flüstert er. „Cazzo hier. Komm. Du anfassen."

Bevor ich reagieren konnte, raste Cazzo auf mich zu, sprang an mir hoch und schnappte den Hundekuchen aus meiner Hand. Beim Griff nach seinem Halsband verlor ich die Balance und landete auf den Knien. Ich rang den Dackel nieder und leinte ihn an. Als ich aufblickte, ragte mir direkt vor dem Gesicht ein Schwanz entgegen. Der sah nicht aus wie Peperoni. Seine Dimensionen glichen eher einer Schlangengurke.

„Gut Cazzo", schnurrte es über mir. Eine Hand legte sich auf meinen Hinterkopf und zog mich näher heran. Die Hunde zerrten in die andere Richtung. Sie waren stärker, sie waren zu zweit.

„*Scusi,* meine Hunde brauchen mich", bedauerte ich.

„*Fan culo!*" fluchte es aus dem Dunkeln, als wir zurück auf den Parkweg stolperten.

Dann waren Quickie und Cazzo ganz brav, wahrscheinlich vor Erschöpfung. Eigentlich mochte ich sie gern. Man erlebt so viel mit Haustieren. Ob ich mir eins anschaffe? Oder zwei? Besser nicht. Mein Freund Karl sagt immer: „Wozu braucht man ein Tier, wenn man einen Lover hat? Der streichelt zurück, und du brauchst ihn nicht zu füttern."

Recht hat er.

Audienz bei St. Diana

Karl und ich saßen bei einem Gläschen Sherry (oder zwei) in seinem Wohnzimmer. Barbra Streisand erklang vom CD-Player, auf dem Tisch lag die neue *Vanity Fair* mit Babs auf dem Cover, Karl trug ein T-Shirt mit ihrem Konterfei und über dem Sofa prangte das Filmposter von *Herr der Gezeiten*. Teilweise jedenfalls, denn Karl hatte Nick Nolte herausgeschnitten und ein vergrößertes Foto von sich selbst in Barbras Arme montiert.

„Ich frage mich, warum jeder gewöhnliche Homosexuelle auf irgendeine Showbiz-Veteranin fixiert ist“, grübelte Karl. „Bette Davis, Dalida, Jessye Norman, Zarah Leander, Hilde Knef – die Liste ließe sich endlos fortsetzen. Es muß ein riesiger gemeinsamer Mutterkomplex sein, der die Schwulen in die Arme dieser menopausalen Mega-Diven treibt.“

„Hmm. Das wäre mal ein Thema für eine meiner Geschichten", dachte ich mir.*

Kichernd gönnten wir uns noch einen Sherry. Und dann machte ich einen riesigen Fehler.

„Viele stehen auch auf Diana Ross“, sagte ich. „Ohne ihr schwules Publikum würde die Motown-Schlampe doch keine einzige Karte für ihr Konzert in der nächsten Woche verkaufen.“

Karl verschluckte sich, hustete und stieß panisch hervor: „Die Ross? Gibt ein Konzert? Hier? Meine Diana?“

Erbleichend kippte er noch einen Sherry, sprang zum CD-Player, schnitt Barbra das Wort ab (*„People who need peoplllgrmp ...“*), und Sekunden später schallte *„Upside down, boy, you turn me!“* durchs Zimmer. Ich hatte vergessen (wie konnte ich nur), daß Miss Ross bei Karl gleich nach Barbra kommt.

„Kartenvorverkauf?“ schrie er über den Diana-Disco-Beat ins Telefon. „Zwei Tickets für Lady Diana! Wie? Ich weiß, daß die Prinzessin

* Diese Drohung wird im nächsten Kapitel wahr gemacht!

von Wales keine Konzerte gibt! Diana Ross natürlich, Sie Kretin! Dritte Reihe? Perfekt. 200 Mark pro Stück? Egal."

Er sank aufs Sofa zurück, ein irres Grinsen auf den Lippen, Schweißperlen auf der Stirn, und murmelte: „DieRossdieRossdieRossdieRossdieRossdie ..."

„Für wen ist die zweite Karte?" unterbrach ich.

„Für dich natürlich", strahlte Karl. Ich griff nach dem Sherry und nahm ein paar kräftige Schlucke direkt aus der Flasche.

„Zweihundert Mark für ein singendes Totenkopfäffchen", entfuhr es mir heiser.

„Das ist doch geschenkt für eine Audienz bei der Königin des Entertainments", winkte Karl ab und stimmte lauthals (und falsch) mit ein: *„Upside down you're turning me, you give me love instinctively ..."*

Karl verpfändete den Kristallarmleuchter, den ihm seine Oma vererbt hatte, ich mußte einen Kredit aufnehmen – aber als am Samstag in der Halle die Lichter ausgingen und Diana Ross zu brandendem Applaus mit dem Schrei *„I'm! Coming! Out!"* auf die Bühne joggte, waren wir da: dritte Reihe Mitte. Wir hätten Dianas falsche Wimpern zählen können. Wenn nicht direkt vor uns drei amazonenhafte Transvestiten mit meterhohen Beehive-Perücken gesessen hätten.

„Ich reiß diesen Supremes-Mutanten gleich die Frisuren runter", stöhnte Karl frustriert.

Das Problem erledigte sich jedoch von selbst, als Frau Ross das Publikum aufforderte, an den Bühnenrand zu kommen. In Extremsituationen entwickeln Menschen oft ungeahnte Kräfte. Man erinnere sich nur an die Mutter, die einen Laster hochstemmte, um ihr darunterliegendes Kind zu retten. Das war gar nichts gegen Karl, der mit Überschallgeschwindigkeit über die Stuhllehnen sprang und dabei die Haartürme der Transen gefährlich ins Wanken brachte.

„Gehört der zu dir?" knurrte mich ein Mitglied des infernalischen Trios an, und kaum hatte ich „Ja, warum?" gefragt, sausten auch schon ein Strom wüster Beschimpfungen und eine paillettenbesetzte Handtasche auf mich nieder.

Als die Sternchen vor meinen Augen verschwunden waren, konnte ich Karl in der amorphen Jubelmasse vor der Bühne nicht wiederfinden. Diana Ross hatte das Singen inzwischen unterbrochen (ist ja ohnehin nicht so ihre Stärke) und das Konzert in eine Art Audienz verwandelt. Mit päpstlicher Würde nahm sie Blumensträuße aus dem

Publikum an, betonte immer wieder, wie glücklich sie sei, hier zu sein, und ließ sich von vor Glück weinenden Lederkerls und ins kleine Schwarze gequetschten Hausfrauen abküssen.

Entsetzt mußte ich mit ansehen, wie Karl und die drei Transvestiten gleichzeitig die Bühne erklommen. Wie in Trance bewegte sich Karl mit ausgestreckten Armen auf sein Idol zu, das jedoch nur Augen für die Damenimitatoren hatte. *„Ladies und gentleman"*, rief Diana Ross, *„that must be the Supremes!"* Und dann stimmte sie, während die drei überglücklich und auf ihren Stöckeln wippend im Hintergrund stehen durften, ein Medley mit den größten Erfolgen ihrer ehemaligen Gruppe an.

Karl wurde indes von zwei Ordnern wieder ins Publikum geworfen wie ein geangelter Fisch, der zum Grillen zu klein ist. Ich drängelte mich durch die Menge und fand meinen alten Freund direkt vor der Bühne wimmernd und zitternd am Boden sitzen. Mit Mühe hob ich ihn auf und führte ihn aus dem Saal zum Bereitschafts-sänitäter im Foyer.

„Ein leichter Kreislaufkollaps", konstatierte er und setzte Karl in einen Rollstuhl. „Das kommt sonst nur bei *Blue*- und *B3*-Konzerten vor, aus denen wir die 13jährigen Mädchen reihenweise raustragen. Und natürlich, wenn Roger Whittaker auftritt – da verliert so manche begeisterungstrunkene Seniorin die Besinnung. Ich geb dann immer *Klosterfrau Melissengeist.* Hilft bei Ihrem Freund vielleicht auch."

Karl kippte zwei Gläser Melissengeist und hörte auf zu zittern. Vehement forderte er: „Ich will sofort wieder rein. Ich habe schließlich Omas Leuchter versetzt für Diana!"

„Schlimmer, als ich dachte. Er deliriert", sagte der Sanitäter.

Mit viel Geduld konnte ich ihn überreden, Karl wieder in den Saal zu lassen – unter der Bedingung allerdings, daß er im Rollstuhl bleibt. Ich parkte Karl neben Reihe drei im Mittelgang und hockte mich hinter ihn. Diana Ross stimmte gerade *„Reach out and touch"* an. Nach der ersten Strophe stieg sie hinab ins Publikum, schüttelte Hände, küßte ihr entgegengestreckte Kinder und segnete ihre Fans: *„Bless you, bless you!"* Ich kam mir vor, als würde die Heilige Jungfrau persönlich in Lourdes eine Messe halten. Es fehlte nur noch, daß Diana Wunder wirkte.

Da schwebte sie in ihrer leuchtend blauen Taft-Robe direkt auf uns zu. Vom Spotlight umstrahlt schenkte sie mir ihr berühmtes Lächeln (32 Zähne in jedem Kiefer), bevor sie sich über Karl beugte, seine Hände nahm und ihn auf beide Wangen küßte. „*God bless you*", hörte ich sie hauchen. Und wie eine Vision rauschte Diana Ross weiter, singend, segnend, mit wehender Mähne und wogendem Taft. Die Scheinwerfer folgten ihr, wir blieben im Dunkel zurück. Karl stand auf und wankte ein paar Schritte hinter ihr her. Eine Frau im Großgeblümten zeigte auf ihn und schrie: „Ein Wunder! Er kann wieder gehen!"

Bevor die Menge ihre Aufmerksamkeit von Diana Ross auf Karl richten konnte, zog ich ihn blitzschnell wieder in den Rollstuhl und zischte ihm ins Ohr: „Bleib sitzen, sonst liest du morgen früh in der *Bild-Zeitung*: ‚Diana Ross-Konzert: Wunderheilung an homosexuellem Rollstuhlfahrer! Papst bietet Soul-Diva Bischofsamt an!'"

Die Großgeblümte starrte uns mit offenem Mund an, bis Diana Ross wieder auf die Bühne stieg, *Upside Down* anstimmte, damit das Publikum zu *standing ovations* hinriß und die Wundergläubige von uns ablenkte. Der Rest des Konzerts machte deutlich, daß Miss Ross den Beinamen „Dynamic Diana" wirklich verdient (mit über fünfzig noch so gelenkig!). Und obwohl ich immer noch finde, daß sie aussieht wie die Schwester von Pippi Langstrumpfs zahmer Meerkatze Herr Nilsson, so muß ich doch sagen, daß sie wahrscheinlich das begabteste und glamouröseste Totenkopfäffchen diesseits des Äquators ist …

Eine Woche später hatte sich Karl von seinem Kreislaufkollaps bereits völlig erholt – abgesehen davon, daß er sich standhaft weigerte, die Lippenstiftspuren der Ross von seinen Wangen zu waschen*.

---

* Inzwischen fährt die Doyenne des R&B leider auf dem Entzugsanstalten-Karussell. Und wenn sie mal wieder zu viele Substanzen intus hat, verkloppt sie auf dem Flughafen Sicherheitsbeamtinnen, die beim Abtasten ihre erbsgroßen Brüste streifen. Diana, reiß dich zusammen, Karl liebt dich noch immer!

Divaholismus

Ja, ich bin Divaholiker. Diven sind meine Leidenschaft, mein Trost, mein Rausch, meine Sucht. *Let me*, wie der Angelsachse sagt, *name my poison*:

Marlene Dietrich, Schwanenfeder-Mantel und rosa Scheinwerferlicht, den Arm steif triumphierend nach oben gereckt.

Sarah Jessica Parker, eine VIP-überladene Vernissage in Manhattan, Manolo-Pumps und Vintage-Jeans, ihr Baby von Matthew Broderick als ultimatives Accessoire im Arm.

Cher, Fetzen einer Netzstrumpfhose und Lederjacke, breitbeinig auf dem Rohr einer Schlachtschiff-Kanone, umringt von halbnackten Matrosen.

Und natürlich Bette Davis, schulterfrei im zu engen Cocktailkleid, Zigarette wie ein qualmender sechster Finger, Blicke wie Skalpelle, Dialoge wie Gewehrsalven.

Bei mir fingen die Diva-Rauschzustände schon in früher Jugend an. Die Königin in Disneys *Schneewittchen* mit dem wallenden Umhang und den ausladenden Stummfilm-Gesten begeisterte mich. Die sieben Zwerge und das langweilige Schneewittchen waren mir schnuppe. Der Prinz allerdings – für seinen Kuss hätte ich mich sogar in einen gläsernen Sarg gelegt.

A propos Prinz: Gibt es wirklich den oft erwähnten Zusammenhang zwischen Diven-Kult und Homosexualität? Nun, bei mir persönlich liegt es auf der Hand: Während ich weitere Disney-Diven wie die Damaltiner-Nemesis Cruella De Ville (gab es je einen besseren *drag-name*?) bewundern – und zum Entsetzen meiner Eltern imitieren – lernte, verknallte ich mich gleichzeitig in Lex Barker als *Tarzan* und den Nachbarjungen mit den grünen Augen. Aber ich will nicht verallgemeinern. Viele meiner schwulen Freunde reagieren auf Barbra Streisands Gesang und Faye Dunaways Hochdruck-*method-acting* mit Übelkeit und Migräne. Andere können Donna Summer (Ex-Disco-Sternchen) und Diana Ross (Über-Diva *forever*) beim besten Willen nicht auseinander halten. Dafür stehen Sie auf die Red Hot Chili Schoten oder wie das heißt und sehen sich Tarantino-Filme über Männer an, die nach Farben benannt sind. Das ist gut so, wie Berlins regierende Diva sagte, denn die schwule Welt ist bunt und unterschiedlich.

Ich zweifle an der populärfreudianischen These, dass alle Schwulen in der Diva eigentlich ihre eigene Mutter verehren. Welche Mutter außer der göttlichen Judy saß je in Nerz und Diamant-Collier am Kinderbettchen und sang *The Man That Got Away* als Schlaflied? Plus fünf Zugaben und davon die letzte ohne Schuhe, aber mit Frottee-Handtuch? Also bitte…

Andere Überlegungen zur Affinität von Schwulen und Diven machen vielleicht etwas mehr Sinn: Diven leben am Rande der Gesellschaft. Als alleinstehende Karrierefrauen sind sie anders als die Anderen und stolz drauf, aber sie müssen stark sein, eine Rolle spielen, Schwächen überschminken. Von den Konformisten wegen ihrer Außergewöhnlichkeit zum Leid (besonders in der Liebe) verurteilt, überleben sie doch triumphierend. Das ist der Plot eines jeden Zarah Leander-Films, der Text aller Edith Piaf-Chansons, das ganze Leben von Judy Garland – und auch das vieler Schwuler, gerade aus vorigen, stärker diskriminierten Generationen. Rollenspiel und Künstlichkeit, Außenseitertum und Überlebenswille – sind das die Schnittstellen zwischen schwuler Erfahrung und der fabelhaften Welt der Diva?

Es würde erklären, warum die großen Homo-Ikonen langsam aussterben: In unserer permissiven Gesellschaft werden keine Identifikationsfiguren für Diskriminierte mehr benötigt. *Good-Bye, Judy – hello, Kylie!* Miss Minogue ist die Diva der Spaß-Community, ganz Oberfläche, selbst den Popo geschminkt, von zwanzig Gym-gestylten Tänzern umwirbelt und den fröhlichen Gays im Publikum bejubelt. Keine Abgründe, kein unterschwelliges Drama. Wunderbar, aber nicht meine Art von Diva.

Meine Sucht ist altmodisch. Von den Disney-Diven entwickelte sich meine Vorliebe weiter zu den Grande Dames des schwarzweißen Mitternachtsfernsehens. Ich berauschte meine Sinne an Joan Crawford – immer in Riemchen-Pumps, in jedem Film Ohrfeigen austeilend. Oder an Gloria Swanson als „*the greatest star of all*“ in *Boulevard der Dämmerung* – die Augen wie Scheinwerfer, doch vor Stolz und Liebe gänzlich umnachtet. Es machte mich schaudern, wenn die Pelz-und Juwelenbewehrten Diven ihre dschungelrot lackierten Krallen nach jungen Männern ausstreckten. Die virilsten Hollywood-Helden machten sie sich untertan, meistens ohne klassisches Happy-End, aber dafür verschlungen in den barocksten Drehbuch-Arabesken.

Ich hatte nie viel übrig für die großen Diven der Oper, aber, liebe Bruderschaft von Santa Maria Callas, ich kann eure Leidenschaft nachvollziehen. Denn sind die hysterischen Geschichten der alten Hollywood- und Ufa-Schinken nicht überstilisiert wie Opern-Libretti? Man könnte sie alle singen – nicht ohne Grund lässt die Leander in jedem ihrer Passionsspiele ihre unwahrscheinliche Stimme erklingen. Und heißt nicht das Genre, das uns einige der größten Diven beschert haben, „Seifen-Oper"? Ich nenne nur einen Namen: *Alexis Morell-Carrington-Colby-Dexter* alias Joan Collins! Jahrelang war ich Mittwochs abends nicht abkömmlich, weil ich ihr zusehen musste, wie sie in abstrusen Schulterpolster-Kreationen von Nolan Miller ganz Denver beleidigte, übervorteilte oder in ihr Lotterbett zerrte. Selige Zeiten!

Als ich vom Westfälischen ins Metropole zog, stellte ich fest, dass mein Divaholismus kein pathologischer Einzelfall ist. Es gibt sogar Leute, die sich beruflich als ihre Lieblingsdiva verkleiden! Fragt sich, ob eine Diva nur dann homo-kompatibel ist, wenn sie von Damenimitatoren dargestellt werden kann. Eine diesbezügliche Doktorarbeit wäre wirklich wünschenswert. Aber nicht von mir. Ich möchte hierzu nur anmerken, dass eine Diva Imitation als höchte Form der Schmeichelei betrachtet – Cher, Bette Davis und Annie Lennox haben sich diesbezüglich geäußert. Andere, die gerne Diven wären, beschweren sich, dass kein Travestiekünstler sie in sein Programm aufnehmen möchte … Aber wer würde zahlen, um Männern zuzusehen, die Joy (Endstation Grand Prix) Fleming, Celine (Endstation Las Vegas) Dion oder Britney (Endstation Justins Ex) Spears nachahmen? Nur Leute mit einem sehr grausamen Sinn für Humor. Grausam ist, nebenbei bemerkt, auch, dass viele Diven im Alter ihren Imitatoren mehr gleichen als sich selbst.

Persönlich halte ich wenig von Travestie, denn die Kopie bleibt im Vergleich zum Original zweitklassig. Aber Männer, die Diven nicht nachahmen, sondern Diven *sind*, schätze ich sehr, egal ob Autoren (Oscar Wilde, Somerset Maugham), Sänger (Liberace, Elvis, Elton John), exaltierte Schauspieler (George Sanders, Vincent Price, Udo Kier) oder Fernsehkomiker von wilheminischer Diktion und Grazie (Loriot).

Man verzeihe die Abschweifung. In der Großstadt stellte ich also fest, dass viele neue Bekanntschaften, mit denen mich außer der erotischen

Präferenz nichts verband, für exakt die gleichen Diven schwärmten wie ich! Sind vielleicht doch die Homo-Gene verantwortlich? Sind Federboas und Blowjobs untrennbar auf einem Chromosom gespeichert? Jedenfalls wird Judy und Barbra, Bette und Miss Diana zwischen San Francisco, Kapstadt und Sydney gleichermaßen gehuldigt.

Natürlich ist eine Diva international, heimatlos, kosmopolit. Deutschland eignet sich wenig als Diven-Brutstätte. Zarah: Schwedin. Romy: erst in Frankreich divafiziert. Hilde: undenkbar ohne den Hollywood-Ausflug als Hildegarde Neff. Wer in Deutschland bleibt, mutiert zu Iris Berben, Uschi Glas oder Gaby Dohm – alternde Frauen, die verzweifelt nach ein wenig Glanz und Ruhm suchen, aber in TV-Krimis und Rosamunde-Pilcher-Verfilmungen versacken. Zünden wir eine Kerze für sie an. Und auch für unsere Möchtegern-Diven von der Musik-Bühne: Mary Roos – lieb und langweilig, Katja Epstein – verschlagert und verknittert, Gitte – neuerdings intellektuell verjazzt und, oh jeh, Marianne Rosenberg, die sich seit Jahren ungefragt der schwulen Zielgruppe aufdrängt und nicht merkt, dass sie mehr bemitleidet als bewundert wird. Warum singt oder spielt sich keine Deutsche in den internationalen Diven-Olymp? Auch hier wäre eine Doktorarbeit angebracht, aber auch die nicht von mir. Nur dies noch: Das Problem ist urdeutsch, denn man sehe sich die Franzosen an (Dalida, Deneuve), die Italiener (Loren, Lollobrigida), die Briten (hier reicht der Platz nicht aus für alle, aber – autsch – Shirley Bassey drängelt sich trotzdem rein) und sogar die Chinesen (Gong Li)!

Im Laufe der Jahre habe ich immer neue Diven zu verehren gelernt. Mal entdeckte ich sie in der Vergangenheit (in Stummfilmen, in wiederholten TV-Serien, auf alten Platten mit Jazz-Musik für Nachtmenschen), mal war ich Zeuge ihrer Entwicklung. Madonna wurde vor meinen Augen vom hopsenden und piepsenden Pop-Nichts zur Mega-Diva mit wunderbar aufgesetztem britischem Akzent. Ich erlebte, wie Anjelica Huston als *Morticia Addams* und Joanna Lumley als absolut fabulöse *Patsy Stone* ihre Diven-Himmelfahrt antraten. Und ich sehe große neue Diven am Horizont: Lucy Liu, wenn sie einen dramatischen Part bekommt und sich privat mal ordentlich daneben benimmt. Sharon Stone, wenn ihr Comeback nach Krankheit und Scheidung klappt. Robbie Williams, wenn ihn Amerika endlich wahrnimmt.

Mein Divaholismus ist basisdemokratisch. Jede hat eine Chance, von mir vergöttert zu werden. Aber die Messlatte liegt hoch. Stil muss die Diva haben, und zwar zeitlosen (Kate Hepburn). Und Durchhaltevermögen (Wer überlebt den Atomkrieg? Die Kakerlaken und Cher). Ganz unten muss sie mal gewesen sein – allzu menschlich – und sich trotzig wieder hochgekämpft haben – übermenschlich. Einzigartig muss sie sein (Barbra Streisand), streitbar (Anna Magnani) und stark (Bette Davis) und manchmal zum Fürchten (Eartha Kitt). Aber ihr Herz muss so groß sein wie ihr Ego und der Diamant an ihrem Finger (Dame Elizabeth Taylor).

Dann werde ich mich ewig an ihr berauschen.

Im Rausch der Sinne

Da lagen sie ganz unschuldig auf Karls Küchentisch: drei kleine rosarote Pillen. Lola, Karl und ich fixierten die Tabletten wie drei Kaninchen die Schlange.

„Teufelszeug", zischte Lola.

„Das ist die Situation, vor der mich mein Religionslehrer Dekan Möller immer gewarnt hat", sagte ich. „‚Drogensucht beginnt meistens, wenn gute Freunde zu Verführern werden'", so stand es in unserem Lehrbuch *Christliche Jugend*. Karl, du Verführer!"

Ja, es handelte sich bei den harmlos aussehenden Pillen um Drogen (uh, bei dem Wort denkt man sofort an den goldenen Schuß auf der Bahnhofstoilette). Karl hatte zwei Wochen Urlaub in der Karibik verbracht und dort einen offenbar ganz reizenden Kubaner kennengelernt, mit dem er nicht nur alle Stellungen aus dem *Joy of Gay Sex* nachgestellt, sondern auch die Modedroge Ecstasy ausprobiert hatte. Die Pillen auf dem Küchentisch waren Juans Abschiedsgeschenk an Karl.

„Wenn ich nur daran denke, daß du das Zeug durch den Zoll schmuggeln mußtest", sagte Lola und erschauerte. „Hast du die Pillen wenigstens in einer Plastikkapsel versteckt und rektal eingeführt?"

„Wenn er das getan hat, nehme ich auf gar keinen Fall eine!" rief ich.

„Und ich schlucke das ohnehin nicht. Hab ich als stolze, starke, unabhängige Frau des 21. Jahrhunderts es nötig, mit irgendwelchen Psychopharmaka, oder was immer das ist, künstlich gute Laune zu erzeugen? Nein!" deklamierte Lola mit erhobener Faust.

Karl sah uns mit seinem Bassettblick an: „Kommt schon, Kinder. Einmal ist keinmal, und ich verspreche, ihr werdet nicht süchtig. Ich bin's ja auch nicht, obwohl ich das Zeug im Urlaub genommen habe. Also los, zur Erinnerung an Juan!" Karl nahm eine Tablette zwischen Daumen und Zeigefinger, prostete uns damit zu und warf sie sich in hohem Bogen in den Mund. Lola und ich starrten ihn mit weit aufgerissenen Augen an. Karl schluckte.

„Jetzt erzählt er uns gleich, daß auf dem Teppich ganz herrliche bunte Blumen wachsen", sagte Lola. „Und dann springt er aus dem Fenster, weil er glaubt, er kann fliegen. Auf seiner Beerdigung wird es herrliche bunte Blumen geben …"

„Quatsch, Lola, es dauert eine halbe Stunde, bis die Wirkung eintritt", erklärte Karl.

„Dann springst du eben in einer halben Stunde. Ich kann das nicht mit ansehen. Wenn wir gehen, gehen wir gemeinsam", resignierte Lola und schluckte mit stoischer Miene die zweite Pille. Dann sah sie auf die Uhr. „Um halb elf wird es soweit sein. Erschießt mich bitte, wenn ich anfange, Spinnen, Fledermäuse, Würmer und meinen Exfreund herbeizuhalluzinieren." Schweigend und gespannt zogen wir unsere Jacken an.

Karl wollte seinen Rausch unbedingt in einer Disco, bei lauter Musik und in der Gesellschaft vieler Leute erleben: „High zu sein und zu Hause rumzusitzen ist doch langweilig."

Ich stand ratlos vor dem Küchentisch. Links neben meinem Kopf schwebte mit Engelsflügeln und erhobenem Zeigefinger Dekan Möller, rechts Karl mit Hörnchen auf der Stirn und einem verführerischen Grinsen. Meine Hand zuckte auf die Tablette zu. „Denk an Christiane F.*!" zischte Dekan Möller. „Feigling", flüsterte Karl. Ich schluckte die Pille und stand – erschrocken über mich selbst – mit zugekniffenen Augen wie gelähmt da. Dekan Möller schlug die Hände vors Gesicht und löste sich in Rauch auf. Das Karl-Teufelchen lachte diabolisch, seine kleinen Hörner blitzten, dann verschwand es mit einem Knall.

Ich öffnete die Augen. Vor mir stand der echte Karl: „Gehen wir?"

„O-okay", stotterte ich.

Im Auto sah ich ununterbrochen auf die Uhr. Lola trommelte nervös auf dem Armaturenbrett herum, Karl fuhr stumm und konzentriert wie selten. Plötzlich kreischte Lola: „Es fängt an! Ich sehe Farben!"

„Das ist eine Ampel", sagte Karl.

„Ach so", flüsterte Lola und zündete eine Zigarette an. Wir parkten und spazierten zur Disco. Mir war seltsam warm. Lola hakte sich bei mir ein und grinste: „Baby, ich bin so was von *wach* auf einmal!"

Ihre Pupillen waren riesengroß. Karl ging ein paar Schritte vor mir, und ich bemerkte, wie wunderschön die Stelle an seinem Nacken aussah, an der die Haare aufhörten und die Haut begann.

„Karlchen", flüsterte ich und umarmte ihn von hinten, „hab ich dir schon mal gesagt, daß du nicht nur mein bester Freund bist, sondern auch extrem attraktiv?"

---

* Autorin des Heroinsucht-Schockers *Wir Kinder vom Bahnhof Zoo.*

„Oh, la, la, das Zeug scheint zu wirken. Nüchtern würdest du dir eher die Zunge abbeißen, als mir Komplimente zu machen!“ sagte Karl. „Und wie geht's dir, Lola?“

„Hach, ich bin so was von *wach*“, kicherte Lola.

„Komisch, ich merke gar nichts“, beschwerte sich Karl.

In der Disco schmiegte ich mich ganz eng an ihn und erzählte ihm, wie gut er rieche und daß er ganz extrem niedliche Ohren habe, was Karl sehr irritierte. Die Musik ging mir direkt in die Hüften; ich schwankte im Takt hin und her wie eine Schlangentänzerin. Bier und Zigaretten schmeckten intensiver, als ich es je erlebt hatte, und ich mußte ständig den Impuls unterdrücken, Karl auf den Mund zu küssen. Er wand sich aus meiner Umarmung und meinte: „Wenn ich nur geahnt hätte, daß Ecstasy auf dich diese Wirkung ausübt, hätte ich es dir *niemals* gegeben!“

„Ich liebe dich trotzdem“, sagte ich sanft schwankend.

„Kinder, seid ihr auch so *wach*“, quietschte Lola und kniff Karl in den Hintern. Er blies empört die Backen auf und ließ uns stehen, um sich mal umzuschauen. Lola ging auf die Toilette, und ich lehnte mich an einen Pfeiler und lächelte. Ein blonder Junge mit grünen Augen saß an der Bar. Ich schwebte auf ihn zu, lehnte mich vor, flüsterte: „Bezauberndes Geschöpf“, und steckte ihm die Zunge ins Ohr.

Der Knabe fiel fast vom Barhocker, starrte mich entsetzt an und fragte: „Kennen wir uns?“

„In meinen Träumen lieben wir uns sogar schon“, sülzte ich und legte beide Hände auf seine Schenkel.

„O Gott, wieder so 'n enthemmter Ecstasy-Freak“, sagte der Junge, schüttelte mich ab und verschwand in Richtung Tanzfläche. Mir konnte das die Laune nicht verderben.

Ich nahm seinen Platz ein und hörte mit ehrfürchtiger Hingabe der Musik zu, bis Lola wieder auftauchte und mir die Flamme ihres Feuerzeugs vors Gesicht hielt: „Im Spiegel hab ich gesehen, daß ich stark erweiterte Pupillen habe. Ach ja, du auch. Das wollte ich nur wissen. Ich bin so was von *wach!* Uuh, Baby, ich verspüre den Drang zum Ausdruckstanz. Schöpfen und Streuen, Schöpfen und Streuen ...“ Ausladend mit den Armen rudernd, schob sie sich durch die Menge zur Tanzfläche. Ich folgte in ihrer Schneise. Karl war schon mitten im Getümmel und hopste herum wie ein Voodoopriester in Trance. Wir kämpften uns zu ihm vor, und Lola unterzog Karl ihrem Feuerzeugtest. „Wie heißt es in dem Märchen: groß wie Mühlräder!“ kicherte sie.

„Ich fühle mich wie Diana Ross bei ihrem Konzert im Central Park", verkündete Karl und rief den Tanzenden zu: „*I thank you and I love you! I'm so glad to be here! I love you all!*" Bei ihm wirkte das Zeug offenbar spät, aber gewaltig. Lola indessen schöpfte und streute, schöpfte und streute.

„Ich bin ja so was von *wach!*" jauchzte sie.

„Das sagtest du schon", rief ich ihr zu.

„Ist doch egal", antwortete Lola und verdrehte ihren Körper in den seltsamsten Verrenkungen. „Schau mal, Baby: Ich tanze den Zyklus des Lebens! Geburt, Liebe und Vergehen!" In dem Moment machte der Discjockey den Fehler, *Chain Reaction* von Diana Ross aufzulegen.

Kaum erklangen die ersten Takte, als Karl, strahlend und lächelnd, die Arme in die Höhe warf und brüllte: „*Call me Miss Ross!*" Dann improvisierte er eine von Supremes-Choreographien inspirierte Tanznummer, für die er sich mit gezielten Ellenbogenstößen und Tritten den notwendigen Platz verschaffte. Rücksicht ist für Miss Ross, wie man weiß, ein Fremdwort. Genervt räumte das Publikum – mich eingeschlossen – die Tanzfläche, bis nur noch Lola und Karl übrigblieben. Lolas ekstatischer „Ausdruckstanz" erinnerte mich an die Balz einer läufigen Elchkuh, und Karl sang, lustig hüpfend, sehr laut und sehr falsch *Chain Reaction,* obwohl aus den Boxen inzwischen irgendein Tekknostück tönte.

Tief innen, durch den Nebel des Ecstasy-Rausches, regte sich in mir ein Gefühl der Peinlichkeit. Gerade wollte ich wieder auf die Tanzfläche eilen, um Lola und Karl zur Raison zu bringen, als die beiden von zwei Türstehern ergriffen und sanft, aber bestimmt, in ihre Mäntel gesteckt und hinauskomplimentiert wurden. Ich folgte ihnen natürlich auf dem Fuße. Nicht auszudenken, was geschehen könnte, wenn sie ihre Vorstellung auf offener Straße fortführten! Als ich an der Garderobe in den Spiegel sah, hatten meine Pupillen wieder ihre normale Größe. Mir war auch nicht mehr so warm. Irgendwie fühlte ich mich leer. Auf der Straßenseite gegenüber der Discothek befand sich ein kleiner Park. Lola und Karl saßen kichernd auf einer Bank vor einem Rhododendronstrauch. Ich nahm neben ihnen Platz. Es begann zu dämmem, die Vögel sangen, und wir lauschten.

„Na, ihr Drogenopfer", sagte ich nach einer Viertelstunde. „Die Show ist wohl vorbei."

„*Thank you so very much. I love you all*", flüsterte Karl und gähnte.

„Selber Drogenopfer", sagte Lola und zündete sich eine Gauloise an. „Kinder, ich bin so was von *müde!*" seufzte sie.

Karl meinte nachdenklich: „Vor einer halben Stunde war ich noch der Mittelpunkt der Welt, und jetzt fühle ich mich wie nach 15 Kilometern Joggen. ‚Alle diese Drogen haben viele schon belogen', singt Nina Hagen."

„Richtig, irgendwie war das alles ziemlich verlogen", stimmte ich zu. „Nicht zu fassen, daß ich *dir* Komplimente gemacht habe!"

Karl zog eine Augenbraue hoch und sagte: „Wirklich schockierend."

„Wir haben eine Erfahrung gemacht, und das ist alles", unterbrach Lola, wieder ganz ihr altes, resolutes Selbst. „Kein Grund für moralisierende Nachwehen. Das hier ist das Leben und kein ZDF-Fernsehspiel. Also auf, Jungs, fahren wir nach Hause, bevor ich – Gott behüte – auf einer Parkbank einschlafe."

Mit Lola in der Mitte gingen wir Arm in Arm zum Auto.

Generationskonflikt

I

„Sankt Ignatius Heim für gefallene Mädchen, Pforte."

„Hallo, Baby, ich bin's, Karl. Stör ich?"

„Geringfügig. Ich mache gerade Aerobic zum Soundtrack von *Priscilla, Königin der Wüste.* Kampf der Zellulitis!"

„Tja, wer's nötig hat. Ich dagegen scheine auch ohne Gezappel noch jugendlich zu wirken. Gestern nacht flehte mich ein 17jähriges Bürschchen, das aussah wie der kleine Blonde von *Blue,* um meine Telefonnummer an. Offensichtlich hielt er mich für einen Gleichaltrigen."

„Oh Gott, wird das eins dieser Stell-dir-vor-was-ich-wieder-aufgerissen-habe-Gespräche?"

„Das ist mehr als ein Aufriß, Schätzchen, das ist eine Offenbarung. Du weißt doch, ich war schon immer scharf auf diese Kleinen in übergroßen, auf Schamhaarhöhe hängenden Jeans, die beim Tanzen immer so niedlich hopsen und die Finger abspreizen. Und genau so ein Exemplar habe ich auf der gestrigen *Abba*-Revival-Party im „Tanztempel" kennengelernt. Er heißt übrigens Benny, seine Mutter hat ihn nach Benny Andersson benannt. Süß, nicht?"

„Wenn er *Abba* mag, steht der Kleine vielleicht grundsätzlich auf nostalgische Relikte aus den 70er Jahren. So wie andere Antiquitäten sammeln, ergötzt er sich an Affären mit Zeitzeugen einer längst vergangenen Epoche. Karl, bist du noch dran? Was ist das für ein Geräusch? Hör auf, den Hörer zu schlagen!"

„Relikt? Antiquität? Ich? Mit 25 – in Worten fünfundzwanzig – Jahren?!"

„In der schwulen Szene altert man schnell. Mitte zwanzig ist nicht jung, nur akzeptabel, Karlchen."

„Und warum hat mich Benny dann so direkt angemacht, wenn ich nichts bin als ein alter Sack? Wie hypnotisiert kam er auf mich zu und sagte: ‚Wow, deine Krähenfüße find ich total geil!' Hör auf zu lachen, Baby, ein paar Fältchen an den richtigen Stellen wirken eben ungeheuer sexy. Und heute gehen wir ins Kino!"

„*Tod in Venedig* oder *Boulevard der Dämmerung?*"

„Der Neid steht dir in der Stimme geschrieben. Mach mit deinem sinnlosen Gehopse weiter. Du wirst trotzdem nie wie Guy Pierce* aussehen. Ich ruf dich wieder an."

II

„Privatsekretariat Margot und Maria Helbig. Die Damen nehmen gerade ein Schlammbad mit Florian Silbereisen. Kann ich Ihnen helfen?"

„Ach, halt die Klappe, Baby, und hör einfach zu. Ich bin völlig fertig. Benny war mit mir in *Pulp Fiction.* Ich wußte nichts über den Film, außer daß John Travolta mitspielt, und von dem Süßen hatte ich ja schon vor 10 Jahren ein Poster an der Wand. Also dachte ich, bestimmt was Nettes für's Herz wie *Grease.* Pah! Travolta ist fett, hat langes, schmieriges Haar und spielt einen Berufskiller. Dauernd spritzt Blut und Hirn über die Leinwand. Mir wird schlecht, aber Benny lacht und sagt staunend ‚geil!', wenn wieder mal gemetzelt wird. Travolta verabreicht Uma Thurman aus Versehen eine Heroin-Überdosis und belebt sie wieder, indem er ihr eine Spritze ins Herz rammt. Ich übergebe mich in die Popcorntüte und Benny klatscht begeistert in die Hände! Hinterher will er Hamburger essen (ich kriege nichts runter) und dann muß er nach Hause, weil er noch für eine Mathe-Klausur üben will. Kannst du übrigens Integralrechnung? Womit diese armen Gymnasiasten gequält werden. Kein Wunder, daß sie Blutorgien wie *Pulp Fiction* zum Ausgleich brauchen. Trotzdem: Am nächsten Tag habe ich ihn zu mir eingeladen, um ihm mal zu zeigen, was unsere Generation unter gelungenem Kino versteht: *Von Augenblick zu Augenblick* von 1979 auf Video. John Travolta liebt die um Jahre ältere Lily Tomlin. Seufz! So eine richtige altmodische Schnulze. Was passiert? Benny schläft ein! Ich wecke ihn sanft, und er sagt, Lovestories zwischen jungen Männern und alten Schnepfen fände er total scheiße. Hör sofort auf zu kichern, Baby! Dann will er „kuscheln". Als ich gerade meine Hand in seine Boxershorts zwänge, klingelt das Telefon. Stell dir vor, er hat seiner Mami meine Nummer gegeben – für den Notfall, hah! –, und die macht sich Sorgen, weil es schon elf Uhr ist! Also fährt Benny nach Hause, und ich lege noch mal Travolta ein und hole mir völlig frustriert auf die Whirl-

---

* Australischer Soap-Star, der in *Priscilla* als muskelbepackte Homolette glänzte und inzwischen mit *Memento* in Hollywood Fuß gefasst hat. Die Muckis hat Guy leider in Australien gelassen, jetzt ist er nur noch drahtig. Aber immer noch sehr süß.

pool-Szene einen runter. Morgen treffe ich Benny direkt nach der Schule, nachmittags wird Mami wohl nicht dazwischenfunken. Er will, daß ich mit ihm Latein pauke. Sie nehmen gerade Petronius durch. Wenn wir uns dabei nicht näher kommen! Ich ruf dich wieder an."

III

„Salman Rushdie hier. Wie sind Sie an meine Nummer gekommen, um Allahs Willen?"

„*Wer* ist da?"

„Baby Neumann, und selbst?"

„Ich heiße Benny, ich kenn deinen Freund Karl, weißt du, diesen Typ mit dem Travolta-Fetisch. Ist zwar etwas frech von mir, einfach so anzurufen, aber ich dachte, vielleicht kannst du als Karls bester Freund mir helfen. Ich werd nämlich nicht schlau aus dem und dabei find ich ihn eigentlich total süß, so mit dem Bauchansatz und den Geheimratsecken."

„Ohmeingott – hast du ihm das etwa gesagt? Kein Wunder, daß du Probleme hast."

„Also, Karl hat mir bei meinen Lateinhausaufgaben geholfen und fing an, so über Encolpius und Giton zu labern, und was ich wohl glaube, wie die im alten Rom die Sau rausgelassen haben und daß ich schön sei wie ein antiker Lustknabe – ist dir das peinlich, wenn ich so ganz offen …?"

„Überhaupt nicht! Nur keine Hemmungen. Das Tonbandgerät läuft."

„Was?"

„Ein Witz."

„Ach so. Jedenfalls sag ich zu Karl, er braucht gar nicht so rumzusülzen, ich wär eh schon auf ihn scharf, so die spießige Art, wie er sich anzieht, find ich völlig geil, und wie *Pulp Fiction* ihn total fertiggemacht hat – voll niedlich, und auch daß er so alt ist, daß er *Abba live in concert* noch erlebt hat. Wow!"

„Mit zehn. Seine Mutter war dabei. Bei dir hört sich das an, als hätte er in Verdun gekämpft."

„Naja, egal, ich mach jedenfalls so an ihm rum, und er fragt, warum ich ihn so unwiderstehlich finde, und ich sage, ‚ey, das hat viel mit den total witzigen Denkfalten auf deiner Stirn zu tun' – wir sind jetzt schon ausgezogen und liegen in Karls Bett – ‚und diesem kuscheligen Rettungsreifen um deine Hüften.' Ist dir das echt nicht unangenehm, Baby?"

„Nur weiter, Benny. Nichts Menschliches ist mir fremd. Nicht mal Karls Hüften."

„Also, jedenfalls: Der Typ kriegt total keinen hoch. Dann rennt er ins Badezimmer, glotzt seine Stirn im Spiegel an und zieht völlig bescheuert den Bauch ein. Er sagt, er fühlt sich plötzlich wie irgendein Aschenbach oder so und vielleicht bin ich zu jung für ihn. Aber, ey, acht Jahre Unterschied, das ist doch fast nichts, und die Kids in meinem Alter machen mich echt nicht an. *Bravo* lesen und blöde Tekknoparties und den ganzen Tag *Viva* glotzen – voll langweilig. Karl ist jedenfalls (schnüff) total gemein zu mir, sagt, ich soll gehen (schnief), weil er seine Zeit nicht mit mir verschwenden will, er muß jetzt 500 Sit-ups machen und einen Liter Oil of Olaz auftragen (heul, schluchz). Dabei find ich ihn echt voll süß und hab ihm doch nichts getan, und der schmeißt mich einfach raus. (Buhuhuuuh!)"

„Nicht weinen, Kleiner. Karl ist ein wenig hysterisch, was sein Alter angeht, und ich glaube, er hat gestern auf die harte Tour gelernt, daß man nicht jung bleibt, indem man mit jungen Menschen schläft. Hast du übrigens wirklich Ähnlichkeit mit dem Leadsänger von *East 17?*"

„Das sagen sie jedenfalls in meiner Klasse, warum?"

„Wenn du jemanden brauchst, der dich tröstet, kannst du sofort vorbeikommen, Benny-Schätzchen."

„Ich hab die Nase voll von euch schmutzigen alten Männern!"

„Benny? Leg nicht auf! Benny? Ich hab alle *Abba*-Platten! Auf Vinyl! Und einen Ansatz zum Doppelkinn! Benny?"

Tüüüüt.

„Vielleicht besser so."

IV

„Baby Neumann."

„Hallo, ich bin's, Karl. Was meldest du dich denn so komisch? Stell dir vor, ich hab mich von Benny getrennt. Bei meinem intellektuellen Niveau fingen seine Schülergespräche an, mich zu langweilen."

„Ach, und was ist mit seiner Brad-Pitt-Taille und den glatten rosigen Wangen? Auch schon langweilig? Oder konntest du vielleicht den Anblick seiner frischen Haut neben deinen Leberflecken nicht mehr ertragen?"

„Ich hab überhaupt keine Leberflecken! Und erst recht keine Probleme mit meinem Alter. Ich stehe in der Blüte meiner Jahre, Baby. Das sagt jedenfalls dieser nette 45jährige Buchhändler, der mich gestern nacht im

„Stiefelknecht“ angesprochen hat. Der hat zwar eine Glatze und Schenkel wie Domenica, aber im Bett geht die Post ab! Er heißt Freddy, seine Mutter war Freddy-Quinn-Fan. Süß, nicht? Er schwärmt dauernd, wie voll mein Haar ist und wie straff mein Hintern.“

„Karlchen, du bist der eitelste Mensch, den ich kenne. Der arme Benny ist verknallt in dich. Schämst du dich überhaupt nicht, ihn so abzuservieren?“

„Ich möchte eben nicht wegen meiner Krähenfüße, sondern wegen meines Knackarsches begehrt werden. Mit Freddy fühle ich mich jung und attraktiv. Und jetzt muß ich leider Schluß machen. Wir gehen nämlich in die Oper.“

„Mit Freddy in die Öffentlichkeit? Ganz schön gewagt, mein Lieber.“

„Gewagt? Ich versteh nicht, Baby.“

„Na, das distinguierte Publikum wird sicher denken, daß du ganz schön alt aussiehst. So alt, daß du nur noch einen fetten 45jährigen Glatzkopf abgekriegt hast mit deiner verwelkten Visage.“

„Was? Wie? Daran habe ich gar nicht gedacht! Was tue ich bloß? Ich muß Freddy sofort absagen! …“

Tüüüt.

„Karl?“

Tüüüt.

„Ich mein das doch nicht ernst! Nicht auflegen! Hallo? Hallo? Oh verdammt. So schnell wird also aus dem wunderbaren, süßen Freddy ein alter Sack.“

Hallelujah!

Meine Freundin Lola und ich saßen nachmittags auf ihrem Wohnzimmerteppich (gelber Flokati, original antik von 1973) und spielten. Schnipp-Schnapp: Jeder hat ein Kartenspiel vor sich, gleichzeitig deckt man eine Karte auf. Sind die Karten verschieden, sagt man „Schnipp" und macht weiter, sind sie identisch, bekommt der Spieler, der zuerst „Schnapp" ruft, einen Punkt. Ein beliebter Zeitvertreib in Altersheimen und bei Leuten wie uns, die beim Kartenspielen soviel reden, daß sie sich unmöglich auf komplizierte Regeln konzentrieren können.

„Ich werde morgen in die katholische Kirche eintreten, schnipp", sagte Lola.

„Ich dachte, du wärst gerade ausgetreten, weil du dem Papst nicht länger seine Juwelen finanzieren willst, schnipp."

„Schon, aber meine Schwester Karin möchte, daß ich die Taufpatin ihres Sohnes werde, und dazu muß ich Kirchenmitglied sein. Danach trete ich natürlich sofort wieder aus. Bin ich verlogen, inkonsequent und heuchlerisch, schnipp?"

Lola legte die Karten hin und sah mich ernsthaft an.

„Ah, das leidige Thema Religion!" stöhnte ich. „Lola-Schatz, du weißt, ich verehre unseren Herrn Jesus nicht minder als sein Lieblingsjünger Johannes, vor allem, wenn er nackt und muskulös am Kreuz hängt. Aber die Kirche – ts, ts, ts. Mit siebzehn unternahm ich eine Pilgerfahrt nach Rom. Doch was mußte ich dort erleben! Morgens stand ich auf dem Petersplatz, umringt von Gläubigen und schlecht desodorierten Nonnen aus aller Welt, die *„il papa!"* kreischten und hysterisch weinten, sobald das Papamobil sich ihnen näherte. Nachmittags besichtigte ich dann den Circus Maximus, vor dem glutäugige römische Stricher ihrem Gewerbe nachgingen. Als die Schatten länger wurden, rollte zu meinem Erstaunen so manche vatikanische Limousine im Schrittempo vorbei ..."

Ich bekeuzigte mich, und Lola fragte: „War das die Romreise, auf der du im Garten der Villa Borghese deine Unschuld verloren hast?"

„Genau. Als ich wieder zu Hause war, ging ich natürlich wie ein guter katholischer Junge zur Beichte.

‚Bereust du deine Sünde, mein Sohn?' fragte der Priester.

‚Äh, es war eigentlich wunderschön, Vater', sagte ich.

‚Würdest du es wieder tun?' wollte er wissen.

Wie meinte der das jetzt? Mit ihm oder wie? War das ein unzüchtiger Antrag?

Ich sagte: ‚Na, wenn mir einer gefällt', und versuchte durch das Gitterfenster die Attraktivität meines Beichtvaters abzuschätzen. ‚Haben Sie blaue Augen?' fragte ich.

Der Priester stöhnte genervt. ‚Du mußt der Sünde abschwören!' forderte er hochdramatisch. ‚Homosexualität ist eine eitrige Pestbeule am Körper unseres Herrn!'

Ich konnte ein gackerndes Lachen nicht unterdrücken, hustete: ‚Verzeihung, Vater', wankte kichernd aus dem Beichtstuhl, flüsterte einer wartenden Rentnerin zu: ‚Vorsicht, ich bin eine Pestbeule', und trat aus der Kirche aus, sobald ich volljährig wurde."

Lola mischte die Karten und erzählte: „Na, dann werden wir uns wohl in der Hölle treffen. Ich hatte nämlich mal eine Affäre mit einem katholischen Priester."

„Wirklich?" fragte ich. „Sah er aus wie Gael Garcia Bernal in *Die Versuchung des Padre Amaro?*"

„Eher wie Heinz Rühmann als Pater Brown", seufzte Lola. „Ich traf ihn im Kaufhaus; er erstand schwarze Strümpfe und ich einen schwarzen BH. An der Kasse verwechselten wir unsere Tüten. Kurz darauf spürte ich eine sanfte Hand auf meiner Schulter, drehte mich um und da stand er, hochrot im Gesicht, den Büstenhalter in der Hand. ‚Ich glaube, der gehört Ihnen', sagte er. Ich sah seinen Priesterkragen an, schluckte und antwortete: ‚Na, an Ihnen würde er jedenfalls sehr seltsam aussehen.' Wie sich herausstellte, stand ihm der BH ganz gut, als wir es ein paar Tage später in der Sakristei trieben, ich in einem Meßdienergewand, er in meiner Unterwäsche."

„Das denkst du dir aus!" rief ich entrüstet.

„Aber nein, Baby, wir hatten wirklich ein Verhältnis – jedenfalls, bis das schlechte Gewissen ihn einholte, er seinem Bischof alles beichtete und versetzt wurde."

„Weißt du, was aus ihm geworden ist?" fragte ich.

„Er ist jetzt Missionar in Bangkok und tritt in seiner Freizeit als Travestie-Tänzer auf. Kürzlich hat er ein Angebot bekommen, die Titelrolle in einer thailändischen Porno-Version von *Charlies Tante* zu spielen und überlegt ernsthaft, ob er die Soutane an den Nagel hängen soll."

„Lola!" schrie ich. „Das hast du aber wirklich erfunden!"

„Stimmt", kicherte sie und teilte die Karten aus.

„Man sollte zum Buddhismus übertreten", überlegte ich. „Das ist gerade todschick. Tina Turner, Richard Gere, Sharon Stone – alles Buddhisten, schnipp."

„Als Buddist wird man wiedergeboren, Baby, und bei meinem Glück komme ich bestimmt als Qualle zurück. Aber wie wäre es denn mit dem Judentum? Wie Karl immer sagt: Es gibt sowieso keinen Gott, nur Barbra Streisand, schnipp."

„Für dich kein Problem, Lola, aber ich müßte mich beschneiden lassen, schnipp."

„Schnipp, in der Tat!" kreischte Lola, und wir fielen uns prustend in die Arme.

„Darauf einen Pernod", meinte Lola und verschwand in der Küche. Es klingelte an der Tür. Da Lola mit den Drinks beschäftigt war, öffnete ich. Draußen standen zwei große, gutaussehende Männer in blauen Polyesteranzügen, mit dezenten Krawatten und streng gescheiteltem Haar. Einer von ihnen trug eine Brille wie Superman, wenn er sich als Clark Kent verkleidet, und hatte auch dessen Figur. Der andere war etwas kleiner, drahtiger und hatte ein sehr jungenhaftes Gesicht.

„Wer ist es denn?" rief Lola aus der Küche.

„Superman und Superboy!" rief ich zurück.

„Endlich! Darauf warte ich seit Jahren", juchzte Lola. „Sie sollen reinkommen und ihre albernen Kostüme ausziehen, und dann möchte ich mit ihnen *fliegen!*"

Mit einem großen Glas Pernod in jeder Hand kam sie aus der Küche, starrte die Anzugträger im Türrahmen an und flüsterte: „Ach, die sind ja in Zivil." Dann gab sie mir mein Glas, nahm den größeren der Beiden an der Hand und zog ihn über die Schwelle: „Nur rein mit dir, Clark."

„Ich heiße Ben", sagte er mit starkem amerikanischen Akzent. „Sehr gütig von Sie, zu empfangen uns. Dieses ist meine Freund Tim. Wir eintreten sehr gerne."

Lola schürzte die Lippen: „Zeugen Jehovas."

„Oh, nicht das, meine Dame", widersprach Ben. „Wir sind Mormonen-Missionare aus der fernen Salzsee-Stadt in Utah, Amerika."

„Au fein!" quietschte Lola. „Soviel ich weiß, betreiben die Mormonen Vielweiberei. Die Männer müssen also eine phänomenale Ausdauer haben. Nicht umsonst reimt sich Mormone auf Hormone. Auch einen Pernod für euch, Jungs?"

„Nein danke, meine Dame", lehnte Ben freundlich ab. „Und darf ich erklären bitte: Polygamie es gibt schon lange nicht mehr bei uns."

Lola führte ihre Gäste ins Wohnzimmer und bot ihnen einen Platz auf dem Flokati an. Die Teppichhaare knisterten und richteten sich auf, als sie mit den Polyesteranzügen in Berührung kamen. Elektrisierte Staubteilchen sprangen die Mormonen an.

„Kusch!" schimpfte Lola und schlug auf ihren Teppich ein. Sie lächelte Ben entschuldigend an: „Ich dachte, das Ding sei schon seit Jahren tot. Eine Zigarette?"

„Wir rauchen nicht, meine Dame."

Lola drückte ihm eine brennende Gauloise und ihr Glas in die Hand: „Wollen Sie meine Gastfreundschaft beleidigen, Ben?"

„Nein, meine Dame", murmelte Ben.

„Na dann, Prost", sagte ich und stieß mit ihm an.

Während Ben schluckte und hustete, verschwand Lola noch mal in der Küche und kam mit der Pernodflasche unter dem Arm und Drinks für sich und Tim zurück. Er nahm sein Glas lächelnd entgegen und kippte sofort einen großen Schluck, was ihm kritische Blicke von Ben eintrug.

„Wir sind hier, um Sie zu helfen finden das Gluck, das liegt in die Liebe des Herrn", begann Ben. „Sind Sie ehrlich glucklich?"

„Noch nicht, aber fragen Sie nach drei Gläsern noch mal", sagte Lola.

„Alkohol kann Sie nicht machen glucklich, aber wir konnen", predigte Ben.

„Davon bin ich überzeugt", sagte Lola, ließ ihren Rocksaum zehn Zentimeter hochrutschen und goß sich nach. Tim streckte ihr wortlos sein leeres Glas entgegen, das Lola großzügig füllte. Ben blickte mißbilligend und fuhr fort: „Meine Dame, mein Herr, ich will Sie erzählen von das Buch Mormon, das der Grunder unseres Glaubens bekommen hat von ein Engel und in das liegt die Wahrheit."

„Darling, es ist zwecklos", unterbrach ihn Lola. „Ich habe mich gerade heute entschlossen, in den Schoß der katholischen Mutter Kirche zurückzukehren." Sie drehte sich zu mir und flüsterte: „Jedenfalls für 24 Stunden."

Tim deutete fragend auf meine Zigarettenschachtel, ich nickte einladend und er bediente sich mit einem reizenden Dankeslächeln.

Ich zeigte auf die Karten und fragte: „Könnt ihr Schnipp-Schnapp?"

Ben wehrte entrüstet ab: „Der Herr mag kein Glucksspiel!"

Tim räusperte sich und gab leise zu: „Ich kann spielen Poker."

Wütend sprang Ben auf und donnerte: „Ich bin enttäuscht mit dir, Tim! Trinken, Rauchen und Glucksspiel! Dieses ist ein Ort Satans, es scheint. Du bist nicht gewachsen den Versuchungen. Wir mussen gehen sofort."

„Ich habe eine bessere Idee", sagte Lola und zog ihn wieder auf den knisternden Teppich herunter. „Laßt uns pokern. Wenn ihr gewinnt, werden wir Mormonen!"

Tim strahlte mich an, griff nach den Karten und begann sie unter Bens ungläubigen Blicken professionell zu mischen wie Mel Gibson in *Maverick.*

„*Well,* das ist allerdings ganz was anderes. Mit der Hilfe des Herrn wir werden siegen", meinte Ben. „Und bringen zwei verlorene Seelen auf den rechten Pfad."

Lola füllte sein Glas mit Pernod auf, tätschelte seine Polyester-Schulter, daß die Funken stoben, und sagte: „Wenn ihr verliert, spielen wir weiter – und zwar Strip-Poker."

Im Verlauf der nächsten Stunden stellte sich heraus, daß Lola und ich im Pokern unschlagbar waren – vor allem gegen zwei Missionare, die noch nie was vom Schummeln gehört hatten. Es wurde eine lange Nacht, über die ich diskret den Mantel des Schweigens breite. Nur soviel noch: Lolas sämtliche Pernod-Vorräte gingen drauf, wir wurden natürlich keine Mormonen, und irgendwo in den haarigen Tiefen von Lolas Flokati verbergen sich noch heute zwei elektrisch geladene Polyester-Schlüpfer.

Frau Neumann weiß Bescheid: Trendsetting à go-go*

Ein kleiner Test vorweg. Bitte ziehen Sie alles aus, was mit Reptilien-Imitat gemustert ist oder an eine Polyester-Paschmina erinnert. Wenn Sie jetzt fast nackt dastehen, haben Sie ein Problem und – nein, es ist nicht die Gänsehaut. Auch nicht (falls Sie diese Zeilen in der U-Bahn lesen) der lüsterne Blick Ihrer männlichen Mitreisenden. Schlimmer: Sie sind dem Trend auf den Leim gegangen. Eigentlich müssten Sie wissen, dass Reptilienleder nur noch an Eidechsen oder Krokodilen wirklich gut aussieht und dass der Fake-Maharadscha-Look out ist. Nichts ist peinlicher, als die komplizierten In- und Out-Bewegungen der Style-Industry zu verpassen und in „Trend verpennt" dazustehen. (Oder nackt in der U-Bahn.)

Also fort mit Schlange und Schleier! Und den Cowboyhut schmeißen Sie am besten auch gleich hinterher. Wie tragisch Trends sein können, merkte ich kürzlich, als ich im Drogerie-Markt meines Vertrauens einer Verkäuferin dabei zusah, wie sie auf den Knien ein niedriges Regal einräumte. Ihr Derrière (geschätzter Radius 1,10 m) ragte in den Gang, quälend gezwängt in Levi's Engineered Jeans.

Mir wurden drei Dinge schlagartig klar: warum Levi's in der Werbung ausschließlich schlanke Models verwendet, dass Engineered Jeans over sind und dass das arme Trend-Opfer einen hübschen Faltenrock brauchte. Als ich ihr diese drei Beobachtungen freundschaftlich mitteilte, wies die Undankbare mich aus dem Laden. Auch wenn die Wahrheit schwer zu ertragen ist: Wirklich trendige Sachen stehen nur einer elitären Gruppe – den Superschönen. Christy Turlington kann hellblauen Lidschatten, den Farrah-Schnitt und ein durchsichtiges Prada-Blüschen mit Blumendruck und Pelzkragen tragen. Jennifer Lopez und Sandra Speichert auch. Doch stellen Sie sich das bitte an Marie-Luise Marjan vor, und Sie werden verstehen, was ich meine.

---

* Mutti berät zu Styling-Fragen: Lesen auf eigene Gefahr!

Mit Trends ist es wie mit der Börse. Wenn man sich nicht stündlich und ausführlich damit auseinandersetzt, kann man nur verlieren. Sie müssen die Halbwertzeit eines T-Shirts mit Rock-Gruppen-Logo oder mehrfarbig getönter Haare genau kennen. Sonst kann es passieren, dass Sie an der Wursttheke stehen und Frau Metzgerin hat auch schwarzviolette Haare und Status Quo auf der Brust. Schon gehören Sie – Schock! – zur Schnittwurst-Schickeria.

Der Weg allen Trends ist in einer einfachen Formel zusammengefasst: Haute Couture – H&M – Hertie. Spätestens bei Station drei müssen Sie ausgestiegen sein. Wer auf dem Grabbeltisch nach Trends sucht, kennt auch nicht den Unterschied zwischen Lagerfeld und Lagerverkauf. Es gibt natürlich Möglichkeiten, sich vor Trend-Tragödien zu schützen. Am sichersten: die „Basics und Kombi"-Methode. Es gibt Teile, die komplett trend-resistent sind – das kleine Schwarze, schlichte Jeans mit einem schwarzen Polohemd und fast alles von Jil Sander. Darin sieht jeder (wenn auf der Liste der Hobbys nicht gerade Pizza und Bier ganz oben und Bewegung ganz unten stehen) immer gut aus. Dazu können Sie risikofrei ein Charme-Bracelet, eine Fake-Fur-Handtasche oder eine getönte Pilotenbrille kombinieren – das ist fix abgenommen, wenn dem Trend die Stunde schlägt.

Um schnell und einfach festzustellen, wann ein Trend im Sterben liegt, verrate ich Ihnen zum Schluss noch meinen unfehlbaren Geheimtipp: Beobachten Sie Madonna! Sie ist die apokalyptische Reiterin eines jeden Trends – sei es Vogueing, S&M, Mendhi oder Glam-Country-Look. Greift Madonna heute etwas auf, ist es morgen der letzte Schrei auf Ibiza und übermorgen in der Bad Oldesloer Pfarrei-Disco.

Und ein paar Tage später trägt es meine Drogerie-Verkäuferin.

Cherchez la femme

Lola saß auf meinem Sofa und schäumte vor Wut. Mit einem einzigen Zug rauchte sie eine halbe Gauloise und spie mit funkelnden Augen den Rauch aus wie ein Drache.

„Ich gebe es auf, Baby, endgültig! Die Männer sind für mich ein abgeschlossenes Kapitel. Zwei von diesen, ach, wie soll ich sie nennen? – *emotionalen Kakerlaken* in einer Woche! Samstag lerne ich Peter kennen, der mir Sonntag – natürlich nachdem er sich die ganze Nacht an meinem Körper vergnügt hat – erklärt, er stehe eigentlich auf Transvestiten. Ich frage dich, Baby: Sehe ich aus wie eine Transe? Und dann dieser Typ im Bugs-Bunny-Sweatshirt, den ich Mittwoch in der Gemüseabteilung von Karstadt am Karottenstand getroffen habe. Er lud mich zum Abendessen ein: Karottensalat, Karottenmus und hinterher Karottenkuchen. Dann ging er kurz aufs Klo, und als er wieder rauskam, war er nackt bis auf ein Karottenröckchen. Das nenne ich Fetisch! Er wackelte mit der Nase wie ein Mümmelmann und sagte mit Kinderstimme: Laß uns rammeln, mein wildes Kaninchen. Ich gab vor, die Tollwut zu haben, und ergriff die Flucht. Baby, im Ernst – sehe ich aus wie ein Nagetier?"

Und das alles, ohne einmal Luft zu holen. Lola sog wieder eine halbe Zigarette in sich hinein, und ich nutzte die Gelegenheit, um ironisch zu fragen: „Und jetzt wirst du lesbisch?"

„Woher weißt du das?" hustete Lola verdutzt. „Genau das wollte ich dir gerade eröffnen. Lesbisch sein ist schick: Madonna, Sharon Stone und Cindy Crawford geben zu, es ausprobiert zu haben. Was denen recht ist, ist mir billig. Heute abend gibt es im Lesbenlokal „Walpurgis" eine Tanzparty, zu der auch Schwule und Heteros zugelassen sind. Ich hab zwei Karten für uns." Lola reckte trotzig das Kinn hoch: „Ich bin zu allem bereit!"

Ich saß schweigend mit hängendem Unterkiefer da. „Feminismus ist die Theorie, lesbischer Sex die Praxis!" rief Lola.

Abends traf ich sie vor dem „Walpurgis". Sie hatte sich zurecht gemacht wie Goldfingers Privatpilotin Pussy Galore: weiße Bluse, enge schwarze Lederhosen und Stilett-Pumps. „Na, wenn das den Lesben mal gefällt", zweifelte ich. „Früher wurden Frauen auf sexistisch hochhackigen Schuhen in sapphische Bars gar nicht reingelassen."

„Die moderne Lesbierin steht auf k.d. lang, nicht auf Joan Baez", erklärte Lola, nahm meinen Arm und zog mich in die Bar. Eine Türsteherin, die aussah wie Grete Weiser circa 1946, lächelte „guten Abend" und nahm uns die Karten ab. Das Ambiente war eher rustikal: Holztresen, schummeriges Rotlicht und viel Plüsch. Dazwischen tummelte sich das zahlreich anwesende und wild gemischte Publikum. Ich sah schmusende Heteros, Männer, die Händchen hielten, und Frauen mit Bundeswehrhosen und Unterhemden in inniger Umarmung. Lola beugte sich über die Bar und rief der Bedienung (Glatze, ungefahr 25 Ohrringe, roter BH und Jeans) zu: „Zwei Wodka Martini, Schätzchen!" Die Tresen-Amazone schrie zurück: „Gerührt oder geschüttelt, Mr. Bond?" und stieß ein brüllendes Lachen aus. Aus den Lautsprechern röhrte Aretha Franklins *A Deeper Love.* Lola griff nach ihrem Drink, kippte ihn runter und stöckelte auf die Tanzfläche.

Ich versuchte mich an die Situation zu gewöhnen. So viele Frauen! Sie waren eindeutig in der Mehrzahl. Ihre weiblichen Düfte schwängerten die Luft und irritierten meine an Herrenparfums gewöhnte Nase. Im Vorübergehen streiften sie mich mit weichen Brüsten und langem Haar. Ein Mädchen im einteiligen roten Minikleid drängelte sich neben mir an die Bar und bestellte einen Pernod, an dem sie mit orange bemalten Lippen nippte.

„Auch ganz allein hier?" fragte sie. Ich war im Leben noch nie von einer Frau angesprochen worden.

„W-w-wer, ich?" stammelte ich erschrocken. Sie sah mir mit eisblauen Augen ins Gesicht und grinste:

„Ja, du, oder schiele ich?"

Ich war sprachlos.

„Diese offenen Abende sind wirklich spannend. Man weiß nicht, wer auf Frauen und wer auf Männer steht. Ich mag übrigens beides."

„B-b-beides?"

„‚Wenn man Austern mag, heißt das nicht, daß man deswegen auf Schnecken verzichten muß', sagte Laurence Olivier in *Spartakus*", raunte sie mit tiefer Stimme.

„Und was bin ich? Auster oder Schnecke?"

Bevor meine neue Bekannte antworten konnte, kam Lola auf uns zugestürmt. An der Hand zog sie eine hochgewachsene Rothaarige,

Typ Milva, hinter sich her. „Das ist mein Freund Baby", sagte Lola, „und das" – dramatische Pause, verschwörerisches Blinzeln in meine Richtung – „ist Miriam."

„Ich bin Sarah", stellte sich die Pernod-Trinkerin neben mir ungefragt vor. Händeschütteln reihum. Lola flüsterte für alle deutlich hörbar in mein Ohr:

„Hast du etwa auch eine Frau aufgerissen?"

Sarah zog sich grinsend die orangefarbenen Lippen nach. Miriam legte Lola den Arm um die Schulter und bestellte eine Runde Martinis. „Die Lady weiß, was sich gehört", meinte Lola, „mit Karotten muß ich bei der nicht rechnen."

„Karotten?" fragte Miriam und zog eine ihrer aristokratisch geschwungenen Brauen in die Höhe.

„Vergiß es", sagte Lola errötend und stieß mit ihr an.

Sarah ließ ihr Glas gegen meines klingen und hauchte: „Auf neue Freunde."

„Ähh … tja", antwortete ich eher uninspiriert. Ich zog Lola an den Schultern zu mir und wisperte: „Treff mich auf der Toilette."

Lola sah mich fragend an: „Herren oder Damen?"

„Keine Frage: Damen", sagte Miriam.

„Unsinn: beides", entgegnete Sarah strahlend.

Ich floh aufs Klo und wusch mir das Gesicht mit kaltem Wasser. Was geschah hier? Ich hatte den Überblick verloren. Lola wollte es mit einer Frau probieren, aber ich doch nicht! Und diese Sarah zog mich dauernd mit den Augen aus. Ich mußte an meinen Vater denken, der immer behauptete, nur zwischen Männern und Frauen könne es wirklich guten Sex geben, weil beide füreinander ein ewiges Geheimnis seien, das es zu ergründen gelte. Dann erschien mein Freund Karl vor meinem geistigen Auge und stöhnte augenrollend: „Es gibt zwei Dinge im Leben, Baby, auf die man sich verlassen kann: Barbra Streisand wird sich niemals die Nase operieren lassen, und Männer und Frauen passen nicht zusammen."

Lola unterbrach meine Gedanken: „Ich glaube, das ist das erste Mal, daß ich eine Herrentoilette betrete. Ein Abend voller Überraschungen! Ich hatte dich zuerst nebenan bei den Damen gesucht …

„Ich leide heute, glaube ich, unter einer Damen-Überdosis", unterbrach ich.

Lola fragte: „Spüre ich da latente Frauenfeindlichkeit oder nur Angst vor der allmächtigen Vagina?

„Vagina? Kenne ich die? Eine Italienerin?“

„Ach, halt die Klappe, Baby. Ist das nicht klasse, daß dich auch eine Frau anbaggert? Wir können später Erfahrungen austauschen.“

„Erfahrungen? Wie ich nach dem Penis gesucht habe und ihn nicht finden konnte oder was?“

„Sei nicht so verdammt schwul schwanzfixiert! Es lebe die polymorphe Perversität! Laß dich ruhig mal auf was Neues ein, Baby. In einer Stunde treffen wir uns wieder hier – mal sehen, wer dann weiter gekommen ist.“

Sechzig Minuten später, auf der gleichen Toilette. Lola, leicht angetrunken und mit verschmiertem Lippenstift, fragte: „Und?“

Ich, verwirrt und aufgekratzt, antwortete: „Sie will mich mit nach Hause nehmen.“

„Das will meine auch.“

„Ich weiß nicht, ob ich mir das zutraue, Lola. Was machen Männer und Frauen eigentlich zusammen im Bett?“

„Das ist doch kein Problem. Aber was machen Frauen mit Frauen?“

„Hm, in der Situation könntest du vielleicht ein paar Karotten brauchen.“

Lola quietschte: „Du bist unmöglich!“

Sie sah in den Spiegel, fuhr sich durchs Haar, zupfte ihren BH zurecht und fragte: „Trauen wir uns?“

In dem Moment traten Miriam und Sarah gemeinsam ein. „Wir haben euch vermißt. Was ist so faszinierend an diesem Klo?“ wollte Sarah wissen.

Miriam gähnte theatralisch und blinzelte Lola zu: „Zeit fürs Bett.“

Sarah tätschelte meinen Hintern und meinte: „Finde ich auch, Schneckchen.“

Lola und ich sahen uns panisch in die Augen.

„Aber …“, sagte ich.

„Aber …“, sagte Lola.

„Kein Aber“, sagten Miriam und Sarah im Chor.

Am nächsten Abend führten Lola und ich eines der ausgiebigsten Telefonate unserer langen Freundschaft. Lola erzählte: „Sie hat alle Bücher von Rita Mae Brown, zwei Katzen – oder, wie sie sagt, Kätzinnen –, und über ihrem Bett hängt ein zwei mal zwei Meter großes Poster von einer Klitoris.“

„Von wem? Kenn ich die? Eine Griechin?“

„Halt die Klappe, Baby. Sie küßt besser als jeder Mann, mit dem ich geschlafen habe.“

„Klitoris?

„Nein, Trottel, Miriam.“

„Aber ohne kratzende Bartstoppel ist es einfach nicht dasselbe, oder?“

„Na ja, irgendwie hat was gefehlt – rein anatomisch. Miriam ist sehr schön, aber ein sinnlich gewölbtes Becken löst in mir nicht dasselbe aus wie ein knackiger Männerarsch. Und als sie dann anfing, mit Zellophanpapier rumzumachen – du weißt schon, wegen Safer-Sex – und mit ihren langen Fingern meine ...“

„Halt ein, Mädchen! Wo ist deine natürliche Scham?“

„Müßte ich mal nachsehen. Ich glaube, ich habe sie mit meinen Grundschulzeugnissen und dem Impfpaß in irgendeiner Schublade liegen. Ach, Baby, ich fürchte, ich kann keine Frauen lieben. Ich bin verflucht, auf ewig den verdammten Kerlen nachzusteigen.“

„Und Miriam? War sie enttäuscht?

„Beim Frühstück hat sie mir erzählt, daß sie nur ein Abenteuer wollte und seit Jahren in einer festen Beziehung mit einer Studienrätin – Sport und Religion – lebt. Und jetzt will ich endlich wissen, wie es bei dir war!“

„Sarah ist ziemlich außergewöhnlich. Erinnerst du dich noch an Peter, den Typen, den du letztes Wochenende kennengelernt hast?“

„Der auf Transvestiten steht? Was hat der damit zu tun?“

„Sarah hätte gerne seine Telefonnummer.“

„Heißt das etwa??“

„Entweder das, oder sie hat die größte Klitoris und den haarigsten Busen der Welt“, sagte ich und hielt mit ausgestrecktem Arm den Hörer von mir weg, damit Lolas schriller Überraschungsschrei nicht mein Trommelfell sprengte.

Melancholy Baby

Ich stand in der Disco und war depressiv. Tränen verwässerten meinen Wodka Martini. Das machte mich traurig. Salzige Martinis sind echt zum Heulen. Und diese Musik! Ist der eintönige House-Rhythmus nicht ein Sinnbild der tristen Monotonie des Daseins? Meine Lebensfreude grenzte an die von Kafka. Und ich hatte keine Ahnung, warum. All meinen Freunden ging es ähnlich: Regelmäßig stürzten sie ohne spezifische Gründe in einen Abgrund von Melancholie. Der gewöhnliche Homosexuelle neigt anscheinend zu unerklärlichen Schwermutsanfällen. Es gibt natürlich Gegenmittel: Frank geht Schuhe kaufen; Andreas schließt sich ein und hört Carpenters-CDs bis zur Besinnungslosigkeit; Christian geht in die Sauna, sucht sich den unattraktivsten Mann aus und gibt sich ihm hin. Hinterher fühlt er sich besser, weil er meint, etwas Karitatives getan zu haben. In der Sauna ist Christian als „Mutter Theresa des Oralsex" bekannt.

Ein ziegenbärtiger Tekkno-Typ kam auf mich zu und sagte:

„Lach doch mal."

Ich fragte: „Worüber?"

Er zeigte sich mit dem Daumen auf die Brust. Auf seinem hautengen Lycratop stand: *Life is fun.*

Ich seufzte. „Das Leben", sagte ich, „ist keine Party. Schau dich doch um: Hunderte von einsamen Männern haben sich hier versammelt, getrieben von der Hoffnung, ein wenig Zuneigung zu finden. Ein falsches Lächeln, flüchtige Berührungen im Dunkeln, vielleicht eine Nacht voll vergänglicher Leidenschaft. Und am nächsten Wochenende das gleiche – ein ewiger Kreislauf der Verzweiflung."

Der Ziegenbart prustete los, haute mir auf die Schulter und kreischte: „Schätzchen, du bist wohl lange nicht mehr richtig durchgenommen worden!"

Draußen vor der Disco war es kalt, Rauhreif bedeckte die Bäume, kein Mond stand am Himmel. Über die verlassene Straße watschelte eine Ente, die sich vom nahegelegenen Fluß hierher verlaufen haben mußte.

Sie ließ den Kopf hängen und zitterte. Die einsamste Ente, die ich je gesehen hatte.

Ich schlenderte nach Hause und versuchte, Gründe für meine Melancholie zu finden. War ich bedrückt, weil das Shirley-Bassey-Konzert ausverkauft war? Weil mir Levis 501 wegen meiner gebärfreudigen Hüften grundsätzlich nicht paßten? Weil *Abba* nicht mehr zusammen waren?

Kopfschüttelnd schloß ich meine Wohnung auf, schälte mich aus meiner dicken Lederjacke, goß einen Sherry ein und schaltete den Fernseher an. Es lief *Herbstsonate* von Ingmar Bergman. Liv Ullmans Seelenpein sprengte fast den Bildschirm. Ich schaltete um. Geraldine Page beging einen Selbstmordversuch in Woody Allens *Innenleben*. Augenrollend hackte ich auf die Fernbedienung ein und landete in der *Schwarzwaldklinik*. Das war nun wirklich zu deprimierend. Ich schaltete aus und ging schlafen.

Im Traum erschien mir die Ente, erzählte, sie sei homosexuell veranlagt und trage sich mit Selbstmordgedanken, weil es a) keine Schwulenbars für Erpel gebe und sie b) sowieso unglücklich in einen Schwan verliebt sei.

Ich wachte schweißgebadet auf. Der Suizidgedanke spukte durch meinen Kopf. Aber wie soll man stilecht den Vorhang fallen lassen? Mit einer Überdosis Schlaftabletten sanft vor einem Kristen-Björn-Video entschlummern oder im Darkroom vom „Stiefelknecht" drei Flaschen Poppers schlucken? Mit Maria Callas als „Lucia di Lammermoor" auf dem Walkman von einer Brücke springen oder lieber eine öffentliche Selbstverbrennung im Kanzleramt inszenieren (wo vielleicht der ein oder andere Politiker Feuer fängt)? Ich schlief wieder ein. Die Ente quakte und zeigte mir den Vogel.

Frühstück am nächsten Morgen: Draußen nebelte es vor sich hin, meine Milch war sauer und die Cornflakes schmeckten fürchterlich mit Sherry. Ich sah in den Spiegel und weinte angesichts eines dicken Pickels auf meiner Stirn, der aussah wie der kleine Bruder eines fauligen Granatapfels. Ein Schleier wäre die Lösung. Ich sollte Nonne werden. Ein weiterer Vorteil des Klosterlebens (neben der Verschleierung): Selbstgeißelung ist angeblich ideal, um düstere Gedanken zu vertreiben …

Nachdem ich halbherzig versucht hatte, mich zuerst mit einem violetten *Hermès*-Gürtel und dann mit einem Knirps zu kasteien, war ich immer noch deprimiert. Ich zog mich an und spazierte zum Fluß. Zwischen Eisschollen schwamm der Erpel, den ich am traurigen Blick und dem hängenden Bürzel sofort wiedererkannte. Er ruderte auf eine Schleuse zu, ein dunkles Loch im Beton, in das gurgelnd das Wasser hinabstürzte. Ich winkte und schrie: „Tu es nicht!“, aber da hatte der Sog ihn schon erfaßt. Der Erpel ging unter; der Schwan muß ihn wieder einmal abgewiesen haben.

Seufzend schleppte ich mich zu einer Bank. In meiner Jackentasche fand ich ein Buch, das mir mein Lebensabschnittsbegleiter Rick, der ausgerechnet an diesem Wochenende verreist war, geschenkt hatte: *Der Fremde* von Camus. Ich las den ersten Satz: „Heute ist Mama gestorben, vielleicht auch gestern, ich weiß es nicht.“ Ich hätte lieber *Das große Heinz-Erhard-Buch* einpacken sollen.

Frustriert schlurfte ich zu einer Telefonzelle. Das Buch hatte mich auf die Idee gebracht, meine Mutter anzurufen. Sie lebte noch. Ich erzählte ihr, daß ich Zeuge eines Entenselbstmordes geworden war.

„Enten bringen sich nicht um, Baby. Was du gesehen hast, war ein tragischer Unfall“, meinte Mutti. „Ich habe jetzt wenig Zeit zu plaudern, ich backe gerade einen Kuchen, und wenn der wieder nicht aufgeht, kannst du einen echten Suizid erleben. Dann stürze ich mich nämlich in einen Tortenheber!“

Ich legte auf und spazierte weiter den Fluß entlang. Eine Bilderbuchfamilie kam mir entgegen: Papi, Mami, zwei Kinder. War ich vielleicht unglücklich, weil mir die Freuden der Fortpflanzung versagt blieben? Das eine Kind biß das andere ins Ohr, die Mutter schrie, der Vater zog eine Schnapsflasche aus der Manteltasche und nahm resigniert einen Schluck.

An meiner Kinderlosigkeit konnte die Melancholie nicht liegen …

Eng aneinandergeschmiegt, in dicke Pelzmäntel gehüllt, saß ein Rentnerpaar auf einer Bank unter einer Weide und las gemeinsam in einem Buch. Sicher sind sie seit sechs Jahrzehnten verheiratet, immer füreinander dagewesen, in guten wie in schlechten Tagen – während eine homosexuelle Beziehung durchschnittlich zwischen dreißig Sekunden und sechs Monaten dauert. Jetzt genießen die beiden Alten zusammen den Winter des Lebens und schmökern im Park, wahrscheinlich Tucholsky oder Erich Kästner.

Ich pirschte mich näher heran und erkannte, daß das Paar aus zwei Männern bestand, die insgesamt locker 170 Jahre alt waren. Sie hatten jeweils eine Hand unter den Mantel des Anderen gesteckt und lasen leise kichernd ein mir bisher unbekanntes Werk mit dem Titel *Willige Knaben-Stuten.* Meine Laune begann sich aufzuhellen: Die Greise gefielen mir. Ich spazierte wieder zurück, als mir eine tragische Gestalt im langen schwarzen Mantel begegnete, die mir bekannt vorkam. Das Gesicht des Mannes war von einem Schal verhüllt, die Mütze tief in die Stirn gezogen. Er rauchte. Als er näher kam, erkannte ich meinen alten Freund Karl an dem ihm eigenen Geruch nach Mentholzigaretten, *Nivea* und *Coco* von Chanel.

„Ach Baby“, stöhnte er, „schön dich zu sehen, aber laß mich lieber allein. Ich bin so unendlich deprimiert. Und ich möchte wirklich nicht darüber reden. Michael war gestern bei mir, mit seinen beiden Kötern Cazzo und Quickie. Wir wollten einen ruhigen Abend mit Kerzenlicht und Barbra-Streisand-Platten verbringen. Aber ich will dich nicht damit nerven. Jedenfalls breitete ich, wie das so meine Art ist, zeremoniell alle meine Barbra-LPs auf dem Teppich aus, um auszusuchen, mit welcher wir beginnen, als Cazzo und Quickie aus dem Schlafzimmer gewankt kamen – oh, ich kann darüber einfach nicht sprechen. Die Bestien hatten meine Familienpackung Gleitgel gefressen und übergaben sich ausgiebig und minutenlang. Bevor ich sie vor die Tür treiben konnte, wurden meine Streisand-Devotionalien aufs Entsetzlichste besudelt und entweiht. Ich stand die ganze Nacht in Gummihandschuhen mit einem Schwämmchen an der Spüle und versuchte zu retten, was zu retten war. Aber ehrlich, Baby, ich sag lieber nichts, ich will dich nicht belasten. Du siehst nicht besonders gut aus. Bist du deprimiert?“

„Ich habe gerade erlebt, wie eine Ente Selbstmord begangen hat, hier direkt vor uns, an der Schleuse“, antwortete ich leise.

„Eine Ente deprimiert dich? Eine blöde Ente? Hat dir schon mal jemand auf deine Barbra-Platten gebrochen?“ kreischte Karl, als plötzlich mein Erpel aus der Schleuse flatterte. Er landete auf dem Wasser, ließ sich erneut vom Wasserstrudel in das Betonloch ziehen und flog einige Augenblicke später wieder daraus hervor.

„Diese vergnügungssüchtigen Viecher“, meckerte Karl. „Ständig spielen sie hier herum. Rutschen rein in die Schleuse, flattern raus, stundenlang. Im Volksmund heißt sie schon ‚das Entenkarussell‘.“

Ich merkte, wie sich zum ersten Mal seit Tagen ein Lächeln auf meinem Gesicht breit machte. Ich legte Karl den Arm um die Schulter.

„Laß uns zu dir gehen und angekotzte Barbra-Platten hören. Ich geb eine Flasche Sherry aus“, schlug ich vor. Im Gehen winkte ich der verspielten Ente zu.

Sport macht schwul

I.

Ich saß auf meinem Sofa und sah mir in aller Ruhe das Fitneß-Video von Marky Mark an, mit einer Tüte Chips in der linken und einer Zigarette in der rechten Hand. Es hat so eine angenehm beruhigende Wirkung auf mich, anderen Menschen beim Sport zuzusehen. Während der kleine Marky sich mit seinen Hanteln abmühte, ließ ich meine Gedanken schweifen: Sport … Wozu ist das eigentlich gut? Also, ich persönlich betreibe Leibesertüchtigung nur aus kosmetischen Gründen. Ab und zu Joggen gegen die Zellulitis oder Aerobic gegen den Spitzbauch, das sehe ich ja noch ein. Aber diese ganzen Irren, die *zum Spaß* Sport machen (ein Widerspruch in sich), die sind doch wirklich nicht ganz normal. Haben die denn nichts Vernünftiges zu tun, so wie Fernsehen, Lesen oder Shopping?

Ich sammelte mit einem angefeuchteten Finger die letzten Krümel aus der Chipstüte und beobachtete – während ich hingebungsvoll meinen Finger ableckte – Marky Marks schweißnasse Flanken, als das Telefon mich unsanft aus meiner Erotik-Meditation riß. Es war meine Mutter, die seit kurzem bei einer Hochglanz-Frauenzeitschrift arbeitete.

„Baby, Kindchen, ich habe eine grandiose Idee für eine heiße Story. In Berlin finden am Wochenende die EuroGames statt, so eine Art Homo-Olympiade. Wäre es nicht schick, wenn unser Magazin darüber eine große Fotoreportage bringen würde?“ wollte Mutti wissen. „So ganz liberal, hip und total 21. Jahrhundert. Unsere Leserinnen wären sicher begeistert. Schwul liegt mal wieder voll im Trend.“

„Was mich angeht, liegt schwul immer voll im Trend“, antwortete ich.

„Du machst es also?“ fragte Mutti.

„Ich mache was?“

„Na, die Reportage, Dummerchen. Wir suchen einen homosexuellen Autoren für die Story – wegen der Authentizität und so. Ich dachte natürlich sofort an dich.“

„Aber ich habe keine Ahnung von Sport!“

„Egal. Unsere Moderedakteurin hat auch keinen Schimmer von Mode, so wie die sich anzieht. Girlie-Fashion mit Mitte Vierzig, ich bitte dich!"

„Wechsel nicht das Thema, Ma! Tut mir leid, aber daß ich etwas über Sport schreibe, ist ausgeschlossen."

Rauschen in der Leitung. Dann hörte ich das Klicken von Muttis Feuerzeug und einen Moment später das tonlose Flöten langsam ausgestoßenen Rauches.

„Baaaby", säuselt sie. „Weißt du eigentlich, was für eine entsetzlich schmerzhafte Geburt du warst? Und wie viele Stunden das gedauert hat, Stunden voller unbeschreiblicher Pein…"

„Schon gut, schon gut, ich mach's!" Ich seufzte resigniert.

Zwei Tage später stieg ich in Berlin-Tegel aus dem Flugzeug.

II.

Vor dem Olympiastadion – wo die ersten Wettkämpfe der EuroGames schon im Gange waren – traf ich den Fotografen, den Mutti mir zur Seite gestellt hatte. Er war einszweiundfünfzig, und seine Haare standen steil zu Berge (wahrscheinlich dachte er, das mache ihn optisch größer). Seine schwarze Lederjacke war ein tapferer Versuch in Richtung Coolness, der jedoch von dem darunter aufblitzenden Batik-T-Shirt und Latzhosen unterminiert wurde. Ein typischer Fall von Hetero-Möchtegern-Schick: Ein Hauch Punk und eine Prise Machismo konnten den Hautgout von WG, Kräutertee und verhaschten Doppelkopf-Abenden nicht überdecken. Warum nur hatte Mutti mir keinen schwulen Fotografen besorgt? („Weil ich auf den Bildern auch andere Motive sehen will als naßgeschwitzte Sporthosen über prallen Arschbacken, Baby!" erklärte sie mir später.)

Stöhnend ging ich auf Timo – so hieß der Knipser – zu. „Ey, Alter", grüßte er. „Du bist also Baby Neumann? Bevor wir anfangen, will ich erst mal eines klarstellen: Ich hab mit Schwulitäten nichts am Hut. Das hier ist nur ein Job für mich." Er musterte mich von Kopf bis Fuß: „Siehst eigentlich ziemlich normal aus für 'nen Schwulen."

Ich rollte die Augen gen Himmel: „Und du siehst selbst für 'ne zwergwüchsige Hete ziemlich abnormal aus. Laß uns mit der Arbeit anfangen." Timo griff schmollend seine Kameras und sein Stativ und folgte mir ins Olympiastadion. Von den Tribünen schallte uns ohrenbetäubendes Gejohle aus Tausenden von Kehlen entgegen. Timo sah mich fragend an: „Gibt's so viele Homo-Sportfreunde?"

„Scheint so", grummelte ich. Ein alkoholisierter Zuschauer torkelte von der Tribüne in Richtung Toiletten. Ich beschloß, mein erstes Interview zu machen, und zückte mein Mikrophon: „Hallo, Entschuldigung! Darf die Presse ein paar Fragen stellen?" Glasige Augen starrten in meine Richtung.

„Watt?" fragte mein Opfer und rülpste.

„Ich hab mir Schwule irgendwie kultivierter vorgestellt", flüsterte Timo.

„Ich mir eigentlich auch", flüsterte ich zurück und begann trotzdem mit meinem Interview. „Wie gefallen dir als Schwulem die EuroGames?" fragte ich.

„Watt? Wer is' schwul?"

„Du bist also hetero?"

„Logo!"

„Und trotzdem interessierst du dich für all die homosexuellen Sportler hier im Olympiastadion?"

„Watt? Wer is' schwul?"

„Na, alle da unten auf dem Rasen."

„Watt? Herta un' Schalke sin' schwul? Hassu se noch alle?"

Der Abpfiff erklang, und wieder ging ohrenbetäubendes Gröhlen und Jubeln auf uns nieder. Mein Interviewpartner zeigte mir einen Vogel und wankte von dannen. Ich glotzte mit hängendem Unterkiefer Timo an, als die ersten Herta BSC-Fans von den Rängen stürmten, Schals und Fahnen schwenkend.

„Äh, ich glaube, wir sind hier falsch", sagte Timo. Unsere hochroten Köpfe zwischen die Schultern geklemmt, machten wir, daß wir wegkamen.

„Du als Hete hättest doch gleich merken müssen, was hier los ist", schimpfte ich. „Wenn ihr euch mit irgendwas auskennt, sind das schließlich Fußballturniere!"

Von der nächsten Telefonzelle aus rief ich das EuroGames-Organisationskomitee an und bekam von einer freundlichen Lesbe die Auskunft, wegen eines Pokalspiels seien die Wettkämpfe im Olympiastadion auf morgen verlegt worden, das Schwimmturnier der Herren sei aber schon im Gange, ob wir da vielleicht hinfahren wollten?

Wir wollten.

III.

In der Sporthalle Schöneberg erfuhren wir von einem ehrenamtlichen Ordner, wenn wir am Beckenrand Fotos und Interviews machen wollten, müßten wir durch die Umkleideräume und Duschen und sollten doch bitte die Schuhe ausziehen. Timo schluckte: „Da sind jetzt die ganzen Duschen voller nackter Schwuler? Und ich soll da rein?“

„Klar, Schätzchen“, sagte der Ordner lasziv grinsend. „So mancher würde seine Großmutter dafür verkaufen.“

Schuhlos, aber ansonsten komplett bekleidet, betraten wir den Duschraum, Kamera und Mikrophon gezückt. Ein Aufschrei ging durch die nackten Reihen brausender Schwimmer.

„Keine Aufregung!“ rief ich. „Wir machen nur eine kleine Reportage, Jungs!“

Ein niedlicher Rotschopf quietschte: „Wir kommen in die Zeitung? Wir werden berühmt?“ Diverse nasse Herren begannen zu posieren und Timo, beziehungsweise seine Kamera, anzulächeln. Er schielte einige Schrecksekunden lang verschüchtert auf Schwänze und Arschbacken, hustete und verließ dann mit stur auf den Boden gerichtetem Blick die Dusche.

Als ich ihm folgen wollte, hielt mich jemand am Ärmel fest. Es war mein Freund Wayne, ein in Berlin lebender US-Student.

„Was für eine Überraschung!“ freute ich mich. „Schwimmst du hier mit?“

„Ich bin schon durch“, sagte Wayne. „Bronze über 400 Meter Schmetterling. Jetzt will ich nur noch ein bißchen zugucken. Soll ich dir vielleicht eine Badehose leihen?“

„Gute Idee, ich komme mir so blöd vor hier als einziger Angezogener.“

Wenig später schlenderte ich in einem winzigen Speedo-Höschen und mit Waynes Arm auf meiner Schulter in Richtung Becken, wo Timo schon wartete.

„Ich glaub's nicht“, seufzte er. „Du hast dir schon einen angelacht? Also, euch Schwule kann man in der Dusche wirklich nicht allein lassen.“

„Neidisch, Kleiner?“ giftete ich hämisch.

Timo stöhnte.

„Willst du auch eine Badehose?“ fragte ihn Wayne, worauf Timo, den gerade zwei riesige, breitschultrige Schwimmer kritisch musterten, hektisch den Kopf schüttelte: „Bevor ich mich hier ausziehe, erschieße ich mich lieber.“

„Da wir gerade von Schießen sprechen, schieß doch mal ein paar Fotos! Wie wär's mit den Jungs auf dem Startblock? Am besten von hinten", schlug ich vor. Timo sah mich zweifelnd an, baute aber sein Stativ hinter den Startblöcken auf und richtete die Kamera zielsicher auf ein besonders gut gebautes Hinterteil in türkisfarbener Hose. Ich wunderte mich über seinen guten Geschmack. Der Schwimmer beugte sich in Startposition nach vorn und lächelte Timo durch seine Beine hindurch an: „Na los, trau dich. Du weißt doch, wo du drücken mußt, oder?"

Timo knipste im gleichen Augenblick, in dem der Startschuß fiel, und der Typ in Türkis durchpflügte das Wasser wie Flipper: Er gewann das Freistil-Wettschwimmen mit links. Wayne stieß mich an und flüsterte: „Christoph war früher in der DDR-Olympiamannschaft. Der absolute Star der Berliner schwulen Schwimmer."

Mit strahlendem Lächeln stieg Christoph auf das Siegertreppchen und ließ sich die Goldmedaille umhängen. Timo knipste begeistert. Er hatte seine Lederjacke ausgezogen, und durch die feuchte Luft im Schwimmbad standen seine Haare nicht mehr nach oben, sondern hingen in Strähnen um sein Gesicht. Barfuß und in seinen Latzhosen sah er plötzlich richtig niedlich aus.

Das fand wohl auch Christoph, der vom Podest stieg und ihm verführerisch vorschlug: „Ich könnte doch mal privat für dich posieren."

Timo wurde rot und sagte: „Na ja, ich bin eigentlich hetero." Christoph winkte ab: „Halb so wild, das war ich auch mal." Er zwinkerte Timo zu: „Dachte ich jedenfalls!"

Auf dem Gesicht des Fotografen breitete sich ein Lächeln aus, das mir schwer zu denken gab …

IV.

„Und dann hast du Timo und Christoph in der Schwimmhalle aus den Augen verloren?" brüllte meine Mutter ins Telefon.

„Tja, und seither hab' ich nichts mehr von ihnen gehört." Die EuroGames waren vorbei und ich wieder zu Hause, Chipstüte links, Zigarette rechts, Telefon zwischen Schulter und Kiefer geklemmt.

„Es gibt also keine Fotos?"

„Das würde ich so nicht sagen, Ma. Ich schätze, es gibt jede Menge Fotos, und auf allen wird wohl Christoph zu sehen sein. Aber ob die sich für die Veröffentlichung in einem Magazin für Damen eignen, bezweifle ich – es sei denn, ihr wollt *Playgirl* Konkurrenz machen. Ach ja, meine Liebe, ich fürchte, der kleine Timo hat das Lager gewechselt."

„Bei der zickigen Frisur war das ja abzusehen! Und was ist mit deiner Story?“

„Ohne Fotos, dachte ich mir, hat auch die Reportage keinen Sinn. Also habe ich keine Wettkämpfe mehr besucht und statt dessen in Waynes Wohnung einen kleinen Privatmarathon veranstaltet, aus dem wir übrigens eindeutig beide als Sieger hervorgingen.“

„Kind, du bist unverbesserlich.Was soll ich jetzt meiner Chefredakteurin erzählen? Wie sollen wir die Seiten füllen?“

„Na, ganz einfach. Mit einer großen Enthüllungs-Geschichte: ‚Sport macht schwul!‘“

„Grandiose Idee!“ schwärmte Mutti. „Das ist provokativ, hip und total 21. Jahrhundert! Und als Autor nehmen wir – ganz trendy – einen Homosexuellen: dich! Okay, Schätzchen?“

„Okay, Mutti“, sagte ich und schüttete mir kichernd die letzten Krümel aus der Chipstüte in den Rachen.

Intim geschmückt

Letzte Woche war ich mit Karl im *Take That*-Konzert. Eingekeilt zwischen schreienden, schwitzenden Mädchen von zwölf bis fünfzehn Jahren mußten wir feststellen, daß die englischen Herzensbrecher zwar ganz okay aussehen, aber doch nicht die makellosen Halbgötter sind, als die sie in ihren Videos erscheinen.

„Die haben ja Pickel!" schrie mir Karl zu, während hinter ihm eine 180pfündige Teenagerin im *Take That*-Delirium zu Boden ging. Und noch ein anderes Detail fiel Karl zum ersten Mal ins Auge: „Einer von denen hat einen Ring in der Brustwarze! Wie geil!*"

„Ich kann damit nichts anfangen", brüllte ich über die tosende Musik zurück. „An einem Nippel mit Ring zu knabbern ist doch, wie beim Schokolade-Essen auf Staniolpapier zu beißen!"

Das konnte Karl aber nicht hören, weil *Take That* gerade in eine besonders erotische Choreographie übergingen, was von heiseren Schreien aus Tausenden von Mädchenkehlen begleitet wurde. Rings um uns fand eine Art kollektiver Orgasmus ohne Anfassen statt. Ich beneidete mal wieder die Frauen. Welcher Mann kann schon derart vergehen, wenn er das Objekt seiner Begierde nur sieht – und das aus zwanzig Meter Entfernung. Ich schaute zu Karl herüber. Er warf ekstatisch den Kopf zurück, ließ die Zunge baumeln wie ein Rottweiler und zuckte wild mit den Hüften. Die Unterschiede zwischen Frauen und Männern sind vielleicht doch nicht so groß …

Seit dem Konzert ist Karl besessen von der Idee durchstochener primärer oder sekundärer Geschlechtsorgane.

„Was mich angeht, habe ich mit Intimschmuck nur schlechte Erfahrungen gemacht", gestand ich ihm bei einem Gläschen Sherry in seiner Küche.

---

* Und zwar Howard Donald. Howard war der waschbrettbebauchte Vortänzer bei *Take That*. Mark Owen war der kleine Süße zum Kuscheln, Jason Orange der große Durchtrainierte für die härtere Gangart. Gary Barlow war zwar blass und ein wenig vollschlank, konnte aber singen und Songs schreiben. Und Robbie Williams war der Clown der Band. Ich vermisse sie alle. Immer noch. Schnief!

„Du bist gepierct?“ fragte Karl und verschluckte sich.

„Nein, aber ich hatte doch mal diese Drei-WochenGeschichte mit Hannes; du weißt schon, der Schuhverkäufer, der an guten Tagen aussieht wie John Bon Jovi und an schlechten wie Thomas Gottschalk. Also, der stand auf Cockringe und wollte mir unbedingt einen verpassen. Ich probierte seinen an, aber der war mir zu groß. Für unser nächstes Treffen besorgte mir Hannes deshalb einen Stahlring, der eine Nummer kleiner war. Ich kann dir sagen, Karlchen, es war eine Tortur. Das Gerät war viel zu eng. Meine Eier liefen blau an, und im Schwanz, der allerdings stand wie eine Eins, hatte ich keinerlei Gefühl mehr. Als Schuhverkäufer hätte Hannes doch wissen müssen, daß man es erst einmal mit einer Zwischengröße versucht!

„Typisch Baby“, seufzte Karl. „Jeder Idiot kann heutzutage mit Cockringen umgehen, aber du bringst dich damit fast über den Jordan.“

„Was ich viel spannender finde als Piercing, sind Tätowierungen“, wechselte ich das Thema. „Seit Monaten überlege ich, ob ich mir nicht Tim auf die eine Pobacke und Struppi auf die andere tätowieren lassen soll.“

„Fürchterlich – was glaubst du, wie das in zwanzig Jahren aussieht?“

„Wieso, Tim und Struppi sind doch zeitlos.“

„Aber deine Arschbacken nicht“, grinste Karl und goß sich noch einen Sherry ein.

„Laß meinen Hintern nur meine Sorge sein“, sagte ich. „Hast du übrigens Lust, mit schwimmen zu gehen?“

„Eigentlich schon, aber ich kann nicht. Ich hatte auch was mit diesem Schuhverkäufer …“

„Und deshalb kannst du nicht mehr schwimmen?“

„Na ja, weißt du“, stammelte Karl sichtlich verlegen, „Hannes hat inzwischen einen Ring in der Brustwarze, genau wie dieser Kleine von *Take That*. Und als wir es – äh – taten, machte ich an seinem Ring rum, und er stöhnte wie Donna Summer in *Love to love you, Baby* und wand sich vor Wollust. Ich war ziemlich fasziniert und wurde langsam aber sicher neidisch und …“

„Nein!“ rief ich. „Du hast dich auch durchstechen lassen! Laß sehen!“ Ich stürzte mich auf Karl und zerrte sein Hemd aus der Hose. Er setzte sich heldenhaft zur Wehr, aber ich hatte einen Überraschungsvorteil. Blitzschnell schob ich ihm das Hemd bis zum Schlüsselbein hoch. Auf seiner linken Brustwarze klebte ein großes Pflaster.

„Was – was ist denn passiert?“ fragte ich verwundert.

Karl ordnete pikiert seine Kleidung: „Da du es jetzt ohnehin schon gesehen hast: Es gab ein kleines Mißgeschick. Ich fand es peinlich, in ein Piercing-Studio zu gehen, um mir einen Brustring verpassen zu lassen. Also habe ich es selbst versucht. Zuerst eine Viertelstunde lang einen Eisbeutel auf den Nippel gehalten und dann eine Nadel in die Kerzenflamme …“

„Bist du völlig irre?“ unterbrach ich. „Was ist denn das für eine Maso-Nummer?“

„Es hat ja nicht geklappt, Baby. Ich hab mich zwar gelöchert, aber nach ein paar Stunden mußte ich den Ring wieder herausnehmen, weil sich die Brustwarze entzündete und schrecklich weh tat. Dann bin ich zum Arzt und habe gesagt, ich sei von zwei unheimlichen Männern mit Sonnenbrillen und Pudelmützen überfallen, betäubt und entführt worden, und als ich am nächsten Morgen im Rinnstein aufwachte, hätte ich dieses seltsame Loch in meiner Brustwarze gehabt – ohne mich erinnern zu können, wie es da hinkam.“

Ich stöhnte und kippte meinen Sherry.

„Der Arzt meinte, wenn ich mich schon verstümmeln würde, sollte ich wenigstens dazu stehen und mir keine schwachsinnigen Lügengeschichten ausdenken.“

„Unerhört!“ warf ich ein. „Wie konnte er nur deine unglaublich authentisch wirkende Story anzweifeln?“

„Erspar mir deine Ironie, Baby. Es tut noch immer weh, und ich muß mir jeden Tag eine desinfizierende Salbe auf den Nippel schmieren.“

Ich tröstete den armen Karl so gut es ging über sein selbstauferlegtes Martyrium hinweg und machte mich dann sehr nachdenklich in Richtung Schwimmbad auf. Was Menschen sich nicht alles antun für einen Erotik- Kick …

Im Hallenbad hatte jeder gutaussehende Typ, den ich mir näher ansah, entweder einen Ring in der Brustwarze oder eine Tätowierung. Eine Epidemie, dachte ich mir, ganz ähnlich wie diese Kotelettenpflicht für Schwule, die seit zwei Jahren grassiert.*

---

* Wie Grippewellen breiten sich diese schwulen Looks aus – alle paar Jahre was Neues, was dann aber wirklich ALLE haben müssen: Glatze, Polohemden und Trainingsjacken mit Stadtteil-Logos; hochgestellte Haarpyramide über der Stirn (oder wie David Beckham es nennt: „*Urban Iroquois*“. Gott, ist der zickig.); dreiviertellange Sommerhosen und Flip-Flops; Camouflage auf allem (sogar den Socken und den Autositzschonern); ärmellose T-Shirts und Bizeps-Tattoos; Bed-Hair und Bulimie …

Da ich sehr schlecht schwimme, lerne ich im Schwimmbad eigentlich immer Leute kennen – diejenigen nämlich, in die ich chlorblind, hustend und zappelnd frontal hineinschwimme. (So habe ich nicht nur die ein oder andere Rentnerin versenkt, sondern auch einige sehr nette Bekanntschaften gemacht.) Heute rammte ich einen wirklich außergewöhnlichen jungen Mann, der aussah wie aus Leni Riefenstahls Olympiafilm: athletischer Körper, stahlblauer Blick, blondes Haar. Bei der momentanen politischen Lage in Deutschland war es mir als Homosexuellem mit Politbewußtsein ein wenig unan- genehm, daß ich dieses Musterbeispiel faschistoider Ästhetik erotisch fand. Aber wer aussieht wie von Arno Breker gemeißelt, muß ja nicht unbedingt ein Neonazi sein. Abgesehen davon, verfing sich bei unserem Zusammenstoß mein Fuß in seiner gut gefüllten Badehose, und so war es kaum zu vermeiden, daß wir ins Gespräch kamen. So was verbindet eben – wievielen Menschen steckt man schon die Zehen zwischen die Genitalien?

Am Beckenrand sitzend, stellten wir uns erst einmal vor: Mein neuer Bekannter hieß Wadek und kam aus Polen. Die feuchte Karambolage, die ich verschuldet hatte, nahm er mir gar nicht übel – glücklicherweise. (Ich bange vor dem Tag, an dem ich im Wasser einen schlechtgelaunten Kranführer und Hobbyboxer ramme …)

Ich ließ meine Blicke über Wadeks wunderbaren Körper wandern und entdeckte – natürlich – einen Ring in seiner Brustwarze und eine Tätowierung: Über seine Schulter galoppierte ein mit Pfeil und Bogen bewaffneter Zentaur. Darunter war das astrologische Symbol für das Sternzeichen „Schütze" zu sehen. „Du bist also Schütze?" fragte ich, und Wadek errötete.

„Das fragt mich jeder. Aber ich bin Fisch."

„Fisch? So wie du schwimmst, wundert mich das nicht. Äh … aber", drängte ich indiskret, „wie kommst du dann zu dem Zentauren?"

Wadeks Farbe wechselte ins tiefe Dunkelrot. Er erklärte: „Ich war in einem Tätowierstudio und suchte mir ein Motiv aus. Der Schützen-Zentaur gefiel mir am besten, und so sagte ich dem Tätowierer, er solle mir den verpassen und das Sternzeichensymbol einfach weglassen. Aber ich konnte nicht mitansehen, wie der mit seinen Nadeln in meiner Haut rumstocherte – ich bin ein wenig sensibel. Also starrte ich die ganze Zeit an die Wand, und als ich wieder hinschaute, war das Symbol schon eintätowiert. Der Typ hatte mir einfach nicht zugehört."

„Jetzt bist du also für den Rest deines Lebens Schütze", resümierte ich und entschied in dieser Sekunde, daß ich mich – Tim hin, Struppi her – doch nicht tätowieren lassen würde.

„Oh nein", grinste Wadek, „mein richtiges Sternzeichen habe ich mir auch noch tätowieren lassen."

Ich schaute ihn von oben bis unten an und konnte keine Fische finden.

„Wo schwimmen sie denn?" fragte ich.

„Du warst schon ganz nah dran – aber leider nur mit deinem Fuß", verriet Wadek.

„Ein Aquarium in der Hose – das muß ich wohl noch näher untersuchen", sagte ich und zupfte sanft an seinem Nippelring.

Bloß keine Eifersucht!

Nichts liegt mir ferner als Eifersucht. Wie ich mal in irgendeinem Film hörte, ist sie völlig überflüssig: „Wenn Eifersucht unbegründet ist, macht sie keinen Sinn, und ist sie begründet, dann ist es ohnehin zu spät." Wahrscheinlich äußerte dieses Wort – das es verdient, geflügelt zu werden – Doris Day in irgendeiner ihrer Sechziger-Jahre-Grotesken, in denen es um nichts anderes als Seitensprung, Eifersucht und Hysterie geht.

Ich gedachte der Maxime der guten Doris, während ich allein auf meiner Couch saß. Die Betonung liegt auf „allein". Mein Lebensabschnittsbegleiter Rick hatte an diesem Abend keine Zeit für mich. Nicht, daß mir das etwas ausmachte. „Pöh!", wie Daffy Duck sagen würde. Rick hatte Besuch von seinem Ex-Freund, einem James aus Birmingham, mit dem er, „um der alten Zeiten willen", einen ungestörten Abend verbringen wollte.

„Baby, du wärst nur ein fünftes Rad am Wagen", hatte Rick erklärt, „wir reden von Leuten, die du nicht kennst, und gemeinsamen Erlebnissen. Es würde dich langweilen."

Ich war ja nicht neugierig, aber was für „gemeinsame Erlebnisse" mochten das wohl sein, von denen ich nichts erfahren durfte? „Hm?!" würde Doris Day fragend grunzen, die Augenbrauen runzeln und das Kinn vorschieben.

„James und ich haben uns soviel zu erzählen. Es wird bestimmt spät. Ich melde mich erst morgen im Laufe des Tages wieder, Schätzchen." So hatte Rick mich ausgebootet. Raffiniert. Schamlos. „Schätzchen" nannte er mich sonst nie. Das hatte was zu bedeuten. Als ob er und James sich wirklich nur „viel erzählen" würden! Wenn ich eifersüchtig wäre, würde mich die Situation ganz schön nervös machen.

Ich steckte mir die vierzehnte Zigarette in 30 Minuten an und sah auf die Uhr: kurz nach acht. Jetzt gingen sie gerade aus dem Haus. Zum Abendessen hatte Rick das Restaurant „Toro" ausgesucht. Spanisch. Scharf. Mit viel dunklem, enthemmendem Rotwein. Ich seufzte, steckte eine Zigarette zwischen die Lippen und bemerkte, daß da schon eine hing. Egal, dachte ich trotzig, rauche ich eben zwei gleichzeitig. Und dann kaute ich auch noch an den Nägeln. Das soll mir erst mal einer nachmachen.

Die Nachbarn hämmerten gegen die Wand, weil mein hektisches Auf- und Abrennen durch die Wohnung sie nervte. Also gut, bitte, ich brauche ohnehin frische Luft. Nichts wie raus hier.

Ziellos spazierte ich durch die Straßen. Ganz zufällig kam ich am „Toro" vorbei. Ich lief dreimal um den Block, bevor ich mich entschied, einzutreten. Rick saß mit einem Typ am Tisch, der aussah wie Rock Hudson ca. 1953. So schön, daß einem die Augen weh taten. Wieso hatte er sich von dem getrennt? Bestimmt nur wegen der örtlichen Entfernung. Und wie er ihm mit seinem Glas voll schwerem Rotwein (ich wußte es!) zuprostete – widerlich!

Bevor Rick mich bemerken konnte, schlich ich mich geduckt und tippelnd (wie Doris Day als *Spion in Spitzenhöschen)* an einen strategisch günstig gelegenen Tisch und versteckte mich hinter einer Tageszeitung, die ich ganz zufällig dabeihatte. Mit meiner Zigarette brannte ich ein Loch in das Papier, durch das ich die beiden Turteltauben ungestört beobachten konnte. Der Kellner – lichtes Haupthaar, dicke Brille, Bauchansatz – trat an meinen Tisch. Ich bestellte ein Mineralwasser – jetzt hieß es schließlich, einen klaren Kopf behalten.

„Ist alles in Ordnung mit Ihnen?" fragte der Ober.

„Selbstverständlich", flüsterte ich und setzte eine große Sonnenbrille auf. „Lassen Sie mich in Ruhe, ich darf nicht auffallen!"

„Dann sollten sie die Zeitung nicht verkehrt herum halten."

Leise schimpfend drehte ich das Blatt um. Wenig später servierte der Kellner mein Wasser. „Sie sind von der Polizei?" spekulierte er.

Ich versuchte, abzuwinken, aber er war hartnäckig: „Privatdetektiv? MAD? Wenn Sie Unterstützung bei Ihren Nachforschungen brauchen – ich habe alle James-Bond-Filme gesehen. Und Kung-Fu an der Volkshochschule belegt."

„Dann haben Sie die Zitronenscheibe in meinem Glas bestimmt mit der Handkante geschnitten, oder?"

Er sah mich todernst über seinen Brillenrand an und sagte: „Nein, aber ich wäre ohne weiteres dazu in der Lage."

Glücklicherweise rief Rick „Zahlen!", und der Kellner zog ab, nicht ohne mir vorher verschwörerisch zuzublinzeln. Rick lud James ein. Keine getrennte Rechnung – wie intim! Ich fischte die Zitronenscheibe aus meinem Mineralwasser und zermalmte sie grimmig mit den Zähnen. Im Gehen legte James die Hand um Ricks Schulter. Empört spuckte ich die Zitrone aus und gestikulierte nach dem Kellner. Er lächelte wissend: „Ah, die beiden kamen mir gleich verdächtig vor. Der eine ist Ausländer! Waffenschmuggler vielleicht? Mädchenhändler? Und wissen Sie was, Herr Kommissar, ich glaube, die sind homosexuell! Also finsterstes Halbwelt-Milieu. Sie sind bestimmt auf der richtigen Spur. Nein, nein, lassen sie nur, das Wasser geht aufs Haus."

Ich bedankte mich und floh.

Rick und James schlenderten vertraut nebeneinander die Straße entlang. Ich hielt Abstand und beobachtete sie durch mein Opernglas, das ich ganz zufällig dabeihatte. Sie näherten sich Ricks wenige Blocks entfernter Wohnung. Ich nahm eine Abkürzung und war vor ihnen da. Rick hatte mir schon vor Monaten einen Zweitschlüssel gegeben (falls er sich einmal ausschließt), und den hatte ich rein zufällig in der Tasche.

Schwer atmend schloß ich die Tür auf, schlug sie wieder zu und lehnte mich mit dem Rücken an den Rahmen. Und jetzt? Was würde Doris Day tun? Klar: sich im Schrank verstecken und abwarten. Leider fand ich keinen passenden Schrank. Im Gegensatz zum Kino sind Schränke im wirklichen Leben entweder zu klein oder zu voll, um es sich darin gemütlich zu machen. Dabei fiel mir auf: In Ricks Schlafzimmerschrank stand eine umfangreiche Pornovideo-Sammlung. Hatte er das nötig? Wenn ich eifersüchtig wäre, würde ich mich jetzt fragen, ob ich ihm vielleicht nicht genüge.

Auf dem Schreibtisch lag sein Terminkalender. Ich riskierte einen Blick. Für den heutigen Abend hatte er notiert: JAMES. In Großbuchstaben. Mit rotem Filzstift. Die Farbe der Liebe. Na bitte: erwischt!

Ich hörte Schritte und dann einen Schlüssel, der sich im Schloß drehte. Kurz entschlossen kroch ich unter Ricks Bett. Na, da könnte auch mal gesaugt werden: ein alter Kaugummi, Erdnüsse, Staubbällchen – ah, und meine Mickey-Maus-Swatch! Wie hatte ich die gesucht. Ich schnallte sie gleich um.

Rick (ich sah nur seine schwarzen Stiefel) und James (neongelbe Turnschuhe mit violetten Streifen – wer schön ist, muß noch lange keinen guten Geschmack haben) betraten das Zimmer. Doris Day würde jetzt niesen. Ich atmete vorsichtshalber durch den Mund. Ich bin ja nicht blöd. James streckte sich über mir auf dem Bett aus. Ricks Stiefel entfernten sich in Richtung Küche: „Ich hol uns noch einen Drink!" Als ob die beiden Lotterbuben noch Alkohol bräuchten, um ihr schmutziges Geschäft zu Ende zu bringen. Vor mir fiel ein häßlicher Turnschuh zu Boden, dann der zweite. Dann James‘ Hemd. Die Jeans! Die Unterhose!! (Rosa Boxershorts mit einem Muster aus kopulierenden Häschen. Der Mann hat wirklich keinen Stil.)

Ich überlegte, ob ich schon jetzt wie eine antike Rachegöttin unter dem Bett hervorstürmen oder besser abwarten und die beiden *in flagranti* erwischen soll. Ricks Stiefel kamen wieder in Sicht.

„James, Darling“, hörte ich ihn säuseln. „Zieh dich wieder an. Ich hab dir doch gesagt, daß nichts mehr läuft. Ich will Baby nicht verletzen. Er ist so furchtbar eifersüchtig, der Gute.“

James knurrte resigniert. Seine Hand angelte vor meiner Nase nach den rosa Häschen. „Wen rufst du an?“ fragte er.

„Ich will mich nur schnell bei Baby melden. Der sitzt wahrscheinlich hysterisch zu Hause und malt sich aus, wie wir das Kamasutra durchspielen.“

„Gute Idee“, meinte James, „kennst du schon die indische Liebesschaukel mit Doppeldrehung?“

Rick lachte: „Zwecklos, Jimmy, gib's auf.“ Natürlich ging bei mir keiner ans Telefon. Ich lag schließlich unter dem Bett und atmete den Staub ein, den James mit seinem Striptease aufgewirbelt hatte.

„Komisch, er nimmt nicht ab“, sagte Rick. „Ob ihm was passiert ist?“

James kicherte: „Der hat sich bestimmt was Nettes eingeladen und möchte jetzt nicht gestört werden. Man weiß doch, wie die Schwulen sind: nur nichts anbrennen lassen. Und da haben sie auch recht, wenn du mich fragst.“ Seine Shorts segelten wieder auf den Boden.

„Hör endlich auf, dich auszuziehen“, schimpfte Rick. „Ich gehe rüber zu Baby. Vielleicht hatte er einen Unfall.“

„Blödsinn. Du bist eifersüchtig und willst einen Kontrollbesuch machen“, sagte James. Seine Füße erschienen vor meinem Gesicht (eine Pediküre täte dringend not). „Bleib lieber hier und zahl deinem Baby seinen Seitensprung heim.“

Aber Rick war schon unterwegs. „Bin gleich wieder da“, rief er.

Die Wohnungstür fiel ins Schloß. James zischte: *„Fuck!“*, stand auf und bückte sich nach seiner Unterhose. Ich erstarrte und kniff fest die Augen zu. Zwei Sekunden, vier Sekunden. Kein Laut, keine Bewegung. Ich öffnete die Augen und blickte direkt in James‘ verblüfftes Gesicht.

„Hallo, ich bin Baby. *N-n-nice to meet you*“, sagte ich, kroch unter dem Bett hervor und deutete auf meine Micky Maus-Swatch. „Ich …

ähm … ich hatte meine Uhr verloren. Hab sie wiedergefunden. Ich geh dann mal wieder. Tschühüs."

Von der Tür aus warf ich einen Blick zurück. James hockte vor seinen Shorts nackt auf dem Teppich und starrte mich über die Schulter an wie ein Kaninchen die Schlange. „*I want to go home …*" sagte er leise. Dann verlor er das Gleichgewicht und plumpste auf seinen zugegebenermaßen recht ansehnlichen Hintern. Im gleichen Augenblick schlug ich die Tür von außen zu.

Ich rannte nach Hause, als ginge es um olympisches Gold. Rick stand schon im Eingang der Mietskaserne, in der ich residiere, und klingelte Sturm. Ich klopfte ihm auf die Schulter: „Nanu, ich dachte, du bist mit James essen?"

„Wo warst du?" wollte Rick wissen.

Ich setzte mein Ich-bin-die-Unschuld-selbst-Gesicht auf: „Nur mal schnell Zigaretten holen, Schätzchen. Glaubst du, ich würde mich auf Aufriß begeben, nur weil du mal keine Zeit hast? Bist du etwa eifersüchtig? Ist das hier ein Kontrollbesuch? Spionierst du mir nach? Unerhört!"

Rick stotterte: „A-a-aber, Baby …"

Ich tätschelte versöhnlich seinen Arm und sagte: „Schon verziehen, jeder ist mal ein wenig eifersüchtig. Außer mir natürlich. Niemals könnte ich mich zur Witzfigur machen wie so ein eifersüchtiger Trottel in einer Doris-Day-Farce."

Ein Kerl wie gemalt

„Kernige Kerle sind angesagt, Baby“, sagte Karl. In Timberlands, Jeans, einem ärmellosen Karoflanellhemd und mit einem Instant-Tattoo (feuerspeiender Drache) auf dem Bizeps lehnte er in unserer Stammdisco „Big Boy“ betont locker an der Wand.

„Dabei hatte ich mich gerade auf das Revival des androgynen Looks eingestellt“, bedauerte ich und schielte an meiner Paillettenbluse herunter auf meine Plateauschuhe. (Ich litt gerade an einer RuPaul-Überdosis*.) Den ganzen Abend lang ließ Karl lässig eine Zigarette aus dem linken Mundwinkel hängen, tanzte nicht und versuchte möglichst gefährlich zu wirken.

„Findest du nicht, daß du übertreibst?“ fragte ich.

„Quatsch! Nur wer cool ist, hat Chancen beim Aufriß“, zischte Karl und wischte sich die Tränen ab.

„Vielleicht solltest du das Rauchen noch ein wenig üben. Der Qualm gehört in die Lunge und nicht in die Augen.“

„Halt die Klappe und verzieh dich“, hustete Karl. „Der Typ da vorne mit den großen, feuchten Rehaugen starrt mich an.“

„Rehaugen, was? Na dann, Waidmanns Heil!“

„Waidmanns Dank, und verschwinde endlich!“

Ich postierte mich in ein paar Meter Entfernung, aber noch in Hörweite – man will ja nichts verpassen. Karl und Bambi umkreisten sich und warfen einander eiskalte Blicke zu. Schließlich legte das Rehäuglein – ganz schön forsch – Karl die Hand auf den Hintern, was bei diesem einen nervösen Kicheranfall auslöste. Die ganze mühsam aufgebaute Pose war dahin. Immer noch kichernd, begann Karl zu plappern, erzählte, daß er Kommunikationswissenschaften studiert, für Barbra Streisand schwärmt und furchtbar gerne Romane aus dem letzten Jahrhundert liest. Ich rollte die Augen gen Himmel, als Bambi Karl mit den Worten stehenließ: „Auf Intellektuelle kann ich nicht, ey.“

* Miss RuPaul ist eine schwarze 2-Meter-Transe, sehr angesagt in den Neunzigern und mit *Supermodel* (*You! Better! Work!*) in allen Charts vertreten.

„Ach, Karlchen", tröstete ich. „Bei deiner rustikalen Aufmachung hielt er dich für einen Schreiner oder Fernfahrer, der auf Country-Music steht und noch nie die Nase zwischen zwei Buchdeckel gesteckt hat – du hast deine Rolle einfach nicht lange genug durchgehalten. Und das mit der Streisand hättest du ihm frühestens nach dem ersten gemeinsamen Orgasmus erzählen dürfen …"

Seitdem ist Karl zutiefst frustriert und spielt mit dem Gedanken, sich einer Lobotomie zu unterziehen. „Ich lasse mir einfach die Hälfte meines Gehirns entfernen, dann müßte ich doch automatisch einen Gesichtsausdruck bekommen wie Sylvester Stallone: diesen geilen leeren Blick und den brünftigen halboffenen Mund", überlegte Karl.

„Vielleicht würdest du sogar sabbern", sagte ich. „Aber mal im Ernst: Wieso gelten Intellektuelle als unerotisch? Warum machen sich Tausende von deutschen Homosexuellen mit Abitur oder Hochschulabschluß zurecht wie tumbe Ghetto-Kids aus Los Angeles, wenn sie scharf aussehen wollen?"

„Frag mich das nicht", wimmerte Karl. „Ich will mich nicht mehr mit intellektuellen Fragen auseinandersetzen. Ich muß Blödheit üben, wenn ich noch jemals einen fürs Bett abkriegen will."

„Du brauchst Ablenkung. Laß uns ins Kino gehen", schlug ich vor. „Es gibt eine Bergmann-Retrospektive."

„Nein, nein! Zu intellektuell!" jammerte Karl. „Läuft denn nichts mit Van Damme?"

„Nö, aber der neue Disney, *Aladdin*. Der ist sicher nicht hochgeistig. Und weißt du noch, wieviel Trost du damals aus *Susie und Strolch* geschöpft hast, als dich dieser Barkeeper-Gorilla sitzen ließ?"

„Also gut, gehen wir ins Kino. Ruf doch mal Lola an, vielleicht will sie mitgehen."

Lola meldete sich am Telefon mit: „Frauenpower! Hier ist LOLA!"

„Ich bin's, Schwulenpower", antwortete ich. „Willst du mit Karl und mir in den neuen Disney-Film gehen?"

„Wirklich nicht, Baby. Disney-Filme an sich sind latent faschistoid. Wenn ich da nur an *Peter Pan* denke: quasi- militaristisches Führerdenken, Frauen, die beschützt werden müssen, und jede Menge rassistische Indianerstereotypen. Das ist nichts für mich. Außerdem bin ich beschäftigt: Ich lese gerade den neuen Roman von Margaret Atwood."

„Hoffnungslos intellektuell", sagte Karl, der mitgehört hatte. „Kein Wunder, daß sie keinen Kerl abkriegt."

„Eine Frau braucht keinen ‚Kerl', um glücklich und ausgefüllt zu leben!" schimpfte Lola.

„Na ja, eine Frau vielleicht nicht", murmelte Karl.

„Ruft mich wieder an, wenn ihr in irgendwas von Eric Rohmer oder Peter Greenaway geht", meinte Lola und legte auf.

Karl grinste: „Ich sag ja: hoffnungslos!"

Das Kino, in dem *Aladdin* lief, war gerammelt voll mit stolzen Eltern, die ihre Kinder ausführten. Und entsprechend laut. Neben uns saß eine junge Mutter mit einem Sohn und einer Tochter im Vorschulalter.

„Kommen da auch Dinosaurier vor, Mami?" fragte der Junge.

„Die Leuten die Köpfe abreißen?" kicherte das Mädchen.

„Oder Zombies?" wollte der Junge wissen.

„Au ja, Zombies! Mit grünem Schleim im Gesicht!" Das kleine Mädchen klatschte in die Hände.

Aber es gab weder Dinos noch Untote, sondern das klassische Märchen von Aladdin und dem Flaschengeist, die gemeinsam einen naiven Sultan vor seinem intriganten Wesir beschützen. Bei Aladdins erstem Auftritt klappte Karls Kinnlade nach unten.

„Der sieht ja aus wie Tom Cruise!" flüsterte er atemlos. „Mein Gott! Sieh dir diese Brustmuskeln an! Das knackige kleine Ärschchen! Und diese Augen! Baby, ist das ein Zeichentrickporno?"

„Mami, was ist ein Porno?" fragte das Mädchen nebenan.

„Sei still und schau dir Aladdins süßes Äffchen an!" befahl die Mutter.

„Ich würde auch gerne mal Aladdins ‚süßes Äffchen' sehen", kicherte Karl.

„Reiß dich zusammen", ermahnte ich ihn – ohne Erfolg, denn der böse Wesir ließ Aladdin verhaften und in Ketten legen, was Karls Phantasie aktivierte: „Oh, Baby, mit dem gefesselten Aladdin im dunklen Verlies zu sitzen – ganz alleine …"

„Halt endlich die Klappe!" flüsterte ich.

„Genau", zischte die Mutter neben uns, „dann muß ich nicht weiter versuchen, zwei Kindern gleichzeitig die Ohren zuzuhalten, Sie Ferkel!"

Nach dem Film zündete sich Karl im Foyer eine Mentholzigarette an: „Ich bin völlig fertig. Seit *Flesh* von Andy Warhol habe ich keinen so geilen Film mehr gesehen. Nur schade, daß Aladdin zum Schluß die Prinzessin geheiratet hat, anstatt mit dem Flaschengeist nach San Francisco zu ziehen."

„Ich kann nicht glauben, daß du auf eine Zeichentrickfigur scharf bist. Ist das einfach nur lächerlich oder der Gipfel der Dekadenz*?" überlegte ich, als Karl mir plötzlich den Ellenbogen in die Seite rammte und mit dem Kinn hinter mich wies. Ich sah mich um und blickte in ein Paar sanfte Rehaugen, deren Besitzer sich auf uns zu bewegte.

„Ich wußte gar nicht, daß Intellektuelle in Trickfilme gehen, ey", sagte er zu Karl, der fast seine Zigarette verschluckte.

„Ach, weißt du, Bambi", erklärte ich grinsend und in meinem affektiertesten Tonfall, „Zeichentrickfilme sind so ungeheuer interpretationsfreudig. Besonders Karl hier ist ein hervorragender Analytiker, mein Lieber. Ihm ist beispielsweise aufgefallen, daß Disneys *Dschungelbuch* in verschlüsselter Form von einem Pädoparadies erzählt, in dem der Knabe Mowgli erotisch-väterliche Freundschaften mit Männern wie Baloo und Bagheera schließt und sich gegen die Avancen alter Tunten wie Kaa und Shir Khan wehren muß. Doch dann kommt die Pubertät, und die päderastische Idylle geht zu Ende: Mowgli verläßt den schwulen Dschungel und wird heterosexuell. Das ist Karlchens Theorie. Ist er nicht brillant?"

„Warum tust du mir das an?" zischte Karl zwischen den Zähnen, während uns Rehauge mit offenem Mund anglotzte.

„Weil ich finde, daß du dich nicht mit Typen einlassen solltest, die ein Karohemd interessanter finden als einen scharfen Verstand."

„Vielleicht macht ihr zwei klugen Köpfe das unter euch aus, ey", fügte Rehäuglein kopfschüttelnd hinzu und verschwand in der Menge.

„Voilà!" schrie Karl. „So ruinierst du mir meine Chancen! Und von wem hast du eigentlich diese schwachsinnige Theorie vom *Dschungelbuch* als Pädoparabel? Michael Jackson?"

Ich nahm Karl versöhnlich in den Arm und führte ihn aus dem Kino und zur Haltestelle, wo auch das Rehauge auf den Bus wartete. Er grinste Karl schüchtern an und sagte: „Dieses Zeug mit dem schwulen Dschungel ist irgendwie schon interessant, ey. Ich habe das *Dschungelbuch* zu Hause auf Video. Willst du nicht mitkommen und mir das noch mal genau erklären?"

---

* Rückblickend war Aladdin ja noch harmlos. Der hatte nicht mal Brustwarzen. Bei *Hercules* (1997) gab es zwar welche, aber nur stilisiert. Erst bei *Tarzan* (1999) stimmte anatomisch dann alles (Und wie! Huiiii!). Doch der schärfste Zeichentrick-Boy, den die Disney-Studios bisher hervorgebracht haben, ist der Surfer-Freund von Lilos großer Schwester in *Lilo und Stitch* (2002). Der darf jederzeit auf meinem Brett surfen! Auch wenn er nur gezeichnet ist …

„Ach, ich verstehe das selbst nicht so richtig", stammelte Karl und versuchte, möglichst blöd auszusehen – was ihm verblüffend gut gelang.

„Tu doch nicht so", sagte der Rehäugige, „mir brauchste keinen beschränkten Macho vorzuspielen. Tut mir leid, wie ich dich in der Disco stehengelassen habe. Ich find dich eigentlich ganz nett, obwohl du was im Gehirn hast."

„Verblüffend!" rief ich. „Ein bißchen Grips kann also doch verführerisch sein!"

Als Karl und das Rehauge gemeinsam in den Bus stiegen, blieb ich zurück und reihte mich nochmals in die Schlange vor dem Kino ein. Karl hat völlig recht – dieser schnuckelige Aladdin ist einfach ein Kerl wie gemalt – und so erfrischend unintellektuell.

E-Mails aus dem Maus-Imperium

von: baby@server.fuer.technisch.unbegabte.schwule.de
an: hengst30cmungelogen@karl.de
re: in 80 schritten um die welt

Mein Karlchen,

was für ein Tag, Darling! Lola und ich waren in Mexiko, China, Norwegen, Italien, Japan, Marokko, Frankreich, England und Kanada – an einem Nachmittag! Ich erklär dir gleich, wie wir zwei Hübschen das hingekriegt haben.

Aber erst mal: Zu blöd mit deinen gebrochenen Rippen! Ich hab dir ja immer gesagt, Sado-Maso-Spiele mit Herbert „the animal" Förster sind gefährlich. Der weiß auf diesen Prügel-Partys einfach nicht, wann man aufhören muss. Du Armer. Ins Krankenhaus eingeliefert zu werden in Harness, Stiefeln und sonst nichts, nur einen Bierdeckel greifbar, um deine Blöße zu bedecken … und dein ältester (wenn er auch nicht so aussieht!!) Freund im fernen Amerika! Ich verspreche, dich mit E-Mails aufzuheitern, während du darbend darniederliegst, ein zerbrochenes Spielzeug, vom Schicksal und Herbert Förster gebeutelt und achtlos in die Ecke geschleudert, während Lola und ich im sonnigen Orlando das Leben genießen. Oder besser gesagt in Disneyworld, denn Orlando, Schätzchen, vergiss es. Sieht aus wie der feuchte Traum eines Parkhausarchitekten aus Duisburg. Während Disneyworld natürlich *mein* Traum ist, und schon immer war. Erinnere dich an meine erotische Fixierung auf den gut gebauten Aladdin aus dem gleichnamigen Zeichentrickfilm, an meine vollständige Sammlung von „Disney's lustigen Taschenbüchern" und an den Kredit, den ich aufnehmen musste, um die von Disney-Animator Marc Davis signierte Cruella-De-Vil-Zeichnung zu erwerben. Ach – und jetzt bin ich hier, und jeder Quadratzentimeter dieser Kunstwelt, dieses Gesamtkunstwerkes, atmet den Disney-Spirit: Niedlich sei die Maus, lustig und gut.

Disney-*World* heißt der Freizeitpark. Die unvollkommene Welt erschuf Gott, die volllkommene Onkel Walt. Er ließ sich auch länger Zeit als nur sieben Tage, nämlich von April 1969 bis Oktober 1971. Und seit der Eröffnung damals wird auch weiterhin alles vergrößert und verbessert und verschönert.

Der Teil von Disneyworld, den Lola und ich heute besucht haben, EPCOT Center genannt, wurde nach drei Jahren Bauzeit 1982 eröffnet und präsentiert die Welt à la Disney: Rund um einen künstlichen See sind die bei Amerikanern beliebtesten Länder der Erde aufgebaut, oder besser gesagt, die Edelkitschversionen dieser Länder. Vietnam, Korea und Irak kommen nicht vor. Jedes Land ist bunt und sauber, und das Wetter ist überall gleich: Sonnenschein bei durchschnittlich 25 Grad. Die „Eingeborenen" tragen zwar Landestrachten, sprechen aber alle Amerikanisch . (Es handelt sich größtenteils um Studenten und erfolglose Schauspieler, die nach der Schicht nach Hause gehen dürfen. Der Disney-Konzern hat keinen multinationalen Menschen-Zoo angelegt.) Und so bekommt man in „Norwegen" von lächelnden „Lappen" Landestypisches serviert, in „Mexiko" kann man bei buntbehosten Sombrero-Trägern Tortillas essen.

So stelle ich mir Weltreisen mit Stil vor: Alle sind nett zu einem, und China ist zehn Gehminuten von Kanada entfernt. Danke, Disney!

Wenn deine Rippen nicht gebrochen wären, würde ich schreiben: Fühle dich fest umarmt von deinem

Baby
PS: Morgen mehr aus dem Maus-Imperium!

von: lolarenntnie@frauenweb.de
an: hengst30cmungelogen@karl.de
re: gute besserung

Zuallererst, Karl, deine E-Mail-Adresse geht ja gar nicht! Ich hab dich schon duschen gesehen, und das ist nicht nur vulgär, sondern eben doch so was von gelogen. Ihr Schwulen mit eurer Schwanz- und Sex-Fixierung! Du siehst ja, was dir das eingebracht hat: gebrochene Rippen

– unfassbar! Was sind denn das für Sexualpraktiken, fragt frau sich. Unser gemeinsamer Freund Baby ist auch nicht viel besser. Pass auf:

Heute waren wir im EPCOT Center, wo der Kulturimperialismus der Amerikaner schaurige Blüten treibt. Auch ein kleines Deutschland gibt es da. Sieht aus, als hätte Spitzweg Heidelberg und Freiburg gefressen und wieder ausgekotzt. In Dirndl oder Lederhosen als Deutsche verkleidete US-Studenten verkaufen Steifftiere, Nussknacker und Kuckucksuhren. Baby schmiss sich schamlos an einen der floridianischen Lederhosenträger ran und tätschelte dessen nacktes Knie. Nicht ohne Erfolg, muss ich leider sagen, denn der junge Deutschen-Darsteller steckte Baby seine Adresse zu. Der Typ wohnt in Orlandos Nachbarstadt Kissimmee! Du kannst dir vorstellen, wie Baby auf diese Adresse reagiert hat! Vor all den Touristen … Gut, der Knabe war appetitlich, aber ihn hinter den Weißwurststadl zu zerren und ihm die Speiseröhre auszulecken?

Lassen wir das. Ich finde – abgesehen von diesem Legoland-ähnlichen World-Showcase – das EPCOT Center recht interessant. Es ist eine Art Wissenschafts-Kirmes für lerngestörte Kinder und Amerikaner. Man kann in aufwändig gestalteten Pavillons, deren Architektur sehr amüsant aufzeigt, was man bei der Parkeröffnung 1982 für „futuristischen Stil“ hielt, alles über die Themen „Unser Planet“, „Der Mensch“, „Das Meer“, „Das Land“ und „Die Imagination“ erfahren. Meist sind in den Pavillons Karussells oder interaktive Ausstellungen aufgebaut, die einem Europäer mit durchschnittlicher Schulbildung keinerlei zusätzliches Wissen vermitteln. Für Amerikaner ist ein Tag in EPCOT wahrscheinlich bildender als die gesamte Highschool, auch wenn viele mit der Überzeugung nach Hause gehen werden, dass Japan neben Marokko liegt und China neben Norwegen.

Aber ich wollte dir von The Universe of Energy erzählen, einem Pavillon, der dir bestimmt gefiele, wenn du nicht aufgrund sinnloser Sexspiele invalid zu Hause liegen, sondern mit uns Disneyworld bereisen würdest. Da wird erklärt, wo die Energie, also das Erdöl, herkommt. Na? Plattgedrückte Dinosaurier natürlich. Nach einem lustigen, von Amerikas berühmtester Lesbe Ellen DeGeneres moderiertem Filmchen, in dem auch die Lesben-Ikone Jamie Lee Curtis auftritt, kann der Besucher selbst in die Urzeit reisen. Die Bankreihen, in denen man sitzt, fahren plötzlich los, eine Wand tut sich auf, und dahinter taucht man ein in ein lebensgroßes prähistorisches Panorama mit wundervoll lebensechten, sich bewegenden und brüllenden Dinosauriern. Es riecht sogar nach Erde, Farngewächsen und Schwefel. Ich war begeistert, Karlchen! Mein alter Traum, einmal in einer Zeitmaschine zu reisen, wurde wahr.

Und ich war ganz nah dran an meiner geheimen Fantasie, Paläontologin zu sein – mit Dr. Ross Geller aus *Friends** Dino-Knochen ausgraben, und hinterher wilde Wissenschaftler-Leidenschaft neben den Fossilien … ach!

Lach nicht, das ist besser als deine Knochenbrecher-Erotik!

Deine Lola
PS: Was haben Dinosaurier mit Lesben zu tun? Warum Ellen? Sind Lesben vom Aussterben bedroht? War Ross Geller nicht mal mit einer Lesbe verheiratet? Ach je, ich werde die ganze Nacht nicht schlafen können vor Grübeln …

von: baby@server.fuer.technisch.unbegabte.schwule.de
an: hengst30cmungelogen@karl.de
re: Schneewittchen!!

Karlchen, Sweetie-Darling,

schön, dass es dir etwas besser geht. Dass Herbert „the animal“ Förster dir Blumen schickt, erscheint mir sehr bedenklich. Als hätte Stanley Kowalski für Blanche DuBois Kekse gebacken …

Lola und ich waren heute im Magischen Königreich, dem Herzen von Disneyworld, das neben diesem Magic Kingdom und EPCOT Center (unserem gestrigen Ziel) noch aus den Disney MGM Studios und Disney's Animal Kingdom besteht. Das Magic Kingdom ist ein Traum für Kinder und alle Tunten, die sich mit Prinzessinnen und *evil queens* identifizieren. Ich kann nur sagen: Als ich das im Zentrum gelegene Märchenschloss betrat, eine Art Neuschwanstein auf Speed, war ich daheim. Überall im Magic Kingdom laufen als Disney-Figuren verkleidete Schauspieler herum, und ich hatte das Glück, im Schlosshof auf Schneewittchen persönlich zu treffen! Und ein paar Zwerge, die ich allerdings zu groß fand. Offenbar hat der Disney-Konzern ein Problem mit Kinderarbeit … Ich hopste also auf und ab vor Begeisterung und

---

* Dargestellt von dem umwerfend niedlichen David Schwimmer. (Wie Chandler Bing sagen würde: „*Could he BE any cuter?*“)

wollte der Prinzessin mindestens den Saum, lieber aber die Hand küssen, als ich von einem Schrank von Mann sehr sanft und freundlich zurückgehalten wurde. Schneewittchen hat Bodyguards! Wie ein echter Star! Toll!

Ein Disneyworld-Mitarbeiter, den ich gestern im World Showcase kennen gelernt habe und der, egal, was Lola dir erzählt, nicht für die angeblichen Knutschflecken an meinem Hals verantwortlich ist (Ich habe mich nur am Türrahmen gestoßen! Ich schlafe doch nicht mit dem nächstbesten Lederhosenträger mit blondem Flaum auf den gebräunten Beinen … seufz), hat mir dazu etwas sehr Interessantes erzählt: Kinder dürfen die Prinzessin anfassen und nach Herzenslust kuscheln, aber wenn erwachsene Männer den Disney-Figuren zu nahe kommen, passen die Leibwächter genau auf. Es sei schon vorgekommen, dass Minnie Mouse unter den Rock gefasst wurde! Die wird sich gefreut haben, da kann sie bei Mickey doch lange drauf warten …

Während ich über die Main Street wandelte und bei sanfter Musik-Berieselung die malerischen Jahrhundertwende-Häuser, den altmodischen Bahnhof und die Bronze-Statue von Walter Elias Disney in einem kleinen Park mit in Form gestutzten Hecken bewunderte, dachte ich darüber nach, wie hier ein Mann seine ideale Welt selbst geschaffen hat – ein Parallel-Universum, in dem die glücklichen Momente aus seiner Kindheit im kleinstädtischen Missouri und die schönsten Szenen aus den Büchern und Träumen seiner Jugend Gestalt angenommen haben. Eine Welt ohne Schatten, in der wir alle staunende Kinder sein dürfen – für immer. Das ist es, was ich an Disneyworld trotz aller Kommerzialität und allem Kitsch so zauberhaft finde.

Lola wollte unbedingt sämtliche Attraktionen des Magic Kingdom abarbeiten – bei den Eintrittspreisen dürfe man sich nichts entgehen lassen, man habe ja für alles bezahlt. Sie schleppte mich ins Haunted Mansion, ein charmant abgetakeltes, viktorianisches Spukhaus, in dem per Holographie 99 Geister zum Leben erweckt werden und um die staunenden Besucher herumwirbeln.

Dann waren wir per Boot zu den „Piraten der Karibik“ unterwegs, wo man zwischen Freibeuter-Fregatte und Hafen durch den Kanonenkugelregen schippert, ohne auch nur eine Schramme abzubekommen. Johnny Depp und Orlando Bloom, die die Hauptrollen in dem von dieser Attraktion inspirierten Film spielen, waren zwar nicht da, in meinem Gedanken aber sehr präsent. (Orlando Bloom ist eigentlich *immer* sehr präsent in meinen Gedanken.)

Karlchen, ich kann dir gar nicht aufzählen, was es hier alles gibt an Achterbahnen – mal durchs Weltall (Space Mountain), mal durch den Wilden Westen (Big Thunder Mountain) – und Sehenswürdigkeiten: Die Illusion einer Teleportation durch Zeit und Raum wird geboten, oder eine Bootsfahrt, bei der nach jeder Kurve der Fluss wechselt (gerade noch Ganges, jetzt plötzlich Nil!), und an jeder Ecke stehen Geschäfte voller Leckereien, Spielzeug und all dem nutzlosem Kram, der das Leben schöner macht.

Ach, ich brauche jetzt ein wenig Ruhe, um all meine Eindrücke zu verarbeiten.

Dein Baby
PS: Ein gut gemeinter Rat: Wenn Herbert auch noch persönlich vorbeikommen sollte, pass bloß auf, dass er dich nicht anfasst!

von: lolarenntnie@frauenweb.de
an: hengst20cmungelogen@karl.de
re: im reich der fettleibigen

Lieber „Hengst",

ich halte deine E-Mail-Adresse immer noch für übertrieben!

Baby hat mich heute wahnsinnig gemacht. Ich musste ihn mit allen Disney-Figuren, die uns über den Weg liefen, fotografieren (die armen Leute unter den Plüschkostümen! Bei floridianischer Luftfeuchtigkeit möchte *ich* mir kein Goofy-Kostüm anziehen!). Zu Schneewittchen sagte Baby, er habe auch schon mal mit sieben Männern gleichzeitig … – auf einer Privatparty in Berlin –, die seien allerdings größer gewesen, überall. Die Prinzessin lächelte nur gequält. A-Hörnchen fragte er, ob es sich immer noch mit B-Hörnchen ein Astloch teilen würde, und Donald Duck erzählte er, er habe den Eindruck, sein Cousin Gustav Gans sei schwul, man müsse sich nur dessen Dauerwelle anschauen.

Ich war ohnehin mit den Nerven runter, denn in Disneyworld herrscht Rauchverbot, und wenn frau nach Nikotin gelüstet, muss sie sich in eine Raucherecke begeben, wo sie, von strafenden Blicken der Vorbeiflanierenden bedacht, sich fühlt, als wäre sie eine schlimmere Bösewichtin als Madame Medusa und Maleficent zusammen. Die rauchen wenigstens nicht. Manche Mütter hielten ihren Kindern, die in meine Richtung schauten, die Augen zu.

Dann wollte Baby einkaufen. Er stattete sich mit Micky-Maus-Ohren aus, die er den ganzen Tag nicht mehr absetzte. Nichts mit Disney-Figuren Bedrucktes war vor ihm sicher – und im Magic Kingdom ist *alles* mit Disney-Figuren bedruckt. Er kaufte eine Dumbo-Uhr, eine Sonnenbrille mit Dalmatinerpunkten, Nachbildungen seiner Lieblings-Disney-Figuren in Plastik, Plüsch und Scholokade, CDs mit der Musik aus sämtlichen Disney-Filmen, einen Rucksack in Form der Kürbiskutsche aus *Cinderella*, ein Sweatshirt mit dem Aufdruck *„Wicked!"* unter dem Konterfei der Hexe aus *Schneewittchen* und ein T-Shirt, auf dem Cruella DeVil für einen Schönheitssalon wirbt: *„Don't let your looks go to the dogs, Dahling!"*

Während er Geld ausgab wie Imelda Marcos im Schuhladen, saß ich vor den Geschäften und schaute mir die Besucher des Magic Kingdom an. Nie zuvor habe ich eine derartige Ansammlung von Fettleibigen erlebt. Ich sah Kinder, deren Körpergewicht dem eines indischen Elefanten entspricht, Frauen, die ihre wogenden Massen mit letzter Kraft auf an den Knien schon nach außen abgeknickten Beinen vorwärts wuchteten, Männer, die – eine Portion Eiskrem in der Größe von Luxemburg fressend – ihre Tonnage auf den nächsten Hamburger-Stand zusteuerten. Ich spürte die Erde beben.

Walt Disney, das wird dir jede postfeministische Akademikerin bestätigen, hatte eine kranke Fantasie – er hat Bambis Mutter abgeschlachtet, Frauen nur als Hexen oder Prinzessinnen dargestellt, Zungenküsse zwischen Hunden (*Susi und Strolch*) propagiert, Mowgli einer schwulen Schlange ausgeliefert und dem gesamten Duck-Clan Kleidung unterhalb der Gürtellinie verweigert – aber diese Parade von Amerikas dicksten Touristen (wo kommen die bloß alle her?) übertraf alles, was Disney sich je ausgedacht hat. Außer vielleicht das Nilpferd-Ballett in *Fantasia*.

Ich hatte danach jedenfalls die Nase voll vom Magic Kingdom, obwohl mir die Attraktionen dort wirklich gut gefielen, besonders die Hall of Presidents, in der sämtliche US-Präsidenten als Roboter präsentiert werden, was ich sehr realistisch finde.

Deine Lola

von: baby@server.fuer.technisch.unbegabte.schwule.de
an: hengst20cmungelogen@karl.de
re: friends of dorothy!!

Liebes Karlchen,

ich finde, du bist selbst schuld an deinem ausgerenkten Handgelenk. Du hättest Herbert einfach nicht in deine Wohnung lassen dürfen. Seiner Art von Liebesbezeugung bist du nicht gewachsen. Und dass er dir hinterher einen Ring geschenkt und dir die Registrierung versprochen hat, macht es meiner Meinung nach nicht besser.

Ich habe heute auch jede Menge Tiere gesehen, denn wir waren in Disney's Animal Kingdom, dem jüngsten Komplex von Disneyworld (1998 eröffnet). Das ist so eine Art Freiluft-Zoo, in dem man geführte „Safaris" machen kann. Nett, aber nicht so schräg wie die anderen Parks. Lola war aus dem Dinoland, einem Teil des Animal Kingdom, in dem es künstliche Fossilien und eine Saurier-Achterbahn gibt, nicht mehr wegzubekommen. Ich begreife nicht, was sie an den ollen Echsen findet, aber ich fürchte, es ist etwas Sexuelles – und deshalb denke ich lieber nicht weiter drüber nach. Während Lola sich bei der Dinobahn immer von neuem anstellte, sah ich mir das 30-Minuten-Musical „Tarzan Rocks" an, mit grauenvoller „Musik" von Phil Collins, aber mit einem fast nackten Tarzan, der sich sein Geld auch als Calvin-Klein-Model verdienen könnte, und muskulösen, als Affen kostümierten Tänzern. Ich bin mir nicht sicher, aber ich glaube, einer der Schimpansen hat mir mehrfach zugezwinkert.

Nach dem Lunch waren wir in den Disney MGM Studios. Hier herrscht das Flair des alten Hollywood. Der nachgebaute Sunset Boulevard mit Grauman's Chinese Theatre, Brown Derby-Restaurant und Geschäften im Art-Deco-Stil ist – im Gegensatz zum Original in L.A. – glanzvoll und blitzblank. Es gibt die Möglichkeit, den Disney-Animatoren bei der Arbeit an Zeichentrickfilmen zuzusehen, man kann in einem *Krieg-der-Sterne*-Raumschiff durch die Galaxien sausen oder ins Muppets-Theatre gehen (Miss Piggy live – ein Traum!).

Aber, Karlchen, das Größte war: Oz! Ich habe Dorothy getroffen! Und den Blechmann, den ängstlichen Löwen, die Vogelscheuche! Die gute Glinda und die böse Hexe des Westens, grüngesichtig und von gelbem Rauch umwabert. Es war grandios. Der Trip ins „zauberhafte Land" ist Teil des Great Movie Ride, einer Bimmelbahnfahrt, die durch alle möglichen Hollywoodfilme führt, *Singing in the Rain, Mary Poppins, Casablanca, Alien, Indiana Jones* – und eben *Der Zauberer von Oz.*

Jetzt habe ich wirklich ALLES gesehen und kann befriedigt nach Hause fliegen und deine Wunden lecken. Letzteres meine ich figurativ, natürlich. (Bäh!)

Dein Baby

von: lolarenntnie@frauenweb.de
an: pony14komma98cm@karl.de
re: Babysitting

Liebes „Pony",

gute neue E-Mail-Adresse! Ehrlich währt am längsten. Auch wenn es kürzer ist. Haha!

Ich habe Entsetzliches hinter mir. Deine zweite Nacht mit Herbert „the animal" Förster ist nichts dagegen. (Das mit deinem Handgelenk tut mir Leid, und ich finde es nur gerecht, dass Herbert auf dem ausgelaufenen Gleitgel ausgerutscht ist und sich an deinem Bettpfosten die Nase gebrochen hat.)

Karlchen, du kannst dir nicht vorstellen, was Baby heute wieder angestellt hat. Wir waren zunächst in Disney's Animal Kingdom, wo es unter anderem Dinosaurier – ganz ohne Lesben – zu sehen gibt. Ich machte den Fehler, allein das Dinoland zu besuchen (um von Dr. Geller zu träumen …) und Baby ohne Aufsicht bei der Bühnenshow *Tarzan Rocks* zu lassen. Unser Freund versuchte, Tarzan unter den Lendenschurz zu linsen, als dieser sich gerade an einer Liane über das Publikum schwang. Baby verlor die Balance, kippte von seiner Bank auf die darunter und einer der voluminösen, permanent essenden Amerikanerinnen, die ich dir gestern beschrieben habe, direkt in den Nacken. Die Dame wurde mit dem Gesicht in ihre Eiskremwaffel gedrückt, die sie daraufhin erzürnt nach Baby warf. Sie traf leider einen französischen Touristen neben ihm (in den Schritt), der daraufhin der Verachtung seiner großen Nation gegenüber den Vereinigten Staaten in unmissverständlichen, wenn auch französischen, Worten Ausdruck verlieh.

Ich war ja bei den Dinosauriern und musste das Drama bis hierhin nicht miterleben. Als ich dazukam, wischte Baby gerade an der Hose des Franzosen herum und machte in grauenhaftem Schulfranzösisch Witze darüber, dass es sich ja um Eiskrem handle und er die ja auch ablecken könne, haha, und ob das dem Herrn wohl gefallen würde. Es gefiel ihm nicht.

Wir verließen also (ziemlich fluchtartig) das Animal Kingdom und gingen in die Disney MGM Studios, einen Kino-Themenpark, dessen Hauptattraktion The Great Movie Ride ist. Hätte ich gewusst, dass diese Fahrt auch nach Oz führt, hätte ich Baby niemals einsteigen lassen. Du weißt ja, dass seine Begeisterung für Judy Garland als Dorothy an Wahnsinn grenzt. Als unsere Bahn in die wunderhübsche Oz-Kulisse, mit einem Regenbogen und Blumen entlang des berühmten gelb gepflasterten Weges, einfuhr, war Baby starr vor Ehrfurcht. Doch dann zischte die lebensgroße vollautomatische Hexe-des-Westens-Figur der vollautomatischen Dorothy-Figur (komplett mit vollautomatischem Hund Toto im Henkelkorb) zu: *„I'll get you! And your little dog, too!“*

„Das denkst du vielleicht, du Schlampe“, schrie Baby und schwang sich aus dem Wagen. „Ich wollte dir schon immer mal zeigen, was ich von dir halte!“

Ach, Karlchen, lass mich gnädiges Schweigen breiten über die nächsten, sicherlich hysterischsten Minuten, die The Great Movie Ride je erlebt hat.

Begeisterte Kinder haben wohl schon mal versucht, in Oz auszusteigen und Toto zu streicheln. Aber dies war das erste Mal, dass ein erwachsener Mann davon abgehalten werden musste, einer vollautomatischen, grünhäutigen Hexe Gewalt anzutun. Ich konnte, gemeinsam mit dem Tourguide, Baby wieder auf seinen Platz zerren, ohne dass sie bleibende Schäden davontrug. Traumatisiert wurde nur ich …

Ich freu mich auf Zuhause. Dorothy hat Recht: *There's no place like home.*

Bis bald!

Lola

Heterotunten

„Willkommen zur ersten Selbsthilfe-Therapiesitzung für Opfer von Heterotunten", sagte Karl und zündete eine selbstgemachte Räucherkerze an, die nach Calvin Kleins *Obsession* duftete. Er präsidierte über einer Gruppe von fünf sehr ernsthaft dreinblickenden jungen Männern, die sich rund um seinen Küchentisch versammelt hatten. Ich saß ihm gegenüber und nippte an einem Sherry. (Zwei Dinge, die sich immer in Karls Kühlschrank befinden: Sherry und Poppers).

„Wir haben uns hier versammelt", fuhr Karl feierlich fort, und mein Sitznachbar Frank, ein kleiner dunkler Bodybuilder, flüsterte mir zu: „Liebe Gemeinde …" Karl ignorierte ihn: „… um in einer losen gruppentherapeuthischen Runde ein Problem zu verarbeiten, das mehr und mehr das schwule Leben verkompliziert*. Im gegenseitigen Erfahrungsaustausch wollen wir Trost und vielleicht Lösungen finden."

„Ich habe ihn noch nie so pompös erlebt", sagte Frank. „Hat er von der Universität ans Priesterseminar gewechselt?"

Karl wandte sich Bernd zu, einem schlaksigen Bibliothekar, der neben ihm saß und nervös an seinen Nagelhäuten zupfte: „Bernd, möchtest du beginnen?"

„Ja, ich – also, es war furchtbar. Seitdem weiß ich gar nicht mehr, woran ich bin, und …"

Streng fuhr Karl dazwischen: „Bitte von Anfang an, Bernd!"

„Ich war bei Hennes & Mauritz auf der Suche nach einem preisgünstigen Feinripp-Body", erzählte Bernd, und Frank flüsterte mir zu: „So

* Diese schaurige Entwicklung, die – wie dieser Bericht zeigt – viele Schwule dramatisch verunsicherte, gipfelte in der sogenannten „Metrosexualität", einem Trend, der heterosexuellen Sex und schwule Sensibilität im Manne vereinen sollte. Ja ja, ist klar. Ich werde nie glauben, dass Männer, die sich Zöpfe flechten und die Fußnägel lackieren (wie Metrosex-Aushängeschild David Beckham) wirklich auf Frauen stehen. Und wenn doch, welche Frau findet das bitte sexy, wenn ihr Kerl sie zu einem Einkaufsbummel bei H&M einlädt, einer Aquarell-Ausstellung und einem Bio-Zitronenröllchen beim Ayurveda-Bäcker? Die ergreift doch die Flucht und wirft sich in hohem Bogen unter den nächsten Bauarbeiter!

beginnen eigentlich alle großen Dramen des ausgehenden 20. Jahrhunderts."

Bernd fuhr fort: „In der Unterwäscheabteilung hing dieses Poster von Markus Schenkenberg* im Schlüpfer, und ich blieb wie hypnotisiert davor stehen, als ein junger Typ im ärmellosen Karohemd mich ansprach: ‚Scharfes Teil, was?' – ‚Allerdings', sagte ich, ‚dieser Bizeps, dieses Lächeln ...' – ‚Ich meine die Unterhose. Die sitzt echt super, auf so was fahren die Bräute total ab', meinte der Typ. Unmöglich, dachte ich, der kann doch keine Hete sein! Von den Timberlands über die Koteletten-Kurzhaarfrisur bis zu der *Joop*-Wolke, die ihn einhüllte, wirkte er so schwul, als hätte er ‚fick meinen Arsch' auf die Stirn tätowiert."

„Oh-oh, jetzt sinkt das Niveau", seufzte Frank.

„Pardon. Jedenfalls faßte dieser Typ mir plötzlich an die Brust und fing an, mich zu streicheln. ‚Das ist ein Ralph-Lauren-Sweater, oder? Die Qualität kann man fühlen. In New York gekauft? Fifth Avenue?' – ‚Hertie', antwortete ich verdattert, ‚die führen jetzt auch Polo.' Er erklärte mir, daß man zum Lauren-Look eigentlich nach *Safari* riechen sollte und nicht nach – er schnüffelte und zog die Nase kraus – *8x4*. Dann half er mir bei der Wahl eines Bodys und erzählte dabei, er wisse gar nicht, was er eigentlich bei H&M mache, er fände ja doch nur in Designer-Boutiquen, was ihm wirklich gefällt. Ich bezahlte und unsere Wege trennten sich. Nachdenklich setzte ich mich ins „Rosarote Café" und dachte über diesen seltsamen, gutaussehenden Jungen nach, als er plötzlich hereinkam, sich neben mich setzte und grinste: ‚So sieht man sich wieder – im Homo-Café! Aber das muß man ihnen lassen, sie backen einfach den besten Kuchen. Und gut angezogen sind sie auch. Ich hole mir hier meine Styling-Tips.' Da erwachte mein schwulenpolitisches Gewissen, und ich erklärte ihm empört, daß ich selbst ‚homo' sei und nichts scheußlicher fände als Zaungäste, die die schwule Szene wie einen Zoo behandeln."

„Hört hört", rief Frank, aber die anderen in der Runde zischten „pst!" und Bernd fuhr fort: „Der Typ – er heißt übrigens Robert – war völlig fasziniert. In allen Stadtmagazinen und Szeneblättern würde man lesen, daß in den schwulen Discos die angesagteste Musik gespielt

---

* Der riesige Schwede, dessen Schultern ungefähr sechs mal so breit sind wie seine Hüften, war das männliche Über-Supermodel der achtziger und neunziger Jahre. Unnötig zu erwähnen, dass in meinem Freundeskreis gerne ein Buchstabe seines Nachnamens verändert wird. Zwischen diesen Bergen möchte man gerne mal Heidi sein ...

würde und die geilste Stimmung sei und ob ich ihn nicht – bitte, bitte – mal mitnehmen könne, alleine würde er sich nämlich nicht trauen. Und so verabredete ich mich mit ihm für den nächsten Samstag."

Bernd schluckte und riß die Nagelhaut seines linken Daumens in einem Zug ab. „Wenn er die jetzt ißt, muß ich kotzen", flüsterte Frank in mein Ohr, aber Bernd legte seine Nagelhaut geistesabwesend in den Aschenbecher.

„Ich ging mit Robert ins „Instant Erection", wo er mich erstmal stehen ließ und wie ein Derwisch zum Tekknobeat tanzte, während ich einen Jack Daniels nach dem anderen kippte. Er sah so wundervoll aus in seinem völlig naßgeschwitzten Feinrippunterhemd. Ich konnte seine Knöspchen durchscheinen sehen."

Bernd stockte und verstümmelte mit zitternden Fingern seinen rechten Daumennagel. Karl verlor kurzfristig seine ernste Haltung und kicherte:

„Knöspchen! Ich faß es nicht! Knöspchen!"

Heiser fuhr Bernd fort: „Ich lehnte an der Bar, neben mir knutschten zwei Typen ausgiebig – der eine hatte seine Zunge wohl schon in der Milz des anderen stecken – , als Robert von der Tanzfläche zurückkam und die beiden fasziniert anstarrte. ‚Männererotik ist total in Mode', sagte er, ‚denk nur an die Versace-Werbung. Wär schon total schick und dekadent, mal 'nen Typ zu küssen.' Ich konnte einfach nicht anders, er war so attraktiv, also bot ich ihm an, es mal mit mir zu probieren."

Schweißtropfen standen auf Bernds Stirn. Jetzt war sein linker Zeigefinger dran. Ritsch! – und in den Aschenbecher mit der Nagelhaut. Frank wandte sich angewidert ab.

„Er hat mich geküßt", schluchzte Bernd, „viermal. Und dann sagte er eiskalt, man müsse ja nicht jede Mode mitmachen, bestellte sich einen doppelten Wodka, gurgelte ausgiebig damit und verschwand wieder auf der Tanzfläche. Ich ging frustriert nach Hause."

Bernd griff nach der Nagelhaut seines Mittelfingers und zog, aber Karl gab ihm einen Klaps auf die Hand. „Wurde auch Zeit, daß jemand eingreift", sagte Frank, „sonst wäre bald kein Platz mehr für die Kippen im Aschenbecher."

Bernd starrte leise wimmernd vor sich hin. Karl tätschelte ihm sanft die Schulter:

„Das ist ein typisches Beispiel dafür, wie Heterotunten uns aufrechte Homosexuelle in unverdiente Verwirrung stürzen, anstatt, wie es sich gehört, Fußball zu spielen, Polyesterhemden zu tragen, Skat zu kloppen und Frauen nachzupfeifen. Auch ich mußte eine ähnliche Erfahrung machen. Es war im Freibad … Bernd, könntest du mal aufhören, so laut zu schluchzen! Und laß bitte deine Fingernägel in Ruhe!"

„Aber Robert ist so süß! Ich komm einfach nicht drüber hinweg", wimmerte Bernd. „Ein paar Tage nach den vier Küssen", – langer Seufzer –, „sah ich ihn in der U-Bahn – mit einer Frau im schwarzen Mini. Ich hörte, wie er zu ihr sagte: ‚Den Typ da vorne habe ich mal geküßt. Weißt du, Kleines, ich bin eben für alles offen.' Und während sie ihn bewundernd anstarrte, stieg ich aus …" Bernd hielt schniefend inne. „… obwohl es noch gar nicht meine Station war!" Verzweifelt biß er auf seinem blutigen Daumen herum.

„Ich denke, wir sind alle sehr betroffen von deinem Erlebnis", sagte Karl, „und es wird dir sicher helfen zu wissen, daß du nicht das einzige Opfer von Heterotunten bist. Ich war also im Freibad, lag nichtsahnend auf meinem Hermès-Badetuch und las Barbara Cartland, als mich ein sehr muskulöser Mann ansprach. Er wollte wissen, ob ich seine Brustmuskeln im Vergleich zur Schultermuskulatur für nicht ausgeprägt genug hielte. Kinder, an dem war *alles* mehr als ausgeprägt. Ich sagte ihm also, daß sein Körper makellos sei, und er begann, mir dessen Einzelheiten zu demonstrieren, spannte seine Muckis einen nach dem anderen an und erklärte mir, durch welche Übungen er sie aufgebaut hatte. *Natürlich* dachte ich, er macht mich an, und als er aufbrach, folgte ich ihm in die Dusche und näherte mich ihm dezent."

Frank unterbrach: „Man kennt ja Karls dezente Art. Wahrscheinlich hat er ihm einen Finger in den Hintern gesteckt."

„Oder auch zwei", bemerkte ich.

„Meine zarten Avancen stießen jedenfalls auf äußerstes Mißfallen. Der Bodybuilder beschimpfte mich auf höchst diskriminierende Art, drohte mit dem Bademeister und warf die Seife nach mir."

Frank flüsterte: „Vier Finger. Bei der Reaktion waren es bestimmt vier Finger."

„Genauso ging es mir vor ein paar Tagen im Bus", erzählte Nils, ein dicklicher Blondschopf, der neben Frank saß. „Ein Mann in Homo-Uniform – Jeans, Unterhemd, Stiefel, Tätowierung – schaute mich ständig an und badete geradezu in meinen Blicken, während er immer wieder die Stellung wechselte, damit sein Körper richtig gut zur Geltung kam. Als ich ihn aber auf einen Kaffee einlud, zischte er mich an: ‚Seh ich aus wie 'n Homo, oder was?' Aber genauso sah er aus. Man kann bei dieser Invasion von eitlen Heterotunten einfach nicht mehr abschätzen, wer schwul ist und wer nur bewundernde Blicke auf seinen gestylten Body und seine Klamotten ziehen will – egal ob von Mann oder Frau."

„Das Problem ist, daß das schwule Image des begehrenswerten Mannes langsam aber sicher in die Hetero-Szene übernommen wird", dozierte Karl. „Von *Take That* beeinflußte 16jährige Heteros laufen in die Fitneß-Studios, die Durchschnitts-Hete muß an jeder Litfaßsäule den *Davidoff*-Mann sehen und sich damit vergleichen, und zu allem Überfluß klauen schwule Designer wie Gaultier und Calvin Klein ihre Mode-Ideen in der Homo-Szene zusammen und basteln dann daraus Kollektionen für die breite Masse. Ergebnis: Die totale Konfusion!"

„Sogar mein Vater trägt in seiner Freizeit Levis-Jeans statt – wie früher – labbriger Jogginghosen vom Grabbeltisch", gab Frank zu. „Und er hat sich einen Ohrring stechen lassen!"

„Naja, aber das ist doch inzwischen weniger Homo- als Zuhälter-Stil", gab ich zu bedenken. „Ich dagegen habe in der städtischen Sauna einen Typ angesprochen, der einen Ring in der Vorhaut trug. Weil ich mir ganz sicher war, daß so etwas nur Schwule wagen, fing ich mir eine Ohrfeige ein!"

Karl grinste: „Angesprochen? Bist du sicher, daß du ihm nicht deine Visitenkarte an den Ring gehängt hast?"

„Aber was kann man tun, um die schwule Identität zu retten und peinliche Szenen zu vermeiden?" wollte Nils wissen. „Selbst wenn wir einen ganz neuen Homo-Stil erfinden, werden ihn die Heten ja doch bald kopieren. Wißt ihr noch, wie man vor zehn Jahren Schwule an weißen Turnschuhen erkennen konnte? Oder an Bandanas um den Hals? Und heute sieht man in schicken Trend-Discos sogar Heteros in Chaps und Harness!"

„Ein Skandal!" zischte Karl, „nicht einmal vor den geheiligsten Dingen machen sie halt!"

Es klingelte an der Tür. Während Karl nachsehen ging, goß ich mir noch einen Sherry ein. „Das ist das Ende der schwulen Subkultur", prophezeite ich. „Wir werden nicht, wie die Aktivisten immer befürchtet haben, sang- und klanglos in die Hetero-Gesellschaft integriert, sondern die Heten passen sich uns so lange an, bis es keine Unterschiede mehr gibt."

Frank seufzte: „Das hat man eben davon, wenn man einer Randgruppe angehört, die stilprägend ist."

Karl kam wieder in die Küche, neben ihm ging ein junger Mann mit Fönfrisur, blauer Bundfaltenhose und einem schauderhaft bunten Jürgen-von-der-Lippe-Hemd. „Mein großer Bruder, Erich", stellte Karl augenrollend vor. „Wir haben hier gerade eine wichtige Therapiesitzung, wie du siehst, Bruderherz. Fühl dich also wie zu Hause, aber bitte stör uns nicht."

Erich nahm seine Pilotenbrille ab, putzte sie mit einem Hemdzipfel und sagte: „Ich bin sowieso nur gekommen, weil meine Glotze kaputt ist und es heute diesen geilen Kickboxer-Film gibt."

Karl stöhnte.

„Und hinterher das *Aktuelle Sportstudio.* Haste noch 'n Bier im Kühlschrank, Kalle?"

Karl knirschte mit den Zähnen: „Nenn mich nicht Kalle! Und du weißt genau, ich habe nur Sherry im Haus."

„Dann geh ich noch rüber zur Tanke und kauf 'n Sixpack", grunzte Erich. „Bis gleich."

Kaum fiel die Haustür ins Schloß, als Nils sagte: „Ach, wenn sie doch alle so wären, die Heten! Mies angezogen, schlechte Manieren ..."

„Nichts als Actionfilme und Sportsendungen im Kopf", ergänzte Frank.

„Eben unverwechselbar hetero", faßte ich zusammen.

Karl starrte uns an und zischte: „Was soll der Quatsch? Mein Bruder ist genauso schwul wie ich!"

In das eisige Schweigen flüsterte Bernd, während er zwei frisch abgezogene Nagelhäute gleichzeitig in den Aschenbecher schnippte: „Hat vielleicht jemand eine Nagelschere dabei?"

Frau Neumann weiß Bescheid: Falsche Idole*

Neulich las ich erschüttert, dass Vader Abraham nach einem Auftritt in Berlin 200 Autogramme gab. Zwei Fragen drängen sich auf: Warum darf der holländische Yeti-Doppelgänger immer noch öffentlich hilflosen blauen Zwergen an die weißen Zipfel fassen? Und WER will von DEM Autogramme?

Der Mensch neigt zum Schwärmen. Schon in der Antike standen kreischende Griechinnen bei Perseus, Herakles und Iason um Unterschriften Schlange und schmissen ihre letzten Drachmen für dekorative Akt-Statuettchen der Vergötterten raus. Das war völlig in Ordnung. Aber für Vader Abraham zu schwärmen (oder gar Nacktfigurinen von ihm zu erstehen) ist definitiv nicht okay. Nicht für uns Damen – und erst recht nicht für unsere Verehrer. Wenn ich im Schummerlicht einer eleganten Bar mit einem Herrn konversiere, der später potentiell Bekanntschaft mit meiner Schlafzimmereinrichtung machen könnte, sollte er mir lieber nicht ins Ohr wispern. „Das Lied der Schlümpfe reißt mich derart mit, dass ich mir in Berlin ein Autogramm ihres Dompteurs Vader Abraham geholt habe." Es gibt Künstler, für die zu schwärmen schlechten Manieren oder saurem Atem entspricht. Dazu gehören alle, die ländliche Ortschaften (Wildeck, Kastelruth) im Kombo-Namen tragen oder an Brunftlaute paarungswütiger Eber erinnern: Moik! Mross! Mrosch!

---

* Nach dieser Kolumne musste meine Mutter ihre Mitarbeit bei der Frauenzeitschrift *Patricia* aufgeben. Die Chefredaktion fand ihre Texte zu „speziell" (um es nett auszudrücken), und zahlreiche Leserbriefe beanstandeten ihre Themen: Schauspieler-Genitalien? Verpennte Trends? Manische Mütter? Der Zusammenhang zwischen persönlichem Stil und den Schlümpfen? Das war dann doch zu seltsam zwischen Frisurentipps, Backrezepten und Soapstar-Interviews. (Zumal auf ihrer Liste für zukünftige Themen stand: „Weibliche Ejakulation: bitte nachwischen!"; „Gerne alt sein"; „Solarien sind tödlicher als Zigaretten" und „Scheidung ist das neue Schwarz".) Jetzt lenkt meine Mutter ihre menopausale Energie in eine neue Richtung: Mein Vater kommt seitdem fast täglich zu spät in die Kanzlei. (Ist vielleicht für alle Beteiligten besser so!)

Aber nicht nur Volkstümelndes ist inakzeptabel. Würden Sie einen Mann attraktiv finden, der auf Jeannette (*nomen est omen*) Biedermann steht? Was hat dieser Mensch für Ansprüche ans Leben? Schwärmt für eine billige Britney-Spears-Imitation, obwohl es nicht aufwändiger ist, gleich das Original anzuhimmeln. Er wird Sie in zweitklassige Restaurants ausführen und Ihnen in Clubs, die letzten Monat angesagt waren, vorjammern, dass immer nur die Kollegen eine Gehaltserhöhung bekommen. Abzuraten ist auch von Männern, die weniger Charakter und Können als vielmehr die herausragenden Attribute einer Künstlerin bewundern. Ein Fan von Pamela Anderson und/oder Anna Nicole Smith liebt Sie nicht wegen Ihres Magisters in „Vergleichende Kulturwissenschaften". Einen romantischen Abend verbringt er nicht mit Ihnen, sondern mit seinen Videorekorder, ein paar Folgen *Baywatch* und dem ausgiebigen Missbrauch der Zeitlupen-Taste.

Echte Kerle schwärmen übrigens nicht für irgendwelche weiblichen Sternchen, sondern für ihresgleichen. Zum „Am-Auto-schrauben-und-dabei-falsch-aber-laut-mitsingen" legt man „authentische" Künstler auf: Maffay/Petri/*Scorpions* oder – bei abgeschlossenem Hochschulstudium – Lovett/Westernhagen/Cohen. So ein „Meine-Freunde-nennen-mich-Bogey"-Typ könnte Ihnen gefallen, bis Sie merken, dass ihm – wie seinen Idolen – die „Kumpels" wichtiger sind als die „Weiber". Akzeptabel finde ich, wenn einer Donald Trump und Bill Gates bewundert. Mir persönlich liegen die Männer am meisten, die gar keine Zeit haben, sich Schwärmereien hinzugeben: weil sie einen Konzern regieren, Geld vermehren und Colliers für mich aussuchen müssen.

Selbstverständlich achten auch Männer peinlich genau darauf, wen die Damenwelt anschmachtet. Sie finden es gar nicht begehrenswert, wenn erwachsene Frauen über *Boyzone*-Balladen wimmern oder Brad Pitts Bauchmuskeln loben. Also: Suchen Sie sich Ihre Stars genauso sorgfältig aus wie jedes andere Accessoire. Wenn Sie Manolo-Blahnik-Pumps tragen, passt dazu keine Schwärmerei für Discount-Sternchen wie Mark Keller oder *No Angels*. Vernichten sie Ihr „David-Hasselhoff-oben-ohne-in-Jeans-gequetscht-Poster", und erwähnen Sie erst nach der Hochzeit, dass Sie Mike Krüger irre witzig finden. Mein Geheimtipp für attraktives Anhimmeln: Begeistern Sie sich für elegante Klassiker wie Frank Sinatra und Rita Hayworth – deren Glanz wird auf Sie zurückstrahlen. Und – bitte! – bringen Sie Ihr Vader-Abraham-Autogramm sowie alle Plastik-Schlümpfe (ja, auch Schlumpfinchen!) SOFORT in den Keller.

Party-Crashing für Anfänger

Ein regnerischer, langweiliger Samstagnachmittag. Bis zum Beginn von *Melrose Place* waren noch 43 Minuten und 14 Sekunden totzuschlagen. Ich vertrieb mir die Zeit damit, eine Rangliste der Körpergerüche meiner Ex-Affären zu machen (auf der nach oben offenen Mickey-Rourke-Skala), als meine Freundin Lola anrief.

„Hallo, Lolalein. Sag mal, wer roch strenger, Wayne aus Berlin oder Wadek aus dem Schwimmbad?"

„Auf so eine Frage antwortet eine Dame nicht. Wadek natürlich, mit drei Nasenlängen Vorsprung. Seit deinem Beinbruch vor zwei Jahren hast du keine Geruchslisten mehr gemacht, Baby. Ich kombiniere: Du brauchst Kurzweil. Gott sei Dank hast du mich, und ich gehe heute abend auf eine Fete, für die ich dringend einen Begleiter brauche. Also: um halb sieben hol ich dich ab."

„Viertel vor, bitte."

„Pardon, ich vergaß: *Melrose Place.* Also bis gleich, du Heather-Locklear-Junkie!"

„Moment mal! Was für ein Fest ist das überhaupt?"

„Ooch, so 'ne große studentische Geburtstagsfete in einer stillgelegten alten Autowerkstatt."

„Und wer lädt ein?"

„Antschie und Biggie."

„Kenn ich nicht."

„Ich auch nicht."

„Was soll das heißen, du kennst sie nicht?"

„Ich hab zufällig eine Frau namens Antschie in der U-Bahn belauscht, wie sie einen Typ namens Hotte auf eine Riesenparty einlud, die sie zusammen mit Biggie gibt. Die Einzelheiten wie Ort und Zeit notierte ich mir diskret auf die Rückseite meiner *Gala.*"

„Nicht zu fassen!"

„Wieso, viele Leute lesen *Gala* in der U-Bahn. Ist doch besser als *Die Aktuelle,* oder?"

„Ein Fest bei völlig Fremden? Bist du irre? Die schmeißen uns sofort raus!"

„Ich bin nicht irre, ich bin trendy. Party-Crashing ist der letzte Schrei. In London machen das alle. Und niemand wirft dich raus auf großen Feten. Da kennt sich doch ohnehin keiner."

„Lola, du übst einen sehr schlechten Einfluß auf mich aus", schalt ich. „Wir sollten uns viel öfter sehen."

Als wir in der ehemaligen Werkstatt eintrafen, standen schon ein paar Dutzend Leute in Gruppen herum und hielten sich an Bierflaschen und Zigaretten fest. Eine Frau in Leggings mit Leopardenmuster (auf der Mickey-Rourke-Skala eine mit *Impulse* vermischte 6,1) begrüßte uns: „Hi, ich bin Biggie, und wer seid ihr?"

„Äh …", sagte ich.

Lola sah mich genervt an, zog an ihrer Gauloise und griff nach Biggies Hand: „Alles Gute zum Geburtstag! Wir sind Lola und Baby, alte Studienfreunde von Antschie. Wo gibt's denn was zu trinken?"

Biggie sah uns skeptisch an, wies uns aber dennoch den Weg zu einem mit Bierkästen beladenen Tapeziertisch am anderen Ende des weitläufigen, mit Luftschlangen und Ballons dekorierten Raumes. Wir bedienten uns, und Lola wies mit dem Kinn auf ein Mikro, ein Schlagzeug, einen Baß und zwei E-Gitarren, die in einer Ecke aufgebaut waren: „Es scheint sogar Live-Musik zu geben. Eine herrliche Party, Baby."

„Mag ja sein, aber erstens traut uns Biggie nicht, und zweitens sieh dir mal die Leute an: lauter blondierte Frauen in Stretch-Bodys und Männer mit Vorne-kurz-hinten-lang-Haarschnitten und Schuhwerk von Salamander. Ich fürchte, das ist eine heterosexuelle Veranstaltung."

„Na klar, und das gedenke ich auszunutzen", erklärte Lola. „Als mysteriöse Unbekannte habe ich hervorragende Chancen. Ah, wie findest du den da? Der guckt mich schon die ganze Zeit über seine Bierflasche hinweg an."

„Naja, wenn man ihm den Vollbart abrasiert und ihn ins Fitneß-Center schickt …"

„Wer sagt denn, daß jeder Kerl aussehen muß wie ihr geklonten Szene-Schwuletten?" zischte Lola, drückte ihre Kippe unter dem Absatz aus und bewegte sich mit wogendem Hüftschwung auf den zusammenzuckenden Bärtigen zu.

Ich nuckelte an meinem Bier und studierte die Heterosexuellen, eine mir im Grunde fremde Spezies. Die Pärchen steckten sich gegenseitig die Hände in die Gesäßtaschen und tauschten Zuneigungsbeweise aus wie Nasenreiben, gemeinsames Trinken aus einer Flasche oder abwechselndes Benennen mit Koseworten („Bärli, Hasi, Mausi"). Die einzelnen Männchen schweiften ruhelos durch den Raum, begrüßten ab und zu mit gutturalen Lauten oder Schlägen auf die Schulter einen Artgenossen und hielten stets ein Auge auf die Weibchen gerichtet. Diese wiederum standen in Gruppen beieinander, redeten unablässig und brachen in regelmäßigen Abständen in kollektives Kichern aus.

Während ich das heterosexuelle Balzverhalten beobachtete, trat Leoparden-Biggie ans Mikro und entlockte ihm ein schrilles, statisches Quietschen. „Liebe Leute", rief sie, „die Rockband meiner Mitgastgeberin lädt zum Tanz! Hier sind *Antschie and the Noisemakers!*" Unter Klatschen und Gejohle des Publikums stellte sich Antschie, eine Rothaarige in schwarzen Lederhosen und schulterfreiem, violetten Top, vor dem Mikro in Positur. Die Musiker (alle mit langem Haar und Grunge-Bärten) griffen zu ihren Instrumenten und begannen, die ersten Takte von *Smoke on the water* zu donnern – so laut, daß meine Bierflasche vibrierte und überschäumte.

Von der Musik angelockt, begannen einige Weibchen zu tanzen, indem sie den Kopf hängen ließen und die Haare rhythmisch schüttelten. Die Männchen tanzten nicht, zuckten allerdings cool mit dem Hals im Takt – bis auf einen lockigen, beohrringten Typ im weiten weißen Hemd, der sich zu den Hardrock-Klängen in den Hüften wiegte, als würde Donna Summer gespielt.

„Heterotunte", dachte ich und sah mich nach Lola um. Sie stand am kalten Büffet, verfütterte Kartoffelsalat an ihren Vollbart und prostete mir mit einer Bierflasche fröhlich zu.

Da die Band weiterhin die Sorte Musik spielte, mit der in türkischen Gefängnissen politische Häftlinge gefoltert werden, erarbeitete ich mir systematisch einen Alkoholspiegel, bei dem sich die von Schreihälsin Antschie gebrüllten *Aerosmith*-Stücke anhörten wie Barbra Streisand in concert. Nach dem fünften Bier fand ich den Lockenkopf auf der Tanzfläche sehr attraktiv – er sah fast aus wie Michael Hutchence von *INXS**. Ich begann ihn anzulächeln. Zwei

* Schrecklich: Der australische Rock-Gott starb 1997 (er erdrosselte sich mit einem Ledergürtel) entweder durch Selbstmord oder einen Unfall beim autoerotischen Luftabschnüren. Hoffentlich letzteres. Wenn man schon so früh sterben muss, dann wenigstens als Abgang mit Abspritzen.

Bier später tanzte ich lasziv direkt vor ihm. Auf der Yves-Saint-Laurent-Duftskala bekam er eine 8,2. Lola betanzte neben mir ihren Bartträger. Sie warf mir warnende Blicke zu. Zurecht. Was tat ich da? Welches Schicksal dräute mir, wenn ich auf einer Heteroparty – als ungebetener Gast auch noch – schamlos einen Mann anflirtete? Bevor ich den schaurigen Gedanken zu Ende führen konnte, setzte plötzlich die Musik aus.

Biggie kam auf Lola und mich zu und sagte: „Antschie macht 'ne Pause. Jetzt könnt ihr sie schnell begrüßen." Mit hämischem Unterton fügte sie hinzu: „Na, die wird sich freuen, euch zu sehen!"

„Und wie", sagte Lola leicht schwankend und mit einem verkniffenen Lächeln. Biggie führte uns zu der völlig verschwitzten Sängerin, die sich mit einem Frotteetuch abrubbelte (eine glatte 10,0 auf der Steffi-Graf-Achselnässe-Skala).

„Schau mal, wer da ist", rief Biggie. „Du kennst doch noch deine alten Freunde Baby und Lola – oder vielleicht nicht?"

Antschie kniff die Augen zusammen, starrte uns an und brummte: „Wer? Lola? Baby? Moment mal ... das war ... 1988! Der Trip durch die Anden!"

„Genau!" schrie Lola erleichtert.

„Nein, Quatsch. Moment", grübelte Antschie. „Ich hab's! '89! Der Aschram!"

„Der Aschram! Jaha!" rief Lola, und Antschie fiel erst ihr und dann mir freudekreischend um den Hals.

„Wißt ihr noch, der Swami? Völlig nackt! Und wie du dann mit der Gebetsmühle ...!" lachte sie. „Und das Mohnblütenfest! Kinder, waren das herrliche Zeiten! Ist lange her. Toll, daß ihr da seid, aber ich muß wieder auf die Bühne. Wir spielen noch ein paar Stücke aus der Kollegstufen-Zeit, als wir *Angelas Schlager-Combo* waren!" Sie küßte uns noch mal überschwenglich und verschwand.

Biggie meinte zweifelnd: „Ich hätte schwören können, ihr seid Party-Crasher."

„Wir?" quietschte Lola entrüstet. „Aber niemals. Wir waren schließlich mit Hatschi im Kibbuz ..."

Ich stieß sie in die Seite: „Mit Antschie im Aschram!"

„Genau", stimmte Lola zu und drängelte sich an Biggie vorbei.

Kaum waren wir außerhalb ihrer Hörweite, flüsterte ich: „Wir waren doch nie in einem Aschram, oder bin ich betrunkener, als ich dachte?"

„Natürlich nicht, Baby, aber die gute Antschie hat beim Mohnblütenfest wohl zuviel an den Blüten geschnuppert – du weißt schon, was ich meine."

Die Band begann wieder zu spielen. Antschie (oder besser: Angela) sang „Schöner fremder Mann", wozu ich hingebungsvoll meinen Schwarm im weiten Hemd antanzte. Inzwischen erwiderte er mein Lächeln. Zu „Die Liebe ist ein seltsames Spiel" tauschten wir tiefe Blicke aus. Bei „Manchmal möchte ich schon mit dir" verschwand er in Richtung Toilette, nicht ohne einmal vielsagend über die Schulter zu sehen.

Nach fünf Anstandsminuten ging ich ihm nach.

Er lehnte vor der besetzten Kabine an der Wand und grinste: „Das dauert schon ewig. Muß jemand mit Prostataproblemen drin sein."

Ich grinste zurück: „Du kennst dich aus mit der Prostata?"

Bevor er antworten konnte, öffnete sich die Klotür. Lola trat heraus, zog sich den Rock gerade und fuhr sich durchs Haar. Hinter ihr kam der Vollbart, sichtlich erschöpft, aber selig lächelnd. „Roll nicht mit den Augen, Baby", sagte Lola, ohne mich anzusehen und rauschte vorbei. „Ich hab das gebraucht."

„Huch, wer war die denn?" entsetzte sich mein Schwarm.

„Keine Ahnung", log ich. „Muß eine Kibbuz-Bekannte von Antschie sein."

„Ich bin Frank", stellte sich der Lockige vor und errötete leicht. „Ich kenne hier niemanden. Bin einfach von der Straße reingekommen, als ich die Musik hörte. Party-Crashing nennt man das. Ist total angesagt. Machen in London alle. Bist du schockiert?"

Ich sah ihn sprachlos an und verlieh ihm auf meiner Hugh-Grant-Skala für charmante Frechheit die Höchstwertung.

„Ehrlich gesagt, ist mir dieses Fest zu hetero", gab Frank leise zu.

„Na, dann sollten wir uns eine Homo-Fete zum Crashen suchen", schlug ich vor.

„Oder wir erfinden einen neuen Trend", sagte er und warf mir einen tiefen Blick zu. „Schlafzimmer-Crashing. Man lädt sich einfach ins Bett eines fremden Mannes ein."

Sex-Selbsthilfe

Mein Lover Rick und ich lagen nackt aufeinander im Bett und gähnten simultan. Er kraulte mich gelangweilt unter der Gürtellinie.

„Unser Sex ist nicht mehr so wahnsinnig prickelnd", bemerkte Rick.

„Wir haben Sex?" fragte ich. „Hab ich gar nicht gemerkt."

„Was glaubst du, was ich hier mache?" fragte er und wies mit dem Kinn auf meinen schlappen Schwanz in seiner Faust.

„Du hast Angst, aus dem Bett zu fallen, und hältst dich fest?"

Rick ließ los und rollte sich genervt von mir runter – etwas zu stürmisch. Er fiel aus dem Bett.

„Siehst du", grinste ich.

Rick rieb sich das Hinterteil: „Baby, es muß was geschehen. Wir sind erst seit knapp zwei Jahren zusammen, und schon ist die Luft raus. So geht's nicht weiter."

Er hatte recht. Mit der Zeit war das gegenseitige sexuelle Interesse immer schwächer geworden, und es hatte sogar schon die ersten Seitensprünge meinerseits gegeben – mit Fast-Frauen, polnischen Schwimmern und Party-Crashern. Rick und ich waren uns dennoch darüber einig, daß wir füreinander geschaffen waren, aber im Bett herrschte Flaute.

„Ich liebe dich, Baby, und ich werde dieses Problem lösen", erklärte Rick feierlich.

Den nächsten Tag verbrachte er in der Stadtbibliothek, wo er sich durch Selbsthilfebücher arbeitete mit Titeln wie *Lustfaule Liebe, Wenn der Eros sich verabschiedet* und *Beziehungsfrust – Beziehungslust.* Er stellte einen Vier-Phasen-Plan auf, um unseren Sex wiederzubeleben.

Phase Eins begann noch am selben Abend. Wir saßen nackt vor dem Videorecorder. Auf dem Bildschirm zogen sich gerade zwei Pornostars gegenseitig aus. Rick erklärte:

„Eine Idee von Prof. Dr. Elizabeth Rosenzweig von der Universität New Brunswick. Nachzulesen in ihrem Werk: *Sex neu erfunden: Pornographie als Beziehungskatalysator.* Der Blonde ist Figur A, der

Dunkle Figur B. Wir sehen ihnen zu, und du machst genau dasselbe wie Figur A, ich kopiere Figur B. So bringen wir ‚Spannung und ein Überraschungsmoment' in unser Sexualleben – sagt Frau Professor Rosenzweig."

Figur A und B waren inzwischen nackt. B sah A zu, wie dieser in einer bemerkenswerten Demonstration menschlicher Biegsamkeit seinen eigenen Schwanz lutschte. Rick blickte mich auffordernd an.

„Aber ich kann das nicht!" protestierte ich.

„Du mußt dich zwingen!"

„Entschuldigung, aber der Schwanz von ‚Figur A' ist etwa dreimal so lang wie meiner. Es ist mir anatomisch einfach nicht möglich."

Während wir noch diskutierten, ob ich es vielleicht schaffen könnte, wenn ich mich hinlege, die Beine hinter den Kopf nehme und Rick sich auf meinen Rücken setzt, hatte sich Figur A ein kleines Paddel besorgt und begonnen, Figur B damit das Hinterteil zu versohlen.

„Ah, das ist schon besser", freute ich mich.

Rick erbleichte: „Willst du mich ernsthaft schlagen?"

„Was würde Frau Professor Rosenzweig sagen, wenn ich es nicht täte?" fragte ich und wühlte im Schrank herum, bis ich einen Ping-Pong-Schläger fand.

Klatsch!

Der erste Schlag brachte Rick zum Quietschen: „Ich denke, wir sollten Phase A als mißlungen betrachten und abbrechen!"

Ich holte aus und fragte: „Und was ist mit der Spannung? Dem Überraschungsmoment?"

Klatsch!

Rick schrie und entriß mir den Schläger. Auf dem Bildschirm begann Figur B, seinen Partner zu fesseln. Diesmal verschwand Rick kopfüber in den Schrankschubladen und tauchte mit einer Wäscheleine und einem diabolischen Funkeln im Auge wieder auf.

„Ich dachte, Phase A sei a-a-abgebrochen", stammelte ich.

„Ich hab's mir anders überlegt, Baby! Es ist nur zu unserem Besten."

„Sadist!" zischte ich, während Rick mich fesselte. Mit Schrecken sah ich, wie Figur B einen Dildo von der Größe eines mittleren Staubsaugers in Figur A zu stopfen begann.

„Gut, daß wir so was nicht haben", freute ich mich, aber Rick lief ins Badezimmer und kam mit der Klobürste zurück: „Versuchen wir's doch damit!"

„Wenn du das tust, schicke ich Prof. Rosenzweig eine Briefbombe!"
Rick gab auf, band mich laut lachend los und resümierte: „Komisch war's ja, aber geil weniger. Na, Phase Zwei wird sicher schärfer."

Am Wochenende besuchte mich Rick mit einer dieser typischen braunen Tüten, die man in Sexshops für seine Einkäufe bekommt. „Phase Zwei basiert auf den Theorien von Dr. Franz Josef Eisenkraut, Kurarzt und Sexualtherapeut in Bad Wörishofen", erläuterte er. „In seinem Buch *Sex als Spiel* behauptet er, erotisches Spielzeug bringe neuen Drive in eingefahrene Partnerschaften."

„Die Bad Wörishofener Heilkunst hat einen verdammt weiten Weg zurückgelegt seit Pfarrer Kneipp", bemerkte ich.

Rick griff in seine Tüte und hielt mir ein Gerät hin, das aussah wie zwei mit einer Kette verbundene Wäscheklammern aus Metall. Ich zog fragend eine Augenbraue hoch.

„Für die Nippel!" erklärte Rick und griff wieder in die Tüte.

„Wie Weihnachten", staunte ich, als er mir einen mit Stacheln besetzten ledernen Cockring („Der Hunnengurt, Baby!") präsentierte, eine Art überdimensionalen Rosenkranz ohne Kreuz, aber dafür mit dicken roten Kugeln („Anale Liebesbällchen!") und einen geriffelten Dildo, der aussah wie der Penis einer geschlechtskranken Giraffe.

„Dann vielleicht doch lieber die Klobürste …", brummte ich.

„Sei kein Spielverderber", schalt Rick und begann sich auszuziehen.

Eine halbe Stunde später wunderten sich meine Nachbarn – ein anständiges katholisches Rentnerpaar, das gerade vom Einkaufen kam –, daß ich wild schreiend aus meiner Wohnung rannte – nackt, mit der wild hinter mir herschlenkernden Liebesbällchen-Kette im Hintern und einer hochroten, geschwollenen Brustwarze. Rick stand ebenfalls nackt und „hunnengegürtet" in meiner Tür und schrie: „Komm zurück, Baby! Ich konnte doch nicht wissen, daß die Nippelklemmen so weh tun!"

Er – und meine Nachbarn, deren Unterkiefer so gut wie auf dem Boden lagen – schauten auf den Riffeldildo in seiner Hand, und Rick rief: „Ehrenwort, Baby, den Giraffenschwanz halte ich ganz bestimmt von dir fern!"

Meine Nachbarin sah verträumt ihren Mann an: „Die Jugend, Alfons, ändert sich nie! Weißt du noch, wie du anno '43 all diese interessanten Dinge aus Paris mitgebracht hast? Ich erinnere mich, es war ein Gerät dabei, das dem hier gar nicht unähnlich sah."

Sie zeigte mit sanft zitterndem Finger auf den Dildo. Rick drückte ihn ihr in die leberfleckige Hand: „Den schenk ich Ihnen – mit freundlichen Grüßen von Dr. Eisenkraut."

Funkelnden Auges hob Alfons seine Frau auf und trug sie über die Schwelle. Die Tür kickte er dynamisch mit dem Fuß zu.

Mir die schmerzende Brustwarze reibend, war ich inzwischen zurückgekommen. Rick und ich schauten resigniert auf die Einkäufe, die die rüstigen Rentner vor Erregung im Flur vergessen hatten und lauschten leisen Juchz-Geräuschen aus der Nachbarwohnung. Rick legte mir den Arm um die Schulter und sagte: „Na, bei denen funktioniert's jedenfalls."

Mit ein paar kräftigen *Plops!* entledigte ich mich der Liebesbällchen und tröstete ihn: „Phase Drei kann nur besser werden."

Wenige Tage später nahm mich Rick mit in die Leihbücherei.

„Hast du noch nicht genug beknackte Selbsthilfebücher gelesen?" wollte ich wissen. Der Bibliothekar, ein knochiger Endfünfziger in einer grauen Strickjacke (aber mit rosa Socken) beobachtete skeptisch, wie wir hinter einem Bücherregal verschwanden.

Rick flüsterte: „Heute versuchen wir etwas aus Linda Rutters Buch *Das Ende der Frigidität.* Die Methode für unsere Phase Drei stammt aus dem Kapitel ‚Der öffentliche Klimax'."

„Ich vertraue dieser Frau Rutter nicht, die ist ja nicht einmal Akademikerin!"

„Aber sie war zwei Jahre in Tibet, wo sie Liebestechniken der Landbevölkerung studierte – steht jedenfalls auf dem Buchumschlag."

„Bloß weil sie Himalaya-Bauern beobachtet hat, die ihre Yaks vergewaltigen, weiß sie noch lange nicht, was mich anmacht!"

„Ihre Theorie besagt, daß Geschlechtsverkehr in der Öffentlichkeit das Schärfste sei."

„Und was sagt der Dalai Lama dazu?"

„Halt die Klappe, Baby, wir ziehen das jetzt durch!"

„Hier? Hinter dem Regal *Fontane bis Goethe?* Sollten wir uns nicht lieber in der Nähe von Truman Capote oder Hubert Fichte postieren?"

Rick ließ sich nicht aus dem Konzept bringen. Er drehte mich mit dem Gesicht gegen das Regal und zog mir die Hose herunter. Nach wenigen Minuten – und mit der Nase zwischen dem ersten und zweiten Teil des „Faust" – stöhnte ich: „Fester, tiefer! Ja, das ist des Pudels Kern!"

Das Bücherregal fing an, rhythmisch zu wackeln. Der junge Werther fiel zu Boden, dicht gefolgt von Effie Briest. Als eine Goethe-Gesamtausgabe gefährlich nah an den Abgrund rutschte, versuchte ich, Rick zu einer sanfteren Gangart zu überreden, aber die Leidenschaft hatte ihn übermannt. Goethe krachte mir auf den Fuß, ich schrie „Auah!", Rick schrie „Ich komme!" und der Bibliothekar schrie: „Was ist denn hier los?"

Wir standen da wie eingefroren und starrten ihn – dessen Auftauchen wir gar nicht bemerkt hatten – entsetzt an. Doch das erwartete Donnerwetter blieb aus.

„Ach, noch einmal jung zu sein", seufzte der Bibliothekar. „Nicht etwa, daß ich so etwas dulden würde", tadelte er milde lächelnd, während Rick und ich unsere Hosen hochzogen. „Wenn das noch mal vorkommt, gibt es Hausverbot. Und erzählt mir nicht, die Gedichte im *West-östlichen Divan* hätten euch so erregt. Die Entschuldigung zog schon damals nicht, als ich nach dem Deutschunterricht mit Hannes in der Schultoilette ertappt wurde. Das war 1956. Oder war's '57 mit Peter?" Geistesabwesend gab er uns jeweils einen Klaps auf den Hintern und ging wieder an seine Arbeit.

„Phase Drei halte ich für extrem mißlungen", seufzte ich beim Verlassen der Bücherei. „Stell dir nur vor, was passiert wäre, wenn der Bibliothekar nicht einer von uns gewesen wäre."

Rick lächelte befriedigt: „Also, ich finde, wir machen Fortschritte."

Ich stieß ihm den Ellenbogen in die Rippen: „Guter Sex bedeutet für mich, daß *zwei* sich amüsieren und nicht, daß einer mit der Nase zwischen Gretchen und Mephisto klemmt, während der andere …"

„Schon gut, schon gut, Baby. Es gibt ja immer noch Phase Vier."

„Und wie funktioniert die?"

Rick grinste: „Laß dich überraschen."

Der dritte Mann

Karl, Rick und ich saßen im Kino. Es lief *Einsam, zweisam, dreisam,* eine amerikanische Studentenkomödie: Der ultrageile Stephen Baldwin teilt sein Wohnheim-Zimmer mit einem Mädchen und einem Schwulen. Stephen ist scharf auf die Dame, die auf den Schwulen und der wiederum auf Stephen. Am Schluß treiben sie es alle zusammen. So eine Art Grunge-Version von *Jules und Jim.*

Während Karl, für den die Baldwin-Brüder „die erotische Dreifaltigkeit" sind, jedesmal unkontrolliert zu sabbern begann, wenn Stephen auf der Leinwand auftauchte, war Rick ungewöhnlich schweigsam. Nach der Vorstellung stand Karl im Foyer mit glasigem Blick zwei Zentimeter vor einem Aushang-Foto von Stephen Baldwin. Rick sagte nachdenklich: „Der Film hat mich an die bevorstehende Phase Vier unseres Sex-Selbsthilfe-Planes erinnert."

Karl, der versuchte, das Baldwin-Bild mit den Fingernägeln zu lösen, wurde hellhörig: „Ihr habt Sexualprobleme?"

„Du ja wohl nicht", zischte ich, als er die Zähne zur Hilfe nahm. „Und was, Rick-Schätzchen, hat Phase Vier mit diesem Film zu tun? Sollen wir unsere Beziehungserotik etwa durch einen flotten Dreier aufpeppen?"

Rick grinste verlegen: „Genau. In der Untersuchung *Dynamik zu Dritt – Die geteilte Lust* von Dr. Josef …"

„Mengele?" unterbrach ich lautstark. „Ich hab die Nase voll von deinen sadistischen Sexualtherapeuten! Die denken sich die absurdesten Selbsthilfe-Tricks aus, schreiben ein Buch drüber und haben den Rest ihres Lebens was zu Lachen, wenn sie sich vorstellen, daß es Idioten gibt, die ihre Tips ausprobieren – wie wir!"

Während Rick mich beruhigte und daran erinnerte, daß ich ihm versprochen hatte, intensiv mitzuhelfen, unser Sexleben aufzupeppen, versuchte Karl, der Kinokassiererin die Aushangbilder abzukaufen.

Ich jammerte: „Und wo sollen wir überhaupt einen dritten Mann finden?"

Karl unterbrach sein Feilschen und sah mit strahlenden Augen in unsere Richtung.

„Denk gar nicht erst dran", zickte ich ihn an.

„Ich wollte ja nur helfen", sagte Karl bescheiden und wandte sich wieder der Frau an der Kasse zu. „Wieviel wollen Sie?" kreischte er. „Dafür fahr ich nach Hollywood, Schätzchen, und kaufe mir Herrn Baldwin höchstpersönlich! Ach was – *alle* Baldwins!*"

Am nächsten Abend versuchten wir – ohne Karl, das wäre wirklich zu anstrengend – unsere Nummer Drei zu finden. Wir saßen an verschiedenen Tischen in einer notorisch kontaktfreudigen Bar und flirteten. Wer zuerst Erfolg hatte, sollte per Blickkontakt feststellen, ob das „Opfer" dem Anderen auch gefällt, und ihn dann herüberwinken. Weiter hatten wir noch nicht zu denken gewagt. Bald setzte sich ein attraktiver Rothaariger zu mir und begann eines dieser Gespräche, die in jeder Schwulenbar der Welt mit „Hallo, bist du öfter hier?" anfangen. Leider verdeckte der Rotschopf die Sicht auf Rick, so daß ich mich winden und strecken mußte, um Blickkontakt zu bekommen und herauszufinden, ob Rick mit ihm einverstanden war.

„Rückenschmerzen?" fragte der Rothaarige.

„Furchtbare", stöhnte ich und fiel beim Versuch, an ihm vorbeizusehen, vom Stuhl.

„Bei mir hilft es auch immer am besten, wenn ich mich lang auf dem Boden ausstrecke", meinte mein Gegenüber verständnisvoll.

Ich schielte zu Rick, der das Daumen-Hoch-Zeichen machte.

„Ah, jetzt geht's viel besser", sagte ich und setzte mich wieder. Alle Besucher des Lokals starrten mich an. „Rheuma", rief ich in die Menge. „Kommt manchmal ganz plötzlich. Geerbt. Sehr unangenehm." Ich hüs-

---

* Die Baldwin-Brüder, in der Reihenfolge ihrer Attraktivität: 1. Alec Baldwin, *1958, der älteste und begabteste Bruder, mehr Schauspieler als Sex-Symbol, strahlt eine faszinierend brutale Männlichkeit aus. Schärfste Filme: *Die Mafiosi-Braut* mit Michelle Pfeiffer (da lüftet er oft seinen Brust-Flokati) und *Endstation Sehnsucht* (TV Film von 1995) als Stanley Kowalski (da kann Marlon Brando nach Hause gehen) 2. William „Billy" Baldwin, *1963, der Smarte mit dem unwiderstehlichen Blick und dem Hintern aus Stahl. Beides kann man bewundern in *Sliver* mit Sharon Stone. 3. Stephen Baldwin, *1966, prolliger als seine Brüder, mit Hang zu Auftritten in Video-Action-Filmen. Sein Image als Sex-Symbol ging – wen wundert's – den Bach runter, als er Barney Geröllheimer in *Viva Rock Vegas* spielte. Laaaanger Abstand und dann: 4. Daniel Baldwin, *1960, muss ein Findelkind gewesen sein. Sieht aus wie ein Busfahrer in Essen-Borbeck.

telte und wandte mich wieder dem Rotschopf zu. Rick stand hinter ihm. Ich hatte nicht den leisesten Schimmer, was ich tun sollte.

„Willst du uns nicht vorstellen?" fragte Rick.

„Das ist Gert – oder Bernd? – aus Marburg – oder Hamburg? –, und das ist mein Freund Richard", stammelte ich.

„Bernd. Marburg", sagte der Rothaarige. „Freund oder Freund-Freund?"

„Freund wie in Liebhaber", lächelte Rick.

Bernd stand abrupt auf: „Dann bin ich hier wohl überflüssig."

Rick und ich zogen ihn wieder auf den Stuhl und riefen im Chor: „Keineswegs!

„Kennst du zufällig *Jules und Jim?*", fragte Rick und legte Bernd eine Hand auf die Schulter.

„Oder *Drei Mann in einem Boot?*" ergänzte ich und griff nach seinem Bein.

„Wollt ihr damit etwa andeuten, daß ihr einen Dreier vorhabt?" flüsterte Bernd mit brechender Stimme. „Mein letzter Freund wollte mich auch immer dazu überreden, und als wir es dann endlich taten – mit einem riesigen, muskulösen Schwarzen –, da ging alles kaputt." Bernd schniefte. „Und jetzt wohnt mein Schatz in Kenia, und ich bin ganz allein und suche verzweifelt einen netten Jungen für einen neuen Anfang und ..., und ihr wollt mich zum Spielball eurer Lust machen!"

Rick und ich sahen uns entsetzt an. Bernd heulte: „Das ist so gemein, so niedrig, so typisch schwul! Ich hasse die Szene!"

Während wir simultan erröteten und uns hastig entschuldigten, fing er plötzlich an zu lachen: „Hab euch ganz schön reingelegt, was? Alles erfunden, dieses deutsch-kenianische Drama. Ich habe überhaupt nichts gegen Dreier, aber – um ganz ehrlich zu sein – Rick, ich kann nicht auf grüne Augen, und außerdem sind deine Beine viel zu dünn." Kichernd stand er auf. Ich starrte ihn sprachlos an, und Rick schimpfte:

„Wie gemein, wie niedrig, wie typisch schwul! So mit unseren Gefühlen zu spielen!" Er streckte sein rechtes Bein hoch und ließ die Schenkelmuskulatur zucken: „Was ist daran bitte zu dünn?"

Während Bernd immer noch lachend an der Bar ein Bier bestellte, starrte wieder das ganze Lokal auf unseren Tisch.

„Rheuma. Bei ihm auch. Im rechten Bein. Unberechenbar und sehr schmerzhaft", erklärte ich den Gaffenden.

Ich wollte gehen, aber Rick setzte sich. Er gab nicht so schnell auf: „Sieh mal, da hinten in der Ecke, ist das nicht Wayne, dieser nette Ami, mit dem du vor unserer Zeit eine Affäre hattest?"

„Ja, und?"

„Also, ich hab auch mal mit ihm. Das heißt, er steht auf uns beide, und wir könnten ihn doch fragen, ob er was dagegen hat, gleichzeitig …"

„Moment mal! Du hattest was mit Wayne? War das vor oder nach meiner Affäre mit ihm? Oder gar währenddessen?" schnaufte ich.

Rick seufzte: „Ist doch egal. Oder wirst du jetzt retrospektiv eifersüchtig? Und auf wen eigentlich? Wayne oder mich?"

„Ihr – zwei – Mistkerle!" schrie ich. „Wie gemein, wie niedrig, wie typisch schwul!" Ich sprang wütend auf, stolperte und fiel zu Boden.

„Rheuma! Das wißt ihr doch inzwischen!" rief Rick ins Lokal.

Ich beschloß, die verhängnisvolle Phase Vier sofort abzubrechen und zu gehen, doch Wayne hatte uns bemerkt – wer in dieser Bar hatte uns *nicht* bemerkt? – und steuerte auf unseren Tisch zu.

„Ich habe diese Szene eben zufällig mitbekommen", sagte Wayne sehr ernsthaft, „und wenn ihr mich fragt, gehört ihr beide in Behandlung."

„Wayne, das mit dem Rheuma ist nur ein Witz", erklärte Rick.

„Ich weiß", winkte Wayne ab. „Ich meinte, ihr braucht einen Psychiater. Noch ist es vielleicht nicht zu spät." Kopfschüttelnd ließ er uns stehen.

„Das war gemein", seufzte ich.

„Niedrig. Typisch schwul", sagte Rick. Frustriert verließen wir die Bar, ohne unseren dritten Mann gefunden zu haben. Der Türsteher wünschte uns kichernd „gute Besserung".

Am Wochenende waren wir bei Karl zum Videoabend eingeladen. Es gab *Drei von ganzem Herzen,* eine Dreiecksgeschichte zwischen zwei Frauen und dem ultrageilen William Baldwin. So eine Art *Jules und Jim* auf lesbisch und fast so hysterisch wie das wahre Leben – mit dem Unterschied, daß die Menschen im Film immer besser aussehen als in Wirklichkeit. Jede Szene, in der William Baldwin Haut zeigt, mußten wir auf Karls besonderen Wunsch in Zeitlupe ansehen. Da William einen Callboy spielt, zieht er sich ziemlich oft aus, und so dauerte der Film in der Karl-Version etwa drei Stunden.

„Diese Baldwins machen mich wahnsinnig!" knurrte Karl, der in seinem Schlafzimmer einen Baldwin-Schrein errichtet hatte: Fotos der drei schauspielernden Brüder in einem silbernen Rahmen, davor eine brennende Kerze. Immer, wenn Karl daran vorbeikam, bekreuzigte er sich und murmelte: „Im Namen des Alec, des William und des himmlischen Stephen."

Nach dem Film grübelte Rick: „Dreierkisten scheinen in Hollywood ziemlich angesagt zu sein."

„Stimmt. Ob Alec, Stephen und Billy wohl als Teenager zusammen ...", seufzte Karl und sah verträumt lächelnd in die Ferne. Er faßte sich wieder und kicherte: „Bei euch dagegen scheint das böse Rheuma Dreiecksgeschichten ja zu verhindern. Glotzt mich nicht so überrascht an, solche Auftritte sprechen sich rum. Und wie ich die schwule Szene kenne, werdet ihr in den nächsten Tagen jede Menge Anrufe bekommen – von Herren, die gerne der Schinken zwischen euch beiden süßen Toastscheiben wären."

Rick stöhnte, legte mir den Arm um die Schultern und sagte: „Mir reicht's. Was hältst du davon, wenn wir nächste Woche das Telefon abstellen, uns im Schlafzimmer einschließen und jeden Abend stocklangweiligen Beziehungssex treiben?"

Ich atmete auf: „Nichts täte ich lieber."

„Ich wußte doch, daß ihr wieder zur Vernunft kommt, ihr Turteltäubchen", sagte Karl und stellte knicksend noch eine Kerze vor seinen Baldwin-Schrein.

Eine verhängnisvolle Affäre

Manchmal schlägt das Schicksal im Supermarkt zu. Ich stand vor dem Kühlregal, um meinen Vorrat an Rhabarber-Joghurt und Milchschnitten aufzustocken, als ich neben mir eine männlich-markante Stimme laut fluchen hörte:

„Where the fuck is the fucking frozen O-juice?" (Auf deutsch: „Ach wie ärgerlich, ich kann den gefrorenen Orangensaft nicht finden.")

Ich sah zur Seite und erblickte einen großen, dunkel gelockten Mann, dessen Muskeln die Knöpfe seines ärmellosen Holzfällerhemdes fast sprengten. Meine Milchschnitten glitten zu Boden, meine Knie begannen unkontrolliert zu zittern, ich wankte und mußte mich ins Kühlregal setzen, was weder für meine Hose noch für einige brutal zerquetschte Streichkäsepackungen gut war. Fasziniert starrte ich den immer noch fluchenden Amerikaner an. Er sah aus wie sämtliche Jeans- und Unterhosenwerbungen der Welt in einer Person. Daß es solche Menschen wirklich gibt! Ich dachte immer, die absolute Schönheit aus Anzeigen und Videoclips entstehe nur durch gute Beleuchtung, großzügig aufgetragenes Make-up, schnelle Schnitte und Retusche. Doch dieser Mann war der lebende Beweis des Gegenteils. Und jetzt sprach er mich auch noch an:

„Whaddaya think you're doing, sitting down in the fucking cream cheese?" (Auf deutsch: „Verzeihen Sie bitte, ich glaube, Sie sitzen im Streichkäse.")

Ich strahlte ihn an und antwortete in meinem besten Schulenglisch: *„How do you do? My name is Baby."* (Auf deutsch: „Nimm mich, Schätzchen, nimm mich sofort!")

Der Amerikaner half mir aus dem Käse, und ich erklärte ihm, daß es in Deutschland keinen gefrorenen Orangensaft gibt, woraufhin er sich beruhigte und vorstellte. Er hieß Bob und war Model, aber im Moment ohne Job. Auf der Suche nach Foto- oder Laufsteg-Aufträgen bereiste er gerade Europa. Und er hatte kein Geld mehr für ein Hotel. Ob ich ihn vielleicht für ein paar Tage in meiner Wohnung unterbringen könne, wollte er wissen. Da trifft man sich zufällig im Supermarkt, und schon will er bei mir einziehen! Typisch Ami. Natürlich kommt es nicht in Frage, daß ich einen Wildfremden einfach so mit in mein Apartment nehme. Das ist viel zu klein für zwei Personen. Ich habe auch nur ein einziges Bett. Moment mal: Nur ein Bett …?

„Selbstverständlich kannst du bei mir wohnen, Bob", sagte ich und tätschelte seinen Trizeps, der sich unter meiner Hand anspannte. Wenn ich mich schon aufführe wie in der klassischen Kennenlernszene eines billigen US-Pornos, dachte ich, dann richtig. Ich ließ meine Finger zu Bobs breiter Schulter hinaufwandern, leckte mir die Lippen und seufzte: „Solange du willst."

„Nenn mich Bobby", sagte er. „Und jetzt laß uns mein Gepäck aus dem Bahnhofsschließfach holen." (Wie der geneigte Leser sicher bemerkt hat, wende ich gerade einen raffinierten literarischen Trick an: Ich bringe die englischen Dialoge auf deutsch. Das ist viel einfacher zu lesen und – um ganz offen zu sein – auch einfacher zu schreiben.)

Eine Stunde später waren wir bei mir zu Hause. Bob zog sich sofort bis auf die Calvin-Klein-Unterhose aus und begann, Liegestütze zu machen.

„Tägliches Training – zwölf, dreizehn – ist wichtig für meinen Job", erklärte er, als das Telefon klingelte.

Ohne den Blick von ihm zu wenden, griff ich nach dem Hörer und flüsterte heiser: „Hallo?" Es war mein Lebensgefährte Rick.

„Schätzchen, weißt du, was heute für ein Tag ist?" fragte er.

„Nein", röchelte ich, beobachtete einen Schweißtropfen, der langsam Bobs Flanke hinabperlte, und dachte: Im Moment weiß ich nicht einmal mehr genau, wer Rick ist.

„Heute vor genau zwei Jahren haben wir uns kennengelernt! Ein Grund zum Feiern! Ich habe schon eine Flasche *Veuve Cliquot* unterm Arm und komme mit der nächsten Straßenbahn zu dir 'rüber", jubelte Rick.

„*Nein!*" schrie ich entsetzt. „Ich … ich bin schrecklich krank. Völlig vergrippt. Verdacht auf Lungenentzündung … und äh … TBC! Beulenpest! Ich will dich auf keinen Fall anstecken. Bleib, wo du bist! Komm bloß nicht her!"

„Aber Baby …?" fragte Rick.

Ich knallte den Hörer auf und zog das Telefonkabel aus der Steckdose.

„Wer – hundertvier, hundertfünf – war das?" wollte Bob wissen.

„Niemand", flüsterte ich. „Absolut niemand."

Bob stand langsam auf und legte seine große Hand auf meine Hüfte: „Körperliches Training macht mich immer ziemlich scharf."

Dreiundvierzig Minuten und diverse Orgasmen später klingelte es an der Tür. Bob war unter der Dusche, ich lag nackt und halb ohnmächtig auf dem Küchentisch.

„Mach auf, Baby", rief Rick von draußen. „Bloß weil du krank bist, laß ich dich doch nicht im Stich!"

Ich wickelte mir die Tischdecke um die Hüften, wankte resigniert zur Tür, öffnete und ratterte los: „Sag nichts und hör einfach zu. Stell dir vor, du triffst im Supermarkt den schönsten Mann der Welt, er kommt mit zu dir, zieht sich aus und stürzt sich auf dich. Was würdest du tun?"

„Ich habe den schönsten Mann der Welt schon vor zwei Jahren gefunden, Baby", sagte Rick und legte mir einen Strauß Rosen und eine Flasche Champagner in die Arme. „Wenn du erkältet bist, Schätzchen, solltest du etwas Wärmeres tragen als eine Tischdecke – obwohl das vom Standpunkt avantgardistischer Mode aus natürlich ein Geniestreich ist, um den dich Vivienne Westwood beneiden würde."

Bob kam nackt aus dem Badezimmer. Rick blickte ihn erbleichend an und schlug vor: „Vielleicht hast du für den Herrn auch eine Tischdecke, um seine Blöße zu bedecken? Ähm … wer ist das überhaupt?"

„Komisches Land", murmelte Bob. „Es gibt keinen gefrorenen Orangensaft und zu Hause tragen die Eingeborenen Tischdecken um die Hüften." Er winkte Rick zu und grüßte: „Hi, wie geht's?"

„Baby!" insistierte Rick. „*Wer ist das?*"

„Das ist Bob", sagte ich tonlos. Rick starrte mich fassungslos an. Bob lief, immer noch nackt, um den Küchentisch und sammelte Kondome auf. Er hielt sie hoch und fragte: „Wo ist der Abfalleimer, Baby?"

„Taucht gleich Harald Schmidt auf und erklärt mir, wo die Kamera versteckt ist*?" stammelte Rick. „Oder ist das hier ernsthaft das blödeste aller Beziehungsklischees: Der trottelige Liebhaber, der seinen betrügerischen Freund *in flagranti* ertappt? Am Hochzeitstag natürlich!"

„Was regt der sich so auf?" fragte Bob, öffnete das Fenster und schmiß die Gummis hinaus. „Ist das dein Lover oder was?"

„Das *war* ich!" brüllte Rick, riß mir die *Veuve Cliquot* aus der Hand und schleuderte sie gegen die Wand.

---

* Ja, „Gott" Harald hat, bevor er seine Late Night Karriere begann, *Verstehen Sie Spaß?* moderiert. Übrigens schlechter als Kurt und Paola Felix, wenn man mich fragt …

„Wenn wir uns hier schon aufführen wie in einem miesen Boulevardstück, dann richtig!" schrie er, ohrfeigte mich mit dem Handrücken und knallte die Wohnungstür hinter sich zu.

„Wow! Ziemlich hysterisch, die Deutschen", grinste Bob und kam auf mich zu. „Laß es uns noch mal machen, gleich hier, auf dem Teppich."

„Warum nicht", seufzte ich, „wenn ich mich schon aufführe wie Joan Collins in *Die Stute,* dann richtig. Ist ja sowieso schon alles zu spät." Ricks Rosen glitten aus meinen Händen zu Boden und wurden unter unseren verschlungenen Körpern zerdrückt.

Zweieinhalb Tage wohnte Bob bei mir. Dann sagte er freundlich danke und *bye-bye* und machte sich auf den Weg nach Mailand, wo er sich gute Chancen auf einen Job erhoffte. Mir blieben wunde Geschlechtsteile, das Gefühl, 56 Stunden in einem Pornofilm gelebt zu haben und Bobs Calvin-Klein-Shorts, die er unter dem Küchentisch vergessen hatte. Ich überlegte, ob ich sie rahmen, an die Wand hängen und zwei Kerzen davor stellen sollte: Denkmal einer verhängnisvollen Affäre, die zwei Jahre Beziehung zu Rick in zwei Tagen ruiniert hatte. Kurz entschlossen warf ich sie stattdessen in den Mülleimer und machte mich auf den Canossa-Gang zu Rick, um Verzeihung zu erflehen. Ein erotisches Intermezzo ist es doch nicht wert, eine Liebe aufzugeben.

Unrasiert, mit geröteten Augen und im schmuddeligen Jogginganzug ließ Rick mich ein. Eine Zigarette hing zwischen seinen trockenen Lippen. Die Vorhänge waren geschlossen, Dutzende leerer Bierflaschen standen herum, auf dem CD-Player grämte sich Billie Holiday.

Ich flüsterte: „Liebling, verzeihst du mir? Die Ami-Schnitte ist weg, ich bin ganz alleine und fürchterlich deprimiert und ich brauche dich."

Rick schluckte und fragte: „Hast du ihn rausgeschmissen oder hat er dich sitzenlassen?"

„Naja, er ist gegangen, aber ich hätte ihn bestimmt sowieso bald …"

„Hättest du nicht. Wenn er bei dir wäre, würdet ihr euch gegenseitig die Tischdecken vom Leib reißen, und du würdest keinen Gedanken an mich verschwenden. Genau wie vorgestern. Ich habe deine kleinen Seitensprünge immer übersehen, Baby, aber – um deine geliebte Barbra Streisand zu zitieren – *enough is enough!* Ich werde dir das niemals verzeihen. Aus meinen Augen!"

„Wenn wir uns schon aufführen wie in einem Strindberg-Stück für Schwule, dann richtig", sagte ich, fiel auf die Knie und umklammerte heulend Ricks Beine. Die Asche seiner Zigarette rieselte auf mein Haupt. „Ich liebe dich!" wimmerte ich.

„Das hättest du dir früher überlegen sollen", brummte er und befreite seine Beine aus meinem Griff. „Verschwinde. Ich wünsche dir noch ein schönes Leben."

„Sei doch nicht so stur, Rick. Es waren nur zweieinhalb Tage. Stell dir einfach vor, du hättest mir Beziehungsurlaub gegeben."

„Und sobald dir wieder einer über den Weg läuft, den du nicht auslassen willst, nimmst du wieder ‚Urlaub'? Pah!" tobte Rick. „Kommt nicht in Frage. Wie soll ich noch Vertrauen zu dir haben? Ich habe zwei Tage lang gar nicht existiert für dich. Wenn ich dich gebraucht hätte – wenn meine Mutter gestorben wäre, wenn ich einen Unfall gehabt hätte –, du wärst nicht für mich da gewesen."

Er nahm wütend ein paar Tupperware-Schalen vom Tisch und schleuderte sie zu Boden, wo sie mit einem ganz undramatischen Plop aufschlugen.

„Wenn du dich schon aufführst wie Anna Magnani, dann richtig", sagte ich und hielt ihm eine Kristallvase hin, die ich ihm zum Geburtstag geschenkt hatte.

„Genau!" schrie Rick und zerschmetterte die Vase. Entsetzt kroch ich auf dem Boden herum und versuchte die Scherben aufzusammeln.

„Ich hab das nicht so gemeint, es sollte ein Witz sein – um die Stimmung zu lockern", stammelte ich erschrocken. „Aber du hast wirklich mein Geburtstagsgeschenk zerbrochen. Hoffentlich kann man die Scherben wieder kitten."

Rick starrte ungerührt auf mich herunter und sagte: „Hier kann nichts mehr gekittet werden. Und diesmal gibt es auch keine Schlußpointe, die alles wieder gut macht."

Ich blickte auf die Scherben in meiner Hand. Bisher hatte ich alle Dramen meines Lebens in ein Happy-End münden lassen. Diesmal sah es so aus, als hätte jemand anders die Regie übernommen.

Abschied ist ein bißchen wie Sterben

Phase 1: Isolierung

Ich saß in meinem verdunkelten Schlafzimmer. Vor mir leere Sherryflaschen, überfließende Aschenbecher und Reste von Schokoriegeln. Im Arm hielt ich das häßlichste Plüschtier der Welt, eine Art schielenden Mops mit Fledermausohren, Krallenfüßen und Rattenschwanz, hergestellt in einer Behindertenwerkstatt. Den hatte mir Rick zu Weihnachten geschenkt, weil er meinte, so etwas Häßliches findet sonst nie ein Zuhause und muß im Spielwarengeschäft einsam altern. Ich schniefte ein wenig Rotz in ein zerfleddertes Tempotuch und dachte: Ganz allein alt werden – das steht mir jetzt auch bevor. Seitdem Rick mich *in flagranti* mit einem amerikanischen Model ertappt hatte, sprach er nicht mehr mit mir, legte auf, wenn ich ihn anrief, und ließ meine Briefe und Fleurop-Verzeihungs-Rosen gnadenlos zurückgehen. Ich wimmerte noch ein wenig und zupfte mir feuchte Tempo-Fussel aus den Wimpern.

Neben mir lag Elisabeth Kübler-Ross' Buch über die fünf Phasen des Sterbens. Ich las darin, weil ich mich meiner Depression hingeben wollte und mir nichts Traurigeres vorstellen konnte als ein Sachbuch voller Interviews mit Sterbenden.

Auf dem CD-Player, den ich auf *repeat* gestellt hatte, schluchzte Katja Epstein unentwegt „A-habschied ist ein bißchen wie Stä-härben, ist wie alles verlieren, weil es dich nicht mehr giiibt".

Meine Zukunft ist ein düsterer, bodenloser Abgrund ohne Wärme und Liebe, dachte ich und ließ eine Träne auf das Foto von Rick fallen, das in meinem Schoß lag. Noch bevor ich die melancholische Stimmung dieser Szene rasch notieren und als Drehbuch-Idee an Ingmar Bergman schicken konnte, riß mich das Läuten des Telefons aus meiner Trauer.

„Oh Baby", jaulte Karl am anderen Ende der Leitung, „es ist ja soo schrecklich traurig!"

Nanu, hatte Rick ihm von unserer Trennung erzählt? Gerührt von Karls Anteilnahme stammelte ich:

„Karlchen, du Lieber, danke für dein Mitgefühl!"

„Ist doch klar, Baby. Für mich ist es genauso furchtbar wie für dich. Und für Millionen andere, die ihn von ganzem Herzen geliebt haben!"

„W-w-welche Millionen?"

„Na, all die Fans natürlich", schluchzte Karl. „*Take That* ohne Robbie Williams – was für eine Tragödie! Er hätte Mark, Gary, Jason und Howard nie verlassen dürfen. Gut, daß ich wenigstens noch meine Robbie-Puppe habe. Als einzigen Trost …"

Hemmungsloses Heulen bei Karl.

Fassungsloses Staunen bei mir.

„*Take That* getrennt*?" fauchte ich. „Na Gott sei Dank. Wenn sich die *Rolling Stones* rechtzeitig aufgelöst hätten, müßten sie ihre rheumatischen Altmänner-Kadaver heutzutage nicht mehr auf die Bühnen der Welt quälen. Kann man doch froh sein, daß *Take That* das erspart bleibt!"

Mit diesen Worten schleuderte ich den Hörer auf die Gabel. Was wußte denn Karl von Trauer? Was war sein Gejammer gegen mein Tal der Tränen? Ich brauchte Beistand in der Not, und er kam mir mit Banalitäten aus dem Show-Business.

Wütend hackte ich die Nummer meiner Freundin Lola in die Tasten. Die würde mich trösten, da war ich mir sicher.

Auch Lola war in tränendrüsiger Stimmung. Kaum hatte ich mich gemeldet, schluchzte sie in den Hörer:

„Oh Baby! Es ist ja soo schrecklich traurig."

„Ja, ja, ich weiß. Robbie hat *Take That* verlassen", sagte ich.

„Was interessieren mich *Take That?* Bin ich pubertär, hirnamputiert und hormonübersteuert?" keifte Lola. „Viel schlimmer: Liz Taylor

* Ein schwarzer Tag: Am 18. Juli 1995 verkündete *The Sun* Robbies Ausstieg aus *Take That*. Schockierte Fans der Boy-Goup – sie nannten sich „Thatters" – wanderten in Gruppen ziellos und weinend durch europäische Großstädte. Radiostationen und Teenie-Magazine richteten Trost-Hotlines ein, um die Fans von Selbstmordversuchen abzuhalten. Die gesamte Redaktion des Londoner Schwulenmagazins *BOYZ* trug eine Woche lang Trauer.

trennt sich von Larry Fortensky, ihrem siebten Ehemann! Und ich dachte, in seinen starken Bauarbeiterarmen hätte die arme Lizzie endlich die Liebe und Geborgenheit gefunden, die jede Frau verdient. Ich übrigens auch. Warum habe ich eigentlich keinen Lover?" Lola wurde lauter. „Ich brauche keine sieben Gatten, aber ein Freund für drei oder vier Wochen wäre ja mal ganz schön!" Ich hielt den Hörer mit ausgestrecktem Arm ins Zimmer. Aus der Ferne näselte Lola blechern: „Aber nein, für mich interessieren sich die Herren nicht. Nur weil ich nicht aussehe wie so eine *Baywatch*-Tusse mit pneumatischen Titten. Ich könnte natürlich meine Haare toupieren und einen Wonderbra kaufen …"

In meiner desolaten Situation waren meine besten Freunde ausnahmsweise mal keine Hilfe – die hatten genug mit sich selbst zu tun. Aber es gab da noch jemand, auf den ich mich immer verlassen konnte.

„LOLA!" schrie ich ins Telefon. „Tschüs! Ich muß jetzt Schluß machen!"

„Tschüs, Baby", sagte Lola. „Nur noch eins: Meinst du, ich habe vielleicht mehr Glück bei jüngeren Männern?"

„Versuch's mal bei Robbie Williams, der ist im Moment ziemlich einsam", antwortete ich und legte auf. Dann wählte ich die Nummer meiner Eltern.

Phase 3: Verhandeln

Meine wunderbaren Erzeuger eilten sogleich herbei, um Katastrophenhilfe zu leisten. Als ich die Tür öffnete, fiel Mutti mir schluchzend in die Arme.

„Was hast du denn?" fragte ich. „Ist es wegen Robbie? Oder wegen Liz und Larry?"

Sie trocknete resolut ihre Tränen und faßte sich wieder: „Unsinn. Aber daß du dich von Rick trennst, ist doch wirklich zum Heulen."

Mein Vater – dem die Situation eher peinlich war – verschwand im Badezimmer, um sich „frisch zu machen". Mutti zog ein *MännerAktuell*-Heft aus der Handtasche: „Hier, Kind, für einsame Nächte. Vati braucht das ja nicht zu sehen. Aber ich weiß, wie es ist, wenn in der Jugend die Hormone verrückt spielen und keiner mehr da ist, an dem man sich abreagieren kann."

Außerdem hatte sie noch einen selbstgemachten Rührkuchen, Erfrischungsstäbchen von Sprengel („Die gibt's noch?" rief ich erstaunt), eine Stange Zigaretten und zwei Flaschen Sherry mitgebracht. Sie zwinkerte mir aufmunternd zu, setzte Teewasser auf und begann den Tisch zu decken.

Tee und Kuchen wollten mir nicht recht schmecken. „Du mußt etwas gegen das Gefühl der Einsamkeit tun", riet mein Vater. „Kauf dir doch einen Hamster."

„Besser nicht", widersprach meine Mutter. „Hamster sind launisch, stinken und stören einen nachts beim Schlafen." Sie sah ihren Mann durch den Rauch ihrer Zigarette an und seufzte.

Mein Vater legte mir tröstend den Arm um die Schultern und sagte: „Vielleicht ganz gut, daß dieser …äh … Rick aus deinem Leben verschwunden ist. Wenn jetzt doch noch das richtige Mädchen auftaucht, bist du wenigstens frei."

Meine Mutter stieß ihn in die Seite: „Halt die Klappe, du alter Hamster. Wann wirst du endlich mit diesem Richtigen-Mädchen-Quatsch aufhören?"

„Man wird ja wohl noch hoffen dürfen", schimpfte mein Vater und stopfte sich eine Gabel voll Kuchen in den Mund. Mutti wechselte genervt das Thema: „Du solltest verreisen, dabei vergißt man am schnellsten. Fahr nach Sitges oder Mykonos, da gibt es nette Jungs."

„Nach Stockholm oder Paris, da gibt es nette Mädels!" schlug mein Vater vor, was ihm einen weiteren Rippenstoß einbrachte.

Zwei Stück Kuchen und diverse unbrauchbare Ratschläge später – viel Sport treiben! Ein neues Hobby beginnen: Makramee! Töpfern! Seidenmalerei! Sich die Haare färben! Vielleicht doch ein Hamster? Vielleicht doch ein Mädchen (Rumms: Rippenstoß!) – verabschiedeten sich meine Eltern. Meine Mutter war schon im Treppenhaus, als mein Vater sich verschwörerisch zu mir umdrehte, etwas in meine Hand drückte und flüsterte: „Hier, Junge, für einsame Nächte. Mutti braucht das ja nicht zu sehen! Wir Männer haben nun mal Hormone, die manchmal verrückt spielen – und wenn man dann niemanden zum abreagieren hat …"

Ich starrte wortlos auf sein Geschenk – ein *Penthouse*-Magazin –, verpaßte ihm (stellvertretend für meine Mutter) einen Stoß in die Rippen und schloß hinter ihm die Tür.

Phase 4: Depression

Ich legte „Frank Sinatra Sings For Only The Lonely“ auf (die Platte, die er Mitte der 50er einspielte, nachdem Ava Gardner ihn verlassen hatte), zog die Knie unters Kinn und knabberte mit wehem Herzen Muttis Erfrischungsstäbchen. Da läutete es wieder.

Wenn das Vati mit einem *Playboy*-Abo ist, dachte ich, kündige ich ihm die Verwandschaft.

Glücklicherweise war es nur Karl, der in meine Wohnung rauschte und deklamierte: „Deine Mutter hat mich herbestellt. Als Wachablösung, damit du dir nichts antust, dich mit der Kuchengabel entleibst oder so … Ich weiß alles. Schrecklich, schrecklich. Ihr habt so gut zusammen gepaßt.“ Er hielt inne und schniefte: „Wie *Take That.* Und jetzt sind sie ohne Robbie.“

Ich schlug entnervt die Hände vor die Augen. Karl setzte sich und nahm ein Stück Kuchen: „Keine Angst, ich beherrsche meinen persönlichen Schmerz – köstlich, selbstgemacht? –, um dir in der Stunde der Not beizustehen. Darf ich noch ein Stück? Danke. Ach, ich seh schon, du machst alles falsch: Selbstmitleid, Sinatra und Süßigkeiten! Ts, ts, ts. Nimm dir lieber ein Beispiel an Alexandra del Largo aus Tennessee Williams' *Süßer Vogel Jugend,* die das Vergessen in den leidenschaftlichen Armen junger Liebhaber findet. Komm, wir gehen in die schwule Sauna und vertreiben Trübsal mit Sinnlichkeit.“

„Spinnst du, Karlchen? Kommt nicht in Frage.“

„Hast du Angst, Rick dort zu treffen?“

Ich zerrte Karl vom Stuhl hoch und schob ihn zur Tür.

„Ich möchte jetzt wirklich lieber allein sein“, erklärte ich.

Karl zuckte die Schultern: „Bitte sehr – geh ich eben wieder.“

Als ich die Tür öffnete, zog auf der Straße gerade eine hysterisch heulende Gruppe von Teenager-Mädchen vorbei, die ein Transparent mit der Aufschrift *„Robbie, come back“* vor sich her trugen. Karl küßte mich zum Abschied schnell auf beide Wangen, quietschte „Roobbiiee, Roobbiiee!“ und schloß sich den erschrockenen Demonstrantinnen an. Kopfschüttelnd drehte ich die Augen gen Himmel.

Phase 5: Zustimmung

Ich ließ die Jalousien herunter, schenkte mir ein Glas von Muttis Sherry ein und postierte meine Tempotücher in Griffbereitschaft. Wieder allein mit meiner Einsamkeit, nickte ich sanft ein und träumte: Mit einem riesigen Transparent, auf dem „*Rick, come back*“ stand, ging ich vor seiner Haustür auf und ab, bis Rick lachend herauskam und mich in die Arme nahm. Schon im Traum wußte ich, daß er mir in Wirklichkeit nicht so leicht vergeben würde.

Als ich aufwachte, war es stockfinster draußen, kein Stern stand am Himmel. Ich seufzte tief, ging langsam zum CD-Player und schaltete ihn ein. Sinatra sang leise: „*Blues In The Night.*“

Baby Goes West

(Mit dramatischer Stimme laut zu lesen:)

Coming soon to a book near you: A thousand thrills, a million adventures! A voyage into the unknown – where our heroes encounter mysteries, models, madmen and murderers! Streetfights, gunfights, catfights! A true tale in Baby-Color and Baby-Vision! Action! Drama! Romance! Don't miss it!

Der Onkel aus Amerika

Ich hatte Karl noch nie so aufgeregt gesehen. Er sog an einer Mentholzigarette wie an der Mutterbrust und rührte hektisch in seiner Tasse herum.

„Wenn du Butter produzieren willst, solltest du den Tee mit mehr Milch trinken, Schätzchen", sagte ich und stoppte das Geklimper von Löffel gegen Porzellan mit einem Griff an sein Handgelenk. „Erzähl schon! Was ist los?"

Karl sank auf sein Sofa zurück, seufzte und begann nervös sein Godzilla-Stofftier zu kneten. Dramatisch drückte er die Zigarette im Käsekuchen aus: „Ich kann nichts essen, Baby, ich bin viel zu aufgeregt. Stell dir vor, ich habe einen Onkel in Amerika, der mir seinen Besitz vermachen will. Bis vor ein paar Tagen hatte ich keine Ahnung, daß er existiert. Onkel Peter ist ein Bruder meines Vaters und wanderte Ende der 60er Jahre in die USA aus – wegen irgendeines düsteren Familienskandals, über den meine Eltern sich weigern, mit mir zu reden. Mein Vater sagt, für ihn sei Peter gestorben und begraben. Und diese zwielichtige Gestalt schreibt mir aus heiterem Himmel, ich solle nach Florida kommen und sein Erbe antreten. Er hat sogar einen Scheck für die Reisekosten beigelegt. Warum ich, Baby? Und wenn er noch lebt, wieso soll ich schon jetzt erben? Was will dieser Kerl von mir?"

„Fahr hin und finde es heraus. Vielleicht lohnt's sich. Heißt dein Onkel mit Nachnamen Carnegie, Rockefeller oder Perot?"

„Quatsch, er ist bestimmt kein Millionär. Der Brief kommt nicht aus Newport oder Beverly Hills, sondern aus Gainesville. Ich habe im Atlas nachgesehen: eine mittelgroße Universitätsstadt in der Nähe des Golfes von Mexiko, wahrscheinlich mitten in den Sümpfen."

Ich rieb mir die Hände: „Hört sich faszinierend an. Ein unheimliches Familiengeheimnis, ein Ausgestoßener, der zwischen Alligatoren und Bisamratten ein Einsiedlerdasein führt, ein Vermögen von vielleicht märchenhaften Ausmaßen, das einen Erben sucht – Barbara Cartland könnte daraus einen wunderbaren Roman stricken."

„Für mich hört sich das eher nach dem frühen Truman Capote oder Carson McCullers an", brummte Karl und rührte wieder im Tee, daß die Tropfen nur so flogen. „Was soll ich bloß tun?"

„Ich hab doch schon gesagt: hinfahren."

„Ich trau mich nicht."

„Sei nicht albern."

„Wenn ich nicht allein wäre ..."

„Du weißt, ich würde dich begleiten, wenn ich das nötige Geld hä ..."

„Kein Problem! Der Scheck meines Onkels ist sehr großzügig. Reicht für zwei. Ich hab mich schon im Reisebüro informiert."

„Das hast du doch geplant!"

Karl grinste, hörte auf zu rühren und kicherte: „Klar. Du machst doch jetzt keinen Rückzieher?"

Ich nahm ihm den Plüsch-Godzilla vom Schoß und begann nachdenklich das Stofftier zu streicheln.

„Hmmm ... Natürlich nicht, Karlchen. Aber ich habe zwei Bedingungen. Erstens: Wenn wir nach Gainesville wollen, müssen wir sicher über New York und Miami reisen – zwei Städte, die ich schon immer kennenlernen wollte. Laß uns dort jeweils ein paar Tage bleiben. Das wird bestimmt lustig – und außerdem hilft es mir vielleicht, über die Trennung von Rick hinweg zu kommen."

„Wunderbare Idee, Baby, aber wie sollen wir das bezahlen?"

„Och, wenn ich meinem Vater erzähle, daß ich hoffe, in den USA endlich ‚das richtige Mädchen' zu treffen, wird er, ohne zu zögern, für die Finanzierung sorgen."

„Du Schelm! Tut man das, seinen armen Papi so böse anlügen?" kicherte Karl. „Und was ist die zweite Bedingung?"

„Godzilla kommt mit. In aufregenden Situationen – und davon erleben wir hoffentlich jede Menge – ist seine stille Stärke so beruhigend."

Unsere beste Freundin Lola brachte uns in ihrem klapprigen, alten Renault zum Flughafen. Mit Tränen in den Augen winkte sie uns nach, als wir durch die Zollabsperrung verschwanden.

„Ich glaube, Lola wäre wahnsinnig gerne mitgeflogen", sagte Karl und hielt dem Zollbeamten seinen Paß hin.

„Moment mal, das sollen Sie sein? Das Bild in Ihrem Ausweis hat keinerlei Ähnlichkeit mit Ihnen!" warf der Zöllner Karl vor.

„Da können Sie mal sehen, was ein guter Friseur, die Tagescreme von Margret Astor und der regelmäßige Besuch eines Bräunungsstudios ausmachen", zickte Karl und musterte den Beamten kritisch. „Nehmen Sie sich ein Beispiel, Schätzchen."

Erschrocken winkte der Zöllner uns weiter.

Nach Gepäckkontrolle und Leibesvisitation („Keine Hasenpfote, alles echt", hatte Karl dem verblüfften Abtaster zugeflüstert) bestiegen wir endlich das Flugzeug. Ich saß am Fenster, Karl neben mir, der Platz am Gang war noch frei.

„Hoffentlich sitzt da nicht so ein schwitzender menschlicher Fleischklops, dessen Fett über den Sitz quillt", knurrte Karl.

„Keineswegs", hörten wir eine vertraute Stimme sagen. Wir blickten auf und sahen Lola im Gang stehen – mit einer rosa Schirmmütze auf dem Kopf und in einem hellblauen Jogginganzug mit Paisley-Muster. Karl und ich ließen synchron die Unterkiefer auf die Brust fallen.

„Glotzt nicht so, Liz Taylor fliegt auch immer in lässiger Freizeitkleidung", erklärte Lola und ließ sich neben Karl auf den Sitz plumpsen. Sie kramte in ihrer Handtasche, gab jedem von uns ein Kaugummi („Damit die Ohren frei bleiben trotz der Druckveränderung") und seufzte: „New York! Miami! Da wollte ich immer schon hin. Und als ihr eure Reise geplant habt, entschloß ich mich, euch zu überraschen und mitzufahren. Fiel mir gar nicht leicht, in der Abflughalle Tränen zu produzieren! Kaum wart ihr weg, als ich mein Gepäck aus dem Auto holte, mich auf der Flughafentoilette umzog und selbst eincheckte. Na, was sagt ihr?"

„Was wir sagen?" fragte Karl und sah mich an.

„*Phantastisch* sagen wir!" riefen wir gleichzeitig.

Lola strahlte und winkte nach der Stewardeß: „Champagner, bitte."

Die Flugbegleiterin, eine stämmige Rothaarige mit Schultern wie Mike Tyson, knurrte: „Sie reisen Touristenklasse, falls Sie's noch nicht wissen", und drehte ab.

Lola zuckte grinsend die Schultern und zog eine Flasche Sherry aus ihrer geräumigen Handtasche: „Zollfrei, Jungs! Trinken wir auf Amerika!"

Sieben Stunden und ein paar Flaschen Sherry später – Lolas Handtasche war ein Faß ohne Boden – trafen wir sehr heiter am JFK-Flughafen von New York ein. Lola antwortete auf die Fragen der schwarzen Einreisebeamtin: „Nein, die Reise ist nicht geschäftlich, sondern zum Vergnügen. Und wie! Was? Hihihi, natürlich führen wir keine Tiere ein!"

„Außer dem hier", kicherte Karl und hielt seinen Stoff-Godzilla hoch. Die Schwarze tätschelte das Plüschtier und sagte: „Herzlich willkommen in Amerika."

So ist das eben in New York

Die Aufzugtüren öffneten sich. Karl und ich traten auf die Aussichtsplattform des Empire State Building hinaus. Lola saß auf dem Liftboden und schnarchte, bis der Aufzugführer sie wachrüttelte und hinter uns herschleppte.

„Ich glaube, das gehört Ihnen", sagte er, ließ Lola in meine Arme plumpsen und verschwand wieder im Lift.

„Ich hasse die Zeitverschiebung", keuchte Lola.

Karl gab ihr ein paar sanft tätschelnde Ohrfeigen: „Ich hab dir doch erklärt, wir müssen am ersten Abend mindestens bis Mitternacht New Yorker Zeit wach bleiben, sonst schleppen wir den Jet-Lag den ganzen Urlaub lang mit uns herum."

Lola gähnte: „Leicht für euch, ihr seid es gewöhnt, bis morgens in der Homoszene rumzuhängen. Schwule sind wie Hamster und Meerschweinchen: nachtaktiv. Aber ich bra-ha-haa-hauche meinen Schlaf."

Sie sah auf ihre Armbanduhr, stöhnte und setzte sich auf den Boden: „Neun Uhr abends, das ist in Deutschland – ohmeingott: drei Uhr morgens!"

„Lola, hör auf zu quengeln!" befahl Karl. „Wir stehen auf einem der berühmtesten Gebäude der Welt! Laß die majestätische Architektur und die Aussicht über Manhattan, dieses funkelnde Juwel am Hudson, auf dich wirken. Ah, die phallischen Wolkenkratzer – eine ganze Stadt voller enormer Erektionen!"

Lola grunzte: „Du hörst dich an wie ein Porno-Baedeker. Außerdem ist es neblig."

„Es ist kein bißchen neblig", sagte ich erstaunt. Lola zog die Augenbrauen hoch und lallte: „Oops! Zuviel Sherry ..."

„Was für ein romantischer Ort!" seufzte Karl. „Hier trafen sich die großen Kino-Liebespaare. Deborah Kerr und Cary Grant, Tom Hanks und Meg Ryan ..."

„King Kong und die weiße Frau", ergänzte Lola und kramte in ihrer Handtasche nach einem Fünfmarkstück. „Irgendwo hab ich gelesen, wenn man eine Münze hier runter schmeißt, bekommt sie durch die

Beschleunigung eine derart ungeheure Kraft, daß sie einen Fußgänger säuberlich in zwei Teile spalten kann."

Karl nahm ihr das Geldstück aus der Hand: „Das, liebste Freundin, probieren wir aber nicht aus."

„Immer, wenn ich mal ein wenig Spaß haben will, verdirbst du ihn mir", sagte Lola wie ein schmollendes kleines Mädchen. Karl und ich gaben auf. „Okay, also zurück ins Hotel, bevor du Dummheiten machst", stöhnten wir im Chor.

Unten auf der Straße versuchte Karl, auf den Fingern nach einem Taxi zu pfeifen. Er machte schmatzende Geräusche und sabberte sich die Hand voll.

„Verdammt, ich hab extra zu Hause geübt", fluchte er.

„Wenn ihr Schwulen etwas niemals lernt, dann ist das Pfeifen", stellte Lola fest, steckte Daumen und Zeigefinger in den Mund und produzierte einen durchdringenden Pfiff. Mit quietschenden Reifen hielt ein Yellow Cab vor uns, an dessen Steuer ein junger Mann mit Irokesenschnitt saß.

„Da steig ich nicht ein", zischte Karl. „Habt ihr nicht *Taxi Driver* mit Robert De Niro gesehen? Der Typ wird uns alle abknallen!"

„Seids ihr Deutsche?" fragte der Taxifahrer durchs Fenster. „Mei, is des a Gaudi! I bin von München, vor zwoa Jahren ausg'wandert. Kimmts eini! I bin der Schorsch. Wohin fahrn ma nachat?"

Wir stiegen ein, und ich gab ihm die Adresse des kleinen Hotels im East Village, in das wir uns eingemietet hatten. Schorsch fuhr wie ein Wahnsinniger, während er uns erklärte, es gäbe nichts Tolleres, als in New York Taxifahrer zu sein. Das sei schon immer sein Traum gewesen, seit er *Taxi Driver* im Kino gesehen habe. Karl begann zu schwitzen und stieß mir den Ellbogen in die Seite: „Hab ich's nicht gesagt?"

„Der Robert De Niro, des is mei Idol, gell", schwärmte Schorsch und überholte einen Laster so eng, daß zwischen den Karosserien die Funken stoben. Der LKW-Fahrer fluchte, und Schorsch brüllte: „Du laberst mich an, Mann? Du laberst mich an?" Dann sah er sich strahlend zu uns um und meinte stolz: „Klasse, oder? Hört sich doch original an wie De Niro, gell?" Karl begann leise zu beten. Lola schlief. Schorsch stampfte aufs Gas und raste über eine Kreuzung, während die Ampel gerade auf Rot wechselte. Gegen den Motorenlärm an schrie er:

„De Niro hat seine Produktionsfirma unten in SoHo. Wenn i da vorbei kimm, denk i immer: vielleicht steigt er gleich bei mir eini, der Bob. Aber der fährt wohl nicht Taxi."

„Recht hat er, der Bob“, stöhnte Karl. Bremsen kreischten, der Geruch verbrannten Gummis wehte durchs offene Fenster in den Wagen, und Schorsch verkündete: „Do samma!“

Während ich bezahlte, wankte Karl bleich und zitternd aus dem Taxi. Lola schlafwandelte ihm nach.

„Servus!“ rief Schorsch und raste die Straße hinunter, wobei sein Wagen einen schimpfenden Fußgänger nur knapp verfehlte.

„Besser als Kino“, sagte ich staunend. „Findest du nicht, Karlchen?“

„Du laberst mich an?“ schrie Karl entnervt.

Lola, die mit dem Kopf auf seiner Schulter im Stehen schlief, wurde kurz wach und forderte: „Lola will ins Heiabett.“

Wir nahmen sie in die Mitte und wuchteten sie die Stufen zum Hoteleingang hoch. Wenige Minuten später lagen wir erschöpft in unserem Doppelzimmer. Karl und ich teilten ein Bett mit Godzilla, Lola hatte eins für sich alleine. Karl legte Godzilla zwischen uns, drehte mir den Rücken zu und warnte: „Keine erotischen Übergriffe! Auch wenn du zur Zeit in der Gefühlsdiaspora lebst, weil Rick dich verlassen hat. Mein Arsch gehört mir.“

„Ist doch klar“, sagte ich. „Gute Nacht, Karl. Gute Nacht, Lola.“

„Gute Nacht, Baby. Gute Nacht, Lola“, wünschte Karl.

„Gute Nacht, John-Boy“, sagte Lola.

Das Morgenlicht schien durch die Jalousien, Hupen und Polizeisirenen weckten uns. Karl nahm meine Hand aus seiner Pyjamahose: „Was habe ich dir gestern abend gesagt, Baby?“

„Tut mir leid, aber ich bin nicht verantwortlich für Dinge, die ich im Schlaf tue“, antwortete ich gähnend.

Lola reckte sich und seufzte: „Jetzt eine schöne heiße Dusche.“

Sie nahm Badetuch und Kulturbeutel aus ihrem Koffer und öffnete die Tür zum Wandschrank.

„Nanu, das ist ja gar kein Badezimmer“, sagte sie erstaunt.

„Die Gemeinschaftsduschen sind auf dem Gang“, erklärte Karl.

„Ach du Scheiße, wie in der Jugendherberge!“ schimpfte Lola.

„Wenn du so viele schwule US-Pornos gesehen hättest wie Karl, wüßtest du, warum er ein Hotel mit Gemeinschaftsduschen ausgesucht hat“, sagte ich.

„Oh yeah!“ freute sich Karl und sprang aus dem Bett. „Auf in die Dusche!“

Wie sich zu seiner großen Enttäuschung herausstellte, waren Karl und ich in der Männerdusche bis auf ein paar Kakerlaken völlig unter uns.

Lola dagegen kam völlig aufgelöst aus dem Damenbad zurück: „Kinder, stellt euch vor, da saß eine nackte schwarze Frau mit einem blauen Auge naß und wimmernd auf den Kacheln. Als ich sie ansprach, heulte sie nur noch lauter. Was soll man tun in so einer Situation? Ich hob sie auf und bot ihr mein Estée-Lauder-Bodyscrub an. Das schien ihr zu gefallen, jedenfalls schäumte sie sich gründlich damit ein. Zu gründlich für meinen Geschmack – sie hatte wohl keine Ahnung, was ich für das Zeug bezahlt habe. Naja, sie beruhigte sich, und es gibt ja keine Situation, in der zwei fremde Frauen leichter ins Gespräch kommen als nackt unter der Dusche mit nichts als Estée Lauder auf der Haut."

„Außer an der Wursttheke bei Tengelmann", unterbrach Karl.

„Halt die Klappe, Rose", zitierte ich die *Golden Girls.*

Lola fuhr fort: „Die Frau erzählte, sie heiße Loretta und sei aus Harlem. Ihr Mann – Leroy – hat sie gestern abend im Suff so verprügelt, daß sie abgehauen ist und sich hier eingemietet hat. Heute morgen bekam sie dann das große Elend, weil sie sich nicht zurück traut. ‚Schwester', habe ich gesagt, ‚laß dir von diesem Leroy nichts bieten! Scheiß auf den verdammten Dreckskerl.' Sie sah mich mit großen Augen an – besser gesagt, mit einem großen Auge, das andere war ja zugeschwollen – und sagte, ich hätte recht, Leroy sei ein Bastard und sie würde sich jetzt anziehen, in die Bronx fahren, eine Wumme kaufen und ihm das Gehirn rausblasen."

Lola sah uns fragend an: „Habe ich was falsch gemacht, Jungs?"

„Nö", sagte Karl. „Mach dir keine Gedanken. So ist das eben in New York."

Beim Frühstück in einem kleinen Diner an der Ecke planten wir den Tag. Karl wollte in die Upper East Side zu „Macy's", um Calvin-Klein-Unterwäsche zu kaufen, die sei hier nämlich viel billiger als zu Hause. Lola und ich fanden die Idee gut, weil in der Gegend auch das Metropolitan und das Guggenheim Museum liegen, die wir unbedingt besuchen wollten. Also stiegen wir in die U-Bahn nach Norden. Während Karl noch erzählte, wie unkompliziert und idiotensicher das Subway-System in New York sei, stellte Lola fest, daß der Zug an den einzelnen Stationen nicht anhielt, sondern einfach weiterraste.

„Oh Gott, wir werden entführt! Terroristen haben diese U-Bahn gekapert! Das ist das Ende", jammerte sie und klammerte sich verzweifelt an Godzilla, den wir natürlich nicht allein im Hotel gelassen hatten.

„Aber warum sind dann all die anderen Passagiere so seelenruhig?" fragte Karl. „Sind die das schon gewöhnt? Werden hier täglich U-Bahnen entführt?"

„Ich glaube, ich weiß, was los ist", sagte ich. „Wir haben aus Versehen einen Expreß-Zug genommen. Der hält nur an den wichtigsten Stationen. Wir steigen einfach an der nächsten Haltestelle um und fahren zurück."

Der Zug hielt erst wieder mitten in Harlem. Zögernd verließen wir den Waggon.

„Na toll", seufzte Lola. „Wir werden zwar nicht von Terroristen entführt, aber wir sind die einzigen Weißen auf diesem Bahnsteig. Wetten über die uns noch verbleibende Lebensdauer nehme ich ab sofort an."

„Sei nicht rassistisch, Lola, nicht alle Schwarzen sind Gangster", meinte Karl und fragte einen Typ in übergroßem Jeans-Overall und Turnschuhen ohne Schnürsenkel: „Hey Bruder, wie kommen wir zurück in die Upper East Side?"

„Wenn's nach mir geht, tot oder gar nicht, ihr weißen Scheißer", zischte der Befragte.

„Danke sehr", grinste Karl errötend und schob Lola und mich vor sich her aus der U-Bahn-Station hinaus. „Wir gehen jetzt lieber. Und gib mir meinen Godzilla, Lola, sofort. Nie ist mein Godzilla da, wenn ich ihn brauche."

Oben auf der Straße sahen wir uns verzweifelt nach dem Subway-Eingang für die andere Richtung um. Auf den Stufen der baufälligen Häuser saßen finster aussehende Kinder und rauchten. Ein Autowrack und ein abgebrochener Laternenpfahl lagen am Straßenrand. Die Passanten, allesamt schwarz, sahen uns entweder feindselig oder mitleidig an. Lola umklammerte ihre Handtasche, Karl umklammerte Godzilla, ich umklammerte Karl.

„D-d-da ist ein Subway-Schild auf der anderen Straßenseite", bemerkte ich. „Wir werden jetzt ganz ruhig da rübergehen. Keine Panik."

„Keine Panik", kam das Echo von Lola und Karl. Wie auf Glatteis machten wir einige zaghafte Schritte nach vorne.

„Hey, ihr weißen Mistkerle!" hörten wir es plötzlich brüllen. Lola kreischte „Hilfe, Mörder!" und stolperte gegen Karl, der das Gleichgewicht verlor und umfiel. Ich fing Godzilla auf. Der Mann im Jeans-

Overall war uns nachgekommen. „Wie wär's mit ein bißchen Kleingeld?" fragte er und grinste wie Kater Karlo.

„Gott sei Dank, der will uns gar nicht überfallen." Lola atmete auf. „Naja, also 25 Cents könnten wir ihm doch geben", sagte sie und wühlte in ihrer Handtasche herum. Gönnerisch präsentierte sie unserem Verfolger einen Quarter: „Aber nicht verschwenden!"

Der Schwarze schlug ihr die Münze aus der Hand, entriß ihr die Tasche und rannte los.

„Stehenbleiben oder ich schieße!" schrie Karl. Der Räuber blieb stehen. Karl sah uns erschrocken an und meinte: „Ein Reflex. Zu viele Fernsehkrimis, nehme ich an. Ich hab gar keine Waffe."

„Hätte mich auch gewundert, du Idiot!" sagte der Dieb verächtlich und wollte gerade weiterrennen, als eine schwarze Frau mit einem blauen Auge aus der U-Bahn-Station kam. In der Hand hielt sie eine braune Papiertüte.

„Loretta!" rief Lola.

„Lola!" rief Loretta. Dann sah sie den Handtaschenräuber und rief: „Leroy!"

Leroy starrte sie an und rief: „Loretta!"

Karl rief: „Baby! Huch, 'tschuldigung, wieder ein Reflex."

Ich schüttelte den Kopf: „Acht Millionen Einwohner und wir treffen die Dame aus der Dusche."

„Wir haben eben Glück", sagte Karl.

„Hier treibst du dich also rum, du Mistkerl", brüllte Loretta und zog eine große, schwarze Pistole aus ihrer Papiertüte. Blitzartig verschwanden alle rauchenden Jugendlichen in den Häusern, die Passanten liefen geduckt um die nächste Ecke. Loretta stapfte mit erhobener Waffe auf Leroy zu: „Ich puste dir das Gehirn weg!"

„Kann ich meine Handtasche vorher zurückhaben", bat Lola. „Blutflecken kriegt man aus Wildleder so schlecht wieder raus."

Loretta schnappte Leroy die Tasche weg und warf sie Lola zu. „Du Bastard hast mich geschlagen! Und du wagst es, meine Schwester zu beklauen", brüllte sie und fuchtelte ihm mit der Waffe vor dem Gesicht herum.

„Seht ihr", sagte Lola. „Estée Lauder verbindet."

Loretta drückte ab. Es klickte. Leroy sank halb ohnmächtig vor Schreck auf den Bordstein. Für einen Schwarzen war er plötzlich sehr weiß. Loretta schüttelte die Pistole und drückte noch mal ab – wieder kein Schuß.

„Die Dreckswumme funktioniert nicht", fluchte sie und schlug den Kolben über Leroys Schädel. Er kippte mit verdrehten Augen und weit ausgebreiteten Armen auf den Rücken.

Lola tätschelte anerkennend Lorettas Schulter: „Bravo, Schwester. Aber bring ihn nicht um, erzieh ihn lieber." Dann fielen sich die beiden seufzend in die Arme.

„Freunde fürs Leben", sagte Karl.

„Estée Lauder verbindet", sagte ich augenrollend.

Loretta schubste Leroy mit der Schuhspitze an und meinte: „Der kommt so schnell nicht wieder zu sich. Ich bring euch zur U-Bahn."

Im Zug Richtung Downtown atmete Lola erleichtert auf: „Ist noch mal gutgegangen, Jungs. Kaum zu fassen, was man hier so erlebt."

Karl kraulte Godzilla und sagte: „Jetzt gehen wir aber endlich Schlüpfer kaufen."

Nach dem Einkaufen (natürlich blieb es nicht bei ein paar Unterhosen) spazierten wir mit Tüten bepackt durch den Central Park Richtung Metropolitan Museum, als Karl plötzlich aufschrie.

„Leroy?" riefen Lola und ich gleichzeitig und sahen uns entsetzt um.

„Quatsch, der wird zu Hause sitzen und sich eine Gardinenpredigt von Loretta anhören", sagte Karl. „Aber guckt mal da auf der Parkbank!"

„Oh, wie süß", zwitscherte Lola, „ein Eichhörnchen."

„Nicht das blöde Eichhörnchen", sagte Karl. „Eine Bank weiter. Die blonde Frau im sandfarbenen Hosenanzug mit der Sonnenbrille. Das ist Lauren Hutton."

„Lauren wer?" wollte ich wissen.

„Hutton", erklärte Karl genervt. „Seit ich dreizehn war, schwärme ich für sie. Lauren Hutton war das berühmteste Model der 70er Jahre. Die mit der Zahnlücke. Die dann später neben Richard Gere in *Ein Mann für gewisse Stunden* gespielt hat."

„Kenn ich nicht", sagte Lola. „Putziputziputzi, wo ist das kleine Eichhörnchen?"

„Hast du was zu schreiben?" fragte Karl hektisch. „Ich will sie um ein Autogramm bitten."

„Pst, du verjagst das Eichhörnchen."

Karl schlug die Hände über dem Kopf zusammen: „Was zu schreiben, um Himmels willen!"

Lola kramte widerwillig in ihrer Handtasche: „Sorry, kein Stift, kein Block. Ich kann dir bloß einen Eyeliner und ein Kleenex geben."

„Paßt doch perfekt für ein Ex-Model", bemerkte ich.

„Gib schon her, besser als nichts", brummte Karl, ging forsch auf Lauren Hutton zu und setzte sich neben ihr auf die Parkbank: „Miss Hutton, würden Sie mir ein Autogramm geben?"

„Gerne", flötete Lauren Hutton, blickte ein wenig irritiert auf Kleenex und Kajal und schrieb dann schwungvoll ihren Namen, als ein kleiner Junge auf sie zulief und „Mama, Mama" quäkte.

„Deine Nase läuft ja schon wieder, Darling", sagte Lauren Hutton und hielt dem Kind das Kleenex hin. „Schön pusten, Schatz."

Sie gab Karl das Papier zurück: „Oh, äh … tut mir leid, das war etwas – unüberlegt. Haben Sie noch ein …äh … Kleenex?"

„N-nein, aber i-ist schon in Ordnung", stotterte Karl. „Vielen Dank auch, Miss Hutton."

„Schau mal, das Eichhörnchen sitzt auf meinem Schuh", freute sich Lola, als Karl zu uns zurück kam.

„Mir doch egal. Lauren Huttons Gör hat mir ihr Autogramm vollgerotzt."

„Freu dich doch, Karlchen", tröstete ich. „Autogramme von der Dame gibt es viele, aber du bist garantiert der einzige, der eins hat, das mit dem Rotz ihres leibhaftigen Nachwuchses verziert ist."

„So hab ich das noch gar nicht gesehen", sagte Karl leise und schaute freudig sein Kleenex an.

Lola sagte zu dem Eichhörnchen: „Die spinnen, die Schwulen!"

Hurrikan über Miami

Unter dem strahlend blauen Himmel Floridas schritten wir die Gangway des Flugzeuges hinunter. Karl und ich trugen Shorts und Polohemden, Lola hatte sich für den Sunshine State extra aufgedonnert: türkisfarbene Slacks, weiße Bluse, rosarotes Kopftuch und eine riesige, straßgeschmückte Paloma-Picasso-Sonnenbrille, auf die Dame Edna Everage* neidisch wäre. Unten auf dem Rollfeld angekommen, knöpfte sie sich die Bluse weit auf und präsentierte ihr Dekolleté der gleißenden Sonne:

„Aah – Miami! Stadt der Strände, Palmen und tropischen Cocktails!"

„Stadt der *Golden Girls!*" ergänzte ich.

„Stadt der knackegeilen Models!" sagte Karl lüstern und setzte seine Sonnenbrille auf, die Lolas an Durchmesser und Straßdichte noch übertraf.

Unser Aufenthalt in New York war ohne weitere dramatische Zwischenfälle zu Ende gegangen: Wir machten die großen Kaufhäuser unsicher, tanzten und tranken in den Kneipen von Greenwich Village und bestaunten am Broadway Glenn Close in *Sunset Boulevard.* Auf Karls speziellen Wunsch fuhren wir nach Brooklyn, um die Erasmus-Hall-High-School zu besichtigen, wo Barbra Streisand einst die Schulbank drückte. In Harlem waren wir auch noch mal, weil Loretta und Leroy uns zu ihrem Hochzeitstag einluden. (Die Party war leider ein Reinfall: Loretta soff sich einen an und schlug Leroy ein Veilchen.) Wir schaukelten auf dem Diana-Ross-Playground im Central Park und ließen uns im Museum of Broadcasting stundenlang alte Folgen von *Bezaubernde*

---

* Die australische Legende (nach eigener Einschätzung *„probably the most popular and gifted woman in the world today"*) moderierte die hysterischste Talkshow aller Zeiten, *The Dame Edna Experience,* und glänzte 2001 bis 2002 als Claire Otoms in *Ally McBeal.* Ihre exzentrischen Brillen gestaltet ihr Sohn Kenny, der für Judy Garland schwärmt und einen, wie Dame Edna sagt, „ganz reizenden Mitbewohner" hat.

Jeannie und *I Love Lucy* vorspielen. Wir sahen Dinosaurierskelette im Naturhistorischen Museum, die neuesten Porno-Filme im „All Male Jewel Theatre“ (ohne Lola, die bei Burger King wartete und zwei Dutzend panierte Zwiebelringe verschlang) und Madonna beim Joggen auf der Fifth Avenue – behauptet Karl. Lola meinte allerdings, wenn das Madonna war, sei sie RuPaul. Heute morgen stöberten wir noch – trotz strömenden Regens – durch die Antiquariate der Upper East Side (ich fand eine Erstausgabe von Christina Crawfords *Meine liebe Rabenmutter),* dann nahmen wir den Bus zum Flughafen – und nur zweieinhalb Stunden später waren wir hier in Miami.

„Nein, nein, ich will so einen Straßenkreuzer wie den von *Thelma und Louise*“, wiegelte Lola ab, als der Autovermieter am Flughafen uns einen japanischen Kleinwagen andrehen wollte. Wir hatten beschlossen, wegen des miesen öffentlichen Verkehrssystems in Florida einen fahrbaren Untersatz zu mieten. Lola stolzierte auf ein hellgrünes, viersitziges Cabriolet zu, das bei mir zu Hause im Wohnzimmer keinen Platz gefunden hätte: „Das nehmen wir! Das perfekte Gefährt für eine Dame von Welt. Paßt auch farblich hervorragend zu meinen Hosen.“

Kaum hatten wir den Mietvertrag unterschrieben, als sie sich stolz ans Steuer setzte. Karl und ich machten es uns auf dem Rücksitz bequem. Lola drehte mehrmals den Zündschlüssel um, brachte den Wagen aber beim besten Willen nicht in Gang. Karl, der keine Ahnung von Autos hat, meinte: „Vielleicht fehlen die Batterien?“

Während Lola noch schimpfte, klopfte der Autovermieter auf die Kühlerhaube und riet: „Schalten Sie von P wie Park auf D wie Drive. Das ist ein Automatic.“

Lola sah ihn abschätzend über den Rand ihrer Sonnenbrille an: „Automatic? Wie unsportlich.“ Dann schaltete sie auf D und raste auf den Highway. Ihr Kopftuch flatterte im Fahrtwind.

„Hui!“ rief ich. „Schorsch De Niro ist eine lahme Ente gegen dich!“

Wir beschlossen, zum Art Deco District am Strand von South Beach zu fahren. Ich studierte die Straßenkarte und navigierte uns direkt in die Slums von Miami.

„Naja, das muß man auch mal gesehen haben“, entschuldigte ich mich lahm.

„Gib her, du Trottel“, giftete Karl und riß mir die Karte aus der Hand. Unter seiner Führung gelangten wir – nach einem unwesentlichen Umweg über Fort Lauderdale – schließlich ans Ziel: Palmen wogten, ein warmer Wind säuselte und die Strandpromenade von South Beach erstrahlte in einer Orgie von Pastelltönen. Von den Art-Deco-Gebäuden aus den 20er und 30er Jahren über die Strandkleidung der Passanten bis hin zu den Mülleimern – alles war pastell.

„Sogar der Himmel ist sanft babyblau", bemerkte Karl.

„Ach, Kinder, wie zauberhaft", schwärmte Lola beim Einparken, einem rasanten Manöver, das übrigens um ein Haar das Leben einer zartlilahaarigen Rentnerin und ihres ebenfalls lilafarbenen Pudels gekostet hätte.

Wir mieteten in einem hellblauen kleinen Hotel ein Zimmer mit zwei Doppelbetten. Der Mann an der Rezeption trug pastellfarbenen Lidschatten und Nagellack, was in seltsamem Kontrast stand zu seinen schweren Schnürstiefeln, seiner abgeschnittenen Jeans und seinem Tank Top, an dem ein Schild mit der Aufschrift „Manager" steckte. Er händigte uns mit gespreizten Fingern den Schlüssel aus und flötete: „Willkommen, meine Damen."

„Ich glaube, das ist ein homosexuelles Etablissement", flüsterte Lola.

„Macht ja nichts, hihihi", sagte Karl.

Der Manager blinzelte ihm zu: „Darf ich Ihnen persönlich Ihr Zimmer zeigen?" Er ging voran und warf mit großer Geste die Tür auf. Der ganze Raum, von den Tapeten bis zu den Nachttischlampen, war pink. Lola setzte sich schnell die Sonnenbrille auf und japste:

„Huch, ich erblinde!"

„Wenigstens sind die Betten groß", sagte Karl. „Vielleicht kann ich hier ja ausnahmsweise mal schlafen, ohne daß Baby nachts meine Anatomie erforscht."

Der Manager zupfte zärtlich ein imaginäres Stäubchen von Karls Schulter und erklärte: „In anderen Hotels sind die Betten King-Size. Unsere, Darling, sind Queen-Size."

Mit einem weiteren Blinzeln in Karls Richtung verließ er wiegenden Schrittes den Raum.

„Karl hat 'nen Verehrer, Karl hat 'nen Verehrer", sangen Lola und ich im Chor. Genervt streckte uns Karl die Zunge heraus.

Zum Abendessen suchten wir uns ein kanariengelbes Restaurant direkt am Strand aus. Wir ließen uns an einem zartblauen Tisch nieder und studierten die rosa Speisekarte. Eine große, knochige Blondine mit Ivana-Trump-Hochfrisur stöckelte laut gummikauend auf uns zu, nahm einen Block aus ihrem gelbweiß gestreiften Minikittel und knallte ihn auf den Tisch. Sie stemmte die Linke in die Hüfte, stieß auf, zog mit der Rechten einen Stift aus dem Haar, leckte dessen Spitze und brummte fragend: „Hmmm?"

Lola starrte ein Plastikschild an der Brust der Kellnerin an, auf dem stand: „Miss Lola". Sie zeigte auf das Schild und staunte: „Das gibt's doch nicht!"

„Stört dich was an meinen Titten, Schätzchen?" fragte die Bedienung in *basso profondo*.

„Miss Lola!" sagte Lola.

„Das ist mein Name, Kindchen, nutz ihn nicht ab", grunzte Miss Lola.

„Ich heiße auch Lola!" sagte Lola.

„Na fein. Wollt ihr bestellen oder quatschen?" Die Kellnerin kratzte sich am Hinterteil und machte eine Blase mit ihrem Kaugummi.

„Warum sind Sie denn so unfreundlich?" wollte Lola wissen.

„Ich werd fürs Servieren bezahlt, nicht fürs Nettsein. Also – was wollt ihr?"

„Gar nichts", sagte Lola sauer. „Uns gefällt hier der Service nicht."

Miss Lola rümpfte die Nase: „Du gefällst mir auch nicht. Diese Bluse, diese Schuhe – Gott der Gerechte!"

Lola lief blaurot an und stand auf: „Was hat das Miststück gesagt? Fliege ich etwa über den Atlantik, um mich von einer Servier-Schlampe beleidigen zu lassen?"

„Stimmt", überlegte Karl, „das könntest du zu Hause billiger haben."

„Mach keine Witze", warnte ich, „unsere Lola ist kurz vorm Explodieren."

Die beiden Lolas standen sich gegenüber, die Luft vibrierte zwischen ihnen. Die Gäste des Lokals ließen die Gabeln sinken, sämtliche Augen richteten sich auf uns. Am Nebentisch stieß eine Frau ihren Mann an: „Es geht wieder los, Hurricane-Lola hat ein neues Opfer gefunden."

„Die hat sich doch erst gestern mit einem Trucker geprügelt", meinte er. „Ich hätte das hysterische Weib längst gefeuert, wenn ich hier der Boß wäre."

„Du hast eben keinen Geschäftssinn", schimpfte seine Frau. „Ohne Hurricane-Lola wär der Laden hier doch stinklangweilig."

Hurricane-Lola stieß unsere Lola gegen die Brust: „Hast du mich Miststück genannt?"

„Wir gehen! Kommt, Jungs!" schnaubte Lola und drehte sich auf dem Absatz um. „Nicht so schnell", rief Miss Lola, griff sie von hinten und warf sie zu Boden.

Die Frau am Nebentisch klatschte. Hurricane-Lola hockte über unserer Freundin und ließ Schläge auf sie hinabhageln. Ihr Kittel war hochgerutscht, auf der Rückseite ihres Schlüpfers stand *Tuesday*.

Karl sah mich fragend an: „Heute ist doch Donnerstag!"

Die Frau nebenan rief: „Zwanzig Dollar auf Hurricane-Lola!"

Ich konnte das nicht länger mit ansehen und stand auf, um Lola vor der Furie zu retten. In dem Augenblick klatschte Lolas Faust mit einer solchen Wucht ins Gesicht ihrer Gegnerin, daß deren Turmfrisur schlagartig zusammenfiel.

„Dreißig auf Lola, *The German Tornado!*" schrie Karl zu meinem Entsetzen.

Ein junger Mann mit pechschwarzem Haar und olivefarbener Haut kam meinem Rettungsversuch zuvor. Er ließ seinen Salat stehen, stürzte sich beherzt zwischen die beiden Lolas, riß die Kämpfenden auseinander und postierte sich mit ausgestreckten Armen zwischen ihnen. „Ruhig Blut", rief er, „es reicht!"

„Wow, ist das Antonio Banderas?" spekulierte Karl. Eine gewisse Ähnlichkeit war nicht abzustreiten. Hurricane-Lola, deren vor ihren Augen hängende Frisur ihr die Sicht verdeckte, boxte orientierungslos durch die Luft. *The German Tornado* brüllte: „Komm her, du Vieh, ich reiß dir dein blondes Haar bei den schwarzen Wurzeln aus!"

Antonio Banderas packte einen Krug mit Eiswasser vom Nachbartisch und schüttete den Inhalt auf die kreischenden Lolas, doch das genügte nicht, die erhitzten Gemüter abzukühlen. Die Lolas stießen ihn zur Seite und verkrallten sich wieder ineinander.

Der Mann nebenan stimmte in den Applaus seiner Frau ein.

Ich nahm einen Taschenspiegel aus Lolas Handtasche, die an der Lehne ihres Stuhl hing, näherte mich vorsichtig den Catcherinnen und hielt ihn ihnen vor. Mit schockgeweiteten Augen starrten die beiden auf ihr Spiegelbild: zerfetzte Kleider, nasse, strähnige Haare, verlaufene Schminke. Hurricane-Lola schlug mit dem heulenden Aufschrei „Wie ich aussehe!" die Hände vors Gesicht und rannte in Richtung Toilette.

Karl sprang auf, riß die Hand unserer Freundin hoch und rief: „Sieg nach Punkten!"

Sie ließ sich schwer atmend auf einen Stuhl fallen. Der Banderas-Klon reichte ihr eine Handvoll Papierservietten: „Trocknen Sie Ihr Gesicht, Señorita."

Lola wischte sich die Stirn und blickte den kühnen Kavalier zum ersten Mal bewußt an. Ich schwöre, in dem Moment hörte ich Geigen erklingen. Er nahm ihre Hand, saugte sich mit seinen tiefschwarzen Augen an ihren hellblauen fest und sagte: „Ich heiße Juan Gallardo und bin Ihr treuer Diener."

„Mein Retter", hauchte Lola.

„Was heißt hier Retter", unterbrach Karl. „Wenn Baby nicht mit dem Spiegel ..."

„Halt die Klappe", sagte ich, „merkst du nicht, daß Amors Pfeile schwirren?"

Wir verließen das Restaurant des Schreckens zu viert. Juan hatte den Arm beschützend um Lola gelegt. Inzwischen war die Sonne untergegangen. Der Ozean rauschte, die Sterne schimmerten und der Mond lag fett und träge auf einem Wolkenkissen. Juan flüsterte in Lolas Ohr: „Ich kenne ein kleines kubanisches Lokal ganz in der Nähe."

„Kubanisch wäre nicht schlecht, ich sterbe vor Hunger", sagte Karl. Ich trat ihm auf den Fuß:

„Wir sind beide allergisch gegen kubanisches Essen. Lola und Juan müssen wohl leider *allein* zu Abend essen."

Karl begriff: „Oh ja, natürlich, wie konnte ich nur unsere Allergie vergessen. Wir – äh – wir gehen dann mal und suchen uns irgendwo 'ne Frittenbude oder so was."

„Tschüs, Jungs", seufzte Lola und kuschelte sich an Juan. Die Sterne spiegelten sich in ihren Augen. Juan streichelte ihr Haar. Wir sahen ihnen nach, wie sie eng umschlungen die Strandpromenade entlangschlenderten.

„*Ah, l'amour!* So schnell kann das gehen", stellte ich wenig später bei einem Hamburger in einem pastellgrünen Diner fest. „Juan Gallardo – so ein bezaubernder Name. Hieß Rudolph Valentino nicht so in *Blut und Sand?* Glückliche Lola. Was für ein romantischer Abend!"

„Jaja, was gibt es Romantischeres als sich prügelnde Frauen", kicherte Karl. „Unser *German Tornado* hat ganz schöne Verwüstungen angerichtet."

„In solchen Momenten vermisse ich Rick ganz schrecklich."

„Wieso? Hat er dich öfter mal vermöbelt?"

„Blödmann. Iß auf, ich bin müde."

Im Hotel ließ es sich der Manager nicht nehmen, uns wieder persönlich aufs Zimmer zu begleiten. Er hatte sich inzwischen umgezogen: hellrote Hot Pants, die bei seiner fortgeschrittenen Zellulitis eher unvorteilhaft aussahen, und ein Batikhemd. Er bot Karl an, falls er nachts noch Hunger oder andere Gelüste verspüren sollte, ihn jederzeit herauszuklingeln.

„Schon gut", stöhnte Karl und schob den Manager aus der Tür. Genervt nahm er sein Godzilla-Plüschtier in den Arm. „Warum ich? Warum steht der Kerl nicht auf dich?"

„Karl hat 'nen Verehrer", sang ich hämisch. Godzilla verfehlte meinen Kopf nur um wenige Millimeter.

Am nächsten Morgen: Die Sonne schien ins Zimmer und ließ die pinkfarbenen Tapeten erstrahlen, daß es Karl und mir fast die Netzhaut ablöste, als wir die Augen öffneten. Karl zerrte Godzilla unter meiner Decke hervor, wo das arme Tier zwischen meinen Schenkeln klemmte.

„Na, wenigstens hast du mich heute nacht verschont", sagte er. „Aber wehe, da sind jetzt Flecken drauf."

„Du bist so geschmacklos", grunzte ich. Karl setzte seine Sonnenbrille auf und sah sich um. Lola, die nicht wieder aufgetaucht war, bevor wir schlafen gegangen waren, lag in ihrem Bett und rührte sich nicht.

„Ah, unsere liebestrunkene Freundin ist wieder da", stellte Karl fest. „Ich geh sie mal wach kitzeln. Sie muß mir jedes Detail von Juans nacktem Körper genauestens schildern, jede seiner Liebkosungen, den Duft seiner erregten Lenden ..."

„Du bist so geschmacklos", wiederholte ich und wälzte mich auf die andere Seite. Da hörte ich Karl von Lolas Bett her atemlos flüstern:

„Ohmeingott! Das muß die Rache von Hurricane-Lola sein! Dieses Weib hat unsere beste Freundin abgestochen! Sie ist ermordet worden!"

„Du bist so geschm ... *was?*" Wie der Blitz sprang ich auf. Lola lag tatsächlich in einer Blutlache. Ihr Nachthemd (ein scheußliches Laura Ashley-Modell, Geschenk ihrer Mutter), die Bettlaken, ihre Beine – alles rot. Karl und ich fielen uns zitternd in die Arme und stießen unkontrollierte Schreie aus. Lola erwachte – ebenfalls schreiend – zum Leben, worauf wir noch lauter kreischten. Sie sah an sich herunter und fluchte:

„Oh Scheiße! Wie ich es hasse, wenn meine Periode in der Nacht anfängt. Und dann auch noch so heftig – muß am Vollmond und an den Hormonschüben liegen, die die Prügelei und der Abend mit Juan bei mir ausgelöst haben. Tut mir leid, wenn ich euch erschreckt habe, Jungs." Sie stand vorsichtig auf und stapfte ins Bad. „Wenigstens habe ich jetzt einen guten Grund, dieses schauderhafte Nachthemd wegzuschmeißen", murmelte sie. Karl sah ihr offenen Mundes hinterher.

„P-p-p-p-p …“, stotterte er.

„…eriode“, ergänzte ich. „Keine Killer-Serviererin, die Lola mit ihrem Bleistift durchlöchert hat. Nur der monatliche Fluch.“

Wir setzten uns erschöpft und erleichtert aufs Bett. Karl sagte fassungslos: „So ist das also? Ich dachte immer: ein, zwei Tröpfchen … Aber ich habe natürlich keine Ahnung von diesen Frauendingen.“

„Bin ich froh, ein Mann zu sein“, seufzten wir gleichzeitig, als Lola, in ein Badetuch gewickelt, wieder hereinkam.

„Wenn ihr heute Nacht erlebt hättet, was ich erlebt habe, wärt ihr verdammt froh, eine Frau zu sein“, sagte sie träumerisch und sah auf ihre Armbanduhr auf dem Nachttisch. „Ich muß mich beeilen, Juan erwartet mich zum Frühstück.“

„Aber du verblutest doch“, gab Karl zu bedenken.

„Alles unter Kontrolle, Karlchen“, flötete Lola. „Kennst du nicht die Bindenwerbung aus dem Fernsehen?“

„Die mit der ekligen blauen Testflüssigkeit? Und den Tennisspielerinnen, die sich ‚den ganzen Tag sicher und gepflegt‘ fühlen?“

„Genau. Ich könnte jetzt – dank der modernen Vaginalhygienetechnik – ohne weiteres Leistungssport betreiben.“

„Und das wirst du auch, wie ich dich kenne“, bemerkte ich anzüglich. Lola schlüpfte lächelnd in ein geblümtes Trägerkleid. Sie steckte sich ein Plastikschild mit der Aufschrift „Miss Lola“ an.

„Eine kleine Trophäe“, grinste sie und schwebte aus dem Zimmer. „Bis heute abend, ihr Süßen.“

Kaum war sie verschwunden, als es an der Tür klopfte. Der Hotelmanager wollte die Betten machen – persönlich. „Später!“ brüllte Karl und stöhnte: „Gibt es hier kein Zimmermädchen?“

Der Manager steckte den Kopf herein und sagte wimpernklimpernd: „*Ich* bin das Zimmermädchen.“ Auf seinem ondulierten Haar saß ein weißes Häubchen. Karl stieß ihn hinaus und schlug die Tür zu.

„Ich muß raus aus diesem Irrenhaus“, heulte er. „Laß uns an den Strand gehen – sofort!“

Als wir mit unseren Strandtaschen auf den Gang traten, wartete das „Zimmermädchen“ schon auf uns – komplett in schwarzweißer Uniform mit Schürze. Er ignorierte mich, gab Karl einen dezenten Klaps auf den Hintern und fragte, ob er jetzt saubermachen dürfe. Karl nickte nur genervt und beschleunigte seinen Schritt. Der Manager schloß unsere Zimmertür hinter sich.

„Warte mal, Karlchen", bat ich. „Nur einen Moment. Jetzt ist er drin, jetzt sieht er sich um, erblickt Lolas Bettlak …"

Ein markerschütternder Schrei aus unserem Zimmer ließ das Hotel in seinen Grundfesten erzittern. „Ah, das wollte ich auf keinen Fall verpassen", sagte ich fröhlich. „Jetzt können wir gehen."

Der Strand von South Beach ist das Eldorado der internationalen Modelszene. Schöne Menschen und solche, die sich dafür halten, hängen zu Hunderten herum und hoffen, von Herb Ritts, Bruce Weber oder irgendeinem anderen berühmten Fotografen entdeckt zu werden. Models, die schon im Geschäft sind, pflegen hier zwischen Foto-Sessions, Terminen im Fitneß-Studio und im Schönheitssalon ihre Bräune und ihre Kontakte. Dazwischen tummeln sich natürlich jede Menge (hauptsächlich schwule) Touristen, die einmal live sehen wollen, was sie sonst nur aus Calvin-Klein-Anzeigen und Levis-Werbespots kennen. Die Männer sind deutlich in der Überzahl, obwohl auch einige gazellenhafte weibliche Wesen hier ihre Schönheit spazierenführen. Sie sind grundsätzlich über 1,90 Meter groß und haben straffe Brüste, an denen man Klimmzüge machen könnte. Pickel, Fett und Falten sind Fremdwörter in South Beach. Karl und ich stapften mit großen Augen durch den Sand.

„Hier bleiben wir, da kann ich diese zwei Blonden gut im Auge behalten", sagte Karl. „Oder nein, laß uns noch ein Stück weiter gehen, da hinten liegt ja ein unglaublicher Waschbrettbauch. Oder vielleicht zu den Beachballspielern? Huch, das ist doch der Typ aus der Bacardi-Werbung, da gehen wir mal näher ran …"

Nach langem Suchen fanden wir einen Platz, den Karl aus strategischen Gesichtspunkten für akzeptabel hielt, breiteten unsere Badetücher aus und setzten uns.

„Warum ziehst du dich nicht aus?" fragte Karl, nachdem wir eine Viertelstunde lang stumme Fleischbeschau betrieben hatten.

„Tust du ja auch nicht."

„Ich kann nicht. Ich fühle mich so mickrig und häßlich."

„Geht mir auch so. Ich habe Mitesser auf der Schulter und Schwangerschaftsstreifen am Bauch. Wenn ich mich ausziehe, kommt die Schönheitspolizei und führt mich ab."

„Also sitzen wir weiter völlig angezogen am Strand von Florida und glotzen frustriert die Typen an?“ fragte Karl.

„Sieht so aus“, stöhnte ich.

„Na gut“, meinte Karl, zündete eine Mentholzigarette an, legte sich auf den Bauch und beobachtete einen etwa zwei Meter entfernt sitzenden Brünetten in weißer Badehose und dessen Muskelspiel beim Auftragen von Sonnenöl.

Ich packte mein Strandbuch aus: *Intime Memoiren* von Joan Collins.

„Auweia! Der kommt rüber“, sagte Karl plötzlich. „Hab ich zu aufdringlich geguckt?“

„Das kann ich mir überhaupt nicht vorstellen, Liebes“, antwortete ich augenrollend.

Der Brünette ging vor Karl in die Hocke und sagte: „Hi, ich bin Tom. Ich wollte dir nur sagen, daß Rauchen sehr schlecht für deine Gesundheit ist.“

Karl nahm einen tiefen Lungenzug: „Ich weiß. Ich begehe Selbstmord, weil ich nicht so aussehe wie du.“

„Aber du siehst doch nicht so schlecht aus“, meinte Tom, „für einen dekadenten, untrainierten Europäer. Oh, da sind zwei Freunde von mir. Hey, Dick, hey, Harry, hier bin ich, bei den zwei blassen, angezogenen Typen ohne Muskeln!“

Dick und Harry setzten sich zu uns. Wir staunten über ihre unkomplizierte Zutraulichkeit und über ihre Körper, die aussahen, als hätten Michelangelo und Arno Breker sie gemeinsam entworfen und gemeißelt. Sie begrüßten Tom mit Schlägen auf die Schulter und uns mit einem Nicken.

„Rauchen ist gefährlich“, sagte Dick.

„Ich liebe das Risiko“, antwortete Karl leicht genervt.

„Der neue Trainer hat Wunder gewirkt an meinem Trizeps“, erzählte Harry. „Und seit ich makrobiotisch esse, hat sich mein Fettprozentsatz stark verringert.“

„Du solltest trotzdem in mein Fitneß-Studio wechseln, die Maschinen sind viel effektiver“, riet Dick. „Sieh dir meine Oberschenkel an: vier Zentimeter mehr Umfang in drei Wochen. Wie findet ihr übrigens meine neuen Kontaktlinsen? Ich hab jetzt grüne Augen. Besser, oder?“ Die beiden anderen nickten zustimmend.

„Habt ihr schon das neue Buch über Bauchtraining gelesen?“ fragte Tom. „Total gute Übungen sind da drin. Meine Definition ist viel klarer geworden.“

„Oh ja, und dein Bizeps ist auch breiter inzwischen", bemerkte Dick. „Sehen wir uns nachher beim Aerobic?"

„Ich hab einen Termin zum Epilieren meiner Brusthaare", sagte Tom. „Aber morgen vormittag bin ich wieder dabei."

„Du solltest wirklich regelmäßiger zum Aerobic gehen, Tom", schalt Dick. „Dein Glutäus verliert an Spannkraft."

Karl hielt es nicht mehr aus. Er sprang schreiend auf und raufte sich die Haare. „Sein Glutäus?" brüllte er, „sein Glutäus? Du kannst Nüsse knacken mit seinem Glutäus! Du kannst Champagner servieren auf seinem Glutäus! Sein Glutäus ist perfekt! Genauso wie alle anderen Glutäi, die hier rumliegen! Ihr seid doch alle wahnsinnig! Gibt es irgend etwas anderes auf der Welt für euch als eure Körper? Baby, ich werd hier porös! Bring mich ins Hotel!"

Fluchend saß Karl auf dem pinkfarbenen Hotelbett. „Bitterfeld", hörte ich ihn murmeln. „Birmingham. Somalia! Luxemburg, oh ja. Die Slums von Indien. Helsinki. Paderborn. Die Vorstädte von Moskau."

„Was redest du da?" fragte ich.

„Ich überlege mir Orte für meinen nächsten Urlaub. Die Plätze der Welt mit der häßlichsten Bevölkerung. Orte, an denen mein Aussehen weit über dem Durchschnitt liegt! Baltimore? Halle – wie wär's mit Halle an der Saale?"

„Du spinnst. Und du hättest die drei Jungs am Strand auch nicht als bescheuerte Barbie-Puppen beschimpfen sollen. Was für eine Szene! Mußtest du dich in Toms Brustbehaarung verkrallen und schreien: ‚Ich epilier dir deine Titten gleich hier, dann hast du Zeit für die Aerobic-Stunde!' Macht das ein anständiges Mädchen? Sei bloß froh, daß ich die drei beruhigen konnte. Gesellschaftlich sind wir jetzt natürlich unmöglich in Miami. Bloß gut, daß wir morgen früh nach Gainesville abreisen."

„Hoffentlich sind die Leute dort abscheulich häßlich!" schimpfte Karl und stapfte wütend im Zimmer auf und ab. Sein Blick fiel auf die rosa Kommode: „Schau mal, da liegen zwei Briefe. Der hier ist an mich adressiert. Hm, riecht nach Maiglöckchen." Karl riß den Umschlag auf und las vor: „‚Wie kann ich Dein Herz gewinnen, Du Grausamer? Ein Wort genügt, und ich lasse mein Hotel im Stich und folge Dir ans Ende der Welt ...' Nicht zu fassen, der ist vom Management! Der Mann ist doch wirklich unglaublich. Ich warne dich, Baby, fang nicht wieder an zu singen!"

Karl zerfetzte das unerwünschte Liebesgeständnis wutschnaubend zu Konfetti. Der zweite Brief war von Lola. Darin lagen der Schlüssel zum Cabriolet und die folgende Nachricht:

„Hallo, Jungs! Seid mir nicht böse, aber ihr müßt allein zu Karls Onkel fahren. Juan ist die Urlaubsliebe, von der ich geträumt habe, seit ich meine erste Bravo las. Er trägt mich auf Händen und verehrt den Boden, auf dem ich gehe. Das muß man doch ausnutzen! Ich werde die restlichen Tage mit ihm verbringen. Wir sehen uns am Flughafen in New York. Muß jetzt aufhören, weil Juan meine Füße mit Mandelöl einreiben will. (Ich weiß schon, wie das endet). Viel Spaß in den Sümpfen,

Lola, The German Tornado!“

Alligator Alley

Der Fahrtwind duftete nach Magnolien und feuchter Erde. Aus dem Autoradio erklang Patsy Cline. Mit der Unterlippe zwischen den Zähnen steuerte ich unser Cabriolet über eine einsame, breite, schnurgerade Straße, die durch die Sümpfe Floridas von der Atlantikküste zum Golf von Mexiko führt. Links und rechts war nichts zu sehen als Sumpflandschaft. Im Westen ballten sich Gewitterwolken zusammen.

„Warum das hier wohl Alligator Alley heißt?“ überlegte Karl.

„Stör mich nicht beim Fahren, ich habe seit Jahren nicht mehr am Steuer eines Autos gesessen, geschweige denn an dem von einem Schiff wie diesem“, antwortete ich nervös.

„Wahrscheinlich wimmelt es vor bösartigen Echsen in diesen Sümpfen“, spekulierte Karl. „Schuppige, vielzahnige Killerkommandos verstecken sich in den Straßengräben und warten darauf, daß unbedarfte Touristen anhalten und aussteigen. Und dann: Schnapp! Alligatoren-Picknick.“

Er hielt sein Godzilla-Stofftier hoch aus dem Wagen und fragte es: „Na, kannst du deine Artverwandten sehen?“

„Hör damit auf“, bat ich. „Ich habe Panik vor Reptilien. Wenn bloß Lola hier wäre. So, wie die mit dieser Servier-Schlampe fertig geworden ist, frißt sie Alligatoren wahrscheinlich zum Frühstück.“

„Lola ist in Miami und hat beide Hände voll zu tun mit Juan. Ich hoffe jedenfalls für sie, daß er zwei Hände füllt – mindestens.“

„Ich finde diese Straße unheimlich. Außer uns ist niemand unterwegs. Und unser Ziel stimmt mich auch eher nachdenklich. Warum will dein Onkel Peter dich ausgerechnet in einer Bar treffen, die auch noch ‚Ambush‘ heißt, also ‚Hinterhalt‘? Ich denke, du beerbst ihn? Dann sollte er doch eigentlich alt und gebrechlich sein. Läßt er sich auf dem Sterbebett mit Infusion und Sauerstoffmaske noch in eine Bar karren?“

„Ich weiß auch nicht, was das zu bedeuten hat, Baby, aber in seinem Brief schreibt er, ich solle ihn heute nacht um zehn Uhr im ‚Ambush‘

in Gainesville treffen. Und eine andere Adresse hat er nicht angegeben. Was bleibt uns also übrig? Willst du einen Schluck Champagner?"

„Wo kommt denn der her?"

„Och, ich war gestern nacht, als du schon geschlafen hast, noch ein bißchen nett zu unserem Hotelmanager und danach hat er mir die Flasche geschenkt."

„Was?" schrie ich. Der Wagen schlingerte.

„Naja, nach seinem leidenschaftlichen Brief erwachten auch in mir zarte Gefühle ..."

„Red keinen Quatsch, Karl. Zarte Gefühle! Ich kenne dich besser. Du hast dich mit ihm eingelassen, weil du wegen der Bodybuilder am Strand frustriert warst. Im Vergleich mit denen bist du ein bedauernswerter, verwachsener Zwerg – aber beim Techtelmechtel mit dem schmierigen Manager fühltest du dich schön und begehrenswert. Das hast du gebraucht, um deine Minderwertigkeitskomplexe in Schach zu halten, stimmt's?"

Karl brummte: „Und wenn schon, Dr. Freud. Das erspart mir fünfzig Stunden beim Analytiker. Und Schampus habe ich auch noch bekommen."

Karl öffnete die Flasche. Der Korken flog mit einem außergewöhnlich lauten Knall heraus, der das ganze Auto erschütterte. Einen Moment hob es uns aus den Sitzen.

„Huch, was ist denn das für 'ne Marke?" fragte ich. „Tschernobyl Südhang 1986?"

Karl starrte das Etikett an: „Kalifornisch. Igitt, aber nicht radioaktiv. Das war also keine Mini-Atomexplosion. Aber das ganze Auto hat gewackelt. Halt mal an, Baby, da stimmt was nicht. Vielleicht ist ein Reifen geplatzt."

„Anhalten? Glaubst du, ich will als Krokodilfraß enden?"

„Hier gibt's keine Krokodile", versprach Karl.

Ich fuhr rechts ran und stellte den Motor ab.

„Nur Alligatoren", sagte Karl und stieg kichernd aus. Ich schaute in den Rückspiegel. Ein schuppiges, grünes, langschwänziges Etwas lag lauernd auf der Straße.

„Karl", kreischte ich, „komm wieder rein, da hinten schleicht sich ein Alligator an!"

Karl sprang quietschend ins Auto und schlug die Tür zu. Der Alligator rührte sich nicht. Wir sahen ihn über die Sitzlehnen hinweg wie hypnotisiert an. Es donnerte. Der Himmel wurde dunkler. Karl trank die Flasche Champagner in einem Zug zur Hälfte aus.

„Bäh", sagte er. „Das Vieh – hick – bewegt sich nicht."

„Das machen die so. Hab ich bei Heinz Sielmann gelernt", erklärte ich. „Alligatoren liegen reglos da, bis ihre Beute in Beißweite ist. Und dann packen sie blitzschnell zu."

Karl kniff die Augen zusammen: „Wie soll der zubeißen? Wenn ich das richtig sehe, fehlt diesem Alligator der Kopf." Er schaute die Flasche an und fragte: „Oder?"

Ich nahm meine Sonnenbrille ab und starrte konzentriert auf das etwa zehn Meter entfernt liegende Reptil:

„Du hast recht. Kein Kopf. Schwanz, Körper, Hals, dann ein Stück Nichts und dann ein halbes Maul. Sieht ja widerlich aus."

„Stimmt", sagte Karl und kippte den Rest des Champagners runter. „Ich fürchte, du hast ihn – hick – überfahren. Godzilla, wie findest du das? Baby mordet deine Verwandten. Zermatscht sie auf offener Straße."

Ich kratzte mich am Kopf: „Das Knallen kam also nicht vom Korken, sondern …"

„Es war das Geräusch eines unter einem Autoreifen zerplatzenden – hick – Alligatorenschädels", ergänzte Karl.

„Das hast du wirklich schön formuliert", brummte ich. „Was machen wir denn jetzt mit dem Vieh?"

„Ein Paar Stiefel? Einen Gürtel? Eine Handtasche?" schlug Karl vor.

„Wir müssen es wieder in den Sumpf werfen, bevor ein anderes Auto kommt und einen Unfall baut."

„Unfall? Schleudergefahr auf Alligatorhirn oder was? Du willst doch nur die Spuren deines – hick – brutalen Verbrechens beseitigen."

„Genau. Also komm jetzt und hilf mir."

Als wir ausstiegen, donnerte es wieder und begann zu tröpfeln. Wir gingen auf das tote Reptil zu (besser: ich ging, Karl schwankte). Ich überlegte, ob es wohl noch beißen konnte, aber mit abgetrenntem Maul standen die Chancen schlecht. Doch wer garantiert mir, daß nicht plötzlich seine Mutti, eine mindestens 15 Meter lange Monsterechse mit zwei Köpfen (mutiert durch irgendwelche Chemieabfälle, die heimlich in die floridianischen Sümpfen entsorgt werden), aus dem Unterholz kriecht, um ihr Kleines zu rächen? Und die ganze mutierte Familie mitbringt?

Ich griff den Alligator beim Schwanz (überraschend warm und gar nicht schleimig) und zerrte ihn zum Straßengraben. Der Regen wurde stärker, Wind kam auf. Karl taumelte auf mich zu, um mir zu helfen. Er bückte sich nach dem Alligator, verlor jedoch das Gleichgewicht, stolperte die Böschung hinunter und verschwand aus meinem Blickfeld. Am Horizont erschienen die Scheinwerfer eines Autos. Panisch zerrte ich die gemeuchelte Echse weiter, sammelte all meine Kraft und schleuderte sie mit einer Drehung wie beim Diskus-Werfen in den Sumpf.

„*See you later, Alligator*", murmelte ich erleichtert. Inzwischen goß es in Strömen. Das Regenwasser wusch das Blut und die Reste des Reptilkopfes von der Straße. Der Wagen kam unaufhaltsam näher. Karl stapfte schwankend aus dem Straßengraben und rief schockiert: „Baby, es ist hier gefährlicher, als wir dachten. Es gibt sogar fliegende Alligatoren! Ehrlich. Gerade ist einer – hick – an mir vorbeigeflogen!"

„Der ist nicht geflogen, den hab ich geworfen."

„Kannst du mir bitte mal erklären, warum du mit Alligatoren herumschmeißt?"

„Um im Training zu bleiben für das Australian Open im Reptilienschleudern."

Das fremde Auto hielt vor uns an. Weiß, mit einem blauen Streifen und einem goldenen Stern an der Seite sowie einer Signallichtleiste auf dem Dach: eindeutig ein Polizeiwagen. Besetzt mit zwei düster dreinblickenden Polizisten. Vom Regen durchnäßt standen Karl und ich sprachlos am Straßenrand und sahen einem stark untersetzten Uniformierten zu, wie er sich aus dem Sitz quälte. Er wuchtete seine Massen auf uns zu und fragte: „Gibt es hier ein Problem, Gentlemen?"

„Nö", sagte ich errötend. „Alles unter Kontrolle. Wir haben nur angehalten, um ...äh ... Karl, warum haben wir angehalten?"

„Um das Verdeck auf unser Cabrio zu bauen, damit es nicht – hick – reinregnet."

„Brillant!" flüsterte ich anerkennend.

„Das ist Ihr Wagen da hinten?" fragte der Polizist mit zu Schlitzen verengten Augen.

Wir nickten gleichzeitig.

„Wenn Sie das Dach montieren wollen, wieso stehen Sie zehn Meter davon entfernt im strömenden Regen herum?"

„Na weil ...äh ... Karl, warum eigentlich?"

Karl sagte tonlos: „Die Blase. Wir suchten eine günstige Stelle zum Wasserlassen."

„Nicht ganz so brillant, ober durchaus okay", flüsterte ich.

„Ah ja", sagte der dicke Uniformträger langsam. Dann rief er seinen Kollegen aus dem Wagen herbei. Karl zischte: „Die ahnen was! Gibt es für Alligatorenmord den elektrischen Stuhl?"

„Passen Sie mal auf", sagte der fette Polizist. „Wir werden Ihnen jetzt ..."

Karl hauchte ängstlich: „Handschellen anlegen?"

„... beim Aufbau des Verdecks helfen, bevor das verdammte Wasser in Ihrem Straßenkreuzer steht wie in einer Wanne. Machen Sie sich keine Sorgen, das geht ganz fix."

Karl und ich sahen uns erstaunt an, während die Polizisten ihre Uniformmützen gegen den heftigen Regen tiefer ins Gesicht zogen und beherzt unsere Autodach-Plane aus dem Kofferraum nahmen. In wenigen Minuten hatten sie sie installiert.

„Gute Weiterfahrt, Gentlemen", wünschte der dicke Polizist und kletterte wieder in den Streifenwagen.

„Und steigen Sie auf dieser Strecke möglichst wenig aus", ergänzte sein Kollege. „Hier wimmelt es vor Alligatoren."

„Ach – hick – tatsächlich?" meinte Karl. „Davon hatten wir ja keine Ahnung."

Als wir in Gainesville ankamen, regnete es noch immer. Wir fuhren in ein Drive-In-Restaurant und genehmigten uns mehrere Hamburger im Auto. Schmatzend suchte Karl die Adresse des „Ambush" auf der Karte. Das Lokal lag in einer dunklen, wenig befahrenen Straße am Rande der kleinen Stadt und sah von außen aus wie ein Lagerschuppen.

„Scheußlich", sagte Karl. „Würde ein wirklich reicher Onkel mich in so ein Loch bestellen?" Er sah auf die Uhr: „Halb Zehn. Also dann, laß uns parken und reingehen."

Das „Ambush" war eine rustikal eingerichtete Bar mit Jukebox, Flippermaschinen und Billardtisch. Poster von Elvis und JFK zierten die Wände. Eine Gruppe von Frauen mit kurzen Haaren und schwarzer Lederkleidung saßen an der Theke und lachten. Ein sehr alter Herr in Bermuda-Shorts hockte an einem Tisch und legte Patiencen. Ansonsten war der Laden leer. Der Barkeeper – Glatze, grauer Schnurrbart, Spültuch auf der linken Schulter – fragte uns nach unseren Wünschen. Wir bestellten Kaffee – ich war müde, und Karl hatte von dem kalifornischen Champagner Kopfschmerzen bekommen. Nervös rauchte er eine Zigarette nach der anderen und sah dauernd auf die Uhr.

Um kurz vor zehn betrat ein distinguierter Herr im weißen Leinenanzug die Bar. Er nahm seinen weißen Panamahut ab und setzte sich an den Tresen. Karl sah mich fragend an.

„Soll das heißen, du weißt nicht, wie dein Onkel Peter aussieht?" wunderte ich mich.

Karl antwortete: „Woher denn, er hat ja kein Foto geschickt."

Ein junger Mann im Jeanshemd trat ein und begrüßte den Herrn im weißen Anzug mit einem tiefen Kuß. „Ich werd verrückt", stutzte Karl. Er betrachtete das knutschende Paar und die Frauen im schwarzen Leder noch einmal genauer. „Das ist eine Homo-Bar!"

Karl starrte den Greis in Bermudas an, der ihm über seiner Patience lasziv zuzwinkerte.

„Sieht ganz danach aus", sagte ich. „Wie seltsam. Warum bestellt dein Onkel dich in ein schwules Lokal?"

Karl wurde immer nervöser. Um fünf nach zehn rutschte er unruhig auf seinem Hocker herum und stöhnte: „Er kommt nicht. Vielleicht ist er inzwischen gestorben."

Da betrat ein etwa fünfzigjähriger Mann in einer Wildlederjacke und mit einer Miami-Dolphins-Baseballkappe auf dem Kopf das Lokal, sah sich um, zögerte kurz und kam auf uns zu.

„Karl? Du siehst ganz genau aus wie mein Bruder vor 25 Jahren", sagte er und schloß ihn in seine Arme. Karl strahlte ihn erfreut und erleichtert an.

„Du bist also Onkel Peter, das schwarze Schaf, das wegen eines mysteriösen Skandals auswandern mußte. Tja, Onkel-Schätzchen, so geheimnisvoll ist das alles gar nicht." Karl sah sich triumphierend im „Ambush" um: „Du bist ganz einfach schwul, stimmt's?"

Onkel Peter lachte laut und gab zu: „Stimmt. Das ist der ganze ‚Skandal'. Aber in meiner Jugend war das nicht so einfach, wie es heute für dich ist …"

Karl griff sich ans Dekolleté und unterbrach: „Das heißt, du weißt von meiner unglücklichen Veranlagung?"

„Deine Mutter hat es mir geschrieben. Sie ist die einzige aus unserer Familie, die wenigstens zu Weihnachten eine Postkarte schickt. Ich wollte dich unbedingt kennenlernen. Wenn es stimmt, daß Homosexualität erblich ist, trägst du schließlich meine Gene in dir." Er sah mich an: „Und wer ist das? Dein Freund?"

Karl winkte ab: „Mein Freund schon, aber – um Himmels Willen – nicht mein Freund! Baby ist einfach nur mein Freund."

„Ich verstehe – glaube ich", sagte Onkel Peter und schüttelte meine Hand. Er begrüßte den Barkeeper und bestellte ein Mineralwasser.

„Schön, daß ihr da seid", freute er sich. „Wie findet ihr das Lokal? Ich habe es als Treffpunkt ausgesucht, um ohne viele große Worte die Gemeinsamkeiten zwischen uns klarzustellen. Eine peinliche Szene à la ‚Lieber Neffe, nun ist es an der Zeit, dir etwas zu gestehen' wollte ich mir unbedingt sparen."

„Gute Idee", lobte Karl, als plötzlich der dicke Polizist von der Alligator-Alley das Lokal betrat.

„Mein Gott, der muß die Leiche gefunden haben und uns gefolgt sein", flüsterte ich Karl entsetzt ins Ohr.

„Hallo, Dave", rief Onkel Peter dem Uniformierten zu. An uns gewandt fügte er hinzu: „Ein alter Freund von mir. Ein ganz reizender schwuler Polizist."

Dave schleppte seine Pfunde zu uns herüber.

„Mein Neffe Karl und sein Freund Baby", stellte Onkel Peter uns vor.

„Wir kennen uns schon", sagte Dave. „Hab die beiden draußen auf der Landstraße getroffen. Ist das Auto wieder einigermaßen trocken?"

„A-a-alles in bester Ordnung", stotterte ich.

„Was haltet ihr davon, wenn wir austrinken und ich euch mein Haus zeige?" fragte Onkel Peter. Karl und ich, die Daves Anwesenheit ziemlich nervös machte, nickten begeistert.

Nach einer viertelstündigen Fahrt – unser grünes Cabrio folgte Onkel Peters Jeep – erreichten wir einen See, an dessen Ufer ein malerisches kleines Anwesen lag: weiß gestrichen, mit Säulen an der Front und einer Terrasse mit Blick auf das Wasser. Es hatte inzwischen aufgehört zu regnen, und der Vollmond hüllte das Haus in sanftes Licht.

„Tara!" seufzte Karl.

„Im Taschenformat", sagte ich.

Karls Onkel führte uns stolz durch sein Heim, das mit einer faszinierenden Mischung aus antiken und ultramodernen Möbeln eingerichtet war.

„Alles, was Bruce und ich verdient haben, steckt hier drin", erzählte Peter. „Ich liebe modernes Design, er stand auf Antiquitäten.

Wer hätte gedacht, daß die Mischung so wunderbar harmoniert. Das könnte man übrigens auch über Bruce und mich sagen. Wir waren so verschieden, wie man nur sein konnte. Ich mit meiner Discomusik, meinen Filmen, meinem Sport – er mit seinen Opern, seinen Büchern und seinen Pralinen. Er war zehn Jahre jünger und dreißig Pfund schwerer als ich, er war schwarz – und er war das Beste in meinem Leben."

Peter setzte sich in einen Rattanstuhl auf der Terrasse. Leise fielen Tropfen von den nassen Blättern der Bäume. Karl bot seinem Onkel eine Zigarette an: „Bruce war dein Freund?"

„Menthol", sagte Peter, „meine Lieblingssorte. Du scheinst wirklich meine Gene zu haben. Ja, Bruce war mein Freund und viel mehr."

Er blickte auf den See und blies Rauchringe. Ohne seine Baseballkappe wirkte er älter, müder. Ich fragte: „Hat er dich verlassen?"

Peter schloß für einen Moment die Augen: „Bruce starb vor einem Jahr."

Er stand auf und ging ins Haus. Wir hörten es knacken, als er sich am Plattenspieler zu schaffen machte. Aus dem kleinen Lautsprecher, der außen auf einer Fensterbank stand, ertönte Barbra Streisands *Yentl.*

„Er mag Babs! An der Sache mit den Genen scheint was dran zu sein", sagte Karl.

Peter setzte sich wieder zu uns: „Deine erste Streisand-Platte, wann und wo hast du die gehört, Karl?"

„Als ich noch ganz klein war, zu Hause bei meinen Eltern. Die hatten massenhaft Barbra-LPs, hörten sie aber komischerweise nie an. Weil ich die Nase von der Frau auf dem Cover so lustig fand, legte ich irgendwann mal eine davon auf und – *a fan was born.*"

„Das waren meine Platten. Ich gab sie deiner Mutter, bevor ich auswanderte. Ich nahm nichts mit, nur einen einzigen Koffer und meine Ersparnisse. Wollte ganz neu anfangen, alles vergessen."

„Was genau war denn eigentlich passiert?"

„Stellt euch vor: Nordrhein-Westfalen in den späten 60er Jahren. Ein junger Journalist, der unvernünftigerweise noch bei seinen Eltern wohnt. Eine Liebesbeziehung zu einem neurotischen Buchhändler, die in die Brüche geht. Ein volltrunkener Buchhändler, der nachts vor dem Elternhaus seines Geliebten auf den Knien herumkriecht und lautstark mit Selbstmord droht. Ein Vater, der auf diese Weise von der Veranlagung seines Sohnes erfährt und mit einem Kreislaufkollaps ins Krankenhaus eingeliefert wird. Eine Mutter, die plötzlich behauptet, sie habe keinen Sohn mehr. Ein Chefredakteur, der dem jungen Jounalisten mitteilt, für ‚Solche' sei bei seiner Zeitung kein Platz."

„Fast so dramatisch wie *Die Konsequenz**", stellte Karl fest. „Mit dem Unterschied, daß du selbst heute noch besser aussiehst als Jürgen Prochnow."

„Was ja auch nicht schwierig ist", bemerkte ich.

Peter fuhr fort: „Jedenfalls ging ich in die USA, natürlich nach San Francisco, arbeitete bei den ersten schwulen Zeitungen mit und war dann jahrelang Filmkritiker bei der größten amerikanischen Homo-Gazette. Ende der 80er wurde Bruce krank und wir zogen hierher, wo ich das Kulturressort einer Regionalzeitung übernehmen konnte. Ein netter kleiner Job, der mir Zeit genug ließ, mich um Bruce zu kümmern, wenn es ihm schlecht ging. Zwei Lungenentzündungen, die letzte hat er nicht überlebt. Inzwischen habe ich auch schon eine hinter mir und die ersten Läsionen an den Beinen. Ich bin dauernd müde, habe Verdauungsprobleme und werde immer dünner."

Karl nahm seine Hand: „Und es gibt niemanden, der sich um dich kümmert?"

„Ein paar Freunde. Dave fuhr mich ins Krankenhaus, als es mir einmal ganz plötzlich mies ging – mit Blaulicht, der Angeber. Aber im Gegensatz zu vielen Amerikanern bin ich wenigstens gut privatversichert. Das ist wohl meine deutsche Gründlichkeit."

Peter seufzte und stand auf: „Der Abend hat mich sehr angestrengt, ich möchte zu Bett gehen. Ihr wißt ja, wo das Gästezimmer ist. Gute Nacht."

Karl und ich saßen noch ein paar Minuten schweigend auf der Terrasse, bevor wir auch schlafen gingen. In dieser Nacht legte Karl Godzilla nicht zwischen uns, sondern kuschelte sich fest an mich.

Wir verbrachten zwei Tage mit Onkel Peter, in denen er und Karl immer mehr Gemeinsamkeiten entdeckten.

„Ich fühle mich eher wie dein Sohn, nicht wie dein Neffe", meinte Karl einmal, als wir nachmittags am See saßen. „Bist du sicher, daß du nicht zufällig deine Schwägerin geschwängert hast?"

---

* Jürgen Prochnow leidet in dieser bezeichnenderweise schwarzweiß gefilmten Homo-Passion von 1977 ausführlich unter Erpressung, Knast und Selbstmord des Geliebten. Er wird am Ende nicht gekreuzigt – das hätte aber auch keinen großen Unterschied mehr gemacht. Regisseur Wolfgang Petersen dreht inzwischen in Hollywood. Angesichts der wollüstig fotografierten Nacktszenen von Brad Pitt, Eric Bana und Orlando Bloom in seinem Film *Troja* kann man ihm den miefig-verklemmten und zerstörerischen Schmuddelsex aus *Die Konsequenz* noch mal verzeihen.

„Ganz sicher“, lachte Peter. „Schnell, schaut! Da ist Carlotta!“

Carlotta war eine große Wasserschildkröte, die in Peters See lebte und manchmal auftauchte, um sich ein paar Salatblätter zu holen, die er ihr ans Ufer hingelegt hatte. Es gab auch einen Kranich, eine streunende Katze und ein Opossum, die Peter unregelmäßig besuchten.

„Er liebt Tiere“, warnte ich Karl, während Peter kurz ins Haus ging, um selbstgemachte Limonade zu holen. „Erzähl ihm bloß nicht, was wir dem armen Alligator angetan haben, sonst kannst du die Erbschaft vergessen.“

Peter kam zurück, hockte sich vorsichtig neben Carlotta und streichelte sie.

„Fast wie Franz von Assissi“, bemerkte ich. „Spricht sie auch mit dir?“

„Mal sehen“, sagte Peter, beugte sich zu Carlotta herunter und fragte: „Wie geht's, altes Mädchen?“ Er lauschte konzentriert. Carlottas Kiefer mahlten den Salat.

„Sie ist zufrieden“, übersetzte Peter, „und freut sich vor allem, daß wieder Alligatoren-Saison ist. Die Viecher gehen ihr auf die Nerven wie uns allen.“

„Alligatoren-Saison?“ fragte ich interessiert.

„Ja, zur Zeit darf bedingungslos auf sie Jagd gemacht werden. Sie vermehren sich zu schnell. Eine echte Plage. In der Innenstadt von Gainesville hat man sogar ein Alligatorenpärchen in einem Swimmingpool gefunden.“

„Muß man sie notwendigerweise mit einem Gewehr jagen?“ wollte ich wissen. Karl rollte die Augen gen Himmel.

„Womit denn sonst?“ fragte Peter.

„Einem ...äh ... Auto?“

„Warum nicht? Etwas unkonventionell und unpraktisch vielleicht“, überlegte Peter, „aber bestimmt nicht ungesetzlich.“

„Hurrah!“ rief ich. „Freispruch!“

Karl brummte: „Vom Mörder zum Großwildjäger.“

„Wovon sprechen wir eigentlich?“ fragte Peter. Ich fiel ihm um den Hals: „Von gar nichts, vergiß es einfach.“

Er zuckte die Schultern und kraulte Carlotta weiter.

Am nächsten Tag hieß es Abschied nehmen. Wir standen mit unseren Koffern vor Peters Haus. Er umarmte zuerst mich und dann – besonders heftig – seinen Neffen.

„Wenn ich sterbe, soll alles dir gehören", sagte er. „Auch der See. Er ist Teil des Grundstücks. Versprich mir, gut auf Carlotta aufzupassen, wenn ich nicht mehr da bin."

Karl schniefte: „Du wirst noch lange leben, Onkelchen."

Peter schüttelte stumm den Kopf. Karl gab ihm sein Godzilla-Stofftier: „Hier, den schenk ich dir. Mich hat Godzilla immer wunderbar getröstet, wenn's mir mies ging."

Meine Nase begann unkontrolliert zu laufen. Peter nahm Karl noch mal in die Arme: „Ich bin so froh, dich kennengelernt zu haben. Es hat mich soviel Mut gekostet, dir zu schreiben. Aber es hat sich gelohnt. Nicht nur, weil du ein wunderbarer Mensch bist, sondern auch, weil ich jetzt weiß, daß meine Gene weiterleben werden. Streisand, Mentholzigaretten – du weißt schon, mein Sohn." Peter räusperte sich. „Ihr müßt los, sonst verpaßt ihr euren Flug nach New York. Paßt gut auf euch auf! Und besucht mich bald mal wieder."

Im Auto starrte Karl mit tränenden Augen in den Rückspiegel. Sein Onkel, ein dünner Mann mit einer Baseballmütze auf dem Kopf und einem Godzilla aus Plüsch im Arm, wurde immer kleiner. Mit hängenden Schultern drehte er sich um und verschwand im Haus.

Karl schluckte: „Halt an, Baby! Flieg allein zurück. Ich bleibe bei ihm."

„Bei Godzilla? Ich wußte, du kommst ohne ihn nicht aus."

„Bei Peter, du Blödmann. Ich glaube, er braucht mich."

„Mehr als du dir vorstellen kannst." Ich gab ihm einen dicken Kuß. „Geh schon, Karlchen. Ich werde dich unsäglich vermissen, unsere Telefonrechnungen werden astronomisch sein und ich werde dauernd auf Flugtickets nach Florida sparen müssen, um dich zu besuchen. Egal. Du tust das Richtige. Ich bin stolz auf dich."

Karl stieg aus und ging mit seinen Koffern bepackt auf das Haus seines Onkels zu.

„Ruf bald an", rief er mir über die Schulter zu. „Und überfahr noch ein paar Alligatoren auf dem Weg zum Flughafen. Du weißt ja: Jagdsaison! Halali!"

Ich trat aufs Gas und dachte: „Ach, mein Karlchen, wie wirst du mir fehlen."

Am JFK-Flughafen in New York holte mich Lola ab. Sie trug wieder ihren hellblauen Liz-Taylor-Reise-Jogginganzug mit Paisley-Muster und war bester Stimmung.

„Schätzchen, bin ich froh, dich zu sehen. Noch zwei Stunden bis zu unserem Heimflug. Was tun wir in der Zeit? Zollfreien Sherry einkaufen? Reiche Geschäftsmänner in der VIP-Lounge aufreißen? Entschuldige, ich bin etwas überdreht. Mein Flug aus Miami kam auf der anderen Seite der Stadt an, am La Guardia Airport, und ich mußte mit einem Taxi hierher hetzen. Rate, wer mich gefahren hat! Schorsch aus München! Diese Metropole ist so ein Dorf, Baby. Jedenfalls bin ich ganz high, denn eine Fahrt mit Schorsch hat, wie du weißt, den Rauschwert einer Magnumflasche Sekt. Oh, weißt du, wen er kürzlich chauffiert hat? Lauren Hutton! Ein Dorf, Baby, ein Dorf! Hat Karl noch das vollgerotzte Autogramm?" Lola unterbrach ihren Redefluß und sah sich um. „Huch! Moment mal. Wo sind Karl und Godzilla eigentlich?"

Ich legte ihr den Arm um die Schulter: „Das ist eine lange Geschichte. Die Zeit bis zum Abflug reicht gerade, um sie dir zu erzählen."

Zwei Stunden später schwang sich unser Flugzeug in die Luft. Lola hing am Fenster, winkte und rief: „Good-bye, Freiheitsstatue, good-bye, Empire State, good-bye, Schorsch!" Als New York unter den Wolken verschwand, sank sie erschöpft in ihren Sitz zurück.

„Du bist so gut drauf", stellte ich fest. „Gar nicht traurig über die Trennung von Juan?"

Lola sah mich bestürzt an: „Natürlich nicht. Das war doch eine Urlaubsliebe. So was ist *per definitionem* zeitlich begrenzt. Das weiß man von Anfang an, und deshalb ist es auch so prickelnd. Man kann sich seinen Gefühlen völlig hingeben, ohne daß Gedanken an eine düstere Zukunft mit Ehe, Kindern, Sitzgarnitur und Durchreiche den Spaß verderben. Ah, welch bittersüße Romanze, die durch ihr unvermeidliches Ende geprägt wird! Und hinterher keine Belastungen, kein langsames Abflauen der Leidenschaft – es bleiben nur wundervolle Erinnerungen."

„Herzloses Weib", sagte ich.

Lächelnd kuschelte sie sich in ihren Sitz und schlummerte ein, während ich mir trübe Gedanken über mein Leben machte. Zuerst hatte ich Rick verloren, und jetzt auch noch Karl. Was sollte nur aus mir werden ohne die beiden? Nicht einmal Godzilla war hier, um mich zu trösten.

„Lola, versprich mir, daß du mich nie verläßt", wimmerte ich.

Sie öffnete ein Auge und sagte: „Niemals."

Ein blendend aussehender Flugbegleiter servierte uns Drinks und Erdnüsse. Lola machte auch das andere Auge auf und sagte: „Es sei denn, der Steward bittet mich, mit ihm durchzubrennen." Ich seufzte und bewarf sie mit Erdnüssen.

Nach unserer Ankunft schleppte ich frustriert unsere Koffer durch den deutschen Zoll. Lola schlurfte gähnend hinter mir her und murmelte: „Ich hasse die Zeitverschiebung."

Der Zollbeamte prüfte ihren Ausweis und meinte: „Das Bild in ihrem Paß sieht Ihnen nicht ähnlich."

„Glaub mir, Schätzchen, bevor ich in diese Höllenmaschine stieg und bei schlechter Luft und verstopfungsfördernden Mahlzeiten sieben Stunden lang auf 30 Quadratzentimetern zusammengequetscht aushalten mußte – davor sah ich genau so aus wie auf meinem Paßfoto", stöhnte Lola.

In der Ankunftshalle setzte sie sich schwer atmend auf ihren Koffer: „Besorg mir einen Träger, Baby."

„Die gibt es seit einigen Jahrzehnten nicht mehr", bedauerte ich, sah mich aber nach einem Gepäckwagen für sie um. Dabei fiel mein Blick auf einen jungen Mann mit einem Strauß Rosen im Arm, der mich vorsichtig anlächelte und dann langsam auf mich zukam.

„Lola!" sagte ich aufgeregt und rüttelte an ihrer Schulter. „Lola, um Gottes Willen! Das ist Rick! Was soll ich bloß machen?"

Doch da stand Rick schon vor mir und reichte mir die Blumen: „Mach einfach gar nichts, Baby, hör nur zu: Ich habe viel über uns nachgedacht, und ich glaube, wir sollten es noch mal miteinander versuchen."

Ich fragte: „Du verzeihst mir also?"

Lola gähnte und murmelte: „Na klar, du Idiot, sonst wär er ja nicht hier."

Rick und ich fielen uns in die Arme. Lola fiel von ihrem Koffer. Sie rollte sich auf dem Fußboden gemütlich zusammen und bat: „Wenn ihr mit eurem Happy-End fertig seid, bringt mich bitte nach Hause. Wenn's geht, ohne mich zu wecken. Gute Nacht, Jungs."

Baby Boom

... einige Jahre später...

„Nicht zu fassen, dass wir in einen Kindergarten gehen!" bemerkte Lola.

„Warum? Findest du, wir sind eher reif fürs Altersheim?" fragte ich und zündete zwei Mentholzigaretten an, von denen ich eine an Lola weitergab.

„Du glaubst doch nicht, dass ich das rauche", zischte sie und warf die Zigarette in hohem Bogen in den Rinnstein.

Während mir noch „Hast du etwa aufgehört?" auf der Zunge lag, steckte sie sich eine Gauloise zwischen ihre orange geschminkten Lippen, mit den Worten: „Menthol! Das schmeckt mir viel zu gesund. Wenn schon 1000 Schadstoffe, dann will ich die auch auskosten."

Lola hatte sich in den letzten Jahren nicht verändert. Die kurzen Haare immer noch gelb (blond kann man das guten Gewissens nicht nennen), in Maxirock, lila Jeansjacke und Pumps schritt sie hektisch paffend energischen Schrittes neben mir her.

„Ich war noch nie auf einem Kindergeburtstag. Ich mach das nur für dich. Du weißt ja, wie ich Kinder mag: gut durch und mit Knoblauch-Dressing."

„Ricks Neffe ist ein echter Schatz, Lola. Und die zwölf anderen Dreijährigen, die noch eingeladen sind, bestimmt auch."

„Ja ja, vielleicht, aber sie sind ja so was von in der Überzahl."

„Keine Angst. Für Kinder gilt das Gleiche wie für Hunde und Filmstars: Die tun nichts, die wollen nur spielen. Ah, wir sind da."

Wir standen vor dem Kindergarten, in den Ricks Schwester Cosima und ihr Mann Hans zum dritten Geburtstag ihres Sohnes Tristan eingeladen hatten. (Mit dreizehn Kindern in der eigenen Wohnung zu feiern entspricht einem mittleren Hurricane-Schaden, deshalb hatten sie Tristans Kindergarten für heute Nachmittag gemietet.)

Lola war eigens aus München angereist. Nach ihrem Soziologie-Studium, von dem niemand genau weiß, wozu es gut war und wie lange es dauerte (*mindestens* zwanzig Semester, raunt man sich zu), nahm sie einen Job als Autorin bei einer Fernseh-Seifenoper an. Doch bald hatte sie keine Lust mehr und schrieb eine Folge, von der sie fest annahm, dass sie ihre Entlassung zur Folge haben würde:

Die Gräfin hat ein Verhältnis mit der Polizistin – doch die ist in Wirklichkeit eine Transe! Das Paar wird ob dieses brisanten Geheimnisses von dem sympathischen Hippie – der nach einer verpfuschten Notfall-Hirnoperation bösartig geworden ist – erpresst, die Hausmeisterin zu entführen. Unter Folter sollen sie ihr das Versteck des legendären Stasi-Schatzes entlocken, den sie seit ihrem Verhältnis mit Walter Ulbricht hortet. Der harmlose Schwule von nebenan hört die Schreie der Hausmeisterin und hält sie für einen zu laut eingestellten Fernseher. Unterdessen wird das katholische Gymnasiasten-Liebespaar im Ski-Urlaub von einer Lawine verschüttet. Um die Kälte zu überleben (Körperwärme!), müssen sie sich gegenseitig entjungfern. Doch alles wird gut: Die Hausmeisterin wird vom griechischen Kiosk-Besitzer befreit. Der böse Hippie wird versehentlich vom netten Schwulen überfahren. Die Gräfin spendiert der Polizistin eine Voll-Operation, und die Gymnasiasten heiraten in Ischgl. Doch Ulbrichts Schatz ist verschwunden! Warum und wohin, das erfahren Sie morgen um dieselbe Zeit.

Die Einschaltquoten waren höher als je zuvor, und Lola wurde zur Chefautorin befördert. Seither weilt sie in München („Die haben mich gezwungen, da zu bleiben! Mit Geld!"), und wir sehen uns nur noch unregelmäßig.

Lola atmete tief ein und griff nach der Kindergarten-Türklinke: „Hinein in die Höhle der minderjährigen Löwen!"

In diesem Moment schoss eine schwarze Limousine um die Ecke und hielt mit quietschenden Reifen direkt vor uns. Das getönte Rücksitzfenster surrte herunter. Im luxuriösen Dunkel des Wagens war nur eine Silhouette in *mauve*-farbenem Anzug und offenem weißen Hemd auszumachen. Das Tageslicht spiegelte sich auf einer riesigen Designer-Sonnenbrille. „Na endlich! Hier muss es sein!" sagte leicht angenervt eine seltsam vertraute Stimme. Lola und ich schauten uns mit gehobenen Augenbrauen an. Das war doch nicht etwa …? Ein Chauffeur stieg aus, schritt um die Limousine herum und öffnete zackig die Tür. Heraus strömte eine Duftwolke aus Niveacreme und Coco von Chanel – und direkt dahinter erschien, mit Stofftieren beladen, Karl. Er kreuzte in einem angedeuteten Hofknicks den rechten Fuß über den linken, riss sich in einer dramatischen Geste die Sonnenbrille herunter und begrüßte uns: „Tadaah! Da bin ich!“ Während er Lola und mir links und rechts Cocktailküsschen in die Luft neben unseren Wangen verpasste, wies er den Fahrer an: „Schätzchen, ich brauche Sie vorerst nicht. Hier ist Parkverbot. Also fahren Sie irgendwohin und machen Sie, was Chauffeure machen, wenn sie nicht chauffieren. Nein, ich will es gar nicht wissen. Ich ruf Sie an, wenn ich Sie wieder brauche.“

Er nahm mir die Mentholzigarette aus der Hand, inhalierte tief, hustete ausgiebig und stieß – immer noch Giraffen, Löwen, Bären und Krokodile aus Plüsch balancierend – mit dem Fuß die Kindergartentür auf: „Hallo, ihr kleinen süßen Hosenscheißer! Onkel Karl ist da!“

Augenrollend traten Lola und ich hinter ihm ein.

Der Kindergarten, eine geräumige Parterre-Altbauwohnung mit großer Fensterfront und einem Hinterhof, auf dem Rutsche, Kletterstangen und Sandkasten Platz hatten, war mit Luftballons und Girlanden dekoriert. Es gab es eine begehbare Ritterburg aus Pappmaché, eine riesige Matratze (auf der bei Bedarf alle Kinder gemeinsam Mittagsschlaf halten konnten), jede Menge Spielzeug, Kleiderhaken auf Höhe meiner Knie und viele selbstgemalte bunte Bilder an den Wänden. Vor einem langen, aber sehr niedrigen Tisch voller Kinderleckereien, mit vielen kleinen Stühlen, die direkt aus dem Waldhaus der Sieben Zwerge stammen könnten, begrüßten uns mein Immer-noch-Lebenspartner Rick und seine Schwester Cosima – leicht derangiert, da die Kinderparty schon vor einiger Zeit begonnen hatte. (Lola, Karl und ich waren wie üblich *fashionably late.*) Cosimas Gatte Hans lag auf dem Boden und wurde von etwa der Hälfte der anwesenden Kleinkinder bekrabbelt. „Die spielen *Titanic*. Hans ist das Schiff, und die Kinder sind Eisberge“, erklärte Rick und küsste mich auf die Lippen, Lola auf die Wange und Karl auf den Handrücken. Die andere Hälfte der Kinder umringte sofort Karl, der zu ihrer großen Begeisterung die Stofftiere verteilte: „Der Löwe, Königin der Steppe, ist natürlich für Tristan, unseren Geburtstagskönig!“

Ein kleiner Junge mit hellblauen Augen fragte ihn: „Hast du auch ein Schwein mitgebracht?“ Karl sah Cosima fragend an, die erklärte: „Der kleine Julian steht total auf Miss Piggy aus der *Muppet Show*.“

„*Moi* auch!“ rief Karl. „Das ist ein Kind nach meinem Geschmack. Komm her, Julian, ich hab zwar kein Plüsch-Schwein dabei, aber wir spielen jetzt Kermit und Piggy.“

„Au ja, ich bin Piggy!“

„Nein, *moi*!“

„Nein, ich!"

Kreischend vor Lachen und grunzend rollten Julian und Karl auf dem Boden herum. Es dauerte kaum eine Minute, und die restlichen Kinder hatten sich auch auf Karl gestürzt. Dadurch wurde Hans befreit.

Er ordnete seinen Pferdeschwanz und setzte sich zu Rick, Cosima, Lola und mir auf einen der etwa zwanzig Zentimeter hohen Kinderstühle, die um die circa 50 Zentimeter hohe Kindergeburtstagstafel standen.

„Man muss beim Hinsetzen aufpassen, dass man sich nicht mit dem eigenen Knie k.o. schlägt." Hans nahm sich eine Tasse Kakao und ein Stück Gummibären-Kuchen.

„Ich dachte, Karl wäre in Los Angeles unabkömmlich?"

„Wir haben auch nicht wirklich mit ihm gerechnet", sagte Lola. „Er ist ja immer sooo *busy* da drüben."

„Was macht er noch mal in Hollywood?" fragte Hans.

Karl tauchte aus einer Woge lachender Kleinkinder und Stofftiere auf und trompetete: „PR, Darling, Piehh Ahhrrr! Wie Edina Monsoon!" Dann verschwand er wieder unter den jubelnden Babys.

Lola nahm sich kopfschüttelnd eine Kirschlimonade und ein Stück Nutella-Torte: „Er betreut amerikanische Filmstars – als so eine Art Kindermädchen/Presseagent/Reisebegleiter. Scheinbar verlieren Stars komplett ihre Selbstständigkeit, wenn sie eine gewisse Ruhm-und-Reichtums-Schallgrenze überschritten haben, und brauchen dann jemanden, der sich um alles kümmert. Das macht Karl, die Mary Poppins der Überprivilegierten. Und jetzt ist er hier, weil Deborah Charles – angeblich die nächste Julia Roberts – der europäischen Presse ihren neuen Film *Tears of Laughter* (Prostituierte mit Herz aus Gold verliebt sich in einen Leukämie kranken Zirkusclown) vorstellen will, aber nicht weiß, wie man in Europa überlebt."

Karls Handy klingelte. Er streifte sich die Kinder ab und hielt das Gerät, das ungefähr so groß war wie ein Lippenstift, ans Ohr.

„Folge einfach dem Tageslicht, Deborah", sagte er in der geduldigen Stimmlage einer Gouvernante anno 1890. „Ich schicke dir den Fahrer, der holt dich raus, wenn du es nicht schaffst." Er legte auf. Wir sahen ihn fragend an.

„Das war Miss Deborah Charles. Live aus der Jil Sander Boutique. Sie findet den Ausgang nicht." Karl schob sich augenrollend eine Hand voll Smarties in den Mund: „Ich *liebe* meinen Job! Wo ist mein kleiner Julian? Kommt, Kinderchen, wir spielen weiter. Wer will Waldorf und Statler sein? Ich bin Fozzi-Bär!"

Karl war vor einigen Jahren, um seinen kranken Onkel Peter zu pflegen, in Forida gelieben. Dort traf er in einer Country-Western-Bar einen Hollywoodstar mittleren Kalibers, mit dem er ein stürmisches Verhältnis hatte, bis dessen Dreharbeiten in den Everglades abgeschlossen waren. Onkel Peter wurde dank Karls liebevoller Fürsorge und neuer Medikation zum fast beschwerdefreien Langzeitüberlebenden. Also entschloss sich Karl, seine Affäre in Hollywood zu besuchen. Dort wurde er von der Supermodel-Verlobten des Filmstars alles andere als freundlich empfangen (kein Wunder, bei deren offensichtlich äußerst unbefriedigendem Sexualleben) – und hochkant rausgeschmissen. Trotzdem ließ er sich in Los Angeles nieder und arbeitete bei diversen Schauspieler-Agenturen, bis er sich mit seiner Spezialität „Babysitting für verwöhnte Filmstars" selbstständig machte. Seine Firma heißt „Zickenalarm" – ein Wort, das in L.A. glücklicherweise keiner versteht und das seine Kunden für einen irre *trendy* deutschen Begriff halten, wie „Fahrvergnügen" oder „Zeitgeist". Wenn Karl seine hysterischen Klienten nicht mehr aushält, fliegt er nach Gainesville, Florida, ruht sich bei Onkel Peter aus und hilft ihm bei dessen Aktivitäten in der Anti-Barebacking-Bewegung.

Das Handy machte sich wieder bemerkbar (übrigens mit *Life Is a Cabaret* als Klingelton). Karl lauschte, rollte mit den Augen und sagte sanft: „Deborah, die schlafen noch. Du musst später anrufen, wenn es drüben Tag ist! Ich bin gerade unabkömmlich, Sweetheart, aber wir versuchen es nachher zusammen."

Er legte auf und erklärte: „Nur die wenigsten Hollywoodianer begreifen das Konzept unterschiedlicher Zeitzonen. Die glauben, weil sie superreich und berühmt sind, muss sich selbst die Zeit nach ihnen richten." Karl machte sein Gott-womit-hab-ich das-verdient-Gesicht mit simultanem resignierenden Kopfschütteln.

Julian hatte sich unterdessen auf Lolas Schoß gesetzt und Papier und Malstifte auf dem niedrigen Tisch ausgebreitet. Lolas Kinderphobie war angesichts dieses reizenden kleinen Jungen schlagartig kuriert. Sie sah ihm mit feuchtem Muttertierblick beim Krakeln zu. Die anderen Kinder, Tristan und Karl eingeschlossen, stürmten das „Tobe-Zimmer" am anderen Ende des Kindergartens, einen weitgehend gepolsterten Raum – einer Gummizelle nicht unähnlich. Von dort hörte man lautes, fröhliches Kreischen. „Faszinierend, wie toll es Dreijährige finden, einfach nur herumzuspringen", meinte Rick und machte sich mit Hans auf, um im „Tobe-Zimmer" nach dem Rechten zu sehen.

„Die springen nicht *einfach nur* rum", hörten wir Karl rufen. „Die springen *auf mir* rum!"

Julian malte unkenntliche Farbkringel und erklärte Lola sein Werk: „Die Prinzessin hier, die hat ganz tolle, hohe Schuhe und einen langen Schleier, und das Kleid ist von Prada. Und die böse Königin hat eine goldene Krone und einen Umhang aus Straußenfedern."

„Willst du auch die lustigen Sieben Zwerge malen?" fragte Lola.

„Die sind doch langweilig. Mit ihren blöden Zipfelmützen. Ich mal jetzt lieber Miss Piggy", sagte Julian und schob mir das Blatt mit Schneewittchen und der Königin (oder besser gesagt: wildem, buntem Gekrakel) herüber: „Hier, das schenk ich dir, Baby."

Ich nahm mir einen Apfelsaft und ein Geflügelwürstchen, das mir einen Moment vor Rührung im Hals stecken blieb. Hustend sagte ich zu Lola: „Was für ein niedliches Kind!"

„Ja, und weißt du, was: Er sieht dir ein bisschen ähnlich."

„Findest du? Vielleicht kann ich ihn ja adoptieren, hihi. Na, Julian, wär das ein Spaß, wenn ich dein Papa wäre?"

Julian sah mich mit großen Augen an und sagte: „Das wär toll, ich hab nämlich nur zwei Mamas."

Cosima streichelte ihm den Kopf und erklärte: „Julians Eltern sind ein lesbisches Paar. Ihr werdet sie bestimmt später kennen lernen, wenn die ganzen Eltern ihre Kinder abholen."

Julian hatte sein Miss-Piggy-Bild fertig. Es erinnerte mich sehr an den frühen Jackson Pollock. Er schenkte es mir ebenfalls. Ich verdrückte bewegt ein weiteres Geflügelwürstchen und ein paar Schoko-Bons.

„Was macht eigentlich deine Mutter? Geht es ihr gut nach der Scheidung?" fragte mich Lola.

„Ach wunderbar. Sie ist wahnsinnig erfolgreich als Ghostwriter für Frauenromane. Wenn dir diese ganzen Bücher mit Titeln wie *Männer sind wie Marzipan* oder *Das Wunder-Weib* komplett austauschbar vorkommen – kein Wunder. Die sind *alle* von meiner Mutter. Sie schreibt dieses Zeug im Akkord unter zig Pseudonymen, seit sie nicht mehr als Kolumnistin bei der *Patricia* beschäftigt ist. Mit meinem Vater versteht sie sich übrigens wieder viel besser, nachdem er seine Anwaltspraxis aufgegeben hat."

„Dein Vater ist doch plötzlich so unwahrscheinlich reich geworden?"

„Er lässt per CGI – computergeneriert – Pornofilme herstellen. Nie gab es perfektere Darstellerinnen mit strafferen Brüsten, nie solche Riesenschwänze und Spermafontänen. Und die CGI-Models sind unglaublich beweglich und ausdauernd – das Kamasutra ist kalter Kaffee gegen das, was die alles anstellen können. Ein Kassenschlager! Mein Vater hatte die Idee, als er *Findet Nemo* im Kino sah. Er dachte sich, wenn man Fische so echt im Computer herstellen kann, warum dann nicht auch Geschlechtsorgane? Er will demnächst mit seiner Firma an die Börse gehen. Und meine Mutter findet ‚den alten Hamster', wie sie ihn gerne nennt, viel interessanter, seitdem er nicht mehr in der Kanzlei hockt, sondern weltweit mit seinem Filmen die Porno-Messen bereist. Zweite Heirat nicht ausgeschlossen!"

„Wie bei den Burton-Taylors!" juchzte Karl, der verschwitzt und verstrubbelt aus dem Tobe-Zimmer zurückgekommen war. „Kann ich eine Erdbeer-Limonade und einen Butterkeks haben?"

„Aber nicht auf mein Bild krümeln", warnte Julian. „Ich male gerade Cruella De Ville aus *101 Dalmatiner*."

Es klingelte. Karl beantwortete mit krümelvollem Mund seinen Handy-Anruf: „Hallo, Deborah-Darling. *Was* ist das Problem? Ja, Debbie, ich bin mit deiner Limousine zu einem Kindergeburtstag gefahren, während du shoppen warst. Das ist ja wohl noch drin, oder? Du hast den Wagen doch nicht gebraucht. Was? Bitte sehr, bitte sehr, ich entschuldige mich. Ja, ich weiß, es ist *dein* Wagen. Was soll das heißen, ich bin so was von gefeuert? Wie willst du denn ohne mich zurechtkommen? Du findest doch nicht einmal vom Schlafzimmer deiner Suite zum Klo. Ach ja? Und warum hast du dann in den Schrank gepinkelt? Deborah? Ich mein's doch nicht so! Debbieee!! Hallo? Hallo? Sie hat aufgelegt. Die Zicke hat mich gerade rausgeschmissen!"

Karl kippte seine Erdbeer-Limo auf Ex. „Sherry gibt's hier wohl nicht?"

Cosima schütelte bedauernd den Kopf, aber Lola griff strahlend nach ihrer geräumigen Handtasche: „Du weißt doch, dass ich ohne meinen Sherry nirgendwohin gehe! Sollen wir drei Hübschen uns mal mit einem guten Schluck und einem Zigarettchen in den Garten zurückziehen?"

„Ich will auch Sherry haben", sagte Julian.

„Das ist die richtige Einstellung, mein Kleiner", meinte Karl. „Aber dafür musst du noch ein paar Jahre auf die Weide. Ich *liebe* dieses Kind! Es sieht übrigens ein bisschen aus wie du, Baby."

Wir machten es uns auf dem Klettergerüst im Hinterhof mit unseren großzügig mit Sherry gefüllten Milchgläsern gemütlich. Die Sonne begann hinter den Dächern zu versinken. Karl rauchte eine Gauloise von Lola und eine Mentholzigarette von mir gleichzeitig.

„Ach, das hat mir gefehlt in Los Angeles. Da kann man inzwischen eher nackt Passanten abschlachten, als in der Öffentlichkeit zu rauchen. Ich kann nicht fassen, dass diese Schnepfe mich gefeuert hat. Aber vielleicht ist es Schicksal. Ich habe euch so vermisst da drüben, ihr Süßen. Eigentlich könnte ich den „Zickenalarm“ aufgeben und zurück nach Deutschland ziehen.“

„Vielleicht brauchen Baby und Rick einen dritten Gesellschafter?“ überlegte Lola. Rick und ich hatten vor ein paar Jahren das Studium geschmissen und gemeinsam einen Blumenladen namens „Flower-Power-Mauer-Blümchen“ aufgemacht.

„Jederzeit, Karl-Schätzchen. Wenn sich jemand mit dekadenten Blumengestecken auskennt, dann du“, sagte ich und versuchte, meinen alten Freund in eine emotionsgeladene Umarmung zu ziehen.

Leider verlor er dabei die Balance und fiel vom Klettergerüst in den Sandkasten.

Rick kam mit seinem Neffen Tristan auf dem Arm in den Garten, um uns zu sagen, dass die ersten Eltern ihre Kinder abholten.

„Liebling, wir haben einen neuen Geschäftspartner“, sagte ich und wies mit dem Kinn auf Karl, der angefangen hatte, im Sand zu spielen.

Tristan setzte sich zu ihm und fragte, ob Karl ihm ein Dinosauriergehege baute. „Nein, wir bauen Schloss Neuschwanstein, das macht viel mehr Spaß“, antwortete Karl dem Kleinen und sah gleichzeitig Rick mit seinem charmantesten Dackelblick treuherzig von unten an.

„Wer könnte da nein sagen“, seufzte Rick. „Karlchen, willkommen an Bord! Oder in unserem Fall: am Beet?“

Karl sprang auf, dass der Sand nur so flog, und presste Rick und mich in eine Dreier-Umarmung: „Hurra, wir werden ein Team! Tick, Trick und Track des Blumenhandels!“

Rick rollte grinsend die Augen gen Himmel.

„Was ist jetzt mit meinem Schloss Neudingsbums?“ fragte Tristan, und Karl machte sich an die Arbeit.

„Sagt Bescheid, wenn die Herren von der bayerischen Regierung kommen, um mich für unzurechnungsfähig zu erklären“, raunte er uns zwinkernd über seine Schulter zu.

Julian kam in den Garten, um mitzuspielen. „Das Schloss braucht einen Ankleideflügel mit begehbaren Schuhschränken für die Prinzessin“, forderte er, und Karl wiederholte: „Ich *liebe* dieses Kind!“

„Julian sieht Baby irgendwie ähnlich", überlegte Rick.
„Und wie!" stimmten Lola und Karl im Chor zu.
„Ach, hier seid ihr", sagte Cosima und trat mit zwei attraktiven Frauen in den Garten.
„Meine Mamas!" rief der kleine Julian und umarmte erst die Beine der einen – Hosenanzug, sehr schlank, kurze Haare, Nickelbrille – und dann die der anderen – Jeansjacke, Polohemd, wallende Naturlocken – Mutter. Die Frau im Hosenanzug sah mich an und wurde plötzlich sehr bleich.
Ich streckte ihr die Hand hin: „Hallo, ich bin Baby. Kennen wir uns?"
„Ich bin Ellen. Und wir kennen uns eher flüchtig. Wir waren mal im selben Fitness-Studio, vor etwa vier Jahren."
„Ach was, du warst auch bei *Rambo's Fitness-Oase*?"
„Jaahaa, war ich … und, und, und … jetzt müssen wir leider wirklich nach Hause", stammelte Ellen und griff nach der Hand ihrer Partnerin, die inzwischen Julian auf dem Arm hatte. Sein Gesicht und meines waren dadurch auf gleicher Höhe, und alle Anwesenden – Karl, Lola, Rick, Cosima, Ellen – starrten uns sprachlos an, als wären wir Becks und Posh.
Tristan sah aus dem Sandkasten hoch und sagte in die Stille: „Baby und Julian sehen genau gleich aus!"
„Nun, ich habe ein kindliches Antlitz, daher ja auch mein Spitzname, aber ich sehe doch nicht aus wie ein Dreijähriger", wehrte ich ab. Lola goss ihr Milchglas randvoll mit Sherry und kippte es runter: „So direkt nebeneinander betrachtet ist die Ähnlichkeit geradezu unheimlich. Baby, das ist dein Klon. Man muss das Kind in Dolly umbenennen."
„Nach dem Streisand-Musical?" fragte Karl.
„Nach dem Klonschaf, Trottel!" zischte Lola.
Rick ergriff die Initiative: „Irgendwas stimmt hier nicht. Ellen, wir sind doch nicht in der *Twilight Zone*. Hast du uns etwas zu erklären?"
Ellen schossen die Tränen in die Augen. Sie umklammerte die Hand ihrer Freundin, die inzwischen auch blass geworden war: „Ich fürchte, Melissa und ich haben etwas ziemlich Schlimmes getan."
Melissa schluckte. „Sag's nicht, Ellen!"
Ellen seufzte: „Wer hätte gedacht, dass wir ihn je wiedertreffen? Aber jetzt hat er ein Recht, es zu wissen."
Kopfschüttelnd flüsterte Lola: „Gottchen, das ist ja wie in einem meiner Soap-Drehbücher hier."

„Stellt euch vor: *Rambo's Fitness-Oase* vor vier Jahren ...", setzte Ellen an, als Hans beschwingten Schrittes durch die Gartentür nach draußen kam: „So, alle Kids sind abgeholt, ihr seid die letzten Gäste. Wollt ihr noch was trinken? Himbeerlimo oder Schokoladenmi..."

„Halt die Klappe, Hans!" riefen wir im Chor, und Cosima, die ihm den Mund zuhielt, forderte gespannt: „Weiter, Ellen!"

Und Ellen erzählte: Sie, Melissa und ich besuchten beide das gleiche Sportstudio. Mich beherrschte damals eine wahnwitzige *amour fou*: Ich hatte mich in einen heterosexuellen Tarzan-ähnlichen Mit-Turner namens Eugen verknallt, den durchtrainiertesten Mann, den ich – diesseits von Brad Pitt in *Troja* und Matthew Rush in *Drenched in Cum* – jemals gesehen hatte. Mit Dauer-Dreiviertelständer zog ich meine Übungen durch. (Am meisten trainierte ich wohl die Muskeln meiner Augen, so wie ich sie ständig nach Eugen verdrehte.) Mein hocherotisierter Zustand ging an Ellen und Melissa nicht unbemerkt vorbei. Sie wünschten sich ein Kind, hatten aber nicht das dazu notwendige Sperma.

„Und du sahst aus, als würdest du jeden Moment abspritzen. Wir waren dem Sperma so nah!" seufzte Ellen.

Hans machte eine Grimasse und sagte: „Ich bring mal die Kinder rein."

„Ich finde die Geschichte aber spannend", sagte Julian.

„Ich *liebe* dieses Kind!" sagte Karl.

„Tristan, Julian, rein mit euch – sofort!" befahl Hans. Die Kinder gehorchten, und Ellen erzählte weiter. Lola ließ indes die Sherry-Flasche kreisen. Ich fühlte mich ziemlich flau.

Ellen hatte eine Bekannte, die in lesbischen Bars als Drag-King auftrat. Von der ließ sie, die ohnehin eher knabenhaft gebaut war, sich als Mann schminken. Sie lieh sich Männer-Sportklamotten von einem Freund und tauchte eines Tages quasi geschlechtsumgewandelt bei *Rambo* auf.

„Ich sah aus wie ein leicht verweichlichter Philologiestudent."

„Aber sehr niedlich", entfuhr es mir. Dann musste ich mich plötzlich ganz dringend setzen.

Lola griff nach ihrer Handtasche: „Ich habe hier noch einen kleinen Wodka-Flachmann, für alle Fälle. Sieht so aus, Baby, als bräuchtest du 'nen Schluck."

„Lola, hast du schon mal von den Anonymen Alkoholikern gehört? Die würden dich sehr, sehr gerne mal treffen", schalt Karl, während ich den Wodka zur Hälfte leerte. Erinnerungsfetzen fuhren in meinem Kopf Karussell – immer im Kreis rasend. Doch das Karussell wurde langsamer, die Fetzen nahmen Gestalt an: die Erinnerung an einen lange vergessenen *3-minute-stand* …

Ellen, verkleidet als Philologiestudent, war mir nach dem Training in die Männer-Umkleide gefolgt. Meine Hormone schlugen Purzelbäume: Eugen hatte heute sein Po-und-Schenkel-Programm gemacht. Ich war spitz wie nie, doch Eugen war unerreichbar. Moment mal – dieser schlanke Typ mit der Nickelbrille sieht mich so begehrlich an? Irgendwie ist der ja süß, auch wenn er ein bisschen schmal in den Schultern ist. Und ein bisschen breit in den Hüften. Egal. Der Junge steht eindeutig auf mich, und an Eugen komm ich niemals ran – der ist so hetero wie Sean Connery. Meine Erektion fängt schon an, wehzutun. Ein kleiner Blow-Job auf dem Klo, gleich hier auf die Schnelle, das wäre echt eine Erleichterung. Ich zwinkerte dem Philologiestudenten zu und verschwand, sicher gesteuert von meinem Schwanz, auf der Toilette.

„Oh nein, das gibt's doch nicht! Das warst du, Ellen!" schrie ich. Karl bekreuzigte sich wiederholt. Lola, Rick, Hans und Cosima lieferten sich einen Wettbewerb, wer den Mund am weitesten offen stehen lassen konnte. Ellen zog die Schultern hoch und die Mundwinkel runter: „Sorry!"

„Lasst mich raten", unterbrach Karl. „Melissa wartete mit einem sterilen Plastikbecher auf der Damentoilette nebenan. Und Ellen hat nicht geschluckt."

„Könnt ich eh nicht, igitt. Das war so schon scheußlich genug. Ich glaube, du hattest Spargel gegessen", bemerkte Ellen.

„Es steht hier nicht zur Diskussion, was ich vor vier Jahren gegessen habe!" schrie ich fassungslos.

Rick nahm meine Hand: „Herzlichen Glückwunsch, Baby. Du hast einen gesunden Jungen!"

„Der sich für Prinzessinnen und ihre Schuhe interessiert", ergänzte Karl. „Was werden wir Spaß haben, wenn er alt genug ist für *Sex and the City*!"

Ellen griff nach meiner anderen Hand: „Kannst du uns verzeihen? Die Idee für die ganze Sache hatten wir aus der Klatschpresse, diese Boris-Becker-im-Besenschrank-Geschichte. Aber Julian ist viel hübscher als das unheimliche Albino-Mädchen, das *dabei* rausgekommen ist, findest du nicht auch?"

„Julians Ähnlichkeit mit mir wurde heute ja schon wiederholt festgestellt", antwortete ich. Ein Gefühl schwoll in meiner Brust. Konnte das Vaterstolz sein?

Ellen und Melissa versicherten mir, dass ich von jetzt an, da uns eine Fügung des Schicksals wieder zusammengeführt hatte, Julian gerne so oft sehen könnte, wie ich wollte. Er sei ja ohnehin im gleichen Kindergarten wie Tristan, und die beiden spielten auch so gerne miteinander: Prinz und Prinzessin, Squaw und Indianer …

Baby als Papa, ging es mir durch den Kopf, ist das nicht ein Widerspruch in sich?

„Ich bin ganz verwirrt, ich brauche mal einen Moment Ruhe", bat ich.

Während die anderen schweigsam, aber lächelnd ins Haus gingen, setzte ich mich oben auf die Rutschbahn, im Schimmer des sich verdunkelnden Abendrotes. Ich zündete mir eine Zigarette an, trank den Rest von Lolas Wodka, schloss die Augen und horchte ganz tief in mich hinein. Zunächst konnte ich nicht erkennen, was ich da hörte. Dann wurde das Geräusch immer deutlicher. Ich machte den Mund auf und ließ es heraus: hemmungsloses, glückliches, völlig hysterisches Lachen aus dem tiefsten Grunde meines Herzens. Ich rutschte die Rutschbahn herunter.

Unten stand Julian und breitete die Ärmchen aus.